U0108345

近代思想圖書館系列

012

神話學：
從蜂蜜到煙灰

原著／李維斯陀　譯者／周昌忠

1ISBN 957-13-1419-6

目 錄

出版的構想…………………………郝明義　v

《神話學》導讀…………………………黃道琳　vi

譯者序………………………………………xi

插圖目錄……………………………………xii

符號表………………………………………xiii

序言…………………………………………1

爲了協和………………………………3

第一篇　乾和濕…………………………39

Ⅰ．蜂蜜和煙草的對話……………………41

Ⅱ．乾旱的動物……………………………61

Ⅲ．痴迷蜂蜜的少女、卑劣的誘姦者和她的怯懦丈夫
的故事……………………………………97

　　1.在查科………………………………97

　　2.在巴西中部的乾草原……………112

第二篇　蛙的節期………………………145

Ⅰ．變奏曲1, 2, 3…………………………147

　　1.第一變奏曲………………………154

　　2.第二變奏曲 ……………………………………… 160

　　3.第三變奏曲 ……………………………………… 165

Ⅱ.變奏曲4，5，6 ………………………………… 211

　　4.第四變奏曲 ……………………………………… 211

　　5.第五變奏曲 ……………………………………… 246

　　6.第六變奏曲 ……………………………………… 253

第三篇　齋戒的八月 …………………………259

Ⅰ.有星辰的夜 ……………………………………… 261

Ⅱ.樹林裡的噪音 …………………………………… 297

Ⅲ.盜鳥巢者的回歸 ………………………………… 337

第四篇　熄燈禮拜樂器 ………………………365

Ⅰ.喧嘩和臭氣 ……………………………………… 367

Ⅱ.各領域的諧和 …………………………………… 431

附錄 …………………………………………………485

參考文獻 ……………………………………………… 486

神話索引 ……………………………………………… 525

出版的構想

郝明義

　　二十世紀，人類思想從亙古以來的激盪中，在各個領域都迸裂出空前的壯觀與絢爛。其影響所及，不論是強權、戰爭及均勢的交替，抑或經濟、科技與藝術之推陳，水深浪闊，無以復加。思想，把我們帶上了瀕臨毀滅的邊緣，思想，讓我們擁抱了最光明的希望。

　　回顧這一切，中國人的感慨，應該尤其特別。長期以來，由於客觀條件之貧弱，由於主觀禁忌之設定，我們從沒有機會能夠敞開胸懷，真正呼應這些思想的激動。

　　《近代思想圖書館》，是為了消除這些喟嘆而出現的。

　　我們的信念是：思想，不論它帶給我們對進化過程必然性的肯定，還是平添對未來不可測的驚懼；不論它呈現的外貌如何狂野，多麼審慎，其本質都是最深沉與執著的靈魂。我們必須開放心胸，來接納。靈魂中沒有這些深沉與執著，人類的歷史無從勾畫。

　　我們的目的是：以十一個思想領域為架構，將十九世紀中葉以來，對人類歷史與文明發生關鍵性影響的思想著作，不分禁忌與派別，以圖書館的幅度與深度予以呈現。

　　我們希望：對過去一百五十年間這些深沉思想與經典著作的認識，不但可以幫助我們澄清過去的混沌，也更能掌握未來的悸動。

　　在即將進入二十一世紀的前夕，前所未有的開放環境，讓我們珍惜這個機會的終於到來，也警惕這個機會的必須把持。

《神話學》導讀

黃道琳（中研院民族學研究所助理研究員）

　　有一回，我和一位人類學研究者到山區旅遊。我們站在台地上，眺望一座岩石紋理依稀可辨的高山。霎時間，這座山及其岩層使我想起李維斯陀；緊接著，海跟它的浪潮則令我想到馬凌諾斯基。我的反應立刻得到遊伴的同意。何其巧妙，山與海兩個對立的意象，竟適切地勾勒出兩個重要人類學家的風貌；或可再說，山岩象徵的是李維斯陀所探索的條理清晰的人類心靈的底層結構，海潮則推引出馬凌諾斯基（Bronislaw Malinowski）要瞭解的人類心理的變幻莫測的起伏調適。

　　李維斯陀自己也說過，他年輕時候有三位知識上的情婦，其中之一就是地質學，另外是心理分析和十九世紀社會主義。很顯然，這三者之間有一個共同的特色：雖然它們所涉及的分別是物質、心理、社會三個不同的領域，它們卻都同樣強調潛藏在可觀察的現象背後的結構因素。在地質現象方面，李維斯陀曾經從一塊嵌有古生物化石的岩石得到這樣的啓示：「我們所窺見的乃是幾千年時間所造成的差異。在這一刹那，時間和空間突然混融在一起，這一瞬間所呈現的生動差異即是把一個時代和另一個時代並列在一起，且使之永存不朽。」就在最近，李維斯陀還告訴我們：他一生志業所追求的，便是要在現在之中找尋過去。李維斯陀也常說，在「我們」與「無」之間並沒有什麼距離；他認爲很可能有一天人類及其文化會從宇宙之中完全消逝，而且這樣的命運並不值得惋惜。

　　李維斯陀的結構人類學是要探掘人類心靈的思考模式；對他來說，表

面上看來毫無規則的資料，可藉結構分析發現其秩序。在早期的《親屬關係的基本結構》(*Les Structures élémentaires de la parenté*, 1949)一書裡，李維斯陀在看似偶然而紛歧的種種婚姻規制背後，發現了幾條簡單而準確的原則。但是，李維斯陀對他在親屬制度裡所發現的法則，尚無法認定它們是由體系本身的運作所造成的；在此，李維斯陀的看法並未遠離馬凌諾斯基的功能論，仍然認爲親屬及婚姻法則只是某些社會需求投射於人類心理所產生的反映罷了。

後來，李維斯陀在神話分析上，則企圖更準確地呈現心靈思考的自主性及結構性。神話並無明顯的實用功能。因此，如果說人類心靈的運作是任意的，那麼這特性更應該在神話的領域裡表露無遺。李維斯陀發現事實並非如此。透過神話的結構分析，他正是想證明看來非常任意的表象之下，存在著人類心靈非常固定的運作法則。他說：「如果在神話的領域裡，人類心靈也受著法則的支配，那麼我們就更加有理由相信：在所有其他領域裡，人類心靈也受著法則的支配。」

李維斯陀的結構分析並不限於單一神話體系的研究。就基本精神而言，他是個堅決的泛文化比較研究者；這種取向在他的神話分析裡尤其重要。跟他早先所探討的親屬制度不同的是，神話更能超越時空及族群的界線，而做極廣被的比較分析。基於這個理由，雖然《神話學》①前後四卷所分析的 813 則神話分別屬於許多「神話體系」(卽屬於某一特定社會或少數幾個相鄰社會之文化的故事及其變型)，但它們卻相互關聯在一起，因此應將之視爲一個「全集」(corpus)。而且，這個「全集」並非封閉的，如果其他神話與這 813 則神話之間可發現結構上的關聯，那麼《神話學》所涉及的族群區域，實無理由不能加以擴大。

《神話學》的目的旣不在闡釋個別的神話故事，也不在探索某一族群之神話體系與文化背景的關係。這部神話研究以一則博羅羅(Bororo)印第安人的神話爲起點。李維斯陀先記錄下他所選的這則「關鍵神話」(key myth)的整個內容，並描述它的民族誌背景。他指出這則神話裡某些無法用歷史及社會事實加以解釋的因素，由此轉向神話內在結構的檢視。到了這部書的結尾，李維斯陀終於把採自南北美洲各地的八百多則神話納入一個複雜的結構變換體系之內。在每一則神話之內，他斷定了各個節段之間所具有變換關係；在不同的神話之間，他則找出它們在結構上的種種對應關係。

李維斯陀提出三個分析概念，來做為說明他所分析的 813 則神話之關聯的工具：(1)「骨架」(armature)是指在數則神話裡同時出現而保持不變的元素之結合關係；在李維斯陀所分析的神話裡，最常見的「骨架」是家庭或氏族成員的關係之破壞。(2)「代碼」(code)是指神話藉以傳達消息的「語言」，例如嗅覺、觸覺、聽覺、食物、天文等體系都可做為神話的「代碼」。(3)「消息」(message)指的是一則神話所要傳達的主題或內容。

李維斯陀在說明神話的關聯時，即分別從上述三個層次來剖析它們的變換關係，把這些複雜的關係清理出系統來——即它們分別在上述三個層次上所呈現的同構(isomorphic)、對稱(symmetrical)、反轉(inverse)或對等(equivalent)等種種關係。

李維斯陀在《神話學》第一卷《生食和熟食》(*Le cru et le cuit*)裡，試圖以生的與煮熟的、新鮮的與腐敗的、濕的與乾的等對立的烹飪及感官特質建立一套嚴謹的邏輯架構。「生／熟」這個對立組是一再出現的主題；前者是屬於自然的範疇，後者是屬於文化的範疇。這兩個範疇的差異及變換以火的發現為指涉的焦點。他並且發現下列各層次上各對立組的對應關係：在食物層次上是「生的／熟的」、在社會層次上是「自然／文化」、在宗教層次上是「世俗／神聖」、在聲音層次上是「靜默、音響」等等。

第二卷《從蜂蜜到煙灰》(*Du miel aux cendres*)仍以烹飪範疇為神話的基本意象，但更進一步建構了一套「形態的邏輯」(logic of forms)。這一邏輯在神話中表達為下列各範疇的對立：「開／閉」、「滿／空」、「內／外」、

「被容物／裝容器」。再者，這套「形態的邏輯」在神話傳述者的思考架構裡是比較潛伏的，它支持了下述這一比較容易覺察的物之性質的邏輯關係：蜂蜜直接取之於自然，它是食物的一部分；煙草則屬於文化，它並非主食的一部分。李維斯陀認為蜂蜜象徵著向自然回歸；煙草則由於其迷幻作用，使得人們能夠與超自然溝通。生的與熟的這兩個範疇只有靜態的意義，蜂蜜和煙草這兩個範疇則在邏輯體系裡引入了動態的不均衡（前者造成向自然的下降，後者造成向超自然的上昇）。李維斯陀由此轉而檢視神話中有關不均衡、週期性、上下及天地之對立的意象。

第三卷《餐桌禮儀的起源》(*L'Origine des manières de table*)分析有關禮儀的神話，探究印第安人表達時間之連續性及不連續性的方式。李維斯陀在此聲稱：一個文化用以表達思考的各種體系或代碼具有邏輯的一致性。

第四卷《裸人》(*L'Homme nu*)比較南美和北美的神話，並探討各變型之間的對稱關係。李維斯陀特別注意衣飾在人與自然的關係上所扮演的角色。最後，他演證了南美和北美兩區域之神話整體所具有的封閉性質。

李維斯陀可以從相離數千哩、沒有歷史牽連的區域採取神話來進行比較分析，這是非常違反一般人類學的原則的。但他認為神話邏輯乃是人類普同而無意識之思考結構的表徵，因而他的神話研究幾乎只限於針對其邏輯結構的分析。李維斯陀這樣說：「我不是要指出人如何在神話之中思考，而是要指出神話如何在人們心靈中運作，而人卻不知道這回事。」換句話說，李維斯陀認為神話有自主性，而且這表示他可以忽略特定變異形態的文化系絡。

當然，李維斯陀並未宣稱他的神話分析方法是唯一可行的途徑；畢竟，他所注重的也只是神話的一個重要的面相。無論怎麼說，最重要的問題是：《神話學》到底要告訴我們什麼訊息？我們也可以把《神話學》看做一則神話，那麼，這則神話的意義又何在？

　　事實上，《神話學》四卷的標題已經暗示我們：李維斯陀的終極關懷是
人存在於自然與文化這兩個範疇之間到底是什麼樣的處境。這四個書名的
第一個字(cru [生])和最後一字(nu [裸])無論在發音上或在意義上都是互
相呼應的。那麼多神話所要說的，李維斯陀所要講的，不外是如此：人藉
著文化而脫離自然，但人類用以建構文化的工具不但來自自然，而且僅是
自然裡渺小的一部分。人類不必驕恃；在宇宙之中，人類何其微不足道。但
是，我們也不必沮喪，反而應該珍惜人類心靈的產物，因為有一天「我們」
與「無」之間是一跨卽過的。

譯者序

　　在這一卷裡，李維斯陀通過對新的神話，包括第一卷裡已提到的神話繼續作結構分析，並運用「新的觀點」，顯示出神話思維能超越第一卷所表明的經驗層面，進到抽象概念的層面，他稱之為從「性質的邏輯」進到「形式的邏輯」，所運用的範疇從可感覺性質的範疇——即「生和熟、新鮮和腐爛、乾和濕」——進到形式的範疇——即「虛空和充實、容器和內容、內和外、包含和排除」。

　　他提出，這個研究對於認識人類思維的本性和發展有重要意義。在西方文明中，上述思維進步通過「神話→哲學→科學」的進化而實現。可是，南美洲神話表明，對於思維從感性直觀到抽象概念的進步，這些轉變或過渡並不是必要的。

　　他進而強調，結構與分析並不排斥歷史的研究，同時，結構分析在尋找不同種族的共同根本特性時，也不無視於它們間表面上的差異。

　　本書譯自李維斯陀的 *Mythologiques・Du miel aux cendres* (Librairie Plon, 1966)，譯時對第一卷譯文中的個別譯名作了修訂。

插圖目錄

1 獵金剛鸚鵡的人

2 Mandassaia 蜜蜂（四橫帶二角無刺蜂）和它的巢

3 南美洲的啤酒、蜂蜜酒和煙草飲料

4 *lobo do mato* 或 guará（狼）

5 irára（*Tayra barbara*）（鼬鼠）

6 煙草，多香果，蜂蜜

7 南美洲的狐

8 carancho 鳥（*Polyborus plancus*）

9 carácará 鳥（*Milvago chimachima*）

10 花豹和食蟻獸的鬥爭

11 發酵飲料和非發酵飲料間的對立的體系

12 木棉科植物。瓦勞印第安人的線繩遊戲圖

13 圭亞那和內格羅河流域的降雨量

14 有刺賣繩戲圖，瓦勞印第安人

15 聲學代碼的結構

16 夜鷹

17 蜂蜜，或中空的樹。瓦勞印第安人的線繩遊戲圖

18 ／wabu／的示意圖

19 兩個／hetsiwa／

20 吸食的煙草的神話和飲用的煙草的神話間關係的體系

21 水、火和煙草起源神話間關係的體系

22 古代的叉鈴和美洲的撥浪鼓

23 烹飪適運作的體系

24 葫蘆的體系

符號表

$\left\{\begin{array}{l} \triangle \\ \circ \end{array}\right.$ 　　男人

　　　　　女人

$\triangle = \circ$ 　　婚配（離異：⧣）

$\overline{\underset{\triangle \quad \circ}{\rule{0pt}{0pt}}}$ 　　兄弟和姊妹（他們的分離：⌐⌐）

$\left.\begin{array}{cc} \triangle & \circ \\ | & | \\ \triangle & \circ \end{array}\right.$ 　　父親和兒子，母親和女兒，等等

$\Rightarrow$ 　　轉換

$\rightarrow$ 　　成爲，被變成……

$\leftrightarrow$ 　　當且僅當

$\left\{\begin{array}{l} : \\ :: \end{array}\right.$ 　　對……

　　　　　作爲……

$/$ 　　對立

$\left\{\begin{array}{l} \equiv \\ \neq \end{array}\right.$ 　　全等，同系，對應

　　　　　非全等，非同系，非對應

$\left\{\begin{array}{l} = \\ \neq \end{array}\right.$ 　　等同

　　　　　差異

$\left\{\begin{array}{l} \cup \\ // \end{array}\right.$ 　　併，複合，合取

　　　　　分離，析取

f 　　函數

$X^{(-1)}$ 　　反 X

$+, -$ 　　這兩個記號使用時帶各種不同涵義，視語境而定：加、減；存在、不存在；一對相反量的第一、第二項。

獻給莫尼克（Monique）

Scriptorum chorus omnis amat nemus, et fugit urbes,
rite cliens Bacchi, somno gaudentis et umbra.

歌舞者都到林間做愛，然後奔向城池，
那裡有平民酒神的祭禮，大家進入黑甜
的夢鄉。

賀拉斯（Horace）：《書簡》（*Epître*）II, L. 11,
《致尤利烏斯‧弗洛魯斯》（*A Julius Florus*）

序言

這部《神話學》的第二個部分繼續《生食和熟食》中開始的探討。開始時，我在用新眼光進行觀點的同時注意作必要的簡扼重述，以便讓未讀過前一卷的人也能大膽地去表明，神話學的大地是圓的。因此，這一卷並不回到一個強制的出發點。讀者無論從哪個地方開始讀，都一定能完成全部旅程，因爲它始終沿同一個方向前進，步伐讓人能夠忍耐，而且整齊有序。

無論在法國還是外國，第一卷採取的方法和提出的結論都引起了大量爭論。現在似乎還沒有到作出回答的時候。與其聽憑論爭帶上哲學傾向，從而很快變得空洞無味，還不如續續執行我的任務，豐富我的辯護狀。反對者和支持者雙方都言之鑿鑿。當著這項工作進展到一定時候，我們擺出了全部證據，展示了全部證明，控訴也就可以被駁倒了。

因此，眼下我滿足於向曾幫助過我的人士表示謝意。巴西氣象台台長墨蘇斯·馬爾丹·多斯·桑托斯(Jesus Marden dos Santos)先生、國立亞馬遜研究所所長德哈耳馬·巴提斯塔(Djalma Batista)先生、帕拉「埃米利奧·果埃爾迪」博物館長達耳西·德·奧利韋臘·阿耳布凱爾凱(Dalcy de Oliviera Albuquerque)先生和國家自然史博物館的克洛迪娜·貝爾特(Claudine Berthe)女士提供了精確的氣象學或植物學資料。雅克琳·博朗(Jacqueline Bolens)女士幫助蒐集並翻譯了德文資料。尼科爾·貝爾蒙(Nicole Belmont)小姐幫助我備辦文獻，繪製插圖，編製索引，校讀清樣，我的妻子和I. 希瓦(I. Chiva)先生也對清樣作了調色。法蘭西學院打印服務處承擔了手稿複製工作。國家圖書館手稿部保管員亨利·迪比耶夫(Henri Dubief)夫人查找了珍藏的文獻。

爲了協和

Et encore estandi l'angre sa main tierce foiz et toucha
le miel, et le feu sailli sus la table et usa le miel sanz
faire à la table mal, et l'oudeur qui yssi du miel et
du feu fu tresdoulce.

天使又三次伸出手來，觸及蜂蜜，桌子上方出現了火，火耗
費了蜂蜜但未損壞桌子，蜂蜜和冒煙的火發出氣味。

《關於利斯特瓦爾·阿塞內特》(*De l'Ystoire Asseneth*)，第10頁，載
《十四世紀法國散文體小說》(*Nouvelles Françoises en prose du XIVe
siècle*)，埃爾澤菲爾版文庫 (Bibl. elzévirienne)，巴黎，1858年。

　　蜂蜜啓迪的隱喻在我們法語和其他時間上更早的語言中都屬於最古老的。吠陀(védique)讚美詩常常把牛奶和蜂蜜相聯屬，而按照《聖經》，福地迦南流淌著牛奶和蜂蜜。「比蜂蜜還甜」這話常掛在主的口上。巴比倫人把蜂蜜奉爲祭神佳品，因爲神需要沒有碰過火的食物。在《伊利亞特》(Iliade)中，蜂蜜罐用來祭供死者。此外，它們還用於貯存遺骨。

　　一些說法，如「處處甜蜜」、「甜如蜜」已經有好幾千年了，今天仍在當代文明中流行。另一方面，煙草應用所啓迪的隱喻則是晚近的事，其年代很容易推定。利特雷(Littré)就知道兩個：「那連一根煙斗都不值」：那分文不值；以及「跌入煙草之中」，就是說，陷入悲慘境地。這些俚語還可以援引許多變體(參見 Vimaître)。同時，它們在其他語言中也可得到印證：在英語中，「not to care a tobacco for…」：對某人或某事物漠不關心；在葡萄牙語中，「tabaquear」:取笑或挖苦某人(Sébillot)。在海員那裡，「將有煙草」、「煙草打擊」等話語的含義爲天氣惡劣。「捲、塞、塡和給煙」以及更晚近的「遞煙、製煙」等意謂亂用、虐待、痛打 (Rigaud、Sainéan、Lorédan-Larchey、Delvau、Giraud、Galtier-Boissière 和 Devaux)。

　　蜂蜜和煙草都是可以食用的物質，但眞正說來都同烹飪無關。因爲，蜂蜜是由非人的生物蜜蜂釀製的，而它們已使蜜變得完全可以食用；另一方面，食用煙草的最常見方式則和蜂蜜不同，不是把煙草放在烹飪的**這一邊**，而是放在烹飪的**那一邊**。人們並不像對蜂蜜那樣吸收處於生的狀態的煙草，也不像做肉那樣先把煙草放火燒烤。人們把煙草變成灰燼，以便吸它的煙。

　　熟語（我主要從法語援引例子，當然也可以從其他語言直接或經過簡單變換得出類似的意見）證明，「蜂蜜的」（「à miel」）和「煙草的」（à tabac）這兩種說法構成一個對偶，它們用來表達對立的觀念，而這些觀念本身處於多種層面上。如果還記得起碼的世情：「蜂蜜的」話語包括一些極端情形，在那裡其涵義變成貶義的：「甜言蜜語」（discours mielleux）、「灌迷湯」（paroles melliflues），甚至成爲感嘆語「親愛的！」（miel!），而其基礎並非僅僅是迎合自許高雅的（帶派生分詞：裏蜜的 [emmiellant]）少女的同音異義①──對這種意義轉變，我絕不漠視，而且要表明其原因──那麼，看來毫無疑問：「蜂蜜的」和「煙草的」這兩個措詞在當代文明中是相對立的。儘管有一定的重疊，通常所謂的它們的語義平衡點還是佔居不同的地位：有些主要是褒義的，有些則是貶義的。它們的涵義分別爲豐富和匱乏、豪

──────────

① 「（這是）蜂蜜。下層民衆俚語的措詞，他們到處說它，尤其不得當地說它。他們覺得一件東西很美或很好：**這是蜂蜜**。他們走進一個有難聞氣味的地方：**這是蜂蜜**。他們目睹有人用拳頭或刀子打鬥、流血：**這是蜂蜜**」（Delvau）。「**這是蜂蜜**：這是很適意的和很討厭的（反語）（Lorédan-Larchey）。這種大幅度的語義變動在希臘人和羅馬人的一個信念中已經至少已隱含地出現了，而這種信念無疑發源於埃及人。它認爲，蜜蜂離巢群飛，每次都肯定是一頭小牛的腐變屍體引起的，這小牛在一個封閉角落裡被堵塞呼吸道，窒息而死，人殺死其肉身是爲了把肉剝離掉而不損害牛皮（維吉爾〔Virgile〕：《農事詩集》〔*Géorgiques*〕，第 4 卷，第 299－314、554－558 行）。

華和貧困；或者是柔順、仁慈和恬靜——「*Manare poetica mella*」(「蜂蜜酒詩一般流淌」)——，或者是擾亂、強暴和紊亂。如果要舉其他例子，那麼或許應當說，有些是相關於空間的(「**處處**甜蜜」〔「**tout** miel」〕)，有些則是相關於時間 (「**總是**這煙草」〔「**toujours** le même tabac」〕)。

　　我引作本導論的題獻的那段話表明，這裡討論的對立關係可以說早於相對立的事物。在西方還不知道煙草之前，天使的超自然力量所點燃的「蜂蜜之火」已經位居缺失項，並預示了其各個特性，而這些特性應當就是流體蜂蜜的一個對立相關項的特性，在同乾的、燒烤的和芳香的相互補的域內——與之對應。舉出這個例子的《利斯特瓦爾·阿塞內特》可能是中世紀末一位猶太作者的著作。這就使中世紀也是猶太人對利未人(Lévite)的一個令人矚目的禁忌即不准在祭壇上供奉蜂蜜所作的解釋更其令人感興趣，他們說，這是因爲燒烤的蜂蜜發出討厭的氣味。在任何場合，這種歧異都表明，在這種本質上將成爲煙草兩個模式的煙與其氣味的關係之下，如語言學家所說，早在中世紀也許更早，蜂蜜就已是一個非常「顯著的」項。

　　這種對立關係對於各對立事物或者至少其中一方的在先性使我們得以理解，一旦煙草被人知道，它就同蜂蜜結合起來，與之構成一個被賦予無上重要性質的對偶。十六世紀末 (1597 年) 有一齣英國戲劇，作者是威廉·利利(William Lilly)，劇名爲《月中女郎》(*The Woman in the Moone*)。它在下一卷裏要研討的新大陸神話中得到響應。在這部劇作中，女主人公潘多爾(Pandore)用劍刺傷了情人，悔恨不已，遂派人去尋覓草藥，以便醫治劍傷：

> Gather me balme and cooling violets,
>
> And of our holy herb nicotian
>
> And bring withall pure honey from the hive
>
> To heale the wound of my unhappy hand。②

給我採集芳香草和致冷堇菜，
從我們的仙草中採集煙草
再以蜂巢裡取來純淨蜂蜜
去醫治我用手不幸造成的創傷。

這段文字令我感到高興，因爲它出人意外地強調了一條環鏈的連續性，這環鏈穿過本書所繼續的《生食和熟食》，再把本書同《野性的思維》(*La Pensée sauvage*)③連接起來……它還證明了，我們覺得在專門的層面上始終存在著的蜂蜜之與煙草的結合在英國大地上自古就已存在。在我們法國人看來，英國的煙草似乎比我們的更接近蜂蜜。爲了解釋這種親近性，我們常常不管有理無理而假定，煙草的金栗色葉子被放在蜂蜜中浸漬過。

和歐洲不同，南美洲一直知道並食用蜂蜜和煙草。對於它們的對立的語義學研究來說，南美洲因此提供了一個特別好的天地，因爲在那裡可以持久地同時以歷時和共時方式並列地觀察蜂蜜和煙草。從這個觀點看來,北美洲似乎處於和舊大陸相對稱的地位，因爲可能在晚近的時代北美洲在幾乎耗盡了蜂蜜之後才僅僅擁有煙草，而歐洲在正要獲得煙草的時候已完全占有蜂蜜。這個問題將另外再作討論（第3卷）。因此，熱帶美洲（我在上一本著作裡就那裡研究了兩個基本烹飪範疇，即作爲餐的構分的生食和熟食的對立）同樣適合於分析第二種對立：蜂蜜和煙草的對立，因爲這兩種製備提供了兩種互補的特性，對於蜂蜜是亞烹飪的(infra-culinaire)，對於煙草是後設烹飪的(méta-culinaire)。我們就這樣來探究從自然到文化的過渡的神話表示。發展了前者，拓展了後者的領域，我們也就準備好了在前面就烹飪神話起源作了探究之後去進而考察現在可稱之爲**餐的週邊**(les entours du

---

② B. 勞弗(B. Laufer)引，第23頁。

③ 李維斯陀的著作（1962年出版）。——譯註

repas)的問題。

在這樣做的時候，我仍一如既往地圍於奉行神話材料本身強加給我的一條綱領。煙草、蜂蜜，在邏輯和感覺層面上把它們相聯係的觀念，在這裡全都不是作爲思辨假說出現的。相反，這些主題都是我沿途發現的，在前一部著作中作過一定研究的某些神話所明白提供的。爲了免得讀者不得不去查閱那本書，我現在簡短地重述一下。

這部《神話學》的第一卷《生食和熟食》一開始作爲考察出發點的是巴西中部博羅羅印第安人的一個表現暴風雨的起源的故事(M_1)。我首先表明，不用假定這個神話和其他各個神話之間存在優先關係，只要對一個已知其許多異本的神話作逆反轉換，就可以恢復這神話，而這許多異本都源自在地理和文化上接近博羅羅人的熱依語族部落，都講述食物烹飪的起源（M_7到M_{12}）。實際上，所有這些神話的中心題材都是一個盜鳥巢者的故事，他在同一個姻親（姻兄弟——姐妹的丈夫——，或者母權社會中的父親）爭吵之後被困在一棵樹或一堵岩壁的頂部。在一個場合裡，這英雄爲了懲罰迫害他的人，派後者用雨去澆滅家庭火爐。在其他各個場合裡，他把花豹爲物主的著火圓木帶回給父母親：他由此爲人謀得了烹飪用火，而不用他們去偷。

當時我指出，在各個熱依人神話中，在一個鄰近群體的一個神話（奧帕耶人，M_{14}）中，火與人花豹佔居姻親的地位，因爲他收留人做妻子。我由此證明存在一種轉換，它以規則的形式說明了源自緊鄰熱依人的圖皮人部落：特內特哈拉人和蒙杜魯庫人的神話（M_{15}、M_{16}）。像前面那個情形裡一樣，這兩個神話也讓一個姻兄弟（或者這次是多個）出場，充當「取火者」。但是，現在研討的這兩個神話不是關於一切動物姻兄弟（作爲對它的同伙群體人格化的人英雄的保護者和哺育者），而是講述一個或多個超人英

雄（造物主和姻親）和拒絕給他們食物的人姻親（姐妹的丈夫）之間的衝突；因此，他們被轉變成了野豬，更確切地說，變成了白唇西貒(*Dicotyles labiatus*)的泰耶豬科(tayassuidé)，它們還未曾存在過，土著現在把它們作爲上等獵物捕獲，用最高級詞義描繪其肉。

所以，當從一組神話過渡到另一組神話時，可以看到，它們時而讓人英雄和他的姻親：烹飪用火的物主花豹出場；時而讓超人英雄和他們的姻親：肉的物主獵人演出。儘管是動物，花豹卻行爲文明：它撫養人姻兄弟，保護他免受它妻子虐待，聽憑人奪走烹飪用火。儘管是**人**，獵人卻行爲野蠻：把全部肉都留給他們自己吃，過分地享用所收留的妻子，而又不以供食的形式作回報：

(1)〔人英雄／動物〕⇒〔超人英雄／人〕

(2)〔動物，文明姻兄弟➡生食者〕⇒〔人，野蠻姻兄弟➡熟食者〕

這個雙重轉換也是在原因論的(étiologique)層面上重複的，因爲一組神話係關於食物烹飪的起源，另一組神話係關於肉的起源；就是說，分別關於烹飪的**手段**和**材料**：

(3)〔火〕⇒〔肉〕

這兩種神話完全繪出對稱的結構，因此也處於一種辯證的關係：肉必定是爲了讓人能烹飪它而存在的；這肉由這些神話以白唇西貒肉這種特許形式產生，它初次被熟食是靠了從花豹(這種神話有意讓它成爲獵豬者)處獲得的火。

論證進行到了這一步，我想用它的一個推論來作證實。如果一個博羅羅人神話(M_1)可以在同一根軸上轉換成熱依人神話(M_7到M_{12})，並且如果這兩個熱依人神話本身又可以在另一根軸上轉換成圖皮人神話($M_{15、16}$)，

那麼，這全部神話可以構成一個封閉的組，因此我可以假設這樣的封閉神話組，其條件是存在另一些最終處於第三根軸上的轉換，這些轉換可以把圖皮人神話回復到博羅羅人神話，而後一些神話本身又是作爲出發點的那個博羅羅人神話的轉換。如果恪守我一以貫之地應用的方法規則，那麼就應該對這兩個圖皮人神話進行過濾，以便收集在前面運作過程裡神話材料中尚未被利用過的剩餘部分。

立即就可以明白，這樣的剩餘部分是存在的，它在於在總體中由造物主發揮的作用，即把他的壞心腸的姻兄弟轉變成豬。在 M_{15} 中，他命令教子把罪惡的人關閉在用火點燃的羽毛圍成的禁區之中，煙窒息他們，使他們轉變成豬。M_{16} 中開端完全一樣，只是那裡幫助造物主的是他的兒子，另外，放入起決定性作用的羽毛圍牆之內的是煙草的煙。

我們前面已經表明，一個關於野豬起源的卡耶波－庫本克蘭肯人神話（M_{18}）必定導源於另外兩個神話或其中之一。這個神話提供了這種神奇轉變的一種弱變型，而這次用羽毛和刺產生的魅力的運用來解釋。我當時（《生食和熟食》，以下縮寫爲 CC，第136頁〔按中譯本頁碼〕）提出把這些神奇手段的次序排列如下：

^{1}（煙草的煙，M_{16}），^{2}（羽毛的煙，M_{15}），^{3}（羽毛的魅力，M_{18}）

這種排列是唯一邏輯上令人滿意的排列，因爲它既說明了 M_{18} 相對於 M_{15} 和 M_{15} 的特徵，又說明了煙在 M_{15}、M_{16} 和羽毛在 M_{15}、M_{18} 中的同時存在。此外，它還在法國傳敎士馬丹·德·南特（Martin de Nantes）於十七世紀末收集到的一個著名的卡里里印第安人神話中得到證實。這個神話（M_{25}）也解釋了野豬的起源，它將這起源習因於最早的人追求美味，他們要求造物主讓他們嚐嚐當時尙屬未知的這種獵物。造物主引導小孩上天，把他們變成小公野豬。後來，人能夠獵捕野豬，但他們失去了造物主的陪伴。造物主

決定到天上定居，他在地上由煙草取代。因此，在這個神話中，煙草也起著決定性的作用，但來取一種比蒙杜魯庫人版本（M_{16}）中更強的形式：它以簡單的神奇物質變成神性的實在（參見 M_{338}）。可見，存在著這樣一個系列：煙草的煙是人格化的煙草的弱形式，羽毛的煙是煙草的煙的弱形式，而羽毛的魅力是羽毛的煙的弱形式。

這樣說來，博羅羅人如何講述野豬的起源呢？他們的一個神話（M_{21}）解釋說，這些動物原先是古人，他們的妻子爲了對一次侮辱進行報復，讓他們吃下煨燉的帶刺果子，由於喉嚨被刺哽住，這些人呻吟起來：「ú, ú, ú……」；於是，他們變成了發這種叫聲的野豬。

這種神話有雙重資格值得加以注意。首先，刺的神奇作用被歸屬於 M_{18} 中涉及的羽毛**和刺**產生的魅力。因此，從這個關係來看，它在神奇轉換系列中位於 M_{18} 之後，給這個系列增添了一個新的異本，而又未改變其他異本已排定的次序。但是，從另一個關係來看，這個博羅羅人神話作了一個致平衡的動作：不是像在 M_{15}、M_{16} 和 M_{18} 中那樣事件從姻親間爭吵展開，而是事件成爲夫妻間爭吵的後果。爲了討論這種轉換，我要請讀者回到前一卷（CC，第 123-126 頁），那裡已表明，這種轉換在博羅羅人神話中帶典型性。在我討論的情形裡，它是應用支配它的那條典範規律的結果：

⑴**對於一個不變的消息** （這裡是野豬的起源）：

蒙杜魯庫人等等　　博羅羅人

再前進一步，就應當問，博羅羅人那裡是不是存在一個神話，它通過傳達同樣的消息，或者至少是經過轉換的這消息而來重現蒙杜魯庫人等等關於野豬起源的神話所說明的那種家族狀況。我已認出了這個神話（M_{20}）。

它的主人公是曾生活在羽毛房舍中的世家，離開姻兄弟（姊妹的丈夫）一段距離。他們從姻兄弟那裡得到一切所需要的東西，爲此，他們派一個孩子作代表，讓他充當使者的角色（試比較：M₁₅，**教子**／M₁₆，**作爲使者的兒子**）。

一天，他們想吃蜂蜜。他們又得到粘稠而又充滿泡沫的東西，不能食用，其原因是這樣的事實：在採蜜期間，姻兄弟和他妻子違禁性交。這妻子在她的兄弟們創作和製作項鏈掛飾和殼飾品時窺視他們，這就給第一個錯誤又增加了一個錯誤。惹怒的英雄們點然木柴堆，縱身投入烈焰，又從那裡化身佩戴羽飾的鳥再生。後來，從灰中產生了棉花、葫蘆和 urucú（CC，第 126-127 頁）。

這個神話的原因論功能旣比也以姻親間爭吵作爲出發點的圖皮人神話局限，又比它寬廣。所以比較局限，是因爲像在博羅羅人那裡常可看到的那樣，這神話也旨在解釋不是一個或多個植物或動物種的起源，而是若干變種或亞變種的起源。在神話開端，鳥已經存在，否則英雄不可能居住在羽毛和絨毛房舍之中。從英雄犧牲所產生的鳥只是長上了顏色「更鮮豔也更美麗的」羽毛。也是爲了限定這神話，在煙爐中成長的植物都屬於品質優良的變種：例如，urucú 的紅色就與棉花纖維色的著色成強烈反差。對原因論範圍的這第一種限制還伴隨著另一種限制。博羅羅人神話並不打算解釋一個動物種或植物種如何爲全人類、甚至爲整個部落所獲得，而是解釋這些變種或亞變種爲何成爲一個特定氏族或亞氏族的附屬物。就此而論，這個神話顯得特別精彩，這不僅表現在植物問題上，而且表現在英雄創作的，被他們在死前分配給構成他們氏族的各個宗族(lignée)的裝飾物問題上。

這個博羅羅人神話雖在這兩個方面比較狹窄，但在第三個方面都得以變得比較寬廣了，因爲它的原因論功能翻了一番。我與之作比較的特內特哈拉人神話和蒙杜魯庫人神話關涉單一的起源：豬的起源，即美味肉的起源，而這個博羅羅人神話則一方面關涉某些有美麗羽毛的鳥的起源，另一

方面又關涉許多也是品質超群的植物產品的起源

事情還不止於此。那兩個圖皮人神話追溯其起源的那個動物種從食用觀點看來是唯一合適的。相反，這個博羅羅人神話所帶來的動物和植物則從技術觀點看來是唯一地合適的。這些新鳥以其羽毛的裝飾之美區別於其他鳥，並且這些新植物都毫無食用價值：它們僅僅適用於製造用品和裝飾品。儘管 M_{15}、M_{16}、M_{20} 這三個神話無可置疑地有著同樣的出發點，但它們以對位的方式（第 14-15 頁上的表）按照第二條規律展開。這條規律同第 12 頁上的規律互補，現在我可以把它表述如下：

(2)**對於一個不變的骨架**（這裡：$\triangle\!\!\!\!\!\overset{\frown}{}\!\!/\!\!\overset{\frown}{}O=\triangle$）：

蒙杜魯庫人，等等　[肉的起源]　⇒ 博羅羅人　[文化器物的起源]

我現在可以把所有這些步驟扼述一下。各個野豬起源神話都關涉一種肉，土著的思想裡把它列爲上佳獵物，因而這肉提供了烹飪的最早佳美材料。因此，從邏輯的觀點看，有理由認爲，這些神話起著家庭火爐起源神話的作用，家庭火爐帶來了烹飪活動的手段，肉則帶來了烹飪活動的材料。如同博羅羅人把烹飪用火起源神話轉換成雨和暴風起源即水起源神話，我也可以證明，在他們那裡，**肉**起源神話變成了**文化器物**起源神話。這就是說，在一種情形裡是處於烹飪的**這一邊**的原生的和自然的材料；在另一種情形裡是處於烹飪的**那一邊**的技術的和文化的活動。

| M_{15}:
M_{16}:
M_{20}: | 妻子給予者
(們)跟姻兄弟
(們)保持一定
距離 | 信託的中間
角色 | M_{15}：給予者的教子，
M_{16}：給予者的兒子，
M_{20}：給予者的弟弟 | 受……的取受者虐待
遭到取受者拒絕給肉，
從取受者得到劣餐， |

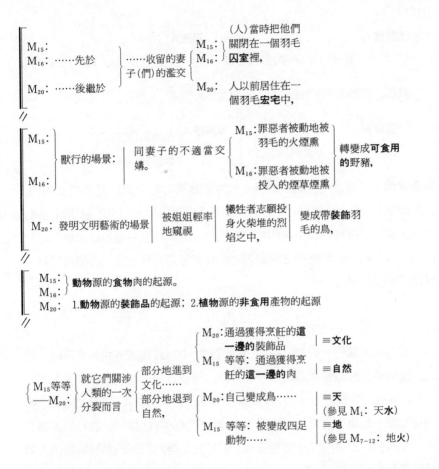

不難表明，靠著這個轉換，環鏈閉合起來，而迄此考察過的神話組就此而言給出了循環的特徵。實際上，一開始我們有轉換：

(1)**熱依人**[
烹飪(用火)的起源]⇒　**博羅羅人**[
反烹飪(用火)的起源＝水]

然後我們有轉換：

(2)**熱依人**［烹飪用火（＝**手段**）的起源］⇒ **圖皮人**［烹飪用肉（＝**材料**）的起源］

最後，我們剛才得出的轉換可以寫成下列形式：

(3)**圖皮人**［肉（烹飪材料）的起源］⇒ **博羅羅人**［裝飾品（烹飪的**反材料**）的起源］

因為實際上已經看到，源於動物方面的裝飾品（殼、羽毛）是不可食用的，源於植物（葫蘆、棉花、urucú）的裝飾品在食物供給方面也不起任何作用。因此，處於（烹飪的）手段和它的相反物之間的對立只是被轉換成了（烹飪的）材料和它的相反物之間的對立。相對於這兩種對立，各個博羅羅人神話的地位始終如一。

我迄此回顧的一切都已在《生食與熟食》中以同樣或不同方式表明。現在，我集中注意這些神話的另一個方面，這個方面以前還未曾有過考察的必要，或者只是偶爾考察過。前面我已表明，在卡里里人、蒙杜魯庫人、特內特哈拉人和庫本克蘭肯人解釋人向豬的轉變的各個神話所說明的神奇手段的系列中，煙草構成一個相關項。關於文化器物起源的那個博羅羅人神話中隻字未提到煙草。對此不應當感到奇怪，因為它與圖皮人神話骨架相似，但傳達著採取另一種詞彙的相反消息。我們還看到了別處所沒有的一個新項：蜂蜜。拒棄蜂蜜，或者更確切地說以劣質蜂蜜的形式提供蜂蜜，連同英雄**姊妹**的輕率「亂倫」，成為英雄向鳥的轉變中起決定性作用的因素。對於後一個因素，蒙杜魯庫人神話提供了一種對稱的形象，採取丈夫與他們的妻子（她們是英雄的**姊妹**）不適當地交媾的形式。

我們同樣還記得，在關於野豬起源的、同另一個神話相對稱的博羅羅

人神話中，因爲這次把它和同樣題材的圖皮人－熱依人神話組比較時，消息顯得相同但骨架相反，所以，壞果子（長滿刺）取代壞蜂蜜（粘稠的而不是柔滑的）。因此，博羅羅人神話的神奇手段（屬於濕的方面）同熱依人－圖皮人系列的神奇手段（煙草或羽毛的煙、羽毛和刺的魅力）（屬於乾的方面）相對立，而這個對立跟我用作出發點的對立即博羅羅人水起源神話和熱依－圖皮人火起源神話間的對立相一致。

　　事實上，事情還要更複雜一點，因爲兩個博羅羅人神話只有一個是完全「濕的」：M_{21}。在 M_{21} 中，夫妻間的衝突因打漁（魚：水中獵物，同 M_{20} 的鳥：空中獵物和 M_{16} 等等的豬：地上獵物構成三角關係）而發生，最後靠煨燉的果子（果子＝植物∪水／魚＝動物∪水）而以有利於妻子告終。另一方面，在 M_{20} 中，乾和英雄以之自焚的火柴堆一同起著最重要的作用，而火柴堆似乎是跟 M_{15} 的羽毛的火和 M_{16} 的煙草的火同系的（而且還更明顯得多）。然而，如果這幾個項果眞是同系的，那麼，它們以各自的適用的最後結局相對立。火柴堆上——而且是對英雄自己而不是對供他們食用的產物的——焚化構成了一種雙重「超烹飪的」（ultra-culinaire）作用，於是它維護一種**補助的**關係，其結果是：裝飾品和裝飾出現，而它們也是「超烹飪的」，因爲屬於文化的方面；另一方面，烹飪則是技術的活動，構成自然和文化的橋樑。相反，在 M_{15} 和 M_{16} 中，也屬於「超烹飪」類型但程度很低的羽毛和煙草焚燒則以一種**互補**作用的方式發生，其結果是：肉出現，而肉是雙重「亞烹飪的」東西，作爲烹飪存在的自然的和初步的條件。

　　解決了這個困難，我現在就可以更大膽地強調蜂蜜和煙草的對立，這是它初次從神話中出現，而現在我將一直同它打交道，直到本書終結。我已經根據一些各自獨立的理由證明，在兩個神話（M_{20} 和 M_{16}）中，蜂蜜和煙草在消息層面上是相反的，因此它們在這兩個神話中彼此排他地存在。這就已經導致兩個項聯屬於同一個對立對偶。現在不難再補充一點：M_{21} 出現了一個相關項劣質蜂蜜——壞煨燉果子，它在消息方面和 M_{16} 相同（野豬

的起源），但在骨架方面相反（$\bigcirc \# \triangle / \boxed{\triangle}^{\#}_{\bigcirc} = \triangle$），而同 M_{20} 的相關則是雙重相反（骨架和消息兩方面都相反）。蜂蜜和煨燉的果子都是歸類於植物的物質（這在果子是顯而易見的；對於蜂蜜來說，這一點到後面再加以證明），同時兩者又都同濕的範疇相關。劣質蜂蜜以其厚度和粘稠的質地加以規定，與優良蜂蜜相對立，而後者是流動的和柔滑的；④劣質煨燉果子以其有刺來規定，而刺使它也變得稠厚而又粗糙。因此，蜂蜜和煨燉的果子是相似的；我們還知道，長滿刺的煨燉果子在神奇手段系列中位於 M_{18} 的羽毛和刺的魅力之後，而後者是對 M_{15} 的羽毛的煙的弱轉換，羽毛的煙則又同 M_{15} 的煙草的煙保持著同樣的關係。最後，我們剛才已看到，只要擴充這個系列，就可以證明蜂蜜和煙草間的相關而又對立的關係。

　　這樣就以一種新的方式證明了，煙草在這個體系中被賦予了關鍵的作用。只有煙草才稱得上帶有無可比擬的屬性。一個博羅羅人神話（M_{26}）關涉煙草的起源，或者更確切地說，關涉與這些印第安人所吸食的煙草不同的芳香葉種的起源。它敘述了，這些印第安人初次試吸了煙草，馬上就說有的好，有的不好，其根據是看它們的煙是否「刺人」。因此，轉換人和動物的神奇手段的系列中的各個項被聯繫了起來。煙草的煙和羽毛的煙都是刺人的，但一個是臭的，另一個是香的；煨燉的果子是有滋味的（因為人們總是吃它們），但多少經過製備：當果子去掉了刺之後是潤滑喉嚨的，否則是刺人的；蜂蜜也可能是柔滑的或者粘稠的。因此，有兩種煙、兩種煨燉果子、兩種蜂蜜。最後，在這些同形的（有著相同的骨架）神話中，蜂蜜

――――――――――――――

④博羅羅人近親烏穆蒂納人（Umutina）祈求蜂蜜時強調，流動性是主要的必需性質之一：「多給些像水一般柔軟、甘甜、液體的……蜂蜜。給些像河水一樣流動的、像沃土的水一樣甘甜的蜂蜜，不要給黏滯的（玷污的）蜂蜜」（Schultz: 2, 第 174 頁）。

和煙草處於反對稱的關係。

　於是我們面臨一個饒有興味的問題。熱帶美洲首先留給我們一個關於烹飪起源的神話體系，而按組別看，它又表現爲正形式的（火的起源）或反形式的（水的起源）。我們約定稱這第一個體系的正形式爲 S_1，稱其反形式爲 S_{-1}，後者暫且按下不提。從 S_1 的要素之一（野豬挿段的出現）出發翻轉 S_1，我就以這種方式在《生食和熟食》中重構了第二個關於野豬起源也即肉起源的神話體系。肉是烹飪的材料和條件，就像第一個體系中的火是其手段和工具。這第二個體系我們標記其爲 S_2，它被任意地放置於那另一個體系的右邊（爲了尊重《生食和熟食》第 133 頁圖 6 中已採取的佈置圖式）。這樣，就應當在 S_1 的左邊放置第三個關於文化器物起源的體系，它同 S_2 關於 S_1 爲對稱（因爲肉和裝飾品分別處於 S_1 解釋其起源的烹飪的這一邊和那一邊）。S_2 的這個反體系稱爲 S_{-2}：

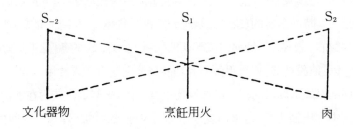

我們暫時只考察 S_1「右邊」神話領域中發生的情形。我們在那裡看到 S_2，而我們前面已用兩種方式表徵 S_2：這個神話體系以解釋野豬起源爲**目的**，以及這個神話體系訴諸各種不同物質作爲**手段**，而我們已表明這些物質是煙草的煙的各種組合變體。因此，煙草在 S_2 中以工具項的形式出現。但是，就像 S_1（烹飪的產生）必然假設 S_2（肉的存在）──因爲一者是另一者的材料──一樣，S_2 中煙草之作爲手段應用也必然假設它的預先存在。換

言之，S_2 的右邊應當有一個神話體系 S_3，在後者中，煙草起目的的作用，而不僅是手段的作用；因此 S_3 處於關於煙草起源的神話組之中；並且，像 S_2 是 S_1 的轉換一樣，S_3 是 S_2 的轉換，同時 S_3 至少在一根軸上重現 S_1，以便從這一方面來看，這個神話組可以看做爲封閉的。否則，應當重複上述運作，尋找一個體系 S_4，對它作同樣探討，如此以往，直至得到一個肯定的結果，或者直到一切希望落空，無可奈何地發現這個神話體系毫無冗餘。因此，賦予它以一種語法的全部努力乃出於空想。

事實上，我已在前一本著作裡找出了體系 S_3，並且已證明，它重現了 S_1。這裡我再簡單地回顧一下：它涉及一組關於花豹(S_1 提出的問題，那花豹作爲烹飪用火的主人) 和煙草 (S_2 提出的問題) 的起源的查科神話(M_{22}、M_{23}、M_{24})。只是在這個起源上，它揭示了這兩個項在同一個原因論領域中相結合。但尤其是 S_3 實際上復現了 S_1，因爲在這種情形裡情節是一樣的：一個盜鳥（金剛鸚鵡或鸚鵡）巢者的故事，這人被一頭花豹俘獲，花豹時而是雄的，時而是雌的(或者先是雄的，後來是雌的)；時而是友善的，時而是敵對的，最後，是姻兄弟或配偶即姻親。此外，S_1 的各個神話以烹飪爲目的，以「建設性的」火爲手段，其功能爲使肉適合於人食用。同樣，S_3 的各個神話以煙草爲目的，以破壞性的火爲手段(火柴堆，花豹在那裡喪生，從其灰中生出植物)。這火僅就煙草而言是建設性的，煙草──與肉不同──應該被焚燒 （＝被毀壞），以便人能食用它。

由此可見，S_2 右側應爲體系 S_3 佔居，S_3 轉換 S_2 並解釋之，同時又復現 S_1，因此，環鏈從這個方面閉合了起來。那麼，S_1 左邊的情形又怎樣呢？我們在那裡看到 S_{-2}，其**目的**是利用蜂蜜作爲**手段**來解釋裝飾品的起源，而我們已獨立地證明，蜂蜜這個項是同煙草對稱的。如果這組神話眞是閉合的，那麼，我們就不僅可以假設，在 S_{-2} 左邊存在一個體系 S_{-3}，它確立蜂蜜的存在，就像在領域的另一端上 S_3 已爲煙草做的那樣，而且還可假設，就內容而言，S_{-3} 應當以同 S_3 復現 S_1 的方式相對稱的方式復現 S_1──儘管是從

另一種觀點。所以，S_3和S_{-3}各從自己的方面復現S_1，從而共同去復現之：

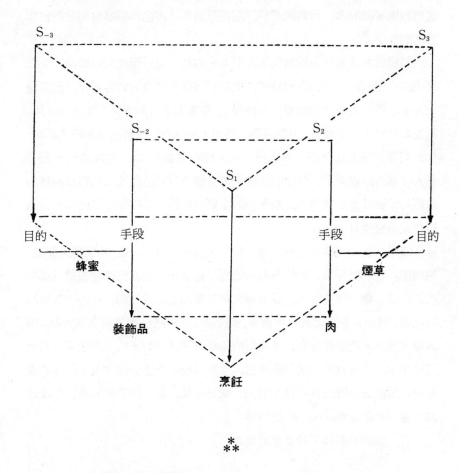

**

　　所以，我現在來開始研究 S_{-3}。

　　如人們所知道的，在某些北方圖皮人中間，蜂蜜似乎在慶典生活和宗
教思想中佔居最爲重要的地位。像祖先特姆貝人一樣，馬拉尼翁的特內特
哈拉人也給他們最重要的節日奉獻蜂蜜。這節日每年在旱季結束時即 9 月
或 10 月舉行一次。儘管已經多年未慶祝這節日了，韋格利（Wagley）和加爾

渥(Galvão)（第 99 頁）在 1939 和 1941 年間訪問的印第安人仍斷然拒絕讓
他們聽蜂蜜節的歌，因爲他們說，現在是雨季，非節日唱歌有招致超自然
懲罰的危險。

這節日眞正說來只持續幾天，但要早六到八個月預先開始準備。從三
月或四月開始，就要採集野蜂蜜，把它們儲存在葫蘆做的容器裡，把容器
懸掛在專爲慶典建造的典禮室的橫樑上。作爲標誌的葫蘆從 120 到 180 個，
每個都裝有 1 升多蜂蜜，並排安置，形成 6 到 8 行。在整個採集蜂蜜期間，
村民們每天晚上都聚在一起唱歌：女人待在典禮室內，「在蜂蜜的下面」；
男人在室外跳舞場上。似乎唱的歌關涉各種不同類型獵物和爲每種獵物所
規定的狩獵技術。實際上，蜂蜜節的主要目的就在於確保一年的其餘時間
裡狩獵收穫豐富。

蜂蜜採集和慶典的主持人由社區的某個要人專任，他得到「蜂蜜節主」
的頭銜。在保證採集到的蜂蜜數量已經足夠之後，他就派使者去邀請鄰村
的人。爲了款待這些客人，要準備大量甘薯湯並存貯獵物。接待來客時高
聲喧嘩，但一當新來者進入典禮室，就必須絕對靜默，然後再大叫大喊，喇
叭聲大作。人們按村編組，依次唱歌。負責接待的村子的人最後唱，結束
這個循環。然後食用葫蘆裡的蜂蜜，在飲用前，先用一個大罐中的水將蜜
稀釋。這節日一直持續到蜂蜜吃完。次日早晨，有一個集體歌會，然後是
烤肉宴（Wagley-Galvão，第 122-125 頁）。

有一個神話解釋了蜂蜜節的起源：

M$_{188}$　特內特哈拉人：蜂蜜節的起源。

　　一個叫阿魯韋(Aruwé)的著名獵人發現一棵樹上有金剛鸚鵡在吃
穀粒。他爬上樹去，建了一個隱蔽處，躲了起來。捕殺了許多鳥之後，
他想下樹，但又急速退回蔽身處，因爲有幾頭花豹來到。這些花豹常

常到這棵樹來採集野蜂蜜。當它們採集完畢後，阿魯韋帶著獵物回到村子。翌日，他又到這個地方狩獵，小心地躲藏在隱蔽處，一直到花豹來到而又離去。

　　一天，阿魯韋的兄弟爬上這棵樹，因爲他需要用紅色金剛鸚鵡的尾羽做節日的裝飾品。人們告誡他要謹防花豹，但他幻想殺死一頭。他的箭未射中目標，卻暴露了他的存在。被惹怒的這頭野獸向他撲去，兇殘地把他殺了。

　　阿魯韋空等兄弟回來，直到翌日。他斷定兄弟已被花豹殺害，於是他又去到那裡，他看到了搏鬥的痕跡。在兄弟血跡的指引下，他來到了一個蟻穴附近，成功地變成螞蟻而走進蟻穴裡面——因爲這是薩滿。在蟻穴裡面，他看到了花豹村。在恢復了人形之後，他就尋找兄弟。但是，花豹的一個女兒喜歡上了他；他娶她爲妻，定居在她父親那裡，這父親是個花豹殺手，它設法説服他相信，它的行動是合理的。

　　在客居花豹那裡期間，英雄幫助做蜂蜜節的準備和慶祝工作；他學會了儀式、唱歌和舞蹈的全部細節。但是，他患上了思鄉病，懷念他的人妻和孩子。花豹同情他，允許他重返自己的家，條件是他要把新妻子帶走。當他們來到村邊時，阿魯韋叫妻子等在村外，讓他去向家人説明情況。但是，他受到非常熱烈的歡迎，因此很久才回過神來。當他最後拿定主意時，豹女已消失在蟻穴中，並已把洞口堵死。阿魯韋千方百計尋找通往花豹村的路徑，但徒勞無功。他把蜂蜜節的儀式教給特內特哈拉人，從此之後他們就像他觀察到的那樣慶祝蜂蜜節（Wagley-Galvão，第143-144頁）。

在討論這個神話之前，我先來給出特姆貝人的版本（特姆貝人是特內特哈拉人的一支亞群）：

M$_{189}$　特姆貝人：蜂蜜節的起源

　　從前有兩兄弟。其中一個在一棵樹／azywaywa／的梢部建了個藏身處，金剛鸚鵡要來這棵樹吃花。他捕殺了許多鳥，這時突然出現兩頭花豹，它們帶著葫蘆在裡面裝入從這棵樹榨取的花蜜。在後來的許多天裡，這獵人一直觀察這兩頭動物而來試圖殺死它們。但是，他的兄弟不聽勸告，魯莽從事。他向花豹射箭，而不怕它們是傷害不了的。這兩頭野獸掀起暴風，動搖這棵樹，直到樹倒下，樹上的人也跌地身亡。然後，它們把屍體運到地下世界，它的入口和蟻穴洞口一樣小，它們把屍體放在一個沐浴著陽光的豎立的木十字架上。

　　這英雄變成螞蟻，一直爬進花豹房舍之中，那裡掛著盛滿蜂蜜的容器。他學會了唱儀式歌曲，每天晚上恢復人形同花豹跳舞；白天，他又變成螞蟻。

　　回到村裡，他把他看到的一切都教給他的同胞(Nim.:2, 第 294 頁)。

　　這兩個版本差別很小，只是在詳略方面和蜂蜜來源方面有所不同。在 M$_{189}$中，蜂蜜不是由蜜蜂獲取，而是直接從樹／azywaywa／，或許是／aiuuá-iwa／？，在這裡是從月桂科的黃花榨取的。不管樹種如何，這個版本更啓迪人，因爲當我們的蜂蜜不同，熱帶美洲的蜂蜜主要不是從花獲取的。但是，南美洲印第安人在許多種蜜蜂築巢的中空樹幹裡發現蜂蜜，因此把它歸類於植物界。許多塔卡納人神話 (M$_{189b}$，等等) 記敍了一頭猴子的不幸遭遇，它把一個細腰蜂巢當做一個果子，咬了一口，結果被狠狠地螫 (Hissink-Hahn, 第 255－258 頁) 一個卡拉耶人神話(M$_{70}$)記敍，從地球深處產生的最初的人採集「大量果子、蜜蜂和蜂蜜」。按照烏穆蒂納人(Umutina) 的說法，最初的人類創造了野果和蜂蜜 (Schultz: 2, 第 172、227、

228 頁）。在歐洲古代人那裡也可看到同樣的比擬；作爲證據，可以舉出赫西俄德(Hésiode)的這段話：「橡樹的頂梢上掛橡子，中央有蜜蜂」(《農作與日子》〔Travaux〕，第 232－233 頁) 以及古羅馬人的各種信條：在黃金時代，樹葉產生蜂蜜，今天蜜蜂仍然以葉子和草通過自然發生產生出來 (維吉爾：《農事詩集》第 1 卷，第 129－131 行；第 4 卷，第 200 行)。

圖 1　獵金剛鸚鵡的人 (黑鳥 [Riou] 繪畫，據克雷沃 [J. Crevaux]：《南美洲紀行》(Voyage dans I'Amérique du Sud)，巴黎，1883 年，第 263 頁。)

　　這樣也許解釋了圖皮人用 iramanha 這詞標示蜜蜂，諾登許爾德(5，第170 頁；6，第 197 頁) 繼伊海林之後取這詞的意義爲：「蜂蜜的護衛者」(而不是生產者)。但是，按照卻爾蒙特・德・米朗德的看法，／ira-mya／這名詞意思是巴爾博薩・羅德里蓋斯未加詳說地賦予 iramaña 的「蜜蜂之母」，而不是像塔斯特萬和斯特拉德利把它們還原爲／ira-maia／，同時又把第二個詞變成借自葡萄牙語的詞／mãe／即「母親」；不過，這在斯特拉德利

不無猶豫之處（參見辭條「maia,manha」），他的《詞典》提到，詞根 manha
(na)的意義同伊海林提出的意義。

　　我現在回到這個問題上來。現在首先應當強調，特內特哈拉人和特姆
貝人的神話同神話組 S_1 的神話有親緣關係，而這證實了我的假說：以蜜蜂
爲主要題材的神話應當復現關於烹飪用火的起源的神話，而它們本身又被
煙草起源神話(S_3)復現。在這三種情形裡，我們都同盜金剛鸚鵡或鸚鵡的人
（這裡是獵它們的人）打交道，他查明，有一頭或多頭花豹待在他藏身的
樹或岩石的脚下。每一處，花豹都是姻親：在 S_1 中是一個女人的丈夫，在
S_3 中先是一個男人的妻子，在我們現在研討的情形裡是一個花豹妻子的父
親。在 S_1 和 S_3 中，花豹吃金剛鸚鵡；在 S_{-3} 中，是人吃它們。S_1 中的**兩頭花
豹**：一頭是雄的、保護性的，另一頭是雌的、敵對的，它們對**同一個人**按
照不同方式行事。S_{-3} 中的**唯一的**花豹對**兩個人**也是採取不同的舉動：它吃
一個人，把女兒給了另一個人。在只有一頭花豹和一個人的 S_3 中，這種雙
重性建起在歷時的層面上，因爲花豹起先是個人妻，後來變成食人野獸。因
此，這三個神話體系具有相同骨架，後者是個三元組：人（們）、金剛鸚鵡
們、花豹（們），它們的相反對的行爲類型（＋，－）把各個項兩兩結合起
來：

S_{-3}	S_1	S_3
人們/金剛鸚鵡們：（－）	花豹1/ { 金剛鸚鵡：（－） 人：　　（＋）	（人妻)/)人：　　（＋） ↓ 花豹/ { 金剛鸚鵡：（－） 人：　　（－）
花豹/ { 人1：　（－） 人2：　（＋）	花豹2/人：　　　（－）	

　　每個神話體系都從一種可以說是飲食的對立得到啓示：S_1 中是生食和
熟食的對立（但始終處於肉食方面）；S_3 中是食人和另一種肉食（女人吃的
鸚鵡）的對立；最後，在 S_{-3} 中是肉食（人被規定爲金剛鸚鵡捕殺者）和素

食（因爲我們已看到，蜂蜜被歸類爲植物性物質）的對立。從這個觀點出發，這三個體系可排列如下：

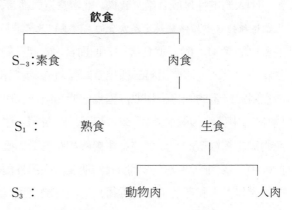

飲食

S_{-3}：素食　　　　　　肉食

S_1：　　熟食　　　　　　生食

S_3：　　　　　動物肉　　　　　人肉

儘管這結構表面上是「開放的」，但這神話組閉合於 S_3 和 S_{-3}。實際上，這三個體系中，只有 S_1 呈現靜態特徵：一開始，人是「食生食者」，花豹是「食熟食者」，最後，兩者只是簡單地互換角色。相反，在 S_{-3} 的開頭，人是食肉的，花豹是食素的，並且它敎會人食素，而正是在這個條件下它首先把自己從素食者轉變成肉食者，就像 S_3 中女人變成花豹。對稱地，在 S_3 中，女人的「食人」（吞吃活鳥）預示並預言其轉換成花豹；作爲使人成爲一種食物（而不是食物的食用者）的代價，這花豹自己得變成煙草：即一種植物性食物（地位同它在 S_{-3} 中佔居的植物食物的食用者的地位相適配），它爲了被食用而應被**點燃**，因此同 S_{-3} 中的花豹食用的**濕的**蜂蜜成反對稱。這個閉合很完滿，但它從屬於三個轉換，而它們本身處於三根軸上；即一個等同轉換：食肉花豹⇔食肉花豹；以及兩個非等同轉換，兩者都同素食相關：**被食用的食物⇒食物的食用者**，和：**乾的⇒濕的**。

在確定了由總體 $\{S_1，S_3，S_{-3}\}$ 構成的元體系的統一性之後，我們就可以更具體地來考察 S_1 和 S_{-3} 之間的關係；實際上，我們的初衷是找出復

現 S_1 的 S_{-3}。從這個界定的視角來看，可以得出三點意見：

(1)人的本性是旣食素又食肉。就素食方面而言，他同金剛鸚鵡相當（這鳥在這種神話中始終被規定爲素食的鳥，並以此名義同食肉鳥構成對立的對偶，參見 CC，第 413 頁）。就食肉的方面而言，人同花豹相當。從這種雙重的相當關係出發，S_{-3} 演繹出第三種相當關係，它直接把和金剛鸚鵡統一起來，兩者在對於蜂蜜的關係上相似，因爲它們和同一棵樹相聯結，其目的或者不同（M_{188} 中競爭的弱形式），或者相同，即在 M_{189} 中，在那裡，金剛鸚鵡吃花豹從中榨取蜜的花。這種金剛鸚鵡和花豹間的直接相當（通過應用這樣的推論：我們的朋友是我們朋友的朋友，從另外兩個相當即人和金剛鸚鵡的相當以及人和花豹的相當推得）⑤在理論上可以兩種方式加以確立：把神話的金剛鸚鵡變成肉食的，或者把神話的花豹變成素食的。第一種轉換可能同金剛鸚鵡在其他神話中占有的單義地位相矛盾。第二種轉換僅當在 S_{-3} 中花豹簡單地作爲植物性食物即蜂蜜的物主和創造者出現時才可能與花豹所佔有的地位相矛盾。但是，這組神話恰恰對此什麼也沒有說。M_{189} 還致力於區分兩種消費蜂蜜的對偶方式：金剛鸚鵡的**自然**方式，因爲它們滿

---

⑤這裡可以看到，神話思維同時地訴諸兩種不同形式的演繹。人和金剛鸚鵡在素食關係下的相當、人和花豹在肉食關係下的相當都是從觀察資料出發推理出來的。另一方面，金剛鸚鵡和花豹的相當是從另外兩個相當推出來的，繪出了綜合的特徵：因爲它並不以經驗爲根據，甚至和經驗相矛盾。對於種族動物學（ethnozoologie）和種族植物學（ethnobotanique）上出現的許多反常，我們只要注意這樣一點，就立即可以加以解決：這兩個知識體係乃是把一些結論並列地擺出來，而這些結論是按照兩種演繹方法得出的，它們根據以上意見的啓示，可以稱爲**經驗演繹法**和**超驗演繹法**。（參見我的論文〈鶴的演繹〉〔The Deduction of the Crane〕，載《美國人類學家》〔*American Anthropologist*〕，印刷中。）

足於吃花（可以說全是「生的」），而花豹爲了**文化**的目的採集蜂蜜：慶祝蜂蜜節。所以，花豹並不是「蜂蜜的主人」，而金剛鸚鵡也食用蜂蜜（人無疑也食用蜜蜂，儘管現在其方式不再是儀式性的）。花豹倒是「蜂蜜節的主人」：一種文化模式（還用狩獵相聯繫）的首創者；這不是否定而是證實了花豹在 S_1 中是另一種文化模式——烹飪用火——的主人。

(2)從親緣關係觀點看，當從 S_1 到 S_{-3} 過渡時，出現了一種轉換：

$$S_1 \left[\begin{array}{c} \triangle = \overline{\bigcirc \;\; \triangle} \\ \text{花豹} \quad \text{人} \end{array} \right] \Rightarrow S_{-3} \left[\begin{array}{c} \triangle = \overline{\bigcirc \;\; \triangle} \\ \text{人} \quad \text{花豹} \end{array} \right]$$

換句話說，人在 S_1 中處於女人給予者的地位，在 S_{-3} 中處於女人取受者的地位。

這個轉換伴隨著另一個轉換，後者係關於態度。S_1 的一個顯著特徵在於不關心花豹從那裡得知他的妻子被他收爲繼子的小英雄殺害或傷害。這種「不關心的表白」在 S_{-3} 中有完全一樣的對應物，在那裡，英雄輕率地就聽信：花豹殺死他兄弟，是合理的防衛(M_{188})，甚或聽憑蜂蜜節的唱歌和跳舞迷住自己，忘了他拜訪花豹的初衷，即爲了尋找兄弟或血花豹報復(M_{189})：

$$S_1 \left[\begin{array}{c} \text{不在意的花豹} \qquad \text{受害者} \\ \triangle \;\; = \;\; \overline{\bigcirc} \\ \triangle \\ \text{人兇手} \end{array} \right] \Rightarrow S_{-3} \left[\begin{array}{c} \text{花豹兇手} \\ \triangle \\ \overline{\triangle \quad \triangle} = \bigcirc \\ \text{受害者 不在意的人} \end{array} \right]$$

(3)最後，S_1 和 S_{-3} 之間存在著後一種相似之處，在這裡它也是雙重的不

關心態度。花豹處處扮著文化創始者的角色：或者採取需要火的烹飪的形式，或者採取需要水的蜂蜜節的形式。前者相應於按世俗模式食用的熟食物，後者相當於按神聖模式食用的生食物。也可以說，花豹以烹飪(S_1中伴帶著弓箭和棉紗）帶給人物質文化。它以蜂蜜節（這在北方圖皮人那裡屬於最重要也最神聖的宗教典禮)給人帶來精神文化。但是，有必要指出，在這兩種情形裡的決定性過渡在一種情形裡是從生食到熟食的過渡（文化的所有構分都曾經過這一步），在另一種情形裡是從世俗生食到神聖生食的過渡（這樣便克服了自然和超自然的對立，但採取不確定的方式，因為慶典儀式應當每年更新），它相應於跨越一定寬度的間隔：

烹飪

自然 ｜ 文化 ｜ 超自然

蜂蜜節

＊＊

　　現在剩下來便是考察元體系的最後一個方面。我們最好先來作個簡短的總結。

　　在通過反轉得到 S_2 之後，我們便證明了：在 S_2 中按神話組發生社會學骨架的破裂。對於不變的消息（野豬的起源），這種骨架在特內特哈拉人和蒙杜魯庫人那裡採取形式： $\triangle^{///}\bigcirc=\triangle$ ，而它在博羅羅人那裡採取形式：$\bigcirc\#\triangle$ 。通過探究社會學骨架： $\triangle^{///}\bigcirc=\triangle$ 在這後一種情形裡相應於什麼消息，我們發現：這就是裝飾品和裝飾即文化器物的起源(S_{-2})。

　　暫且撇開這個結果，我們便到達第三階段即明白了這樣一點：花豹在 S_1 中作為動物和作為好心的姻兄弟乃是 S_2 中的豬——（因為）心腸壞（而變

成)動物的姻兄弟——的對應物。但是，S_2關涉豬的起源；因此，是否存在一個體系 S_3，它講述 S_1 的主人公花豹的起源呢？有些查科神話(S_3)滿足這個要求，尤其意味深長的是，它們在同一個故事中很混淆花豹的起源和煙草的起源，因爲這樣可以完成循環：在 S_1 中，花豹是烹飪用火（「建設性火」）的手段；在 S_2 中，煙草的火是豬的手段（因它決定豬的出現）；最後在 S_3 中，焚化的火柴堆（破壞性火）是煙草的手段，煙草產生於以它爲「目的」的花豹遺體——不是雙關語。然而，煙草的火恰恰處於烹飪用火和焚化火柴堆之間的地位：它產生一種可食用的物質，但要通過焚燒（CC，第 114－145 頁）。

在 S_2 到 S_3 的轉換得到證實的同時，我們還作出了三點證明。第一，S_3 從代碼方面（盜鳥巢者的故事；人、金剛鸚鵡和花豹構成的三元組）複現 S_1；其次，S_3 從骨架方面轉換 S_1，使之成爲：○≠△ 而不是：$\triangle \overset{/\!/}{\bigcirc} = \triangle$ ；最後，這轉換等同於我們在從圖皮人神話過渡到同樣專門關於野豬起源的博羅羅人神話時所觀察到的轉換。

從那裡又產生一個問題。如果在博羅羅人那裡，骨架○≠△ 在 S_2 中已被調動，骨架 $\triangle \overset{/\!/}{\bigcirc} = \triangle$ 在 S_{-2} 中已被調動，那麼，爲了講述煙草的起源，這些印第安人應當訴諸哪種類型家族關係呢？事實上，他們那裡出現了一種新的斷裂，因爲他們講述了關於兩個不同的煙草種的起源的兩個不同神話。

這兩個神話已經作過分析（CC，第 139－147 頁）。不過，這裡再作一簡短的回顧。其中一個神話(M_{26})說，從一條蛇的灰中產生了一種煙草（*Nicotiana tabacum*），這蛇是一個女人幫助搬運她丈夫打獵時殺死的一條蟒蛇的肉時偶而被它的血受孕而產下的。另一個神話關涉一種番荔枝科植物(anonacée)，博羅羅人也吸它葉子的煙，他們給它取了個眞正煙草的名字。這種煙葉是一個漁夫在魚腹中發現的；他起先在夜裡躲在藏身處吸煙，但他同伴硬要分享。他們吞下煙，而不是吐出煙。這就奪取了精靈應得的

供品,因此,作爲懲罰,精靈把吞食煙草的人變成水獺。我已就 M_{26} 表明(CC, 第 140－141 頁),它同關於煙草起源的查科神話(M_{23}、$_{24}$)嚴格對稱。同樣重要的是把這神話和博羅羅人專門關於野豬起源的那個神話(M_{21})相聯結的那些關係,而這個 M_{21} 我們看到它有兩版本:一個已扼述過,另一個則較早,因爲它是在 1917 年收集到的。這個版本比較含混,還有亡佚之處,但它表明:女人們嫉妒丈夫捕魚成功,因此當水獺許諾提供魚時,她們就向它們賣淫。於是,女人們可以聲稱,她們比男人更能捕魚(Rondon, 第 166－170 頁)。這私通的情節和另一個版本相同,只是後者給女人和水獺的關係蒙上知恥的面紗,她們似乎爲不怎麼放蕩的動機所驅使。

如果說動物誘姦者的題材在南美洲神話中是常見的,那麼,這角色之給予水獺,便是鮮爲人知的情形了;這角色習慣上給予貘、花豹、鱷魚或蛇。博羅羅人利用貘誘姦者,但讓它們化身爲人(作爲氏族名祖的人是貘, M_2);我們還證明了,在 M_{26} 中,他們利用蛇,不過把它的誘姦者特性弱化到了極點,因爲所涉及的是一條死的而不是活的蛇,又是這動物的段塊而不是全身,而且這女人受孕事出偶然而又無意,是受到搬運的肉塊漏滴出來的血(這是一種玷污人的而非給人受孕的液體)的作用。因此,一個正常的動物誘姦者在這裡被去了勢;同樣,它的雌性受害者也得到寬恕,她的過失在這神話中似乎歸因於命運。相反,博羅羅人在他們的野豬起源神話中訴諸一個特別的誘姦者——水獺,它突出地起著向女人主動進攻的作用,而女人自己顯出雙重的邪惡:爲在捕魚上勝過男人而同野獸達成可恥協議,同時,在一個文明的社會裡,男人捕魚,而女人滿足於運送魚。

爲什麼利用水獺呢?我們已依次考察到的博羅羅人神話組兩次讓它們介入。按照 M_{27},一次男性的捕魚聚會導致借助躲過其他人的一條魚發現煙草;煙草的煙的攝入招致人轉變成水獺。按照 M_{21},水獺之轉變爲人(＝誘姦人妻者;隆東的版本實際上稱它們爲「人」)招致從男人處竊取魚的女性捕魚聚會,而這決定了人因攝入帶刺的煨燉果子而變成豬。因此,一個轉

變的**方向**即從人到水獺或從水獺到人(在一種情形裡是換喻：男人的**聚會**；在另一種情形裡是隱喻：水獺**作爲**男人同女人交媾) 和另一個轉變的**內容**即當應當把一種物質：煙草或煨燉果子排到外面時卻吞進了它，兩者之間存在一種關係。〔不過，後一個轉變或者是爲了隱喻的目的(以便煙草的煙扮演獻祭精靈的供品的角色)，或者是採取換喻的方式(通過咳出作爲煨燉果子元構分的刺)〕。

現在，如果我們記得，在蒙杜魯庫人的野豬起源神話(M_{16})中，所攝入的煙草的煙 (它在博羅羅人那裡把人變成水獺) 是人向豬的轉變的運作者 (而在博羅羅人那裡，帶刺的果子起著這第二個作用)，那麼，我們也就理解了魚 (就像豬作爲地上獵物那樣) 的主人水獺介入的理由 (這一點的論證，可參見CC，第 144-147 頁)。這兩個物種就下述各個轉換保持同系而言是對稱的：從**乾**到**濕**、從**煙草**到**煨燉果子**，從**狩獵**到**打漁**以及最後從**火**到**水**。因此，這一切過程可以用下列兩個公式來概括：

$$(1) \, {}^{M_{16}}\begin{bmatrix} 人 \Rightarrow 豬 \end{bmatrix}, \, {}^{M_{27}}\begin{bmatrix} 人 \Rightarrow 水獺 \end{bmatrix} \overset{f}{=} \begin{bmatrix} 攝入的煙 \end{bmatrix} ;$$

$$(2) \, {}^{M_{21}}\begin{bmatrix} 人 \Rightarrow 豬 \end{bmatrix} \overset{f}{=} \begin{bmatrix} 煙 \Rightarrow 煨燉果子 \end{bmatrix}, \, \begin{bmatrix} 水獺 \Rightarrow 人 \end{bmatrix} 。$$

借助 M_{16}，可以把 M_{27} 和 M_{21} 的代碼還原爲統一代碼，爲此只要利用它們的共同性質：對 M_{16} 和 M_{21} 來說爲都是關於同一動物種即野豬的起源的神話，對於 M_{16} 和 M_{27} 則爲都訴諸同一運作者即攝入的煙草的煙來啓動人向不同動物種的轉換。在作了這個還原之後，我們就可以作從 M_{26} 出發的同樣還原。M_{26} 像 M_{27} 一樣也是煙草起源神話。這個神話顯然從乾和濕的關係

轉換 M_{27} 和 M_{21}：這裡煙草產生於**陷於火中的**而不是像 M_{27} 中那樣**取自水中的**動物屍體。這裡最終的物質是煙，而好煙的條件是**刺人**。⑥因此，這同 M_{21} 中的**飲料**恰成對比，人所以犯了認爲它是好的這個致命錯誤，就是因爲不懷疑它是**刺人的**。

這個雙重轉換在博羅羅人神話中顯然是逆反的：〔**水外**〕⇒〔**火中**〕以及〔**飲料**〕⇒〔**煙**〕。這個轉換支配著從熱依人和圖皮人關於火起源的神話向博羅羅人相應神話(M_1)的過渡，而我們知道，後者是個關於水起源的神話。爲了把握博羅羅人神話總體{M_{21}、M_{26}、M_{27}}（它是眼下討論的對象），我們首先應予注意的是社會學骨架的各個相關轉換。M_{21} 記敍夫妻圍繞打漁發生的衝突。妻子們拒絕與丈夫合作，不肯履行男女分工法則通常規定她們的運送魚的職責，並聲稱她們也要像男人那樣負起打漁的職責，並且超過男人，而這導致她們成爲水獺的情婦。M_{26} 中則是整個地倒了個頭：它關涉狩獵而不是打漁，並且妻子渴求同丈夫合作，因爲她們響應在離村子相當距離處的獵人的哨聲的呼喚，急忙趕去幫助他們運送肉塊。如我們已說過的那樣，這些溫順的妻子無任何劣跡。唯有命運會導致這樣的結果：其中有一個妻子在一定環境條件下排除一切色慾，因此寧可被玷污也不受肉引誘。⑦這肉塊取自一條蛇，而蛇在無數熱帶美洲神話中屬於陰莖形象的動物和主動誘姦者。這一點又加強了 M_{26} 謹愼刻劃的這些角色的中性化。

在 M_{27} 中也可觀察到構成 M_{21} 骨架的夫妻衝突的這種中性化，儘管它以另一種方式表現出來。我們說，如果說在 M_{26} 中夫妻繼續存在而衝突消

---

⑥ M_{26} 在這一點上非常明確，它實際上詳確地說明：煙草初次出現時，「人採集葉子，把它們弄乾，然後捲成捲煙，他們點燃它們，開始吸煙。當煙草味濃時，他們說：『這煙草味濃，好！』但是，當味不濃時，他們就說：『這煙草糟！它不刺人！』」（Colb.：3，第 199 頁）。

⑦關於博羅羅人嫌忌血，參見 CC，第 203 頁註⑥。

失，那麼在 M_{27} 中情形正好相反：衝突繼續存在而夫妻消失。實際上，它主要關涉一個衝突，不過是同性即男人同伴之間的衝突，而他們的捕魚角色是相似的並不是互補的。然而，其中有一個人試圖獨享一項集體事業的奇蹟般產物，並且只是在他被人發現，因而無法再別施良策時才決定讓人分享：

$$
\left[
\begin{array}{l}
M_{26}: \quad 合作 \\
\\
M_{21}: \\
\qquad\qquad 對抗 \\
M_{27}:
\end{array}
\right\}
\left\{
\begin{array}{l}
M_{21}: \\
\qquad \\
M_{27}: \quad 同伴之間
\end{array}
\right.
\left\}
\begin{array}{l}
丈夫和妻子之間 \\
\end{array}
\right.
\left\{
\begin{array}{l}
M_{26}: \quad 在狩獵中 \\
\\
M_{21}: \\
\qquad\qquad 在打漁中
\end{array}
\right.
$$

因此，這裡我們可以來回答剛才所提出的問題。爲了考慮煙草的起源，可以說「短缺」一個骨架的博羅羅人再度適用在考慮野豬起源時已適用過的骨架，後者也曾被查科部落用來考慮煙草的起源，即 $\bigcirc\#\triangle$，它也可推廣爲形式 $\bigcirc/\triangle$，同 $\bigcirc\cup\triangle$ 相對立。但是，因爲這骨架在他們那裡已經起了另外的一種作用，所以他們就通過從兩個可能方向把這骨架擴展到極限而改變它；或者，他們維持各個項而取消其關係：$(\bigcirc/\triangle) \Rightarrow (\bigcirc\cup\triangle)$；或者，他們維持這關係而取消各個項之間的差異：$(\bigcirc/\triangle) \Rightarrow (\triangle/\triangle)$。因此，他們時而設想，夫妻間合作因命運而從外部被改變，時而設想，同性個人間的合作因其中一個人的邪惡而從內部被改變。因爲有兩種解決，所以有兩個煙草起源神話，而因爲這兩種解決相逆反，所以這些神話在詞彙層面上也是這樣：一種煙草以水中產生，另一種煙草從火中產生。

因此，表徵神話體系總體 $\{S_1$（火的起源），S_{-1}（水的起源），S_2（肉的起源），S_{-2}（文化器物的起源），S_3（煙草的起源），S_{-3}（蜂蜜節的起源）$\}$ 的社會學骨架的轉換並未爲其典範表達式 $[\triangle\overset{/\!/}{\underset{\bigcirc}{}}=\triangle] \Rightarrow [\bigcirc\#\triangle]$ 所完全窮

盡。這轉換在〔○#△〕以外還帶來一個結果。如我們已經肯定的那樣，這些神話從兩個方面設想夫妻離異。一個是技術—經濟的方面，因爲在沒有文字的社會裡，分工普遍按照性別，而這賦予婚姻以充分的意義；另一個是性的方面。通過交替選取其中一個方面，並把它擴展到極端，便得到一個由社會等項構成的系列, 其階次從**邪惡同伴**這人物直到**冷漠誘姦者**這人物，而它們同等地一方面反對其全部意義唯屬於技術—經濟性質的個人間關係，另方面反對其全部意義唯在於性層面之上的關係，因爲按照假說，誘姦者這人物沒有別的身份；因此，他們既在**結婚**的**那一邊**，又在**親屬**的**這一邊**。

這個社會學骨架由於這個事實而被雙重折射，並發生某種混淆，而這仍可通過博羅羅人煙草起源神話看出（不過，這並未損害這些神話同關於同一題材的查科神話所保持的轉換關係）。然而，這個骨架同樣可以在處於語義域另一極端的神話即特姆貝人和特內特哈拉人關於蜂蜜（節）起源的神話(M_{188}、M_{189})中看到。在這兩個版本中，英雄都有一個兄弟，他暴露出是個**邪惡同伴**：其過失導致他分離。於是，英雄出去尋找這兄弟，但他幾乎立即就忘了這事，而被蜂蜜節上的唱歌和跳舞給迷住了（＝被引誘了）。後來又被同胞接待所**引誘**，他忘掉了**花豹妻子**，而當他要找到她時就再也見不到了。

分析進行到這一步，我們就可以宣稱感到滿意，並可以認爲，我們已成功地使我們的全部神話像樂器那樣「達到協和」：管弦樂隊經過最後的混亂之後，各個樂器現在同度演奏，因爲我們通過管弦樂隊按照自己方式演奏構成本書的總譜而給出的元體系中不再存在任何不協和音。我們在語義域的一端實際看到不是一組而是兩組煙草起源神話：社會學骨架爲〔○#△〕的查科神話，它們講述對**全人類**有利的**一般**煙草的起源（從這後一觀點來看，這些神話說到的向鄰村派使者，傳達著一種向外界「開放」的視界）；以及同這些神話相關的博羅羅人神話, 它們的社會學骨架提供了一種

對一組神話作雙折射的形象，它們關涉對一個部落社會的某些**確定氏族**有利的**特殊種**的煙草的起源。因此，博羅羅人神話在目標和題材兩方面都同查科神話處於一種提喻的(synecdoque)關係：它們面向整體的兩方（煙草的方面和吸煙者的方面），而不是面向整體。

　　但是，如果說我們在語義域的這一端安排了太多神話，那麼，另一端出現相反的情景，在那裡我們沒有足夠的神話。我們用來充實這個區域的神話(M_{188}, M_{189})眞正說來，並且像預期的那樣，並不是關於蜂蜜起源的神話，它們是蜂蜜**節**起源的神話，而它是一種社會和宗教的儀式，並不是一種自然產物，儘管這裡必然蘊涵著自然產物。因此，這裡我們缺乏一組蜂蜜起源神話，當從右到左讀第21頁上的圖式時，它的位置恰在 S_{-3} 的前面或者說旁邊。如果我們假設存在這個神話組，以此作爲工作假說，那麼，關於蜂蜜的體系 S_{-3} 因此就以與關於煙草的體系 S_3 相對稱的方式一分爲二。最後，這種對稱性應當掩蓋掉顯現在另一個層面上的不對稱：兩組煙草起源神話如上所述處於提喻關係，而如果從廣義看待各個項，則這種關係便上升爲換喻關係。相反，如果存在關於眞正蜂蜜的起源的神話，那麼，它們應當同蜂蜜**節**起源的神話處於所指對能指的關係，這樣，實際的蜂蜜在爲了社會和宗教目的而被採集和食用時得到了一種它作爲自然產物所沒有的意義。因此，這樣構想的這兩組神話之關係現在上升到隱喻的地位。

　　這些考慮道出了我現在要進行的這項研究的綱領。

第一篇

乾和濕

Si quando sedem augustam seruataque mella
thensauris relines, prius haustu sparsus aquarum
ora foue fumosque manu praetende sequacis.

自從奧古斯都時代以來人們從蜂巢製取蜂蜜酒，在飲用之前先加水燉
煮，爐火之下就會冒出煙來。

維吉爾：《農事詩集》第 4 卷，第 228～230 行

I　蜂蜜和煙草的對話

　　蜜蜂作爲黃蜂(*guêpe*)是具膜翅的昆蟲，在熱帶美洲有幾百個種，歸類
爲 13 個科或亞科，絕大部分爲獨居蜂。但是，也有群居蜜蜂，它們大量生
產提供食用益處的蜂蜜，葡萄牙人戲稱它們爲 *pais de mel* 即「蜂蜜之父」；
它們全都屬於無刺蜂科、無刺蜂屬(*Melipona*)和無刺蜜蜂屬(*Trigona*)。與
我們的蜜蜂不同，腰比較細的無刺蜂沒有針刺和毒。然而，它們有一根進
攻性的導管，可能讓人很難對付，而這蜂種因此得到俗名 *torce cabellos* 即
「討厭的絞蜂」；或許更讓人討厭的是，它們成百上千地黏附在旅行者的臉
部和身上，吮吸他的汗水以及鼻或眼的分泌液。這就使玲瓏無刺蜜蜂
(*Trigona duckei*)有了一個俗名：*lambe olhos* 即「舐眼蜂」。
　　當人在特別敏感部位：耳朵和鼻孔內部、眼角和嘴角受到這種抓癢時，
馬上就被惹怒，但是那種驅趕這種昆蟲的習慣動作即突然性動作並不能制
止這種抓癢。這些蜜蜂變重了，好像被人體食物麻醉了，似乎失去了飛離
的意願和能力。受害人已沒有精神再徒勞地向空中揮動手，於是迅速打自
己的臉，這是致命的打擊，因爲那些吮足汗水而被打扁的蜂屍黏住了還殘
存在那裡的活蜂，並以新餐引誘其他蜂再來加入。
　　這些常見的經驗足以證明，無刺蜂的食譜比舊大陸蜜蜂的食譜更爲多
樣，它們並不厭棄動物性物質。貝茨(Bates)在一個世紀前就已指出，亞馬
遜地區的蜜蜂較喜歡吃的食物不是花，而是樹液和鳥糞。按照施瓦茨
(Schwartz)的說法(2, 第 101-108 頁)，無刺蜂感興趣的食料極其多樣，從
花蜜和花粉直到腐肉、尿液和糞便。因此，無怪乎它們的蜂蜜在顏色、稠
度、滋味和化學成分上都與蜜蜂(*Apis mellifica*)有相當大差別。無刺蜂的

蜂蜜往往顏色很深，又因含水分量多而始終是流動的，並且糖分少。

　　我從伊海林那裡〔辭條「當地的群居蜂」(abelhas sociaes indigenas)〕得到這些信息。他詳確地指出，蜜蜂的蜂蜜含有蔗糖，平均含量爲10%，而無刺蜂一點不含蔗糖，但代之以含有豐富的果糖和葡萄糖（含量分別爲30%到70%和20%到50%）。因爲果糖的糖化能力大大超過蔗糖的糖化能力，所以無刺蜂的蜂蜜提供很美的滋味，以致幾乎讓人受不了，而它們的香味非常多樣，但始終很豐富而又很複雜，未曾聞過的人都形容不出來。比任何習慣上從嚐和聞得到的滋味都更令人愉悅的一個樂趣是，感受閾被打亂，對感受的記錄變得混亂。人不再知道是否嚐過它，也不再知道是否燃起過愛情。這種性的意味沒有逃過神話思維的注意。在日常的層面上，無刺蜂的蜂蜜在糖份和香味上的強烈（這使它處於其他食物所無可比擬的地位）使得在實際食用時必須放在水中稀釋。

　　某些包含鹼成分的蜂蜜還有通大便的作用，但帶危險性。屬於無刺蜜蜂亞科的有些無刺蜂種，尤其黃蜂（胡蜂科）的蜂蜜就是這樣，後者的「麻醉力」據說等同於無刺蜜蜂。由於這個原因，無刺蜜蜂在聖保羅州被稱爲 *feiticeira*，即「女巫」，或 *vamo-nos-embora*，即「快逃」(Schwartz：2，第126頁)。另一些蜂蜜明顯有毒性；例如亞馬遜的一種名叫 *sissuira*（*Lecheguana colorada, Nectarina lecheguana*）的黃蜂的蜂蜜，聖伊萊爾(Saint-Hilaire)（Ⅲ，第150頁）遭到的麻醉應當歸因於這種蜂蜜。這種毒性偶而無疑也可從對有些花種所作的考察得到解釋，正像人們就 *Lestrimelitta limão* 的情形所表明的那樣(Schwartz：2，第178頁)。

　　無論怎樣，這種野蜂蜜對印第安人產生了一種爲任何其他食物都比不上的吸引力，而且，如伊海林所指出的，它還帶上了一種眞正動情的特徵：「O Indio...(e) fanatico pelo mel de pau.」〔「或者印第安人……（而且）對生的木蜂蜜如痴似醉。」〕在阿根廷，「鄉村散工的最主要消遣和最大快樂也是採集蜂蜜。爲了使匙中貯上一定數量的蜂蜜，散工要整天待在一棵樹上

勞動，常常有著生命危險。因爲他們沒有想到，爲了採蜜而要置身於高山是危險的。他們在一棵樹幹上用蠟劃一個開口或一條裂隙，作爲記號，然後找一把斧砍倒或砍傷一棵華美的良種樹」(Spegazzini, Schwartz 引：2，第158頁)。在出發探蜜之前，查科的阿什魯斯業人爲了增加機會，在眼睛下面放血 (Nordenskiöld：4，第49頁)。居住在巴拉圭和巴西接壤處的古老的阿比波納人 (Abipone) (馬托格羅索南方的卡杜書奧人的遠祖) 曾向多布里措費爾 (Dobrizhoffer) (II，第15頁) 解釋說，他們仔細去除睫毛，以便他們的視線不受阻礙，能夠追蹤單個孤獨蜜蜂的飛行，直到它的巢。這種「視看」發現技術我們很快又可以在鄰近一支群體的神話中看到 (第58頁)。

伊海林的意見較特殊地關於 mel de pau 即「木蜂蜜」，它可以看到有兩種形式：在黏附於樹幹表面上的蜂巢中，蜂巢懸掛在一根樹枝上，形象地按形相命名：「木薯餅」、「犰狳甲殼」、「女人陰戶」、「狗陰莖」、「葫蘆」等等 (Rodrigus：I，第308頁註①)；或在中空樹的內部，某些種蜂，尤其 mandassaia 蜜蜂 (*Melipona quadrifasciata*) 在那裡把它們隱藏的蠟和它們專門收集來的泥土糅合起來做成各種圓形「罐」，它們的容積從 3 到 15 立方公分不等，其個數足夠採集有時多達幾升的香氣誘人的蜂蜜 (圖 2)。

這些蜜蜂，也許還有某些別的蜜蜂在有些地方開始馴養。最簡單也最廣爲應用的方法是在中空樹中放入蜂蜜，指引蜂群來歸。帕雷西人 (Paressi) 用放在茅舍近處的一個葫蘆收容蜂群，圭亞那、哥倫比亞和委內瑞拉的許多部落也這樣做，或者未專門準備一根樹桿，而把砍下的中空樹帶回家，水平地懸掛在屋樑上 (Whiffen，第51頁；Nordenskiold：5、6)。

不如木蜂蜜豐富的所謂「地的」或「蟾蜍的」蜂蜜 (*Trigona cupira*) 是在地下的蜂巢之中的，這種蜂巢有一個小的入口，一次只能容下一隻蜜蜂進入，而且這入口往往離蜂巢很遠。經幾小時乃至幾天的耐心觀察而發現了這入口之後，還得花好多小時工夫去挖掘，才得到不多的收藏蜂蜜 (約半升)。

把這一切觀察結論歸結起來，可以斷定，熱
帶美洲的蜂蜜數量或多或少（總是多寡懸殊），視
它們的源自陸棲還是樹棲蜂種而定；樹棲蜂種包
括蜜蜂和其蜜通常帶毒性的黃蜂；最後，蜜蜂的
蜂蜜可能本身又是甘甜的或麻醉性的。①

＊＊

無疑，對於忠實解釋動物學實在來說，這種
三元區分是太簡單了，但它的好處在於反映了土
著的分類範疇。像其他南美洲部落一樣，卡因岡－
科羅拉多人也反對造物主創造的蜜蜂、同毒蛇一
起欺騙人的黃蜂、美國山貓和所有跟人敵對的動
物（Borba，第 22 頁）。其實，不要忘記：如果說
無刺蜂不刺人（但有時是螫人的），則熱帶美洲的
黃蜂屬於極毒的動物種。但是，在蜜蜂蜂蜜和黃
蜂蜂蜜的這種極端對立之間，還存在另一種不怎
麼絕對的蜂蜜，因爲它包括無害蜂蜜和麻醉性蜂
蜜之間的所有中間性蜂蜜，這是指不同蜂種的蜂
蜜，或者同一種蜂蜜，但新鮮時或發酵後食用：蜂
蜜的滋味因蜂種和採集時節而異，甜度從極甜直
到酸苦（Schultz：2，第 175 頁）。

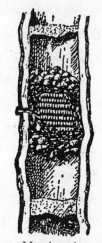

Mandassaia

圖 2　Mandassaia 蜜蜂
（四橫帶二角無刺蜂）和
它的巢（據 Ihering：前引
書，辭條「mandassaia」）

如我們在後面要證明的那樣，亞馬遜各部落一貫把毒性蜂蜜用於儀式，

①黃蜂蜂蜜引起愉悅性的神經興奮，與之相對比，也許說引起人麻木、瘋癲和乏
　力，才合適（Schwartz：2，第 113 頁）。但是，南美洲蜂蜜的毒性所提出的問
　題現在還沒有得到肯定的解決。

以便引起嘔吐。巴西南部的卡因岡人賦予蜂蜜兩種成強烈對比的價值。在他們看來，蜂蜜和生的植物屬於冷性②食物，只允許寡婦和鰥夫食用，因為他們只食用肉或所有其他熟食就有發內熱而致死的危險（Henry：Ⅰ，第181－182頁）。然而，這個種族的其他群體區分兩種玉米啤酒，並把它們對立起來：一種是簡單的，稱為／goifa／，另一種叫做／quiquy／，添加入蜂蜜（只有他們這樣用它）。這種啤酒比另一種「更麻醉人」，人們只喝它，不吃它，它會引起嘔吐（Borba，第 15 和 37 頁）。

按照這種蜂蜜二分法，幾乎處處都區分開甜的和酸的，無害的和有毒的，甚至那些不知道發酵飲料或者不利用蜂蜜做這種飲料的群體也這樣作區分。一個蒙杜魯庫人神話很好地說明了這種二分法。這個神話已經扼述和討論過（CC，第 349 頁），不過我現在要介紹我們保留的另一個版本，以便從另一種背景去考察。這版本為：

M_{157b}　蒙杜魯庫人：農業的起源

從前，蒙杜魯庫人還不知道獵物和栽培植物。他們食用野生的塊莖和樹蘑菇。

後來甘薯之母卡魯厄巴克(Karuebak)來到，她教人做甘薯的技藝。一天，她命令姪子去開墾一塊林地，她說那裡很快能長出香蕉、棉花、薯蕷屬(Dioscorea)、玉米、三種甘薯、西瓜、煙草和甘蔗。她在開墾出來的土地上掘了墳墓，命令別人把她葬在那裡，但要小心不要在她上面走路。

幾天以後，卡魯厄巴克的姪子查實，他的伯母枚舉的那些植物都在她躺下的地方長了出來；但是他無意踩上這塊聖地，於是這些植物

---

②這和墨西哥人不同，他們把蜂蜜歸類於「熱性」食物（Roys：2，第 93 頁）。

立即停止生長。這樣，它們的大小就固定了，從那時起就一直如此。

　　一個巫師因未被告知這種奇跡而感到不滿，遂把老嫗弄死在洞穴裡。印第安人失去了指導，便吃生的／manikuera／，不知道這種甘薯在生的狀態下是催吐的、毒的。他們全都死去。翌日，他們升上天空，變成星辰。

　　另一些印第安人先是吃生的，後來吃熟的／manikuera／，結果變成蜜蜂。還有些印第安人吃完了剩餘的熟／manikuera／，變成了蜂蜜味酸的，引起嘔吐的蜜蜂。

　　吃西瓜的最初的蒙杜魯庫人也都死去了，因爲這些水果是魔鬼提供的。因此，他們稱西瓜爲「魔鬼的植物」。其他蒙杜魯庫人保留了西瓜種子，種植它們。這樣成熟的西瓜變成無害的了。

　　從那時起，人們都喜歡食用西瓜（Kruse：2，第 619－621 頁。幾乎一樣的異本載 Kruse：3，第 919－920 頁）。

墨菲在 1952－1953 年收集到的版本（我在上一卷裡已利用過）同克魯澤的版本相比，提供了令人矚目的相似之處和相異之處。相似之處在於兩種類型食物間的對立，一種類型食物包括純粹而又簡單地可食用的植物，另一種類型包括一、二種只是在轉換之後才可食用的植物。在墨菲的版本中，這第二種類型被轉換成爲 timbó，即漁毒。蒙杜魯庫人在種植園中栽培漁毒，它們不可直接食用，但間接地以這樣的方式可以食用：以魚的形式，因爲漁毒能大量捕獲魚，克魯澤的版本在從老嫗卡魯厄巴克的屍體中生出的栽培植物表中列入了 timbó，但沒有說到墨菲版本專門講述到的它的具體發展。另一方面，出現了一種雙重發展：關於西瓜，它只是在第二代，在人用種子種植並加培育之後才變得可以食用；關於 manikuera，也只是在第二階段，即預先經過烹飪而消除了毒性之後才是可食用的。

　　我暫且撇下西瓜不談（後面還要回到這上面來），現在可以說用 M_{157b} 的

manikuera 取代 M₁₅₇的 timbó。最初的人以三種形式食用這種 manikuera：
生的、熟的和處於烹飪過的殘餚狀態的，後者甚至不用訴諸本文即可知乃
指酸腐的、屬於腐敗事物的範疇。吃生甘薯的人變成了星辰。須知，在這
個時代，「還沒有天空，沒有銀河，也沒有昴星團」，而只有霧，並且幾乎
沒有水。由於不存在天空，所以，亡魂在茅舍屋檐下像植物一樣生長(Kruse：
3，第 917 頁)。

　　關於這個問題，需要說明兩點。首先，生的和有毒的甘薯的食用同時
招致天空的出現和死人與活人的最初分離。這種採取星辰形式的分離是一
次貪吃行動的結果，因爲爲了不死，人應當慢用而不是快吃餐。這裡我再
次引入了一個博羅羅人神話 (M₃₄)，它用作爲貪吃者出現的兒童的轉化來
解釋星辰的起源。然而──這也正是第二點──我已在別處(CC，第 314 -
318 頁)給出幾點理由，據之可以相信，這些星是昴星團。蒙杜魯庫人神話
一開始就正面提到昴星團，這就加強了本著作系列最後要加以確證的這個
假說。實際上我已證明，如果說昴星團作爲一個系列的第一項出現，而這
系列的另外兩個項由甜蜂蜜和酸蜂蜜代表，那麼，某些亞馬遜神話則直接
把有毒蜂蜜同昴星團相聯結，而這裡有毒蜂蜜處於生甘薯食用者的化身(受
毒害的) 和熟甘薯食用者的化身之間的中間地位 (毒害者的地位)，熟甘薯
對食用者自己和他人都沒有危險，因而佔居著所標定的兩個位置之間的中
性位置。③

　　因此，像漁毒一樣，蜂蜜也在植物性食物的總體系中佔居著一種模稜
兩可的位置。timbó 同時地是毒物和食物媒體，它以一種形式是不可直接食
用的，而以另一種形式是間接可食用的。M₁₅₇明確地道出的這個區分在
M₁₅₇ᵦ中爲另一個較複雜的區別所取代，後者把蜂蜜同毒物聯結起來，同時
又將兩者對立起來。這種用漁毒取代蜂蜜的做法，在這個神話的兩個非常
接近的異本中有著經驗的基礎，因爲在巴西的一個地區──聖弗朗西斯科
河流域──裡，有一種進攻性的無刺蜜蜂(*Trigona ruficrus*)產的蜜滋味罕

見地壞，它的巢被搗碎後用做漁毒，效果極佳(Ihering：*辭條*「irapoan」)。但是，不僅這種技術在蒙杜魯庫人那裡未得到證明，而且也沒有必要去假設這種技術曾經很流行，以便能夠理解這些神話賦予蜂蜜的價值總是在兩極之間擺動：作爲食物，其豐富和美味超過其餘一切食物，並適合於激發旺盛的性慾；作爲毒物，它很不可信，何況它所能引起的毒害事故的性質和份量都無法根據蜂蜜種類、採集的地點與時間和食用的環境條件等來預言。然而，南美洲的蜂蜜並不僅僅說明了這種從美味範疇到有毒範疇的難以覺察的過渡，因爲同樣起麻醉作用的煙草和其他植物也可以這種方式來表徵。

　　首先要指出，南美洲印第安人把煙草跟蜂蜜和漁毒一起歸入「食物」。科爾巴齊尼 (2, *第 122 頁註*④) 觀察到，博羅羅人「未用一個專門的動詞來標示吸煙的動作；他們說／okwage mea-ǧi／即「吃煙」(按字面說爲「用嘴唇嚐煙」)，而煙本身被叫做／ké／即「食物」。蒙杜魯庫人有一個神話，它的開頭插段也暗示了這種認同：

────────────

③這神話所採取的次序爲：受毒害＞中性的＞毒害者，這次序只有當無視這種
　神話關涉下述雙重對立時才成爲問題：

$$\left\{ \begin{array}{l} \textbf{生的}：致死的 \\ \textbf{熟的}：不致死的 \left\{ \begin{array}{l} 新鮮的(+) \\ 酸腐的(-) \end{array} \right. \end{array} \right.$$

然而，值得指出：在這個體系中，腐敗物作爲熟食的終止期出現，而不是像在
大多數熱帶美洲神話中那樣，生食是熟食的開始期。關於這種無疑同某些發酵
飲料製備技術相關的轉換，參見 CC 第 212－215 頁。

M_{190}　蒙杜魯庫人：不服從的侍童

　　一個印第安人有許多妻子，其中有一個生活在另一個村裡，他常去那裡造訪。一次，他到了這個村子，村裡男人全都不在。這訪客去到男人房舍，偶而遇見一個男孩，他向後者要火點煙。這男孩蠻橫地拒絕，藉口煙不是食物（男孩作爲主人理應提供，如果他提出要求的話）。這訪客向他解釋，對於男人來説，煙完全是食物，但這男孩仍堅持拒絕。那男人惱怒起來，揀起一塊石頭向男孩擲去，後者被這一擊殺死⋯⋯（Murphy：1，第 108 頁；參見 Kruse：2，第 318 頁）。

　　儘管分佈不均衡，但兩個栽培煙草種：*Nicotiana rustica*（從加拿大到智利）和 *N. tabacum*（局限於亞馬遜河流域和安第列斯）似乎都發源於美洲安第斯山脈地區，在那裡，通過把若干野種雜交而獲得家養煙草。說來奇怪，在這個最早發現煙草的地區裡，並不吸食煙草，而且最初煙草是咀嚼的或鼻吸的，又很早就讓於古柯(coca)。這種怪事也在熱帶美洲重現，那裡甚至在今天仍可並行地看到，有些部落吸煙成癮，而另一些部落不知道煙草或者不准食用煙草。納姆比克瓦拉人(Nambikwara)煙癮極大，罕見他們不在嘴上叼根煙，或者把煙放在棉手鐲下擦滑，或穿入耳垂的穿孔中。可是，他們鄰近的圖皮－卡瓦希布人(Tupi-Kawahib)卻極其強烈地拒斥煙草，他們對當他們面吸煙的來客報以白眼，有時甚至下逐客令。在南美洲今天尚不乏這類見聞，而以往在那裡食用煙草更屬罕見。

　　就是在知道煙草的地方，食用的形式也各各迥異。當吸食煙草時，有的放在管中，有的作成雪茄煙或捲煙，而在巴拿馬，煙蒂含在吸煙者口中，他向外噴煙，以便同伴能用合攏的雙手把煙導入口中吸食。似乎在前哥倫布時代，煙管的使用就已從屬於雪茄煙和捲煙的食用。

煙草也被弄成粉末，一人或雙人鼻吸（用小彎管作為工具，可用以把煙草吹入一個同伴的鼻孔，煙草粉末取純粹的，或者混合進其他麻醉植物，如落腺荳屬〔*piptadenia*〕）；或者仍以粉末狀吃，或以黏性糖狀鼻吸、舐食，這漿煮沸後再蒸發而成稠厚狀態。在蒙大拿和圭亞那的許多地方，飲用預先發酵過的或簡單地浸解過的煙草。

如果說煙草利用技術極為多樣，那麼，預期的結果也是千差萬別。煙草的食用採取個別或集體的方式：單人、雙人或多人；或者為了取樂，或者為了禮儀的目的，這又可能是巫術的或宗教的，這涉及醫治病人，即讓他接受煙草熏蒸，或者起牧師和治療者的作用，給入會候補者潔淨身心，即讓他服用一定數量煙草汁，以便引起良心責備後的嘔吐。最後，煙草用作供品，採取煙葉或煙的形式，希望以之引起精靈注意，從而與之溝通。

因此，像蜂蜜一樣，因其世俗用途可歸類為食物的煙草以其別的功能也可取得一種正相反對的價值：催吐的價值以及甚至毒物的價值。我已證明，一個蒙杜魯庫人蜂蜜起源神話小心地區分開了這兩個方面。一個煙草起源神話也這樣做。它源自伊朗赫人（Iranxé）或蒙庫人（Münkü），這個小部落的居住處在蒙杜魯庫人的南邊。

M191 伊朗赫人（蒙庫人）：煙草的起源

一個男人得罪了另一個男人，後者遂想報復。後者藉口摘取果子，叫前者爬上一棵樹，他把幫助前者爬樹的杆子拿掉後，將前者丟棄在樹上。

困在樹上的人飢渴交加，變得瘦弱不堪。他看到一隻猴子，便求它幫助；這猴子答應給他運水，但說自己太瘦弱，無法幫助他下樹。一頭兀鷹（食腐肉的禿鷲）又瘦又臭，但成功地救助他，把他帶到它那裡。它是煙草的主人。它有兩個煙草種，一種是好的，另一種是有毒

的，它把它們都給了這個被庇護者，以便他吸食第一種，並利用第二種進行報復。

這英雄回到村裡後就把壞煙草給了那個迫害者，後者被麻醉，變成食蟻獸。這英雄把它獵獲，使它受驚後整日昏睡，然後殺了它。他邀來恩人兀鷹美餐腐敗的屍體（Moura，第 52－53 頁）。

這個神話只有一個含混而簡略的版本，但它從許多方面讓人感興趣。正如我已假設（並且已就查科關於同一題材的神話加以證實）的那樣，這個煙草起源神話反映了火起源神話：英雄是個採摘果子者（跟盜鳥巢者同系），被拋棄在樹梢上，得到一個可怕動物（或者是兇殘的：花豹；或者是討厭的：兀鷹）救助，但英雄敢於相信它，它則給他一種文化器物，它到那時為止一直是其主人，而人還不知道這種東西：在那裡是烹飪用火，在這裡是煙草，而我們已知道，煙草像熟肉一樣也是一種食物，儘管其食用方式致使它處於烹飪的那一邊。

我們用來構造體系 S_3（煙草起源）的那些查科神話總是基本上復現 S_1 的各個神話（火起源），而 M_{191} 則通過更忠實地反映 S_{-1} 即博羅羅人的水起源神話 (M_1)，而豐富了我們的論證。

我首先來證明這一點。我們還記得，跟熱依人的火起源神話不同，博羅羅人關於暴風雨起源的神話 (M_1) 這樣開始：一個少年強姦母親而犯了亂倫罪，他父親想報復。這個伊朗赫人神話未明確談到亂倫，但傳述者用鄉村葡萄牙語這樣說：「Um homen fêz desonestidade, o outro ficou furioso」這個表述很像涉及一種性的混亂，因為在巴西內地「desonestidade」這詞的流行含義就是這樣，它主要形容一種與正派格格不入的行動。

M_{191} 的助人猴的插段在熱依人火起源神話中並無對應的段落；另一方面，它記敘了三個助人動物系列，它們在 M_1 中幫助英雄順利完成到達水中靈魂之國的遠征。只要注意到 M_1 中問題在於戰勝水的存在（通過成功地

克服之），這種對應就得到證實；這裡，所以戰勝了水的存在，是因為猴子帶給口渴的英雄一只充滿新鮮汁水的碎果子。一個謝倫特人神話(M_{124})中，也是一個口渴者，也有助人動物介入。我在別處（CC，第 211-212 頁）把 M_1 同這神話相比較，由此表明，存在一個轉換，使得能夠從猴向鴿過渡，後者在 M_1 的三個助人動物中佔居中心地位。

在體系 S_1 (M_7 到 M_{12}) 中起主要作用的花豹是 M_1 和 M_{191} 所沒有的。在這兩種情形裡，花豹都被幫助英雄的兀鷹或兀鷹們取代。

然而，這裡事情變得複雜起來。M_1 的兀鷹採取模稜兩可的行為：首先是殘忍的（甚至吃英雄的肉），然後只是可憐的（把他帶回地上）。這種模稜兩可的行為又見諸 M_{191}，但歸諸猴：首先是可憐的（把水給英雄），然後是殘忍的（拒絕把他帶回地上）。相對稱地，憑著各自行為的不含糊性，M_{191} 的兀鷹最會引人想起 M_1 的鴿（一個關於天空，一個關於水），因為如果說兀鷹給予英雄煙草，那麼鴿給他撥浪鼓(hochet)，還因為如我們在本著作最後要證明的那樣，煙草和撥浪鼓是相聯結的。

由此可見，這裡存在從一個神話到另一個神話的過渡；不過，這過渡是靠一個交錯配列(chiasme)系列完成的：

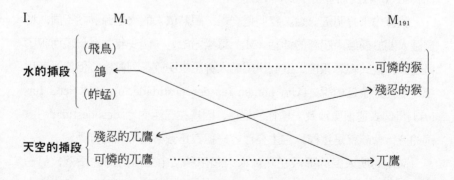

II.

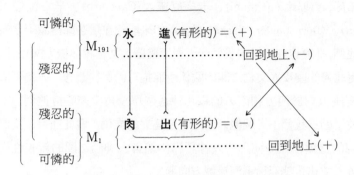

　　最後，還要指出 M_{191} 和 M_1 之間最後一個相似處：在這兩種神話中(並且和體系 S_1 中的神話不同)，英雄為了報復迫害他的人，或者自己變成動物 (鹿，M_1)，或者使這人變成動物(食蟻獸，M_{191})：假裝的或強迫的變形，但這總是導致敵對者死去，它的屍體新鮮時或腐敗後被一個／水中的／食人獸／ (M_1) 或一個／天空的／兀鷹／ (M_{191}) 吞吃掉。關於鹿／食蟻獸這個對立，還有許多話可說，因為我已獨立地證明：這兩個動物種同花豹構成對偶(花豹在 S_1 中取代兩者之一)：或者處於歷時態(因為神話的鹿成為食人的花豹)，或者處於共時態(因為食蟻獸是花豹的反面)。(關於這種雙重論證，參見CC，第 186-189 頁和 252-256 頁)。

　　S_3 的伊朗赫人版本和 S_{-1} 的博羅羅人版本顯示出這麼相近的結構。這一點提出了一些種族志的問題，而我們只是對它們作了概述。直到晚近的年代，塔帕若斯各地和欣古各地之間一直延伸到博羅羅人古老領地西北面的這片廣闊區域還是巴西的一個鮮為人知的區域。在 1938-1939 年間，這時我已踏上塔帕若斯各地，但仍不可能進入離納姆比克瓦拉人領地略遠的伊朗赫人領地，因為另一個種群即帕烏(Pau)的貝索斯人(Beiços)懷有敵意，不准人進入他們的周邊地區，儘管人們抱著平和的心境談論他們(L.-

S.:3, 第 285 頁）。自從那時以來，我們不僅接觸到了伊朗赫人，而且還接觸了別的許多部落：凱耶比人(Caiabi)、卡諾厄羅人(Canoeiro)、辛塔拉加人(Cintalarga)④(Dornstauder, Saake: 2)，而如果能趕在這些部落滅絕之前早早研究他們，那麼也許會推翻我們今天對博羅羅人文化和熱依人文化、以及尤其和更北邊的圖皮人文化之間的關係所能抱有的那些觀念。人們習慣於只以博羅羅人對於西方和南方的親和性這個單一角度來看待他們；不過，這主要是因為我們不了解他們北進時所建立的文化。就此而言，我們已加以證明的這種存在於博羅羅人神話和伊朗赫人神話之間的親和性提示，博羅羅人文化也朝亞馬遜河流域方向開放。

---

④這些部落現實地成為報導的題材，《法蘭西之夜》(*France-Soir*)（1965 年 3 月 14-15 日期）上刊出的長達三欄的文章就是一個證據：

《120 名巴西人被嗜食人肉的印第安人圍困》

「本報特派常駐記者讓一熱拉爾・弗勒里(Jean-Gérard Fleury)里約熱內盧，3 月 13 日（電報）。巴西告急：用箭武裝的恐怖的「大腰圍」食人部落印第安人包圍了貝倫巴西利亞公路〔?〕邊的維爾納〔原文如此：維萊納?〕村的 120 名居民。

「一架軍用飛機已飛離空軍基地運送解毒劑，以便對付印第安人在他們箭頭上抹上的箭毒。

「這些『大腰圍』印第安人『傳統』地嗜食人肉，最近他們嘗試一種新的烹飪方法：在俘獲一個高卓人(Gaucho)之後，他們給他塗上野蜂蜜，然後燒烤。」這個傳說無論是不是地方性的，卻絕妙地強調了土著思維（無論巴西內地農民的還是印第安人的思維）給予蜂蜜的極端食物性，因為它同另一種極端食物即人肉相結合可使恐怖達到無以復加的程度，而這是陳腐的食人習性所難望其項背的。食人的巴拉圭瓜耶基人(Guayaki)說，兩種食物最適合純吃：蜂蜜和人肉。他們用水混和蜂蜜，而人肉則必須和椰子芯一起燉(Clastres)。

　　因爲可惜我們滿足於作形式的分析，所以我們局限於再來證明 M_1 和 M_{191} 在骨架方面的兩個共同性質，它們有助於解釋這兩個神話爲何以同樣方式展開。這兩個神話明顯表現出原因論的特徵。它們或者關涉天上的水的起源，這水熄滅了家庭火爐，從而使人倒退到**前烹飪的**或者充其量爲**亞烹飪的**（因爲這神話並不打算講述烹飪的起源）狀態；或者關涉煙草的起源，煙草也就是一種爲了能食用而需要燒的食物，所以它的引入意味著烹飪用火的**超烹飪**應用。所以，如果說 M_1 把人帶回到家庭火爐的**這一邊**，那麼 M_{191} 把人帶到**那一邊**。

　　這兩個神話的中心移到於家庭火爐的建制(institution)，就此而言，它們也以另一種方式相似，而這使它們也區別於 S_1 中重組的各個神話。實際上，它們各自的原因論路線遵循著平行的和互補的途徑。M_1 同時地解釋了英雄如何成爲**火的主人**(他的火爐是唯一未被暴風雨弄熄滅的)，他的敵人（如同所有其他村民）如何成爲**水的受害者**。M_{191} 則從它的方面同時解釋英雄如何成爲**好煙草的主人**，他的敵人如何成爲**壞煙草的受害者**。但是，在這兩個神話中，反面項的出現和後果僅僅加以評注和闡發（每次都引起敵對者的死亡），因爲在 M_1 中，有比拉魚的沼澤是雨季的函數，正如在 M_{191} 中從罪人到食蟻獸的轉變是作爲誘餌的煙草的函數，而正面項實際上沒有產生。

　　事情還不止於此。因爲，如果 M_1 的對立：**水（-）／火（+）** 如我們已看到的那樣相應於 M_{191} 的對立：**煙草（-）／煙草（+）**，那麼，我們已經知道：這後一對立在博羅羅人那裡也存在，因爲他們在自己的神話中區分開好煙草和壞煙草，而這種區分的基礎始終不是產物的性質而是食用的技術：⑤其煙被吐出的煙草建立起同精靈的有益溝通（這種煙草在 M_{191} 中

---

⑤參見 CC，那裡多次重複強調（第 192－193、258－259、355－356 頁），博羅羅人神話自覺站在文化的方面。

正是產生於這樣的溝通）；其煙被咽下的煙草引起人轉變爲動物（M_{27}中的小眼睛水獺），而 M_{191} 留給食壞煙草者的正是這種轉變（變成食蟻獸，從巴西南方到北方的神話都樂意把這種動物說成是「堵塞的」：沒有眼睛或者沒有肛門）。不過，在博羅羅人神話中，好煙草同火相聯結（它產生於一條蛇的煙），壞煙草則同水相聯結（在魚腹中發現，並引起受害者變成水棲動物水獺）。因此，這些神話的對應關係完全得到證實：

$$伊朗赫人\left[煙草(+):(-)\right]\ ::\ 博羅羅人\left[M_1,\ 火(+):水(-)::\ (M_{26}-M_{27},\ 煙草(+):煙草(-))\right]$$

最後，如果我們回想與上述區別相一致的另一個區別即博羅羅人神話 M_{26} 附帶地引入的刺人的好煙草和不刺人的壞煙草的區別，那麼，就可得到最後一個證實：像蜂蜜一樣，煙草也佔居食物和毒物之間的模稜兩可的地位：

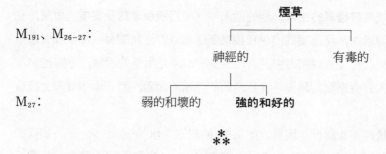

M_{191}、M_{26-27}：

M_{27}：

＊＊

我在本書開頭強調了，在我們西方社會中煙草和蜂蜜的對立有著雙重矛盾的性質，但又是實在的。實際上，在我們這裡，一種是土生的，而另一種是外來的：一種非常古老，另一種才四個世紀多一點。然而，如果說在南美洲在蜂蜜和煙草之間也存在一種相關而又對立的關係，那麼，其原因恰恰相反：在那裡，蜂蜜和煙草都是土生的，它們的起源都在遙遠的過去。⑥所以，蜂蜜和煙草並不像在我們這裡因爲更多地訴諸它們的互補價

值的外部對比而結成關係，而倒是因爲相對立價值的內在對比而結成關係，而這兩種對立的價值是蜂蜜和煙草各自由於自己並相互獨立地去配對的，因爲在使用域中以及在不同的層面上，每一者似乎都不斷地在兩種狀態間擺動：最高級食物的狀態和極毒物的狀態。此外，在這兩種狀態之間還有一整系列中間形態，它們的過渡更加無法預見，因爲它們關係到各種不同的具體細節，而後者往往無法發覺，又取決於產物的質量、採集的時節、攝入的數量或者食用前放置的時間長短。

　　在這些內在的不確定因素之外，還可以另外再加上一些。煙草的生理作用處於刺激品作用和麻醉品作用之間。就蜂蜜來說，它可以是刺激品，也可以是麻醉品。在南美洲，蜂蜜和煙草同其他自然產物或製備食物共有這些性質。我們首先來考查蜂蜜。我們已經說過，南美洲的蜂蜜是不穩定的，它們攙水後食用，並要先擱置幾天(有時幾小時)，這可能使它們自然地變成發酵飲料的狀態。一個觀察者在特姆貝印第安人那裡的一次蜂蜜節期間清楚地看到了這一點：「蜂蜜和光亮的蠟混合，並攙上水，用陽光的熱發酵……人們讓我嚐(這種麻醉性的飲料)；儘管我起先感到厭惡，但我後來發覺它又甜又酸，非常好吃。」(Rodrigues：4，第 32 頁)。

　　因此，新鮮食用的或自然發酵後食用的蜂蜜屬於南美洲印第安人已知道製備的無數種發酵飲料之列，這些飲料以甘薯、玉米、棕櫚樹液或各種果子爲基質。就此而言，意味深長的是，自覺地且採用一定方法製備以蜂蜜爲基質的發酵飲料(爲簡單起見我們稱之爲蜂蜜酒)，似乎只存在於亞馬

---

⑥目前我們的考慮局限於熱帶美洲。蜂蜜在北美洲印第安人的思維和神話中的
　地位提出的那些問題，將從另一種背境加以探討。至於中美洲和墨西哥(那裡
　在被發現之前養蜂業就已極其發達)，尙需做的工作唯在於觀察和分析現仍存
　在著的儀式，不過，散見於古代和當代文獻的有關這些儀式的一些特殊跡象讓
　人想見蜂蜜的豐富和複雜。

遜河流域的西部和南部、圖皮－瓜拉尼人、南方熱依人、博托庫多人
(Botocudo)、查魯亞人(Charrua)以及幾乎所有**查科**部落那裡。實際上，這
個新月狀區域近似地劃出了甘薯啤酒和玉米啤酒製備區域的南部界限，而
在**查科**，它同構成一種局部發展的角豆（種名 *Prosopis*）啤酒區相吻合（圖
3）。因此，蜂蜜酒很可能是作爲取代甘薯啤酒以及在較小程度上也取代玉米
啤酒的一種解決辦法而出現的。另一方面，這圖凸顯了南方蜂蜜酒區和可
稱之爲煙草「蜂蜜」的一些不連續的但全在北部的區之間的對比，煙草「蜂
蜜」也就是爲了以液體或糖漿形態食用而被浸解或攙水的煙草。實際上，和
應當區分新鮮態和發酵態兩種蜂蜜食用模式一樣，也可以使煙草食用模式
即鼻煙和吸煙採取兩大形式，儘管差異很大。煙草可以乾的形式食用，這
時它與許多麻醉植物（有時人們將它與其中有些植物混合）爲伍：落腺荳
屬（*Piptadenia*）、金虎尾屬（*Banisteriopsis*）、蔓陀羅屬（*Datura*）等等；或者
採取漿或劑的形式，這時食用濕態的煙草。所以說，我們開始時用來規定
蜂蜜和煙草關係的那些對立（**生的／熟的、攙水的／火燒的、亞烹飪的／
超烹飪的，**等等）僅僅部分地表達了實際情況。事實上，這些東西遠爲複
雜，因爲蜂蜜可有兩種狀態：新鮮的或發酵的；煙草也有多種狀態：燒烤
的或攙水的，而且在後一種情形裡又可以是生的或熟的。因此，可以預見，
在成爲我們研究對象的語義場的兩個極端，那些關於蜂蜜或煙草起源的神
話（我們已經假設並在一段程度上證明了，它們按照「好」和「壞」蜂蜜、
「好」和「壞」煙草間的對立而一分爲二）又經受第二次裂變，這次它處
於另一根軸上，不是由影響**自然性質**的差異而是由引起**文化應用**的差異決
定的。最後，因爲一方面「好」蜂蜜是**溫和的**而「好」煙草是**濃烈的**，另
一方面（蜂蜜的）「蜂蜜」是可以**生**食的，而在絕大多數場合（煙草的）「蜂
蜜」是預先弄**熟**後得到的，所以，應當預期，各種類型「關於蜂蜜的」和
「關於煙草的」神話之間的轉換關係帶上交錯配列的形相。

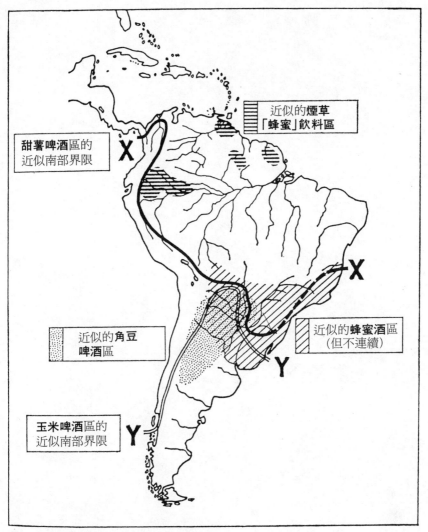

圖3　南美洲的啤酒、蜂蜜酒和煙草飲料

（據《南美洲印第安人手冊》（*Handbook of South American Indians*），

第 5 卷，第 533 和 540 頁重繪）

II　乾旱的動物

Venit enim tempus quo torridus aestuat
aer incipit et sicco fervere terra Cane.

旱季來臨了，天氣開始炎熱，
乾燥的熾熱使大地荒蕪。

普洛佩提烏斯(Properce)：《哀歌》
(*Élégies*)，第 2 卷，
第 28 章，第 3-4 行

　　如同我暫且建構的那樣，總體 S_{-3} 只包括關於蜂蜜**節的**起源的神話。就
一個明確關涉作爲自然產物的**蜂蜜的**起源的神話而言，應當到馬托格羅索
南部的一個種群奧帕耶－查旺特人(Chavantê)，他們在本世紀初有一千人，
在 1948 年只有幾十人，已幾乎完全忘記自己的習俗和傳統信仰。用葡萄牙
土語講述的他們的神話有許多含混之處。

M₁₉₂　奧帕耶人：蜂蜜的起源

　　從前還沒有蜂蜜。狼是蜂蜜的主人。人們看到它的孩子早上塗抹
蜂蜜，但狼拒絕把蜂蜜給其他動物。當它們向它要時，它給它們番荔
枝果子，並謊稱這是它的全部所有。

　　一天，小陸龜宣稱，它要獲取蜂蜜。在整理好腹部的甲殼之後，陸

龜深入狼穴討蜂蜜。狼開始時否認有蜂蜜，但當陸龜堅持時，便允許它仰面躺下張開口，飲足從懸在上面的一個葫蘆中流出的蜂蜜。

這只是一個詭計。利用陸龜一心美餐而不顧其他的時機，狼叫小狼揀拾死木，放在陸龜周圍點燃，想把它燃熟吃掉。然而，這是徒勞的：龜仍在大吃蜂蜜。只有狼被明亮的火光弄得很不舒服。葫蘆吃空後，龜平靜地起身，把餘燼撒開，並對狼說，它現在應當把蜂蜜給所有動物。

狼跑了。在龜的指揮下，眾動物把狼的隱匿地包圍了起來，豚鼠點火焚燒這地方周圍的叢林。火圈閉合了起來，眾動物問狼是否安然待在那裡：只有一隻鷦鴣從火中逃出來。但是，狼飛離時途經之處沒有逃過龜的眼睛，所以它知道，這就是已變成鷦鴣的狼。

龜一直盯住這鷦鴣，直到它消失。按照龜的命令，眾動物沿這鳥飛離的方向跑去。追蹤進行了多日。每當發現了這鷦鴣，它便又朝新的方向飛去。為了看得更清楚，龜爬到另一個動物的頭上，它發現了已變成蜜蜂的鷦鴣。龜樹起一根標樁，指示鷦鴣飛離的方向。追逐開始了，但仍無結果。眾動物沮喪至極。龜說：「但是我們還只走了 3 個月，剛到一半路程。盯住你們身後那個地方的標樁：它告訴我們正確方向。」眾動物轉過身來，發現標樁已轉變成椰子樹（種名 Cocos）。

它們走啊走。龜終於宣稱，明天就可到達目的地。翌日，它們果然來到蜜蜂的「住宅」，有毒的黃蜂守衛著門口。鳥兒們試圖魚貫趨近那門口，但黃蜂攻擊它們，「向它們放出自己的水」，鳥兒們眩暈倒地死去。然而，其中最小的啄木鳥（或蜂鳥？）成功地躲過了黃蜂，取得了蜂蜜。龜說：「好啊，孩子們，我們現在有蜂蜜了。但是太少了：如果我們吃它，那麼立刻就會吃完。」它拿起了這蜂蜜，給每個動物一根插條（uma muda），以便建造房舍，種植蜂蜜。當蜂蜜有足夠多時，大家再回來。

　　過了很長時間之後，衆動物開始懸念它們的蜂蜜種植園，它們要求「maritaca」去看看情況怎麼啦。可是，那兒炎熱灼人，「maritaca」無法趨近。後來接受冒險任務的動物發現還是停在途中較爲合適：鸚鵡在一棵果樹 (mangaba: 曼加貝加膠樹) 上，美麗的金剛鸚鵡在一片適意的樹林裡；它們用酷暑解釋自己受阻。最後，長尾鸚鵡飛得很高，幾乎到了天上，它成功地到達了種植園。它們擁有了豐富的蜂蜜。

　　動物首領聞氣後，要到現場去親眼看一看。它視察了房舍：許多同伴在吃它們收獲用來種植的蜂蜜，它們另外再也沒有了；另一些同伴吃剩有餘，便把多餘的埋在地下，便於發掘。這首領說：「這過不了多久；我們馬上就會没有蜂蜜。這太少了，幾乎等於没有。再等一會兒，全世界都會有蜂蜜。」說話間，它把蜂蜜放進了樹林。

　　後來，它召集了居民們，叫它們拿著小斧去尋找蜂蜜：「現在，樹林裡充滿蜂蜜，品種齊全：bora 蜂蜜、mandaguari 蜂蜜、jati 蜂蜜、mandassaia 蜂蜜、caga-fogo 蜂蜜，眞是應有盡有。你們出發吧。如果你不喜歡一種蜂蜜，就到下一棵樹去，那裡有另一種蜂蜜。你們可以盡情享用，它是取用不竭的，只要你們使用葫蘆和其他所提供的容器裝運。不過，你們應當把帶不走的蜂蜜留在原處，而且把開口 (用斧砍樹幹時留下的) 封閉好，以便等下一次再來。」

　　從那時起，我們就因此有了足夠的蜂蜜。當人想墾荒時，發現了蜂蜜。一棵樹上是 bora 蜂蜜，另一棵樹上是 mandaguari 蜂蜜，還有一棵樹上是 jati 蜂蜜。無所不有 (Ribeiro: 2, 第 124-126 頁)。

　　我們以不嫌冗長將此神話幾乎逐字逐句譯出，不僅是因爲它非常含混不清，如果縮簡，就會讀不懂，而且還因爲它很重要，內容也豐富。它構成關於蜂蜜問題的土著學說的準則，就此而言，它支配著對所有在它之後加以考察的神話的解釋。因此，如果對它進行分析，顯得很困難，那麼就

不要感到驚奇。我們不得不暫且撇開某些方面，用逐次逼近的方法探討它，這有如應當從高空鳥瞰這神話，總括地認識它，然後再去考察它的各個細節。

因此我們一下子先抓住它的基本要點。這神話說了些什麼呢？它說到在有個時代，人類的祖先動物還沒有蜂蜜，說到它們最初得到蜂蜜的方式，還說到它們放棄這種方式，又採取人今天知道的那種方式。

蜂蜜的獲得追溯到動物與人不分的神話時代，這不足為怪，因為作為野生產物的蜂蜜本諸自然界。由此說來，蜂蜜應當列入尚處於「自然狀態」的、還沒有區分自然和文化同時也未區分人和動物的人類的遺產。

同屬正常的是，這神話把原始蜂蜜說成是一種植物，它發芽，生長而成熟。其實，我們已經看到，土著的體系把蜂蜜歸入植物界；M_{192}對此作了新的確證。

這裡始終未涉及任何植物，因為最初的蜂蜜是栽培的，而這神話追溯的進步則在於使它又成為野生的。我們在這裡觸及了要害，因為M_{192}的獨到之處是追溯同關於栽培植物之引入的各個神話恰好相反的過程。我已在CC中把這些神話(編號為M_{87}到M_{92})構成一個組(亦見M_{108}和M_{110}到M_{118})並作了研究。這些神話記敍了人不知道農業，吃葉子、樹蘑菇和腐爛木頭的時代，只是後來一個變成負子袋鼠的天上女人才給他們昭示玉米的存在。這種玉米外表為樹，以野生狀態在樹林中生長。但是，人犯了打擊樹的錯誤，同時仍然分配穀物，開墾，播種；因為死樹不敷需用。可見，這些神話一方面關涉各栽培植物種(它們原先全都共處於同一棵樹)的多樣性，另一方面關涉因最初的人散布而造成的種族、語言和習俗的多樣性。

在M_{192}中，一切都以同樣方式進行，但方向相反。人不需要學會農業，因為人在處於動物狀態時便已掌握農業，他們在蜂蜜落入他們之手之時就知道應用農業來生產蜂蜜。但是，這種栽培的蜂蜜有兩個缺陷：人無法抵制吃「草本蜂蜜」的誘惑；「草本蜂蜜」長得很好，採集也很容易——採取

田野裡栽培植物的方式——以致過度的食用「連最大產量也會耗盡」。

如這神話試圖從方法上證明的那樣，栽培蜂蜜之轉變爲野生蜂蜜，消除了這些麻煩，並帶給人三重保障。首先，野生的蜜蜂多種多樣：蜂蜜也有許多種，而不再是唯一的一種。其次，蜂蜜更爲豐富。最後，採集者的食用受所能生產的數量限制；多餘的蜂蜜放在存貯的巢裡，直到下次回來尋覓。所以，這好處體現在三個層面上：質量、數量和持續時間。

現在可以明白，這神話的獨到之處何在：可以說它採取一種「反新石器時代的」觀點，贊成採集的經濟，它把多樣性、豐富性和長期保藏這三個優點歸因於這種經濟，而大部分其他神話把它們歸功於相反的觀點，後者在人是採用文明技藝的結果。正是蜂蜜提供了引發這個令人矚目轉折的契機。一個蜂蜜起源神話以這個意義上總也關涉蜂蜜的喪失。⑦蜂蜜變成野生的之後也就成爲半喪失的，但爲了使蜂蜜得到挽救，它就必須喪失。蜂蜜的美食吸引力非常之大，以致如果它得來全不費功夫，那麼人就會濫食它，直到吃光。「蜂蜜通過神話對人說，如果你不首先尋找我，那麼，你就發現不了我。」

因此，我們在此作了一個奇怪的證明，它還將就其他神話重複做。我們因 M_{188} 和 M_{189} 而有了眞正的起源神話，但我們對它們並不滿意，因爲它們關涉的是蜂蜜節，而不是蜂蜜本身。現在我們在此面對一個關於眞正蜂蜜的新神話，不過儘管表面上它關涉起源，倒不如說它關涉喪失，或者更確切說，熱中於把虛幻的起源(因爲最初對蜂蜜的占有等當於蜂蜜的缺乏)

⑦試比較卡杜韋奧人創造神話的這一段落(M_{192b})：「當長脚鷹(一種隼，騙子的化身)看到在用手就可以摸到裡面東西的大葫蘆裡形成的蜂蜜時，對造物主哥諾厄諾霍迪(Gô-noêno-hôdi)：『不，這不好，不應當這樣做，不！把蜂蜜放在樹的中央，讓人不得自己去發掘。不然的話，這些懶蟲就無事可做』」(Ribeiro：1，第143頁)。

轉換成有益的喪失（自從人同意讓掉蜂蜜，他們就得到了獲得蜂蜜的保證）。本書在最後將要闡明這個悖論，我們應當從中看到以蜂蜜爲題材的神話的一種結構性質。

我們現在回到 M_{192} 的本文上來。最原始的動物在其中栽培蜂蜜的種植園有一個令人矚目的特徵：那裡有酷暑阻擋它們進入；只是在多次徒勞的嘗試之後，這些動物才成功地進入種植園。爲了解釋這個揷段，應當嘗試借助同栽培植物起源神話的類比，這些神話解釋了，在人還不知道按照文化利用熟的植物性食物之前，他們按照自然食用腐爛植物。如果說英雄時代的栽培蜂蜜是現實野生蜂蜜的反面，如果說如我們已證實的那樣，現實的蜂蜜包含等濕的範疇而同包含燒烤的範疇相關且又相對立，那麼，難道不應當把這關係倒過來，把以往的蜂蜜歸入乾和燒烤一邊嗎？

這些神話中毫無同這種解釋相悖之處。不過，我認爲，這解釋有一個不足之處，因爲它忽視了問題的一個方面，而這些蜂蜜神話恰恰相反在這個方面引人注意。如我們已經強調指出過的那樣，蜂蜜是從多方面來說都帶悖論性的存在物。同樣屬於悖論的是，蜂蜜以其同煙草的關係而包含濕的內涵，這樣，它由於下述簡單原因而始終同旱季的神話相聯結：在土著經濟中，蜂蜜像大多數野生產物一樣也是主要在這個季節裡採集和新鮮食用。

這個意義的徵象並不缺乏。像北方的圖皮人一樣，卡拉雅人也在採集季節即 3 月裡慶祝蜂蜜節(Machado, 第 21 頁)。在玻利維亞的奇基托斯省，林間蜂蜜的採集期爲 6 月到 9 月 (d'Orbigny, Schwartz 引：2, 第 158 頁)。在下玻利維亞的西里奧諾人(Siriono)那裡，蜂蜜「在樹木和植物的花季過後的旱季最豐盛；還有在 8 月、9 月、10 月和 11 月的飲料(摻玉米啤酒的蜂蜜酒)節進行期間也特別豐盛(Holmberg, 第 37－38 頁)。塔卡納印第安人在旱季採集蜂蜜蠟(Hissink-Hahn, 第 335－336 頁)。巴拉圭東部瓜雅基人(Guayaki)領地沒有明顯的旱季，那裡問題倒是在於一個寒季，在這個季節

的開始時即 6 到 7 月，蜂蜜很豐盛，其標誌爲一種蔓生植物(timbó)呈現出一種特殊顏色，人們那時說這種植物「孕育蜂蜜」(Clastres，手稿)。馬拖－格羅索南部的特雷諾人爲了在 4 月初慶祝他們的 Oheokoti 節，在一個月的時間裡採集大量蜂蜜 (Altenfelder Silva，第 356、364 頁)。

我們已經看到，特姆貝人和特內特哈拉人在 3 或 4 月即兩季結束時開始準備過蜂蜜節，採集期則全安排在旱季 (上引著作，第 25 頁)。這個神話不太明顯，但它包含兩個這種意義上的徵象。它在結束時說，人在墾荒時發現了蜂蜜。然而，在巴西內地，墾荒工作在雨季以後開展，以便讓砍伐的樹木可以乾燥二、三個月，然後用於燒火。此後馬上開始種植，以便利用最早的雨水。另一方，栽培蜂蜜的生長地的酷熱被用旱季的措詞來形容：la tem secca brava 即「那裡的乾燥非常屬害」。這使我們認爲，過去的蜂蜜和現在的蜂蜜與其說是兩組相反的詞語，不如說是兩組份量不等的詞語。栽培的蜂蜜是優等的蜂蜜：豐富、聚集在同一個地方、易於採集。這些優點帶來了相應的不相宜：人們過於迅速地吃蜂蜜，而且把它吃光。同樣，這裡以誇張形式召喚蜂蜜，也引起同樣誇張的氣候條件：既然蜂蜜是乾季採集到的東西，所以，優等蜂密呼喚過度的旱季，而過度的旱季像蜂蜜的過度豐富和過度的易於得到一樣實際上也阻礙了對它的利用。

爲了支持這第二個解釋，可以從鸚鵡和金剛鸚鵡的行爲獲取論據。它們被同伴派去尋找蜂蜜，但它們選擇停留不動，一個停在 mangaba 果樹(在旱季成熟的野果) 腳下，另一個停在樹林的陰涼樹蔭裡，因此它們兩個未趕上利用雨季最後的恩惠。這樣，這兩個鳥的態度使人想起烏鴉在關於同名星座起源的希臘神話中的態度，在這神話中，一隻烏鴉耽擱在穀物或果子 (它們只是到旱季末才成熟) 旁，而沒有帶回阿波羅需要的水。結果是：烏鴉受到永久乾渴的懲罰；原先它有美妙的叫音，但從此之後只是從焦燥的喉嚨裡發出尖利的嘎聲。然而，不要忘記，按照特姆貝人和特內特哈拉人的蜂蜜 (節) 起源神話的說法，從前金剛鸚鵡吃蜂蜜，蜂蜜是旱季的「飲

料」，就像這個希臘神話中的井水 (冥府的) 一樣，後者同屬於一年的另一個季節的天上水相對立。因此，有可能這個奧帕耶人神話在這插段中用暗示法解釋了為什麼作為食果子的鳥的鸚鵡和金剛鸚鵡不 (或者不再) 食用蜂蜜，儘管後者應被看做果子。

如果我們毫不躊躇地把這個印第安人神話同希臘神話相比較，那麼，我們已經在《生食和熟食》中證明了，這後者是一個關於旱季的神話，並且不用訴諸舊大陸和新大陸之間的古代聯繫 (關於這種聯繫，現在還沒有任何證據)，我們也能表明，天父等代碼的援用使神話思維受到嚴格約束，以致在純形式的層面上可以明白，舊大陸和新大陸的神話以正面或反面的形式相互復現。

這個奧帕耶人神話在鸚鵡和金剛鸚鵡失敗之前先設置了「maritaca」的失敗。這詞的意義現在尚屬疑問，因為它可能是標示臭鼬的「maritacáca」的縮寫，或者是「maitáca」即 *Pionus* 屬的小鸚鵡的土語變形。更不敢貿然斷言的是：臭鼬的名字有一個亞馬遜形式：「maitacáca」(Stradelli：1)，它和這鳥的名字一樣，只是末位音節沒有重複。為了支持「maitáca」的變形，可以斷定，奧帕耶人為了標示臭鼬而似乎利用一個相近的但略有差別的詞「jaratatáca」(M_{75})，它在巴西有充分證據 (參見 Ihering：辭條「jaritacáca, jaritatáca」)，並可斷定按同一順序出現的其他動物也是鸚鵡。如下面將要看到的，用臭鼬作解釋，不是不可以設想的，但是，用 maitáca>maritaca 這個過渡作解釋，從語音觀點來看比重複音節的失落的解釋更合理，而且這正是我們引出的教訓。

因此我們認為，這裡涉及四種鸚鵡。立即就可以明白，可以用多種方式對它們加以分類。這個神話強調，成功完成使命的長尾鸚鵡是最小的一種：「Aí foi o periquitinho, êste pequeno, voôu bem alto para cima, quasi chegou no céu …」。因此，長尾鸚鵡藉其尾巴小和體輕才飛得比同類高，成功地躲過種植園裡的酷熱。另一方面，緊接在它前面的金剛鸚鵡如本文所

詳述的是一個：「arára azul」(*Anodorhynchus hyacinthinus*)：因此它屬於一個科中的一個較大的屬，而這科本身又包含一些較大的鸚鵡科(參見 Ihering:辭條「arára-una」)。又在金剛鸚鵡前面的鸚鵡在尾巴上更差；位列第一的maitáca 比鸚鵡小，同時又比閉合這循環的長尾鸚鵡大。可見，失敗的三個鳥都是絕對地較大，而成功的鳥則絕對地較小，前面三種鳥依尾巴遞增順序排列，因此在金剛鸚鵡和長尾鸚鵡之間建立起了一種重要的對立關係：

較大的：　　　　　　　　　　**較小的：**

maitáca＜鸚鵡＜金剛鸚鵡／長尾鸚鵡(＜ maitáca)

現在我們看到，在較大鳥的系列中，鸚鵡和金剛鸚鵡構成一個功能對偶：它們甚至不想履行使命，選擇隱藏，一個躲在**草地上**，另一個躲在**樹林裡**，面對雨季已經過去的徵象：多汁的果子，陰涼的樹蔭下的地方，而另兩種鳥則僅僅坦然應付乾燥，一個證明其「乾的」方面：不堪忍受的炎熱，另一個證明其「濕的」方面：蜂蜜豐盛。

乾　　　　　　　　**濕**

maitáca　鸚鵡　　　／金剛鸚鵡　長尾鸚鵡

（炎熱）／**（草地）**　**（樹林）**／**（蜂蜜）**

（雨季）　　　（旱季）

最後，按照第三種觀點來排列，可以把鳥的使命的結果作為另一種分類原則。實際上，只有第一個和最後一個鳥才帶回實際的信息，儘管一個信息是負面性的(阻止趨近種植園的燃燒著的火)，另一個信息是正面性的(必然誘使這些動物毅然去克服障礙的豐盛蜂蜜)。另一方面，位置居中(就

尾巴大小和記敍次序而言）的這兩種鳥沒有不惜吃苦去親眼看一看，而是滿足於人云亦云：因此它們沒有帶回信息：

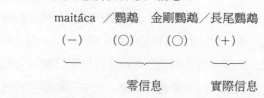

　　我們爲了一個明確的目的而比較詳細地研討了四種鳥的順序。實際上，對這順序的分析使我們得以判明一種方法觀點。它表明，古代神話創作對之只從語義冗餘和修辭技巧著眼的一種順序完全應當像整個神話一樣受到**認真**對待。這不是隨意的枚舉，而對於這種隨意枚舉，可以便捷地援用數字 4 在美洲思維中的神話價值予以排除。無疑，這種價值是存在的；但是，應當對這種價值作方法上的探討，以便建構起一個多向度(dimension)的體系，它能夠整合共時屬性和歷時屬性（前者屬於結構階次，後者屬於事件階次)、絕對性質和相對性質、本質和功能。我剛才努力作出的論證表明了神話思維的本質及其運作機制，爲此，我援用了神話思維整合分類模式的方式，而這些模式有的受連續性和進步觀念啓示（動物按尾巴大小、信息多少等等次序排列），有的受不連續性和反對觀念啓示(較大和較小、乾和濕、草地和樹林等等之間的對立)；不僅如此，這論證還證實並例示了一種解釋。實際上，我已加以破譯的順序的含義比乍一看來的更爲豐富，並且，這種豐富性使我們明白，人們錯誤地認爲屬於同一科的這些鳥僅以尾巴相區別，它們的唯一目的是產生一種相當習見的戲劇效果（最小而又最弱的鳥在最大而又最強的鳥失敗的地方獲得了成功），而實際上，這些鳥還承擔著表達各個對立的任務，而前面已根據別的觀點證明這些對立屬於同一神話骨架。

　　因此，我同樣本著這種條分縷析的仔細精神來考察另外兩個主人公：豚鼠和龜的作用。不過，在解決它們提出的問題之前，先注意下述一點，還

是合適的。

關於**裁培蜂蜜**的**採集**的四鳥挿段重現了前面一個關於野生蜂蜜的**種植**的插段：兩處都是起先事屬徒勞的一次或多次嘗試最後以成功告終。「Tudo que é passarinho」，因此，這些鳥也試圖奪去野生蜂蜜，但它們遇到黃蜂阻止，黃蜂守衛著野生蜂蜜，殘忍地殺死它們。只有最後的也是最小的鳥獲得成功：「êste… bem pequeno, êste menorzinho dêles」，至於完全相同，則可惜還不能這樣說，因爲我們占有的唯一版本搖擺於啄木鳥和蜂鳥之間。不管怎樣，這兩個挿段明顯相似。

然而，在第二個挿段中，向裁培蜂蜜的趨近被炎熱被動地阻止，而在第一個挿段中，向野生蜂蜜的趨近是主動地被黃蜂阻止的。但是，黃蜂的好鬥性在這神話中帶上一種非常奇特的色彩：「它們發動攻擊，放出自己的水(largavam aquela agua dêles)，而鳥兒們眩暈倒地死去。」這個挿段可能讓人覺得帶有雙重的悖論意味。其實，一方面，我已證明了(CC，第408-409頁)害蟲和有毒昆蟲間的對立同腐爛和燒焦間的對立相一致的，並且，從這個觀點看來，黃蜂未成爲以水的模式出現，而是以火的模式出現(*試比較本地名詞*「caga fogo」，*它相當於圖皮人的* tataira———*即*「*火蜂蜜*」，*一種進攻性蜜蜂的名字，這種蜜蜂無刺，但分泌一種腐蝕性液體：含氧三角層* [Oxytrigona]，Schwartz：2，*第73-74頁*)。另一方面，這種描繪黃蜂攻擊的特殊方式直接讓人想起同一地區神話描寫一種判然不同動物即臭鼬的行爲的方式，臭鼬向敵方噴射惡臭流體，這些神話賦予這種流體以致死的毒性(CC，第207頁註⑨和M_{75}，後者是另一個奧帕耶人神話；亦見M_5、M_{124})。

因此，我們現在來回顧一下我在《生食和熟食》中已得出的有關臭鼬的若干結論。(1)像在北美洲一樣，在南美洲這鼬鼠科也同負子袋鼠形成對立的對偶。(2)北美洲的神話明確地把負子袋鼠同腐爛，臭鼬同燒焦聯結起來。此外，臭鼬在那裡還代表同虹的直接親合，它被賦予起死回生的能力。(3)相反在南美洲，同虹親合的是負子袋鼠(在圭亞那兩者甚至同名)；並且

在南美洲，虹保留致死的能力，同樣，賦予負子袋鼠的神話功能之一是縮短人的壽命。

因此，在從一個半球過渡到另一個半球時，負子袋鼠和臭鼬各自的功能似乎顛倒了過來。在南美洲神話中，兩者都作爲腐爛的或引起腐爛的動物出現。但是，負子袋鼠是同旱季和虹（後者造成小小的旱季，因爲它宣告雨季結束）相親合的，由此應當得出這樣的結論：如果整個體系是一致的，那麼，在南美洲臭鼬是同雨季相親合的。

這個蜂蜜神話記敍了這種非常一般的負子袋鼠和臭鼬的對立，而同時又把這種對立改造爲蜜蜂和黃蜂間那種比較狹窄的對立，而後者由於種種明顯的原因能更好地表達這種神話關心什麼。這是否可能呢？

如果這假說是準確的，則我們把握住了我已在這神話賦予黃蜂的作用中所發現的反常的關鍵，這反常在於這樣的事實：這作用用水而不是火的代碼表達。實際上，這反常產生於下列隱含方程：

$$(1)黃蜂^{(-1)}\equiv 臭鼬$$

爲了使對立負子袋鼠／臭鼬得到遵守，蜂蜜神話必須隱含地包含下列互補方程：

$$(2)蜜蜂^{(-1)}\equiv 負子袋鼠。$$

這次它的意思爲——因爲蜜蜂是蜂蜜的**生產者**或**守衛者**(上引著作，第29頁)——負子袋鼠應爲**食用者**或**竊取者**。⑧

如下面將會看到的，我們用先驗演繹推理得出的這個假說將完全爲這神話所證實。從現在起，它使我們得以理解，爲什麼在 M_{192} 中蜜蜂被置於乾的一邊（它們的趨近是「燃火的」），把黃蜂置於濕的一邊（它們的趨近是「弄濕的」）。

特別是，這些暫時的結果對於我們能在 M_{192} 的內容的分析上取得進步

來說是必不可少的。負子袋鼠在那裡不是作爲人出現，但蜂蜜竊取者的作用（如果我們的假設是正確的，那麼這神話本應暗示地賦予負子袋鼠以這種作用）在那裡由另外兩種動物履行。(1)豚鼠（*Cavia aperea*），它在荊棘地碰到了火（參見 M_{56}），並且我已完全根據別的理由表明，它的功能可以歸結爲負子袋鼠的組合變種的功能(CC，第 227－228 頁，第 258 頁註㉘)：兩者都處於火和旱季的一邊，不過一者是主動的，作爲放火者，另一者是被動的，作爲遭受火災者(CC，第 173－174 頁和第 288 頁註⑧)。(2)第二種動物是陸龜(jaboti)，它撕下蜂蜜主人水獺的假面具，揭露水獺的逐次僞裝，成功地靠毅力在水獺變成蜜蜂隱藏全部蜂蜜的地方趕上了水獺。

　　現在是個機會，可以來回顧一下。主要源自亞馬遜的一組重要神話把作爲不會腐爛的動物的龜和作爲會腐爛的動物的負子袋鼠置於相關而又對立的關係之中：分別是腐爛物的主人和受害者(CC，第 232-236 頁)。龜埋在被最初的雨淋得泥濘的土地中，沒有食物，但能在濕熱中存活好多個月，而負子袋鼠如埋在土中或魚腹中是不堪忍受這種濕熱的，它從腹中再出來時肯定染上了臭氣(同上)。因此，像豚鼠一樣，魚也占居一個對立的主動極，而負子袋鼠占居其被動極：就乾而言，豚鼠是放火者，負子袋鼠是遭受火災者；就濕而言，龜戰勝腐爛，而負子袋鼠向它屈服，或者至少成爲它的媒體。M_{192} 的一個細節再次證實了這種三位關係，因爲它也從乾的方面來限定龜，爲此利用一種新的轉換：龜**不可能是**遭受火災者（即三角形：**放大**

---

⑧我已在 CC 各處闡明了負子袋鼠作爲髒污的和惡臭的動物的語義地位。按照施瓦茨（2，第 74－78 頁）討論的某些證據，有可能許多無刺蜂爲了進攻或自衛而擁有借助分泌相當惡臭的流體來污染或黏附敵方的技術。關於無刺蜂，尤其亞屬無刺蜜蜂的氣味，參見同上著作，第 79-81 頁。最後我們指出，無刺蜂基本上或偶而地實行昆蟲學家所稱的「強盜行爲」。無刺蜜蜂（*Trigona limão*）不採集花蜜和花粉，而是滿足於竊取其他蜂種的蜂蜜（Salt，第 461 頁）。

者／遭受火災者／不可能遭受火災者），這個性質已由種族誌客觀地證實，因爲狼試圖在龜仰躺時燒煮它所採取的戰術啓示了巴西內地流行的一種儘管是很殘忍的方法：龜的壽命太長，因此人們選擇讓它活著仰躺在灰燼裡，把它的甲殼當作天然煨罐，這樣燒煮它；這運作可能需要許多小時，因爲這可憐的動物要這麼長時間才屈服。

我們已一點一點地在耗盡我們的神話材料。剩下來尙需做的唯在於闡明蜂蜜和番荔枝果子的主人狼的作用。這種番荔枝科（*Anona montana* 和鄰近的種，除非關涉以同名聞名的 *Rollina exalbida*）結出粉狀果肉的酸味大果子，後者像蜂蜜一樣作爲旱季的野生產物出現，因此可以明白，這種果子在神話中能起蜂蜜**代用品**的作用。不管關涉的是這種果子還是其他果子，這種微小的對偶物都構成了蜂蜜神話的一個常見特徵，我們將表明，就此而言，對這種對偶物的解釋不會有什麼困難。可惜，對狼不能這樣說。

被稱爲「狼」（*lobo do mato*）的動物好像幾乎總是一種身軀高的、有爪的、鬃毛長的狐：*Chrysocion brachiurus, jubatus; Canis jubatus*。在巴西，它的分布區域爲中部和南部，因此包括奧帕耶人的領地。他們在自己的蜂蜜起源神話中賦予它重要作用。如果考慮到吉爾摩（R. M. Gilmore）的觀察意見（第 377－378 頁）即「熱帶美洲的整個犬科除了野狗（*Icticyon venaticus*）而外都是狐」，那麼，就更需要注意這樣的神話：以狐作爲蜂蜜的主人；以及幾乎以同樣方式把這角色托付給其他動物，但幾乎總是保留作爲蜂蜜主人的動物和負子袋鼠之間的對立關係：

M₉₇　蒙杜魯庫人：負子袋鼠及其女婿（細部）

負子袋鼠和它接連挑選的女婿屢遭不幸。一天，最晚選定的女婿

即「吃蜂蜜的狐」邀妻子帶一只葫蘆一起出去。它爬上一棵樹，在那裡看到一個蜂巢，於是叫了起來：「蜂蜜，蜂蜜！」蜂蜜從巢中流出，淌滿了葫蘆。負子袋鼠也嘗試這樣做，但失敗了；於是它把狐給打發走了(Murphy: 1，第 119 頁。在另一個版本中，鴿、然後蜂鳥取代狐，Kruse: 2，第 628－629 頁)。

圖 4　*lobo do mato* 或 guará（狼）（據伊海林，上引書，辭條「guara」）

M₉₈　特內特哈拉人：負子袋鼠及其女婿（細部）

「食蜜猴」到樹林裡散步，在那裡大吃蜂蜜。回到茅舍後，它向岳父要一把刀，刺破自己喉嚨，蜂蜜從中流出來，注入一個葫蘆。負子袋鼠想模仿女婿，結果被刀殺傷，因爲和「食蜜猴」不同，負子袋鼠喉嚨裡沒有囊（Wagley-Galvão，第153頁）。

M₉₉　瓦皮迪亞納人：負子袋鼠及其女婿（細部）

蚊子吮吸蜂蜜，然後叫妻子用針在它身上鑽個孔，於是蜂蜜從它腹中流出。但是，從負子袋鼠腹部出來的是血……（Wirth：2，第208頁）。

我們就舉這些例子，它們傳述了一種流傳極廣的故事。實際上，它們足以說明三個方面。首先，蜂蜜的動物主人的人格十分多樣，從狐經過猴和鳥直到蚊子。其次，蜂蜜的女主人往往是重複不變的角色，因此，這些動物被規定爲蜂蜜的函數，而不是相反的情形。這樣，就在身份辯認上發生了困難：「食蜜狐」眞正說來究竟是什麼？喉嚨裡有個貯器的「食蜜猴」如果不是其空心舌骨呈杯狀的 guariba 猴的代表，那麼又是什麼？因此，似乎無論什麼動物都可以充當蜂蜜主人的角色，其唯一條件是已知它胃口特別大：在這些神話中，鴿狂飮水（CC，第272頁）；觀察證實：蜂鳥吮吸花蜜，鼠吮吸動物的血，吼猴在喉嚨裡有一個貯器（實際上是共鳴器）。鴿、蜂鳥、蚊子都把腹部吃得脹鼓鼓的，猴也吃得嗉囊鼓脹的。在所有這些場合，眞正的或假想的器官構成了（蜂蜜主人）的函數。只有被我們作爲出發點的狐倒是有問題的，因爲看不出哪個器官能夠成爲其功能的解剖學基

礎。然而，這神話安排得證明狐有理由充任這角色，為此，它訴諸一種外部的而不再是內部的、文化的而不是自然的手段：葫蘆、狐把它放在蜂巢腳下，按狐的命令充填葫蘆。

犬科作為蜂蜜主人的角色所提出的困難由於下述事實而更增大了：迄此考察的這些神話中，沒有一種動物完全適合於充任從本來意義上理解的而不是——像在我們已評述過所有情形裡——從比喻意義上理解的這個角色。我們來思考 irára（鼬鼠科）（*Tayra barbara*），它的葡萄牙語土名為：papa-mel 即「蜂蜜捕手」，西班牙語土名為：melero 即「蜂蜜商」，兩者意思相同。這種鼬鼠科動物是夜間活動的森林動物。它雖然是食肉動物，但很喜歡蜂蜜，就像它的杰拉爾混合語（*lingua geral*）名字所表明的，這名字導源於圖皮語／ irá ／即「蜂蜜」；它為了攻擊在中空樹上的蜂巢，從樹根鑽到那裡，或者用爪抓破樹幹。博羅羅人稱之為「irára 的」一種植物被他們用於巫術的目的，以之確保蜂蜜豐收（E. B. I.，第 644 頁）。

玻利維亞的塔卡納人把 irára 放在他們神話中的重要地位上。他們把它同一個傳說（M₁₉₃）中的蜂蜜竊取者狐相對立，在那個傳說中，狐拔了 irára 一塊肉，從而導致後者的黑色毛皮上留下了黃斑（H.-H.，第 270－276 頁）。⑨因為這「狐」的尾巴已經被除掉，所以，它可能同常被稱為狐的負子袋鼠相混淆。許多北美洲和南美洲神話都講述了，它的尾巴如何變成光禿的。有一組神話（M₁₉₄－M₁₉₇）關涉狄俄斯庫里（Dioscuri）孿生兄弟埃杜齊（Edutzi）在動物魔鬼那裡的冒險經歷，他們在那裡娶了妻子。irára 或者充當兩個成為姊妹的妻子的父親，或者充當其中一個的繼夫，而另一個這時

---

⑨古代墨西哥人談到一種頭色清徹的變種（*Tayra barbara senex*）：當頭變成黃色時，它的目光向獵人昭示死亡，而當頭呈白色時，它預示漫長但可悲的人生。這是一種預示惡兆的動物（Sahagun, L. XI，第 1 章，〈佐尼茲塔克人〉〔Tzon-iztac〕標題之下）。

是妖婦。爲了防止埃杜齊向它的兩個女兒進行報復，melero 把他們變成金剛鸚鵡(H.-H.，第 104－110 頁)。這些神話被放在另一種背境裡重述。作爲對塔卡納人的討論的結束，我們指出一組神話(M_{198}－M_{201})，它們把動物劃分成兩大陣營：**毛蟲／蟋蟀／、猴／花豹、蟋蟀／花豹、狐／花豹、蟋蟀／ melero**。儘管各個項不固定，而這要求預先在組合和聚合兩個層面上表現希辛克所彙集的巨大總體，以便能對這些神話作出正確的解釋，但是，有關的各個對立似乎處於分別爲大的和小的、地上的和天上的 (或者冥府的和天上的)動物之間。一般說來，花豹統率第一陣營，蟋蟀統率第二陣營。melero 兩次介入這組神話，或者作爲這兩個陣營之間的談判代表，或者作爲蟋蟀的主要對手(取代花豹)。這時，它是冥府動物的首領。在同毛蟲的對抗中，蟋蟀始終是勝利者，因爲得到黃蜂幫助，後者殘忍地刺同它競爭吃蜂蜜的動物。⑩在花豹的敵手之中，除了蟋蟀和猴之外，還可看到狐和豹貓；後兩種動物擁有一個薩滿小鼓，後者在神話組 M_{194}-M_{197} 中也在狄俄斯庫里兄弟和 melero 發生衝突時起作用。薩哈貢 (上引書)認爲，豹貓接近於 melero 的一種墨西哥變種。

irára 或 melero 之在大量玻利維亞東部神話中存在所以特別値得注意，是因爲巴西和圭亞那的神話就這種動物而言顯得相當謹愼。不過，一個關於昴星團起源的陶利潘人神話(M_{135})是個例外，在它結束時，一個父親和幾個孩子決定變成一個動物／araiuag／：「同狐相像的四足動物，但頭髮色黑、光亮又柔軟，軀幹小巧，頭圓，嘴長」(K.-G.：1，第 57－60 頁)，它很可能是 irára，因爲「它喜歡蜂蜜，不害怕蜜蜂」。至於其他神話，就罕見提及這種動物的了。向南方看，我們首先來考察亞馬遜。一個小神話(M_{202})把食人的木精靈 corupira 同食蜂蜜的 irára 相對立。irára 從 corupira 的爪下救了一個印第安人，而在這之前，蛙 cunauaru(參見 CC，第 345-347 頁)

---

⑩參見在波波爾胡那裡黃蜂和大黃蜂打敗敵人。

已對一個印第安女人這樣做過，她像同類一樣也竊取吃人惡魔的飯餐。從此之後，吃人惡魔再也不吃魚，也不吃犰狳。它吃人肉，而 irára 仍繼續食用蜂蜜（Rodrigues：1，第 68－69 頁）。

關於 irára，巴西東部多西河的博托庫多人傳述了兩個神話：

M₂₀₃　博托庫多人：水的起源

　　蜂鳥曾經占有全世界的水，衆動物除了蜂蜜沒有其他任何飲料。蜂鳥每天出去洗澡，嫉妒的衆動物派鳳冠鳥（mutum：種名 *Crax*）暗中監視它，但未成功。

　　一天，所有動物聚集在水的周圍。irára 遲到了，因爲它在採集蜂蜜。它低聲要水。大家回答説：「一點也沒有。」於是 irára 向蜂鳥提出用蜂蜜典水，但後者拒絕，並宣稱它要去洗澡。irára 跟蹤它，幾乎和它同時到達水的附近。水在岩石洞穴裡面。蜂鳥跳入水中，irára 也照樣做，由於洗澡用力過猛，水向四面八方噴出，於是產生了溪和河（Nimuendaju〔按以下縮寫爲 Nim.〕：9，第 111 頁）。

我們由之獲取這神話的作者指出，同樣的故事亦見諸火地島的雅馬納人（Yamana），不過蜂鳥的作用顛倒了過來，它發現了由狐小心守衛的水。

M₂₀₄　博托庫多人：動物的起源

　　從前動物和人相像，大家相親相愛。它們食物充足。是 irára 起惡意挑動它們相互敵視。它教蛇咬人，殺死受害者，它叫蚊蟲吸血。從此之後，包括 irára 在內，它們全都變成了獸類，以便人認不出它們。由於回天乏術，向動物提供食物的巫師變成了啄木鳥，他的石斧變成了

它的喙（Nim.：9，第112頁）。

這兩個神話有許多可圈可點之處。第一個神話把蜂蜜的主人 irára 同水的主人蜂鳥對立起來。然而，我們已指出過，在南美洲，兩者不可或離，因為蜂蜜總是沖淡後再食用。這神話記敍的原始時代情境裡，是蜂蜜的東西就不是水，反之亦然。因此，這情境是「反自然」的或者更確切地說是「反文化」的情境。巴西南部的一個卡尤亞人神話(M₆₂) 記敍說，眾動物在賽跑中相互冒犯：

> irára 也想賽跑。大家說，它背上馱著蜂蜜。三趾鴕鳥(*Rhea amer-*
> *icana*)對它說：「不過，你會死的！你自己吃蜂蜜。你要跑完全程。這
> 裡沒有水。你會死於乾渴……我，我不喝水，我的同道都能跑，我不
> 會給它們什麼。」狗跑完後差點渴死，它打碎了 irára 帶著的容器，蜂蜜

圖 5　*irára* (*Tayra barbara*)（鼬鼠）
（據 A. E. 布雷〔A. E. Brehm〕：《動物的生活・哺乳動物》〔*La Vie des animaux, les Mammifères*〕第 1 卷，巴黎，日期不明，第 601 頁）

全都傾倒出來，這惹怒了 irára。這時三趾鴕鳥對它説:「發脾氣沒有用，這是開開玩笑。大家不要在這裡爲難自己了。你們走吧。」它取走了全部蜂蜜 (Schaden: 1, 第 117 頁)。

　　所以，irára 在這裡也是個性格暴躁、未得到滿足的動物，因爲它有蜂蜜，但缺水。可見，蜂蜜的主人是不完全的，有時渴望從截留水的敵手那裡奪取自己沒有的水(M_{203})，有時要喪失它擁有的蜂蜜，以利於一個能夠放棄它亟需的水的對手(M_{62})。無論如何，在它看來，事態不可能保持不變: 於是，它充當了 M_{204} 中欺詐的造物主的角色。⑪

　　我們注意到的第二點正涉及後一個神話，在那裡，irára 把毒物給予蛇, 而查科的神話(M_{205}、M_{206})把這結果歸因於火的作用或多香果的煙的作用(Métraux: 3, 第 19－20 頁; 5, 第 68 頁)。卡爾杜斯觀察到(第 356 頁): 在瓜拉尤人那裡, 煙草是用於治蛇咬傷的解毒物。鑒此, 我提出下列方程作爲假說:

$$冒煙的多香果＝冒煙的煙草^{(-1)}。$$

　　如果我們現在承認: 無水的（＝過分濃烈的）蜂蜜相對於沖淡的蜂蜜有著和多香果的煙相對於煙草的一樣的極限價值，那麼，我們就可以理解，在整個體系之中，無水蜂蜜的主人 irára 在博托庫多人神話中能夠起著一種作用，它傾向於跟查科神話賦予煙的作用相混同，這

---

⑪比較一下朱比特(Jupiter)的神話，是饒有興味的。他也充任欺詐的神的角色，慷慨於毒物而吝嗇於蜂蜜:

「Ille malum virus serpentibus addidit atris／praedarique lupos iussit pontumque moveri／mellaque decussit foliis ignemque removit.」

(「他心狠地把毒蛇分給大庭廣衆，像狼一樣掠奪，命令海鷗留下蜂蜜，用鮮活樹葉回報。」〔維吉爾: 《農事詩集》第 1 卷, 第 5 章, 第 129－131 行〕)

種煙或者是本來意義上燃燒的 (火)，或者是比喻意義上燃燒的 (多香果)。這整個體系可以圖示如下：

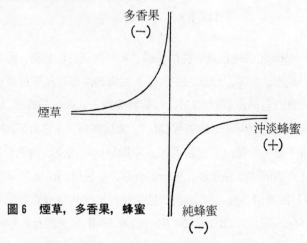

圖6　煙草，多香果，蜂蜜

這種類比模型⑫可由一個亞馬遜對立加以間接證實，這是壞蜂蜜和好煙草之間的對立，前者已知用於引起嘔吐，儀式上利用它來達到這種目的，而哥倫比亞的圖卡諾人(Tucano)說，後者是神嘔吐的產物。

---

⑫如果說我強調這個特徵，那麼正是李奇(Leach)責備我忽視這種類型模型，只訴諸二元圖式。我從達西‧溫特沃思‧湯普森(d'Arcy Wentworth Thompson)假借來以後一直加以運用的這種轉換概念似乎絲毫未動用類比……

實際上，如同在另一個分析(第70頁)中可以看到的那樣，我們一直訴諸兩種類型類比，而在那個分析中，我甚至傾向於把兩者結合為一體。《生食和熟食》已給出了一些說明類比模型的明確例子，如圖表；第123頁圖5；第133頁圖6；第144頁圖7；第259頁圖8；第434頁圖20以及第218、263-264、326、327等頁上的公式。在所有帶＋和－符號的表格裡也是這樣，不過在這些表格中，這兩個符號不是意指某些項的存在與否，而是意指在一組神話內部某些按正或反推理而相互轉化的對立所帶有的**正的**或**負的**特徵。

這樣，壞蜂蜜作爲用於建立人和神溝通的嘔吐的**原因**出現，而好煙草作爲本身已構成人神溝通的嘔吐的**結果**出現。最後，可以回想起，在由兩個可疊合的挿段構成的神話 M_{202} 中，irára 作爲獵毒即不可食用的物質(它像漁毒〔前面第46頁〕那樣「轉變」成獵物)的主人 蛙 cunauaru 的組合變項介入，同時 irára 截留純粹的、不可食用的但也可轉換（通過沖淡）或可食用物質的蜂蜜。

通過這個討論，irára 的神話地位明朗起來了。作爲本來意義上的蜂蜜主人，irára 不可能像人那樣完全承擔這種功能，因爲它吃無水蜂蜜而不同於人，而正是深受無水之苦這一點解釋了，這些神話更喜歡用其他動物充任這角色，儘管它們只能以比喩方式出現。首選的這類動物中有犬科動物。這裡應當回想起一個博羅羅人神話(M_{46})，它的初始挿段把 irára 同包括犬科在內的其他四足動物相關而又相對立起來。這神話係關於由一頭花豹和一個女人交媾生出的英雄巴科羅羅和伊圖博雷的起源。在走向獸穴的途中，這女人相繼遇到許多動物，它們都試圖做她的丈夫，她父親答允用她來換取救命。這些動物依次爲：irára、野貓、小狼、大狼、豹貓、美國山貓。在這些動物逐一卸去偽裝之後，這女人最後到達花豹那裡。

這個挿段以其自己的方式提供了一個種族動物學經驗，因爲那裡按尾巴大小的順序並根據同花豹相似的程度排列七種動物。從尾巴觀點看來，可以明白：

   (1)野貓＜豹貓＜美國山貓＜花豹；

   (2)小狼＜大狼。

從相似觀點來看，irára 和花豹對比最強烈；並且 irára 還遠小於花豹。這個系列有一個更令人矚目的特點，即從現代分類學來看，它的方式很不規則，因爲它彙集了一種鼬鼠科動物、兩種犬科動物和四種貓科

動物，即屬於從解剖學和生活方式來看都差異很大的科。爲了滿足於最淺表的差異，有些動物種皮上有斑，另一些毛髮柔滑，並且在後一種情形裡，毛髮是淺色的或深色的。

但是，在我們看來是不規則的分類從土著的觀點看來卻不是不自然的。圖皮語從詞根／iawa／出發，通過添加詞綴而形成各個名字：／iawara／即「犬」、／iawaraté／即「花豹」、／iawacaca／即「水獺」、／iawaru／即「狼」、／iawapopé／即「狐」(Montoya)，由此把貓科、犬科和鼬鼠科組合在同一範疇裡。圭亞那的卡里布人知道一種動物種分類，它的原則還很不清楚，但按照這種分類，花豹的名字／arowa／配上一個決定因子：－龜的、－喇叭鳥的、－刺鼠的、－鼠的、－鹿的等等，就可用來命名許多種類四足動物(Schomburgk：II，第65-67頁)。因此，如我們在《生食和熟食》中已就有蹄動物和齧齒動物土著思維對它們也應用了基於相對長短對立的分類原則（「**有尾**」**動物**／「**無尾**」**動物**；**長鼻**／**短鼻**等等）所表明的，irára之類鼬鼠科動物似乎不應同屬於其他動物學目的動物截然分開。在這些條件下，這些神話之把蜂蜜主人的角色賦予犬科動物，很少參照這種確定的物種及其經驗行為，而更多地參照一個種族動物學範疇，它非常廣闊，不僅包括經驗已表明其實際上是蜂蜜主人的irára，而且還包括犬科動物，它們尚有待於證明：當從語義觀點來定位時，它們甚至比irára更適合於充任這個角色，即便經驗證據——無疑，這種證據不是一點沒有——並未決定性地證明情形果真如此也罷。不過還應考慮到：在這些神話中，蜂蜜並不是簡單地作爲自然產物介入，它承載著可以說是附加上去的多重含義。爲於支配這種已成爲眞正隱喻的蜂蜜，實際的但不完全的主人並不合適，而帶有全部所希望的權能的主人更能勝任這種角色，因爲這些神話賦予這種角色的功用以比喻的意義。

*

　　對於說明犬科的語義地位來說，查科無疑最合適，現在就回過來再考察它。在這個地區的神話中，狐佔居首當其衝的地位，作爲有時也呈人形的欺詐神的動物化身。不過，查科有一組神話，在其中狐同蜂蜜保持著正面或負面的但始終十分顯著的關係。這些神話還沒有從這個角度考察過，我們現在就來考察它們。

M₂₀₇　托巴人：狐娶妻

　　狐經過多次冒險，其間它曾死去，但下了一點雨後它就又復生。這之後，它以一個英俊少年的面貌到達一個村子。一個少女愛上了他，成爲他的妻子。但是，她作愛時抓得非常厲害，狐難受得呻吟，叫喊。他的咆哮暴露了獸性，於是少女拋棄了他。

　　於是，他去引誘另一個較溫柔的姑娘。太陽升起時，狐出去搞食物。他把野果子／sachasandia／和空蜂蠟巢裝入袋中，送給岳母，好像它裡面有蜂蜜似的。岳母高興極了，宣稱她要把蜂蜜放在水中沖淡，密閉放置，製造蜂蜜酒，供全家享用。她的女婿可以飲用剩下的。在岳母發現袋中的東西，認清其作假者的面目之前，狐逃跑了(Métraux：5，第122-123頁)。

M₂₀₈　托巴人：狐採集蜂蜜

　　話說有一天，狐去採集黃蜂／lecheguana／的蜜。它走了很長時間，一無所獲，遇到了鳥／čelmot／也在尋找蜂蜜，於是與它結伴。這鳥發現了大量蜂蜜。它爬上了樹，盯住孤單黃蜂的視線，以便發現它們的

巢，再把巢掏空。狐也想這樣做，但未成功。

於是，這鳥決心迷惑這可憐的同伴。它唸起巫咒：「快來一道樹木的閃光，擊傷狐，讓它再也不能前進！」這話音一落，狐就跑到了鳥爬在上面的那裡樹的腳下，被一根尖棒擊中。它死去了。鳥／čelmot／到池塘去解渴，然後又回到它那裡，但沒有對人說起發生過的事。

下了一場小雨，狐復活了。在取除了木椿之後，它找到了蜂蜜，把蜂蜜裝進袋子。它感到口渴，於是跑向池塘，看也不看就跳入池塘。可是，池塘是乾涸的，它跌斷了頭頸。就在近傍，一隻蛙掘了一口井。它的腹中充滿了水。過了很久，來了一個人，他想飲水。他注意到：池塘是乾涸的，狐是死的，蛙腹中充滿水。於是，他用仙人掌的刺鑽蛙腹，水噴了出來，漫佈四周濕潤了狐，它又重新復活。

一天，狐等待客人到來，準備了角荳啤酒，他注意到住在一棵／yuchan／樹（*Chorisia insignis*）頂梢上的蜥蜴。狐拋棄了啤酒，要蜥蜴給它留一小塊地方。狐解釋説，他喜歡爬到樹上，如果説他不習慣於樹梢上生活，那麼，他倒是喜歡在那裡找到伙伴。蜥蜴擲下一句讖語：「狐狸下一跳會剖腹！」狐跳了上去，被布滿／yuchan／樹幹的刺扎破腹部。狐流失了腸子又跌了下來，腸子掛在樹上，一直懸在那裡。「蜥蜴説，讓這些腸子長大，好讓人烹飪了吃。」這就是印第安人食用的所謂「狐腸」的蔓生植物的起源（Métraux: 5，第126-127頁）。

在同一個神話的馬塔科人版本（M₂₀₉ₐ）中，名叫塔克朱亞吉（Takjuaj）（Tawk'wax）的騙子把自己的腸子繞在樹枝上，變成了蔓生植物。他把腹部埋入地下淺處，結果變成了一種充滿水的瓜。他的 reyuno⑬ 和心產生了光滑的／tasi／和帶刺的／tasi／；在地裡，他的大腸變成甘薯（Palavecino，第264頁）。

梅特羅把這組神話分割成三個不同的故事，但是，只要把它們疊加起

圖 7　南美洲的狐 (據伊海林, 上引書, 「辭條 cachorro do mato」)

⑬梅特羅 (5, 第 128 頁) 未譯它, 我也未能發現當地傳述者給予這個西班牙詞的
意義。它顯然標示身體的一部分。但是, 馬塔科人的騙子的解剖學是讓人驚訝
的, 因為這神話的另一個版本(M₂₀₉b)證明了這一點：「Tawkxwax 想爬上一
棟／yuchan／樹的高處, 首領第一個跌下來。在下跌期間, 樹桿上的刺把他身
體弄成碎塊。他留下了胃, 把它埋入土中；從中生長出了一種植物／iletsáxl／,
它的根很大, 充滿了水。他的腸變成了蔓生植物。像牛一樣, Tawkxwax 有兩
個胃；他用另一個胃做成了一種植物, 叫做／iwokanó／」(Métraux：3, 第 19
頁)。

人們已注意到, 在北美洲, 有些神話和查科神話相近, 也把身體各部分或者樹、
植物或野果的濫用以及後者的起源同擬人化為維松(Vison)或科約特(Coyote)
的騙子聯繫起來(梅諾米尼人：Hoffman, 第 164 頁；派威人：Dorsey, 第 464－
465 頁；凱奧瓦人：Parsons, 第 42 頁)。在易洛魁人那裡(Hewitt, 第 710 頁),
多神 Tawiskaron 腸子中產生梢部長著可食用果子的各種植物。奧吉布瓦人
(Ojibwa)自稱是造物主壞兄弟的化身。在南美洲, 在烏依托托人(Uitoto)
(Preuss：1, 第 574－581 頁)那裡又出現了狐的人格化, 它自稱無能而又貪吃,
並且在安第斯高原的烏羅－西帕耶人(Uro-Cipaya)那裡也可看到這種情形
(Métraux：2)。

來，就可以看到顯出一種共同的圖式。食物層面的事業：採集蜂蜜(無疑為了製造蜂蜜酒，參見 M₂₀₇)或製備另一種發酵飲料失敗，因為狐未爬上樹，或者只是在狐跌落後才成功，但這時是因為它渴，這個行為總是魯莽的騙子在無水的池塘底摔死，而這水始終是它重生的必要條件。第一個插段中**被刺死**的狐相應於第二個插段中（但結果相反：濕地取代乾涸的土地）腹部被穿孔的蛙，和第三個插段中**被剖腹**的狐，這狐不僅像在前兩個插段中那樣從**高到低**跌下，而且這次還試圖從**低到高**跑。當狐從高到低跌落時，它**沒有蜂蜜**(第一插段)。當它從低到更低(乾池塘底)跌落時，它**沒有水**(第二插段)。最後，當它從低到高跳時(第三插段)，它在半途就已決定了不是蜂蜜或水的出現，而是在下述意義上的奇特趨近的東西的出現：它們絕對地非此非彼，從而近似地說明先前分離的兩者相互結合，即蜂蜜居高在樹上，水居低在池塘中或在掘井的蛙的腹中。這種結合採取蔬菜或野果的形式，它們像蜂蜜一樣是植物(按照土著的分類)，但又與蜂蜜不同，包含水。

$$
\begin{array}{l}
\text{狐}\begin{cases}
1, 3, \text{主動} \\
2, \quad \text{被動}
\end{cases}\text{結伴}\begin{cases}
1, 3, \text{動物的}\begin{cases}\text{鳥,}\\\text{蜥蜴,}\end{cases}\begin{array}{l}\text{爬上一棵}\\\text{樹的頂梢}\end{array}\begin{array}{l}\text{未發現蜂蜜}\\\text{拒棄啤酒}\end{array}\\
2, \quad \text{人的} \qquad\qquad \mid\text{跌到洞穴底,}\mid\text{已發現蜂蜜}
\end{cases}
\end{array}
$$

$$
\text{狐}\begin{cases}
1, 2, \text{跌落}\begin{cases}
\text{從高到低；}\; 1, \text{它被刺死} \quad \text{在低處；}\begin{array}{l}\text{降雨}\\\textbf{(天上的水)}\end{array}\\
\text{從低到更低；}2, \text{它被刺破}\mid\text{更低處；}\begin{array}{l}\text{湧出的泉水}\\\textbf{(地上的水)}\end{array}
\end{cases}\\
3, \text{跳高}\begin{array}{l}\text{從低}\\\text{到高}\end{array}\mid\quad 3, \text{它被剖腹}\mid\text{在半高處；}\begin{array}{l}\text{清涼植物流出水}\\\textbf{(中間的水)，}\end{array}
\end{cases}
$$

1.在狐上		狐// （蜂蜜，水）。
2.從蛙中	被穿刺	（狐，蜂蜜）//水。
3.從狐中		/狐∪（「蜂蜜」，「水」）/。

對這個歸納結論即這三個插段中出現的某些題材完全相對應，可以加以驗證。就此而言，尤其可以提到所謂「穿刺」的題材：狐被尖棒刺死，蛙腹被一根仙人掌刺穿刺，狐被遍布／yuchan／樹幹的棘刺剖腹。我們接著將證明，這涉及蜂蜜神話中的一個基本題材。顯然，應當弄清楚其中的道理所在。目前我僅限於強調三點。

第一，「穿刺」每次都關涉一個自然容器：狐的身體或蛙的身體，就是說——因為狐是這神話的英雄——**本身的身體**或**其他的身體**。在第一個插段中，本身的身體是**無內容的容器**：被刺死的狐的身體裡什麼東西也沒有出來，因為它又飢（無蜂蜜）又渴（無水）。雨從外部濕潤了狐的乾涸的、始終空空如也的並尋求水的身體，因雨而復活的狐又被刺破，從而以它自己的身體為中介而引入了一個對立即**被穿刺的內臟／碎裂的骨骼**的第二項，其第二項由**其他的身體**——蛙的身體——代表，後一身體則與狐相反，以**被賦予內容的容器**的形式出現：它充滿了水。既然容器的內部實現被排除，所以，這種外部實現為我已就「負子袋鼠及其女婿」循環中的蜂蜜插段提請讀者注意（第76頁）的一種圖式提供了一個新的說明。在那個循環中，猴、蜂鳥和蚊子主動地給喉嚨或腹充入蜂蜜（自己的身體**容器∪內容**），而狐滿足於被動地幫助填充葫蘆容器（自己的身體**容器//內容**）。

因此，在 M_{208} 的前兩個插段中，自己的身體（狐的身體）是乾的，其他的身體（蛙的身體）是濕的。第三個插段的功能在於解決這種雙重矛盾：通過從自己身體轉變成其他身體（蔬菜和果子），狐實施了乾和濕的結合，因為漲了水的果子和蔬菜是外乾內濕的。

我的第二點意見涉及一個細節，而其重要性接著就會更加明顯。如果

說在 M_{208} 的第二個插段中，蛙是水的主人，那麼，它是通過掘井得到水的。這種技術在可能缺水的查科地區的印第安人那裡得到充分證明：「在旱季，水的問題是土著面臨的生命攸關的重要問題之一。古代盧萊人(Lule)和維萊拉人（定居在貝梅奧南部）挖掘深井或者建造大型水池。現今的倫瓜人(Lengua)建造的井，深從 4.50 到 6 米，直徑約為 75 厘米。他們的挖掘方式為：兩相對井壁的表面上挖有缺口，一個人能把腳踏在裡面。」(Métraux: 14，第 8 頁)

最後，如果不回到源自托巴人和馬塔科人的其他查科神話始終就狐所說明的相反形式，就不可能引出「穿刺」的題材。這些神話 (CC，第 396－405 頁中討論；M_{175})敍述了，騙子 Tawkxwax 或者托巴人那裡與之對等的狐如何被一隻黃蜂或蜜蜂堵塞了身上的全部開口，而我當時已表明，這蜂是由蛙通過反轉這兩種動物所具有的分別乾和濕的內涵而轉變成的。然而，顯而易見，就此而言，M_{208} 的第二個插段是 M_{175} 的以一個三元對立即**乾／濕、關／開、主動／被動**為中介的再轉變，它可凝結為下列公式：

$$M_{175}\left[^1/\text{蜂蜜}\ ^2/\text{堵塞}\ ^3/\text{主動}/\right] \Rightarrow M_{208}\left[^1/\text{蛙}\ ^2/\text{穿刺}\ ^3/\text{被動}\right]$$

它相應於這樣的事實：在 M_{175} 中，狐擁有它所能希望的全部水（被蜜蜂外在化：在罐中），但蔑視它，而在 M_{208} 中，狐喪失了它所垂涎的水，這水被蛙內在化（在蛙身體裡）。

另一個托巴人神話提供了在 $M_{208-}M_{209}$ 的末尾插段的一個異體：

M_{210}　托巴人：狐大吃蜂蜜

狐在環礁湖中捕魚，而卡朗佐(Carancho)尋找黃蜂／lecheguana／的蜂蜜。他發現了許多蜂蜜，但狐沒有捕獲魚。它可供餐用的只有兩隻

劣質的鳥／chumuco／。⑭狐見同伴不稱讚這種獵物，很惱火，於是拒斥蜂蜜，說它是壞東西。卡朗佐誘惑它說：「狐的胃裡秘藏著蜂蜜！」實際上，狐供認，它的糞便中充滿蜂蜜，它的唾液咳出後變成蜂蜜，蜂蜜從所有汗孔中排出。

　　於是，卡朗佐在一次捕魚豐收而歸後邀狐來吃魚。狐起先胃口大開，但當卡朗佐向它透露，它以為是魚的東西實際上是用巫術偽裝的蜂蜜之後，狐感到噁心而嘔吐起來。它不無傲慢地宣稱，它所拒棄的物質已變成西瓜：「人們說我是巫師：這些植物就在我嘔吐的地方生長！」(Métraux：5, 第138－139頁)。

　　這個異本以兩方面令人感興趣。首先，它說明了我們已在蒙杜魯庫人那裡觀察到的蜂蜜和西瓜之間的聯繫(以上第45頁)。可以想憶起，在這些印第安人看來，西瓜來源「於魔鬼」，它原先是有毒的，而為了能安全地食用它，人應當栽培它，使它成為家養的。然而，狐作為欺詐的神在托巴人神話中出色地充當「魔鬼」的角色。生活在熱帶美洲北端、委內瑞拉的哥亞吉羅印第安人(Goajiro)也把西瓜當成一種「魔鬼的」食物(Wilbert：6, 第172頁)。特內特哈拉人那

圖 8　carancho 鳥(*Polyborus plancus*)
(據伊海林，上引書：辭條「carancho」)

⑭關於作為劣等獵物的這種鳥，參見CC，第270頁。

裡情形也是這樣(Wagley-Galvão, 第 145 頁)。西瓜的這種魔鬼性在語言和文
化上接近而不同的各部落那裡得到多次證明，因此這裡所提出的問題應當
加以解決。

　　另一方面，M_{210}以更純粹也更嚴格的形式重構了 $M_{208-209}$ 中已出現過
的無才幹的狐和能幹的同伴(當時是鳥 /.čelmot/，然後是蜥蜴) 之間的對
立。實際上，現在成爲問題的這同伴就是卡朗佐即造物主 (同欺詐的狐相
對立)，它在托巴人那裡身爲食肉的、食腐肉的、喜食幼蟲和昆蟲的隼
Polyborus plancus：「它喜歡大平原地區和開闊地。它的習性稍喜陽，當它身
披羽冠和羽毛時，相貌堂堂，勝過下等動物」(Ihering：辭條「carancho」)。⑮

圖 9　carácará 鳥(*Milvago chimachima*)
(據伊海林，上引書：辭條「carácará」)

　　在這個神話中，造物主是捕魚和採集的主人，狐則爲未能達到平等地

───────────────
⑮carancho 比另一種隼 carácará(*Milvago chimachima*)大，後者在卡杜韋奧人神
　話中扮演騙子的角色，參見以上第 65 頁，註⑦。

位而惱怒。狐像亞馬遜神話 M_{202} 中的 corupira 一樣也對蜂蜜感到噁心，因而滿足於當西瓜的主人。

顯然，這裡西瓜是蜂蜜和魚的**代用品**。這三種食物來源之間有什麼共同點和差異呢？另一方面，狐嘔吐產生的西瓜（種名 *Citrullus*）和 $M_{208-209}$ 中狐的內臟產生的各種植物即可食用的蔓生植物／tasi／、甘薯，還包括西瓜之間又有什麼共同之處呢？最後，它們同 M_{207} 中以狐為主人的 sachasandia 果子之間是什麼關係呢？

在這個總體中，給予作為唯一栽培植物的甘薯以特殊地位，是適宜的。不過，它也是最不需要照料，沒有明顯成熟期的栽培植物。甘薯在雨季開始時切塊種植。一次間歇的除草就足以保證植物在幾個月之後達到成熟：從 8 個月到 18 個月，視方式而定。從這時起，一直到全部吃完，甘薯在一年的所有時間裡都提供可食用的塊根。⑯只要稍加照料，種植甘薯哪怕在最貧瘠的土地上也能獲得成功，並且，它總是有供給。因此，就是在其他栽培植物已經收穫完甚或食用完的時期裡，甘薯也和野生植物同時繼續有供給。這樣，甘薯代表一種非標定的食物源，它和有食用價值的野生植物被同時並稱，因為就它在野果季節仍能食用而言，在土著的食譜中，這比從理論上把它納入栽培植物更具實際的重要意義。

---

⑯實際上可以把惠芬(Whiffen)（第 193 頁）在亞馬遜西北部觀察到的情形加以推廣：「一般說來，甘薯在最大的雨即將來臨前種植，但這不是一年中不能採集到塊根的時期。」

為了證實上述考慮，我還可以援引利茲(Leeds)（第 23-24 頁）的意見：「所以，甘薯沒有明顯的周期性，它的生產在一年期間裡是定期……它可以在生的狀態下或者經過加工後保存……不需要在確定的時期進行專門的集中手工勞動，甚至收穫也可以隨時少量進行。因此，這種載培的特徵及其對手工勞動的要求不需要任何集中化的組織，這種組織無論對於生產還是分配來說都不是必要的。總的看來，對於狩獵、打漁和野果採集都可以這樣說。」

至於 sachasandia（*Capparis salicifolia*），至少對馬塔科人(我們對他們已知之甚多) 來說，這種果子包含邪惡的意味，因爲它們給似乎特別想縮短壽命的印第安人提供了習用的自殺手段。sachasandia 的毒性作用引起驚厥，口吐白沫，心跳不規則，經過短暫間歇後又恢復，喉嚨收縮，病人發生異樣聲音，身體搖晃而驚跳，突發的痙縮引致嚴重腹瀉。最後，病人陷於昏迷，於是死亡多少加快來臨。通過皮下注射嗎啡和服用催吐劑等緊急干預，許多受害者可以得救，他們事後描述了所感受的症狀：極度抑鬱，然後頭昏眼花，「彷彿世界顚倒了過來」，因此人不得不躺下 (Métraux：10)。

因此可以理解，sachasandia 果子爲何未列入查科饑荒時期的食譜。它還應當放在許多水中連續煮沸五次，以便消除其毒性。不過，我已列舉的野生植物大都也要這樣做，儘管程度要小得多。

許多作者 (Métraux：14，第 3－28 頁；12，第 246－247 頁；Henry：2；Susnik，第 20－21、48－49、87、104 頁)對查科地區經濟生活周期作過詳確描寫。皮科馬約的印第安人從 11 月到 1 月或 2 月食用取輕度發酵形式的角荳（種名 *Prosopis*）莢和阿根廷刺灌叢（*Gourleia decorticans*）與 mistol 棗樹（*Zizyphus mistol*）的可食用的果子。這個時期被托巴人稱爲／kotap／，被比做「好時光」，其時白豹西貓和長吻浣熊的肉又肥又豐富，這是節慶和娛樂，部落間互訪，袋內裝滿未婚夫獻給未來岳母的禮品肉的時期。

在 2 月到 3 月期間，其他野生產物取代上述各種食物：凹山柑（*Capparis retusa*）、乳草鹼（*Morrenia odorata*）、仙人掌（*Opuntia*)在阿格里科爾各部落被附加於玉米、南瓜和西瓜。4 月份雨一樣，就把富餘的野果曬乾，預備過冬和準備種植。

從 4 月初到 6 月中，魚群溯河而上，是魚汛期。6 月和 7 月，河水進行性乾涸，捕魚變得困難起來，因此應當重新依靠野果：已經提到過的乳草鹼以及金合歡（*Acacia aroma*），它們的成熟期從 4 月直到 9 月。

8 月和 9 月是眞正的饑荒時期，這期間，食用儲備的乾果，包括美山柑

（*Capparis speciosa*）、葫蘆、鳳梨、野生小塊莖、食用蔓生植物菜頭（*Phaseolus?*），最後還有已提到過的 sachasandia 果子。許多前面提到的其他果子即凹山柑和美山柑由於味苦，所以還應放在大量水裡煮沸，然後用臼搗碎後曬乾。當需要水時，人們汲取積滯在一種鳳梨／caraguata／葉子背面的水，咀嚼一種大戟的多肉塊莖。

在乾旱月份，角荳啤酒節期間和沿河捕魚期間所特有的群體大聚合讓位於四散游蕩的生活，各個家庭星散，到樹林漫遊尋找野生植物和獵物。所有部落，尤其遠離河流的馬塔科人，都在打獵。常常借助焚燒荆棘的大型集體狩獵活動主要在旱季進行，但在一年的其餘時間裡也有打獵活動。

稱這個時期爲／kâktapigá／的托巴人在他們的故事中強調，這期間動物都很瘦弱，無法滿足獵人必須的食用；口乾得沒有了唾沫，三趾駝鳥／nandu／的肉難以保證維持生計。這時流行性感冒肆虐，哺乳嬰孩和老人都死去；人們吃犰狳，緊挨著火睡覺，蓋得嚴嚴實實……

由以上所述可見，雖然查科沒有眞正的雨季，那裡一年任何時候都可能降大雨，但是，雨還是傾向於集中在 10 月到 3 月期間下（Grubb，第 306 頁）。因此，所有野生植物都作爲旱季食物出現，魚和蜂蜜情形也是，這樣，它們主要在漂游生活時期獲取。但是，這種旱季交替地以兩種形相出現：豐富的季節和饑荒的季節。我們的神話全都關涉旱季，而對它們的考察，有時從其最有利的形相著眼，其特徵是魚和蜂蜜豐富（梅特羅強調〔上引書，第 7 頁〕，查科印第安人特別喜歡吃它們），有時從最不利、最令人苦惱的形相著眼，因爲旱季的野果大都是有毒的或味苦的，在能安全食用之前都需要作複雜的處理。作爲旱季之初的產物，西瓜歸因於這樣的事實：它們經過栽培而不再有毒。西瓜在其硬殼下掩藏著豐富的、不斷的水，直至在旱季裡雨的恩降終止。這樣，西瓜便在較大程度上且以悖論的形式例示了容器和內容的反差：一者爲乾，另一者爲濕；⑰西瓜並可作爲欺詐神的象徵，後者也以悖論方式呈現內外差異。

　　狐被其硬刺扎破腹的／yuchan／樹難道不能以自己的方式同西瓜和其他在旱季豐盛的果子相比擬嗎？在馬塔科人和阿什魯斯萊人的神話(M_{111})中，／yuchan／這種樹曾在其膨脹的樹幹中包容全世界的水，人在那裡一年到頭儲備著魚。因此，它使地上的水內在化，中和了捕魚季節和無魚季節的對立，就像野果使天上的水內在化，從而中和了旱季和雨季的對立，儘管其方式是相對的但又是經驗地可證實的。我們在圭亞那神話又可看到像／yuchan／一樣屬於木棉科的樹，而且幾乎無須回想，它們作爲生命之樹的角色遠在遠古瑪雅人的神話中就已得到證明。不過，這題材在查科也存在，並採取充滿水和魚的樹的特殊形式。這一點卻證明了在這個地區，這題材有著同技術－經濟亞結構的原始聯繫：樹幹的惱人的乾以寓言形式包容水，水包容魚，就像旱季包含河流中魚很豐富的特優時期，也像旱季在其持續期內包容野果的成熟期，而野果則在其硬殼界定的空間中包容水。

　　最後，像魚一樣，蜂蜜也同時設定了水（用它沖淋蜂蜜，以便製造蜂蜜酒）和乾旱。它們構成乾和濕的中介，同時也構成高和低的中介，因爲在旱季裡，乾是大氣尺度上的，因此是天上的，而在沒有雨時，水只能來自地上：事實上來自井。因此，蜂蜜和魚所例示的這種中介就其範圍來說是最宏大的，因爲本應接近的項遠離了，就其結果來說則是最有利的，因爲它們從量的方面（構成最豐富食物的魚）或者質的方面（作爲最精美食物的蜂蜜）都是能勝任的。狐也成功地起了這種中介作用，雖然是在中間的層面上：野果很豐富，但並未取代水，並且要採集它們，使它們適合於食用，都有很大困難。最後，狐在離開高和低同等距離上完成這種幸運的中介作用：在樹的中間高度上，並通過犧牲其中間部分：因爲在解剖學層面上，內臟也處於高和低的中途。

---

⑰M_{157}克魯澤版本（以上第 45 頁）十分雄辯地說明了這一點：「當著果子變得堅硬，預示栽培植物的產生時，它們就可以食用了。」

III　痴迷蜂蜜的少女、卑劣的誘姦者和她的怯懦丈夫的故事

1　在查科

　　前面已討論過的以狐充任主角的第一個查科「蜂蜜」神話讓一個女性伙伴介入：一個少女在狐以一個英俊少年的面目出現之後引誘他，而他假裝娶她。一個小神話重述了這個細節；它以簡潔的形式預示了一組重要神話。這組神話已發現有一個作了各種不同轉換的基本圖式，因而可以單獨提取出來。M₂₁₁記敍了這個基本圖式的輪廓：

M₂₁₁　托巴人：生病的狐

　　狐和其他村民一起參加了一次採集蜂蜜的活動，在豐收返回途中，被一隻毒蜘蛛螫傷。它的妻子叫了四個著名的治療師來照料它。在這個時期，狐呈人形。他垂涎比妻子更美麗的妻妹，他要求她當他護士，得到了同意。他同她私下相處，以便誘姦她。但是，她毫無所動，並向姊姊告發，結果後者一怒之下拋棄了丈夫。由於邪惡而犯下的一個小小過失以激起猜疑而告終，於是狐又卸下偽裝(Métraux: 5, 第139－140頁)。

這裡現在有這個神話的兩個異本，不過形式遠爲展開得多：

M₂₁₂　托巴人：痴迷蜂蜜的少女(I)

　　薩克赫(Sakhé)是水中精靈首領的女兒，她極喜歡蜂蜜，不停地乞討。男人和女人們被纏得惱怒起來，.於是回答她說：「你嫁人去吧！」甚至她母親也被她要蜂蜜弄得不耐煩，對她說，她最好還是出嫁。

　　這少女也決定嫁給著名的蜂蜜採集者啄木鳥。啄木鳥正在樹上和其他同類忙著用嘴啄樹幹，以便達到蜂巢。狐在幫助它們，不過只是用棒敲擊樹木。

　　薩克赫得知了啄木鳥在什麼地方，她沿著所指示的方向行進，途中遇到狐，狐也想到啄木鳥那兒去。但是，它的胸部不是紅色的，它的袋裡裝著土而不是蜂蜜。少女沒有上當，她一路找去，終於到達啄木鳥那兒，向它求婚。啄木鳥不怎麼熱情，爭辯著說，少女的父母肯定不會同意。於是少女堅持懇求，抱怨說：「我媽媽正希望如此，她再也不要我了！」啄木鳥高興地給了蜂蜜，薩克赫耐心地吃著。最後，啄木鳥說：「如果你媽媽眞的出於這種意願派你來，我就不怕娶你。但是，如果你說謊，那麼，我怎麼能娶你呢？我不是傻瓜！」說著，它從樹上下來，帶著充滿蜂蜜的口袋。

　　至於狐，這懶惰傢伙在口袋裡裝滿了 sachasandia 和 tasi 的果子，這是人們在找不到別的東西時打下來的。然而，後來的日子裡，狐不再和不滿足於初次收獲的同伴一同去採集蜂蜜。它更喜歡偷取他要吃的蜂蜜。

　　一天，啄木鳥把妻子單獨留在營地，狐想利用這個時機。它謊稱，它足上有刺，無法繼續和同伴一起去，於是它隻身回到營地。它一回到營地就想強姦這女人。可是，懷孕的少女逃進了荆棘地。狐假裝睡覺。它害怕地退縮了。

當啄木鳥回來時，它查問妻子，狐對它説謊：她剛剛和她母親結伴出去。作爲領袖，啄木鳥下令去尋找她。但是，媽媽不在家，妻子失蹤了。於是，啄木鳥向許多方向射出魔箭。箭空行一次後又回到他那裡。當第三支箭沒有回來時，啄木鳥斷定它落在他妻子所在的地點，於是，它上路去和她團聚。

在這期間，啄木鳥的兒子(應當假想，他已出生，其間已經長大)認出了他父親的箭。他偕母親一起去會父親；他們擁抱，喜極而泣。妻子向丈夫講述所發生的一切。

妻子和孩子首先到達營地，他們向四鄰分發食物，母親讓大衆認識這孩子。但是，外祖母不知道女兒已經結婚並已當了母親，因此感到驚訝。「女兒向她解釋説，你責備我吧，我出走了，我已結婚。」老嫗一句話也沒有説，女兒也沒有抱怨母親，因爲她在需要蜂蜜時吼叫，搜索過。孩子插進來説：「我的爸爸是啄木鳥，一個大首領、優秀獵手，他善於尋找蜂蜜……你決不要斥責我，否則我會激怒的。」外祖母説，她沒有什麼想法，倒是很高興。孩子答應去説服他父親。

啄木鳥寬容岳母，回答説，它什麼也不需要，它也不要角荳啤酒，完全關心自己。老嫗對她外甥很好。他是父親的繼承人，而父親還指望再有些孩子。

現在，啄木鳥要去報復。它藉口狐在傷病問題上撒謊。由於它，妻子差點在荊棘地裡渴死！狐提出抗議，控告受害者過份自重，説她無謂地自我驚恐。它要送禮，啄木鳥拒收。啄木鳥在兒子幫助下把狐綁了起來，這孩子用外祖父的刀割它喉嚨。因爲兒子比父親勇敢(Métraux：5，第146-148頁)。

梅特羅接著這個神話還指出了許多獲自傳述者的異本，它們有的重述 M_{207}，而有的同帕拉韋西科發表的版本相一致。在這個版本中，女英雄從持

有的臭氣認出狐（參見 M_{103}）。因此，狐像負子袋鼠一樣有臭氣，但如果相信托巴人的神話，則狐還不如臭鼬，因爲後者用臭屁捕殺豬，而狐想仿效，卻未成功（M_{212b}, Métraux: 5，第 128 頁）。女英雄嫁給了啄木鳥，得到豐富的蜂蜜，但拒絕給她母親。她在洗澡時受到狐驚擾，寧可變成水豬，也不願屈從。從這個時候開始，帕拉韋西諾版本採取判然不同的路線：

M_{213}　托巴人：痴迷蜂蜜的少女(2)

在色情的事業失敗之後，狐不知道如何逃過被激怒的丈夫的報復。既然妻子已經失蹤，爲什麼不冒充她呢？因此，它模仿受害者的形相，當啄木鳥提出要求時，它就嘗試給後者除虱子，這是妻子習慣上對丈夫提供的一種服務。但是，狐很愚笨：它在試圖用針殺死虱時傷害了啄木鳥。啄木鳥滿腹狐疑，遂抓一隻螞蟻去咬它的所謂妻子的腿。狐略帶雌音地叫了一下，被啄木鳥識破。啄木鳥殺了它，然後想利用魔箭發現妻子的隱匿地。一支箭告訴它，她已變成水豬，於是它就不再去尋找她了，心想她再也不需要什麼了。被太陽曬乾成木乃伊的狐在雨後又復活，重新上路（Palavecino，第 265－267 頁）。

在轉入評論關於痴迷蜂蜜的少女的故事的各個馬塔科人異本之前，先來介紹一個關於蜂蜜酒的起源的神話，它證明了這種發酵飲料在查科土著那裡的重要性。

M_{214}　馬塔科人：蜂蜜酒的起源

在還不知道蜂蜜酒的時候，一個老人想出用水沖淡蜂蜜，然後把

這液體放著通宵發酵。天亮後，他嘗了一點，發覺味道很美，但其他人不願意喝，認爲有毒。老人説，他要親口喝它，因爲到了他的這把年紀，死已算不了什麼。他喝了，結果虛脱了，像要死去似的。但是，在夜裡，他又恢復了，向所有的人解釋説，這没有毒。人們在一棵樹的樹幹上掘了個更大的槽，他們喝下自己所能釀製的蜂蜜酒。一隻鳥挖成了第一個鼓，它徹夜擊鼓，翌日變成了人(Métraux：3，第 54 頁)。

這個小神話的意義在於確立了雙重等當性：一方面是發酵蜂蜜和毒物間的等當性，另方面是蜂蜜槽和木鼓間的等當性。第一個等當性證實了我們前面提出的意見；第二個等當性的重要性在後面會顯現出來，這裡暫且撇開不論。最後，可以注意到，槽鼓的發明招致一個動物轉變成人，因此，蜂蜜酒的發明實施了從自然向文化的過渡，就像我已從對蜂蜜（節）起源神話(M_{188}、M_{189})作的分析引出的結論一樣；另一方面，一個已討論過的博托庫多人神話(M_{204})把逆轉換即從人到動物的轉換的責任歸於無水蜂蜜（因而是反蜂蜜酒）的主人irára。另一個馬塔科人神話(M_{215})證實了這一點：吃太多蜂蜜酒而不飲水，會窒息，有死亡危險。蜂蜜和水相互蘊涵，給出一者，是用另一者換來的(Métraux：3，第 74－75 頁)。在強調了馬塔科人思維中這種相互關係的重要性之後，我現在就可以來探討幾個基本神話。

M_{216}　馬塔科人：痴迷蜂蜜的少女(I)

太陽的女兒酷愛蜜蜂和蜜蜂幼蟲。她皮膚白皙而又美貌。她決心只嫁給專擅採集／ales／種蜂蜜的男人，這種蜂蜜很難從中空樹採集。她父親對她説，啄木鳥是理想佳偶。於是，她出發去找他，深入到斧劈聲作響的樹林裡。

她首先遇到一隻鳥，它掘得很淺就在尋找蜂蜜，於是她繼續趕路。

到了啄木鳥處時，她無意中踩著一根乾樹枝，把它踏斷了。啄木鳥受驚而躲到它正在那裡掘孔的樹的頂梢。它在高處問這少女要幹什麼。少女說明了原委。雖然她很漂亮，但啄木鳥還是怕她。當她向它要水喝（因爲她知道啄木鳥總是帶著一只盛滿水的葫蘆）時，它才下來，但由於受驚而又重退回藏身處。這少女對它說，她仰慕它，想它做丈夫。她終於說服啄木鳥同她重會，於是她可以喝水解渴，並可盡情大吃蜂蜜。兩者結了婚。Tawkxwax 妒忌了，因爲他垂涎這少女；後者蔑視他，並直言相告。每夜啄木鳥回到婚房，她就用一根仙人掌的刺幫助它滅虱。

　　一天，她照例在村裡休息。Tawkxwax 在她洗澡時驚擾了她。她惱怒了，丟棄了衣服。Tawkxwax 穿上這衣服，裝扮成女人，啄木鳥以爲她是愛妻。於是，他按習慣給啄木鳥捉虱子；但是，Tawkxwax 每個動作都把啄木鳥頭皮弄破。啄木鳥很惱火，對他產生懷疑。它叫來一隻螞蟻，讓它爬進 Tawkxwax 的兩腿之間：「如果你看到陰戶，那就好說，但如果你看到陰莖，那就咬它。」Tawkxwax 痛得驚叫起來，撩起了裙子，暴露了眞相；他挨了好一頓打。此後，啄木鳥就去尋找妻子。

　　但是，它一去不復返。太陽很焦急。他循著女婿的蹤跡，一直來到她消失的池塘。太陽跳入池塘，池塘立即乾涸。池底有兩條／lagu／魚，一大一小。太陽成功地使小魚嘔吐，但它的胃空空如也。他又對大魚這樣做，後者吐出了啄木鳥。啄木鳥復活了，變成了鳥。至於太陽的女兒，人們就再也沒有見到過她（Métraux: 3, 第 34-36 頁）

同類的另一個異本（M217）說，太陽有兩個女兒，他食用水中動物／lewo／，它有如鱷魚，是風、大風暴和雷暴雨的主人，是虹的化身。這故事接下去和上述版本幾乎相同，只是太陽勸女兒出嫁，因爲他無法供給她所喜愛的那種品質的蜂蜜。在揭穿了騙子的僞裝之後，啄木鳥殺了它，然

後在妻子於此期間居住的她父親家找回了她。過了兩天，太陽叫女婿到湖水中去捕／lewo／。啄木鳥照辦了，但一個水妖吃掉了它。年輕的妻子央求父親讓她丈夫復生。太陽找到了罪犯，命令他重建受害者。啄木鳥從水妖口中飛離（同上書，第36－37頁）。

也是源自馬塔科人的第三個版本明顯地不同於前面的版本。

M₂₁₈　馬塔科人：痴迷蜂蜜的少女(3)

最早，動物是人，他們只吃蜂蜜。

太陽的小女兒問她爸爸：誰是大首領，生活在湖邊，因為他未能給她足夠的幼蟲吃。按照父親的勸導，她去尋找啄木鳥，它是所有鳥中最好的蜂蜜搜尋者。啄木鳥的村子離她爸爸的村子很遠。當她到達啄木鳥那裡後，她與它結了婚。

在第三個月之初, Takjuaj(＝Tawkxwax)藉口參加採集蜂蜜突然來到啄木鳥的村子。一天，採集者在離村子不遠處勞動，他被刺弄傷腳，便要求太陽女兒背他回村。這樣登上背後，他就想從後面與這少婦交媾。她大怒，把他摔下來，跑到父親太陽那兒去了。

Takjuaj很傷腦筋。當啄木鳥見不到妻子時，它會說什麼呢？也許要向他報復，殺死他？因此，他決定假扮他的受害者〔異文：他用泥土仿製了一對乳房和一個陰戶〕。啄木鳥回來了，把採集到的蜂蜜全給了他，它以為他是妻子，但是，Takjuaj吃蜜蜂幼蟲的方式不合習慣(用一根針把它們串起來)〔異文：Takjuaj滅虱的方式不合習慣〕，這讓啄木鳥識破了騙局，它遂派一隻螞蟻證實真相。叫它去檢查假妻子的下身〔異文：Takjuaj被螞蟻咬了一口，跳了起來，丟失了假性徵〕。於是，它用棒頭殺死了Takjuaj，把屍體掩藏在中空樹中。然後，它動身去尋妻子。

它在太陽家裡找到了，太陽叫女婿去尋覓／lewoo／，因爲這是他的唯一食物。水妖吃掉了這漁獵者。妻子要求還她丈夫。太陽走到 lewoo／近傍，強迫它嘔吐，啄木鳥的靈魂飛著逃離；啄木鳥從此之後變成了鳥。這就是我們今天看到的啄木鳥的起源(Palavecino, 第 257-258 頁)。

後面可以看到，騙子囚禁在中空樹中的題材是很重要的。這個題材在另一個同類神話中也可看到：

M₂₁₉　馬塔科人：被堵塞和被囚禁的騙子

Takjuaj 在流浪過程中發現 mistol 棗樹(*Zizyphus mistol*)，它的果子跌下後撒滿一地。他開始吃果子。他斷定，食物全都從肛門出去了；他用「漿糊」(生麵團？稻草？——參見 M₁)補救了這個麻煩。在充實了一些後，Takjuaj 遇到了／nakuó／蜂蜜〔=moro moro，參見 Palavecino，第 252－253 頁〕，便向它要蜂蜜。蜂蜜假裝默許，讓他進入一棵確實充滿蜂蜜的中空樹，但它迅即用泥土把這樹的開口堵住。Takjuaj 被囚禁了一個月，直到大風把這樹刮斷，他才獲釋 (Palavecino，第 247 頁)。

這個神話還令人想起另一個神話 (M₁₇₅；參見 CC，第 396－405 頁)，那裡這騙子也同一隻蜜蜂或黃蜂計較瑣屑小事，後者把他身體上的孔口全都堵塞。在查科的神話中，狐無論採取人形 (馬塔科人) 還是動物形 (托巴人)，都作爲這樣的角色出現：其身體證明了開和閉、容器和內容、外和內的辯証法。開孔可以是外部的 (附加女性特徵)，堵塞可以是內部的 (M₁₇₅ 中因過分，M₂₁₉ 中不足而堵塞孔口)。狐在被堵塞之前先開孔 M₂₁₉)，或者在被開孔之前先堵塞 (M₁₇₅)；有時容器無自己的內容 (當食物逸出它的身體時)，有時裝入別的容器 (它被囚禁在中空樹中)。這樣，我們可以再來討論前面就一個蒙

杜魯庫人神話（M₉₇；參見以上第74-75頁）和其他查科神話（M₂₀₈；參見第85-89頁）所作的考慮。

　　無疑，就此而言，蒙杜魯庫人神話和查科神話並未相互說明。在蒙杜魯庫人神話中，犬科動物也充任一個角色：作爲蒙杜魯庫英雄(M₂₂₀)，狐把敵人花豹禁閉在一棵樹的樹幹中，其藉口爲**防禦**暴風（試比較 M₂₁₉：狐自己被囚禁在樹幹中——樹＝**內囚室／外囚室**——它被暴風從樹幹中**釋放**）；一隻黃蜂想**釋放**花豹而**未獲成功**(M₂₁₉：一隻蜜蜂**成功**地**囚禁**狐)。在這之後，花豹爲了捕獲狐而隱藏在一棵**中空樹**中，而狐使花豹相信，中空樹在中空的時候說話，在藏有一個被保護者時沈默，從而迫使花豹暴露自己的存在：即用聲學代碼給無內容的本身容器（多話的樹的情形）和容器中的其他內容（沉默的樹的情形）之間的對立換位。查科神話和一個蒙杜魯庫人神話之間的這種對稱性還味深長地延伸到了這樣的用法：這個蒙杜魯庫人神話採取了著名的「bicho enfolhado」題材：狐給自己抹上蜂蜜（**外用／內用**），然後用粘在身上的枯葉把自己裹起來，從而騙過了花豹。這樣僞裝之後，它到達了花豹想阻止它接近的河流(Couto de Magalhães, 第260-264頁；Kruse: 2, 第631-632頁)。多虧了蜂蜜(但它利用蜂蜜不是爲了食用)，蒙杜魯庫人神話的狐才成功地喝到了水，而在查科神話中，狐雖然很渴(因爲吃了太多蜂蜜) 卻未達到飲水的目的，因爲池塘已乾涸。另一個蒙杜魯庫人神話(M₂₂₁)以狐和食腐肉的兀鷹爲主角(即食生食者對食腐肉者)，轉換了「bi cho enfolhado」的題材：作爲受害者而非迫害者，狐給自己身體抹上了**蜂蠟**（／**蜂蜜**），以便粘上羽毛（／**葉子**）。它這樣披上羽毛是爲了**在空中飛**（／**在水中游**），以便追蹤兀鷹（／**以便逃過花豹**）。但是，太陽熔化了蜂蠟，狐在水上被制伏而被殺死，而不像在 M₂₂₀那樣，水溶解了蜂蜜，狐成功地游水逃離，活了下來(參見Farabee: 4, 第134頁)。這一切轉換全都證明，我們面對一個連貫一致的體系，它的邏輯邊界包圍亞馬遜河流域和查科兩個地理區域，儘管它們相距遙遠。

　　不過，如果情形果眞如此，則我們也許有權嘗試用一個蒙杜魯庫人神話的相應細節來闡明查科神話的一個細節。還記得，關於痴迷蜂蜜的少女的故事的一個馬塔科人異本(M₂₁₆)形容這少女「皮膚白皙而美貌」。然而，蒙杜魯庫人的天體演化學把月亮比作一個皮膚白皙的處女的變體 (Farabee：上引著作，第 138 頁；其他版本，載 Kruse：3，第 1000－1003 頁，Murphy：1，第 86 頁)。這種對比極具啓發意義，尤其因爲有一個圭亞那信條，按照它，蜂蜜應在滿月期間食用 (Ahlbrinck：辭條「nuno」§ 5，和「wano」§ 2)。因此，痴迷蜂蜜的少女的故事可能以天文學代碼包含一種解釋：在這故事中，女英雄（我們已經知道，她以太陽爲父親）化身爲滿月，並且她特別嗜吃蜂蜜，因爲有她存在，蜂蜜就一至於無。

　　爲了證實這種初步的否定命題，我們援用 M₂₁₈的一個異本，它無疑非常遙遠，因爲它源自亞利桑那的皮馬人(M₂₁₈b)：科約特諾稱受傷，要求妻妹背他；它趁機從後面交媾。這種醜行招致全部動物都被囚禁：**獵物滅絕了**而不是像在南美洲**蜂蜜滅絕了**。不過，這個北美洲版本似乎很好地保持了對這兩個題材之間的親緣關係的記憶，它隱喻地用一者形容另一者：科約特作爲獵物的解放者打開了囚室的大門，「鹿和其他獵獲的動物一齊擠到外面，宛如蜜蜂從蜂巢的小開口逃逸」(Russell，第 217－218 頁)。我們剛才評論過的那些提到或者沒有提到蜂蜜的查科神話在北美洲又重現，以加利福尼亞直到哥倫比亞河和弗雷塞河流域。

　　這裡該再作一點評述。在 M₂₁₃中，痴迷蜂蜜的少女變成了水豬。另一個馬塔科人版本(M₂₂₂)說，一個痴迷黃蜂／lecheguana／的蜂蜜的少女轉變成了一種不知名的夜間活動齧齒動物 (Métraux：3，第 57 頁和註①)。我們知道，水豬(*Hydrochoerus capibara*)也是夜間活動的，又是已知最大的齧齒動物，而還有一種較小的但身材更美的，習性也相同的齧齒動物（據傳述者說爲大花栗鼠：*Lagostomus maximus*?）很可能是一種組合變種，因爲，例如博羅羅語仿照水豬名字來構成其他齧齒動物的名字；／okiwa／衍生

／okiwareu／即「與水豬相似」＝鼠。

水豬在熱帶美洲神話中所起作用相形失色。在本書結尾處，我將討論一個塔卡納人神話（M₃₀₂），它把水豬的起源歸因於一個嗜肉（而非蜂蜜）的女人貪吃。按照委內瑞拉的瓦勞人（M₂₂₃）的說法，這起源溯因於不堪忍受的倔強的女人的轉變（Wilbert：9，第 158－160 頁），這些限制條件也適用於痴迷蜂蜜的少女，她不再糾纏親人索取垂涎的美食。

甚至在查科，一個宇宙學神話也以一個女人轉變成水豬告終：

M₂₂₄　莫科維人（Mocovi）：水豬的起源

　　從前，一棵名叫 Nalliagdigua 的樹從地上一直升高到天上。眾靈魂從一根樹枝攀到另一根樹枝，如此一直到湖泊和河流處，他們在那裡捕到許多魚。一天，一個老婦人的靈魂什麼也沒有得到，其他靈魂又拒絕給她一個點兒布施。於是，老嫗的靈魂惱怒了。她變成了水豬，拚命損害樹腳，直到樹倒下，給全體人類造成重大傷害（Guevara，第 62 頁，轉引自 Lehmann-Nitsche：6，第 156－157 頁）。

因此，這裡也關涉一個受欺侮的女人。但是，從這後一種化身，很容易認出一個馬塔科人昴星團起源神話（M₁₃₁ₐ）的女英雄：造成魚**和蜂蜜**失去的老婦人，魚和蜂蜜以前全年都有供應，而昴星團的出現宣告季節性供應從此開始（CC，第 315 及以後各頁）。因此，可以說，我們神話的女主人掌管採集蜂蜜的季節性，而且是她引起了這種季節性。

在這些條件下，需要指出，定居在圭亞那和巴西交界處的瓦皮迪亞納人把白羊星座——即白羊宮——稱爲「水豬星」，它的出現在他們看來宣告種植季節到來，而這也是蝗蟲的季節和獵水豬的季節（Farabee：1，第 101，103 頁）。無疑，這個北方地區離開查科很遠，氣候也不同，並且，曆法也

因地而異。當我們試圖表明，儘管存在這些差異，但經濟生活周期仍有若干共同之處時，我們還要回到這上面來。

白羊座的升起要比昴星團的升起早二、三個星期。我們已經知道，這一點在查科部落的經濟和宗教生活中有重要意義。在瓦皮迪亞納人那裡，白羊座的三重含義也提示旱季，而這是開墾的季節、蝗蟲猖獗的季節，且還提示獵水豬的季節：水淺時容易發現，因為這種動物白天實際上潛在水下生活，等到夜裡才上岸吃草。

勒曼－尼切對查科部落的天文學作了細緻入微的研究，儘管如此，我們還是未發現這種天文學提到過白羊座。不過，如果根據查科神話和圭亞那神話間多次得到證實的親緣關係而可以承認，水豬的變形包含著一種暗示，即隱合地提到宣告旱季的星座，那麼，應當可以把我們在關於蜂蜜採集的查科神話中認識到的天文學和氣象學兩個方面整合起來。從這個觀點看來，M_{222}中的對立即**白天／黑夜**只是按比另兩個對立更短的周期性的尺度（即日的而不是月的或季的）變換兩個季之間的基本對立，而後者說到底也就是乾和濕的對立：

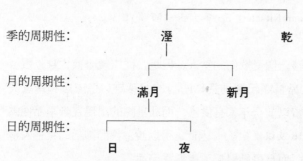

季的周期性：　　　　　　濕　　　　　　　　乾

月的周期性：　　　　滿月　　　　　新月

日的周期性：

　　　　　　　　　日　　　　夜

況且，在托巴人那裡，用大花栗鼠（我已指出，可將它看做水豬的一種組合變種）命名一個不知名的星座(Lehmann-Nitsche：5，第195－196頁)，以致有可能每個水平都保留另兩個水平的特徵，而差別僅在於外加於三種類型周期性的等級階次。這三種類型周期性在每個水平上都存在，但只有

一種是明顯的，而另兩種是隱蔽的。

　　因此，我們可能傾向於對以一個痴迷蜂蜜的少女爲英雄的查科神話總體採取綜合的觀點。這個女英雄以水中精靈的首領(M_{212})或太陽(M_{216})爲父親，他食用作爲雨和大風暴的創始者的水生動物(M_{217}、M_{218})，他同虹相混淆(M_{217})。這個初始對立使人回想卡雷貝地區(中美洲、安第列斯和圭亞那)神話的一個著名題材：太陽和颶風的衝突，它以虹代表白天，大熊座代表黑夜。那裡也關涉一個季節性的神話，因爲在世界的這個地區，颶風的產生時間從 7 月中到 10 月中，而在這個時期裡，大熊座幾乎完全消失在地平線下面(Lehmann-Nitsche：3，各處)。

　　基於這種比較，我敢於聲稱，在我們神話的開頭，化身爲太陽的乾壓倒了作爲雨主人的水生動物所代表的濕，而太陽食用這種動物。因此，我們完全處於乾的模式之下，女英雄因之而雙重地不滿足：歷時地說，她是滿月，即乾中的濕，濕存在期間蜂蜜之不存在；但再從共時觀點看，同旱季相聯結的蜂蜜的存在並不足夠；還需要有水，因爲蜂蜜要沖淡了喝，而從這個觀點看來，蜂蜜儘管存在，卻也還是不存在。實際上，蜂蜜是一種混合物：它歷時地依從於乾，而共時地需要水。從烹飪的觀點看來，情形是如此，但至少從曆法角度看就不是這樣：馬塔科人說(M_{131a})，在神話時代，人只食用蜂蜜和魚，這種聯繫由下述事實得到解釋：在查科，捕魚旺季從 4 月初到 5 月 15 日左右，即處於旱季的中央。但是，如我們在前面(第 96 頁)已看到的那樣，有一個時代裡，世界上所有的水和所有的魚全部永久地由活樹的中空樹幹供給。這樣，季節的對立及在旱季裡「濕」食物 (蜂蜜和野果) 和水之不存在的矛盾統一全部被中和了。

　　在所有這些版本中，女英雄都能在兩個可能的配偶中作出抉擇：啄木鳥，蒙受恥辱的未婚夫，但它掌握著乾和濕混合的祕密：甚至在旱季尋覓蜂蜜期間，它仍是取之不竭的水的主人，水裝在它一刻也不離身的葫蘆裡；事實上，它甚至供水先於蜂蜜。⑱在所有這些方面，狐都同啄木鳥相對立：

厚顏無恥的誘姦者，失去了蜂蜜（它想用土或旱季的野果來代替），還失去了水。甚至在它終於得到了蜂蜜時，它還是缺乏水，而且這種缺乏要了它的命。因此，狐和啄木鳥的對立關係可以簡化地記爲：（乾－水）／（乾＋水）。

　　痴迷蜂蜜的少女在這兩者之間佔居一個模稜兩可的位置。一方面，她是狐，因爲她失去了蜂蜜，淪爲乞丐，甚或偷兒；但另一方面，她又可能是啄木鳥，得到豐富的蜂蜜和水的供應，如果她成功地穩定和這種鳥的婚姻的話。不過，她在這裡還未成爲一個問題，而這問題將放在本著作續篇中加以解決。目前，我限於表明我們的女英雄和一個來歷不明的亞馬遜小神話的女英雄相一致，這將說明我們剛才考慮過的一個方面。在這個神話（M_{103}）中，一個美麗少女迫於飢餓而去尋覓蜂蜜。她首先到達負子袋鼠的房舍，但因爲它臭，她未進去；她也從嗜吃蠕蟲的烏鴉（食腐肉的兀鷹）那裡退出，原因仍舊一樣。最後，她在一頭小隼 inajé 那兒住了下來，inajé 給她吃鳥，她嫁給了它。當食腐肉的兀鷹又來追求這少女時，inajé 把它的腦殼敲碎，它媽媽用很燙的水給它洗傷口，它給煮沸了。從此之後，兀鷹就變成禿頭了（Couto de Magalhães，第 253－257 頁）。

---

⑱啄木鳥作爲蜂蜜主人的地位有著經驗的基礎：「甚至當樹皮完好，因而保護好幼蟲時，啄木鳥也在離蜜蜂飛出的孔口不遠的地方啄擊。只要用喙啄幾下，就會引致大量昆蟲出來，讓它吃個飽。甚至有一種蜂蜜種，要靠一種啄木鳥 Ceophloeus lineatus 的胃中發現的大量個體來識別，因而這種新蜂種已按這種鳥命名：Trigona (Hypotirgona) ceophloei。據說，jaty 蜜蜂（Trigona (Tetragona) jaty）用樹脂堵塞蜂巢入口，以便使得啄木鳥和其他鳥不能進入裡面」（Schwartz：2，第 96 頁）。啄木鳥作爲蜂蜜主人出現在阿皮納耶人神話（Oliveira，第 83 頁）、博羅羅人神話（Colb.：3，第 251 頁）、卡因岡人神話（Henry：1，第 144 頁）以及無疑許多其他神話中。

像在查科神話中一樣，在這個神話中，一個未婚少女的飢餓可以說也起著頭等重要的作用。這就是普羅普(Propp)所說的初始缺乏，而故事由之接續下去。結局亦復如此：無恥而又惡臭的誘姦者受傷，殘廢或死亡(參見M_{213})。誠然，在M_{103}中，可能的配偶有三個而不是兩個；但是，M_{216}中情形也是這樣：一種被馬塔科人稱爲╱čitani╱的無能的鳥首先想占有女英雄；M_{213}中也是這樣：托巴人稱爲╱ciñiñi╱的鳥扮演著這種角色，這種鳥西班牙語稱爲 gallineta(Palavecino，第 266 頁)，也許是一種野母雞。[19]可以嘗試在這個脆弱的基礎上作進一步的比較：

		負子袋鼠	兀鷹	Inajé
M_{103}:	生╱爛	−	−	+
	空中╱地上:	−	+	+

		狐	Gallineta	啄木鳥
M_{212}:	蜂蜜（≡生）╱野果（≡爛）:	−	−	+
	空中╱地上:	−	+	+

在上面的表中，符號＋和−分別派給每個對立的第一項和第二項。爲了證明全等式野果≡爛是合理的，只要作出下述說明就夠了：狐來爬樹(除了在 M_{208} 中；但這是它的失敗)；這些神話說它食用跌在地上因而損壞的野果(參見 M_{219})，而這也應是 gallineta 鳥的食物，因爲鶉雞(如果 gallineta 屬於鶉雞的話) 主要生活在地上；尤其 gallineta 無能力採集蜂蜜，因此就覓食而言和狐相似（但又與它不同，因爲鳥不是依附於陸地的四足動物而能飛）。

---

[19]我們完全有保留地提出這個解釋，因爲泰博特(Tebboth)的《托巴語辭典》給出╱chiñiñi╱的解釋爲「carpinteiro」(鳥網)。因此，應當把這鳥看做啄木鳥的另一個種，它由於不知道的原因而與同類相對立。

M_{103}和M_{213}的比較證實了，在兩根軸——生和爛的軸以及高和低的軸——上，狐和啄木鳥也正相反對。然而，在我們的神話中情形又怎樣呢？女英雄結婚的故事分三個插段展開。如我們已看到的那樣，她位於兩個提出要求者的位置之間的中間位置上，試圖引誘一者，然後又成爲另一者作同樣嘗試的對象。最後，在消失或變形之後，成了狐，從而篡奪了女英雄的角色，試圖引誘啄木鳥：即可笑的、不經過中介人的結合，而這必然要歸於失敗。自此以後，在兩個極端項之間的搖擺達到了很大振幅。女英雄被抓（作爲純粹狀態的乾旱）逼迫逃跑後——至少在一個版本中——變成了水豬，即她跑向水的方向。通過相反的運動，啄木鳥朝太陽**（高＋乾）**方向跑，而太陽派它去捕水下妖怪**(低＋濕)**，它在失去人形，明顯呈鳥性之後逃離水下；不過，這鳥是啄木鳥，也即如在 CC（第 268-271 頁）中已表明的，也如直接由其習性可知，它在樹皮下覓食，因此處於高和低的中間：這鳥既不是像鶉雞那樣的地上動物，也不像例如掠食動物那樣習慣於太空，而是同大氣天空和發生於天空與水相結合的中間世界**（高＋濕）**相聯結。然而，由於這種轉換（也是一種中介），結果不再存在蜂蜜的人類主人。「動物是人，他們只吃蜂蜜」(M_{218})的時代已成過去。我已就其他神話提出的意見重新得到證實：蜂蜜神話與其說關涉其起源，還不如說自覺關涉其喪失。

2　在巴西中部的乾草原

如果我們借助源自查科的例子也沒有構成以痴迷蜂蜜的少女爲英雄的神話組，那麼，我們也許不可能用別的方法發現這組神話。然而，這個神話組也存在於巴西內地，尤其中部和東部的熱依人那裡；但採取一種經過奇異改變且又變得貧乏的形式，以致有些版本幾乎認不出痴迷蜂蜜的少女的題材，而簡縮成只是簡短地暗示。或者，這題材被放進一種很不同的背

景之中，以致只要還沒有作過較深入的分析，就不敢認識表面上各不相同的伏線背後的一個共同的基本圖式，而它們正是藉它才重構成統一體。

在《生食和熟食》中，我們已援引過阿皮納耶人和蒂姆比拉人所知道的一個神話的第一部分，這裡只要簡單地提一下它就夠了，因為我現在要討論它的續篇。這神話關涉兩頭食人巨鷹，它們殘害印第安人，兩個英雄兄弟承擔了殺死它們的任務。一個只出現一頭鷹的阿皮納耶人版本終止於這種圓滿結局(Oliveira，第 74-75 頁)。⑳但是，另一個版本不是這樣結束。

M₁₄₂　阿皮納耶人：殺人的鳥 (續前；參見 CC 第 337-339 頁)

兩兄弟肯庫塔和阿克雷蒂在殺了第一頭鷹之後，向第二頭鷹發起攻擊。他們仍嘗試同樣的戰術，即輪番出戰，讓鳥疲勞，鳥每當攻擊一個閃避的受害者而撲空時，接著就佔居一個新的高度準備下一次攻擊。但是，愚笨的或疲憊的肯庫塔逃避不快，結果鷹用翼打下他的頭，奪回了地盤再也不放棄。

阿克雷蒂不得不放棄戰鬥，拾起兄弟的頭，把它放在一根樹枝上，然後出發去尋找為躲避食人鷹而失蹤的同胞。他在草原漫遊，首先遇到了叫鶴族(Cariama cristata)，它們為了獵獲蜥蜴和鼠而焚毀了荊棘叢。在這樣露臉之後，他繼續趕路，於是又碰到了黑金剛鸚鵡㉑，它們在焚燒過的草原上把星實櫚(Astrocaryum tucuman)的堅果弄碎了吃。他應它們邀請共同進餐，然後離開了它們。於是，他深入樹林，那裡

⑳梅欣人(mehin)版本也是這個結局 (Pompeu Sobrinho，第 192-195 頁；參見 CC，第 337-338 頁)。

㉑尼明達尤無疑跟隨傳述者也這樣叫紫藍色金剛鸚鵡(Anodorynchus hyacinthinus)；參見 Nim.: 7，第 187 頁。

猴在採集 sapucaia(*Lecythis ollaria*) 的堅果，給了他一部分。在同猴一起用了點心後，阿克雷蒂向它們打聽了通往同胞村子的路。他終於到達了村民們汲水的水源。

他隱藏在一棵 jatoba 樹(*Hymenea courbaril*)後面，驚動了浴罷出來的美麗的卡帕克韋(Kapakwei)。他走出來，講述了自己的往事，兩個年輕人答應結婚。

入夜，卡帕克韋把茅屋裡自己床邊的稻草挪開，以便讓情人能來幽會。但是，他太高太強壯，把牆幾乎完全擠倒。卡帕克韋的伙伴都被驚動了，於是阿克雷蒂亮明了身分。當他宣稱，他要爲岳父捕獵小鳥時，他實際上捕殺了四隻「鴕鳥」，他提著它們的頭頸帶回來，好像只是鷓鴣似的。

一天，他和妻子一起出去採集一個野蜜蜂巢中的蜂蜜。阿克雷蒂挖空了樹幹，叫卡帕克韋挖出蜂巢。但是，她把手臂伸進太裡面，結果嵌在樹幹裡。阿克雷蒂藉口用斧擴大開口，殺了妻子，把她砍成碎塊燒烤。回到村裡，他把這肉給姻親們吃。一個姻兄弟突然發覺他正在吃妹妹。爲了證明阿克雷蒂是殺人犯，他追蹤到殺人現場，發現了妹妹的殘骸，他把它們收集起來，按照葬儀要求埋葬。

翌日，利用阿克雷蒂烹飪白粉藤（東部熱依人栽培的一種葡萄科植物），把它們放在一個集體大火爐中用餘燼燒的機會，㉒女人們把他推倒而使他跌入火爐中燒死。他的骨灰中長出了一個白蟻巢(Nim.：5，第 173－175 頁)。

這故事乍一看來似乎不可思議，因爲不白明這年輕丈夫爲何也野蠻地

㉒「跟謝倫特人和卡內拉人(Canella)不同，阿皮納耶人的男人也參與烹飪肉餡餅」，Nim.：5，第 16 頁。

對待美麗的妻子，而他剛剛爲她經受了雷擊。同樣，同胞留給他的可恥結局在很大程度上暴露了他們忘恩負義，如果還記得，正是他使他們擺脫了魔鬼。最後，如果說蜂蜜在這故事的展開中起著一定作用的話，那麼它同以痴迷蜂蜜的少女爲英雄的那些神話保持聯繫。

然而，我們注意到，一個女人因一隻手臂無法從充滿蜂蜜的樹中退出而被囚禁，並死在這不舒服位置上的故事在貝尼河流域離查科不遠的地方(Nordenskiöld: 5, 第 171 頁)和阿根廷西北部的克丘亞人(Quechua)那裡(Lehmann-Nitsche: 8, 第 262－266 頁)也可看到，在那裡，被拋棄在有蜂蜜的樹的頂梢的女人變成了歐夜鷹，這種鳥在熱依人神話(M_{227})的各個版本中有時取代鷹。

但是，如果我們比照這神話的另一個版本，它源自克拉霍人（他們是緊鄰阿皮納耶人的東部蒂姆比拉人的一個亞群），那麼，這種一致性就顯得更好。實際上在克拉霍人那裡，被阿皮納耶人合併成一個神話的兩個插段——鷹被殺害的插段和英雄結婚的插段——被升格爲各自獨立的神話。這樣，我們不是可以用兩個神話的偶然混淆來解釋英雄對同胞作出出色服務和同胞缺乏同情心之間的矛盾嗎？這完全符合於結構分析的鐵的法則：對於一個未經研討的神話，始終應當**照原樣**加以接受。如果給尼明達尤傳述的阿皮納耶人把在別處屬於不同的神話的一插段合併成一個神話，那麼，這些插段之間就在一種我們有責任去發現的聯繫，並且這種聯繫對於解釋每個插段來說又都是必不可少的。

因此，這裡有一個克拉霍人神話，它顯然同 M_{142} 的第二部分相一致，同時又把女英雄描繪成痴迷蜂蜜的少女：

M_{225}　克拉霍人：痴迷蜂蜜的少女

　　一個印第安人偕妻子一起去尋覓蜂蜜。有蜂蜜的那棵樹很難砍倒，

那妻子餓得發荒，想吃蜂蜜，待在樹上大吃，不聽丈夫的責備，丈夫堅持要求她放下蜂蜜先完成工作。他一怒之下殺死了這個貪吃女人，把她屍體踩碎，把碎塊放在熱石頭上烤。他用稻草編成一個背簍，把肉塊放在裡面就回村了。他在夜裡到達村子，邀岳母和妻子的姐妹來吃肉，他謊稱是食蟻獸的肉。受害者的兄弟突然來到，他吃了肉，立即明白肉的來歷。第二天早上，人們把這些烤肉塊埋葬掉，然後設法把他帶到草原，叫他爬上一棵樹上去掏取 arapuã 蜜蜂〔*Trigona ruficrus*〕的巢，然後在這樹脚下放一把大火。姻兄弟於是用箭把他射傷。這人跌了下來，人們把他打得昏死過去，再扔進火堆裡焚燒(Schultz: 1，第155－156頁)。

我們現在才明白 M_{142} 中的英雄爲什麼在採集蜂蜜的歷險過程中殺死妻子。無疑，她表現得太貪吃了，因此以貪吃而激怒了丈夫。但是，還有一點值得指出。在這兩種情形裡，妻子的親屬都在不知情的情況下吃了女兒或姊妹的肉，而另一些神話(M_{150}、M_{156}、M_{159})也把這種懲罰留給妻子或被獼誘姦的妻子，她們被迫吃情人的肉。難道這不是：在痴迷蜂蜜的少女這組神話中，蜂蜜作爲植物而不是動物起了誘姦者的作用嗎？

無疑，這兩種情形裡，故事的過程不可能完全一致。獼誘姦者神話組從雙重意義上實行食物的消受：從比喻的意義上，這種消受引起交媾即過錯，但從本來意義上，它包含懲罰的意義。在痴迷蜂蜜的少女的神話組中，這些關係顛倒了過來：這裡兩次都關涉食物消受，不過其第一次——蜂蜜的消受——同時具有性慾的意味，正如我已指出的那樣(第42頁)，並且像用另一種方法加以證實的那樣，而我們現在正致力於作這種比較。這女罪人不可能是受罰去吃隱喩的「誘姦者」：後者填滿了她，因爲這完全是她所希望的；她也不可能明顯地同一種食物交媾(不過，將可以看到，M_{269} 把這種邏輯推進到這一步)。由此可見，**眞正誘姦者**⇨**隱喩誘姦者**這個轉換引起

另外兩個轉換：**妻子⇒親屬**以及**吃的妻子⇒被吃的妻子**。然而，父母被懲罰去穿越女兒的身體，這不是一個簡單的形式運作的結果。我們可以進一步看到，這種懲罰有著直接的動機，並且就此而言，故事的形式和內容相互蘊涵。眼下，我局限於強調指出，這些逐次的顛倒引起了另一個顛倒：被獲誘姦者而又被丈夫戲弄（後者讓她吃情人的肉）的妻子遭到報復，即自願地變成魚(M_{150})；被蜂蜜誘姦的父母遭女婿戲弄（他讓他們吃女兒的肉），他們進行了報復，**把他**變成白蟻巢或灰，即把他放在乾和土的一邊而不是濕和水的一邊。

如下面將要表明的，借助神話進行的這種對蜂蜜之作為誘姦者的語義地位的論證是一個極為重要的收穫。不過，在更向前推進之前，最好先給阿皮納耶人神話的第二個插段的克拉霍人版本再添加一個克拉霍人版本（它直接回到第一個插段），並以相互轉換關係研究這三個版本。

M_{226}　克拉霍人：殺人的鳥

　　為了躲避食人的鳥，印第安人曾決定隱匿到天上去，當時天離開地還不很遠。只有一個老翁和一個老嫗沒有離去，同兩個小孩子一起留在下面。由於懼怕這些鳥，他們決定藏在荊棘叢中生活。

　　兩個男孩名叫肯貢安(Kengunan)和阿克雷伊(Akrey)。前者很快顯示出神奇的能耐，他能變成各種各樣動物。一天，兩兄弟決定待在河裡，直到他們變得非常強壯而又敏捷，足以殺死鬼怪。他們的祖父按他們的意思造了一個平底小艇式的浮子，他們能在上面躺下睡覺；每天，他給他們帶來土豆，供兩個英雄食用(在一個與固克拉霍人版本極其近似但較貧乏的卡耶波人版本中，隱居地也在水底〔Banner：1，第52頁〕)

　　在長時期隔離之後，當祖父慶祝標誌著這兩個少年隱居結束的儀式，他們重又出現，變得高大而又強壯。他給他們每人一根銳利的獵

棒。這樣武裝起來，兄弟倆儼然絕好的獵手。在這個時代，動物比今天龐大得多，也密集得多，但肯貢安和阿克雷伊毫不困難地殺死，捕獲它們。他們拔下捕殺的雞的羽毛，把它們變成鳥（同卡耶波人版本，Banner：1，第52頁）。

這裡是關於對抗食人鳥的戰鬥的插段，它和我已就 M_{142} 所作的扼述沒有多大差別，只是這裡是阿克雷伊而不是他兄弟被二隻鳥打敗，這鳥砍下他的頭，他的頭被平行於一棵樹的樹枝地放置，變成了 arapuã 蜜蜂的巢（參見 M_{225}）。

肯孔安(Kenkunan)要殺死殺人鳥，爲兄弟報仇。他決定不再回到祖父母那裡，而去遊歷世界，直到發現一個不認識的人掌握著死亡。他在途中先遇見三趾鴕鳥族（Rhea americana：一個有三個小脚趾的小鴕鳥），它們燒毀荆棘叢，以便更容易地採集跌落的 pati 棕櫚（種名 Orcus；據 Nim.：8，第73頁爲 Astrocaryum），然後遇到叫鶴（Cariama cristata：比三趾鴕鳥更小的鳥），它們也那樣做，以便捕獵蝗蟲。這英雄隨後離開了草原，走進了森林，㉓在那裡長吻浣熊族(Nasua socialis)燒起大火，以便把它們食用的蟲趕出地裡。接著是猴子放火，它們要把地面弄乾淨，以便採集 pati 棕櫚和 jatoba 樹(Hymenea courbaril)的果子，然後是獏放火，以便尋覓 jatoba 的果子和可食用的葉子。

最後，這英雄發覺了人蹤，一直通到一個不認識的群體的水邊(即長吻浣熊族人——梅欣印第安人——，和克拉霍人的命名方式相同：天竺鼠族人)。他看到「運圓木」的賽跑，躲了起來。稍後，他驚遇一個少女來汲水，遂與她交談，這引起哥勞德(Golaud)梅利桑德(Mélisande)出來看熱鬧：「你是個巨人！——我和其他人是一樣的……」肯孔安

㉓傳述者所強調的 chapada 和 mato 間的對立更確切地說是裸露地和稠密灌木叢間的對立。

講述了他的往事：現在他已爲兄弟報了仇，他就不再希望死亡操在敵對民族手裡。這少女叫他對親人的意向放心，肯孔安於是向她求婚。

在夜訪的揷段（像在 M₁₄₂ 中，這訪問使英雄暴露了高大身材和巨大力量）之後，英雄被村民發現，受到歡迎。他大受鼓舞：肯孔安執獵棒，顯示出卓越的打獵才幹。此後又進一步回到故事的這個部分上來。

只是，肯孔安也擊退了已入侵他所入籍的村子的狩獵領地的一支敵對民族。他受到所有人尊敬，活到很高年齡，因此人們說不清他死於疾病還是年邁……（Schultz：1，第 93—114 頁）。

這個版本屢屢比較了阿克雷伊和肯孔安的童年和少年入會儀式。傳述者像今天一樣重視說明，青年在茅舍裡而不是水底度過獨居期，不過他們的姊姊和母親照料他們：她們在他熱時用河裡汲取的水給他們洗澡，給他們吃豐富的食物，包括甘薯、甘蔗和馬鈴薯，讓他們長胖（上引書，第 98—99 頁）。由尼明達尤的評論可知，在阿皮納耶人和蒂姆比拉人那裡，神話和儀式有密切的聯繫。他甚至發現，蒂姆比拉人的／pepyé／即少年入會儀式正是一個起源神話所說明的那種情形。在這個神話中，又可看到克拉霍人版本的基本輪廓，幾乎逐字逐句相同。我們這裡只注意各個相異之處。

M₂₂₇　蒂姆比拉人：殺人的鳥

首先，這神話在親屬關係上面說得更明確。老翁和老嫗是一個女人的父親和母親，這女人和丈夫同時被食人鳥吃掉。因此，外祖父母收養了孤兒，而其他印第安人都遠走他鄉。

阿克萊(Akrei)和肯孔安的獨居地不是在水底，而是在兩根粗樹幹跌落在溪流上橫跨而成的天然人行橋上。外祖父在這兩根樹幹上搭了

一個平台和一間密封的棚屋，把兩個男孩關在裡面（就此而言，這個蒂姆比拉人版本因而重現了阿皮納耶人版本）。在老人完成了全部儀式，包括「運圓木」的儀式性賽跑之後，他們才重又出現，這時他們頭髮長得很長，已經齊膝。兩兄弟用粗硬的棍棒殺了第一隻鳥，但第二隻鳥（一頭歐夜鷹，種名 *Caprimulgus*）砍下了阿克萊的頭，他的兄弟把這頭放在一棵樹的靠近 borá 蜜蜂（*Trigona clavipes*）的巢的樹枝上，這種蜂蜜在中空樹的低處築巢（Ihering：辭條「vorá, borá」）。

肯孔安回到了外祖父母那裡，向他們講述了兄弟的悲劇性結局，然後他又上路，想去尋找同胞。他遇到的動物都給他詳確指點道路。依序首先是三趾鴕鳥，它們捕獵蝗蟲、蜥蜴和蛇，爲此它們焚燒灌木叢；其次是叫鶴，它們給他一碟和甘薯一起搗碎的蜥蜴，但英雄不要，最後是另一些叫鶴，它們用漁毒捕魚，他很樂意與它們一起進餐。

肯孔安躲在村民們來汲水的水源旁，認出了從小跟他訂婚的少女。他給她鹿肉，她用土豆作爲禮物回贈。

夜訪中，這英雄高大健壯的身軀把茅舍的牆擠壞了，這事故招致村民敵視，但靠了他已認識的新岳母，他躲過了這種敵意。

在這期間，孤零零的外祖父母漫無目的地到草原遊蕩。受到一座大山阻隔，他們遂決定繞過去，男的從右邊，女的從左邊，到山對面會合。但是，他們幾乎剛剛分手就變成了食蟻獸。獵人沒有認出老翁的新面貌，把他殺了。他的妻子空等了一場，慟哭不已。最後，她去追蹤他，乃至下落不明（Nim.：8，第 179－181 頁）。

如果把用一個神話的這一切版本加以比較，就可以確定，它們都對總體有所豐富，但在一些細節上又相矛盾。我藉此機會研討一個方法問題，讀者也許已考慮過它。實際上，我剛才已回顧過一條結構分析法則，它斷言，一個神話總是應當**照原樣**對待（第 115 頁）。但是，在同一頁上，我提出借

助克拉霍人版本(M_{225})的較明白的本文來填補我所說的阿皮納耶人版本(M_{142})的一個空缺,這不是違反這條法則了嗎?為了自我保持一致,難道我們不應當「照原樣」接受阿皮納耶人版本,容忍少女為其丈夫所殺這個從上下文中無法得到解釋的插段的突然性嗎?為了排解這種詰難,應當區分兩種偶然性。

有時,源自不同種群的神話傳達同樣消息,但並不適用同樣的細節,或者並不具備同樣的清晰性。這種情境可以比諸一個電話用戶,他的對話者由於擔心他們初次通話受到雷聲或他人談話干擾,因而向他連續多次說同一件事情,或者向他重述它。在這一切消息中,有些比較清晰,有些比較含混。即使在同樣是一無噪音的條件下,也會一個消息被展開,而另一個消息被縮簡成電報式的。在這一切場合裡,消息的總的意義都保持相同,儘管各個消息包含的信息或多或少,而且接收到多個消息的聽者有權借助壞的消息修正或完善一般的消息。

如果關涉的不是各傳送或多或少信息的一些同樣消息,而是一些真正不同的消息,那麼,情形就根本不同了。這時,信息的量和質遠不如其內容來得重要,每個消息都應**照原樣**對待。因為,如果在從量上或質上不充足的各個消息引出論據時,以為可以用一消息的形式囊括各個不同消息,而這個消息並不包括全部意義,僅僅包括它少許接收者給出的意義,那麼,事情就最糟糕不過了。

現在再回到神話上來。我們什麼時候以及如何能夠判定:一些神話究竟代表同樣的、只是在它們傳達的信息的量或質的方面有所不同的消息,還是代表由一些不可相互還原的信息所荷載的、不可能相互補充的消息呢?回答是很難作出的,並且也毋庸諱言,就方法理論現狀而言,我們常常應當按照經驗方式來作出判定。

不過,在我們目前研討的這個特定情形中,我們幸運地掌握一條能消除不確定性的判據。實際上,我們已經知道,阿皮納耶人為一方,蒂姆比

拉－克拉霍人群體爲另一方，雙方在語言和文化上十分接近，他們並不是眞正不同的民族，因爲他們的分離還是相當晚近的事，以致阿皮納耶人足可在記憶中保留著他們的傳奇故事(Nim.：5, 第 1 頁；8, 第 6 頁)。因此，這些中部和東部熱依人的神話不僅有理由加以形式的處理，從而可以發現它們的共同性質，而且，就此而言，這些結構相似性成爲種族誌和歷史學的客觀基礎。如果熱依人神話邏輯地構成一個組，則這首先是因爲，它們屬於同一族，並且因爲我們能夠探尋它們之間實際的關係網。

因此，可以合理地用一些神話來補充至多幾個世前還相合在一起的另一些神話。但是，反過來說，它們之間體現出來的歧異也有較大價値，包含較重要的含義。因爲，如果涉及的是晚近歷史上相同的一些神話，則佚失或空缺可以用某些細節的遺忘或混淆來解釋；但是，如果這些神話相互矛盾，則這應當認爲是事出有因。

因此，在借助相似關係使我們的各個神話相互完善之後，我們現在可以致力於揭示它們的不同點。

這些神話全都一致認爲兩個兄弟一個勝過另一個：這個兄弟比較強壯、機敏、敏捷：在 M_{226} 中，他甚至被賦予魔法，他因之能變成各種動物。在克拉霍人和蒂姆比拉人版本中，優越的兄弟被稱爲肯貢安或肯孔安；而那個因疲勞或生病而死於第二個鳥的兄弟取名阿克雷伊。只有阿皮納耶人版本把角色反過來：神話開始時，阿克雷蒂作爲卓越的獵人和優秀的跑步者出現；他在對抗鬼怪的戰鬥後倖存下來，而肯庫塔被砍頭。

這一倒置產生於另一個倒置，而後者本質上又起因於這樣的事實：只有阿皮納耶人把神話的英雄比作一個痴迷蜂蜜的女人的丈夫，而她在蒂姆比拉人那裡未出現，克拉霍人則專門用一個完全不同的神話(M_{225})講述她。因此，如果說阿皮納耶人倒置兩兄弟各自的角色，那麼，正是在他們那裡，跟克拉霍人和蒂姆比拉人不同，征服食人鳥的勝利者遭到可悲的下場：殺死妻子，被姻親害死，焚燒，變成白蟻塔；這同克拉霍人那裡的情形大相

逕庭,在裡,英雄安享漫長而又光榮的老年生活──「以致他自己最後……」
這種說法故意用來更好地強調:這神話甚至不可能具體說明其年限的老年
構成一種同一性(和老年本身同一)轉換──而且也(但在另一根軸上)同
蒂姆比拉人那裡的情形大相逕庭,在那裡,有迥異的(同阿皮納耶人那裡
相比)轉換,它不是作用於英雄本身,而是作用於他的祖輩,使之變成食
蟻獸(它們叫白蟻巢)而不是白蟻巢(被食蟻獸吃)。在這兩種轉換即同一
和差異以及被動和主動的轉換之間,還有 M_{225} 的被害女人的偽轉換,提供
給她母親和姊妹的**似乎是**食蟻獸的肉。

這些神話在詳確說明祖輩的譜系地位時,每次都把他們指定爲母系的。
但是,對於所有其餘的人,這些版本都協調地採取形成對比的做法。

在阿皮納耶人版本(M_{142})中,英雄在兄弟死後就遺棄外祖父母,再也沒
有見他們;他去尋找親人,在找到他們之後,娶一個表現爲悲慘女人的女
同胞爲妻。

在克拉霍人版本(M_{226})中,英雄也遺棄外祖父母,再也沒有見他們,但
這次他是爲了尋找敵對民族,希望在那裡發現死亡;雖然他最後娶了他們
的一個少女,但她證明是一個理想伴侶。

最後,在蒂姆比拉人版本(M_{227})中,英雄在出發去尋找親人之前還想著
回到外祖父母那裡道別,他在親人那裡發現了從孩提時起就成了他的未婚
妻的少女,並娶了她。因此,從所有這些觀點看來,這個版本是三個版本
中最有「家庭味的」:

	M_{142}	M_{226}	M_{227}
外祖父母: 被再訪(+)／被拋棄(-)	-	-	+
婚配對象: 同胞(+)／外人(-)	+	-	+
妻子: 壞(+)／壞(-)	-	+	+

一種可變的命運以並存的方式影響著英雄兄弟的殘餘部分即他的頭:

在 M_{142} 中被放在樹枝上；在 M_{226} 中被放在樹枝上變成 arapuã 蜜蜂的巢；在 M_{227} 中被放在樹上 bora 蜜蜂巢近傍的樹枝上。從這個角度很難解釋 M_{142}，因為沒有什麼東西可憑以判定，這裡關涉的是岐異還是空缺：究竟頭未發生任何變形呢，還是傳述者故意省略或忽略這個細節呢？因此，這裡將只比較異本 M_{226} 和 M_{227}，它們各自可從兩種方式加以表徵。首先，比起表明頭和蜂巢的簡單近似來，向蜂巢的轉變是一個標誌性更強的題材。其次，arapuã 的巢不同於 bora 的巢：一個懸掛著，因此處於樹的外部，另一個在內部，在中空樹幹裡；此外，arapuã 的巢占居的位置高於 bora 蜜蜂的巢，後者也稱為「樹脚蜂」，因為它們靠近地面築巢。最後，arapuã 是進攻性的蜂種，產的蜜很少，質量低劣而又味道差（參見 Ihering：辭條「irapoã」、「vora」）。

因此，從各方面來看，M_{226} 顯然都是比 M_{227} 更具戲劇性的版本。況且，不也是在這個版本中，一切對立全都好像放大了嗎？請看：印第安人一直逃到了天上，兩個兄弟被隔離在水底，英雄表現出非凡的神奇本領。同樣可以注意到，在 M_{225} 中，arapuã 的巢起著中間的功能：英雄自己的死的**媒介**，而不是他兄弟的死的**結果**。在這兩個「痴迷蜂蜜的少女」的神話所構成的這個亞組中，這種致命的媒介和 M_{142} 所利用的媒介構成對偶：

英雄之死的媒介： $M_{142}\left[白粉藤\left\{\begin{array}{l}栽培的\\熟的\end{array}\right\}\right] \Rightarrow M_{225}\left[\text{Arapuã}\left\{\begin{array}{l}野生的\\生的\end{array}\right\}\right]$

我現在來一一表明這些差異，為此只要簡略考察關於英雄遭遇的挿段，而這可以從多種角度去看：所遇到的動物、它們食用的產物、英雄接受或拒絕它們的食物，最後，動物種和自然環境的關係，後者的草原或森林，視場合而定：

	自然環境	遇到的動物	食物	英雄態度
(1) M_{142}……	草原	叫鶴	蜥蜴，鼠；	○
	草原	黑金剛鸚鵡	星實櫚的堅果	+
	森林	猴	sapucaia 的堅果；	+
(2) M_{226}……	草原	三趾鴕鳥	pati 的堅果；	○
	草原	叫鶴	蝗蟲；	○
	森林	長吻浣熊	地蟲；	○
	森林	猴	pati, jatoba；	○
	森林	貘	jatoba, feuilles；	○
(3) M_{227}……		三趾鴕鳥	蜥蜴，蛇，蝗蟲；	−
		叫鶴(1)	搭配甘薯的蜥褐；	−
		叫鶴(2)	魚	+

　　草原和森林之間、動物性食物和植物性食物之間的對立看來是恆常的，不過 M_{227} 是例外，在那裡，對立是在地上食物和水中食物之間：

$$M_{142} \text{、} M_{226}: \frac{\text{草原}}{\text{森林}} \qquad M_{227}: \frac{\text{地}}{\text{(草原)}} \Big| \text{水}$$

　　這個不一致我已作過深刻的再考察，它也就是在 M_{227} 中（而且也僅僅在 M_{227} 中）發生的一次轉換：外祖父母轉換爲食蟻獸，儘管英雄對他們特別關心。因此，甚至當已入會的少年未割捨老人時，也是他們主動離開他。外祖母僅以食蟻獸的化身倖存下來。這無疑可用從查科(Nino, 第37頁)直到亞遜河流域西北部（Wallace, 第314頁）都得到證實的下述信條來解釋：大食蟻獸(*Myrmecophaga jubata*)全是雌性的。然而，在我們的神話組中突然出現奇特地圍繞食蟻獸的一個循環，這意味著什麼呢？實際上，這些食

蟻獸正是食用 M_{142} 的英雄所變成的白蟻；在 M_{225} 中，也是這英雄把妻子的肉供給岳父母吃，而他謊稱這是食蟻獸的肉，因此，他把他們變成了食蟻獸者，而這種動物在 M_{227} 中正是由他的祖輩轉變而成的。

為了解開這個謎，便利的方法是在此引入一個小神話：

M_{228}　克拉霍人：變成食蟻獸的老嫗

一個老嫗有一天帶著孫兒去採集／puça／果子（不知名；參見 Nim.: 8, 第 73 頁）。㉔她提著籃子，叫他們爬上樹。孩子在樹上吃光所有的成熟果，然後他們採摘生果子扔給外祖母，不管她大聲怒斥。孩子們因貪吃而變成長尾鸚鵡。已沒有牙齒的老嫗只得呆呆地站在樹腳下，喃喃自語：「我將變成什麼？我現在該怎麼辦？」她變成了食蟻獸，掘白蟻（cupim）來吃。後來，她消失在樹林之中（Schultz: 1, 第 160 頁。參見 Métraux: 3, 第 60 頁；Abreu: 第 181–183 頁）。

這個神話明顯地同謝倫特人關於食蟻獸和／padi／（食蟻獸大量供給的、而不是為它們所拒絕的野果；參見 Nim.: 6, 第 67–68 頁）節的起源的神話（M_{229}）有著轉換關係。我們在後還要回到／padi／節上來，這裡考察其他一些方面的問題。

像在 M_{227} 中一樣，這個變成食蟻獸的老嫗也是被孫兒拋棄的外祖母。另一方面，濫食果子、採摘尚未成熟的果子的貪吃孩子跟痴迷蜂蜜的妻子造成鮮明的相似，她也「搶吃在先」，因為她在丈夫採集完蜂蜜之前就大吃起來。這些貪吃的孩子還使人想起一個博羅羅人神話（M_{34}）懲罰一些孩子

㉔據科雷亞（Corrêa）（第 2 卷），pu sa 在皮奧伊州標示 *Rauwolfia bahiensis*，一種夾竹桃。

的事，他們也犯了這種罪。在這個神話中，孩子們逃到了天上，變成星辰不是長尾鸚鵡。不過，這些星辰很可能是昴星團，南美洲印第安人有時稱之爲「長尾鸚鵡」。此外，馬塔科孩童的命運和一個博羅羅人神話(M_{35})賦予另一個貪吃孩童的命運相同，後者因爲吞吃了熟果子而變成鸚鵡，所以這種果子「太熟了」，而不是青綠的＝「太生了」。最後，M_{228}詳確說明了，外祖母沒有牙齒，而M_{229}中的老人在未變成食蟻獸之前似乎也是這樣：實際上，他們把採集到的棕櫚果子全都給了女兒，並解釋說，它們太硬，他們咀嚼不動。M_{35}中的外祖母舌頭被割去，這使她像食蟻獸一樣啞口無言。㉕

事情還不止如此。因後輩貪吃而遭罪並變成食蟻獸的老嫗可以同我們在本章第一部分中已研討過的查科神話的女英雄相比較：那女英雄是靑年而不是老人，變成水豬而不是食蟻獸，她所以遭罪，是因爲她自己貪吃蜂蜜（應從本來意義上理解），還因爲隱喩地（因爲被轉移到性的層面上）貪吃被婉拒的求婚者。如我已指出的那樣，如果說克拉霍人神話M_{228}是以M_{35}爲強型例證的星辰起源神話的弱型，那麼，可以把下述事實引爲論據：在查科存在M_{228}，不過這次它是星辰、並且更具體地是昴星團的起源神話的強型，因此它同M_{131a}、尤其M_{224}相聯屬，在那裡，英雄老嫗也因貪吃親人而遭罪，變成水豬。這個轉換循環由另一個源自托巴人的查科神話(M_{230})閉合，這個神話敍述了人如何爲了躲避全球大火而想逃到天上去。有些人成功了，變成星辰，有些跌下來，躲進岩洞。大火熄滅後他們變成各種動物出來，去到野外：一個老翁變成了鱷魚，一個老嫗變成了食蟻獸，等等（Lehmann-Nitsche：5，第195－196頁）。

實際上，這是有前因的，即向食蟻獸的轉換和向水豬的轉換兩者起著作爲對立對偶的作用。前一種動物不是沒有牙齒嗎？而另一種動物作爲最

㉕卡因岡－科羅亞多(Kaingang-Coroado)人把大小食蟻獸都看做啞巴老人
（Borba：第22、25頁）。

大的齧齒動物不是有長牙齒嗎？在整個熱帶美洲，都把水豬的尖銳齒刃用作爲刨刀和鑿刀，而大食蟻獸的長舌由於沒有齒，被用作磨光器具(Susnik：第 41 頁)。毫不奇怪，這基於解剖學和建基於工藝學的對立現在被從方法方面加以利用。向某種動物的轉換是可歸因於自我或他人的貪吃的函數，而這種貪吃使親屬或姻親有罪。這轉換還引起在高和低、乾和濕以及年青和年邁三個根軸上的三元分離。就後一種關係而言，蒂姆比拉人版本精彩地說明了每次入會式時候的情形：新的年齡階層取代緊接在前面的老的年齡階層，其他年齡階層也是如此，此致最老的年齡階層被明確地停止工作，不得不居住在村子中央，在那裡，這個階層被剝奪了主動的角色，不再起顧問的作用 (Nim.： 8， 第 90－92 頁)。

在莫科維人看來，銀河代表變成水豬的老嫗把世界樹弄倒後焚燒留下的煙灰（博羅羅人稱銀河爲「星灰」）。注意到了這一點，就可明白，水豬和食蟻獸的對立得到了證明。實際上，圖庫納人有一個神話(M_{231})，在那裡食蟻獸以銀河中的一個「黑炭袋」的形象出現，即表現爲一個負的銀河：明亮背景上的暗淡而不是暗淡背景上的明亮。無疑，圖庫納人的領地遠離熱依人的領地，而離開查科則還要遠。不過，作爲中部熱依人的卡耶波人和一部與卡耶波人相接、餘部與查科各部落相接的博羅羅人知道一個關於食蟻獸和花豹鬥爭的同樣神話，細節完全一樣($M_{232a, b}$; Banner: 1, 第 45 頁; Colb.: 3, 第 252-253 頁)：只是未用天文學代碼。如果說可以假設在食蟻獸和花豹鬥爭故事的背後始終有潛伏的天文學代

圖 10 花豹和食蟻獸的鬥爭
(Nim.： 12， 第 142 頁
上圖 13 重繪)

碼在起作用，以致銀河的兩個沒有星辰的區域相應於兩種衝突的動物，剛日落時花豹在上面而——在夜間位置反轉——在黎明前讓位，處於食蟻獸下面，那麼，就會承認，伊朗赫人關於煙草起源的神話(M_{191})也可作類似的解釋，在那裡兀鷹取代花豹作爲食蟻獸的敵手。蒂姆比拉人神話(M_{227})也是這樣，它描繪了，一個老翁和一個老嫗在從對立山坡繞過一座山時變成食蟻獸，其中一個被獵人殺死，另一個倖存，到處流浪。實際上，在這種情況下，人們也想像夜的演變，使天體的能見度和位置發生變動。最後，如果有理由可以把瓦皮迪亞納人之將白羊座比做水豬加以推廣，那麼，看來更爲意味深長的是，天上的食蟻獸是個鄰近天蝎座的「非星座」，和白羊座的相位對立將近 3 小時。

　　這個討論表明，如果說從歷史上來看關於殺人的鳥的各個熱依人神話屬於同一族，那麼從邏輯觀點來看，它們構成一個組，而這個神話組的各個神話說明了各種不同的轉換。這個組本身又構成一個更廣的神話體系的一個亞總體，而關於痴迷蜂蜜的少女的各個查科神話也在這個體系中占居同等地位。實際上，我們已經證實，在熱依人神話中，痴迷蜂蜜的少女起著一種邏輯的功能；在她出現的地方，這功能在於把英雄的**壞婚配**（儘管他**在親人中間**選擇配偶）人格化，這婚配是一種排列中間的一種特定組合，而這排列中的其他因子包括**在親人中間**訂婚約的一種**好婚配**和一種**更好的**婚配，儘管他在外人中間訂婚約，而這外人甚至是假定的敵人。因此，這種組合建基於地方內婚制和外婚制的觀念之上；它始終蘊涵著離異。

　　在親人中間締結壞婚配(M_{142}, M_{225})的英雄被一些人弄得分離，這些人爲了報復殺死痴迷蜂蜜的少女而殺了英雄，他們引起了從罪人到煙灰或者白蟻即食蟻獸食物的轉換，也就是說，轉換成了一個／**地上**／**客體**／。如果說在 M_{226} 中英雄出去尋找敵人，希望從後者那裡找到死亡，那麼，這是因爲親人們一開始就和他分離，逃到了天上；因此，他們自己成了／**天上**／**主體**／。最後，在 M_{227} 中，英雄竭盡努力，**以便不**同親人分離：他向關

照他的小姑娘表明忠貞於同胞和自幼訂婚的少女。但是，結果事屬枉然，因為這時他的外祖父母變成了食蟻獸即／**地上**／**主體**／而同他分離，雖然他用恭敬的行爲向他們證明了自己的深情。分離的軸如此由分別爲「天」和「地」的兩極來規定，這一點說明了，最強的版本把入會式的地點放在水中，而最弱的（就這個方向而言）版本把它放水面。實際上，入會給予年青男人以必要的力量，而這肯定不是爲了反抗分離，在一個以入會作爲結婚和從母居的前奏的社會中，分離是不可避免的，而倒是爲了適應分離，不過這以締結良緣爲條件：因爲如我在後面將要說明的那樣，這些神話正是要告訴我們這一點。

我首先來勾勒關於殺人的鳥的熱依人神話和關於痴迷蜂蜜的少女的查科神話所從屬的元神話組的輪廓。在後一類神話中，我們同一個嗜吃蜂蜜的女英雄打交道，她是水精靈之主太陽的女兒；因此，分離的兩極是天和水，以及更具體地（因爲我們已表明它關涉旱季神話）是乾和濕。這女英雄夾在兩個求婚者：狐和啄木鳥之間，它們一個殷勤有加，另一個則不急不躁，分別成爲狡詐的誘姦者和合法的丈夫。然而，從覓食的觀點看，它們處於同一邊：採集野果，不過一個例示了豐足的方面：蜂蜜和水；另一個則例示了粗陋的方面：有毒的果子和缺水。這神話以狐的（暫時的）中性化、啄木鳥之與天的方面分離（它在天上明確地帶上其鳥的本性）和女英雄的分離（她正當青春年少時消失了，但不知所終，或者變成了水豬，後者屬於水的方面）告終。

在這個體系中，阿皮納耶人神話（M_{142}）和克拉霍人神話（M_{225}）呈現一種逆反的景象。痴迷蜂蜜的少女由扮演女英雄角色換成了扮演男英雄的配角。這男英雄調和了狐和啄木鳥的兩相對立的作用，因爲**無恥的誘姦者**和**羞怯的丈夫**的兩種人格現融爲一體：**勇敢的丈夫**。但是，這種雙重性重建在兩個層面上：經濟功能的層面，因爲熱依人神話同時關涉狩獵和蜂蜜尋覓；以及親屬關係的層面，因爲 M_{213} 等等之中的兩個姻親，一個羞怯，另

一個無恥,現在對應地換成兩個親屬：一個膽小的兄弟和一個勇敢的兄弟。

　　與變成水豬（長牙齒的水中主體）的女英雄相對應的是變成白蟻（無牙齒的地上客體）的男英雄,他的一個親屬即兄弟（同女英雄的丈夫即一個姻親相對）在被天上妖怪吞吃後（而那丈夫被水中妖怪吞吃）存活下來,採取的形態爲掛在樹枝上的球形物體(頭),而它在樹枝上引起了一個蜜蜂巢（一種鳥——查科神話中啄木鳥的處於半高處的食物,而這種鳥本身又屬於中間世界）。

　　在這兩個對稱的、同樣的災難性的版本之間,克拉霍人神話(M_{226})規定了一個平衡點。它的英雄是個卓越的獵手,他婚姻成功,活到了高齡。他的「非變形」由他的長壽和這神話給英雄眞正結局安排的不確定性所證明：「肯貢安在這村子裡度過一生,直到他什麼也不知道,眞的什麼也不知道。這時,他逝去了。這時他在那裡,在這個村子裡,人們再也不知道肯貢安怎麼樣,也不知道他究竟死於疾病還是年邁。他消失了,但村子仍在那裡」（Schultz: 1,第112頁）。所以說,這種不確定的永久是同那些不可取消的轉換相對立的,它們作用於女英雄(M_{213})或男英雄(M_{142}),甚至同女英雄的過早消失也相對立,無疑不然的話她可活到高齡。

　　蒂姆比拉人版本(M_{227})又構成克拉霍人神話(M_{226})和阿皮納耶－克拉霍人神話(M_{142}、M_{225})之間的接合點：

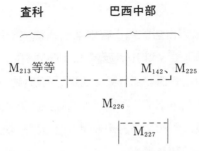

分離的軸在M_{213}等等中是垂直的(**天／水**)。它在M_{142}中是水平的(尋

找逃往遠方的印第安人），在 M_{225} 中是垂直的，但很不明顯(樹上的 arapuã
蜂巢，在下面的火)，並且同 M_{213} 成逆反關係(太陽在高處，水下妖怪在低
處)。同時，M_{226} 訴諸兩根軸：一根是垂直的(印第安人離去上天，主人公
留在地上)，另一根是水平的(英雄爲了尋找遠方的敵人而水平地分離)，然
而，我們在 M_{227} 中不再有水平分離軸，而垂直軸處於隱伏狀態 (如果像我
們所認爲的那樣，從外祖父母到食蟻獸轉換以天文學代碼提出)。此外，其
終極位置也就是 M_{226} 中的初始位置。由此證明，蒂姆比拉人版本在熱依人
亞總體中占居介於另兩個版本之間的中間地位，而這也就解釋了它留給被
砍下的兄弟的頭的特定命運。我們還記得，這頭放置在靠近一個 bora 蜜蜂
巢的一根低下樹枝上，而這與其他版本不同，在那些版本中，一個懸掛在
很高處的 arapuã 蜜蜂巢被同英雄自己(M_{225})或他的兄弟(M_{226})聯繫起來，
作爲一者死亡的媒介或者另一者死亡的結果，如我們已解釋過的那樣。

因此，關於痴迷蜂蜜的少女的查科神話和巴西中部的神話 (這個人物
比較間斷地介入這些神話) 構成了同一個組的組成部分。如果說像我們已
知道的那樣，第一部分神話就其記敍某些類型經濟活動和一年的周期而言
帶有季節的特徵，那麼，第二部分的情形也應該如此。現在來表明這一點，
是合適的。

中部和東部熱依人占居的領土在中部巴西構成一片幾乎是連續的區
域，它大致的廣延爲南緯 3°到 10°，西經 40°到 55°。在這片廣大區域裡，氣
候條件不是嚴格一致的：西北部分鄰接亞馬遜河流域，東北部鄰接著名的
乾旱「三角地」，那裡滴雨不下。不過，大致說來，氣候到處都屬於中部高
原類型的，其特徵爲雨季和旱季對比分明。但是，熱依人各部落並不總是
採取同樣方式來適應這種氣候。

可以擺出一些關於北方卡耶波人的季節工作的資訊。在他們那裡，旱

季從 5 月一直到 10 月。土著開始時墾荒伐木，最後當樹木乾燥時焚燒它。
卡耶波人只用毒物捕魚，所以是在低水位時期：從 7 月底到初雨捕魚。「這
種作業……一次就幾乎消滅所有的魚，所以，（它）在同一條河裡一年只能
進行一次。這樣，魚隻有很小一部分成爲食物，它因稀少而益發被珍視」
(Dreyfus：第 30 頁)。獵物也很稀有：「有時需要到遠方去找肉，卡耶波人喜
歡吃肉，又節制食肉」(同上)。

　　在旱季結束時，獵物就更少了，農產物有時也很缺乏。這時通過採集
補給食物的不足。在 11 月和 12 月，村裡的壯丁四出採集當時正在成熟的
piqui 果子。所以，乾旱的月份（7 月到 9 月）相應於漫遊生活，這個時期
在進入雨季後還要延長很久，以便採集 piqui。不過，這種漫遊生活並不一
定象示著食物匱乏：這是一種每年進行的遠征，總是在 8 月到 9 月進行，目
的在於「爲儀式性獨居這種盛大節慶準備必要的食物，這種節慶在初雨降
下和農事重開之前舉行」。當時疫在村裡流行開來時，印第安人認爲，最後
的醫治方法是恢復漫遊生活，在樹林中的居留將驅除疾病：「食物比較豐富
……他們將恢復體力，身體復原到最佳狀態」（同上書，第 33 頁）。

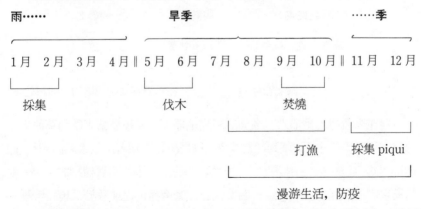

　　關於蒂姆比拉人區域的主要氣候，尼明達尤指出：「比起鄰近的亞馬遜
河流域的情形來，它顯得比較乾燥。與東方和東南方的領地不同，這個區

域擺脫了乾旱的威脅，但它有著真正的旱季，從 7 月持續到 12 月（Nim.：8，第 2 頁）。這些徵象並不同儀禮曆法的徵象完全吻合，儀禮曆法把一年劃分成兩半：一半理論上對應於旱季，從 4 月的玉米收穫直到 9 月；另一半始於雨季到來之前的農事，它占居一年的餘下月份（參見 Nim.：8，第 62、84、86、163 頁）。所有重要節慶都在儀式時期裡進行，這個時期也就是旱季，因而也是定居一地生活的時期。由於這個原因，所以集體防疫的遠征似乎在雨季進行，儘管已有的資訊並不總是明確的（Nim.：8，第 85－86 頁）。然而，也提到了在旱季到草原上獵鳥（三趾鴕鳥、叫鶴、隼），以及在每次盛大儀禮結束時進行集體狩獵活動（同上著作，第 69－70 頁）。人們幾乎完全忘記了古代生活條件，不過也許乾草原和水域邊森林（人們在那裡打漁，而且那裡也是種植園）之間的空間對立在土著思維中佔居著和時間上的季節對立同等的地位。前者似乎總是給觀察者留下深刻印象（Nim.：8，第 1 頁）。這樣也許就解釋了：阿皮納耶人和克拉霍人的神話簡單指出的森林野獸和草原野獸間的對立在蒂姆比拉人版本中退隱到了另一個較複雜的對立的後面，而所遇到的各動物各自的食物因後一種對立而成為：

三趾鴕鳥：	叫鶴(1)：	叫鶴(2)：
蜥蜴、蛇、蝗蟲；	蜥蜴＋甘薯；	魚；

草原上獵獲的 ‖	在水邊森林中栽培的、捕獲的

　　現在來看阿皮納耶人。「從前，阿皮納耶人一當種植結束就到草原上去過狩獵和採集的生活，直到作物成熟。只是斷斷續續有某個家族回到村裡」（Nim.：5，第 89 頁）。在這期間，一些專門的祭司小心照看植物的生長，他們稱它們為「他們的孩子」。一個女人若在禁令撤消之前敢於採集田野裡的任何東西，便將受到嚴厲懲罰。當作物成熟時，祭司便召回漫遊的村民。在最後一次集體狩獵之後，各個家族便回到村裡，馬上專心開發種植園。這

個時機標誌著儀禮時期開始（上引著作，第 90 頁）。

　　如果這樣重構古代習俗，是正確的，那麼，我們是在表明雨季的流浪生活特徵，因爲在巴西中部，種植在旱季結束時進行，作物則在幾周或幾個月之後成熟。例如，謝倫特人在 6 到 7 月伐木開墾，8 到 9 月焚木和種植，以便及時降下的初雨促進種子發芽（Oliveira：第 394 頁）。對這種雨季流浪生活，我們同樣可以追蹤到蒂姆比拉人那裡。它並不排除旱季的流浪生活，狩獵同樣佔居重要地位，但在旱季，打漁這種活動的重要性遠不如在查科。這一切告訴我們：在查科各部落那裡表現那麼明顯的豐足期和匱乏期的對立（更確切地說是兩種類型季節的對立）被巴西中部各部落用社會－經濟的方式來表達：或者作爲宗教的（儀禮的）時期和世俗的（無儀禮的）時期，或者作爲流浪生活時期——連帶一致地從事狩獵和採集——和定居一地生活時期，後者以野外作業作證認標誌。在阿皮納耶人那裡，似乎農業的運作和流浪生活的運作是在同一些月份裡進行的。然而，在他們那裡，這兩種運作又是相對立的，因爲一種是宗教的，作爲一個宗教團體的應盡職責，而另一種是世俗的，由群體的大眾從事。作物的生長和成熟都是在從事採集和狩獵的時期，不過這兩種類型活動又是各各獨立的。

　　然而，看來毫無疑問，像查科的各個相應神話一樣，我們的熱依人神話也同旱季相關。英雄所遇到的各個動物所獲取的食物的清單提供了首要徵象。無論草原動物蛇、蜥蜴和蝗蟲，還是水位低時捕獲的魚以及棕櫚和 sapucaia 的堅果或者 jatobá 的殼，這一切動物或植物產物都是典型的旱季產物。關於這些產物，舉例說來可以指出，對於巴西東部的博托庫多人來說，sapucaia 堅果的收穫季節在他們的給養中佔居重要地位。

　　像阿皮納耶人的思維中一樣，在蒂姆比拉人的思維中，野生產物的採集也同草原的流浪生活相關聯。然而，從查科神話到熱依人神話的過渡以一個轉換爲標誌。在前一種情形裡，蜂蜜和野果是流浪生活的食物，在後一種情形裡獵物和蜂蜜構成這種食物。但是，一眼就可看出這種代換的原

因所在：在熱依人那裡野果的採集主要是女性的工作，除了蜂蜜由男人採集而外（Nim.：5，第94頁；8，第72-75頁）。因此，我們可以說，在男性職業的等級體系中，在查科，蜂蜜的採集在野果的採集之上，正如在巴西中部，狩獵在蜂蜜的採集之上：

我們已從形式的觀點考察了神話組的結構，並已把某些轉換聯結了起來，這些轉換在神話組裡按各地區的生態特徵以及有關群體的物質文化的諸多方面進行。這樣，我們就從這兩個層面上解決了尼明達尤就阿皮納耶人版本（M_{142}）提出的兩個難題：「／Pebkumre'dy／（入會式的第二階段）代表戰士的眞正入會……阿皮納耶人將它歸因於一種傳統的動機，而卡內拉人（＝蒂姆比拉人）也把他們自己的入會儀式／pepyé／：兩兄弟向一頭巨隼進行的戰鬥歸因於這種動機。不過，兄弟的作用似乎被倒轉了過來。我認爲，最後的挿段已從北方遠播到了阿皮納耶人那裡，並且後果又被添枝加葉。我聽說了男人燒烤妻子的故事」（Nim.：5，第56頁）。然而，我們知道，這個故事屬於熱依人的遺產，因爲它在克拉霍人那裡作爲一個孤立神話存在。實際上，在尼明達尤看來存在兩個不同問題的地方，我已表明，只有一個問題，而它有兩個相互說明的方面。這是因爲，阿皮納耶人英雄（他不同於克拉霍人英雄或蒂姆比拉人英雄）最終落得悲慘的結局：他的角色由兩兄弟取代，而其他版本選擇由兩兄弟代替他死。現在剩下來還需要弄明白，這個異本爲什麼需要一個成爲受譴責兄弟的妻子的痴迷蜂蜜少女介入。在對這些神話作了形式分析；並繼之以神族批判之後，我們現在來按照第三種觀點即語義功能的觀點考察它們。

我已多次重複說過，現在再來重述一下，中部和東部熱依人在兩兄弟對殺人鳥的鬥爭中看到了年靑人入會的起源。這種入會有著雙重特徵。一

方面，它標誌著加入到成年男子的行列，取得獵人和戰士的地位；例如，在阿皮納耶人那裡，在獨處時期結束時，入會者從教父手中接過儀仗棒以換取獵物(Nim.: 5，第68-70頁)。但是，另一方面，入會成爲結婚的前奏。至少在原則上入會者仍是未婚的。使一個入會者在入會前變得虛弱無力的一個少女要受到殘忍的懲罰：在她情人進入獨處的那天被成熟男子集體強姦，從此之後淪爲娼妓。一旦走出入會過程，儀式結束，年青男人就都在同一時候成婚（Nim.: 5，第79頁）。

對於一個男人來說，這是個極其引人矚目的事件，更何況像大部分熱依人一樣，阿皮納耶人實行從母居。成婚那天，未來的姻兄弟在母方房舍外接待未婚夫，把他一直引到他們自己的母方房舍，那裡等著他立婚誓。婚姻始終是單偶婚，且被認爲是牢不可破的，只要新娘是貞潔的。每個家族都有責任按理節表現出想離異而重獲自由的配偶重修和好。此外，在整個入會式期間，每夜還要對新人進行教育，使之有個純潔的婚前狀況：「主要是婚姻問題——導師說明應當如何挑選妻子，以免結交上懶女人和不貞女人的危險……」(Nim.: 5，第60頁)。

蒂姆比拉人那裡情形也一樣：「從前一個年青男人在完成入會儀式全過程，從而取得／penp／即「戰士」地位之前是不能結婚的。在最後的儀禮結束時，未來的岳母來到，拉著一根繩子的一頭，牽引了預定成爲她們女婿的年青戰士」(Nim.: 8，第200頁和圖版40a)。全部婚姻實行集體慶祝，慶典在入會式結束時進行(上引著作，第122頁)。勉勵新人的致詞總是強調儀式的雙重結局。年青男子經過獨處，吃飽喝足之後，獲得了運動競技以及狩獵和作戰的力量；在整個獨處期間，他們總是接受訓練，方式是賽跑和集體狩獵遠征的考驗，這期間他們還初次配備了／kopб／，這是一種介於鐵杖和棍棒之間的器械，它在整個中部巴西都代表最好的武器。

教導的另一個方面關涉到婚姻：避免爭吵和爭執，這會給孩子樹立壞榜樣，而且還要知道揭露女人的缺陷，諸如輕佻、懶惰和貪圖虛榮。最後

還列舉出一個男人對岳父母應負的責任（Nim.：8，第 185－186 頁）。

這些神話可以說以儀式的這些方面提供了一般正常情況的一種說明。不過，按照這些版本，只是有選擇地採取其中某些方面，並根據某種偶然性對待它們。我們首先來考察關於與殺人鳥的鬥爭的克拉霍人神話(M_{226}）。它完全以狩獵和戰爭爲中心。它的英雄肯貢安成爲這兩門技藝的能手，而這兩門技藝實際上被合爲一體，因爲，他從來不使用弓箭來打獵，而只用／kopô／即杖－棍這種武器打獵，儘管蒂姆比拉人例外地用這種武器獵獲食蟻獸(Nim.：8，第 69 頁），而這種用法完全符合他們神話(M_{227})的獨特結論。

事實上，這個克拉霍人版本的主要部分在於周到地枚舉一個優秀獵手的各個良好品質。他不帶弓和狗，到人跡罕至的地方尋找獵物；儘管他列入獵物清單的動物都是大型的，但他毫無困難地運送它們。然而，他很謙遜，口稱什麼也沒有捕殺到，或者只捕獲不起眼的獵物，以便讓他的姻親驚喜，讓他們發現他的才幹。他只是爲了應對姻親，因爲他已婚，住在沒有親屬的異鄉。尤其是，肯貢安以身作則敎導他人尊重禁令，後者是狩獵成功的保證。獵人不應當吃他自己捕殺的獵物；或者，如果他要吃的話，那麼至少他也要延遲食用的行爲，爲此應採取兩種互補的方式：在時間上先要讓肉冷卻；在空間上，小心不再要徒手抓肉，而要用尖棒尖端去挑：「傳述者解釋說，克拉霍人不吃捕殺的第一個動物；而僅當他們捕殺了大量同一品質（＝品種）的動物時，他們才吃；甚至這時，他們也不用手拿肉，而用棒端挑它，先讓它冷卻，然後再吃」(Schultz：1，108 頁)。

因此，在熱依人那裡，入會式期間敎給新人的狩獵慣例主要在於謹愼行事。已婚獵人首先要考慮供給姻親。由於從母居，他在那裡受到款待。他要慷慨而又謙遜地行事，刻意貶低自己的獵物。他不吃這獵物，或者吃的話，也是適度地吃，並使肉保持一定距離，包括在空間和時間上都隔開一段間隔。

　　然而，可以說我們已經用過這種食用的延遲來表徵北方圖皮人即特姆貝人和特內特哈拉人（他們和熱依人相鄰）那裡的蜂蜜節儀式。人們不是直接食用蜂蜜而是把蜂蜜積累起來，這蜂蜜在等待期間發酵，惟其如此才成爲一種**神聖**而又是**共享的**飲料。和來自鄰村的客人共享，這促進了群體間的親密關係。不過，這還是神聖的，因爲蜂蜜節是一種宗敎儀禮，旨在確保一年中間狩獵豐收；因此，這儀禮的結局和熱依人那裡的狩獵儀式的結局一樣。

　　很可能在查科也有這種區別：旱季採集的、直接食用的蜂蜜和預定用來製蜂蜜酒的蜂蜜。有些徵象表明，後者是保藏起來的，因爲按照鮑克(Paucke)的證言（1942年，第95-96頁），在莫科維人那裡，「蜂蜜酒的釀製主要在11月初進行，其時正值盛暑。蜂蜜和果子釀成的飲料日夜都喝，土著這時處於持久的痴醉狀態。這些節慶聚集了百人以上，他們有時陷入爭吵之中。」

　　「爲了製備蜂蜜酒，人們用一張花豹或鹿的乾皮，四角懸吊起來，成爲一個袋，再向這袋中灌入蜂蜜和蜂蠟，再加水。三、四天後，這混和物靠太陽的熱自然發酵。年靑男人和未婚者如果不是顯貴，就被排除在飲酒者行列之外，只能充當上酒人」（上引著作：1943年，第197-198頁）。

　　查科在7月到9月的時候天氣很冷。因此，這段本文提示，蜂蜜酒的集體的和儀禮的飲用可能也是一種延遲的食用。在所有情形裡，這些儀式都排斥某些種類男人，他們像熱依人的獵人一樣（儘管方式不同）也只能要求在**結束**時參與儀式，其時他們已改變了身份。

　　關於這種分化的行爲，巴西南方的卡因岡人提供了一個更加直接的證例。一個傳述繪聲繪色地敍述了兩個尋覓蜂蜜的伙伴在樹林中的一次經歷。他們爬上了一棵樹，用火圍住它燒，以便驚擾蜜蜂，然後用斧砍下中空的樹幹。一當出現一個蜂蜜，「我們就挑出蜂窩，我們餓壞了，吃蜂窩內全部生的東西：味道甜，氣味芳醇，多汁。然後，我們點起小火，燒烤充滿幼

蟲和若蟲的蜂房。我再也沒有承認過，我當時在野外吃過東西」。這兩個伙伴共享這蜂巢，但發現它的人得到最大的一份。因爲，調查者解釋說：「蜂蜜構成一種免費食物（free food）」。當發現一個蜂巢時，所有在場的人都有一份……人們並不打算用蜂蜜作爲完整一餐，而是在一天的任何時候都可食用它」（Henry：1，第 161－162 頁）。

關於里奧辛古的蘇耶人（Suya），人們也說他們當場食用蜂蜜：「所有印第安人都把手伸進蜂蜜，舐吃它；他們吃帶有幼蟲和花粉的蜂窩。還留下一點點蜂蜜和幼蟲，帶回營地」（Schultz：3，第 319 頁）。

然而，與這樣直接食用新鮮蜂蜜，當場分享，不按禮儀食用的方式相對立，在卡因岡人那裡有一種延遲食用方式，採取起先指定給姻親食用的蜂蜜酒的形式：「一個男人決定同他的兄弟或堂兄弟一起爲岳父母製作啤酒。他們砍伐雪松，把它們的樹幹掏空成槽形，往裡面尋覓蜂蜜。幾天以後，他們找到了足夠的蜂蜜。這時他們派女人去找水來充槽。他們把水注入槽內，用打火石取火，把水燒沸騰……然後他在這水中研磨一種叫做／nggign／的蕨類植物的木質莖，把這樣得到紅色浸液灌入槽內，『以便使啤酒呈紅色』，因爲卡因岡人說：沒有／nggign／，啤酒不會發酵。這運作持續多天，此後用樹皮板把槽蓋起來，再把啤酒放置多天。當它開始起泡沫時，印第安人就宣布，它是／thô／，即醉人的或烈性的，已可飲用……」（Henry：1，第 162 頁）。如果考慮到開槽需要巨大樹木，而砍伐這樣的樹木本身就是一項費時長的艱巨工作，那麼，我們已詳細略述過的這種漫長製備過程就顯得更其複雜了。然而，有時必須砍伐許多樹，直到發現一根無裂隙的樹幹，沒有從中流失啤酒的危險。爲了把這樹幹完好地拖回村裡，一個工作組累得精疲力竭。用原始工具挖空樹幹的工作也是這樣，而且還有這樣的危險：一條裂縫在運作過程中，或者更糟的是在啤酒發酵之後才崩開來（上引著作，第 169－170 頁）。

所以說，在卡因岡人那裡有兩種蜂蜜食用方式：一種方式是平均分配

地直接食用新鮮蜂蜜；另一種方式是長期延遲，以便儲備足夠的數量，並且在發酵蜂蜜的情況下製造齊全必要的釀製條件。然而，須記住，據傳述者說，蜂蜜酒指定給姻親食用。除了這種優先用途之外，在熱依人神話中，狩獵儀式也處在前列，關於痴迷蜂蜜的少女的查科神話的某些細節提示了這種結論。

托巴人的狐騙子在結婚的翌日帶回了有毒的果子和空蜂窩。但是，它的岳母滿以爲袋裡裝滿蜂蜜，她接過袋子就宣布，她要用女婿採集到的蜂蜜製備蜂蜜酒，讓全家人喝，好像一切都理所當然似的(M_{207})。當女兒索要一種太陽不知如何採集的蜂蜜時，太陽相當自然地回答說：「你結婚吧！」(M_{216})。㉖這個爲了獲取蜂蜜而結婚的題材作爲一個**主導主題**(leitmotiv)而在這個神話組的所有神話中重現。因此，在那裡也區分開兩種食用蜂蜜方式：一方面是新鮮蜂蜜，女人當場自由地吃；另一方面，蜂蜜保存起來帶回家，即屬於姻親食用。

從現在起，我們就明白了，爲什麼查科神話給予痴迷蜂蜜的少女可悲的結局：變成動物或者消失。她的嗜吃和不檢點並未構成充分的理由，因爲這些缺點未妨礙她締結良緣。可是，正在她結婚之後，她犯了眞正的罪：她拒絕把丈夫積聚的蜂蜜給予母親。M_{212}隱含地包括這個細節，M_{213}則以非常意味深長的方式強調這一點，因爲在這個版本中，貪心的女英雄轉變成了水豬，而 M_{224} 的女英雄（年老的而不是年青的）由於親人的貪婪而受到報復，也呈這種外形。因此，痴迷蜂蜜的少女的過失在於任其利己心、貪吃或怨恨膨脹，**以致打斷了姻親間的供給循環**。她截留蜂蜜供一己食用，而不是讓它可以說從採集它的丈夫流向她的父母，而他有責任供給他們蜂蜜

㉖在烏穆蒂納人(Umutina)那裡，也是「採集到的蜂蜜總是按照一個建基於親緣關係的體系進行分配。最大的份額歸獵人岳母所有，最小的份額歸他的兒子，而且還要爲不在的人留下一點蜂蜜」(Schultz：2，第 175 頁)。

食用。

　　我們已經知道，從形式的觀點看，我們迄此考查過的所有神話（它們源自北方圖皮人、查科各部落或中部和東部熱依人）構成一個組。不過，現在我們明白了其中的道理。實際上，所有這些神話都發送同樣的消息，儘管它們並不運用同樣的詞彙和語法模式。有些用主動態說話，有些用被動態。有的說明當做該做的事時發生的情形，有的倚賴反假說，考察當對該做的事反其道而行之時產生的結果。最後，如果說始終並且處處都關涉年青人的教育，那麼，故事中的英雄可能是一個男人或女人：一無用處的壞女人，即便有了個好丈夫也罷；或者一個善良男人，他甚至在敵對的異鄉也婚姻成功（在從母居的社會裡，男人的情形還不是始終如此嗎?）甚或有教養的男人，而他犯了三重錯誤：選了一個壞女人做妻子，同她對抗，以及侵害姻親，他用他們女兒的肉提供了一種「反供給」。

　　在這個總體中，熱依人神話以辯證的運動為標誌，這是恰當的，因為每個版本都從另一個角度考察施予入會者的教導。克拉霍人版本的英雄是個狩獵和戰爭能手，他僅憑此事實便取得婚姻成功，並可以說這成功是額外的。因為，如果說他找到了一個好妻子，那麼也是緣於他大膽尋找掌握在外鄉人手中的死亡；並且，如果說他成功地保存了妻子，自己又活到高齡，那麼這也是因為他向姻親提供豐足食物，消滅了他們的敵人，從而博得他們賞識。蒂姆比拉人版本大致重複了這種圖式，不過方式要軟弱得多，因為這裡強調的重點已經轉移。這就是說，不再強調相關的主題是業已確立的姻親關係，問題倒是在於始終按照下述法則對待業已廢除的親嗣關係（外祖父母變成食蟻獸）：即使從孩提時就已締結的而且是和同胞結成的姻親關係也代表一種和親嗣關係產生的紐帶不相容的紐帶。至於阿皮納耶人版本，與其他兩個版本相比，它在四個方面顯得軟弱無力：主人公降為由兩兄弟充任，而其他兩個版本置他們於屈辱的地位；戲劇事件同採集蜂蜜的場合相聯結，這是旱季覓食的較低級（同打獵相比）形式；所受到的

教育係關涉擇偶而不是狩獵和戰爭的行爲；最後，與其他版本中的情形不同，英雄不知道從這些教育中獲益，因爲他娶爲妻子的女人也教養很差。

　　蜂蜜無論被提到與否，到處都充當具有恰當特徵的角色。查科神話把蜂蜜同旱季的其他植物性食物和野生食物相對比,由此制定了蜂蜜理論。熱依人神話也明確地或通過暗示忽略方式，從蜂蜜和獵物的對比出發來提出這種理論。實際上，在熱依人那裡，只有獵物的食用要受儀式約束，這從時間和空間上都延遲了食用，而蜂蜜的食用似乎未成爲任何特定規則體系對象。無疑，阿皮納耶人擁有栽培植物儀式，但甘薯例外，它很少或沒有季節特徵，在按照旱季規定的神話循環中沒有地位。

　　最後，在特姆貝人和特內特哈拉人那裡，這種延遲食用的理論幾乎完全建基於蜂蜜，不過是因爲延遲食用蜂蜜成爲非延遲食用獵物的媒介：延遲到一年的某個時節的蜂蜜節保證全年狩獵豐收。

　　因此，在巴西中部的神話中，蜂蜜的非延遲食用(這使一個女人有罪)是同獵物的延遲食用（這構成一個男人的優點）相對立的。在查科，（一個女人）非延遲食用蜂蜜旣類似於男女對野生的（換言之，仍有毒性的）果子的非延遲食用，又同一個男人延遲食用蜂蜜相對立，這男人實際上爲了姻親的利益而不吃。

第二篇

蛙的節期

Et veterem in limo ranae cecinere querellam.

蛙陷身泥沼而怨聲不絕。

維吉爾：《農事詩集》第 1 卷，第 378 行

I　變奏曲 1, 2, 3

我們已就奧帕耶人的蜂蜜起源神話(M_{192})證明了一種進步一退步步伐，而我們現在看到，它屬於迄此考查過的神話總體。這個奧帕耶人神話僅以某種方式可以定義爲起源神話。因爲，它敍述其獲取方式的蜂蜜有點類似於人今天知道的蜂蜜。這種最早的蜂蜜呈現一種恆常的、同一的滋味，它在種植園裡生長，有如栽培植物。當人們弄到了這種蜂蜜，還沒有熟就已經吃了。因此，爲了人能長久地擁有蜂蜜，並能享受所有品種，就必須讓栽培蜂蜜消失，以利於野生蜂蜜，後者供給要少得多，但又食用不盡。

查科的各個神話以各不相同的也不怎麼明確的方式說明了這個主題。從前，蜂蜜曾是獨一無二的食物，而當蜂蜜主人啄木鳥變成了鳥，永遠飛離人類社會後，它就再也不充當這一角色。至於熱依人神話，它們按照一種現實的對比來變換這歷史順序：遵從各種規則的、因而構成按照文化進行的覓食的狩獵同自由進行並因之而造成自然供食模式的蜂蜜採集之間的對比。

因此，如果我們現在過渡到圭亞那，而在那裡又像別處那樣碰到蜂蜜起源神話，那麼，就不用驚奇了。不過，這些神話也都是關涉蜂蜜的喪失：

M_{233}　阿拉瓦克人：爲什麼現在蜂蜜這麼稀少

　　從前，蜂巢和蜂蜜在灌木林中很豐富。一個印第安人因尋覓蜂巢和蜂蜜的才能出衆而名聞遐邇。一天，他用斧挖空一根樹幹以便獲取蜂蜜。他聽到了說話聲：「注意！你傷害我了！」他繼續小心地工作，在

樹心裡發現一個令人銷魂的女人，她自稱名叫 Maba 即「蜂蜜」，她是
蜂蜜的母親或精靈。她一絲不掛，這印第安人便採摘了一點棉花，她
用它做了件衣服，於是他央求她做他妻子。她答應了，條件是絕不可
叫出她名字。他們非常快活地過了許多年。像他是公認的最好的蜂蜜
尋覓者一樣，她也因製備／cassiri／和／paiwarri／出色而享有盛譽。不
管邀來多少客人，她都製備了一罐滿足他們，這獨特的一罐令所有客
人都如願以償喝得酩酊大醉。這眞正是理想的妻子。

　　然而，一天，客人們全都喝了，而丈夫無疑喝過了頭，在客人們
走後便要求原諒。他說：「Maba，下次做得更好些。」這下犯了錯誤，名
字叫了出來。這女人立即變成蜜蜂飛走了，儘管丈夫盡力挽留。從此
之後，這丈夫的機緣消失了。自從這個時期起，蜂蜜變得稀罕了，很
難覓見 (Roth: 1, 第 204 – 205 頁)。

／cassiri／是一種甘薯啤酒，「紅色馬鈴薯」預先煮沸，再添加上由女
人和兒童研碎的甘薯，其中和以唾液和蔗糖，以便加速發酵，後一過程歷
時約三天。／paiwarri／的製備與前者相似，只是這種啤酒以預烘乾的甘薯
蔗餅爲基礎。它也可較快食用，因爲它的製備只需 24 小時，二或三天後開
始變酸，除非給它添加新烘乾的甘薯，然後重新進行其他各道運作 (Roth:
2, 第 227 – 238 頁)。發酵飲料的製備由蜂蜜母親主動承擔，這一點非常意味
深長，尤其因爲圭亞那的印第安人不製造蜂蜜酒：「用水沖淡的野生蜂蜜可
以作爲一種飲料食用，但沒有任何證據表明，人們讓它發酵」(上引著作，第
227 頁)。

　　然而，圭亞那的印第安人是以甘薯、玉米或各種果子爲基礎的發酵飲
料問題的專家。羅思描寫過不下於 15 種 (2, 第 227-232 頁)。他也未否認，
爲了增加甜味，飲料中有時添加新鮮蜂蜜。但是，因爲這種用法主要由這
些神話證明，如同我們將有機會表明的那樣，所以，新鮮蜂蜜和發酵飲料

的結合似乎最好用某些蜂蜜的醉人性質來解釋，而這種性質使它們可直接比做發酵飲料。因此，根據對查科文化或圭亞那文化所做的考察可以斷言，新鮮蜂蜜和發酵飲料之間相關而又對立的關係持久存在著，儘管前者僅充當常項，而另一項由包含各種不同成分的啤酒擔當。唯有對立的形式是不變的，不過每一種文化都用不同的詞彙來表達它。

威爾伯特的最近一篇著作(9，第90-93頁)包含我們剛才扼述的神話的瓦勞人異本。發酵飲料方面沒有什麼問題。超自然的妻子給丈夫弄來一種美味的水，實際上是蜂蜜，條件是不能讓其他人喝。但是，當一個口渴的同伴央求時，他把葫蘆給了這人，因而犯了錯誤。當這人喝醉時，便說：「可是，這是蜂蜜！」於是，這女人的禁忌的名字現在被喊了出來。這女人以滿足自然需要爲藉口遠走高飛，消失了，變成了蜜蜂／mohorohi／的蜜。接著，這男人變成了蜂群。羅思收集到的瓦勞人版本則大不相同：

M₂₃₄　瓦勞人：蜜蜂和甜飲料

從前有兩姊妹，支使她們的兄弟，叫他給她們製備／cassiri／，但是，儘管作了努力，他還是一籌莫展：它淡而無味。同時，這男人在不停地抱怨：他怎麼遇不上一個女人能給他製備像蜂蜜一樣溫和的飲料！

一天，他獨個兒在灌木林中哀嘆，他聽到身後有腳步聲。他轉過身來，發覺一個女人對他說：「你去哪兒？你叫我 Koroha（蜜蜂）。這是我的名字，我在這兒！」這印第安人表露了厭倦之意，訴說了他的姊妹和他自己希望娶她。這個陌生人擔心她是否和新家庭合得來，最後，在求婚者的堅持要求和保證之下，她答應了。村民們對她心存疑慮，但她耐心向公婆解釋說，她只是應他們兒子的邀請才來的。

當製備飲料的時節來到時，她出色完成了任務。她只是用小手指到水中沾濕，再攪動一下，這就好了！這飲料甜，甜，甜！人們從來沒有喝過這麼好的飲料。從此之後，這個年青女人供給她婆家一家人糖漿。當她丈夫口渴時，她在向水中伸進小手指弄甜之後再給他這水喝。

可是，這男人很快感到因喝這甜水而作嘔，於是他開始和妻子吵架，後者不服：「你讓我來，就是爲了喝甜飲料，現在你又不滿意了！」說完，她就遠走高飛。從這個時期起，印第安人不得不含辛茹苦爬樹，掏空樹幹，獲取蜂蜜，再弄純淨，以便能用它來甜化飲料(Roth：1，第305頁)。

顯然，這個神話從親屬關係和所引起的飲料這兩個方面轉換了前一個神話，儘管每次都涉及啤酒和加蜂蜜的水。實際上，在每個神話中，這些飲料都帶上不同的特徵。M_{233}中的蜂蜜是美味的，啤酒是完美的，即很濃烈，因爲它喝極少量便致醉。在 M_{234} 中，情形反了過來：加蜂蜜的水非常甜，因而按其自己的方式非常濃烈，因爲它表現出令人作嘔，而啤酒則淡而無味。然而，M_{233}中的好蜂蜜和好啤酒產生於排他的婚配；它們分別產生於一個丈夫和她的妻子，而面對他們就只有「客人」既無名字的、親屬關係也不明的一個集體。

與 M_{233} 的英雄——即其才幹人皆共知的蜂蜜生產能手相對立，M_{234}的英雄由負面的特徵來規定。他是食用者而非生產者，並且從不知足，因此，從某種意義上說他是附帶的，而眞正相關的家族關係是同作爲生產者的姻姊妹結成的，而且是對立的關係：製造很淡的啤酒的丈夫姊妹和製造濃烈糖漿的兄弟妻子：

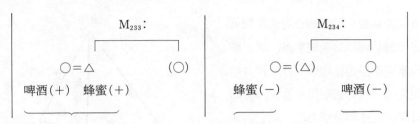

此外，M_{233}把豐富的蜂蜜和濃烈的啤酒處理成正面同系的項：它們的
共存是婚配的結果，它還給自己披上邏輯結合的外衣，而 M_{234} 中（非常）豐
富的蜂蜜和淡而無味的啤酒則結成離解的邏輯關係：

$$M_{233}\left[\text{啤酒}(+)\cup\text{蜂蜜}(+)\right]\xRightarrow{M_{234}}\left[\text{啤酒}(-)//\text{蜂蜜}(-)\right]$$

　　我們還記得，在卡因岡人那裡（在他們的發酵飲料範疇中，蜂蜜酒取
代甘薯啤酒），這兩個項被較單地結合起來。像 M_{233} 一樣，卡因岡人的材料
也例示了一種邏輯的結合，但這次建立在這樣兩者之間：新鮮的甜蜂蜜爲
一方，以蜂蜜爲基礎的發酵飲料爲另一方，關於後者，卡因岡人說它製造
得最爲成功，因爲它比較「濃烈」，指定供姻親食用。圭亞那的體系中，四
個項構成兩對立：甜的、非發酵的飲料的**溫和／令人作嘔**以及發酵飲料
的**濃烈／淡**。卡因岡人不是這樣，他們只有兩個項，構成一對對立，即兩
種以新鮮或發酵蜂蜜爲基礎的飲料間的對立：**溫和／濃烈**。英語勝過法語，
它以 soft drink（軟飲料）和 hard drink（硬飲料）間的對比提供了這個基
本對立的一種近似等當。然而，當我們把「蜜月」和「膽汁月」或「苦艾
月」相關聯而對立起來，從而引入一種三元對立：溫和和濃烈、新鮮和發
酵、完全的與排他的婚配和它之重新被納入社會關係網之間的對立時，我
們不是也在自己這裡看到了這種對立嗎？不過，這裡使用的語言已作了變
換，即從食物的語言轉變成了社會關係的語言（但它侷限於應用其最初涵
義是食物性的詞項，而現在取其比喻意義）。在本書的後面，我將要表明，

這些習見的、形象的表達使我們更好地洞見神話的深刻意義，而一點也離開不得的種種形式分析費力地使這另一種方法取得正當性，但如果直接就應用這種方法，則它的素樸性足以使它失信於人。事實上，這些形式分析是不可或缺的，因爲唯有它們能揭示隱藏在離奇而使人不可思議的現象敍述後面的邏輯骨架。只是在揭示了這個骨架之後，我們才能奢望回到我們當時發現的「第一眞理」，不過其條件爲歸於這些眞理的這兩種意義應能同時確立起來。圭亞那神話中蜂蜜所特有的**溫和／令人作嘔**對立在別處也存在，因爲我們已在兩個神話中遇到過它，一個是亞馬遜神話(M₂₀₂)，其題材爲厭惡蜂蜜的吃人魔鬼，一個是查科神話(M₂₁₀)，其英雄爲貪吃蜂蜜的狐，而這情境也正如同 M₂₃₄ 結束時的不幸的印第安人。對不可

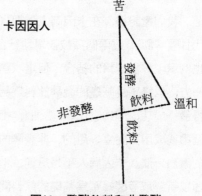

圖11　發酵飲料和非發酵
飲料間的對立關係

能相對於蜂蜜無歧義地加以規定的兩個角色作的這後一種比較，應當引起我們注意圭亞那神話和查科神話間的另一種相似。前者代表超自然的人，她是蜂蜜的主人，具備羞怯姑娘的特徵。M₂₃₃中，她全身赤裸，最關心的是端莊：他給她棉花做衣服。在 M₂₃₄中，她擔心被求婚：求婚者的家庭將給她怎樣的待遇呢？能否肯定這個主意得到好評呢？然而，查科神話中的啄木

鳥正是以同樣的方式、幾乎一樣的用語來回答痴迷蜂蜜的少女的要求。因此，很顯然，這種羞怯（它在古代神話作者那裡無疑只是一種浪漫的裝飾情節）構成了體系的一個關鍵特徵。它是當從查科過渡到圭亞那時一切其他關係的轉動樞軸，但又保持了體系的對稱性。實際上，我們已證明，關於痴迷蜂蜜的少女的查科神話、以痴迷蜂蜜的男孩為英雄的圭亞那神話（M₂₃₄）提供了正相對立的對偶。查科的女英雄對比兩個男人：一個丈夫和一個被婉拒的求婚者各自的優劣。圭亞那的英雄面對妻子和姻姊妹而處於同樣境遇。被婉拒的求婚者——狐——所以如此，是因為它表現出不能提供優質蜂蜜，而只能供給有毒的（非常「濃烈的」）果子。那些姊妹所以激怒姻兄弟，是因為她們不能製造優質啤酒，只能給他（非常淡的）乏味啤酒。在這兩種情形裡，最終的婚配或者是同蜂蜜男主人、羞怯的丈夫締結，或者是同蜂蜜的女主人、羞怯的妻子締結。但是，這自此豐富起來的蜂蜜被拒絕給予夫婦另一方的父母，這或是因為妻子不厭食蜂蜜：她只為她自己留心蜂蜜；或者因為丈夫厭食蜂蜜：他只要妻子繼續生產蜂蜜。最後，食蜂蜜的妻子或生產蜂蜜的妻子變成了動物：水豬或蜜蜂。因此，當例如從 M₂₁₃ 到 M₂₃₄ 時，可以看到下列轉換：

$$M_{213}: \qquad\qquad M_{234}:$$

狐	⇨	姊妹
啄木鳥	⇨	蜂蜜
痴迷蜂蜜的少女	⇨	痴迷蜂蜜的男孩

這裡應當明白，我們剛才的研討提出了一個問題。如果 M₂₃₄ 的英雄角色轉換成 M₂₁₃ 的女英雄角色，那麼，怎麼還能重現狐角色的某些方面呢？表明了下述一點，就可以克服這個困難：在 M₂₁₃ 和同組其他神話中，狐和痴迷蜂蜜的少女之間已存在一種相似，它說明了狐能夠構想出就在女英雄丈夫跟前使她人格化的主意（第 139、237 頁）。

為此，首先應當引入一個新的圭亞那異本。因為，僅僅佔有 M_{233} 和 M_{234}，我們還遠未窮盡關於蜂蜜起源的圭亞那神話組，而根據這個神話組可以形成所有轉換，即借助由下述兩種運作定義的唯一算法(algorithme)演繹出經驗內容：

如果承認，在這個組的各個神話中，主人公是一個動物，那麼，這個神話組便可加以規定，當且僅當 ($\leftrightarrow$)：

⑴**在相繼的兩個神話中這動物的身份保持不變時，其性別反轉；**

⑵**在相繼的兩個神話中這動物的性別保持不變時，其特定本性「反轉」。**

這兩種運作的同系顯然意味著，我們已作為公理而預先提出：從一個動物向另一個動物的轉換 ($\Rightarrow$) 總是產生在兩個對立構成的一個對偶之中。我已在《生食和熟食》之中提供了足夠的例子，我們因之可以承認，這條公理至少具有啓發價值。

因為在所考查過的最後一個版本(M_{234})中，主人公是個蜜蜂，所以，我們就從蜜蜂開始我們的運作系列。

1 第一變奏曲：
〔蜜蜂$\Rightarrow$蜜蜂〕$\leftrightarrow$〔$\bigcirc$$\Rightarrow$$\triangle$〕

這裡首先是神話：

M_{235}　瓦勞人：蜜蜂變成女婿

一次，一個印第安人帶著兩個兒子和女兒之一去打獵；另外兩個女兒留在村裡和母親在一起。他們深入到灌木林的遙遠深處，在那兒

造了個掩蔽所宿營。

　　翌日，這少女來了月經，她告訴父親，她不能陪他們去樹烤架，烹飪，因爲她被禁止觸及工具。這三個男人就自己去打獵，但他們空手而歸。第二天還是老樣子，似乎這少女的狀況給他們帶來壞運。

　　後來有一天，獵人們出去後，少女躺在營地吊床上休息，她驚訝地看到一個男人走來，睡到她床上，儘管她耐心向他說明自己的身體狀況，並說自己將要反抗。但是，這男孩還是把話說完，爭辯說他居心純正，堅持要睡在她身旁。無疑，他早就愛上她了，但現在他只是想休息，等姑娘的爸爸回來，再向他請求按常規方式結婚。

　　於是，他們併排躺著，設想並制定了婚事的計劃。這少年解釋說，他是一個／simoahawara／，即蜜蜂部落的一個成員。好像預先得到過通知，這父親回到營地，看到一個男人與他女兒一起睡在吊床上，毫無驚訝之狀；他甚至裝做什麼也沒有看到。

　　第二天早上結了婚，Simo 對三個男人說，他們可以休息睡覺，由他來負責供應給養。一會兒，他就捕殺了數量驚人的獵物，連三個印第安人都無法搬運，但他自己毫不費力地就帶回來了。他帶回的東西夠全家吃幾個月。把所有這些肉都弄乾之後，他們就打道回家，每個人都盡全力攜帶獵物，Simo 帶的是那三個男人總和的五倍，他多麼有力！這還並不妨礙他健步如飛。

　　這樣，這支隊伍回到了村裡，Simo 照例定居在岳父家的茅舍裡。在他完成了墾地和種植工作之後，他的妻子生下了一個漂亮男孩。也是在這個時候，她的兩個姊妹成了 Simo 煩心的對象。她們陷入情網；時時刻刻想爬上他的吊床，他立即把她們趕走。他不想要她們，甚至對她們不抱同情，他還向妻子抱怨她姊妹的行爲。然而(傳述者評論說)，對她們沒有什麼可責備的，因爲瓦勞人自願實行與多個姊妹的多偶婚。

　　每當這三個女人在河中洗澡時，Simo 就在岸邊照看嬰兒，姻姊妹

想朝他潑泥水，這是極邪惡的舉動，因爲 Simo 對她們說過，任何水觸及他身後都會像火一樣燒他：先使他變軟，然後把他吞噬了。事實上，他從來不洗澡；他只是像蜜蜂一樣用蜂蜜擦洗身體，而只有她妻子明白其中的道理，因爲他未向別人說過他的身份。

一天，當三個女人洗澡時，他抱著嬰兒坐在河邊，姻姊妹成功地弄濕了他。他立即喊叫起來：「我被燒了！我被燒了！」然後他化作一個蜜蜂飛向一棵中空的樹，在那裡釀蜜，而嬰兒變成了 Wau-uta，它是樹棲蛙（Roth：1，第 199－201 頁）。

我們暫且撇開樹蛙不談，留著到後面一點再來討論它。焚燒人蜂身體並使之融化的水這個題材如羅思所指出的顯然可由這樣的觀念來解釋：這個角色應由蜂蜜和蜂蠟構成，這兩種物質中，一種可溶解於水，而火使另一種融化。作爲佐證，可以援引一個亞馬遜小神話(M_{236})，它係關於同一題材。一個獵人被衆鳥撕碎後，樹妖用蜂蠟把他身體碎塊聚合起來，他還對這被保護者說，今後應當戒絕受熱。但是，後者忘掉了這護身法，熱融化了蜂蠟，他的身體又瓦解（Rodrigues：1，第 35－38 頁）。

從家族關係和功能分配的觀點來看，M_{235} 的角色可以劃分成三組，下圖能使我們很容易看出這一點：

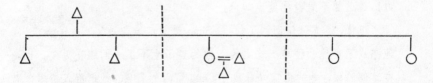

中間一組包含女英雄、她的將變成蜂蜜的丈夫和她的也將化身，但將變爲蛙的小兒子。

左邊一組完全是男性，由被集體描繪成壞運氣獵人的角色組成。

右邊一組完全是女性，包括兩個姻姊妹。這種分配讓我們回想起在查

科神話中可以看到的那種分配，而我們曾用後者解釋痴迷蜂蜜的少女的循環。我們現在又有三個組：

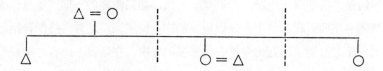

中央是狐和女少，狐藉口提供岳父母所需要的蜂蜜而成功地娶後者爲妻。因此，左邊一組由不走運的蜂蜜尋覓者佔據，他們未由女婿提供給養（而在 M_{235} 中，這一組匯集了不走運的獵人，但反過來，他們的女婿提供豐富給養）。在這種情形裡，右邊的組都包括一個或兩個姻姊妹，但以另一種反轉爲代價，因爲有時是丈夫拋棄妻子，想誘姦有點追求他的意思的姻姊妹，有時是兩個姻姊妹想勾引一個忠貞不渝的丈夫。

因此，這神話在姻親之間建立的性愛關係反轉本身是他們的供食關係的一種雙重反轉的函數：在一種情形裡是負的，另一種情形裡是正的；或者以蜂蜜，或者以肉作爲對象。

實際上，值得指出，M_{235} 中蜜蜂擔當雄性，這時他成爲肉的供給者(這神話說明肉是弄乾的，即介於生和熟之間)，而在 M_{233} 和 M_{234} 中，蜜蜂是雌性，她扮演蜂蜜 (在生的方面) 或啤酒 (在熟的方面) 的供給者的角色。但是，在從 $M_{233}-M_{234}$ 過渡到 M_{235} (它們全都是圭亞那神話) 時，蜂蜜的食物意義變成了性的意義；這就是說，始終被當做「誘姦者」的蜂蜜在這裡是本來意義上的，而在那裡是比喻意義上的。當把 M_{235} 同查科神話做比較時，圭亞那神話組的這種內部轉換也很明顯，因爲顯然，在從查科神話上溯到這個圭亞那神話時，女性姻親各自的功能在蜂蜜的「誘姦」內涵發生從本來意義向比喻意義過渡的同時也發生了反轉。在查科神話中，妻子痴迷本來意義上的蜂蜜——即食用蜂蜜，而姻姊妹不自覺地對姻兄弟狐實施性層面上的勾引。在 M_{235} 中，情形反了過來：在那裡兩個姻姊妹本身痴迷

蜂蜜，但是比喻意義上的蜂蜜，因爲她們姊妹的丈夫自稱「蜂蜜」，他不自覺地對她們實施性層面上的誘姦。

但是，扮演這角色時，她們嫁給了狐，而狐像她們一樣，並且也通過色情的事端而引起其他主人公轉變成動物。從這個觀點看，這個神話組似乎過分確定，而這就有給變換表帶來混淆之虞，在這表中，有些項好像由多重關係任意地結合在一起。我們在前面已提出了這個困難，現在則是解決它的時候了。

可以先來指出，在 M_{235} 中，姻姊妹有兩個，而對於故事的需要來說只要有一個就夠了，像托巴人神話中情形就是這樣，我已提議在那些神話中考察與圭亞那神話相反的一種轉換。難道我們不能作爲假說認爲，這種一分爲二把內在的歧義性轉譯成爲一種能以兩種方式引起的行爲：或者在本來意義上，作爲供食的事端，或者在比喻意義上，作爲性愛事端，因爲這裡問題在於對蜂蜜的性愛佔有（即一個名叫蜂蜜的角色出現）？ M_{235} 的姻姊妹有兩個這一點意味著，賦予她們的共同角色事實上仍有兩面性。事情似乎是其中一個姻姊妹的使命是從比喻意義上說明查科女英雄的作用，她也痴迷蜂蜜，但在食物層面上，而另一個姻姊妹從字面上保留在性層面上對於狐的勾引功能，但這時角色有了交換，因爲在查科，狐試圖誘姦妻子的姊妹，而在圭亞那，兩個姻姊妹試圖勾引她們姊妹的丈夫蜜蜂。

這個解釋開拓了饒有興味的視野，如果從社會學角度來審視的話。實際上，這個解釋蘊涵著修辭學轉換和社會學轉換之間的一種等當關係：

修辭學層面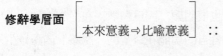

社會學層面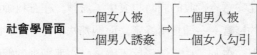

如果另有一些例子證明這種關係，那麼我們就可以下結論說，在土著的思維中，一個女人之被一個男人誘姦是實在階位上的，而相反的情形則是象徵或想像階位上的。在其他一些神話迫使我們提出修辭學代碼的存在和功能問題（以下第 164、168 及以後，278 及以後各頁）之前，我們暫且滿足於這個見解。

通過用兩個姻姊妹的功能的模稜兩可性來解釋她們的兩面性，我們至少可以消除有可能帶入如同我們可以根據圭亞那神話制定的那種交換表之中的混淆。但是，我們還沒有解決總體的問題，因為，查科神話中一個一分為二的角色之對應於 M_{235} 中的兩個姻姊妹，是不可或缺的。在這個條件下，也只有在這個條件下，這個轉換組才可能重新閉合。

這裡應當回想起，在這些查科神話中，狐扮演兩個角色：起先是親人，這時它試圖娶痴迷蜂蜜的少女或誘姦她；後來是痴迷蜂蜜的少女本身這個角色，這時它在死後又想位居丈夫身旁。因此，狐輪番成為（性愛上）痴迷少女的男人和（食物上）痴迷蜂蜜的少女。這歷時地構成了一種出色的分析描述，而描述的對象為 M_{235} 賦予既痴迷男人又痴迷「蜂蜜」的一對女人（這兩個女人在共時層面上又分析地各不相同）的綜合態度。

可見，兩個姻姊妹的共時一分為二完全對應於狐的歷時一分為二。

還應當作最後一點比較，在 M_{235} 中，活生生的蜜蜂死於被潑了河水（地上的水），而這水作用於它猶如火。然而，我們還記得，在查科神話中，被太陽熱曬死和曬乾的狐在被雨即天上的水淋濕（＝被潑水）後重又復活。由此可見，如果說在查科神話中狐同啄木鳥相對立，並且如果說查科神話中的蜂蜜主人啄木鳥是同圭亞那神話中的獵物主人蜂蜜相一致的，如我們可以預期的那樣，那麼，查科的狐同圭亞那的蜜蜂相對立。實際上，它們各以不同的方式對待孤單有病的少女：一個試圖利用這種條件，而另一個不這樣做。狐是個不走運的蜂蜜尋覓者，蜂蜜是創造奇跡的獵人。因此，查

科神話和熱依人神話的英雄居於中間（不僅就才幹而言，而且就神奇力量而言）：這一點不成問題，因為我們在前面已經證明，這後一些神話也同查科的「蜂蜜」神話成轉換關係。但是，同時還要看到使從查科神話到圭亞那神話的過渡得以實現的那些轉換分布在多樣的軸上：**蜂蜜／獵物、男／女、生／熱、夫婦／姻親、本來意義／比喻意義、歷時／共時、乾／濕、高／低、生／死**。這種多樣性破滅一切想借助一種圖示來直覺理解神話組結構的希望，在目前的情形裡，這種圖示需要許許多多圖解約定，以致讀這種圖示，其複雜性超過這種圖示給說明帶來的簡化。

2　第二變奏曲：

$$[\triangle \Rightarrow \triangle] \leftrightarrow [蜜蜂 \Rightarrow 蛙]$$

蜜蜂採取雄性時，也從蜂蜜的女主人轉變成為獵物的男主人。這種新功能在轉變成蛙的過程中仍然存在，而這可以說是保持性的同格。還可記得，上述神話已經誘發過這種轉變，因為在蜜蜂喪失其女獵人的才幹，恢復其蜂蜜本性的同時，她還拋棄了一個兒子──因而一個男性個體──他自已又轉變成了蛙。所以說，蜜蜂一分為二而成為兩個角色，一個倒退到出發點（M_{233}、M_{234}：蜂蜜的女主人），而另一個退步到發生下一次轉換，其英雄實際上是個雄蛙：

M_{237}　阿拉瓦克人：Adaba 的故事

三兄弟帶著姊妹去打獵。當他們去灌木林尋覓獵物時，她留在營地。可是，除了偶而帶回一隻／powis／（一種野雞，葡萄牙語：「mutum」，種名 *Crax*），他們從來沒有帶回什麼獵物。日子一天天過去，三兄弟還是日日不走運。

　　一隻樹蛙／adaba／生活在這營地附近的一棵中空的樹上，樹裡面有一點點水。一天，這蛙唱起了歌：「Wang! Wang! Wang!」，這少女就問道：「你爲了什麼叫？你最好停止聒噪，給我帶肉來！」這樣，Adaba停止歌唱，變成一個男人，向灌木林進發。過了幾個小時，他帶著肉回來了，叫這少年燒煮，因爲她的兄弟們什麼也沒有帶回來。當他們實際上空著手回來，看見姊妹起勁地燒大量的肉，而一個陌生男人躺在他們的吊床上時，他們驚愕不已。因爲這男人比較怪：他偏身紋有螺紋，直至小腿下部，全身唯一的服裝是一塊小布遮住私處。在互致寒喧之後，Adaba詢問三兄弟打獵的結果，想檢驗他們的箭。他微笑著擦乾箭上沾滿的濕氣，他解釋說，濕氣改變了箭的徑跡。他叫這少女紡一根釣絲，繃在兩棵樹之間。按照他的命令，三兄弟輪流瞄準它，他們的箭發發中的。Adaba自己打獵的方式很奇特：他不是瞄準動物，而是把箭射向天空，箭又降下來落到獵物背上。三兄弟學會了這種技術，日子過得飛快，他們再也未讓目標逃掉過。他們爲自己的成功，也爲Adaba感到自豪。他們決定把他帶回村裡，讓他做他們的姻兄弟。Adaba和妻子幸福地過了很長時期。

　　但是，有一天，這妻子希望丈夫跟她一起到一個池塘裡洗澡。Adaba說：「不，我從來不在這種地方洗澡，我只在有水的中空樹幹中洗澡。」於是，這妻子向Adaba潑了三次水，然後她跳出池塘，追趕他。但是，當她想抓住他時，他又化身爲蛙，一躍爬上中空的樹，人們現在看到他在那裡。當這女人回到家裡，兄弟們問起Adaba，她只是說他走了。但是，他們知道怎麼回事情和個中原委，便狠狠鞭打了她。這已無濟於事：Adaba再也離不開它的中空樹來帶給他們幸運。兄弟們再也沒有獵物了 (Roht: 1, 第215頁)。

阿拉瓦克人的詞／adaba／相當於圖皮人的／cunauaru／和卡里布人

的／kobono-aru／，標示一種樹蛙(*Hyla venulosa*)，它能噴射一種腐蝕性流體。卡布里人的一個弱化異本(M_{237b})還用方言形式／konowaru／標示這種動物。在這個源自英屬圭亞那的巴拉馬河的異本中，這女人是單身的，一天，她表示很遺憾，她聽到灌木林中唱歌的蛙不是個男人；因為，他給她帶來了肉。他說做就做。後來引起疑問的壞運氣獵人是過路的陌生人，Konowaru 向她開戰，用尿沖他。儘管 Konowaru 小心提防，但還是被妻子潑了水，又變成蛙 (Gillin：第 195–196 頁)。

就這個異本而言，可以指出，在整個圭亞那地區，獵人都利用樹蛙的表皮分泌物做奇效的膏藥，用它們的身體製做各種護身符 (Gillin：第 181 頁；Roth：1, 第 278–279、370 頁；Ahlbrinck：辭條「Kunawaru」；Goeje：第 48 頁)。阿爾布林克給出一個卡利納人異本，我們在後面要加以考察。他詳確說明，Kunawaru 蛙習慣上生活於樹的中空處，「如果這中空處有水，則它就能叫，其聲音有如嬰孩的叫聲：wa……wa……」(同上)。這聲音一如 M_{237} 和 M_{237b} 中加以標音的那種叫聲。

cunauaru 樹蛙的種族動物學在《生食和熟食》(第 345–347、402–403 頁)中討論過。因此，我們現在只強調兩點。第一，這種樹蛙在樹的中空處管建巢，巢由若干個圓筒形房組成，它們把蛋存放在房中。這些房由這種動物用七葉馬蹄果樹(*Protium heptaphyllum*)的樹脂建築。在樹腔中積儲的水上升而進入下部開口狀如漏斗的房中，水把蛋掩蔽起來。一種流行的信條認為，樹脂是由蛙體分泌的，可作為膏藥用於捕漁和打獵(Tastevin：2, 辭條「cunawaru」；Stradelli：1, 辭條「cunuaru-icyca」)。

因此，動物學和種族誌解釋了為什麼蜜蜂和樹蛙被認為構成對立的對偶，為什麼我們在前面可以作為公理提出：兩者的相互轉換必定呈逆反形相。實際上，蜜蜂和樹蛙兩者都在中空的樹上築巢。這種巢都由若干個房組成，它們在房中產卵，房都用一種芳香物質 (蠟或樹脂) 建築，這種物質由它們分泌或者據信由它們分泌。以為樹蛙自己產生樹脂，把它積儲起

來再加以揉捏，這無疑是一種誤解，但是可以說，大量無刺蜂用蠟和泥土（後者也是採集來的）的混合物築房。

儘管有這種種相似之處，但蜜蜂和蛙在一個基本點上是不同的，而這因而成爲它們間對立的關鍵特徵。蜜蜂屬於乾的方面（參見 CC, 第 403–404 頁和 M_{237}；對於蜜蜂來說，水如同火），而蛙屬於濕的方面：對於它來說，爲了確保蛋得到保護，它的巢內不可缺水，同時，它在水中才會唱，而且在整個熱帶美洲（世界其餘地方也是如此），蛙宣告雨的降臨。因此，我們可以提出下列等式：

$$（蜜蜂：蛙）∷（乾：濕）$$

接下來應當強調，神話和儀式確立了樹蛙和打獵豐收之間的聯繫：「這種聯繫可能是一種對於這種兩棲動物的神聖性的古老信仰的派生物，這種信仰在圭亞那的其他地區裡得到佐證，否則，這種聯繫就是無法理解的」（Roth：1, 第 278–279 頁）。但願我在《生食和熟食》中已經證明，這種聯繫可由 cunauaru 發射有毒流體的能力來解釋，土著思維把這種流體等同於獵毒，他們在製做獵毒時，間或加入樹棲的兩棲類的毒液（Vellard：第 37, 146 頁）。作爲自然之在文化的內部出現，獵毒或漁毒這樣便提供了同社會學的誘姦者角色的特別密切的類似性，而這解釋了，某些神話爲何把毒物等同於動物的兒子，毒物的角色被賦予了後者（CC, 第 360-367 頁）。

然而，我在本書中已一再證明，蜂蜜也應列入誘姦者的範疇：或在比喻的意義上，作爲激發性慾的食物；或者在本來的意義上，每當蜂蜜用來修飾完全相對它規定的角色時（作爲**蜂蜜的缺乏**或者**蜂蜜的豐富**，即或者是熱依人神話和查科神話的痴迷蜂蜜的少女，或者是圭亞那神話的蜜蜂）。由此可見，蜂蜜的女主人蜜蜂之轉變用毒物捕殺的獵物的男主人蛙，也可按這種方式解釋。

在 M_{237} 中，神奇的獵人 Adaba 利用一種特別的弓射技術：他瞄準天

空，箭落到獵物身上，穿刺它的脊骨。這並不是純屬想像的方法，因為它的應用可證諸最善於弓射技術的部落。熱帶美洲的弓箭手技術高低很懸殊。我常常注意到納姆比克瓦拉人才幹平平，而我知曉的博羅羅人則顯示出嫺熟技巧，這已給我之前的觀察家留下深刻印象：「一個印第安人在地上劃一個圓圈，直徑約 1 米，他沿著圓周大步走。這時，他垂直向上射出 8 或 10 支箭，它們全都落入圓圈中。每當他當我們面做這種練習時，我們總是有這樣的印象：這些箭不可能未中目標而落到射手頭上；而且，射手堅信自己的技術，站在原地不動」(Colb.：3，第 75 頁)。大約在 1937－1938 年，我們在巴拉那山谷遇到一小群已高度文明化的瓜拉尼印第安人，從他們給我們做的示範來看，他們似乎也以這種方式打獵，不過這次由於他們的箭帶有鐵矢——即很鈍的鐵尖，所以，這平衡不好的器械射程很短，劃出的彈道彎得厲害。

因此，不可能排除這樣的可能性：這種經驗為繪製神話提供了畫布。但是，這畫布只能成為一種假託，因為神話的弓箭手並非才能卓絕得身懷神奇本領：他不會計算箭的彈道，只是胡亂射出，如同一個異本所詳細說明的（關於這個異本，已記敘過它的一個側面）。在這個異本(M_{236})中，樹妖使一個獵人能夠不用瞄準鳥而百發百中地擊中鳥但條件是絕不可向鳥飛行方向射箭，否則，被殺的鳥的同伴會向他報復。可是，英雄違反這禁令。結果，鳥把他撕成碎塊。多虧超自然的庇護者用蠟聚合碎裂的屍體，他才復生（第 156 頁）。

這個異本的意義在於非常明確地區分開兩種理解「胡亂地射」的概念的可能方式。或者絕對地：射向那裡什麼東西也沒有的地方；或者相對地：射向群體的大方向，這時不再是將被殺掉的動物**種**不確定，而是被殺的**個體**不確定，這個體和許多其他個體所屬的種是已經知道的，而且對於所有個體是共同的。然而，已經知道，通過把**水／火、蜂蜜／蜂蠟**這兩個對立建基於同系之上，可以使 M_{236} 回復到 M_{235}。同 M_{237}（它本身是 M_{235} 的轉換）

作的比較現在帶來了 M_{235} 和 M_{236} 之間的另一種類比，這項是在修辭學的層面上。實際上，本來意義和比喻意義的對立（對 M_{235} 的分析已使我們得以澄清它）給 M_{236} 中兩種胡亂射箭技術（一種是規定的，另一種是禁止的）的對比提供了一個恰當的模型。只有第一種相應於本來意義上理解的胡亂地射的定義，因為這裡沒有任何目標，是真正的胡亂射箭。但是第二種並不屬於同等程度的胡亂，這裡目標是有的，但不確定；如果要像另一種那樣稱呼它，那麼，這只能是比喻意義上的。

要討論 Adaba 神話的其他各個方面，最好先介紹一些神話，它們說明這個轉換系列的下一階段。

3　第三變奏曲：
$$[蛙 \Rightarrow 蛙] \leftrightarrow [\triangle \Rightarrow \bigcirc]$$

這第三變奏曲從好些非常重要的神話得到例證，我們要花比前兩個變奏曲更多的時間加以研討。

M_{238}　瓦勞人：斷裂的箭

一個不走運的獵人有兩個姻兄弟，他們每天帶回來大量獵物。他們像獵人妻子一樣對供給他吃感到厭煩，於是決定引他進入歧途，踏上通往黑花豹的巢穴的蹤跡。這印第安人一看到這猛獸就逃跑。但是，花豹緊追不捨，兩者圍繞一棵大樹跑，在轉圈中都盯住對方。這人跑得比花豹快，成功地從後面追上這吃人猛獸，砍下它的腿。黑花豹再也無法前進了；它伏在地上。這印第安人先用箭射它頭頸，然後一刀結束了它。

看不起他的兩個姻兄弟斷定他已死去，因此很為高興。看到他回

來，他們驚訝萬分，對拋棄他表示歉意，藉口說這出於誤會。開始時，他們不願意相信他殺死了黑花豹，但這人力陳事實，促使他們答應在他們的老父親陪同下跟他一起到搏鬥現場。看到了這猛獸，這三個人都很害怕，心想這勝利者一定故意把屍體弄成這樣，以便岳父答應走近看它。爲了補償他立下的大功，這老人把還有一個女兒也給了女婿，兩個姻兄弟則爲他建造了一所更大的茅屋，他還被宣佈任村長。

但是，這人還是想當能幹的獵人，狩獵各種各樣動物。他還決定邀請樹蛙 Wau-uta 當助手。他出發尋找樹蛙居住的樹，他在樹下面轉來轉去，一邊叫它，請求它。一天過去了，樹蛙沒有反應。它繼續祈求，直到天一片漆黑，他同時聲淚俱下，不斷呻吟，「因爲他深信，如果他叫喚相當長時間，樹蛙就會出來，它像一個女人一樣，開始時拒絕一個男人，但在他的眼淚面前，最後爲同情心驅使而接受他。」

他在樹下呻吟時，出現了一群鳥，它們按尾巴大小，從小到大地排列。它們挨個用喙刺他的腳，以便使他成爲好獵手。實際上，Wau-uta 在他不知曉的情況下已開始對他發生興趣。按照尾巴大小順序，在鳥後面出來的是鼠，接著是刺鼠、天竺鼠、鹿、野豬，然後是貘。在走過這印第安人時，每隻動物都伸出舌頭舔他的腳，讓他在狩獵它們所屬的特定動物種時交好運。這樣下去，然後是從小到大的貓科動物，最後是讓人看了心煩的爬行的蛇。

這樣忙了一整夜，天亮時，這人停止呻吟。一個陌生的動物來到。這就是 Wau-uta，它帶著一支外形古怪的箭：「原來是你，昨夜吵吵嚷嚷，擾得我無法安眠！還是看看你的手臂，從肩到手！」這手臂到處生霉，另一條手臂也是這樣。這人擦淨了霉，因爲它是倒運的原因。接著，Wau-uta 提出交換他們的箭；它自己的箭是斷裂成許多段再接合起來的。然而，這人拿來一試，成功地擊中了遠處懸著的一根細籐。Wau-uta 向他解釋說，從今以後，他只要朝天上不管何處射就可以了；

這印第安人發覺，他的箭降落下來後總是射中某個獵物：首先是從小到大的各種鳥，然後是鼠、刺鼠，等等，直到貘；再是按尾巴大小順序爲貓科動物、蛇，一如那天夜裡列隊而來的各個動物。當他獵過了全部這個系列動物之後，Wau-uta 又補充說，他可以保留這箭，條件是絕不可暴露是什麼使他成爲好射手。此後，他們就分手了。

　　於是，我們的英雄又重返茅舍，和兩個妻子一起過。作爲給燒烤架提供食物的人，他以勇敢著稱，而這已在他殺死黑花豹時得到過證明。人人都想揭穿他的奧祕，但他什麼也不肯說。於是，同伴請他參加盛大的啤酒節。這人喝得酩酊大醉，吐露了眞情。翌晨，他回過神來尋找 Wau-uta 給他的箭，可是放箭的地方再也沒有那支箭了。他的一切好運全都杳無影蹤了 (Roth：1，第 213－214 頁)。

這個神話有個很長的卡利納人（圭亞那卡里布人群體）異本，它恰恰構成連結 M_{237} 和 M_{238} 的紐帶。實際上，在這個異本(M_{239})中，保護者蛙是個雄性 cunauaru，即和 M_{237} 的主人公 Adaba 同種同性。但是，像在 M_{238} 中一樣，這個 cunauaru 也充當保護者的角色，保護一個倒運的、脫離食人花豹之口（而不是殺死花豹）的獵人；它清除這獵人的箭上的有害的霉（像 Adaba 一樣，但與 Wau-uta 不同，後者揭露了獵人身上的霉），它使他成爲卓越的射手（這裡沒有神奇的箭的問題）。

　　這故事的結局將我們帶回到 M_{237}：這英雄回到了親人中間，但帶上了在兩棲類那裡習得的蛙性。他只在「樹的中空處裡的蛙水」洗澡。由於妻子的過失，他同人洗的水發生接觸，結果，他的兒子和他都變成了蛙(Ahl-brinck：辭條「awarupepe」、「kunawaru」)。

　　按尾巴增大順序排列的動物的主題在這個異本中仍有，但已移位。實際上，它處於英雄逗留食人花豹那裡期間。花豹問他，他的箭有什麼用，他回答說，他殺死了一些動物，他按科一一列舉，爲此逐一出示他的箭，每

次都從小到大。隨著所引的動物的尾巴增大，花豹笑得越來越厲害了（試比較 Adaba，他爲箭上霉的暴露而發笑），因爲它希望這對話者最後點到花豹的名字，從而使它有藉口吃掉他。到了最後一支箭，這英雄點到貘①的名字，花豹笑著吼了兩小時，給了英雄逃脫的時間。

　　我們現在按照這種成見來探討這個神話。它作爲其組成部分的整個神話組交替地或同時地援引兩種類型行爲：一種是關於一個名字或一個祕密的言語行爲，他不應說出這個名字，或者不應洩露這個祕密；一種是對於不應趨近的軀體的形體行爲。M_{233}、M_{234}、M_{238}、M_{239}（第一部分）例示了第一種情形：不應當說出蜜蜂的名字或非議蜜蜂的本性，不應洩露 Wau-uta 的祕密，不應說出花豹的名字。M_{235}、M_{236}、M_{237}、M_{239}（第二部分）例示第二種情形：不應用人用來洗澡的水弄濕蜜蜂或蛙的身體。問題始終並且處處在於兩個項之間的倒霉的趨近。這兩個項中，一個是生物，另一個是一樣東西或者一個詞，視所引起的行爲屬於言語性質還是形體性質而定。所以可以說，趨近的概念在第一種情形裡取本來意義，在第二種情形裡取比喻意義。

　　被另一個項主動趨近的一個項本身可能提供兩種資格。作爲詞(專名)或作爲命題（祕密），它同它被施予的那個個體相一致。「蜜蜂」正是蜜蜂的名字，「花豹」正是花豹的名字，同樣，Maba 和 Wau-uta 也確實各爲其恩惠負責。然而，如果關涉的是一樣東西(這裡是水)，那麼，它同它所趨近的生物不相容：人的水是蜜蜂和蛙所厭惡的。

　　第三，兩個項的趨近（無論是形體的還是言語的）帶有偶然的或有序的特徵，視具體情形而定。在 M_{233} 和 M_{238} 中，英雄並非故意地而是由於疏忽說出了禁忌的名字。在 M_{235} 和 M_{239} 中，姻姊妹或妻子不知道爲什麼不許

①荷蘭文文本說是 buffel——即「野牛」，但是，如法文版本的譯者在給辭條「maipuri」作的一條註釋中所指出的，阿爾布林克用這名詞標示貘。

她們向英雄潑水。另一方面，在 M_{239} 中，英雄漸次有序地列舉越來越大的
動物，並且僅有在這種情況下才能避免倒霉的趨近。因此，我們的組合應
當接納這種不測事件；它還應當考慮到趨近帶來的災難性後果，但是這種
後果在此是由結合（花豹吃人）而不是由分離（超自然的女人或男人轉變
成動物）造成的：

	M_{233}	M_{234}	M_{235}	M_{237}	M_{238}	M_{239}
實在的／言語的…………	−	−	＋	＋		＋
一致的／不相容的…………	＋	＋	−	−	＋	−
有序的／偶然的…………	−					＋
趨近：**被產生的／被避免的**………	＋	＋	＋	＋	＋	＋
結合／分離…………………	−	−	−	−	−	−

　　這個摘要性的表（其中符號＋和−分別表示每個對立的第一項和第二
項）只是臨時性的，僅僅幫助記憶而已。它並不完全，因為我們在表中只
列入了部分神話。分析到了這一步，現在應當引入另外一些方面。實際上，
以上的討論尚未動用有序體系和偶然體系間對立這個資源。對這個神話系
列探究一遍，就可以說，它的適用範圍比我們迄此探索到的更為寬廣，同
時，另一種對立也應當運用。一開始，我們只涉及兩個項的體系：一個人
物和他的名字、一個個人和他所不支持的一個東西，然後以 M_{238} 開始，涉
及兩個相互不支持的個體（英雄和花豹）。迄此為止，負面的關係因而是極
化的，就像從 M_{236} 開始在一個獵人和他的獵物之間確立的正面關係是極化
的（並且主觀上是偶然的），**其條件是向天空射箭**，即這行為和其結果之間
未出現可以預見的聯繫：無疑將有一個動物被殺死，但它所屬的種要這結
果達到之後才知曉。我們已注意到 M_{236} 小心加以禁止的那種限制行為的半
偶然性質：如果向飛行方向射箭，那麼，將被殺死的個體的身分就不確定，
但它所屬的種是確定的，這假說所要求的各個條件不再齊備。其他鳥也攻

擊這被害的鳥，把它割裂。

另一方面，一個獵人僅僅箭無虛發但不知道射什麼，這不算是出色的獵人。總是能殺死某個東西，是不夠的。他應當有捕殺一切種類獵物的能耐。M_{238}的英雄絕妙地表明了這個要求：甚至當一個獵人殺死了最高級的獵物食人花豹時，他也並未被認爲是神聖的：「他強烈希望除了他因向同胞奉獻黑花豹而已贏得的榮譽之外，還要用一切其他動物來博得狩獵本領高強的名聲」(Roth：1，第 213 頁)。M_{236}表明，不可能主觀地、通過定量的方式避免一個極化體系的不充分性，所以，問題必定旣是客觀的又是定性的，也就是說，體系的主觀偶然性(M_{236}表明，人們不知道要避免它)應當由它從極化體系向有序體系的客觀轉換來補償。

這種極化體系轉換是在 M_{238}的第一節插段中引發的。對立的項仍舊是兩個：一方是作爲食人獸的花豹，另一方是不走運的獵人，他自己成爲捕獵對象。那麼，情形怎麼樣呢？前者圍繞一棵樹追獵後者，他們各自原先絕對確定的位置現在變成相對的，因爲已不知道誰追誰，也不知道其中一者是獵人還是捕獵對象。逃亡者在迫害者前面飛跑而消失，從後面追上迫害者，出其不意地殺害了它；它再也不能殺他了。雖然這體系始終歸結爲兩個項，但它不再是個極化的體系，它變成循環的和可逆的：花豹比人強，人也比花豹強。

剩下來要考察，在後來一個階段，這個兩須的、循環的、非傳遞的(nontransitif)體系轉變成爲包含許多項的傳遞體系。這個轉換通過從 M_{238}（第一部分）向 M_{239}（第一部分）然後向 M_{238}（第二部分）過渡而實現，對於這裡的重迭不用感到奇怪，因爲我們已經看到，M_{239}騎在 M_{238}和在這個轉換循環中處於它們兩者前面的 M_{237}之上。

第一個傳遞的且又是有序的循環出現在 M_{239}（第一部分）之中，採取一個言語行爲被雙重弱化的形式，而這行爲的結果用負面方式表達：英雄未被花豹吃掉，儘管後者強迫他逐科枚舉全部獵物，從最不重要的開始，並

且在每個科的內部，又從較小動物到較大動物。因爲英雄未提到花豹（故意還是偶然，不得而知），所以，花豹未殺害這人，儘管事實上（這裡未明言）人想殺害花豹。

　　繼英雄的這個言語行爲和他在花豹面前通過逐次出示所有的箭來摸擬的比喻性打獵之後，在 M_{238}（第二部分）中出現動物的一個實際行爲和一次意義上的打獵，兩者都介入一個既完全又有序的動物學體系，因爲在這兩種情形裡，動物都分門別類，這些類別又分別成一定等級，從最無攻擊性的到最危險的，這些動物本身在每個類內又再分一定等級，從較小的到較大的。這樣，初始的矛盾，即命運所固有的矛盾（或者是負面的：兩個項偶爾趨近，而這是不應發生的；或者是正面的：神奇的打獵，這時射手始終但出於偶然地捕獲一個他並非故意殺害的獵物）得到了克服，靠的是**一個客觀上有序的自然爲了響應主觀上偶然的意向**而出現了。對神話的這種分析證實了，如我在別處（9：第 18－19、291－293 頁）已指出的，對巫術功效的信念預設了一種對世界秩序的信念行爲(acte de foi)。

　　現在回到我們神話組的形式結構上來，可以明白，已經給出的那些表示還應當再補充另外一些表示，這樣才臻於完善。從 M_{233} 到 M_{235}，我們一直處置一個兩項體系，這兩個項的結合——如果是其中一個項是一個名字或一個論斷性的判斷，則這結合是比喻性的，如果是個東西，則是實際的——引起另一個項的不可逆的分離，並連帶一些負面後果。爲了克服這個極化矛盾，M_{236} 直接考察了一個它認爲是錯誤的解決，因爲這解決引起了負面的結合：獵人和鳥的結合，這導致英雄死亡。這神話由此呈現了同時倚重本來意義和比喻意義而走進死胡同的情形，而前面的各個神話都交替地利用這兩種意義。實際上在 M_{236} 中，人和鳥的結合是形體上實現的，因此應當從本來意義上去理解；但是，如我已表明的那樣（第 164-165 頁），這種結合是這英雄選擇從比喻意義上去理解對他下的禁令的結果。

　　M_{238} 的第一部分把極化體系轉換爲循環體系，而又不引入新的項；這

個轉換是在本來意義上發生的，因為兩個敵對者實質上圍繞作為一個東西
的一棵樹進行追獵。這種追獵產生了一個其範圍仍是有限的正面結合：英
雄戰勝花豹。循環而又有序的體系首先出現在 M_{239}（第一部分）中，採取言
語的、比喻的形式，這裡這體系由一種正面的分離（人躲過花豹）來支持；
然後，這體系在 M_{238}（第二部分）中採取本來意義上的、實際的形式，以一
種正面的結合作為支持，而這結合的意義現在是寬泛的：人成為一切獵物
的主人。

　　剩下來要考查的最後一個方面是一個倒運的獵人的箭（M_{237}、M_{239}）或
手臂（M_{238}）上覆蓋著霉這個主題所記載的。我們知道：事實上 M_{239} 說明了
一種介於 M_{237} 和 M_{238} 之間的轉換，同樣，也應當承認，獵人用具箭上的霉
是對直接作用於他身體的霉的一級逼近，而從一者到另一者的過渡的實施
又同從 M_{237} 的仍為偶然的體系向 M_{238} 的整體上有序的體系的過渡相關聯。

　　我在前面已指出過，圭亞那的獵人自願在手臂上塗抹某些種樹蛙的分
泌物。里奧索利莫埃斯的圖庫納人在薩滿治病時也遵從類似的做法。為此，
他們利用一種背淡綠色、腹白色的樹蛙（*Phyllomedusa*）的可溶於水的肥皂
狀分泌物。這種分泌物塗擦手臂會引起潔淨身心的嘔吐。然而，如我在後
面要指出的，同在亞馬遜的各個不同部落採用各種各樣有毒蜂蜜來獲致這
種效果。有了這個認識在先，我們就可以明白，這些神話中議論到的霉可
能是樹蛙分泌物的一種反表示：分泌物確保狩獵成功，霉則阻止成功；樹
蛙清除霉，給出分泌物。而且，我們還通過一系列轉換發覺在神話組開頭
出現的蜂蜜和最後議論到的霉之間有一種間接的聯繫。我們已經弄清楚，從
查科神話到熱依依神話（作為一方），經過一系列圭亞那神話（作為另一方），
蜂蜜如何能轉化為獵物；並且我們現在明白，從以樹蛙塗抹物為媒介的獵
物出發，這塗抹物能轉化為作為阻止追獵獵物的障礙的霉。

　　這裡我們要作一點說明。在儀式中，樹蛙是本來意義上的獵物媒介；它
通過實施它的身體和獵人身體的形體趨近來起到這個作用。在神話中，樹

蛙的作用仍保持著，但它採取比喻的形式產生，因爲樹蛙的功效是道義的，而不是形體的。在這些條件下，本來的意義依然存在著，但它被施予霉，而霉形體地作用於獵人的身體，從某種意義上說構成一種反樹蛙。這個轉換很重要，因爲它使我們得以把一個圖庫納人神話間接地重併入我們的神話組，這個神話與我們神話組的唯一共同點似乎是身體生霉這個題材：

M₂₄₀　圖庫納人：發瘋的獵人

一個獵鳥者設下了一些陷阱，但每次他去看它們時，總是只看到捉住一隻 sabiá 鳥（畫眉類：鶇科）。然而，他的同伴帶回了許多大鳥，如鳳冠鳥（種名 *Crax*）和鶉雞（種名 *Penelope*）。衆人都笑他，這個不走運的獵人因而陷入深深的憂鬱之中。

第二天，他仍舊只抓到一隻畫眉，於是向這獵物洩憤。他用力打開鳥喙，朝裡放屁，然後把它放了。這人幾乎立刻發瘋，處於巓狂狀態。他的囈語毫無意義：「他說沒有逮住蛇、雨、食蟻獸的頸②，等等。」他還對母親說，他餓，但當她給他東西吃時，他又拒絕吃，說肯定剛剛吃過。他不停地說話，過了五天以後死去。他的屍體橫陳在吊床上，長滿了霉和蘑菇，他仍瘋話一刻不停。當人們要把他埋入地裡時，他說：「如果你們埋葬我，毒蟻就要攻擊你們！」不過，人們等了相當長時間，接著便把他埋了，雖然他仍在不停地說話（Nim.：13，第 154 頁）。

我已幾乎逐字逐句地複述了這個神話，因爲它描繪的瘋病臨床表現情景很有意思。它表現在言語層面上，無節制地囈語和胡說八道，而這以比

---

②對這個特徵無疑可以這樣解釋：大食蟻獸好像失去了頭頸，它們的頭直接納入身體的延長部。

喻方式預示霉和蕨菇，而後者在本來意義上覆蓋於瘋人屍體。後者是倒運的獵人，就像我們正在討論的圭亞那神話的英雄那樣。但是，雖然這獵人是受害者，向動物發出抱怨，但他對動物還是採取形體上進攻性的行為(由比喻性的霉支持)：瘋病是他行為失常的**結果**，不同於圭亞那同類，後者去除了身上實際的霉，而這霉是他被迫無所作為的**原因**。

在《生食和熟食》中，我已多次詳細說明土著的分類法賦予霉和蕨菇的意義。它們是屬於腐爛範疇的植物性物質，人在引入農業和烹飪這兩種文明技藝之前把它們當食物。作為植物來說，霉便同動物性食物獵物相對立；此外，一種會腐敗，另一種可加以烹任；最後，腐爛的植物屬於自然，烹飪過的肉屬於文化。在所有這些層面上，對立都在圭亞那神話已開始使之趨近的兩個項之間得到擴大。實際上，M_{233}引起了一種生的、自然的食物——即蜂蜜——和一種熟的、文化的食物——即啤酒——相結合（不過還只是限於植物性食物的界域）。然而，就蜂蜜而言，我們可以說，自然超前於文化，因為自然提供了這種已完全製備好的食物；就啤酒而言，則是文化自我超越，因為啤酒不僅是熟的，而且還是發酵了的。

因此，在從初始對立**生的／發酵的**過渡到繼起的對立**腐爛的／熟的**時，這些神話遵從一種退行的步法：腐爛物在生的這一邊，就像熟食在發酵的這一邊。同時，兩個項之間的背離也增大了，因為開始時涉及兩個植物性項的對立即我們面對的對立現在成為涉及一個植物性項和一個動物性項。因此，對立的中介也倒退了。

現在我們來研究一個相當長的圭亞那神話，已知它有許多版本。從我們採取的觀點來看，雖然情節有很大差異，但它還是可以認同於前面各個神話，因為蛙在它那裡更純粹地呈女性角色的面貌。

M₂₄₁　瓦勞人：哈布里(Haburi)的故事

　　從前有兩姊妹。她們靠自己維持生計，得不到任何男人幫助。一天，她們發現，棕櫚／ité／(Mauritia)的蕊已完全製備好，遂驚訝不已，她們自己喜歡在半夜做這種東西。接連幾天重複出現這種情況，於是，她們決定窺測一下。半夜裡，她們轉動一棵棕櫚樹／manicole／(Euterpe)，讓它傾斜，直到它的葉子碰到另一棵樹的樹幹，她們只讓樹幹上留下槽痕。這時，她們跳過去抓住一根樹枝，要求它變成男人。這樹枝起先沉默不語，最後同意了。姊姊把他做了丈夫，不久就生下一個優異男孩，她叫他哈布里。

　　這兩個女人的獵場靠近兩個池塘，她們只擁有其中一個，在那裡打漁。另一個池塘屬花豹所有，她們叫男人不要走近那裡。然而，他去到了那裡，因爲野獸池塘裡魚比他們自己池塘裡多。但是，花豹不這樣認爲：爲了報復，它殺死了這偷盜者，化身爲這男人，到了兩個女人的營地。天幾乎一片漆黑。花豹帶著受害者的籃子，裡面裝著偷盜的魚。這野獸丈夫用又響又粗的嚇人聲音對兩個女人說，她們可以去煮魚吃了，而它自己太累了，需要休息；它只想抱著哈布里睡覺。她們把孩子給它，在兩個女人吃魚時，它鼾聲如雷，連對岸的人都能聽見。它在睡眠時一再呼喚被它殺害和冒充的那個男人的名字。這男人名叫 Mayara-kóto。這使這兩個女人驚覺起來，她們懷疑這裡有奸詐。她們說：「我們丈夫打呼嚕從來沒有這麼響，他也絕不會叫自己名字。」她們輕輕地把哈布里從睡獸懷中抱出，換入樹皮包，帶著一支臘炬和一束柴，抱著嬰孩逃跑了。

　　她們跑著跑著，聽到了 Wau-uta 的聲音，這時它是個女巫，正在唱歌，還用她的禮儀撥浪鼓伴奏。兩個女人循著響聲的方向跑去，因爲

她們知道，她們將在 Wau-uta 那裡得到呵護。在這同時，花豹醒了過來。它發現，懷裡抱的已不是兒子，而是一只樹皮包，遂勃然大怒。它又恢復獸形，去追逃亡者。後者聽到遠處傳來的聲音，於是加緊趕路。她們終於敲響了 Wau-uta 的門。「外面是誰？——我們，兩姊妹。」但是，Wau-uta 拒絕開門。這時，那母親擰哈布里的耳朵，讓他哭出聲來。Wau-uta 發生了興趣，問道：「這是誰，是個孩子？女孩還是男孩？——這是我的哈布里，一個男孩」，母親回答說，Wau-uta 急忙開門，請她們進屋。

當花豹來到時，Wau-uta 對它說，她沒有見到過人，但是，這野獸聞到了氣味，知道她在撒謊。Wau-uta 建議它把頭伸進半開的門來自己向她說明。這門上有刺，Wau-uta 把門對準花豹頭頸關住，就把它殺死了。但是，兩姊妹思念起死去的丈夫，哭了起來。Wau-uta 見她們哭了沒完，就對她們說，她們最好去設法種植甘薯，釀製啤酒，以便忘卻悲哀。她們想帶走哈布里，但 Wau-uta 不同意，說這沒有用，她會照料他。

在姊妹倆在田裡期間，Wau-uta 使這孩子奇蹟般地成長，直到成爲成人。她給他一支笛子和一些箭。在從種植園回家的歸途中，兩個女人聽到了音樂聲，感到很奇怪，因爲她們並不記得家裡有個男人。她們提心吊膽進入屋子，看到一個年青男人在吹笛子。可是，哈布里在那裡呢？Wau-uta 謊稱，就在她們從小屋出去時，這孩子就出走找她們去了，她以爲他和她們在一起。她所以撒謊，是因爲她讓哈布里長大，使他能做她的情人。她甚至佯裝幫助這兩個女人找小男孩，同時卻又吩咐哈布里說她是他媽媽，還告訴他該如何言行，裝做這個身份。

哈布里成了個出色的射手。他打鳥發百中，Wau-uta 要求他給她帶回他殺死的大鳥，而把最小的鳥弄髒後給兩個女人。她希望哈布里的母親和姨母受到傷害，蒙恥而最後離去。但是，她們沒有出走，而是

堅持尋找失蹤的孩子。這種局面持續了很長時間；每天，哈布里都給
Wau-uta 帶回大的家禽，給兩個女人髒污不堪的小鳥。

　　然而，有一天，哈布里第一次沒有捕獲獵物，箭扎進了一根懸在
小河上方的樹枝裡，獵人的叔叔水獺在河裡抓魚吃。這地方可愛宜人，
哈布里在那裡解手，然後小心用葉子把糞便遮蓋起來。接著，他爬上
了樹去取回箭。正在這時，水獺來了，嗅出難聞氣味，它們立刻疑心
到它們的淘氣傢兒。它們發現他在樹上，叫他下來，坐下，它們告訴
他全部真相：他過著腐化的生活，他沒有老嫗母親，他的媽媽是年青
女人，因此她妹妹是他的姨母。他再也不應該像現在這樣分配鳥。相
反，大鳥應該給他母親，即兩姊妹中的姊姊，他還應向她道歉，要求
原諒他無意的惡行。

　　於是，哈布里向母親認錯，他把髒的小鳥給 Wau-uta。後者大怒，
對哈布里說，他會變成瘋子，並向他臉上呼氣（**對獵人來說，粗氣呼吸
是不吉利的，參見 Roth：1，第 164 頁**）。她憤怒至極，以致什麼也吃不下
去，她還徹夜痛斥哈布里。但是，第二天，哈布里還是這樣給三個女
人配獵物，Wau-uta 於是不讓他安寧。他也決定帶著母親和姨母逃離。

　　哈布里用蜂蠟造了條獨木舟；一隻黑鴨子在夜裡把它偷走了。他
又用泥土造了條獨木舟，但屬於另一個種的一隻鴨子又把它偷走了。同
時，他神速地開墾了一個植物園，讓女人們能在裡面種甘薯，以備旅
途中食用之需。哈布里不時消失，他去製造獨木舟，總是利用不同的
木料，造成不同的式樣，但每次總由一個屬於新種的鴨子把舟偷走。最
後一條獨木舟是用木棉木造的，它留在了他那裡。因此，是哈布里製
造了第一條獨木舟，是他教鴨子游水，因為鴨起初不知道不借助獨木
舟也能保持浮在水面上。傳述者說：「事實上，我們其他瓦勞人說，每
一個鴨種都擁有一條獨特型式的獨木舟。」

　　更加驚人的事情是：翌日，最後一條獨木舟長大了。哈布里叫兩

個女人往船上裝給養，而他繼續由 Wau-uta 陪同種植甘薯片。機會來了，他偷偷地溜回茅舍，帶著斧和箭，向岸邊進發，同時吩咐門柱保持沉默，因爲這個時代門柱會説話，能夠在茅舍主人不在家時記下訪客。可惜，Haburi 忘記也對在那裡的一隻鸚鵡這樣交代，因此，當 Wau-uta 回來時，這鳥給她指了他的去向。

Wau-uta 向岸邊趕去，就在哈布里脚踏上他母親和姨母已在上面的獨木舟那一刻，她到達岸邊。這老嫗拉住小船叫喊：「我的孩子！我的孩子！不要離開我！我是你母親！」儘管其他人拼命用力用槳打她手指，連船板都快打碎，但她仍不放手。因此，哈布里只得陪伴她，兩人向一棵有蜜蜂築巢的大樹進發。哈布里用斧在樹幹上掏空一個洞，他叫老嫗進入洞中去吃蜂蜜。實際上，她痴迷蜂蜜，於是她一邊因爲想到將失去哈布里而哭泣著，一邊慢慢鑽進空洞内，哈布里趕緊把洞堵塞住。今天，我們仍看到蛙 Wau-uta 在樹洞裡，只是在那裡鳴叫。你看它：你可看到它拼命拉住船板時，指端被打扁了。你聽它：你可聽到它在爲失去的情人啜泣：Wang！Wang！Wang！(Roth：1，第 122－125頁)。

這神話還有其他一些異本，我們在後面要加以考察。如果說我們首先利用羅思的版本，並幾乎逐字逐句地將它譯出，那麼，就構成這神話的虛構創造力、獨創性、戲劇構想能力和心理豐富性而言，沒有任何一個別的版本可同它相比。實際上，這是個關於一個男孩被一個心懷鬼胎的女保護人收養的故事，她在進入老女主人的角色之前先戲弄兩個母親，但又小心地讓她的模稜兩可的情感蒙上某種疑雲。現代文學要等到《懺悔錄》(Confessions)問世才敢與之媲美。華倫(Warens)夫人同圭亞那的蛙相比還完全是個年青女人，而這蛙的年齡和動物本性被賦予一種悲傷和冷漠的色彩，神話的本文已表明，這是傳述者心中存有的。這類傳說（說這一類，是因爲

在美洲口頭傳說中，這個傳說不是碩果僅存，儘管任何一個都不會顯得如此光彩奪目）像一道閃光令我們眼目一亮，感嘆看到了一個無可辯駁的證據，證明這些原始人（我們以一種讀平庸之作時才有的悠閒心情對待他們的發明創造和信念）懂得顯示審美的精妙、思想的機智和道德的明智，而這真該教我們驚疑參半。不管怎樣，我們讓思想史家和批評家去深入反思我們神話的純文學方面，而我們現在還是來對它作種族誌的研究。

1. 故事從兩姊妹狐獨生活開始，她們出於憐憫而成為一個超自然男人的妻子(她們稱「我們的丈夫」)。我們還記得，M_{238}英雄在娶了第二個妻子之後開始遭厄運，M_{235}英雄的厄運隨著有兩個姻姊妹而降臨，最後，查科神話的女英雄受兩個求婚者之累，他們的競爭招致災難性的後果。

我已經提請讀者注意這種二重性的重要性，它從形式層面反映了在我看來是象徵功能的一個固有性質的歧義性(L.–S.: 2，第 216 頁)。在這些神話中，這種歧義性用修辭學代碼表達，這種代碼不斷應用於東西和詞、個人和標示他的名字、本來意義和比喻意義之間的對立。有一個版本可惜在巴黎查閱不到，我只能從第二手轉引，它突出了這種妻子二元性，因為這神話——不過編織到它的初始插段——旨在解釋一個男人與兩個女人婚配的起源：

M_{242}　阿拉瓦克人：一夫兩妻婚(bigamie)的起源

世界上曾只有兩姊妹。她們只在夢中見過的第一個男人從天上下凡，教授她們農業、烹飪、紡織和一切文明技藝。由於這個原故，每個印第安男人現在都有兩個妻子 (Dance，第 102 頁)。

然而，在圭亞那的幾乎每個地方(別處無疑也是如此)，一夫兩妻制都意味著角色分化。第一個妻子(通常比較年長)有種種責任和特殊特權。即

使她的同伴更年青，更得寵，她也仍是眞正的家庭主婦(Roth：2, 第 687－688 頁)。M_{241}的本文沒有對第二個妻子作什麼修飾：她只是個配偶而已。然而，另一個妻子以非常明確的種植、烹飪和母親等角色出現。所以，在一夫兩妻制中，妻子的二元性並不是簡單的對偶，而是一個極化的、有取向的體系。第二個妻子並不重複第一個妻子。她出現時，主要以形體屬性作爲表示，而正是第一個妻子發生變換，成爲妻子功能的某種隱喩：家庭美德的標誌。

下面我們來討論英雄的敎化角色。

2. 超自然的丈夫出現在爲了榨取澱粉而砍伐棕櫚的場合。*Mauritia flexuosa* 開始結果的時候，瓦勞人在樹幹上砍削出縱向的槽，把樹幹裡面充滿的纖維蕊暴露出來。這樣挖空的樹幹用作槽。裡面灌入水，同時把果肉磨細，產生大量澱粉。然後取出纖維，讓澱粉積澱，做成餅狀，放在火上烤乾，這樣便得到了餅 (Roth：2, 第 216 頁)。神話開始時引述的另一個棕櫚種爲 *Euterpe edulis*，神話中它的葉子變成人。印第安人砍伐它，是爲了便於採集成熟的果子。把果子放在溫水中泡軟(燙水會使果子變硬)，然後把它們搗成漿。果漿煨燉後，加蜂蜜變甜，再加水後，趁新鮮食用(前引著作, 第 233－234 頁)。

最後涉及的一個神話中，蜂蜜扮演決定性角色。在這種情況下，這種棕櫚果和蜂蜜的習慣結合每每引起查科的「蜂蜜」神話，因爲兩處都關涉野生的和植物性的食物。即便果蕊在一年的盛大聚會期間供應，選擇在棕櫚樹開始結果③時砍伐也意味著旱季結束。在奧雷諾克河三角洲，旱季十分明顯，那裡降雨量從 9 月到 11 月最低，7 月達到最高(Knoch, G 70 到 75)。此外，在圭亞那，棕櫚樹意味著儘管乾旱仍有水存在，就像在查科的野果那樣，但方式不同：印第安人把 *Mauritia* 和 *Euterpe* 當作某種標誌，象徵著存在處於淺表處的水；當任何部分都未發現水時，就把樹幹掏空到樹腳(Roth：2, 第 227 頁)。最後，像在查科蜂蜜酒起源神話中一樣，槽的觀念突

出於前沿。*Mauritia* 的樹幹提供了天然的槽, 可在其中製備軟質的、濕潤的東西, 這個木質容器非常堅牢, 因此瓦勞人可以用 *Mauritia flexuosa* 樹幹做茅屋的椿木 (Gumilla: 第 1 卷, 第 145 頁)。*Euterpe* 的果子也是在一個槽中製備的, 但這裡是**他槽**而非**己槽**, 即把果子灌入一個已製造好的槽中, 而不是槽本身在製造過程中暴露其內容。所以, 這裡我們又遇到了容器和內容的辯證法, 而查科「蜂蜜」神話已就此向我們作了初次例示。然而, 它在這種新背景下再現非常意味深長, 尤其因為如果說查科的女英雄在開始時扮演痴迷蜂蜜的少女的角色, 那麼哈布里的神話中的女英雄是個到最後才顯露痴迷蜂蜜的、被囚禁在中空的樹即天然的槽之中的老嫗。

由於主張相同, 威爾伯特 (9, 第 28－44 頁) 新近發表的版本與羅思的版本驚人地相似。不過, 可以注意到, 威爾伯特的兩個版本中, 兩姊妹中妹妹是哈布里的母親, 而姊姊充任男性角色: 本文強調她的體力強, 以及她喜歡做通常屬於男人本分的工作, 如砍伐棕櫚樹 (參見前引著作, 第 152 頁)。

---

③關於 *Mauritia flexuosa* 的季節性結果:「亞馬遜河流域……的各部落歡呼成熟果子的出現。他們急切地期待一年的這個時期, 以便慶祝他們的重大節日和借此機會進行的訂婚」(Corrêa, 辭條「burity do brejo」)。帕拉「埃米利奧‧果埃諾迪」博物館(Museu Paraense〈Emilio Goeldi〉)植物部主任保羅‧貝塞拉‧卡瓦爾康泰(Paulo Bezerra Cavalcante)先生查考了野生棕櫚樹的許多種的結果期, 他惠覆說(我深深感謝他):「經過長年觀察後確定, 果實的成熟基本上在旱季結束或雨季開始時」。據勒庫安特(Le Cointe) (第 317－332 頁) 說在巴西的亞馬遜河流域, 野生棕櫚樹大都在 2 月份開始結果。然而, 保羅‧貝塞臘‧卡瓦爾康泰先生指出, *Astrocaryum* 和 *Mauritia* 兩個屬的結果期為 12 月, *Attalea* 為 11 月(Le Cointe, 第 332 頁說是 7 月), *Oenocarpus* 為 9 月。不管怎樣, 這些指示不能照搬到氣溫判然不同的奧雷諾克河三角洲。

　　威爾伯特的兩個版本都未賦予故事開頭出現的兩姊妹丈夫以超自然的出身。食人魔的身分未加以詳確說明，這身份在這兩個版本中也未成為理由，因之去殺印第安人，燒烤他，把肉給兩個女人吃，她們從放在包裹上面的陰莖認出這是她們丈夫的被肢解了的身體。儘管有這些差異，食人魔的父性天職還是得到強調：在這兩個版本中，威爾伯特像羅思在其版本中一樣地也直接主張，應把嬰孩托付給他。兩姊妹用拋在身後的陰毛神奇地設置了障礙，由此掩護她們的出逃。蛙用砍樹刀殺死食人魔(M_{243})或用長矛從肛門穿刺到頭頂殺死他(M_{244})。糞便的插段發生在西亞瓦納人(Siawana)村子，糞便處在哈布里所需要的鍋裡(M_{243})或在哈布里的「姨媽」那裡，也是弄髒了食物(M_{244})。

　　從那裡開始，威爾伯特的版本完全不同了。Wau-uta 之轉換成蛙總是繼攝入蜂蜜之後，不過，蜂蜜來源於老嫗的一個女婿即她女兒的丈夫：這兩個人物第一次聽說。這時，M_{243}開始講述哈布里的其他冒險故事，它們很快帶上宇宙學的特徵。這英雄遇到一個骷髏纏住他（這個插段在羅思收集到的一個神話中重又出現，我們將在下一卷裡考察這個神話；那時我們將表明，這個插段又重複了蛙的故事），然後他射出一支箭，它穿透土地，給他揭示了地下世界，那裡由富饒主宰著，其形式為有豐富的棕櫚樹，以及野豬成群。哈布里和同伴想下到那裡去，但一個孕婦擋住道。推了她一下，她的肛門脫落，變成晨星。這星辰因在孕婦後面而不能到達地下世界，因為這是最好的薩滿，所以今天人類孤立無援，而這種幫助本來會大大改善人類的命運。從這個時代開始，人們製備棕櫚蕊，從動物習得種種具體特性。另一個更短的版本結束於 Wau-uta 轉變成蛙。(亦見 Osborn：1，第 164－166 頁；2，第 158-159 頁。Brett：1，第 389－390 頁)。

　　因此，像在威爾伯特的那些版本中一樣，羅思的這個版本中，棕櫚蕊的提取也扮演著首要的角色。實際上，M_{243}作為一個關於這種烹飪製作法的起源的神話出現，而這同瓦勞人祖先傳世的關於地球和動物界確定組織的

神話相一致。如果說這個版本關涉的西亞瓦納人被同西亞瓦尼人(Siawani)相混同，那麼，這種局面便得到進一步的加強。西亞瓦尼人是另一個神話(M$_{244}$b)的題材：後來變成樹和電鰩的食人民族，這個民族的滅亡使印第安人掌握文明技藝，而可借以製做棕櫚蕊的技術和用具在其中居於首位(Wilbert：9，第141－145頁)。這種植物的主導地位可以得到解釋，只要考慮到：「莫里奇棕櫚屬實際上眞被前農業的瓦勞人稱爲『生命之樹』。他們利用十個不同品種，發展出一種十分有效的樹木栽種技術，尤其是，他們認爲這種蕊是唯一眞正適合於人食用的食物，甚至值得作爲獻祭神的供品。莫里奇棕櫚蕊和魚被聯結起來，冠以名字／nahoro witu／，即「眞正的食物」(Wilbert：9，第16頁)。

　　3.　女人只食用植物的蕊。婚後，她也食用魚，這就是說——在上一節裡剛剛看到——她的食譜自此之後臻於完全，瓦勞人的全食譜 ｛澱粉－魚－蜂蜜｝在一個從生態學(écologique)觀點看來不同的背景中重構了如我們所已看到的啓示了查科神話的總食譜 ｛野果－魚－蜂蜜｝。

　　然而，這種魚來源於兩個池塘。因此，像在這個神話組的前面已研究過的那些神話中一樣，我們在此有兩種水，它們從水文學(hydrologique)觀點看來是相似的——它們都停滯不流——但從同食物的關係來看，則明顯程度不等，因爲一個池塘有許多魚，另一個則很少。於是，我們可以建構「兩種水神話組」，並寫下：

$$
M_{235}\begin{bmatrix}\begin{pmatrix}蜂蜜的「水」\\(＝蜂蜜)\end{pmatrix}:\begin{pmatrix}女人的水\\(月經)\end{pmatrix}\end{bmatrix}::M_{237}\begin{bmatrix}\begin{pmatrix}蛙的水\\(停滯的，高的)\end{pmatrix}:\begin{pmatrix}女人的水\\(停滯的，低的)\end{pmatrix}\end{bmatrix}
$$

$$
M_{239} \left[\begin{pmatrix} \text{蛙的水} \\ \text{(停滯的，高的)} \end{pmatrix} : \begin{pmatrix} \text{女人的水} \\ \text{(?，低的)} \end{pmatrix} \right]
$$

$$
M_{241} \left[\begin{pmatrix} \text{女人的水} \\ \text{(停滯的，魚)} \end{pmatrix} : \begin{pmatrix} \text{花豹的水} \\ \text{(停滯的，魚+)} \end{pmatrix} \right]
$$

蜂蜜不是水（除了對蜜蜂而言之外），但它停滯不流。這個神話間接地強調了這個關鍵特徵，為此它詳確說明，對立的水是流動的。這就不同於所有其他異本，在那裡，兩種水都被定義爲停滯的，但在高和低的關係上或者包含魚的相對數量上相對立。因此，可以簡化後寫下：

〔停滯的：流動的〕::〔高的：低的〕::〔魚（一）：魚（＋）〕

即水平的對立、垂直的對立和自然的、也可以說是經濟的對立。

停滯的水／流動的水這個對立在整個美洲大陸、尤其瓦勞人那裡極爲明顯。遠古時代，這些印第安人很知足，男人娶水妖爲妻，用姊妹去換取。但他們要求，女人在行經期間必須獨處，而這同她們的超自然伙伴的意見相反；從那時起，這些超自然伙伴便不再來糾纏她們了（Roth：1，第241頁）。這引起了大量禁忌，尤其是必須在流動的水中洗杓子，甚至在航行中也必須在獨木舟中洗它們，否則暴風雨便會降臨（前引著作，第252、267、270頁）。這裡應當指出，神話中的黑花豹被認爲因咆哮而招致雷鳴。再往南，蒙杜魯庫人從儀式上區分流動的水和停滯的水。前一種水對於擁有頭戰利品的印第安人的女人以及貘團體的成員來說是禁忌的。因此，這些人不能在河中洗澡；他們把水帶到住所洗（Murphy：1，第56、61頁）。

圭亞那地區禁止洗燒煮用具或者禁止在流動的水中洗。這種禁忌在北美洲西北部的尤洛克人（Yurok）那裡又可看到，他們規定要在停滯的水中洗木食具和油污的手，絕不可在流動的水中洗（Kroeber, 戴 Elmendorf, 第138

頁，註⑱）。本文的其餘部分提示我們，這種禁忌可能是食物和超自然東西之間的一種普遍不相容關係的一個具體應用。在這種情況下，同圭亞那信念的相似性顯得更為明顯了，並且，為了洞悉兩種水之間的對立的本質，訴諸美洲各種不同起因的例子，看來比較穩妥。

在普吉特海峽的特瓦納人（Twana）那裡，青春期少女必須在流動的水中洗身，以便驅除她的狀態被玷污的固有危險（前引著作，第441頁）。相反，鰥夫和寡婦「的日常沐浴應在截取小溪或小河而圍成的池塘裡進行……這種做法至少持續已故配偶埋葬後一個太陽月之久。主要不是為了蕩滌傳染疾病的污物，而是為了預防未亡人被死者攜入冥界」（前引著作，第457頁）。查科的托巴人禁止產婦到河裡洗澡；只允許她們到環礁湖裡洗（Susnik，第158頁）。曼丹人（Mandan）把流動的水和停滯的水對立起來，前者「純淨」，後者因失去流動性而「不純淨」（Beckwith，第2頁）。同樣，巴拉圭的瓜拉尼人把「眞」水的稱號只留給流動的水（Cadogan：6）。

因此，與作為中性化水的停滯的水不同，流動的水構成顯著的項。它比較有力量，也比較有功效，但又比較危險：那裡有妖精生活著，或者同它直接相關。當著我們把「活水」和「死水」對立起來時，我們是在用隱喻手法言說大致相同的東西。因此，如果說加利福尼亞的尤洛克人強迫青春期少女到瀑布附近進食，那裡河水的轟鳴聲掩蓋了其餘一切噪聲（Kroeber，第45頁），那麼，可能是他們和美國東南部的切羅基人一樣也相信，喧嘩的水是「在說話的」水，負載著超自然的教誨（Mooney，第426頁）。

如果說，如兩個半球的信念間的相似性所表明的那樣，南美洲的神話也有這個問題，那麼，其結果是，流動的水被禁止，因為它會打斷超自然的角色和人之間業已結成的紐帶。然而，我們已經看到，從 M_{237} 開始，停滯的水和流動的水的對立轉變成了另一種對立：相對高的水（因為蛙在樹心裡找它）和相對低的水（人在其中洗澡的池塘）的對立。最後，在 M_{241} 中，這種轉換繼續發生。現在我們面臨的不是兩種高度不等的水，而是在

垂直方面相同的兩種水，但一種是無害的，魚很少，另一種是有危害的，但就魚產言很豐富。在進行這種轉換的同時，第一種對立的兩個項反轉了過來。實際上，從 M_{235} 到 M_{239}，起先停滯的水後來在高處，同超自然的和有益的角色相一致；起先流動的水後來在低處，同人的和有害的角色相一致。在 M_{241} 中，情形恰好相反，因為作用於超自然伙伴（這裡是食人妖黑花豹）的符號發生反轉。對稱地，人的角色起著有益的作用。因此，正是缺少魚的、就覓食而言不顯著的水相應於比較高的水，而蜜蜂和蛙應繼續在那裡洗澡，人應繼續在那裡捕魚。因為，這樣事物將各得其所。

這個討論似乎沒有帶來什麼東西。然而，沒有它，我們就得不出上述假說，而只有這個假說才使我們得以在上面的思考中發現威爾伯特的重要版本和羅思版本的共同骨架，它們是我們佔有的哈布里神話的最豐富的兩個版本。它們表面上的差異何在呢？羅思的版本未包含宇宙學部分。反之，威爾伯特的版本未包含兩個池塘的插段。然而，我們剛才已指出，這個插段從其他兩個圭亞那神話轉換而來，而這兩個神話構成我們正在討論的這個神話組的組成部分。

但是，事實上，這個插段及其轉換體系只是一種用虛假的逸事作成的偽裝，並未掩蓋住威爾伯特重要版本中充斥的宇宙學題材。在這個插段中，兩個姊妹的丈夫不願去一個池塘捕魚，在那裡捕魚沒有危險但很少收獲，而這池塘如我們剛才已看到的，相應於前面已考察過的那些神話中的停滯的、相對高的水，因為他喜歡到另一個池塘進行收獲豐富但有危險的捕魚，而這相應於同一些神話中流動的、相對低的水。然而，在威爾伯特版本的最後，哈布里及其同伴即現今印第安人的祖先作了同樣的選擇但在更重大的尺度上：他們放棄上層世界裡在祭司的精神指導下過節儉而平靜的生活，因為在下部世界裡發現的豐富棕櫚和野豬群保證他們有更豐富的食物。他們還不知道，他們為要征服這下部世界，得花費冒巨大危險的代價，這種危險以水中和林中的妖怪為代表，而其中最可怕的正是黑花豹。

　　因此，羅思版本的超自然角色只是重現了這種祖傳的習性，他一心嚮往較豐富的漁獲而走向在它所屬的轉換體系中意味著一種低的水，儘管 M_{241} 把這水置於與另一因同樣理由而意味著高的水一樣的高度上。就此而言，一個古老版本表現得一清二楚：在下部世界裡，獵物有許許多多，但相反水很稀少，造物主卡諾納圖(Kanonatu)應當播下雨來壯大河流(Brett：2，第 61-62 頁)。所以，在這一切版本中，主人公或主人公們都因一種採取墮落形相的道德過失而成為罪人。跌落在黑花豹腳爪之中的 M_{241} 主人公的過失隱喻地轉換了導致最早人類降世的物理和宇宙墮落的位置。兩者相互指謂，如同這組神話的前面幾個神話的超自然角色由他的名字（他不許說出它）指謂，也像潑向他的水（大多數南美洲部落、尤其瓦勞人都把這作為求愛的表示）指謂姻姊妹的肉慾，同時對於主要關懷又具有隱喻價值：水**猶如**火一般燃燒。

　　4.　無疑可以指出，M_{241} 的兩姊妹處於和查科神話的女英雄（她自己有一個姊妹）一樣的境遇，即夾在一個丈夫和他的情敵之間。在查科，作為供食的英雄的啄木鳥義不容辭地擔負丈夫的角色。瓦勞人的丈夫也是供食者，但供給魚，不供給蜂蜜。像蜂蜜在查科一樣，魚在圭亞那也是一種旱季食物 (Roth：2，第 190 頁)：在水位低時打魚最好。此外，蜂蜜在故事結束時出現。

　　丈夫的情敵在托巴人那裡是狐，在瓦勞人那裡是黑花豹，或者說在一種情形裡是騙子，在另一種情形裡是可怖的食人妖。還有一種心理層面上的性質差異。我們已經知道，狐「痴迷女人」；它以色慾為動力。對黑花豹，神話一點也沒有這樣說。事實上，黑花豹一開始就反狐道而行之，因為它帶給女人豐富的食物：在羅思的版本中是魚，在威爾伯特的各版本中是她們丈夫屍體的烤肉塊。這後一細節倒接近於熱依水英雄的花豹，它烤妻子的屍體，偽裝成肉送給妻子的親屬，因為這不幸女人顯得過分嗜好蜂蜜：就像同類的男人受害者在此顯得過分嗜好魚。我們再來討論這一點。

　　不過，首先黑花豹不同於狐，它毫無色慾動機。它一到女人那裡，就說累壞了，只想在按它要求讓它懷抱嬰孩後馬上睡覺：一個土著好父親的習慣行為是，打獵回家後最急迫的需要是躺在吊床上哄嬰孩。這個特徵至關重要，因為在所有版本中都碰到它。理由難道不是在於這細節揭示了花豹動機之與狐大相逕庭？正像狐「痴迷女人」，花豹顯得「痴迷小孩」；這不是色慾，而是給它以活力的父性渴求。在向兩個女人顯示了其供食才幹之後，它就充任嬰孩的養父。

　　在一個食人妖那裡的這種自相矛盾的態度顯然需要作解釋。我將在另一章裡提供這種解釋。在那裡，我將明確說明熱依人神話給予我們的啓示：這個神話組的域包括雙重轉換體系。一個體系，我們從本書一開頭就展開它；另一個體系則可以說對於前一個體系來說是橫的，並且就在我們現在到達的地方與它交叉。由此可見，花豹在這裡按養父的方式行事，因為它在與我們神話組相垂直的神話組中扮演相反的角色：強奪孩子母親的誘姦者。我們後面還要利用的另一個圭亞那神話(M_{287})提供了這種逆轉的範例，因為在那裡可以看到受騙的丈夫殺死黑花豹。因此，如果在 M_{241} 中花豹殺死丈夫，而不是相反，那麼，它必定不是誘姦者，而是相反（參見以下第256-263頁）。

　　我們現在還沒有到了進行這種論證，建構整合這兩個方面的後設體系的時候，因此，我們暫時寧可滿足於作另一種論證，它基於我們已著手確定的查科狐和圭亞那花豹間的平行性，而且是反向進行的。

　　狐是個騙子，在《生食和熟食》（第401-403頁）中，我們已表明，以這種類型角色作為英雄的神話往往這樣建構：採取拼製方式，把源自各個不同的、甚或對立的神話的組合鏈片斷交互地跨接起來。這產生一種混合的組合鏈，而其結構本身以其模稜兩可表達了騙子的自相矛盾本性。如果令我們感興趣的實例中果真如此，那麼，我們就能夠解釋**無能誘姦者**的角色，它證明狐是兩個相反對的角色並置的一個結果，而這兩個角色又都可歸為

以其方式與狐相反的角色：或者是**能行的誘姦者**，或者是誘姦者的反面，因此是個**父親**，但他（按假說）這時應顯得**無能**：

$$
\text{騙子}\left\{\begin{array}{ll}\text{誘姦者} & \text{無能的，但是誘姦者}^{(-1)}=\text{父親} \\ \text{無能的} & \text{誘姦者，但能行（}=\text{無能}^{(-1)}\text{）}\end{array}\right\}\text{食人妖}
$$

利用瓦勞人神話，我們已發現了與騙子相對立地規定食人妖的兩個組合之一。並且，如我們已說過的，我們後來又遇到另一個組合，而我們當時證明了，第一個組合是它的一種轉換。從現在起可以明白，查科的狐和圭亞那的黑花豹作爲試圖化身爲受害者而靠近後者的配偶的角色，對稱地相對立。狐喬裝成它使她消失的女人，花豹化身爲它殺死的男人。一個螞蟻確信已**目擊**狐的眞正性別，在被這螞蟻咬了之後，狐從形體上暴露了它**是什麼**：叫出了它再也掩飾不住的聲音，或者曳起了裙子。儘管花豹表現爲賢夫良父(與狐相反，狐當配偶是那麼笨拙)，但它從道義上暴露了**它不是什麼**：叫出受害者的名字。因此，這個名字事故把查科神話的一個插段換了位，賦予它比喻的意義。並且它還反映了同時又倒置了同一組神話中的其他圭亞那神話(M_{233}、M_{238})中已遇到過的一個插段。在那裡，超自然的角色在他的人同伴說出他的名字時，就與這同伴分離了。這裡，人在假冒的超自然同伴說出**不可能是**後者名字的名字（因爲這同伴自己叫自己）時與後者分離。

5.　蛙被命名爲 Wau-uta。這已是 M_{238} 中的獵人保護者蛙的名字，也是 M_{235} 中英雄的嬰孩轉變而成爲樹蛙的名字。這樣，我們已從一個變成動物（化身蛙）的嬰孩，經過一隻雄的獵蛙，過渡到一隻好戰的雌娃（她殺死花豹），她把一個嬰孩變爲成人。在上述各個場合裡，這蛙都是 cunauaru，羅思提出，哈布里的好色的女保護者也是這種身份，並且其叫聲也與其他神話歸於 cunauaru 的相同。

一個女人帶著孩子逃跑，兩人都被食人妖追逐，在一隻蛙那裡找到隱

藏地，得到庇護。這構成了一個蒙杜魯庫人神話(M_{143})的題材，在那裡，這種逃跑的誘因也是認出了烤過的丈夫屍體。我們在另一卷裡將考察北美洲的類似神話。從蛙扮演薩滿角色這個意義上來說，這個瓦勞人神話和這個蒙杜魯庫人神話也是相似的。一個圖庫納人神話把薩滿的法力的來源歸因於 cunauaru。因此，值得把它錄引在這裡，這樣，可以用反溯的方式證明我們運用關於這部落的觀察資料來闡明圭亞那的某些習俗，是合理的：

M_{245} 圖庫納人：薩滿巫術的起源

一個兩歲的小女孩每夜不停地哭泣。她的母親惱怒了，把她趕到屋外，這孩子仍不斷地只顧哭泣。最後，一隻蛙 cunauaru 突然來到，把她帶走。這小姑娘在蛙身邊一起待到長大成人，從保護者那裡學會了所有魔法，包括治病和殺人的法力。

後來她回到了人間，當時人還不知道巫術。當她年邁而無力維持生計時，她弄來幾個少女準備吃。但是，她們討厭她，拒絕了。夜裡，這老嫗取出她們的腿骨。少女們站不起身，靠吃骨髓維持生存，這成了她們的唯一食品。

當這罪行被人知曉後，人們砍斷了這女巫的頸脖，她收集在連通的雙手中流動的血，在上面呼吸，以便把血投向太陽，並說：「靈魂也進入你身體！」從此之後，這女受害者的靈魂滲入進了殺人者的身體 (Nim.: 13, 第 100 頁)。

這個圖庫納人神話以流淚嬰孩的題材回歸由負子袋鼠或狐在其中扮演動物拐子角色的神話組 (CC, 第 355 頁，註㉟)。尚未達到「社會化」的流淚小孩堅決處於自然的一邊，產生有類似傾向的動物的貪慾：痴迷自然食物蜂蜜或痴迷性「食物」女人或男孩。帶著這個觀點，並根據痴迷男孩但更

痴迷蜂蜜的雌蛙，我們就可以再來考察查科的痴迷蜂蜜的少女，這少女本來是頭雌狐(否則，雄狐不可能要求她人格化)；不過，這少女也爲雄狐所痴迷。以後還將回過來討論這種互易性。

6.　在羅思的版本(M_{241})中，蛙通過關閉佈滿刺的門，把進入它居住的中空樹的花豹殺死。這種做法使人想起某些查科神話的主人公所利用的做法，即爲了在躱藏進一棵中空樹之後擺脫一頭食人花豹，把一些長矛穿過樹幹縫隙而殺死這食人獸(M_{246}；Campana，第 320 頁)；或者題材轉個向，又是花豹把爪子嵌進了樹幹，再也無法動彈，俯首聽憑受害者砍殺(托巴人：M_{23})。在這兩種情形裡都是關涉一頭雌花豹，它是一個殺死丈夫的女人的隱喩化身，而圭亞那神話的雄花豹則在女人面前化身爲被它殺死的她的丈夫。

剛才回顧的那些神話關涉煙草的起源，它從被焚化的雌花豹屍體生長出來。因此，在從蜂蜜和煙草的對立出發，一步一步追踪了各個蜂蜜起源神話所說明的循環之後，現在我們發現我們的球是圓的，因爲在到達了離開出發點已有相當遠距離的地方，我們開始看出我們知道表徵著煙草起源神話的輪廓。

事情還不止於此。在查科神話中成爲防禦花豹的藏匿處所的中空樹是木棉科的／yuchan／(*Chorisia insignis*)樹。在另一些查科神話($M_{208-209}$)中，狐正是被／yuchan／樹幹上佈滿的刺扎破了肚子。儘管根據我們掌握的資料，cunauaru 似乎總是選擇棲息於另一種樹(*Bodelschwingia macrophylla* Klotzsch———一種開香花的椴樹，當這樹長到一定大小，樹幹會變成中空的；Schomburgk，第 2 卷，第 334 頁)，然而，事情看來全在於這瓦勞人神話同時重構查科的木棉科植物的自然形態和語義功能。

因此，這裡借此機會超前一下故事的敍述進度，強調一下木棉科植物在我們神話中所起的作用。英雄試圖用蜂臘，然後用泥土造獨木舟，後來嘗試用許多樹種造，最後達到利用「*silk-cotton tree*」「「絲棉樹」]它是一種

木棉科植物（*Bombax ceiba, B. globosum*）。瓦勞人有效地應用了這種比較
牢固的樹木，不過這種樹木適合於製造能乘載 70 到 80 人的巨型獨木舟
(Roth: 2, 第 613 頁)。一幅線繩遊戲圖讓人記住樹幹膨脹的樹的強大而又粗
狀的形相。

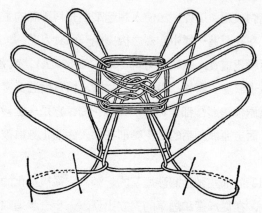

圖 12　　木棉科植物。瓦勞印第安人的線繩遊戲圖

(據 Roth: 2, 第 533 頁, 圖 300)

　　尤其令人矚目的是，查科神話從想像的層面反映了某些圭亞那第安人
的文化的實際面貌。我們已經提及的馬塔科人神話(M_{246})講述了，受食人花
豹迫害的群體在／yuchan／的樹幹中空的大穹窿裡找到藏身地，把它作為
屋子。但是，如果說這個馬塔科人神話在這種情況下想像了瓦勞人的實際
情形，那麼，這種實際情形（以及 M_{241} 提出的神話起源）顛倒了如查科神
話所描述的木棉科植物的原始功能。前面開始本討論（它在另一章裡還將
繼續）時我們已回憶過，在時間的太初，一棵大／yuchan／樹在其中空樹幹
裡包容全世界所有的水和魚。因此，水在樹裡，然而，把樹幹變成獨木舟
的技術運作造成了相反的情境：因為這時樹在水裡。我們在這裡又遇到了
容器和內容、內部和外部的辯證法，而其複雜性以特別純粹的方式體現在
由木棉科植物的作用所例示的一系列對比（神話的和神話的、神話的和實

際的、實際的和神話的）之中。實際上，要求水和魚在樹裡面，人在樹外面；要求人在樹裡面，水在樹外面，魚在水裡。在這兩種極端情形之間，cunauaru 蛙的生活方式種類佔居中間地位：對於它，也僅僅對於它來說，「世界上的所有水」（因爲它並不利用任何別的水）仍在樹裡。如果說 M$_{241}$ 把蜂臘的獨木舟和木棉樹木獨木舟截然對立起來，那麼，難道對於和樹蛙在乾和濕的軸上同系的（以上第163頁）蜜蜂來說，不是蜂蠟和蜂蜜取代了樹內部的水嗎？並且，蜂蠟和蜂蜜難道因此不和樹互換在同水的關係中的位置嗎？④

7.　關於 Wau-uta 給一個已成爲大人的男孩的笛子和箭，沒有什麼特別地方可說的，只是這屬於這個性別和這個年齡的正常標誌，箭用於狩獵，笛用於戀愛，因爲這種樂器用於向姑娘求愛：因此可以理解，在遠處聽到笛聲的女人們斷定，她們不相識的一個男人已在屋裡。水獺的挿段提出了一些在其他方面很複雜的問題。

哈布里的糞便因氣味引起水獺厭惡。這令人想起阿拉斯加的特林吉特人(Tlingit)（他們與瓦勞人不是近鄰）的一個信條：「他們說：『陸棲的水獺害怕人糞的氣味』」(Laguna, 第188頁)。不過, 這裡提到的水獺不可能同種,

---

④參見與「像火一般燃燒的水」同系的蜂蠟刀(M$_{235}$)，載：Goeje, 第127頁。在 M$_{243}$中，主要對立處於底部漏水的骨獨木舟和由用一種樹／cachicamo／造的獨木舟之間。在 M$_{244}$中，它處於用「蜂蜜糕」樹木 (sweet mouth wood〔「甜口木」〕) 造的漏水獨木舟和／cachicamo／木的獨木舟之間。

／cachicamo／(*Calophyllum callaba*)是一種樹幹粗壯（像木棉科植物一樣）的藤黃科植物或豬膠樹屬植物，它的木頭以不會腐敗著稱。在威爾伯特的各個版本中，哈布里還試用椴樹科樹木，瓦勞語叫／ohori／、／ohoru／，現在(Roth: 2, 第82頁) 種名爲 *Symphonia*, *Moronobea* 也是一種藤黃科植物，其樹脂收獲量大，常常和蜂蠟糕在一起, 作各種用途, 包括給獨木舟堵縫。

因爲兩個地區相隔很遠，氣候差異也大。M241這神話中集體出沒的水獺從這事實來看是 *Lutra brasiliensis*，這個種以 10 到 20 頭個體結隊生活，而不是 *Lutra felina* (Ahlbrinck，辭條「aware-puya」)，這個種較小，孤獨生活，古代墨西哥人把作爲特拉洛克人(Tlaloc)象徵的害人本領和性情歸於它：總是暗算沐浴者，讓他們溺死 (Sahagun，第 12 部分，第 68-70 頁，辭條「auitzotl」)。

然而，不可能不把墨西哥人的這些信念同圭亞那的信念相聯屬。我們必須援引 Sahagun 的一段話：「當水獺因爲沒有陷害到人，沒有溺死我們常人中的任何人而不高興時，可以聽到彷彿一個小孩在哭。聽到這哭聲的人自言自語：這可能是一個小孩在哭，是誰呢？一個被遺棄的嬰孩。他動了惻隱之心，跑去看了，於是跌入／auitzotl／之手，給溺死了」(前引著作，第 69 頁)。

顯然，這個作爲無信用的誘惑者的哭泣小孩同 M245 和其他神話中出現的難受的大聲疾呼者相對稱，並且，這個墨西哥人信條在美洲地區也有令人驚異的回響，而在美洲，水獺問題上的共識已給我們留下深刻印象。英屬哥倫比亞的嗒吉什(Tagish)印第安人（他們在語言和習俗上與特林吉特人相近）在共同的記憶中把1898 年對克朗代克地方的黃金的搶奪同一個關於「富婆」（她也是個蛙女）的神話聯結起來。有時在夜裡，可以聽到她懷抱的嬰孩在哭。人們把這嬰孩搶過來，不讓他回到母親那裡，向她撒尿，直到她排出金糞 (McClellan，第 123 頁)。特林吉特人和欽西安人 (Tsimshian)在他們的神話中說到一個「湖女」，她嫁給一個印第安人，後者的姊妹養成了「富婆的習慣」，她還使凡是聽到她的嬰孩哭泣的人都變得富有(Boas：2，第 746 頁；參見 Swanton：2，第 173－175、366－367 頁)。這些母性的女妖雌水獺或蛙（她們的嬰孩發出歌聲）像墨西哥的水獺一樣也用水淹受害者，並且她們和圭亞那同類共同地對糞便懷有恐懼感。唯有同金屬財富的聯結在圭亞那沒有對等的情形：阿拉瓦克人的「水女」令人驚訝

地把梳頭用的銀梳拋棄在河岸上 (Roth：1，第 242 頁)；按照巴西南方的信念，火蛇 Mboitata 對鐵器抱有激憤之情 (Orico：1，第 109 頁)。

在圭亞那和全部亞馬遜河地區，這些雄性或雌性水中誘惑者常常採取鯨目的形式，通常為 bôto 即亞馬遜白海豚(*Inia geoffrensis*)。據貝茨 (Bates)說 (第 309 頁)，bôto 成為非常迷信的對象，以致禁止捕殺它 (參見 Silva，第 217 頁註⑰)。據信，這種動物有時化身為絕色美女，把小伙子吸引到水邊。然而，當有一個小伙子被勾引上時，她就用尾巴逮住他，把他拉到水底。按照希帕耶人的說法(M_{247b})，這些海豚是一個姦婦和情夫的後裔，當丈夫——以前受虐待的兒童——發現他們因長時間媾合而身子難分難解時就讓他們變成了海豚 (Nim.：3，第 387-388 頁)。奧雷諾克人(Orénoque)的一支瓜維亞雷河下游的皮亞波科人(Piapoco)更鄰近瓦勞人，他們相信有一些壞精靈白天待在水底，但黑夜出來四處游蕩,「像嬰孩似地啼哭」(Roth：1，第 242 頁)。

動物學能指的這種變型十分令人感興趣，尤其因為海豚本身在兩種正相反對的功能之間搖擺：誘惑者的功能和可同水獺相比擬的功能。一個著名的關於英雄波羅諾米納雷(Poronominaré)的傳奇的巴雷人(Boré) (里奧內格羅阿拉瓦克人) 神話在一個插段中講述了，海豚如何使英雄的陰莖被選擇居於一個老嫗誘姦者陰道之內的害蟲叮咬而變得過分長大之後又恢復到適當大小 (Amorim，第 135-138 頁)。然而，按照一個蒙杜魯庫人神話(M_{248})，水獺對一個印第安男人也起到這種功能，一個雌蛙使他的陰莖在交媾時變長(Murphy：1，第 127 頁)。從這神話加以標音的叫聲來看，這蛙可能是 cunauaru。我們以下 (第 199 頁) 要分析的另一個蒙杜魯庫人神話(M_{255})記敍了，太陽和月亮在履行魚主人的職能時使一個男人倒退到童稚期，他的陰莖無論怎樣刺激總是軟的(Murphy：1，第 83-85 頁；Kruse：3，第 1000-1002 頁)。

這一切讓人覺得，M_{241} 似乎只是把這兩個故事結合起來，把它們隱喻地

表達出來：爲了使嬰孩哈布里更快地成爲情人，雌蛙用魔法加速他的成長，從而使他的陰莖變長。然後，由水獺負起使英雄「嬰孩化」的職責，爲此，水獺給他重建被遺忘的童年，使他的情感回復到比較稚氣。現在，水獺也成了魚的主人：朔姆布爾克說（轉引自 Roth：2，第 190 頁），這些動物「常去水邊，把魚一批一批地帶回它們習慣上吃魚的地方。當它們覺得數量已足夠時，才坐下來吃。印第安人就利用這種情況：他們躲藏在捕魚地附近，耐心地等待，當水獺回到河中時就奪取漁獲物。」因此，與哈布里所做的相似的排泄行爲並不僅僅表明壞的漁夫。這也是象徵性地向動物的「鍋子」裡撒尿：亦即在西亞瓦納人(Siawana)那裡或其「姨媽」那裡(M_{243}、M_{244})由英雄實際完成的一種行爲。

尤其是，朔姆布爾克描述的、威爾伯特(2，第 124 頁)評述的這種捕魚技術不可能同阿爾布林克（辭條「aware-puya」）以之解釋水獺的卡利納人名字的方式無關：「水獺是水妖的家養動物，而狗是從屬於人的，水獺則是爲了水妖的」。因爲，如果說把這一切徵象結合在一起，人們就可以承認，圭亞那印第安人把水獺看做「漁狗」，那麼，異常富有啓示的是，一個北美洲奧吉布瓦人神話把童稚化的角色賦予狗。在這個神話中，幾乎又逐字逐句讀到哈布里的故事，我在下一卷裡要加以討論。

由以上所述可知，儘管所涉及的水獺的種各不相同，但是，關於水獺的某些信條在新大陸較爲僻遠的地區始終存在，其範圍從阿拉斯加和英屬哥倫比亞直到北美洲的大西洋沿岸，向南經過墨西哥直到圭亞那地區。這些信條總是適應當地的種或者屬，因此是非常古老的。但是，很可能各處的經驗觀察資料給予它們新的活力。說到海中或陸上的水獺，給人留下深刻印象的是，不僅神話，而且博物學家都認識到這些動物的習性極其精致。關於南美洲的大水獺(*Pteroneura brasiliensis*)，伊海林指出（辭條「ariran-ha」），它不吃較大魚的頭和骨，而且有一個圭亞那神話(M_{346})解釋了，爲什麼水獺不吃蟹的腳。至於北極海洋中的水獺，其特徵爲嗅覺極靈敏，不能

容忍任何髒物，哪怕是一丁點兒，而這同用毛皮隔熱的性狀相一致 (Kenyon)。

也許應當沿這條路徑追蹤兩個美洲印第安人歸諸水獺的氣味敏感性的起源。但是，即便動物種族誌的進步加強了這種解釋，仍舊同樣真實的是，在神話的層面上，水獺和糞便之間的負面的、得到經驗證實的聯繫由一種組合來承載，後者以極端的方式運作，有權用別的方式變換一個由對立構成的體系的各個項，而關於這些對立的經驗證實了在諸多狀態中只有一個狀態，神話思維使之同創造的特權相協調。

一個塔卡納人神話(M_{249})訴述，魚的主人水獺向倒運的捕魚者指出，它的惡臭的糞便中埋著一塊魔石，後者會施恩惠於他們。為了捕魚豐收，印第安人不得不磨這石頭，在自己身上渾身研磨 (Hissink-Hahn，第 210－211 頁)。在塔卡納人神話中，人並不厭惡水獺的臭糞，而地下的矮人則與之相立，他們無肛門，從不淨身(他們只吃液體，主要是水)，當他們看到第一個來訪的人撒尿時，厭惡至極 (M_{250}；Hissink-Hanhn，第 353－354 頁)。這些無肛門的矮人是生活在地下的犰狳群體，就像水獺生活在水下。並且，水獺也成為類似信條的對象。以前，特魯梅人(Trumaï)說(M_{251})，水獺是無肛門的動物，通過嘴排泄(Murphy-Quain，第 74 頁)。這個辛古(Xingu)神話回到了博羅羅人神話中一個關於煙草起源的神話（在對這個神話作分析的過程中，煙草起源問題因此第二次出現在我們的視野中）：沒有呼出煙草的煙的人（在上部而不是下部**被堵塞**的人）變成了水獺(M_{27}；CC，第 141 頁)，而這神話詳確說明，這種動物眼睛極小，因此也被堵塞，在表面沒有開孔。

現在，把這一切跡象匯集起來，我們就可以看出水獺在其中佔有特殊地位的一個體系的輪廓，在這個神話系列中，人物在上部或下部、前部或後部開孔或堵塞，有陽性的或陰性的缺陷，時而關涉肛門或陰道，時而關涉嘴、眼、鼻或耳。也許因為水獺曾經堵塞過，不知道排泄的功能，所以，M_{241} 中的水獺現在也恐懼人的糞便。但是，在一個韋韋人(Waiwai)神話

（M₂₅₂）中，水獺從堵塞的轉變成開孔的。在這神話中，世界上僅存的孿生兄
弟通過眼同一頭雌水獺交媾。這個土生土長的動物提出抗議說，它不是女
人，它命令兩兄弟去漁獲女人（所以女人與魚等同），當時女人的陰道帶齒，
所以他們必須清除這些齒，以使她們不再是不可穿透的（Fock，第 42 頁；參
見 Derbyshire，第 73-74 頁），換言之不再是無法鑽孔而入的。水獺在特魯梅
人那裡是下部堵塞，在博羅羅人那裡是上部堵塞，在韋韋人那裡是上部開
孔。在耶巴拉納人（Yabarana）那裡，由於第四次轉換，水獺成為開孔的，並
且是在下部：「我們的傳述者回憶說，水獺是引起月經的原因，但他們無法
作出解釋」（M₂₅₃；Wilbert：8，第 145 頁）。

	特魯梅人	博羅羅人	韋韋人	耶巴拉納人
堵塞／開孔	＋	＋	－	－
主動／被動	－	－	－	＋
上帝／下部	－	＋	＋	－
前部／唇部	－	＋	＋	＋

無疑，對南美洲神話作方法的研究排除了其他的組合，或者對於同一
些組合，不允許對「上」和「下」、「前」和「後」下不同的定義（參見 CC，
第 183 頁）。例如，一個尤帕人（Yupa）神話（M₂₅₄ₐ）講述一頭雌水獺，被一個
漁夫收為養女，她供給他大量的魚。但是，她拒絕為女人捕魚。她被養父
弄傷了頭，出了大量的血。為了進行報復，她離開了男人，帶走了所有的
魚（Wilbert：7，第 880－881 頁）。按照一個卡蒂奧人（Catio）神話（M₂₅₄ᵦ），一
頭河狸鼠（?）**鑽刺**一個男人，使他受孕（Rochereau，第 100－101 頁）。眼下，
我們只要提出問題就可以了。我們馬上轉入另一個問題，面對它，我們也
只是勾勒其輪廓。

如果說耶巴拉納人傳述者模糊地回憶起，他們的神話確立了水獺和月
經之間的因果關係，那麼，他們倒是精確地記住了一個故事，它說，一個

犯亂倫罪的兄弟對這種生理功能的出現負有責任，他後來變成了月亮
（M$_{253}$；Wilbert：8，第 156 頁）。如果沒有大量證據證明，土著思維往往按同
等地位交換月亮和水獺，那麼就只能在這神話中看到兩種傳統即兩個美洲
局部地區的傳統和其餘廣闊地區的傳統之間存在矛盾。我們已經比較了（第
170 頁）哈布里神話水獺插段和許多蒙杜魯庫人神話，關於後者，現在可以
討論一下。在 M$_{248}$ 中，一個獵人被一個 cunauaru 雌蛙勾引，後者隱喻化爲
一個美貌少女，但在性交達到高潮時，她又恢復蛙形，使被她緊緊包裹在
陰道裡的情人陰莖變長。當她最後釋放了這個不幸者之後，後者懇求水獺
相助，水獺藉口關心他，卻用相反的不相稱使他苦惱：水獺使他的陰莖變
得出奇地小。如我們已指出的那樣，這個故事從本來意義上表達了 M$_{241}$ 從
比喻意義上講述的故事；一方面，老雌蛙賦予哈布里與他實際年齡不相稱
的性器官和性慾；另一方面，水獺修復這種境況，並且甚至走得更遠：使
英雄在心理上回到嬰兒期，而這個過程可以看做爲歷史上最早的心理分析
治療……。⑤

　　我們還只是簡單提及的這個蒙杜魯庫人神話對這一切細節說得令人矚
目地明白：

M$_{255}$　蒙杜魯庫人：夏天和冬天太陽的起源

　　　　一個名叫卡魯厄塔魯伊本（Karuetaruyben）的印第安人長得很醜，
　　因此他的妻子拒絕他親近，欺侮他。一天，在用漁毒集體打魚之後，他
　　獨自坐在岸邊苦苦思索自己的命運。太陽和他的妻子月亮突然出現。他

---

⑤不要忘記在新大陸的另一端，薩滿入會式期間皮袋有著教育作用，其例證爲在
　許多玩具 haida 上用人和動物語言相結合繪著圖形。

們長滿毛髮，聲音有如貘，這個孤獨的印第安人看著他們往河裡扔魚的頭和骨，它們馬上就復活。

這兩個神要求卡魯厄塔魯伊本講述身世。爲了驗明他的話是否眞實，太陽命令他的妻子勾引他；卡魯厄塔魯伊本不僅醜而且陽萎，他的陰莖總是無望地萎軟……於是，太陽用魔法使卡魯厄塔魯伊本變成胚胎，把他放入他妻子的子宮之中。三天以後，她生下一個男孩，太陽讓他長大，並使他相貌堂堂。當這運作完成之後，太陽給了他滿滿一籃魚作爲禮物，叫他回到村裡，娶另一個女人爲妻，而把嘲笑過他的那個女人拋棄掉。

這英雄有個姻兄弟，爲人寬厚，名叫烏阿庫拉姆帕(Uakurampé)。後者對姊妹丈夫的變化大吃一驚，拼命打聽，直到知道其中奧祕，以便仿效。但是，當月亮勾引他時，烏阿庫拉姆帕和她發生關係。爲了報復，太陽使他變醜，成爲傴僂之人（或者按照另一個版本，通過擠拉鼻子、眼睛「和身體其他部位」而使他變醜）。然後，太陽打發他回到妻子那裡，但未給他禮物。按照這些版本，這妻子仍容忍了這壞丈夫，或者她再也不喜歡他了。「卡魯厄塔魯伊本用笛子吹奏説，你的過錯在於你對你母親的陰道太感好奇……」

這兩個英雄分別變成旱季光芒四射的太陽和雨季陰暗的太陽(Kruse：3，第1000－1002頁；Murphy：1，第83－86頁)。

這個神話我們只保留了其中同我們的分析直接有關的幾個方面（其餘方面另行研討），而這引發我們提出不少意見。第一，太陽和月亮在那裡是作爲多毛髮的捕魚神手出現的，而就此而言等同於水獺，並且像水獺一樣尊敬魚的頭和骨。水獺注意不吃它們，而太陽和月亮使它們復活。第二，它們不是像哈布里那樣根據糞便的臭味認出英雄，而是借助另個生理缺陷認識他：他的陽萎，其證據爲無論怎樣誘惑，他的陰莖仍然又小又軟。因此，

與 M_{241} 相比，我們在此看到機體代碼的一種雙重變型：在下身的解剖學範疇方面，前部取代後部，生殖功能取代排泄功能；另一方面，且如果現在比較 M_{255} 和 M_{248}，則可注意的一種雙重的、令人矚目的逆轉。在 M_{248} 中，被雌蛙弄得過分長的陰莖又被水獺弄得過分短，而在 M_{255} 中，在很快變成母親的一個所謂女主人存在的情況下，一個陰莖仍然很短（這同 M_{241} 中的蛙適成對比，它是一個很快變成女主人的所謂母親），它被太陽弄到合理的長度，而這不同於同一神話中第二個英雄的情形，他的陰莖開始時長度合理，但最後變成太長（這至少允許設定以上所引克魯澤版本的本文）。⑥下面的表最能清楚表達上述的考慮。

　　這組神話的同質性也從 M_{255} 的英雄的名字得到證實。卡魯厄塔魯伊本意謂「眼睛呈血紅色的雄性紅金剛鸚鵡」，但這英雄也叫 Bekit-tare-bé 即「長得神速的男孩」（Kruse：3，第 1001 頁），因為他的成長由魔法引起，而這又使他同哈布里多了一種聯繫。

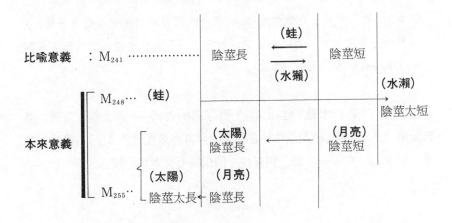

　　玻利維亞東部的一個神話已知有許多異本，它顯然屬於這一神話組：

M₂₅₆ 塔卡納人：月亮的情人

一個女人的棉花種植園每夜遭竊。她的丈夫驚訝地發現兩個偷兒：兩個天體姊妹月亮和晨星。

這男人愛上了前者，她非常美麗，但她婉拒，勸他還是對她姊妹感興趣爲好。最後，她退讓了，不過要求他在同她上床之前先小心編一只大背簍。在交媾時，這男人的陰莖變得極其長。它變得巨大無比，因此，它的所有者不得不把它放在大背簍裡，它在裡面像蛇一樣盤旋起來，甚至從上面溢出。

這男人載著如此負荷回到了村裡，訴述了他的遭遇。入夜，他的陰莖從背簍中出來，到處游蕩，尋找可以交媾的女人。全世界都十分驚恐，一位其女兒已遭到過襲擊的印第安人驚慌地保護她。當他看到這陰莖進入茅舍時，就截去其端頭，後者變成了蛇。這長陰莖男人死去了，蛇則變成了白蟻的母親，人們今天仍可聽到後者的嘶嘶叫聲。在其他一些版本中，這陰莖被它的所有者、月亮或者遭襲擊的女人截斷（Hissink-Hahn，第 81-83 頁）。

因此，在對偶**水獺／蛙**和其他一些同系的對偶——即**太陽／月亮、夏天太陽／冬天太陽**(在 M₂₅₅ 中，在那裡而且月亮是後者的妻子)、**晨星／月亮**（在 M₂₅₆ 中）——等等之間存在一種相關而又對立的關係。

---

⑥如果這個蒙杜魯庫人神話未能對古代瑪雅神廟中圖案裡的年靑英俊的太陽神和老醜的長鼻神之間的明顯對立有所昭示，那麼，研究者會發生很大興趣。

**

我現在從一個新的角度來探討這個問題。大家還記得，在 M_{241} 中，英雄發明了獨木舟，爲逃跑作準備。他製造的第一批小船被鴨偷走，這時鴨還不會游水，而正是通過利用——也可以說通過化身爲——哈布里造的獨木舟學會了這種技藝。然而，我們已經知道的在查科的那些神話，或者其主人公以鴨爲一方，以太陽和月亮爲另一方，而且還包含因糞便臭氣而暴露人物眞面目的題材，或者復現了我們剛才考察過的圭亞那－亞馬遜神話總體，但帶有三個不同的方面：

M_{257}　馬塔科人：月亮黑點的起源

　　太陽在捕捉鴨。它變成一隻鴨，帶著一張網，潛入環礁湖中，沉到鴨子的下面。每當逮住一個鴨，它就殺掉，並且不讓其他鴨察覺。事畢，它把鴨子分派給全體村民，又把一隻老禽給了月亮。月亮很不高興，遂決意自己去捕捉，也採用太陽的技巧。但是，這當兒鴨變得乖巧了。它們解大便，迫使僞裝成鴨的月亮跟著這樣做。與鴨不同，月亮的糞便奇臭。於是，這些鳥識破了月亮，群起而攻之。它們用爪子抓它，剝它的體膚，以致它們的受害者差點大出血。月亮的黑點就是鴨爪留在它腹部的藍色傷痕（Métraux：3，第 14-15 頁）。

梅特羅（5，第 141-143 頁）引用過這神話的兩個異本，一個是查馬科科人的，它用「鴕鳥」（*Rhea*），取代鴨；另一個源於托巴人，用狐騙子取代月亮。這一切神話儘管有著這些差別，但仍構成一組，因而可以給這個神話組規定骨架而又不影響其複雜性。有些神話考慮月亮黑點或月亮本身的起源。美洲印第安人的自然哲學尤其讓月亮呈陽性形相而使這個天體對月

經負責。另一些神話也關涉一種生理過程，即本來意義或比喻意義上的陰莖變長或縮短，它也同月亮相聯結，但這次取其陰性形相。

因此，問題始終在於可參照生理成熟加以定義的一個事件，這事件或者關涉女性，或者關涉男性，而在後一種情形下，這種神話從正面或反面描述它。不舉或陰莖過短在男人象徵著處於童年或返老還童。當男人反過來表現出亢進或早熟時，則這種特殊狀況的過度特徵表現爲過長的陰莖或（過）臭的糞便。這不是等於說：男人那裡的臭糞便⑦相當於女人那裡通常以月經爲例示的那種異型現象？

---

⑦關於糞的語義學，有許多話可以說。威廉森(Williamson)在其可紀念的著作(第280－281頁)中證明了新幾內亞的精靈馬弗魯(Mafulu)所面對的烹飪廢物和糞便間對立。這個對立的兩極會發生反轉，視有關的人是成人還是幼兒而定。成年人不關心糞便，但不適合食用的烹飪廢物應當小心保存起來，以免被人忽視，然後被扔入水中，以確保它們不造成危害。如果是幼兒，則情形相反：人們不會注意給他們留的不可食用的烹飪廢物，但會小心收集他們的糞便，把它們放在安全的處所。根據新近的觀察資料可知，新幾內亞山地土著用專門的屋子存放嬰兒糞便(Aufenanger)。因此，事情似乎是，殘餘物在可消化食物的這一邊或那一邊都構成食者的不可分離的部分，不過這或者在**事前**或者在**事後**，視年齡而定。這樣，我們又遇到了我對婆羅洲的皮南人(Penan)的某些習慣所作的解釋，他們似乎認爲，一個幼兒的食物構成其人身的不可分離的部分(L.-S.：9，第262－263頁，註)：

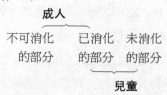

成人

不可消化　已消化　未消化
的部分　　的部分　的部分

兒童

某些跡象提示，南美洲印第安人也設想這種類型的對立，不過他們代之以垂死

　　如果這個假說是準確的, 那麼結果便是, M₂₄₁的英雄哈布里經歷的循環與一個少女從出生直到青春期的循環相反。水獺使他從病態的成年到達正常的童年, 而一個小女孩在月亮干預下應當等待正常的成熟, 但成熟以內在地帶病理性的月經的來潮爲標誌, 因爲土著思維把經血當做髒物和毒。神話的這種復歸性步驟證實了我們一開始就已認識到的屬於同一組的全部神話的一個特徵, 我們現在以一種新的方式來證實它。

的兒童, 而後者相對於成人 (就年齡而言), 是同「出生的」兒童相對稱的。玻利維亞的西里奧諾人用籃子盛危重病人忍受垂死痛苦期間的嘔吐物和糞便。死亡之後, 籃內的東西就在墳墓附近倒空(Holmberg, 第 88 頁)。也許生活在普魯斯河和儒魯亞河之間的耶馬馬迪人(Yamamadi)奉行相反的習慣做法, 因爲他們建造一種斜坡, 從茅舍直到樹林: 這可能是靈魂之路, 但也可能是爲病人提供方便, 讓他們能到戶外去解大小便 (Ehrenreich, 第 109 頁)。

對於美洲來說, 糞便的語義問題是應當探討的, 因爲關於一個能吃自己糞便的神奇嬰孩的北美神話和關於一個能吃經血的同樣神奇的嬰孩的南美版本適成對比(卡蒂奧人, 載: Rochereau, 第 100 頁)。另一方面, 如果說糞便和兒童身體很難分離開來, 那末, 噪音亦復如此: 採用聲學代碼的令嬰孩無法忍受的吵鬧 (這提供了前面〔第 189 頁〕扼述的神話的題材) 等當於嗅覺代碼層面上的惡臭糞便。因此, 由於在《生食和熟食》中已經指出的喧鬧和惡臭之根本上等同 (這一點我在其他場合還要授用), 故噪音和糞便可以互換。

這個對比也對水獺的語義地位提供了一個補充提示: 由於一個虛假成人排出臭糞, 因此水獺把他送回他的母親那裡; 因爲一個「虛假」兒童 (他無端地叫喊) 發出刺耳喧鬧聲, 所以蛙、負子袋鼠或狐使他遠離母親。我們已由 M₂₄₁知道, 水獺和蛙大相徑庭, 前面作的說明使我們得以推廣這個關係。爲了推進這個分析, 最好再把水獺同其他動物 (每每是各種鳥) 作比較, 這些動物無論在南美洲還是北美洲都溯源於一個被同親人遠遠隔離的、自由稱爲其父母的超自然精靈撫養的兒童。

實際上，我們還沒有研討過鴨。這種禽在北美洲神話中佔居著特殊重要的地位，並且最好依據兩半球的神話來建構神話的體系。眼下事情還未臻於成熟，我們還只能僅在南美洲的背景下提出兩點考慮。

第一，M_{241}使得到蛙庇護的英雄成為動物界的一個部分的不自覺的主宰。他發明的每一種類型獨木舟都被不定種的鴨盜走，而鴨通過佔有獨木舟而掌握作為其示差特性的游泳本領。由此可知，M_{241}和M_{238}之間存在著直接的親緣關係。在M_{238}中，也受到蛙庇護的另一個獵人成為動物界組織的不自覺的創造者，不過這次是整個動物界。M_{238}中按尾巴和科別構成等級體系的動物總體到M_{241}中轉變成包含各個不同種的一個特定動物科。因此，隨著從一個神話到另一個神話，分類學的雄心在消滅乃至泯滅。剩下來要做的是看看這裡的緣由和過程。

M_{238}所提供的動物學的和自然的組織產生於文化的赤貧：如果英雄不是無能的獵手，就絕不會產生這種組織。相反，在M_{241}中，它產生於文化的征服：航行技術的征服，這種技藝的發明對於鴨之能體現技術客體——獨木舟來說是必要的，而鴨的現實形相得助於獨木舟。這種觀念意味著，鴨並不構成原始動物界的組成部分。鴨導源於文化作品，這證明了，就是在自然界中也有局部的文化復歸。

有人會懷疑我們對這個神話小題大作。然而，在一個源自亞馬遜河下游的圖皮人神話(M_{326b})中又可看到這種理論。這個神話將放在以後加以祖述和討論，眼下只要從中擷取一個題材就夠了。由於違犯一條禁令，東西變成了動物：籃子產生花豹，漁夫和他的獨木舟變成鴨：「漁夫的頭中產生了鴨的頭和喙，獨木舟中產生它的身體，槳中產生它的蹼」(Couto de Magalhães，第 233 頁)。

卡拉雅人說(M_{236b})，造物主卡納希胡厄(Kanaschiwué)給了鴨一條泥獨木舟，以換取這禽讓與他的機動金屬船(Baldus：5，第 33 頁)。在瓦皮迪亞納人大洪水神話(M_{115})中，轉變成獨木舟的鴨喙可以讓一家浮游

(Ogilvie, 第 66 頁)。

更有甚者，一個陶利潘人神話(M_{326c})在一個人奪取了一種神奇器具之後把他變成了鴨，它是一種自動工作的農具(self-working agricultural implements)。如果他的姻兄弟們沒有罪惡地弄了這些極妙工具，人本來不用在田裡含辛茹苦 (K.-G.: 1, 第 124–128 頁)。這同 M_{241} 顯然有共通之處：在一種情形裡，英雄創造了鴨，然後隨同文明技藝一起消失；在另一種情形裡，這英雄在使「超文明」的技藝歸於消失後變成了鴨，我們已看到，這技藝已由其名字作了完美的形容，而哈布里拒絕把這種技藝給予印第安人，因爲這種技藝屬於布蘭克人(Blancs)所有。[8]由此可見，這些神話的對比表明，在前兩個神話中，鴨體現蛻變爲動物的獨木舟，[9]不是偶然的，也不是神話講述者的想入非非。同樣，我們也可明白爲什麼在一個關於我們屢屢強調的復歸性步驟的神話中，作爲創造者的英雄的作用停留在一個有限的範圍裡：按照土著的思想，在這個範圍裡，這種創造正是採取復歸的形式。這種復歸乃從文化向自然進行，而這就又提出了一個問題。爲了結束關於鴨的研討，我們暫不去解決它。

實際上，如果說鴨就文化關係而言等同於獨木舟，那麼，就自然範圍來說，鴨同魚保持著相關而又對立的關係。魚在水下游，而這些神話在議論中解釋了鴨作爲前獨木舟爲什麼在水上游。蒙杜魯庫人神話中的捕魚者太陽和月亮在查科神話中成爲捕鴨者。所以是漁夫而不是獵人，是因爲這些神話意在描述所應用的技術：鴨由一個出現在水中間並在那裡游的人物用網捕捉。此外，這種捕捉從高到低進行：所捕獲的禽被拉到水底，而捕

---

[8]關於自己爲主人工作的農具題材又轉變成器物造反即月亮的治理使命的負面極端的題材，參見 CC, 第 389 頁註⑪。

[9]在北美洲的易洛魁人和瓦巴納基(Wabanaki)種群的印第安人那裡也可看到鴨同化爲獨木舟。

魚，更確切地說水獺進行的捕魚是從低到高進行的：把魚從水中撈上來，以便存放在岸上。

M_{241}把哈布里描繪成專門捕鳥的獵人。正是他第一次捕獵失敗的時候，他解大便，把糞撒在水獺吃東西的地方。因此，這種產生糞便而不是食物的「反捕魚」是像捕鴨一樣從高到低而不是從低到高進行的。就水獺是捕魚者而言，這冒犯了水獺。

因此，重要的在於要知道，是否存在一個項，它同魚保持的關係與鴨同獨木舟保持的關係相關聯。已經援引過的一個神話(M_{252})給我們提供了這個項，而且也正是以水獺爲中介。當不知道女人的孿生兄弟要求在水獺的眼睛裡滿足性慾時，水獺向這兩個文化英雄解釋說，它不是女人，而女人在水中，他們應當到那裡去捕捉她們。最早的女人是魚，或者是由於同丈夫爭吵，她們遂決定變成魚。以此爲題材的神話非常之多，可以列出一張清單來。就像鴨是前獨木舟，女人是前魚。如果說前者構成從文化向自然的復歸，則後者構成從自然向文化的進步，而這兩個界域間的差異在任何情形下都是很小的。

按照這種解釋，以魚爲食的水獺同女人保持的關係帶著模稜兩可的特徵。在一個博羅羅人神話(M_{21})中，水獺成爲謀害丈夫的女人的同伙，並供給她們魚，條件是她們讓它們滿足性慾。相反，已扼述過的一個尤帕人神話(M_{254a})詳確說明，水獺爲被它收養的印第安男人捕魚，但拒絕爲女人提供這種服務。因此，水獺處處是男人，或者是男人出身；韋韋人神話中的水獺被兩個不諳世事的人要求作爲女人侍候他們時怒不可遏。而且，它們還反其道而行之。

我們已經看到，哈布里在發明獨木舟時區分了各個不同鴨科。這樣，他以溯因方式部分地整理了自然界。但在同時，他還對文化作出決定性貢獻，而人們可能認爲，神話的復歸性遭到這種偏見反對。布雷特(Brett)的那些古老版本有助於解決這個困難。按照這作者的標音，哈布里的名字爲阿博

雷(Aborē)，他作爲「發明之父」出現。如果他不必逃離他的老妻子，印第安人本來可以充分享用他的機巧的其他成果、尤其編織的衣服。羅思指示的一個異本甚至說，英雄的逃離終止於布蘭克人的區域(M_{244}說，特立尼達的島嶼)，他們的技藝得之於他(Roth：1，第 125 頁)。如果說應當把哈布里或瓦勞人的阿博雷當做古代阿拉瓦克人稱之爲阿盧比里(Alubiri)或胡畢里(Hubuiri)的神，那麼，就應當賦予朔姆布爾克的意見以同等重要的意義：「這個角色與人關係不大」(同上著作，第 120 頁)。除了航行這種唯一似乎可歸功於土著的文明技藝之外，這裡關涉的實際上也就是文化——或者比他們的文化更優越的文化——的喪失了。

現在，在一切方面都比羅思和威爾伯特的版本貧乏的布雷特版本(M_{258})所以十分令人感興趣，是因爲它們在某種意義說橫跨了圭亞那神話組和熱依人神話組，後者的女英雄像查科的神話一樣也是痴迷蜂蜜的少女。阿博雷是一個老雌蛙 Wowtā 的丈夫，後者在他還是嬰孩時就化身女人捕獲他。她不停地派他去尋找蜂蜜，她酷嗜蜂蜜。他不堪忍受，最後把她囚禁在一棵中空的樹中而擺脫了她。然後，他乘上偷偷製造的蜂蠟獨木舟逃離了。他的離去使印第安人失去許多其他發明(Brett：1，第 394–395 頁；2，第 76–83 頁)。

在這個冗長異本結束的時候，指出下述一點是適宜的：在它的兩個相繼部分 (分別由 M_{237} 到 M_{239} 和 M_{241} 到 M_{258} 例示) 中，它同一個重要的卡拉雅人神話(M_{177})保持一種值得加以專門研究的轉換關係，在後一個神話中，除了身體潰爛的小兄弟遭到母親拒棄 (參見 M_{245})，以祖父提供的髒物爲食之外，他的哥哥們，一些倒霉的獵人成爲吼猴 guariba 的受害者。他被一條蛇治癒後，得到一隻蛙保護，換取虛僞的愛撫。他靠著蛙給予的標槍 (對於每種類型食物都有一根標槍) 成爲神奇的獵人。這種標槍塗上一種軟膏後會效力減退，因此，它等當於一種反獵毒。儘管這英雄禁止人觸摸他的神奇武器，但還是有一個姻兄弟去握了蜂蜜標槍(蜂蜜的採集在此視同打獵，

這同奧帕耶人神話 M_{192} 相反，後者把蜂蜜的採集視同農業），結果這個姻兄弟的冒失招致一個妖怪出現，他殺死了全部村民(Ehrenreich, 第 84－86 頁)。我還將從另一種背景、就其他一些版本討論這個神話（以下第404頁）。

II　變奏曲 4，5，6

4　第四變奏曲：

〔○⇒○〕 ↔ 〔蛙⇒花豹〕

現在我們熟悉了樹蛙 cunauaru 的角色和習性。然而，我們尚需了解，按照亞馬遜河流域的圖皮人的說法，這種蛙能變成花豹／yawarété-cunawarú／ (Tastevin：2，辭條「cunawarú」)。其他各個部落也抱有這種信念 (蘇拉拉人〔Surára〕，載：Becher：1，第 114–115 頁)。圭亞那的奧耶納人稱神話的花豹——按圖皮人為藍的，在圭亞那為黑的 (參見 M₂₃₈)——為／Kunawaru-imö／即「大 Cunauaru」(Goeje，第 48 頁)。

這些神話使我們得以分多個階段來分析這轉換。

M₂₅₉　瓦勞人：樹木未婚妻

納哈科博尼(Nahakoboni)（這名字意為「吃得很多的人」）沒有女兒。他步入老年後開始擔心起來。沒有女兒，也就沒有女婿；那麼，誰來關心他呢？於是，他在一棵李樹的樹幹上刻了一個女兒；他非常能幹，因此這少女出落成絕色佳人，所有動物競相向她求婚。這老人一個一個聽他們說，但當太陽耶爾(Yar)出場時，納哈科博尼想，這樣的女婿值得考驗一番。

因此，他給耶爾佈置了各種任務，其細節毋需贅述，除了一個任

務而外，這任務在於把 M_{238} 中的蛙教授的神奇技術反轉過來，因爲這裡英雄必須擊中目標，儘管給他的命令是瞄準上面（參見以上第166頁）。不管怎樣，太陽光榮地通過了考驗，終於同美女烏西迪烏(Usi-diu)〔字面意爲英語「seed-tree」〕(「種子樹」)。喜結良緣。但是，當他向她表示要作愛時，他發現這不可能，因爲作者在當時雕刻這少女時，忘記了一個關鍵細節，而他現在承認已無法補上。耶爾討教了鳥 bunia；它答應幫助他，接近，哄騙這少婦，抓住有利時機鑽出了那個缺少的開孔，然後又去除在那裡的一條蛇。從此之後，就再也沒有什麼東西阻礙這兩個年輕人歡愛了。

岳父大怒，女婿竟敢批評他的作品，擅自叫鳥 bunia 來改良它。他耐心等待報復的時機。當種植季節到來時，他一連多次用魔法破壞女婿的勞作；但是，女婿在一個精靈的幫助下成功地耕耘了田地。儘管老人用魔法害人，他還是爲岳父建造了一個小屋。最後，他一心掛念在自己家庭上，妻子和他長年過得很快樂。

一天，耶爾決定出去旅行，向西進發。烏西迪烏正在懷孕，因此他建議她小步走。她唯丈夫的足跡是從，小心地始終走右邊；並且，爲了避免混淆，他在向左拐的道上撒下羽毛。起先一切順利。但是，到了一個地方，風把羽毛刮走了，於是這女人迷惑起來。這時，她懷著的嬰孩說話了，給她指路；他還要求她採摘花朵。當她彎下身去時，一隻黃蜂從這少女身下刺她。她想殺死它，但未擊中目標，卻傷了她自己。她腹中的嬰孩認爲，這一擊是對準他的。他大怒，拒絕給母親引路，後者於是昏頭轉向。最後，他來到一個大屋子，裡面的唯一居住者是南約博(Nanyobo)(一隻大雌蛙的名字)，她化身一個又老又強壯的女人。在女旅客休息之後，這蛙要她抓虱子，但叫她注意不要弄死牙齒之間的害蟲，因爲它有毒。這少女由於太疲勞，忘記了這告誡，仍按老習慣行事。她很快死去。

這蛙打開了女屍的腹部，取出不是一個而是兩個漂亮男孩馬庫耐馬(Makunaima)的皮亞(Pia)，她慈愛地扶養他們成長。兩個孩子長大了，開始打獵，獵物先是鳥，然後是魚（用箭射）和大獵物。這蛙對他們說:「尤其不要忘記把你們的魚放在太陽下曬乾，不要放在火上烘乾。」然而，她派他們去採集樹木，而當他們回來時，魚總是已煮到恰到好處。實際上，這蛙吐出火焰，在兩兄弟回來之前又吞咽下去，使得他倆從來未見到過火。為好奇心所驅使，一個男孩變成蜥蜴去偵察這老嫗。他看到她吐出火焰，從頸部放出一種白色物質，有如巴拉塔槍彈木樹(*Mimusops balata*)的澱粉。兩兄弟厭惡這種做法，遂決定殺死養母。他們開墾出了一片田，然後種上一棵樹，安置在田的中央;他們圍著這樹堆起一個柴垛，再點上火。當老嫗生火時，她身體中的火通過柴把，這柴把是／hima-heru／(*Gualtheria uregon*? 參見 Roth: 2, 第70頁)的木頭，今天人們仍用它通過摩擦生火(Roth: 1, 第130-133)。

威爾伯特給出這神話的一個簡短版本(M₂₆₀)，縮簡為木雕女人即納哈科博尼女兒的挿段，許多鳥相繼來弄破她的處女膜。有些鳥失敗了，因為這木頭太堅硬;它們用鈎狀的或開裂的喙嘗試。另一個鳥成功了，少女的血流入一個罐中，許多種鳥來塗抹這血，先是紅的，然後是白的，然後是黑的。這樣，它們獲得了各自的特殊羽毛。「醜鳥」最後到，因此它的羽毛呈黑色（Wilbert: 9, 第130-131頁）。

對這個異本可以作評述。樹幹上雕刻的未婚妻的題材見諸大陸上僻遠的地區:從阿拉斯加的特林吉特人(M₂₆₁, 那裡這女人是啞巴，因此在上部而不是下部堵塞; 參見Swanton: 2, 第181-182頁)⑩直到玻利維亞，在那裡，這題材構成一個塔卡納人神話(M₂₆₂)的對象，它以戲劇性方式告終: 由魔鬼激活的木偶把她的人丈夫送上了西天(Hissink-Hahn, 第515頁)。在瓦勞人那裡，可以看到這神話(M₂₆₃ₐ、ᵦ)採取未婚少男的故事的形式，他在棕櫚樹

Mauritia 的樹幹上雕刻了一個女人。她供給他食物，他佯稱它們是糞便，但他的同伴發現了這雕像，用斧砍壞了它（Wilbert：9，第 127-129 頁）。這後一些神話提到的植物精顯然回到了 M₂₄₁ 開頭提出疑問的「樹木丈夫」，從而建立起了同神話組其他神話的初步聯繫。

此外，至少在語義層面上，M₂₆₀ 的「醜鳥」和 M₂₅₉ 的 bunia 之間也有相似之處，bunia 現在叫做「臭鳥」（鶉雞目，種名 *Ostinops*, Roth：1 第 131 和 371 頁）。這種鳥在神話中的地位別處（CC，第 247、271 頁及第 353 頁註㉝）討論過，這裡不再重複。另一方面，應當注意到，M₂₅₉ 發展了 M₂₆₀ 展開鳥題材時所採取的方式，以致威爾伯特的版本表現爲關於鳥按種分化的神話，從而引伸了 M₂₄₁ 中關於鴨分化的插段。最後，威爾伯特的版本又加入了關於鳥的顏色的起源的神話組（尤其 M₁₇₂，那裡最後來的鳥鸝鸘也變成黑色的），而我在《生食和熟食》中已表明，可以通過轉換獵毒和漁毒起源神話來產生這個神話組。這裡我們又看到了同樣的骨架，但它是由以蜂蜜起源神話爲出發點的轉換系列產生的。由此可見，在土著的思維中，應當存在著蜂蜜和毒物間的同系，如經驗所證實的那樣，因爲南美洲的蜂蜜有時是有毒的。在神話本身的層面上，這種聯繫的本性到後面將會顯現出來。

把威爾伯特的版本同一個已研討過的查科神話（M₁₇₅：CC，第 397-398 頁）加以對比，也是合宜的。這個神話採取的進程令人矚目地類似於威爾伯特的版本，因爲在這個神話中，鳥通過使騙子的堵塞的身體開通而獲得它們的特殊羽色，這騙子在排出汚物之前先噴濺出血。像在威爾伯特的版本

---

⑩我們僅援引特林吉特人作爲例子。由於本系列第四卷（如果有朝一日寫作它的話）裡終將闡明的那些理由，我想現在就提請讀者注意熱帶美洲神話和北美洲太平洋海岸神話之間的特別密切關係。但在事實上，活起來的雕像或偶像的題材散布於北美洲各地，從白令海峽的愛斯基摩人直到米克馬克人（Micmac）和易洛魁人，其地域經過大平原向南廷伸到普韋布洛。

中一樣，這種污物把醜鳥、現在是烏鴉的羽毛染黑。

如果這種相似性不是反映托巴人的騙子或馬塔科人的狐和圭亞那神話的樹木未婚妻之間的同系，那麼，它就是不可思議的。並且，如果不以痴迷蜂蜜的少女爲中介，那麼也無法明白這同系是如何引入的，而我已反覆指出(並且還明確地加以證明)，痴迷蜂蜜的少女本身是和狐或騙子同系的。由此可見，樹木未婚妻是痴迷蜂蜜的少女的一種轉換。這裡尚需解釋這種轉換的方式和原因。眼下，最好先引入圭亞那神話的其他異本，沒有這些異本，很難徹底解決這些問題。

M₂₆₄   卡里布人：花豹的母親蛙

從前有個孕婦，懷著孿生子皮亞和馬庫耐馬。他倆甚至在出生之前就想去拜望父親太陽，他們要求母親登上向西的道路。他倆負責給她引路，但她還必須爲他們採摘美麗的花朵。因此，這女人隨處採摘。一個障礙物把她絆倒，她跌倒在地而受傷；她責怪兩個孩子。他們大怒，拒絕給她指路，這女人迷路了，最後累倒在科諾(博)亞魯[Knon(bo)-aru]的屋子裡，這蛙是司雨的，她的兒子花豹因殘暴成性而令人畏懼。

這蛙可憐這女人，把她藏在啤酒罐裡。但是，花豹聞到人肉氣味，發現了這女人，把她殺死了。花豹剖開屍體，發現了孿生子，把他倆托付給母親。這兩個孩子一開始就在寵愛中成長，迅速長大，一個月裡就長成成人。這蛙於是給他們弓箭，叫他們去捕殺鳥／powis／(種名 Crax)。她解釋說，這鳥犯下了殺害他們母親的罪行。因此，這兩孩子便去殺／powis／；爲了換取生命獲救，這鳥向他們揭穿了真相。兩兄弟大怒，更有效地使用武器，殺死了花豹和它的母親。

他們出走了，到達了一片「cotton-trees」(「棉花樹」)叢林(無疑是

木棉科植物），其中央有一間屋子，裡面住著一個老嫗，她實際上是個蛙。他們在她那裡住下了。他倆每天出去打獵，當他們回來時，發現甘薯已煮熟。然而，他們沒有見到周圍有什麼種植園。因此，兩兄弟便偵察這老嫗，發現她從放在其肩膀之間的一塊白板提取澱粉。這兩兄弟拒絕一切食物，叫蛙躺在一張棉花床上，然後點火燒床。蛙燒成重傷；正因爲這個緣故，蛙的皮膚今天看來佈滿皺褶，高低不平。

皮亞和馬庫耐馬重又趕路，去尋找父親。他們與一個貘女人一起渡過了三天，他們鼓動她離家出走，回來時可以長得高大強壯。同時，他們跟蹤她，一直到達一棵李樹，他們拼命搖樹，所有李子全跌落下來，有的生青，有的已成熟。這雌獸看到她的食物被糟蹋，怒不可遏，遂痛打他們一頓，走了。兩兄弟一路緊追不捨。他們最後又趕上了她，並施用了計策：馬庫耐馬堵住貘的路，射出標槍箭，後者折返時擊中了貘。但是，馬庫耐馬被繩子絆住，截斷了一條腿。今天在明亮的晚上可以看到他們：貘成爲畢星團，馬庫耐馬成爲昴星團，獵戶座的帶狀如被截去的腿（Roth：1，第 133-135 頁）。

天文學代碼的意義將在以後加以討論。爲了直接把這個神話連接到痴迷蜂蜜的少女的神話組，我現在援引一個關於獵戶座和昴星團起源的瓦皮迪亞納人異本：

M_{265}　瓦皮迪亞納人：痴迷蜂蜜的少女

一天，包庫雷（Bauukúre）的妻子截斷他的腿。他升上了天空，變成獵戶座和帶。爲了復仇，他的兄弟把這罪惡的妻子囚禁在中空的樹中，然後也升上天空，變成昴星團。至於那個女人，她變成了嗜吃蜂蜜的蛇（Wirth：1，第 260 頁）。

　　這個版本很簡短，但還是可以看出，它處於許多神話的交點上。首先是哈布里的神話，因爲可以設想，像老雌蛙一樣，這女英雄也是滿腦子淫邪心思(她被人引誘離開丈夫)。此外，她也痴迷蜂蜜，不然的話，她不會答應進入中空的樹，也不會變成痴迷蜂蜜的動物。此外，這兩個神話都以英雄的離去告終：在 M_{241} 中是水平方向的，在 M_{243} 中是垂直方向的(不過是從高到低)，在 M_{265} 中也是垂直方向的 (這次是從低到高)。在發明之父阿雷博神話的布雷特版本(M_{258})中，痴迷蜂蜜的女人的題材更爲直接，這個版本提供了回歸熱依人神話的某種縮簡。最後，M_{264} 和 M_{265} 共同的作爲獵戶和昴星團起源的截腿男人的故事則屬於一個龐大的神話總體，而《生食和熟食》對它只能一筆帶過。如果說這個總體圍繞各個痴迷蜂蜜少女神話以之爲核心的那個神話散佈，那麼，這顯然是因爲聽憑一個很接近的情人 (姻兄弟) 或很遙遠的情人 (貘，M_{264} 賦予它另一種功能) 勾引的淫婦和嗜食蜂蜜的女人 (她在食物面前不知自重，而食物在她也是一種勾引者) 之間存在等等關係。我們將更詳細地分析這種聯繫。不過，爲了把這種聯繫暫時當做一種工作假說，至少應當說明，文化英雄別離的四個階段 (即在相繼同兩個蛙分離之後，在同母親分離之後，又同貘女人分離) 所以可以得到解釋，歸根結蒂是因爲這三種動物和女人本身原來都是痴迷蜂蜜的角色的諸多組合變體。我們是就樹木未婚妻得出這個假說的，我們也未忘記，在 M_{259} 中，孿生子的母親首先是樹木未婚妻。

M_{266}　馬庫希人(Macushi)：樹木的未婚妻

　　太陽因其捕魚池塘遭竊而惱怒，遂委託水中的蜥蜴，然後是鱷魚負責監視。鱷魚是竊賊，但偽裝得很好。太陽終於弄清他的眞面目，用刀砍它的背，從而形成它的殼背。爲了換取保命，鱷魚答應把女兒許

給太陽。只是它没有女兒，於是在一棵野李樹幹上上雕刻了一個女兒。爲了讓太陽因她使他快樂而一心想把她弄活，這鱷魚就躲入水中，静觀事態的發展。自從那時以來，人們就一直到它這樣做。

這女人不完全，但一個覓食的啄木鳥給她鑽了一個陰道。被丈夫太陽拋棄後，這女人出去搜尋。這故事的後續部分和 M_{264} 相同，只是在殺死了花豹之後，皮亞保留他母親的殘骸即腸子，使她復活。這女人和她的兩個兒子躲藏在一個蛙那裡，這蛙從身體裡取火。當蛙看到馬庫耐馬大吃他酷愛的餘燼時，就申斥他。於是，馬庫耐馬決定出走。他開掘了一條運河，注滿水，發明了最早的獨木舟，運載親屬。兩兄弟從鶴那裡學會叩擊取火的技巧，他們藉此製成其他獨木舟。尤其是，他們把石頭堆在沙裡攔魚，從而引起瀑布出現。這樣，他們成爲比鶴更能幹的捕魚者，這致使皮亞爲一方，鶴和馬庫耐馬爲另一方，雙方爭吵不休。最後，他們分道揚鑣，鶴打發馬庫耐馬去到西班牙屬圭亞那。

因此，皮亞和他的母親單獨遊歷，採集野果，打漁，直到有一天，疲憊不堪的母親到羅萊馬山的顛峰隱居。這時，皮亞不再打獵，專事教授印第安人學習文明技藝。正是虧了他，人們有了巫醫。最後，皮亞在羅萊馬山與母親重逢。他在那裡待了一段時間。臨時前，他對她說，她的一切願望都將實現，只要她在提出這些願望時，低下頭，用雙手摀住臉面。她在今天仍是這樣做。當她悲傷而哭泣時，暴風雨大作於山的上空，她的眼淚匯成洪流沿斜坡滾滾而下（Roht：1，第 135頁）。

這個版本使這個神話組得以兩度組合。首先，它回到了 M_{241}：

$\begin{bmatrix} M_{241}: 黑花豹 \\ \\ M_{266}: 太陽 \end{bmatrix}$ 魚 的 主 人，遭竊，偷兒爲 $\begin{cases} 「棕櫚樹木的\mathbf{丈夫}」\cdots\cdots \\ \\ 鱷魚\cdots\cdots \end{cases}$

//

$\begin{array}{l} M_{241}: \\ M_{266}: \end{array}$ 交換 $\begin{cases} 反對他自己，由吃他的花豹。 \\ 反對「李樹木的\mathbf{妻子}」，由使她受孕的太陽。 \end{cases}$

//

$\begin{array}{l} M_{241}: 花豹追逐 \\ M_{266}: 太陽拋棄 \end{array}$ 一個女人 $\begin{cases} 她因一個孩子叫喊而得救 \\ 她因沈默而失去一個孩子 \end{cases}$

//

$\begin{array}{l} M_{241}: \\ M_{266}: \end{array}$ 到達一個蛙那裡 $\begin{cases} 這蛙把食物變成糞便（鳥被弄髒）， \\ 這蛙把糞便變成食物， \end{cases}$

//

$\begin{array}{l} M_{241}: \\ \\ 英雄 \\ \\ M_{266}: \end{array}$ $\begin{cases} 排泄臭的大小便 \\ \\ 攝入灼熱的金爐 \end{cases}$ 招致責備，來自 $\begin{cases} 水獺（△）， \\ \\ 蛙（○）， \end{cases}$

//

$\begin{bmatrix} M_{241}: 從而決定著最早 \\ 獨木舟和文明技 \\ 藝的發明，這些 \\ M_{266}: 技藝 \end{bmatrix}$ $\begin{cases} 被拒絕給於 \\ \\ \\ 被授予 \end{cases}$ 人，而

//

$$M_{241}：蛙被關閉在樹裡（內部的水）：$$
$$M_{266}：女人被隔離在山上（外部的水）：\left.\right\} 雨季的起源。$$

　　布雷特給出了一個阿拉瓦克人版本(M_{267})，其中明顯出現水獺，而我們不會忘記後者在M_{241}中扮演的角色。這些水獺破壞了太陽爲捕魚設置的隔欄；鱷魚想仿效它們，但被抓住了。爲了保命，它把自己佔有女人獻給了太陽(Brett：2，第27-28頁)。鱷魚、水獺和樹木未婚妻也被庫貝奧人(Cubeo)聯結起來：

M_{268}　庫貝奧人：樹木未婚妻

　　文化英雄庫韋(Kuwai)在一棵／wahokaü／樹的樹幹上雕刻了一個女人，鳥科納科(Konéko)〔另一個版本爲英雄的祖母〕給她鑽了陰道。這女人很美，庫韋和她一起過得很開心。但是，一天，這女人被一個精靈／mamüwü／誘拐。庫韋待在一根樹枝上哭了起來。水獺看到了，詢問他，引導他到水底。英雄在那裡重又佔有了妻子。一個盛怒的精靈追索他，他逃跑了，再也沒有回來。

　　〔在另一個版本中，這女人以一條蟒蛇做情夫。庫韋發現了他們，把蛇殺了。他把蛇的陰莖切成四塊給妻子吃，她以爲它們是小魚。當她明白她的情夫已被殺害後，便又變成了樹〕(Goldman，第148頁)。

　　有鱷魚介入的故事(M_{269})很可能關涉庫韋的另一個妻子，因爲它詳確說明，她是該部落一個老人的女兒。一天，她躺在吊床上，庫韋派鱷魚來尋火把，以便點燃一支香煙。鱷魚看到了這女人，想同她交媾。她拒絕了。然而，它成功地爬到她身上，但她吃光了它身體的前面部分，也吃掉了陰莖。庫韋來到，對鱷魚説，他已料到它會這樣。他

取了一塊小方木，用它修復鱷魚的腹部，再把它放入水中說：「你天天
可以吃了」（Goldman，　第 182 頁）。

兩個女人——樹木女人和另一個女人——是同一個神話的兩個組合異
本。這一點很可以從下面幾個方程看出：

(1) F^1（被一個水妖誘拐）$\equiv F^2$（遭到一條鱷魚攻擊）；

(2) F^1（被蟒蛇誘姦，她順從）$\equiv F^2$（被鱷魚誘姦，她拒絕）；

(3) F^1（吃蛇的陰莖）$\equiv F^2$（吃鱷魚的陰莖）。

另一方面，總體 $M_{268} - M_{269}$ 可以直接同 $M_{266} - M_{267}$ 和 M_{241} 聯繫起來：

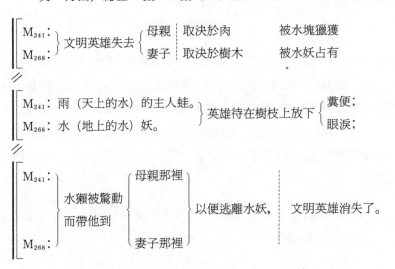

現在我們把 M_{260} 的同 M_{269} 聯繫起來：

$\begin{bmatrix} \mathrm{M}_{266}: & 保全性命 \\ \mathrm{M}_{269}: & 逃過死亡 \end{bmatrix}$ 借助樹木未婚妻——英雄的妻子，

//

$\begin{bmatrix} \mathrm{M}_{266}: & 被動地 \\ \mathrm{M}_{269}: & 主動地 \end{bmatrix}$ 不可穿透 $\left\{ \begin{array}{l} 陰道被堵塞（\textbf{性的}） \\ 貪吃的口（\textbf{食物的}） \end{array} \right\}$ 偷竊犯……

//

$\begin{bmatrix} \mathrm{M}_{266}: & 食物的…… \\ \mathrm{M}_{269}: & 性的…… \end{bmatrix}$ 被殘害 $\left\{ \begin{array}{l} 在背部 \\ 在腹部 \end{array} \right\}$ 殘廢……

//

$\begin{bmatrix} \mathrm{M}_{266}: & ……被陷害 \\ \mathrm{M}_{269}: & ……被修復 \end{bmatrix}$ 由英雄。 鱷魚 $\left\{ \begin{array}{l} 逃離（\textbf{主動}） \\ 被拋擲（\textbf{被動}） \end{array} \right\}$ 到水底。

聯結 M_{241} 和 $\mathrm{M}_{266-269}$ 的回路比較短，因為從地理的觀點來看，在這個轉換系列中，關涉的是鄰近的神話。另一個回路更令人矚目。這裡的各個神話地理距離和邏輯距離（如果可以這樣說的話）都很遠，但這回路還是把這個馬庫希人神話同一些查科神話聯結起來，而這些查科神話的女英雄是個痴迷蜂蜜的少女，並且像前一個神話一樣，這個角色從表面上看也是未出場的：

$\begin{bmatrix} \mathrm{M}_{216-217}: & 太陽吃其食物，即鱷魚這種魚。 & 太陽的女兒…… \\ \mathrm{M}_{266}: & 鱷魚吃太陽的食物即魚。 & 鱷魚的女兒…… \end{bmatrix}$ $\left. \begin{array}{l} 被一時疏 \\ 忽所害 \\ …… \end{array} \right.$

//

$\begin{bmatrix} \mathrm{M}_{216-217}: & 食物範疇的……。被填補…… \\ \mathrm{M}_{266}: & 性範疇的……。被鑽孔…… \end{bmatrix}$ 被啄木鳥 $\left\{ \begin{array}{l} 為了獲得蜂蜜，等等 \\ 為了尋覓食品，等等 \end{array} \right.$

如果考慮到下述聯繫，圭亞那神話和查科神話之間的聯繫就顯得更為

緊密。這聯繫是：圭亞那神話中兩兄弟皮亞和馬庫耐馬間的關係等同於查科神話中啄木鳥和狐之間的關係：實際上馬庫耐馬是誘姦他哥哥的妻子的卑劣之徒（K.-G.：1, 第 42-46 頁）。

可見，我們再次倚重了曾多次援用過的樹木未婚妻和痴迷蜂蜜少女間的等當性。但是，一方面，當痴迷蜂蜜的少女代之以一個有類似嗜好的女人時，這種等當性很容易看出來。但另一方面，就身體而言，這種等當性在樹木未婚妻的情形裡又被排除了，因為，樹木未婚妻沒有女性所必不可少的一個屬性，結果受相反的體質所害。為了解決這個困難，也為了同時推進對這第四種變異試圖整理的各個神話的解釋，從頭再來探討，是合宜的。

痴迷蜂蜜的少女是個貪吃者。然而，我們已經看到，在 $M_{259}-M_{260}$ 中，樹木未婚妻的父親和創作者名叫納哈科博尼，它意謂貪吃者。為什麼貪吃？當然，首先是為了飲食之需，因為有證據表明，他強行需求向他提供大量肉和飲料。但是，這個說法尚不足以完全解釋人物的心理，也不足以充分說明他為什麼忌恨女婿托付鳥 bunia 去修補他自己無法使之臻於完善的女兒。對此，神話的本文提供了重要的啟示，問題是只要一如既往地嚴格讀本文，得其要領地領會每個細節。納哈科搏尼年邁了，他因此需要一個女婿。實際上，在從母居的瓦勞人那裡，女婿定居在岳父母那裡，應向他們提供勞務和食品，作為對他得到的女人的交換。但是，在納哈科博尼看來，這女婿應當是個服勞役者，不應是一個配偶。這老人**完全為了他自己**而需要這女婿：一個家戶家庭（famille domestique）的勞動中堅，而不是一個配偶家庭（fameille conjugale）的奠基者，因為對丈夫作為後者要給予，而女婿必然作為前者向他回報。換句話說，如果說納哈科博尼是貪吃食物的人，那麼，他更需要女婿服務：這是一個痴迷女婿的岳父。因此，首先必定是，女婿從未成功地履行其義務，然後並且主要地必定是，交付婚配的女兒遭受一種漠視的影響，這種漠視不妨礙她在聯姻中所起的居間作用，但又對她

造成障礙，致使她父親的女婿未能成為一個丈夫。這個開始時是負面的女性配偶令人矚目地類似於痴迷蜂蜜少女的男性配偶，而這裡的差異大致為，一者的負面性體現在心理學的層面上（即在比喻的意義上），而另一者的負面性體現在形體的層面上，因而是本來意義上的。從解剖學上說，樹木未婚妻不是一個女人，而是她的父親獲取女婿的媒介。從道德上說，查科神話的啄木鳥不是男人。婚配的觀念脅迫著他，他一心專注接受他岳父給他做的妻子：因此，他僅僅是女婿，但作為丈夫——這次這個措辭取隱喻的意義——他是「木頭做的」。

查科神話關心的是從兩個方面刻劃太陽這個角色。這首先是個未能給女兒提供她所喜歡的蜂蜜的父親；因此他也未能從食物的意義上「完善」她，就像樹木未婚妻的父親未能從性上給她鑿孔。其次，查科神話的太陽是一個貪吃者，迷戀於專一的食物：與鱷魚相似的魚／lewo／，以至派女婿去捕捉這種魚而喪生。這對圭亞那神話作了雙重的、根本性的反轉。在圭亞那神話中，一個貪吃的岳父考驗其太陽女婿。這種反轉可以表示如下：

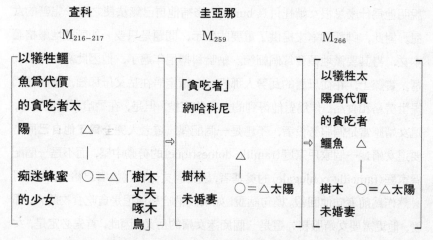

因此，通過各個圭亞那神話，可以看出我們由之出發的查科神話中的角色形象，但它已被反轉：太陽父親變成了太陽女婿，也即有關的親屬關

係從親嗣關係轉變爲姻親關係。考驗的太陽變成了被考驗的太陽。丈夫道德上的遲純變成妻子身體上的遲純。痴迷蜂蜜的女兒變成樹木未婚妻。最後也是最重要的是，查科神話成功地把湖弄平，把鱷魚趕到水外，而圭亞那神話在最後表明，鱷魚被棄諸水或試圖藏身於水中。

我們已多次證明，鱷魚與水獺相對立。如果注意到水獺扮演口才好的動物的角色：它提供信息或報導，那麼，這種對立就看得更清楚了。另一方面，熱帶美洲印第安人認爲，鱷魚沒有舌頭。這個信念在圭亞那的阿拉瓦克人那裡得到的證實 (Brett：1，第 383 頁)；如改成韻文的本文所說：

《Alligators——wanting tongues——

Show (and share) their father's wrongs》⑪

〔「鱷魚——沒有舌頭——

顯露（也共有）它們父親的缺陷」〕

(Brett：2，第 133 頁)。

蒙杜魯庫人也有一個這種類型的故事(M_{270})。鱷魚是個貪吃者，吃掉了接連幾個女婿，爲了挽救最後到來的女婿，印第安人向這野獸的口中放入一塊滾燙的圓石頭，毀掉了它的舌頭。從此，鱷魚失去了這器官，他在肚子裡有一塊石頭 (Kruse：2，第 627 頁)。

另一方面，水獺在一些神話中是太陽的競爭者。在這些神話中，太陽作爲捕魚的能手或捕魚的障礙出現。像在查科一樣，在圭亞那，捕魚也是一種旱季的活動，這方面有大量跡象，一個阿雷庫納人神話的開頭就是一個證明：「在這個時期，所有河流都乾涸了，那裡有極豐富的魚……」(K.-G.：

---

⑪這觀點同古埃及人的觀點相反。他們認爲，蜥蜴沒有舌頭：「在所有沒有舌頭的動物中，只有蜥蜴起因於這樣的原故：聖語不需要聲音，也不需要舌頭」(Plutarque, §XXXIX 頁)。

1, 第 40 頁）。相反，需要水的鱷魚在查科神話中扮演雨的主人的角色。這兩個動物種同樣與水相聯繫, 但就水而言仍是相對立的; 一個需要很多水, 另一個只要一點點水。

在關於蕭德維卡(Shodewika)節日的起源的韋韋人神話(M_{271}、M_{288})中，關涉一個女人，她以一條蟒蛇作爲動物密友。但是，她只給它吃小齧鼠，把大獵物留給自己(參見 M_{241})。這蛇大怒，吞掉了她，然後逃到水底。這丈夫得到水獺幫助。衆水獺用湍流和瀑布截斷河流，從而把蛇囚禁在裡面(參見 M_{266})。它們從蛇腹中取出女人的骨骸，把蛇殺掉。它的血染紅了河水。在河裡洗澡的鳥獲得了鮮豔的顏色，但後來雨水把這顏色沖淡了一些, 而一切動物都在一定程度上得到雨的庇護。這樣, 鳥兒們都獲得了各自的特殊顏色(Fock, 第 63-65 頁；參見 Derbyshire, 第 92-93 頁)。因此，吞吃女人的蛇(≡陰莖, 參見 M_{268}) 的血在這裡所扮演的角色一如被覓食的鳥「吞吃」的女人的血(M_{260})，這鳥其時偶而給她鑽刺了一個陰道。所以，如果說像 $M_{268}-M_{269}$ 一樣，M_{271} 也把水獺同吞吃而不是誘姦女人的蟒蛇對立起來, 那麼, 值得指出, 塔卡納人故意反轉熱帶美洲神話的重要題材, 把水獺和鱷魚關聯起來而不是對立起來: 這種關聯不是敵對性的, 而是同盟性的 (Hissink-Hahn, 第 344－348, 429－430 頁)。⑫

上述討論只有概略的價值。實際上, 毋庸諱言, 對神話組的詳盡無遺的分析會遇到相當大的障礙, 這涉及需要大量各種各樣的軸, 以便嘗試整

---

⑫鱷魚－水獺對偶也出現在東南亞，這種巧合很令人感興趣，尤其因爲在世界的這個地域發現，除了許多其他和美洲共同的題材之外，也還有一個人和蜂女結婚的故事，這婚姻因爲丈夫違反妻子的禁條即不許他提起她的存在而失敗 (Evans, 第 48 文本)。關於鱷魚－水獺對偶, 亦見如下本文：「人是邪惡的、亂倫的。他們的行爲如同馬和蛇、鱷魚和水獺、野兎和狐……」(Lafont, 第 45 文本)。

理這些神話。像同組神話中的所有其他神話一樣，我們正在考察的這些神話也訴諸修辭對立。攝食時而從本來意義上（食物的），時而從比喻意義上（性的）理解，有時又兩者兼而有之，如在 M_{269} 中，在那裡當誘姦者「吃」女人（南美洲語言也取「吃」這詞的意義爲交媾）時，這女人在眞正地吃前者。此外，兩個對立名詞的對偶聯結又屬於提喻法（鱷魚吃**構成**太陽食品之**組成部分**的魚）或隱喻法（太陽以**作爲**鱷魚的魚爲唯一食物）。最後，這些複雜關係可以是非反身的，但應完全從本來意義上或完全從比喻意義上去理解；或者是反身的，但一者取本來意義，另一者取比喻意義：M_{269} 中鱷魚和樹木未婚妻的奇特的性愛－食物結合所說明的情境。如果根據經驗而決定忽視各個元語言性質的對立，從而簡化各個等價關係，那麼，可以用一個圖來整合查科和圭亞那神話的各個最具表徵性的角色：

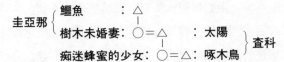

在查科，太陽以「鱷魚」爲食，而後者以太陽的女婿啄木鳥爲食。在圭亞那，鱷魚以太陽爲食，啄木鳥以太陽的妻子即樹木未婚妻爲食（但實際上是幫助她）。最後在庫貝奧人那裡，鱷魚和樹木未婚妻相互爲食（她隱喻地吃他，他提喻地吃她）。因此，從項的空間和時間的遙遠程度的觀點來看，距離最大是查科神話，最小是庫貝奧人神話，圭亞那神話居中。也是查科神話和庫貝奧人神話各自的結論最嚴格地重現，同時又相互提供反的鏡像。在 M_{216} 的最後，太陽派女婿到水裡去捕鱷魚，但後者吃掉了這鳥。於是，太陽用火烤乾了這湖，打開水妖的口，救出女婿。這猶如「去除攝食」。在 M_{269} 中，太陽派鱷魚去找火（火把），妻子把它吃了。於是，太陽又把受害者開口的腹部再堵上，然後把鱷魚投入水中，從此之後，它在水中被人漁獵作爲食物。

我們對庫貝奧人漁獵鱷的情況一無所知，但對圭亞那的這方面情況卻

知之甚多。在圭亞那，氣象條件（至少在東部）與沃佩斯河流域的氣象條件相差無幾。在圭亞那，鱷魚構成重要的食品資源，因為人們吃它的蛋和肉、尤其尾巴的肉（它色白，味美，就像我們常常指出的那樣）。按照古米拉(Gumilla)的說法（轉引自 Roth：2，第 206 頁），漁獵鱷魚在冬季進行，這時水中很少有魚。關於委內瑞拉內地的耶魯羅人(Yaruro)，則情況很不明確：小的鱷魚(Crocodilus babu)全年都漁獵，除了最多雨的 5 到 9 月(Leeds)。然而，古米拉所強調的捕魚和獵鱷魚的對比似乎得之於彼特魯洛(Petrullo)（第 200 頁）的意見：耶魯羅人「在他們找不到鱷魚和龜的時候」捕魚。

　　如果可以推廣這個對立，⑬則它將可能給我們提供關於當從查科神話過渡到圭亞那神話時發生的反轉的線索。查科神話關涉旱季採集的蜂蜜，而這個季節也是查科、圭亞那和沃佩斯河流域捕魚的季節。

　　圭亞那神話在兩根軸上轉換查科神話。它們以比喻意義的話說出其他神話以本來意義的話所說的東西。至少在後一種情形裡，它們傳送的消息並不關涉蜂蜜——自然產物，它的存在證明了從自然到文化的渡過的連續性——同樣也不關涉文明技藝，後者佐證了兩界的不連續性。甚或由分等級的種組成的動物界的組織的不連續性，而這確證了甚至自然界內部也有不連續性。然而，這些圭亞那神話專注於鱷魚的**捕獵**，這是**雨季**的工作，而這同太陽主宰的**打漁**（在**旱季**進行）與水獺（就水而言跟太陽同系）不相容，因此水獺可能雙重地跟鱷魚對立。

　　然而，我們考察過的最早的圭亞那神話明確地關涉蜂蜜。甚至在圭亞

---

⑬無需追索到圭亞那區域以外。西里奧諾人是捕獵鱷魚的能手，但不善於打漁。他們尤其在旱季靠這兩種工作為生（Holmberg，第 26－27 頁）。

那神話裡，我們也應當會看到我們最早是在把查科神話僅同這些圭亞那神話中的某一些作比較時表明的那些轉換，而且它們以更爲激烈的方式表現出來。從這個觀點看來，應當對在 M_{241} 中用來製做的未婚夫、其他神話中均用來製做未婚妻的樹木的性質予以特別的注意。第一次也即在 M_{241}（然後在 $M_{263a、b}$）中出現這題材時，未婚夫或未婚妻已證明是棕櫚樹幹：*Euterpe* 和 *Mauritia*。另一方面，在 M_{259}、M_{266} 中，關涉的是野李樹（*Spondias lutea*）幹。這兩個科之間可以看到多重對立。

一個科包括棕櫚樹，另一個科包括檟如樹屬。棕櫚樹幹裡面是軟的，而李樹幹是硬的。這些神話極力強調這個對立，尤其是威爾伯特的版本，在那裡，鳥兒用喙使樹木變形或開裂（M_{260}），而丈夫的同伴輕鬆地用斧砍伐棕櫚樹幹（$M_{263a、b}$）。第三，雖然棕櫚樹 *Mauritia* 的果子也可作爲食物，從其樹幹中提取的髓成爲瓦勞人的基本食物，但是，唯有李樹的果子可以吃。第四，樹髓的製備是一種複雜的活動。一個神話（M_{243}）對此作過十分詳盡的描述，因爲這技術的獲得象徵著接近文化。棕櫚樹 *Mauritia flexuosa* 無疑處於野生狀態下生長，但是，瓦勞人刻意講究方法地開發棕櫚，以致可以談論一種眞正的「樹木栽培學」。我們還記得，棕櫚髓是神和人唯一共同的食物。

Mauritia 以這一切屬性而同 *Spondias* 相對立，因爲李樹完全在野生狀態下生長，它的果子兼作人和動物的食物，就像 M_{264} 在關於獏的插段中所回憶的。⑭最後，也是最主要的，棕櫚樹幹（很容易打開）的可食用的髓肉同李樹——其樹幹很難鑽透——的果子構成季節性的對立。

這對立表現的兩種方式。第一，李樹幹不獨堅硬，而且人們相信它不會腐爛。人們說，魚就只怕這種樹，擔心被壓住。如果是別的樹種，它只

⑭*Spondias* 和 *Euterpe* 的對立比較局限，因爲人和動物未圍繞 *Euterpe* 這種棕櫚開展競爭，它的果燒煮過後很硬，必須放在溫水中泡軟，就像我們已說明過的那樣。

要耐心等待樹木腐爛，然後就可以脫身。但是，李樹不會腐爛：即使斷了根，它也會萌芽，長出新枝，它們長大後，仍把龜囚禁住 (Ihering, 辭條「jaboti」；Stradelli：1, 辭條「tapereyua-yua」)。斯普魯斯(Spruce)(第 1 卷, 第 162－163 頁)用學名 *Mauria juglandifolia* Bth.來稱呼這種檟如樹屬植物。他強調:「它具有很強的生命力，這種樹木做的一根刺始終會生根, 長成樹。」然而，眾所周知，一根棕櫚樹被砍傷之後，或者簡單地去除端芽之後，就不會再生。

其次，在 *Mauritia flexuosa* (它在瓦勞人那裡是最「顯著的」棕櫚樹)的情形裡，羅思指出，樹髓的提取是在樹開始結果的時候進行的(2, 第 215 頁)。關於這個意見，我們已經指出過(第 157 頁註①)，南美洲的棕櫚樹在雨季開始時，有時甚至在旱季裡結果。威爾伯特則詳確說明，棕櫚樹髓「在一年的大部分時間裡」都一直以新鮮食物的形式供食用 (9, 第 16 頁)，但是，這個差異並不必然地影響棕櫚樹髓在神話中的語義地位。還可以記得，關於查科神話，我們已碰到過一個同樣類型的困難，它起因於偏愛把全年都有供給的甘薯和旱季的食物聯結起來。當時我們說過，甘薯**甚至**在旱季也有供給，因此，它就旱季而言比就雨季而言更引人注目，而在雨季，則僅在一年這個時期有供給的食物更令人注目。就此而言，可以指出，瓦勞人用同一個詞／aru／稱呼甘薯的果肉和棕櫚的髓肉，M_{243}與M_{244}把它們緊密聯結起來。

關於 *Spondias lutea* 的果子的成熟的問題，仰賴塔斯特萬對我們已回顧過的許多圖皮人神話作的精彩評述，我們就亞馬遜河地區而言已有詳確的了解。本作者和斯普魯斯 (前引著作) 提出的野李樹的本地名字的詞源為：／tapiriba／／tapereba／；我們認為，圖皮語的／tapihira-hiwa／即「貘樹」比從／tapera／即「荒地、廢址」派生的詞更可信，因為它在神話中有回響 (例如參見 M_{264})。*Spondias* 的果子在一月末即亞馬遜地區雨季的盛期成熟(Tastevin：1, 第 247 頁)，在圭亞那，則在兩個雨季中從十一月中到

二月中的那個雨季結束時成熟。

　　因此，在從一棵在其**樹幹**裡面包含**內部**食物的樹過渡到另一棵在其**樹枝**上帶有**外部**食物的樹的同時，可以說神話的氣象學「重心」從旱季移向雨季；也即發生了一種移動，其性質與我們爲了考慮到在圭亞那神話中的下述過渡而考察的一個移動相同：從旱季經濟活動探蜜和捕魚過渡到雨季活動獵捕鱷魚；也和比較查科神話和圭亞那神話時觀察到的移動相同：在前一些神話中**不給鱷魚的水**（旱季）轉換爲後一些神話中**強加的水**（雨季）。此外，馬庫希人版本（M_{266}）的結尾明確地，卡里布人版本（M_{264}）隱含地宣告雨季來到，因爲在整個圭亞那地區，昴星團的出現都標誌著一年的開始和雨的降臨。

　　對立**棕櫚／李樹**的另一個方面也應引起注意。以棕櫚樹幹產生的樹木的未婚妻或未婚夫都是食物供給者。他們提供給配偶樹髓（$M_{263}a$、b 的未婚妻）或魚（M_{241}的未婚夫），而我們知道，樹髓－魚這個總體在瓦勞人看來構成「真正的食物」（Wilbert：9，第 16 頁）。但是，當產生於李樹幹時，樹木未婚妻扮演的角色是情人而不是供食者。此外，這又是負面的情人（她不可穿透）而不是正面的供食者。在斧劈之下，供食者被破壞，而情人臻於完善。對稱地，如果李樹作爲食物源出現（在 M_{264} 中）。則這食物只是爲了被（貘）拒絕（給兩兄弟）而存在的。

　　一眼就可看出，從這個觀點來考察，「樹木的未婚妻」這個神話系列是不完全的，應當把它放回到《生食和熟食》已開始探討的更廣大的總體之中。熱依人神話（M_{87}－M_{93}）的一個凡人的星妻子扮演兩個角色：不可穿透的情人（因爲貞潔）和供食者（作爲與 *Mauritia* 相關的栽培植物的引入者，*Mauritia* 在野生植物界裏等當於栽培植物）。[15]然而，我們在上一卷裡已表

---

[15]布雷特已強調指出，在瓦勞人那裡，*Mauritia flexuosa* 的開發取代了眞正的農業（1，第 166、175 頁）。

明(第 239－241 頁)，這組熱依人神話可轉換成一組圖皮－圖庫納人神話，在這些神話中，超自然的妻子來源於一棵樹的新鮮的或腐爛的果子。因此，可以說，有一整個「植物」妻子系列：

圭亞那	圖皮－圖庫納人	熱依人
		星辰 ⌒ 食人的　食植物
	果子 ⌒ 腐爛的　新鮮的	
樹桿 ⌒ 軟的　　硬的 (棕櫚)　　(李樹)		

　　中心人物是道德上或身體上負面的情人。她們有時被善意地鑽孔，有時被惡意地強姦。在這兩種情形裡，責任者是神負子袋鼠、臭鼬或鳥（確切地稱爲「臭鳥」）。更値得注意的是，開始以此方式作爲人存在的姑娘直到在圭亞那神話中才成爲能在肚子中說話的孿生子的母親，而在這裡可以認出一個著名的圖皮人神話(M_{96})中的女英雄；這女人孕育的第一個孩子同她作對，拒絕引路，結果她迷路來到一個後來變成負子袋鼠的男人那裡，她被這男人誘姦，很快懷上了第二個孩子。這樣，中間的女英雄被臭鼬破壞貞操或強姦。至於佔居兩極的女英雄，她們本身就是負子袋鼠。我們已在《生食和熟食》中就一個凡人的配偶是女人證明了這一點，現在則還要指出，這種局面在軸的另一端又重新出現：像是女人一樣，棕櫚樹未婚妻也是一個供食者。她們兩人全都給丈夫的助手破壞：星女人在性上被姻兄弟強姦；樹木未婚妻被情人的同伴在食物上切碎，以便奪取她所有的食物。

　　對這個聚合總體的研究（這裡對之已作了最大限度的簡化，並且從其他方面出發還可從中發現一種更有進取力的探索）値得爲其本身並以獨立

的方式進行。⑯現在我們僅僅提請讀者注意一點。我們剛才分析的圭亞那神話(M_{259}、M_{264}、M_{266})(它們也同南美洲神話有關係)提供了一種奇特的結構：它們的第二部分——孿生子母親的旅行——幾乎逐字逐句地重覆了上一段落裡援引的重要圖皮人神話的第一部分。這種反轉給了我們一個補充證據，證明本書從開端出發走過的路線可以說從後面包抄南美洲神話。事實上，自從在探究蜂蜜起源神話時我們剛出發就看到煙草起源神話重新出現這個時候起，我們就已知道這一點。不過，如果說這個回環在我們已兩次途遇的孿生子神話上閉合，那麼，這只能是因為神話的地球是圓的，換言之，是因為全部神話構成一個封閉體系。只是按照我們現在所處的視角來看，我們從反面來看待所有重要神話題材，而這致使它們的解釋變得較為困難、較為複雜，這有點像從一塊繡花毯背面顯現的紛亂的線去看是無法認出它的圖案題材的，而且，這還致使我們在《生食和熟食》中從正面思考的清晰可辨的景像變得含混了。

那麼，反面和正面是什麼意思呢？如果我們決定從另一端出發，那麼，是否面的方向就簡單地反轉了過來呢？我想表明，事情根本不是如此，反面和正面是土著的問題所客觀地規定的，在土著看來，烹飪神話沿著正確的方向展開，這方向是從自然過渡到文化，而蜂蜜神話沿相反方向進行，從文化向自然倒退；或許這兩條路徑通過同一些點，但它們的語義負荷迥然不同，因此，它們之間不存在對等關係。

所以，我們現在來綜述這後一類神話的各個基本特徵。這類神話可以說關涉**聯姻的轉向**(détournement d'allié)，沒有處處涉及同一類型聯姻，有罪的人也並未始終在婚配中佔居同一地位。查科的女英雄把她丈夫本應

---

⑯尤其應從一個卡拉帕洛人神話的完全文本(M_{47}，載 Baldus：4，第45頁)出發，在那裡可以注意到一個饒有興味的轉換：**無陰道的女人**⇒**長比拉魚齒的女人**，這使她能吃生魚。

給其父母的供品(蜂蜜)轉爲己用。反過來，圭亞那神話(M_{259})的貪吃的岳父把從他那裡解救出來的女婿從此之後應奉獻給他女兒的供品轉爲己用。M_{235}的姻姊妹處於這兩者之間，她們把婚姻供品體制從食物的反轉成性的，試圖由此使丈夫對其妻子的情愛轉向；此外，M_{241}的老雌蛙在食物層面和性層面上也對英雄應給予母親的食物供品和他應給予不會成爲女主人也不會變成的母親的合法妻子的性供品這樣做。因此，在聯姻時，有罪之人試圖「短路」其父母、孩子或配偶。這是這個神話組的共同的社會學特徵。然而，同時還有一個共同的宇宙學特徵，其表現比較複雜。根據主角是個女人（她把貞操被破壞而產生的血充入一個罐中）還是個男人（他對自己的惡臭糞便這樣做）——兩者都證明達到完全的女性或完全的男性，從而意味著向排泄物退化——一種秩序結構或者出現在自然層面上（但它在消耗），或者出現在文化層面上（但它在遠離）。自然組織在消耗，而它用景象呈現出來的自己的不連續性只是早先的、較爲豐富的連續性的跡象而言，因爲，如果貞操被破壞後流出的血未遺留下膽汁和雜質的殘餘，或者如果雨沒有到處把這血沖淡，那麼，鳥本來全都成爲紅色的。文化則向高處(M_{243})或向遠處(M_{241}、M_{258})離去，因爲，如果人從上部世界的下凡來不幸被一個孕育孩子的女人打斷，或者如果文明英雄由於一個滿載蜂蜜的雌蛙的所作所爲而不得不拋棄人，那麼，人本來會更好得到精神支援和文明技藝。因此，兩個性慾或食慾旺盛的女人打斷了調解作用，而性的血排泄或食物性的糞便排泄相反促進這種作用。

然而，這個神話組儘管有這種共同骨架，但在內部仍表現出差異。這裡必須闡明這些差異。

首先，我們從構造的觀點來比較羅思收集的三個神話，而我們的第四個異本基本上以它們爲基礎。它們是瓦勞人的樹木未婚妻神話(M_{259})、卡里

布人的花豹母親蛙的神話(M₂₆₄)、最後是馬庫希人的樹木未婚妻神話(M₂₆₆)。

在瓦勞人神話中，女英雄的各個化身按照一個有很好規則性的計劃相繼出現：由鳥 bunia 修補完善之後（鳥給她穿孔），她被太陽受孕（太陽充填她）。然後，她魯莽地吞吃了寄生蟲(這蟲也充填她)，蛙弄空她的屍體，取出充填於其中的孿生子。

因此，第二和第三插段包含的充填或者從下部，或者從上部；一個是被動的；另一個是主動的；至於後果，前一個是負面的（招致女英雄的死亡），後一個是正面的（使她能產生生命）。

插段(1)和(4)包含同充填相對立的耗空。那麼，從這個意義上是否可以說這兩個插段同前兩個插段相對立呢？對於第四個插段來說，這看來沒有疑問。在那裡，女英雄的屍體實際上被弄空了她所包含的孩子。但是，缺乏陰道開口的第一個插段似乎不可以被從**嚴格意義**上等同於另一個插段。

一切讓人覺得，好像神話思維已識破了這個困難，而且立即致力於解決它。實際上，瓦勞人的版本引入了一個事件，它乍一看來似乎僅僅是多餘的。爲了使女英雄成爲一個真正的女人，僅僅由鳥 bunia 使她有了開口，是不夠的；還必須讓她父親再做工作(儘管他剛剛宣稱自己無能爲力)，從新挖空的陰道中取出一條對穿透增設附加障礙的蛇。因此，這女英雄不僅是堵塞的,而且是充滿的；蛇的事件的明顯功能無非是把鑽孔轉換成弄空。一旦承認了這一點，神話的構造就可以重新扼要表達成下列圖式：

$$
\begin{array}{l}
\text{(1)女英雄被鳥鑽孔，從} \quad \Big\}\textbf{被動}\left\{\begin{array}{l}\text{下部,}\\\text{前部}\end{array}\right\}\text{女英雄被弄空}\quad(+)\\[2mm]
\qquad\text{而可以掏出蛇}\\[3mm]
\text{(2)女英雄被太陽授孕}\quad\Big\}\textbf{被動}\left\{\begin{array}{l}\text{下部,}\\\text{前部}\end{array}\right\}\text{女英雄被充填}\quad(+)\\[4mm]
\text{(3)女英雄咽下死寄生蟲}\Big\}\textbf{主動}\left\{\begin{array}{l}\text{上部,}\\\text{前部}\end{array}\right\}\text{女英雄被充填}\quad(-)\\[4mm]
\text{(4)女英雄被蛙剖腹}\quad\Big\}\textbf{被動}\left\{\begin{array}{l}\text{下部,}\\\text{前部}\end{array}\right\}\text{女英雄被弄空}\quad(-)
\end{array}
$$

如果像我們在這圖式中所做的那樣考慮到插段(2)和(4)構成一個對偶（因為蛙**弄空**女英雄身體中太陽已**充塡**進去的孩子），那麼可以看出，插段(1)和(3)也應構成對偶，即：**蛇被動地被從下部挖掉，帶來有利後果／寄生蟲主動地被從上部咽下，帶來不利後果**。從這個觀點看來，這神話由兩個可迭合的序列構成，而每個序列由兩個相互對立的插段構成（**弄空的／充塡的女英雄；充塡的／弄空的女英雄**），而每個插段又同它所匹配的另一個序列的插段相對立。

為什麼要這樣重迭？我們至少知道一個理由,因為我們已一再證明,本來意義和比喻意義的對立是神話組的一個常項。這裡，兩個第一插段從比喻意義上敍述兩個第二插段從本來意義上表達的東西：女英雄首先為了被「吃」而被搞成「可吃的」（＝可交媾的）。此後，她為了在其他版本中被實際地吃而被搞成可吃的（被殺）。

但是, 仔細研讀神話之後可以看出, 序列的重迭可能另有一種功能。實際上, 神話第一部分——不要忘記它的英雄是太陽——似乎沿一個季節循環展開, 而加於太陽女婿的各個證據標誌著這循環的各個階段：打獵、捕魚、燒烤、種植、建造茅舍；而以向太陽西邊行進開始的第二部分則援用周日循環。這假說如此表述可能顯得很脆弱, 但在下一卷裡通過同其他版本作比較, 就可以來證實這假說。在那裡, 我們將借助其他神話來表明季節周期性和周日周期性間對比的重要性以及故事結構中這個對立和「屬」對立之間得到證實的密切協和。⑰

最後, 並且總是針對 M_{259}, 可以注意到, 在原因論的層面上, 這神話似乎有一個功能, 也只有一個功能：解釋摩擦生火技術的起源。

---

⑰參見我後來作的教學報導：《法蘭西學院年刊》（*Annuaire du Collège de France*）, 64 年期, 巴黎, 1964 年, 第 227－230 頁。關於旱季和加於女婿的證據間的聯繫, 見 Preuss：1, 第 476－499 頁。

　　現在我們來考察卡里布人（M_{264}）講述這個故事的方式，而可以記得（第215 頁），他們用第二部分直接處理這故事。於是，周日的序列（朝太陽行進）開始了。事情還不止於此：同刪除第一部分相對地，給第二部份增加了一個新的部分，講述兩兄弟在另一個蛙那裡，然後在貘女人那裡的冒險。因此，總是有兩個部分，並且盡管這個部分在此似乎位於後面，但還是構成相繼的插段，重構了季節循環：打獵、燒烤、採集在一月開始成熟的野果。如果這解釋是準確的，那麼，季節序列和周日序列兩者的順序在從瓦勞人版本向卡里布人版本過渡時就顛倒了過來。

　　序列順序的這種反轉還伴隨著對立系統的顛倒，而我們利用這顛倒來從對立的互易關係規定女英雄的四個化身。現在，第二個化身佔居首位，因為這故事開始於女英雄誕生於太陽的勞作，而第四個化身（女英雄包含有孩子的屍體被弄空）保持不變。但是，在這兩個端插段之間，現在插入了兩個新插段，即第二插段：女英雄躲藏在一個罐中(她充填它)；和第三插段：人們把她從這容器「弄空」出來。這是什麼意思呢？瓦勞人的版本總以一個「容器」被交替地弄空（插段 1 和 4）和充填（插段 2 和 3）的方式來處理這女英雄。相反，卡里布人版本借助對立關係**容器／內容**來規定這女英雄，而她相對於這關係扮演著主動者或被動者的角色，她自己時而是容器，時而是內容，帶來有利的或不利的後果：

$$
\begin{array}{ll}
\text{(1)女英雄被太陽授孕} & \}\ \text{容器（＋）} \\
\text{(2)女英雄充填罐} & \}\ \text{內容（＋）} \\
\text{(3)女英雄被從罐中弄空出來} & \}\ \text{內容（－）} \\
\text{(4)女英雄被花豹剖腹} & \}\ \text{容器（－）}
\end{array}
$$

　　因此，現在插段(1)和(4)為一方，(2)和(3)為另一方，兩方構成對偶。在兩個序列的每一個內部，各插段在保持容器和內容反轉的情況下重現，而

當從一個序列到另一個序列時，各個相對應的挿段構成交錯配列。

我們已在形式和語義這兩個不同層面加以表明的這兩種神話結構轉換還相應於第三種處於原因論層面的轉換。卡里布人版本僅僅解釋了某些星座的起源：畢星團、昴星團和獵戶座。⑱由此可以知道，在世界的這個地區，這些星座預言季節變化。這方面已經提供了許多跡象(CC, 第287－291頁)，這裡還可添加上阿爾布林克（辭條「sirito」）提供的證據，它關涉語言和文化上屬於卡里布人的圭亞那群體：「當西里托(sirito)即昴星團在夜晚可見（至少在四月份）時，可以聽到雷鳴。這是因爲，西里托由於人砍掉伊帕蒂曼(Ipétiman)〔獵戶座〕的一條腿而震怒。接著伊帕蒂曼來臨。伊帕蒂曼在五月份出現。」

由此可見，M_{264}隱含地關涉從五月中持續到八月中的「重大」雨季的開端(圭亞那地區已知道有四季，兩個雨季和兩個旱季)。這個假說帶來兩個好處。首先，它把卡里布人版本(M_{264})和馬庫希人版本(M_{266})對應起來，後者明確關涉雨和暴風雨的起源：它們由女英雄斷斷續續的悲哀所引起，她的眼淚在她定居羅萊馬峰之後沿著山坡流下而匯成洪流。其次，我們可以利用這假說的天文學和氣象學參照來客觀地證實我們前面的假說：現在所考察的各個神話重新但從反面走著《生食和熟食》中所研討的熱依人和博羅羅人神話已讓我們從正面走過的路線。實際上，嘗試整合帶季節特徵的熱依人和博羅羅人神話，結果可以得到一個方程：

(1)昴星團－獵戶座：烏鴉座：：旱季：雨季。

現在我來證明，在圭亞那神話中，昴星團－獵戶座這個總體報告雨季來臨。那麼，烏鴉座又怎麼樣呢？當它在七月份的夜晚達到中天時，人們

---

⑱就像巴博薩‧羅得里格斯(I, 第257－262頁)所收集的一個圖皮人異本(M_{264b})也僅僅對昴星團這樣做過一樣。

把它同司強暴風雨的神祇聯繫起來，而強暴風雨標誌著雨季已在衰退（參見 CC，第 303−305 頁；以及關於加勒比海七月−十月時期暴風雨和大熊座的神話——大熊座的赤經鄰近烏鴉座的赤經——，Lehmann-Nitsche：3，第 126−128 頁）；另一方面，也是在圭亞那，後發星座（其赤經與大熊座和烏鴉座相同）的升起包含乾旱的意思。這樣，就有與上面方程相反的方程：

(2)昴星團−獵戶座：烏鴉座：：雨季：旱季。

這樣，我們又擺出了馬庫希人版本（M_{266}）。剛才已經看到，它明確地關涉雨季的起源。但是，事情還不盡如此。因爲，與上面討論的兩個神話不同，M_{266}有著雙重的原因論功能。作爲雨季起源神話，它同 M_{264}吻合；作爲生火技術（鶴把它敎給英雄）起源神話，它同 M_{259}吻合。

然而，有兩個差異存在。M_{266}中看到的所提示的雨是**白晝的**（看到眼淚流淌而形成洪流），而 M_{264}提示的雨是**夜晚的**（某些星座可以看見）。此外，如果說 M_{259}引起**摩擦**生火（用兩塊木頭），則 M_{266}關涉**撞擊**生火（用兩塊石頭），這技術圭亞那土著也已知道。

因此，如可以預期的那樣，M_{266}把本身屬於其他兩個版本的插段編織成了一個神話。它開始於卡里布人版本的沒有的樹木未婚妻的故事，結束於孿生子在蛙那裡逗留之後的冒險，而這是瓦勞人版本所沒有的。但是，這樣一來，它把全部細節都掉了個頭：考驗岳父而不是女婿；女英雄被啄木鳥而不是 bunia 鑽孔。食人花豹的受害者沒有死去，而是復活了。英雄吞下餘燼，從而挫敗了蛙。還可指出，瓦勞人的 bunia 爲色慾所激發，而馬庫希人的啄木鳥則搜尋食物：因此，它在本來意義上吃女英雄。對稱地，在馬庫希人版本的第二部分中，花豹只是比喩地吃她，因爲它未來得及消化其獵物就已死去，而後者被從這野獸腹中取出後即復活（參見以上第 218 頁）。

馬庫希人版本通過多重反轉而綜合了瓦勞人版本和卡里布人版本。這種綜合表明，在返回的軌道上可以遇到同時關涉兩種起源即火起源和水起

源的神話，因此，它們所處的神話「緯度」等同於在出行時所遇到的博羅羅人神話(M_1)和謝倫特人神話(M_{12})，而後者的原因論二元性已經得到過確證。所以，馬庫希人版本提供了一個特別有利於把握要領的機會。

三個神話 M_{259}、M_{264}、M_{266}或者從文化層面（摩擦或撞擊）上關涉火的起源，或者從自然層面（雨季）上關涉水的起源，或者兼而關涉這兩者。

然而，在用文化技術產生的火出現之前，火已靠自然途徑存在：一種動物蛙的嘔吐，而它本身又依賴水。對稱地（並且在這方面 M_{266}的貢獻是主要的），在靠自然手段（雨）產生的水出現之前，水已經作爲文化作品而存在，因爲眞正的土木工程師馬庫耐馬首先讓水從他關心下挖掘而成的河流中湧出，他還讓第一條獨木舟在這運河下水。[19]然而，像蛙依賴水一樣，馬庫耐馬作爲吃燃燒著的餘燼的人依賴於火。這兩個原因論體系是對稱的。

因此，在我們的神話中，雨季以從自然到文化的過渡的形式降臨。然而，火（原先包容在蛙的身體裡）或水（後來包容在母親的身體裡）每次都**播散開來**：火進入樹裡，人們從那裡取得生火的火把，而水在地面上進入自然的水網（同最早由造物主創建的人工水網相對立）。所以這始終涉及散佈。這個神話組的全部神話共有的根本上覆歸的特徵現在重又得到證實。

我們已經看到，我們的神話的雙重原因論功能導致了模稜兩可。那麼，怎麼解釋這種歧義性呢？爲了回答這個問題，必須依重鶴這個角色，在 M_{266}中，它向英雄演示撞擊生火的技術。

羅思用英文名字「crane」標示的這種鳥在圭亞那神話中起著重要的作用。如在後面將要看到的那樣（$M_{327}-M_{328}$），正是它把在一個有名荒島上生長的煙草帶給人，或者允許蜂鳥把它帶給人。然而，羅思(1，第192頁)收集的另一個卡里布人神話這樣開始：「從前有個印第安人極喜抽煙：無論早上、中午還是晚上，總見到他拿一塊棉花，把石塊相互撞擊，產生火，以

---

[19]耶魯羅人的神話也把河流的開挖作爲水出現的預備條件（Petrullo，第239頁）。

之點燃煙草。」由此可見，以鶴爲中介，撞擊生火技術與煙草聯繫了起來。

　　鶴在運送蜂鳥到煙草島時，把它緊緊夾在兩腿之間，結果糞便弄髒了它 (Roth：1，第 335 頁)；因此，這是一種同通便相關的鳥。也許這種骯髒的涵義同大涉禽類動物的食物聯繫起來，這類禽以旱季到來時因乾涸而死的魚爲食 (參見 M_{331} 及 Ihering：辭條「jabiru」)。在圭亞那的阿拉瓦克人的葬禮中，在焚化死者的骸骨時，一個代表白鶴(white crane)的標誌莊嚴地引路(Roth：2，第 643－650 頁)。烏穆蒂納人用漁鵜哥者的名字命名他們葬儀的一個事件 (Schultz：2，第 262 頁)。最後，因爲我們的神話中至少有一個(M_{264})訴諸天文學代碼，所以唯需牢記，更往南，包括博羅羅人和馬塔科人那裡，獵戶座的一個部份用一種涉禽類動物命名，而安的列斯群島的卡里布人把實際上構成大熊座一部分的一顆星稱爲「食蟹鳥」(一種小蒼鷺)，這顆星是被認爲掌管雷電和暴風雨 (Lehmann-Nitsche：前引著作，第 129 頁)。如果這不是巧合，則它提供了一個補充證據，說明我已提請讀者注意(第 238－239 頁)的星座體系的反轉。

　　不管怎樣，鶴作爲撞擊生火 (以及煙草) 的引入者在 M_{266} 中出現加強了這樣的假說：蜂蜜起源神話從某種意義上說，「先前於」煙草起源神話，而後者的各個特徵題材逐一出現在轉換系列中：食人花豹被帶刺樹幹殺死，水獺作爲「被堵塞的」角色出現(M_{241})。並且，同時作爲大起源 (摩擦或撞擊產生) 神話和水起源 (雨季和水網) 神話起作用的那些神話的歧義性也得到解決。因爲，如果像我們希望加以證明的那樣，冒煙的煙草同火以及沖淡的蜂蜜同水眞的都有著親緣關係，那麼，就可以理解，爲什麼同時關注蜂蜜原因論和煙草原因論 (實際上這兩種類型相互轉換) 的神話在讓人通過——如果可以這樣說——水起源 (這元素等同於蜂蜜) 來認識火起源 (這元素等同於煙草) 時表現出這種模稜兩可。在熱依人關於火起源的神話 (M_7 到 M_{12}) 中，花豹作爲火和熟肉的主人出現，而這個時候人還滿足於吃生肉；同時正是花豹的人妻證明有吃人的裏性。圭亞那神話把這

些命題全都反轉過來，因為人英雄佔有或發明生火技術（並且不再是火本身），乃是食人花豹吃掉他們母親的結果。

這些神話談論這兩種技術：摩擦或旋轉和撞擊。按照 M_{259}，現在通過摩擦產生的火原初是由蛙**嘔吐出來**的火，M_{266}則說，撞擊技術的策劃者是鶴，而另一個圭亞那神話讓這鳥受一種強烈的想進行**排泄**的行動傾向折磨。然而，在這兩個神話之間，還有第三個神話起中介作用：

M_{272}　陶利播人：火的起源

從前，當人還不知道火的時候，有個名叫佩勒諾薩莫(Pelénosamó)的老嫗生活著。她把木頭堆在爐裡，再蹲在上面。於是火從她的肛門中噴出，木頭被點燃。她吃熟甘薯，而其他人把甘薯放在太陽下曬熱。一個小姑娘洩露了這老嫗的祕密。當她不肯給火時，人們把她手腳捆住，把她放在木頭上面，強迫她張開肛門。於是，她排泄出火，火變成了石塊／wató／（＝火），當人們把石塊相互打擊時，便產生了火（K.-G.：1，第76頁和第3卷，第48-49頁）。

如果把這表爲兩個神話命題：摩擦產生的火原初是嘔吐出來的，撞擊產生的火原初是排泄出來的，那麼，結果可以得到方程：

$$摩擦：撞擊::口：肛門$$

但在事實上，還可援用一些我們佔有的材料，因爲它們適用於演繹，而這作爲我們的方法具有檢驗的價值。

大家知道，旋轉（或摩擦）生火的技術在世界各地都有一點，在南美洲則肯定有性的內涵：被動的樹木被說成是女性，人們施予的旋轉或來回運動被說成是男性。神話的修辭學通過賦予鑽孔以這種直接的和普遍的性

象徵而用種想像的表現來使之換位，因爲性行爲（交媾）被代之以消化器官的有關運動(嘔吐)。事情還不止於此：象徵層面上被動的女性在想像層面上變成主動的，各別有關的器官在那裡是陰道，在這裡是口，它們可以用下部和上部間的對立來定義，同時兩者又都是前部的(處於一根軸上，它的另一根由後面的孔佔居)：

象徵的層面　想像的層面

○, 被動的 ⇨ ○, 主動的

前部 ⇨ 前部

下部 ⇨ 上部

對於碰擊生火技術，種族誌未提供象徵表示，而這種表示的直覺證據和普遍性可同我們剛才所援引的相比。不過，鶴在神話中所佔居的反覆重現的地位（排泄的老嫗、排泄的鳥兩者都是撞擊產生的火的主人）加強了M_{272}，而這使我們能夠有條件**從僅僅給出的這種技術的想像表達**演繹出尚屬未知的它的象徵表達。爲此，只要應用與上述情形裡可經驗地加以證實的轉換規則相同的規則，就可以了。這樣，便有下列方程：

想像的層面　象徵的層面

○, 主動的 ⇨ ○, 被動的

後部 ⇨ 後部

下部 ⇨ 上部

因此，在後部和下部位置由肛門佔居、前部和上部的位置由口佔居的一個體系中，能規定爲後部和上部的器官是什麼呢？我們沒有別的選擇；這只能是耳，如我在別處已就另一個問題加以證明的那樣(CC，第 183 頁)。所以，在想像的層面上(即在神話的層面上)，嘔吐這個項同交媾相關而又相反，而通便這個項同聽覺溝通相關而又相反。

也可立即看出，經驗如何證實用演繹得到的假說：撞擊是響聲，摩擦是沉默。這樣，鶴是前者的首創者這一點也得到了解釋。關於羅思稱之爲

「crane」的這種鳥的身份，尚有某種不確定性。字面的翻譯意味著鶴，但是我們資料提供的種種不同跡象(Roth：1，第 646－647 頁；2，第 338 頁)使人能斷定這是鷺的各個種、尤其山家麻鷺(*Botaurus tigrinus*)。但是，即使羅思把鶴用於鷺，這混淆也只會增加信息，因為從美洲大陸的一端到另一端以及在別處，神話都喜歡援引鶴，因為它叫聲響；⑳並且這裡可能也關涉的鷺科的學名（由 *botaurus* butor 派生）得自它們的叫聲據說類似於牛(bœus)或公牛(taureau)的吼聲，否則便是和一種野獸的吼聲一樣……因此，在噪音方面最突出的取火技術是一種叫聲響的鳥的創造。

　　這種生火技術還是迅速的，而另一種是緩慢的。**迅速、吵鬧：緩慢、靜默**這個雙重對立又回到了我在《生食和熟食》中已訴諸過的、我所稱的燒焦世界和腐爛世界間的更為基本的對立；於是，我甚至在腐爛這個範疇內部又遇到了這個對立，它在那裡反映在兩個模態中，它們分別為霉爛（緩慢、靜默）和腐敗（迅速、吵鬧）：後者正是得到逗鬧支持。因此，在我們重又在神話中遇到水（等同於腐爛）起源和火（等同於燒焦）起源的典範

---

⑳鶴似乎傳達同樣的信息，因為有人提到過，一隻離群的孤鶴對鐵鐘懷有依戀的情感，鐘聲使它憶起過去同類的叫聲（Thorpe，第 416 頁）。

　　關於北美洲神話中鶴的響亮叫聲，參見蓋卻特(Gatschet)（第 102 頁）：「加拿大的鶴全都是叫聲極響的鳥」，希佩瓦人(Chippewa)相信，鶴氏族的成員噪音宏亮，為部落提供了代言人（Kinietz，載 L.－S.：9，第 154 頁）。

　　在中國，參見格拉內(Granet)（第 504 頁註②）：「當一隻白鶴〔異體字為原文所有〕飛入『雷門』時，鼓聲震天，連洛陽也可聽到，」還提到了蝙蝠這種鳥，「它與鶴相像，也用足跳舞，還產生火」（第 526 頁）。

　　這種比較是站得住腳的，尤其因為鶴發出響的叫聲這個特徵有著解剖學的因而客觀的基礎：「大部分種的雄性的氣管有個回轉部（雌性並非總是如此）；氣管從鎖骨後面深入到胸骨脊突的空隙之中」（A. L. Thompson，第 61 頁）。

對立的同時，我們還看到在燒焦範疇內部成體系地出現兩種文化模態：摩擦和撞擊，它們各自的象徵地位用換喻(métonymie)的語言(因為這裡事關同一結果的兩個實際原因)反映兩個自然模態即霉爛和腐敗在腐爛範疇內部隱喻地(這時其含義屬於道德範圍)佔據的地位。為了讓人信服，只要把《生食和熟食》中的圖式(第 438 頁)同下列圖式相比較就可以了，兩者正相匹配：

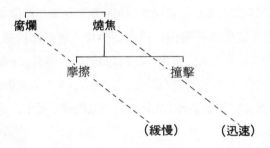

從隱喻到換喻的過渡(或者反過來)在前面已多次舉例說明，在其他著作中也已指出過(L.-S.：8、9、10)。這種過渡是轉換序列在中間階段足夠多的情況下通過反轉而展開時所採取的典型方式。因此，甚至在這種情形裡，出發點和終點之間也不可能出現真正的對偶性，除非對神話組只作一次有發生作用的反轉：這神話組在一根軸上處於平衡，而在另一根軸上顯現其不平衡性。神話思維固有的這種約束保護了它在禁止達到真正靜態的同時也具有動力。如果不是在事實上，那麼也是在道理上，神話沒有慣性。

因此，這裡我們遇到了我在 1955 年寫成下列形式(L.-S.：5，第 252 頁)的典範關係的一個採取特殊情形形式的例示：

$$f_x(a) : f_y(b) :: f_x(b) : f_{(a-1)}(y)$$

為了使人相信自那時以來，這個關係一直不停地在指引著我們，至少援引它一次，是合宜的。

5 第五變奏曲：

〔花豹 ⇨ 花豹〕 ↔ 〔○ ⇨ △〕

在上述各個神話中，蛙作爲花豹的母親出現。爲了解決這個種族動物學悖論，我已採取兩種方式。一是證明，蛙和蜜蜂在從雨季和旱季爲兩極的軸上成相關而又對立的關係；二是揭示另一個對應關係，這次是在蜜蜂和花豹之間，因爲這種貓科動物在特內特哈拉人神話和特姆貝人神話(M_{188}、M_{189})中扮演蜂蜜主人的角色。如果說蛙等同於潮濕，蜂蜜等同於乾燥，那麼，實際上就可以明白，作爲天上水的主人(＝雨的報告者)，蛙可以同花豹互補，而花豹的地上火主人地位已獨立地確立起來，並且花豹本身是可以與蜜蜂互換的。

但是，爲什麼北方的圖皮人使花豹成爲蜂蜜的主人呢？我們退後來考察這些神話按水和蜂蜜關係同時加以限定的這四種動物：

狐
(沒有蜂蜜，也沒有水)

鼬鼠————————————蛙
(有蜂蜜，沒有水)　　　　(有水，沒有蜂蜜)

啄木鳥
(有蜂蜜，也有水)

也就是說：

	水	蜂蜜
狐……	－	－
鼬鼠……	－	＋
蛙……	＋	＋
啄木鳥……	＋	＋

因爲蛙（這裡是 cuanauaru）具有水，所以，根據方程水＝火$^{(-1)}$，蛙是具有火的花豹的反轉（參見 CC，第 253-256 頁）。因此，如果這神話試圖也按蜂蜜關係來限定這兩種動物，那麼，這樣做時只能遵從這條反轉原理：由此可知，蛙沒有蜂蜜，花豹有蜂蜜。這演繹不僅重構了特內特哈拉人神話和特姆貝人神話的骨架，而且也重構了瓦勞人神話(M_{235})的骨架，後者提出，就蜂蜜關係而言，水是火（以上第 156 頁）。

我們的解釋蘊涵著，在這同一些神話中，也可證明在另一個層面上，蛙（天上水的主人）和鱷魚(其語義地位爲地上水的主人)（CC，第 251-252 頁）之間存在對應關係。鱷魚在 M_{266} 中作爲 M_{259} 中的**貪吃**老人的轉換出現；而且它也同 M_{241} 中的**貪吃**的蛙相對稱：後者從（未來）文明英雄的母親處偷走這文明英雄，以便作爲能滿足它性慾的丈夫，前者則把其不能滿足男人性慾的女兒給了文明英雄的（未來）父親。

在說明了支配蛙向花豹的轉換的規則之後，我們可以來研討第五變奏曲，其間（花豹母親）蛙讓位給雄花豹。

M_{273} 瓦勞人：被竊去的小孩

當一個印第安人出去打獵不在家時，他的妻子把剛會走路的小女兒留給老祖父照料，因爲女孩的哭聲會擾亂她的烹飪工作。當她要接回這孩子時，這老祖父卻抗辯説，她没有把孩子托付給他過，這可憐的女人於是明白，雄花豹慣於藏匿搶奪來的東西。

尋找這孩子的一切努力皆屬枉然，父母遂只得認爲她已失蹤。幾年以後，他們開始發現一些東西莫名其妙地遺失了：一天是頸圈，另一天是棉帶，然後是儲備的棕櫚樹髓心、裝飾品、罐……這是花豹在夜裡偷偷地來拿去給小女孩的，因爲它撫育她，好像她和他同類似的。它供她吃肉。當她長大成人，它就按喜聞陰户的花豹和狗的方式舔她

的經血。花豹的兩個兄弟都這樣做，這少女對這種方式感到很奇怪。

　　因此，她決定逃離，打聽通往村子的路在何方。花豹起了疑心，於是她向它指出，它已老了，很快會死去；難道她不應該回到父母身邊去？在這樣勸說之下，花豹就放她走了，而這與其說它出於自願，還不如說是它相信，它死後兩個兄弟會吃掉她。

　　當她預定的日子來到時，她謊稱，她無法給裝滿肉的大鍋子燒火，那熾熱使她無法趨近。花豹慌忙過來，當他把鍋子夾在兩腿中間時，她把鍋子往它身上倒。這野獸燙傷倒地，痛得大吼一聲而死去。兩兄弟聽到這叫聲，但不予理會：他們認爲，只是哥哥在同主婦作愛而已。它們大錯特錯，因爲事實上它還從未佔有過她。

　　這少女逃跑了，一直跑到村裡。她和親人團聚了。她解釋說，必須逃離，因爲花豹的兄弟要來報復，大家要躲過它們。於是，印第安人紛紛準備出發，解下吊床。這少女的一個姪兒在自己吊床裡放入一塊沉重的磨石，他想這會有用的。但是，他爲了搬運吊床而用肩膀從下面平衡吊床時，忘了這石塊。石塊猛地擊中他，打斷了脊樑骨，致他死命。他的同伴正急於出逃，倉惶中扔下他的屍體不管了(Roth：1，第 202－203 頁)。

　　羅思對這個神話作過一點有趣的評述。當他對結局這麼突兀感到驚訝時，傳述者回答他說，兩頭花豹到達村子時只看到一具屍體。再也沒有人看到後來發生的事情，繼續講述它們。因此，傳述者又怎麼能知道它們呢？

　　但是，如果回到這個推論上來，則結論是明白的：兩頭花豹到達村子時至少看到一具屍體，因此可以設想，它們把他當作少女的替身吃了（這神話預言，如果她留在它們身邊，它們將吃掉她）。爲了明白這個細節的重要性，只要回憶起這樣一點就夠了：在熱依人的火(烹飪)起源神話中，花豹把熟肉給予它由之取受到人妻的人。不過，這裡花豹從人那裡搶奪（而

不是從人那裡取受)一個女人，而又未使她成爲自己的妻子；與此相關地，不是人得到熟的動物肉，而是人讓與生的人肉。

　　爲了讓人相信羅思令人迷惑地判斷的這個結局的含義確乎如此，只需逐項比較瓦勞人神話和熱依人火起源神話組(M_7-M_{12})。這裡需注意，像大部分熱依人一樣，瓦勞人也是母系制的，因此與父系制社會的情形相反，在他們那裡，母親被列爲親屬，而不是姻親。

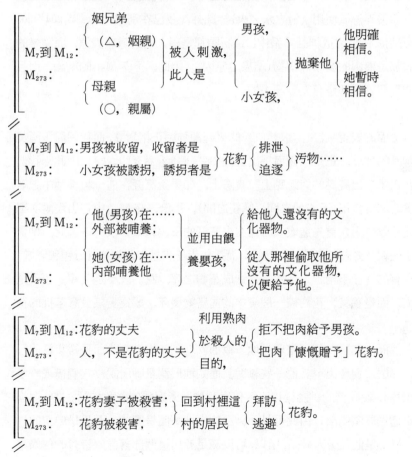

$$M_7 到 M_{12}：人得到熟的動物肉$$

$$M_{273}：\qquad 花豹得到生的人肉$$

借助

點燃的圓木，由試驗脊骨堅硬度
的動物自願變成。

「弄濕的」石頭，由弄碎了非常
脆弱的脊骨的人不自願地變成。

關於後一個對立即**石頭／點燃的圓木**，應當注意到，這裡關涉的是磨石，通常弄濕後使用（對立**水／火**）。此外，我已在別處（CC，第 204－205頁）證明，在整個這神話體系中，這石頭都是對人肉的隱喻表達，而點燃的木頭都是熟肉的換喻等當物（結果之原因）。因此，不僅 M_{273} 的結論，而且它的每個細節都是有充分理由的。

上面的表說明，M_{273} 跟熱依人的火起源神話正相對立，而我們周遊南美洲神話的地球，正是以後者爲出發點（在《生食和熟食》之中）。因此，我們現在正處於出發點的對蹠點上。實際上，如果說烹飪在前一組神話中起著雙重的結合作用（天和地之間、姻親之間），那麼，在 M_{273} 中它出現兩次都是起分離作用：首先造成一心爲丈夫烹飪的母親拋棄嬰孩——因此，她負起了姻親（丈夫和廚娘）的責任，而這些責任和她作爲親屬（母親和乳娘）所負有的責任不相容；其次，它造成花豹之死，花豹既不是父親，也不是丈夫，而是養父；花豹被一個罐中的內盛物燙死，成爲廚娘故意苯拙的犧牲品。

然而，如果我們不是理想地一蹴而就地到達出發點，而是緩步迂回行進，那麼，還會出現其他一些聯繫，而如地形測量師所說，它們構成許多「支撐」，使我們的神話得以直接依靠我們已考察過的許多神話。這些短徑必定通過球體內部：由此可見，神話的大地不僅是圓的，而且是中空的。

M_{273} 是個瓦勞人神話，所以，可以滿足於用這個部落群體特有的信條來

解釋花豹對經血的偏愛：與人不同，超自然精靈不嫌惡經血（以上第 184 頁）。實際上，瓦勞人神話常常援引女性的麻煩；例如 M_{260} 中，鳥的羽毛沾上處女破身流出的血，M_{235} 中──不如 M_{273} 的花豹走得遠──一個名叫「蜜蜂」的男性精靈不怕接觸有病的少女；這裡順便可以指出，表明花豹和蜜蜂互易的態度在北方圖皮人那裡也存在（以上第 246 頁）。

　　然而，光訴諸瓦勞人對月經所抱的特殊觀念，還不能完全解釋 M_{273} 的伏線。我們前面已研討過一個圖庫納人神話（M_{245}），也是關涉一個因啜泣而被母親拋棄的少女，一隻蛙（花豹的轉換，如在第四變奏曲裡所表明的）誘拐了她，撫養她，教會她薩滿的法術。這女人長大成人，回到親人中間後，專以人的骨髓爲食。這裡，可以看到 M_{273} 的經血在雙重條件下的轉換：

$$M_{273}: \left[\text{花豹（食人動物）} \right] \overset{M_{245}}{\Rightarrow} \left[\text{蛙（非食人動物）} \right]$$

$$M_{273}: \left[\text{「被食人化的」女英雄} \right] \overset{M_{245}}{\Rightarrow} \left[\text{「食人的」女英雄} \right]$$

　　另一方面，通過再對 M_{273} 作比較，這次是同特雷諾人的煙草起源神話（M_{24}）比較，結果使我們已給出的那一切證據又增加了一個補充證據，進一步證明了從蜂蜜神話到煙草神話的進步的「透明性」。這個神話在別處已扼述和研討過（CC，第 135 及以後各頁），也已援引過它的一個馬塔科人異本（M_{246}，第 190 頁），以便把瓦勞人神話和查科神話聯繫起來。在 M_{24} 中，一個後來變成花豹的女人（而瓦勞人的花豹首先變成女人）試圖通過給丈夫吃經血來毒害他（與瓦勞人的花豹相反，後者喜歡它的「非妻子」的經血）。

　　然而，這個特雷諾人神話(以及 M_{20})也屬於我們已在其中遇到蜂蜜的那一切最前面的神話。在這裡(就像我已在本書第一篇中表明的那樣)，蜂蜜起著煙草起源的運作者的作用。這種蜂蜜每次都是有毒的，這或者由於外部原因(M_{20}中採蜜者違反了禁忌)，或者因爲內部原因(M_{24}中混入了蛇的胎兒)。因此無論所援用的原因是道德的還是身體的，這種蜂蜜總是一種髒物。相反，對於 M_{273} 的花豹來說，經血——這種髒物——是一種**蜂蜜**。實際上，它作爲花豹竊取小女孩(她因過分吵鬧而被抛棄)、貪吃她的經血的行爲重現了 M_{241} 中急於收留一個小男孩(因爲他太吵鬧)、貪吃他提供的蜂蜜的蛙的行爲。視不同場合，這種貪吃行爲引起或者便利養子的出逃。並且，我已確立地確證，在第五變奏曲中，花豹是第三變奏曲中的女英雄蛙的轉換。

　　蜂蜜和經血之間可能有怎樣的關係呢？第一，這是製作成熟食的物質的關係，不過，這種熟食憑藉可以稱爲「自然烹飪」的作用。按照土著的分類法，如同我已解釋過的那樣，蜂蜜源自植物界的自然烹飪，而很顯然經血所由產生的自然烹飪是動物界的。這樣，我們得到了第一個相關，而它上面直接迭加著第二相關。M_{273} 的花豹避免同它誘拐的少女發生舔經血以外的任何身體接觸，由此把性關係轉換成飲食關係。因此，這只是反轉了 M_{235} 的兩姊妹的行爲，他們想「誘拐」姻兄弟，因爲她們從性的角度(她們同一個名叫「蜂蜜」的男人作愛)來體驗應當處於飲食層面的關係。此外，M_{273} 的主人公花豹有兩個兄弟，就像 M_{235} 的主人公有兩個姊妹一樣。這不是更好地證明了這種轉換的實在性嗎？M_{273} 的兩兄弟不滿足於女英雄流出的經血；他們還想吃她。M_{235} 的兩姊妹不滿足於英雄產生的蜂蜜；她們還想「吃」他，不過是從情慾上說。

　　在蜂蜜和經血之間，最後還可看出第三種聯繫，它維繫於這樣的事實：南美洲的蜂蜜常常是有毒的。這個事實我已多次強調過(現在又回到它上面)。就這些蜂蜜而言，美味和有毒這兩個範疇間的差異因而很少。所以，在

對關於有病女人的禁忌的理由抱形而上學懷疑態度的那部分瓦勞人看來（以上第 184 和 251 頁），這種同蜂蜜的比較是沒有什麼可驚奇的。

現在還要就這個神話說最後一點。當我們在第三變奏曲（第 203 頁）中援用（女人的）經血和（男人的）臭糞的問題時，已經證明了一種雙重運動，而這些神話強調了其平行性。一方面，生理的成熟意味著向髒物的倒退，而啼哭嬰兒的狀況從自己的方面用聽覺代碼例示了這種髒物。另一方面，一種秩序（無論是自然的還是文化的）的突現始終是一個高級秩序解體的結果，而人性僅僅保留了它的片斷。這種解釋不是同 M_{273} 抵觸嗎？實際上，女英雄開始時是個啼哭的嬰兒，青春期使她倒退到髒物，但這似乎相反又使她增添了誘姦者的屬性。不過，這種起因於經血的誘姦是對花豹進行的，因為這神話刻意詳確說明這一點：「它仍然是花豹，它的所作所為繼續是花豹和狗的所作所為」（Roth：1，第 202 頁）。這說明了什麼呢？M_{273} 同熱依人的烹飪起源神話根本對立。根據上述事實，它只能是截然對立的食性的起源的神話：動物吃人而不是人吃動物，以及人被生吃，而動物被熟吃。正是在這種可怕場景上，在它還未開始之前，這神話就已小心地降下帷幕。因此，對於這神話來說，問題在於不是解釋一種剛形成的秩序的瓦解，而是解釋一種無序的形成，而在食人花豹扮演主角的一個神話體系中，這種無序可能是牢不可破的。因此，平行的順序（生理成熟的順序）也應當反轉過來。在這一切關係之下，這神話所處的新景觀跟另一種場景同樣使人感到沉悶。

6　第六變奏曲：
〔花豹 ⇨ 花豹〕 ↔ 〔△ ⇨ ○〕

我們首先來考察下述神話：

M₂₇₄ 阿拉瓦克人：花豹變成女人

　　從前，一個男人在獵野豬方面還未遇到過對手。他每次都要殺死五、六頭野獸，而花豹也追獵獸群,。但至多抓獲一、二頭。花豹決定變成一個女人，以這新面貌來到獵人那裡，詢問他的奧祕。後者回答說：「這是長期實踐的結果」。當這花豹女人提出結婚時，這個印第安人識破了她的眞面貌，因而猶豫不決。然而，她成功地使他相信，他們一起捕殺野豬，大大超過各自單幹。

　　在很長時間裡，他們過得很快活。這女人表現爲一個優秀妻子，因爲除了燒煮和燻炙肉之外，她還善於打獵。一天，她問丈夫，他家裡還有沒有父母，在聽到肯定的回答後，她建議去村訪問，而村民們無疑以爲他已死了。她認識路，帶領丈夫走，但條件是他要答應決不洩露她的出身。

　　於是，他們帶著很多豬來到村裡。這印第安人的母親馬上就想知道這個妖豔妻子來自何方。他未作任何說明，只是說他在樹林裡偶然遇見她。這對夫婦每天都帶回大量獵物，村民們開始起疑心。起先，這印第安人守口如瓶，但他母親糾纏不休，直到他最後供出祕密。其他人把他拖出來，強迫老嫗灌醉他。花豹女人偷聽到了一切，未被發覺。她感到蒙受奇恥大辱，於是咆哮著逃離了。人們再也沒有看到她。她的可憐丈夫在灌木叢中奔跑，到處找她。她永遠，永遠沒有回答(Roth：1，第 203－204 頁)。

　　顯然，這裡可以提出兩點說明，一點關於這神話的形式，另一點關於其內容。

　　現在先來考察我們用以產生六個變奏曲的下列方程組：

$$(1)\ \lbrack 蜜蜂 \Rightarrow 蜜蜂 \rbrack \leftrightarrow \lbrack \bigcirc \Rightarrow \triangle \rbrack$$

$$(2)\ \lbrack \triangle \Rightarrow \triangle \rbrack \leftrightarrow \lbrack 蜜蜂 \Rightarrow 蛙 \rbrack$$

$$(3)\ \lbrack 蛙 \Rightarrow 蛙 \rbrack \leftrightarrow \lbrack \triangle \Rightarrow \bigcirc \rbrack$$

$$(4)\ \lbrack \bigcirc \Rightarrow \bigcirc \rbrack \leftrightarrow \lbrack 蛙 \Rightarrow 花豹 \rbrack$$

$$(5)\ \lbrack 花豹 \Rightarrow 花豹 \rbrack \leftrightarrow \lbrack \bigcirc \Rightarrow \triangle \rbrack$$

$$(6)\ \lbrack 花豹 \Rightarrow 花豹 \rbrack \leftrightarrow \lbrack \triangle \Rightarrow \bigcirc \rbrack$$

　　顯然，最後一個方程和其他方程不屬於同一類型。它不是開闢通向新轉換的道路，而只是消去緊挨在前面的運作，以致總的來看，方程 5 和 6 產生同樣的轉換：一個雄花豹取代雌花豹，另一個把雄花豹再轉換成雌花豹。裁縫在完成衣工時，把織物的邊撬起，摺向後面看不見的部分，以便成衣總體看不出毛邊。同樣，這方程組也以摺邊方式把第六轉換下送到第五轉換之上而完成。

　　如果我們現在來考察神話的內容，則可以發現，它並不滿足於從兩端之一來完成神話組：它從總體上靠自身閉合神話組，使之成為一個封閉體系。我們一步一步遠離出發點而走完全部轉換系列之後，又回到了那裡。M_{274} 僅僅保留了蜜蜂女人向花豹女人的轉換，它講述的故事一如 M_{233}、M_{234}，這已經給六個變奏曲提供了「題材」。

　　在這三個神話中，丈夫的職業才能相同：蜜蜂的丈夫本身是部落裡的採蜜能手，花豹女人的丈夫則是無與倫比的獵手，但他只捕獵野豬，因為他遇到的獵物中野豬最多。然而，如果說蜂蜜顯然是蜜蜂和人之間的中介項，那麼，我們在別處 (CC，第 114-145 頁) 已解釋過，為什麼野豬 (M_{274} 中無疑為 *Dicotyles torquatus*，那裡沒有詳確說明是那個種：但 *D. labiatus* 大量地成群出沒，五、六頭根本不構成一批重要獵物) 在人和花豹之間佔據著類似的地位。無疑，M_{233}、M_{234} 的印第安人追求超自然的女人，而 M_{274} 中的情形正好相反。但是，在這兩種情形裡，女英雄都表現出對姻親的關

懷：一個在婚後，另一個在婚前。我們已表明這個特徵所具有的論題價值，它使我們能夠把那些以就蜂蜜而言引人矚目的（她貪吃或揮霍它）少女為英雄的神話結合成一個組。同時，這也提供了一個附加證據，證明 M_{274} 也是這個神話組的一部分。

但是，如果第六變奏曲純粹而又簡單地作題材回復，同時又以其重複功能證明，作進一步探究是沒有意義的，並且終止於其兩端之一的這神話組是封閉的，那麼，如此認識到的這神話組的靜態特性不是同我們在第四變奏曲末尾回顧的原理相抵觸嗎？按照這原理，一切神話轉換都以不衡為標誌，而這種不平衡既是其動態的證據，又是其不完全性的徵象。

為了解決這個困難，回顧一下已給我們留下深刻印象的逐次題材轉換所採取的十分奇特的路線，是合宜的。我們已說過，所有這些神話關心的不是起源，而是失去。首先是蜂蜜的失去，原先蜂蜜取之不盡，現在變得難於尋覓（$M_{233}-M_{235}$）。然後是獵物的失去，一度很豐富，現在弄得稀罕，又星散各處（$M_{237}-M_{239}$）。繼之是按照「發明之父」哈布里的故事（M_{241}、M_{258}），文化和文明技藝失去，他為了逃避蛙的攻擊而不得不拋棄人類。最後是比其他一切失去都更為嚴重的失去：邏輯範疇的失去，而沒有它們，人就再也不能用概念思考自然和文化的對立，也不再能分清兩個對立物：烹飪用的火被嘔吐出來，食物被流出（M_{263}、$_{264}$、$_{266}$），而食物和糞便之間的（M_{273}），食人花豹的覓食和人的覓食之間的（M_{273}、M_{274}）區別也消失了。

因此，作為神祇的曙光，這些神話描述了這種無可逃遁的崩潰：從黃金時代開始，在這個時代，自然順從人，任憑人揮霍，經過青銅時代的過渡，在這個時代，人支配明晰的觀念和截然分明的對立，借助它們，人仍能主宰環境，直到蒙昧的含混狀態，在這種狀態下，什麼也不可能無可爭辯地擁有，更不用說保存，因為一切事物現在都混雜在一起。

這種向混淆（也是向自然的墮落）的普遍行進是我們神話的一個鮮明特徵，而這解釋了神話的歸根結底為固定的結構。因此，這種結構又以另

一種方式證明了神話的內容和其形式之間的構成性偏差：這些神話僅僅借助一種形式上穩定的結構說明了一種退化，其理由一如志在經歷一系列轉換而保持不變的神話不得不不恰當地訴諸一種結構。不均衡總是存在的，視消息性質而定。它表現爲形式不能適應內容的變化，形式與內容相對地時而處於這一邊：保持固定不變，如果消息是退步的；時而處於那一邊：進步，如果消息固定不變。

本書開始時，我從這樣的假說出發：蜂蜜和煙草形成一個對立對偶，因此，蜂蜜神話和煙草神話應當對稱地相互呼應。我現在提出，這個假說是不完全的，因爲從它們各自的神話功能來看，蜂蜜和煙草結成更爲複雜的關係。本著作後面將表明，在南美洲，煙草的功能在於彌補蜂蜜功能的失效之處，也即在人和超自然秩序之間重建一種溝通，而蜂蜜的引誘能力(這無非是自然的能力)已導致使它停止：「煙草愛聽神話故事。科吉人(Kogi)，正因爲這樣，所以它靠近聚居地生長」(Reichel-Dolmatoff, 第 2 卷，第 60 頁)。因此，六個變奏曲從某種意義上說在我們眼前運作的演變猶如一個彈簧片的迅速振動，它只有一端是固定的，另一端因張索斷裂而突然自由，於是在停止不動之前沿兩個方向振動。這裡事件又僅僅在反面展開：如果沒有使文化保持偏向超自然的煙草，則歸原爲自己的文化便只能在自然的兩邊搖擺不定。過了一段時間，彈力減弱，自身的慣性使它停止於自然和文化可以說處於自然平衡的地方，這個終止點我們已用蜂蜜的採集加以規定。

因此，從某種意義上說，整部戲全由第一變奏曲在演出，並由它完成，因爲它以蜂蜜爲對象。其他幾個變奏曲只是以不斷增加的精確性描繪戲劇結束後留下的場景的界限。因此，它們數目多寡無足輕重。貝多芬的交響樂終止於和音(人們總是問作者爲什麼要這樣)，並且這些和音被迂迴處理，再作安排。同樣，其他幾個變奏曲也並不終結於一個進行中的展開部。這展開部已動用了其一切手段，但是，同樣必定有一種無語言的手段，以之可以發出一個消息終止的信號，這信號通過在樂音系統中編入只存在一次

的最終樂句獲得，而這些樂音在整個傳送過程中始終貢獻於通過以各種方式使系統轉調來更好地細微調節其音調。

第三篇

齋戒的八月

Rura ferunt messes, calidi quum sideris' aestu

deponit flavas annua terra comas.

Rure levis verno flores apis ingerit alveo,

compleat ut dulci sedula melle favos.

Agricola assiduo primum satiatus aratro cantavit certo rustica verba

 pede.

Et satur arenti primum est moduletus avena

carmen, ut ornatos diceret ante Deos.

Agricola et minio suffusus, Bacche, rubenti

primus inexperta ducit ab arte choros.

鄉居帶來收穫，天際散發的炎熱讓大地在
金色季節裡光芒照人。
遍地穀物的鄉村裡樹幹槽中滿是蜜蜂，
釀出的金色蜂蜜酒多麼誘人。
農夫犁地乾熱口渴，
姑娘的歌聲娓娓如訴。

燕麥桿做的樂器調律優美，
裝飾一新奉獻給穀神。
紅鉛色的農夫們載歌載舞，
走向紅色的酒神。

提布・盧斯（Tibulle）：《哀歌》（*Élegies*）第 1 卷，L. II

I 有星辰的夜

與 M_{259}、M_{266} 不同,卡里布人的版本(M_{264})並沒有提及火的起源。蛙只是提取它兩肩之間的白色斑點的粉末;它不嘔吐也不排泄火,不是死在柴堆上,而是死在點燃的棉花牀上。因此,火無法在樹林裡蔓延;它的影響僅止於進入這兩棲動物的體內,而其燒焦的皮膚將保留粗糙而又起褶皺的形相。原因論因素(類似的版本把這因素置於首位)的這種缺乏始終由另一個因素的存在來補償,而後一因素在 M_{259}、M_{266} 中未涉及:某些星座的起源。可以回憶起,貘變成畢星團,馬庫耐馬變成昴星團,他的斷肢變成獵戶座的帶。

我已在別處 (M_{134}, CC, 第 317-320 頁) 扼述和討論過一個圭亞那神話(很可能是阿卡韋人神話)。它使昴星團產生於一個印第安人的內臟,他被兄弟殺害,後者想謀奪死者的妻子。在這兩個版本之間,各個不同的圭亞那神話提供了一種很可信的過渡,尤其因為獵戶座每次都代表截斷的肢體,而昴星團代表身體的其餘部分:因此正是內臟的所在。在陶利潘人神話(M_{135})中,昴星團宣告漁獲豐富的捕魚,就像 M_{134} 中僅僅還原為內臟的昴星團所做的那樣。在阿雷庫納人那裡(M_{136}),英雄的截肢發生在他殺死了岳母之後,岳母像 M_{264} 的蛙一樣給他吃排泄出來的食物。在《生食和熟食》中(第 314－322 頁),我已詳盡討論了昴星團如此象徵性地同化為內臟或身體包含內臟的部分,指出了,這種同化存在於新大陸的三個僻遠地區,表明了,從解剖學觀點看來,關鍵的對立是內臟(昴星團)和長骨(獵戶座)之間的對立。①

因此,圭亞那地區用內臟或身體包含內臟的部分預示著魚的豐富。然

而，這不是我們第一次遇到「內臟」的題材：痴迷蜂蜜的少女循環中給它留下了地位。關於更詳盡的細節，讀者可以重讀一下第二篇的II，2。這裡，我們只要回想起托巴人和馬塔科人的神話(M_{208}、M_{209})，在那裡，騙子先去了內臟，而後者轉變成了可食用的蔓生植物、西瓜和野果，甚或(M_{210})，它們的嘔出物(從內臟中出來，就像從胸腔和腹腔中出來的排出物)產生西瓜。

在 M_{134} 中，英雄之被取除內臟決定了昴星團 (在天上) 和魚 (在水中) 的出現。在 M_{136} (以及參照神話 M_1) 中，水生植物 (在地上) 的出現也是內臟取除的結果。在這些隱喻的背後，可以看出一根雙重的對立軸：一方面在高和低之間，因爲星辰漂浮在高處，「在空中」，而水生植物漂浮在低處，在水上；另一方面在容器和內容之間，因爲水包容魚，而西瓜 (以及一般地旱季的果蔬)包容水。取除內臟在 $M_{208}-M_{210}$ 中決定了西瓜的起源，在 M_{134} 中決定了魚的到來。這兩種內臟取除的情形特別相似，尤其因爲捕魚和採集野果主要在旱季進行。無疑，M_{134} 只是幾乎不露痕跡地提到痴迷蜂蜜的少女的題材：印第安人兇手想繼幹掉丈夫之後再幹掉其妻子，遂勸她進入一棵中空的樹(即人們慣常尋覓蜂蜜的所在)，但藉口爲抓一隻刺鼠(Roth：1，第 262 頁)。②如果說 M_{134} 僅僅把內臟題材和昴星團起源題材結合起來，那麼，陶利潘人異本(M_{135})和瓦皮迪亞納人異本(M_{265})——這裡和 M_{134} 相反，是妻子愛上了姻兄弟——把昴星團起源題材和痴迷蜂蜜少女題材結合起來：M_{135} 的英雄爲了替被斷肢而轉變成昴星團的兄弟報仇，把被強迫再婚的寡婦囚禁在中空的樹中，她在那裡魯莽地抓起蜂巢伸頭就吃蜂蜜。接著，他和孩子一起變成吃蜂蜜③的動物／araiuag／(參見以上第 78 頁)，事先還燒掉了茅屋 (K.-G.：1，第 55-60 頁)。然而，可以回想起，在一個查科神話(M_{219})中，男誘姦者——按另一個神話(M_{219b}：Métraux：5，第 138 頁)，

---

①有些圭亞那異本把昴星團等同於頭而不是內臟，但這對立仍以**變圓／伸長**的形式存在著。

他焚燒了村子——遭到了和這裡的女誘姦者一樣的懲罰。

最後，阿雷庫納人版本(M_{136})把下述三個題材匯集在一起：漂浮的內臟 (水生植物的起源)；殺人的妻子致夫丈斷肢 (後者升天而變成昴星團)，這女人被圍困在一棵中空樹裡受懲罰 (爲了表明她嗜吃蜂蜜)。

漂浮或懸浮內臟的題材在圭亞那神話和查科神話中的重現使我們得以把在從另一種觀點將某些圭亞那神話同查科神話作比較時已考察過的一個結論推廣到神話組總體。實際上，這裡處處涉及由一種不可抑制的貪慾引起的聯姻譜系的斷裂，而這種貪慾可能是食物性的或性慾性的，但仍就這兩個方面而言自身同一，因爲它時而以「勾引性」植物蜂蜜爲對象，時而以被許多圭亞那神話命名爲「蜂蜜」的勾引人物爲對象。

在查科，女婿和岳父間的關係被一個嗜吃的妻子中性化。這同一個圭亞那神話(M_{259})所說明的情境正好相反，在那裡，一個嗜吃的岳父使女兒和女婿的關係中性化。在其他圭亞那神話中，兩個姻親 (分別爲姻兄弟和姻

②刺鼠安排在那裡並非偶然。因爲我們知道，在圭亞那神話中(Ogilvie, 第 65 頁)，它和貘輪流充任生命樹主人的角色。但是，兩者的方式似乎不同：野果的實際主人貘因而當栽培植物在一棵野生樹上生長時也是栽培植物的主人，而栽培植物的劫掠者實際上作爲對栽培植物享有優先權的角色出現：沃佩斯河的印第安人從田野邊緣開始採集甘薯，他們說，這是爲了欺騙來自附近灌木叢的刺鼠，使它們以爲已沒有什麼東西可以竊取了(Silva, 第 247 頁)。另一方面，在那些以刺鼠作爲生命樹第一主人的神話中，刺鼠取一顆玉米粒藏在**中空的牙齒**裡。可以把這個項放在一個三角形的一個頂點上，它的另兩個頂點分別由**有齒的**水豬和**無齒的**食蟻獸佔居。這一切情形令人覺得，似乎在神話思維看來，刺鼠用來把自私而又貪吃的貘的語義價值的一半附加於另一個價值，而水豬和食蟻獸各表達後者的一半。

③但是，男人不吃它，就是說，它是一種「非獵物」。在 M_{265} 中，正是女人變成吃蜂蜜的野獸 (蛇)。

姊妹）間的關係被這樣的事實中性化：丈夫被父親(M_{134})或妻子(M_{135})消滅。最後，當本著這種精神來探討 M_{136} 時，它顯得脫離常規。在這個神話中，一個姻親使父母間關係中性化，因爲女婿殺害他妻子的母親，後者供他食物(正常情況下，這應當反過來)。但是，如果注意到，這食物是**排泄出來的**即反食物，因而構成岳母的組成部分即反供給，那麼，就可以看清楚這種供給循環轉向。最後，這個一般轉換系統已令我們從一種優先的食物和一種同樣優先的社會學情境出發，前者是蜂蜜，後者是嗜吃的妻子，她痴迷的東西是蜂蜜（查科）或者私通（圭亞那）甚或兩者兼而有之（圭亞那）。

如果我們試圖考察系統總體並展現其各個基本方面，則我們因此可以說，它有一個特有的獨創性即同時訴諸三種代碼：食物代碼，其符號是旱季的典型食物；天文學代碼，它回復到某些星座的歷程的或季節的進展；最後是社會學代碼，它圍繞缺乏教養的女兒的題材建構，她對父母或丈夫不忠，但始終是從這樣的意義上說的：她表現出未能履行神話賦予她的姻親中介功能。

代碼(2)和(3)凸顯在圭亞那神話的前沿，但我們已看到，代碼(1)儘管比較模糊暗淡，卻還是雙重地表現出來：一方面，表現在昴星團同魚訊的聯繫上，另方面又表現在女英雄從最初痴迷姻兄弟到最後痴迷蜂蜜的轉變上。然而，在查科神話中，代碼(1)和(3)極其明顯，但代碼(2)則以騙子內臟產生的旱季蔬果題材形式出現（而在圭亞那，騙子受害者的內臟同時產生昴星團和魚），並且關於有天文學代碼存在的假說在以上（第 108 頁）考察的情形裡得到進一步支持，在那裡，隱喻爲水豬的女英雄代表白羊座。實際上，白羊座比昴星團早一點，而後者又比獵戶座早一點。因此，由於查科對圭亞那略有位移，所以我們有了兩個星座對偶。在每個對偶中，第一個星座每次都宣布第二個星座的出現，而這始終佔居十分令人矚目的地位。獵戶座在圭亞那天文學代碼中無疑佔居特殊地位，而我們知道，查科各部落極

端重視昴星團，用隆重儀式慶祝其回歸：

查科

獵戶座＞昴星團＞白羊座

圭亞那

＊＊

　　回顧這一切，是爲了能夠探討這些神話的分析所提出的基本問題：三種代碼的相互可轉換性問題。簡單地極而言之，可以這樣表述它：蜂蜜尋覓、昴星團和缺乏教養的女兒這個角色三者之間有共同點嗎？我嘗試把這三種代碼二二聯繫起來：先是食物代碼和天文學代碼，然後是食物代碼和社會學代碼，最後是社會學代碼和天文學代碼。我希望，這種三元論證將提供證據表明，三種代碼同系。

　　以最明確方式訴諸昴星團的是圭亞那神話。因此，從確定美洲這一地區的季節曆法來開始工作，如同我們已對查科和巴西平原所做的那樣，是合宜的。事情並不容易，因爲氣象狀況，尤其雨量從邊地到內地、從西部到東部是不同的。旱季和雨季的截然對立只存在於英屬圭亞那和委內瑞拉中部，在那裡，降雨量一直增加到 7 月，在 11 月到達最低點。在奧里諾科三角洲的西部，這對比就不怎麼明顯，雨也降得遲緩。在英屬圭亞那的另一邊，可以觀察到比較複雜的雨情，因爲每個季節都又一分爲二。在內地，直到內格羅河和沃佩斯河流域，這種四時的節律也普遍存在（儘管在那兩個流域經年降雨，季節對比也不怎麼明顯④），因此，這種圖形特別引起我們注意（圖 13）。

　　通常在圭亞那區分出一個 3 月到 5 月的「小旱季」、一個 7 月到 9 月的「大雨季」、一個 9 月到 11 月的「大旱季」和一個 12 月到 2 月的「小雨季」。

事實上，因爲雨絕無不降的時候，所以，這種命名得有一些保留。雨

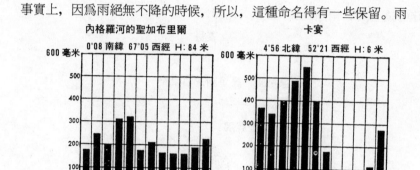

圖13　圭亞那和內格羅河流域的降雨量（據克諾赫〔Knoch〕，第 G 85 頁）

的增減視一年的時節而定。但是，根據所考察的地區不同，最乾旱的時期
在 8 月和 11 月之間，這也是捕魚的時期(Roth:2, 第 17－718 頁；K. -G.:1, 第

④凱澤斯(Keses)給聖卡洛斯地方區分出一個雨季（從 6 月到 8 月）和一個旱季
　（從 12 月到 3 月），兩者由兩個中間季節相聯，他稱之爲水的「高漲」和「低
　落」，其特徵爲降雨不規則以及有強暴風雨。在內格羅河流域，在聖加布里爾，
　也即更往南進入巴西領土，雨水總是在 12 月－1 月和 3 月最多（《佩洛里奧馬
　爾》〔Pelo rio Mar〕，第 8－9 頁；《諾爾邁斯》〔Normais〕，第 2 頁〕）。在西部，
　在沃佩斯河流域，降雨在一年的兩個時期達到最低點：7 月到 8 月和 12 月到
　2 月 (Silva，第 245 頁)。貝歇多 (1) 給內格羅河左岸支流德米尼河只區分了
　兩個季節：降雨從 4 月到 9 月，乾旱從 10 月到 3 月。在巴西和英屬圭亞那交
　界處的韋韋人那裡，終年降雨，但福克還是提到那裡有兩個雨季：一個大雨
　季，從 6 月到 8 月，一個小兩季，在 12 月，兩者被 9 月－11 月和 1 月－2 月
　的相對乾旱打擊(參見 Knoch，前引著作)。許多作者，諸如華萊士、貝茨、斯
　普魯斯和惠芬提供的大量觀察資料並非總是可以容易地作出解釋，因爲他們
　逗留的時間相當短，無法確定平均值。

40 頁；Bates, 第 287－289 頁)和各種野果成熟的時期(Fock, 第 182－184 頁)。

　　印第安人把這種複雜歷結的許多環節都同昂星團聯結起來，他們發現，可以觀察到兩者的儘管相對立卻都是重要的價值相結合。8 月夜晚在西方地平線上仍可看到的昂星團宣告降暴雨 (Ahlbrinck, 辭條「sirito」)，而當它們在 5 月消失時，它們則預報雨季重來(K.-G.:1, 第 29 頁)。在 6 月早晨(或 7 月早晨 4 時，Fock,同上)它們重又出現在東方，這預示著乾旱(K.-G.:1, 同上；Grevaux, 第 215 頁)，指令農事開始(Goeje, 第 51 頁；Chiara, 第 273 頁)。在 12 月，它們在日落後從東方升起，這宣告新的一年到來，降雨又恢復 (Roth: 2, 第 715 頁)。因此，昂星團的涵義時而是乾旱，時而是雨季。

　　這種氣象學的矛盾心理似乎反映在另一層面上。當昂星團在 6 月重又出現時，它們「受到歡欣的致敬」(Crevaux)，同時昂星團又引起人們恐懼：「阿拉瓦克人稱昂星團爲／wiwa yo-koro／即『母親星』，同時他們又相信，當它們明亮耀眼時──換言之當它們『邪惡時』──如果這是它們初次出現 (在 6 月)，那麼，其他星也是這樣，而許多人會在這一年裡死去」(Goeje, 第 27 頁)。人靠了一條天蛇(Peršee)的干預才來大批死於昂星團傷害人的猝發(同上著作，第 119 頁)。按照卡利納人的意見，昂星團有兩個相繼的星座。第一個星座被一條蛇吃掉；另一條蛇追逐第二個星座，當這星座以西方沉沒時，這條蛇從東方升起。當它追上這星座時，時間突然終止。但是，昂星團只要存在，就阻礙惡魔同正規組織的人作鬥爭：它們迫使惡魔行動雜亂無章，毫無倫次 (同上著作，第 118、122－123 頁)。

　　昂星團的這種二元性直接引起了安第斯山區的一些事實。在庫斯科的宏大的太陽殿中，神殿中央投上疊影：在左邊是太陽、作爲暮星的金星和可見的、因而「明亮的」昂星團；在右邊是月亮，作爲晨星的金星和隱藏在雲背後的冬季昂星團。冬季的昂星團也稱爲「成熟之主」，甚涵義爲雨水和豐足。夏季的昂星團稱爲「疾病之主」，尤其是人類瘧疾之主，它預示死亡和苦難。還有慶祝昂星團在春季出現的節日／oncoymita／，它包括懺悔

儀式、獻祭**天竺鼠**和無峰駝以及出血的塗油禮（Lehmann-Nitsche：7，第 124－131 頁）。

另一方面，卡利納人的這些觀念加強了業已提出的一個關於以美洲和世界許多地區的獵戶座－昴星團對偶爲基礎的優越能指的特徵的假說。我們已經指出(CC，第 289－298 頁)，由於各自構形的關係，這兩個星座從歷時關係來說是一致的，因爲它們的升起前後相繼而差幾天時間，但在它們所處的共時關係上是對立的：昴星團在連續的一邊，獵戶座在不連續的一邊。因此，昴星團作爲獵戶座的先兆而能提供有益的意義，同時又不失去既邪惡又可怕的內涵，而南美洲思維認爲這內涵是連續的(CC，第 364－367 頁)，同時這內涵也只有在被肯定有害於惡魔時才可歸諸昴星團。

關於昴星團同流行病和毒的親密關係，已經掌握一些較爲直接的證據。按照一條亞馬遜信條，當昴星團消失時，蛇失去其毒性（Rodrigues：1，第 221 頁，註②)。這種岐義性使這星座與蜂蜜同業，這星座被賦予雙重價值，因而能同時地既合乎希望又可怕。

在巴拉圭的瓜拉尼人的重要起源神話中，神的母親這樣說：「在無盡大草原茂盛的草叢下，我聚集了蜜蜂╱eichú╱(*Nectarina mellifica*)，以便當我把它們帶來後，他們（人）可以用蜂蜜漱口」(Cadogan：3，第 95 頁)。卡多甘強調，╱eichú╱這詞同時標示蜜蜂的一個種和昴星團。事實上，*Nectarina* 是黃蜂（Ihering，辭條「enchú」)，其蜂蜜往往有毒；查科神話女英雄所痴迷正是這種蜂蜜，而她的父親太陽已表明若無一個丈夫襄助便無法爲她獲取這種蜂蜜。由此可見，在這些神話中，對天文學代碼的運用超過我們的設想。

Nectarina 蜂蜜在南方瓜拉尼人的儀式中扮演淨化劑的角色。它在亞馬遜也起這種作用，在那裡，朱魯帕里(Jurupari)祭儀的司祭用它催嘔。斯特臘德伊解釋了（I，第 416 頁）詞語╱ceucy-irá-cáua╱：「殘忍地螫人的蜂種；其蜜在一年的某些時期引起強烈嘔吐。」這個作者還以下方式定義了

詞組／ceucy cipó／即「ceucy 蔓生植物」：「蔓生植物的一個種，其根和莖研成泥漿可用於製備一種藥劑，起淨化作用，供演奏宗敎樂器的老人服用……這種飲料致人強烈嘔吐」（第 415 頁）。然而，在亞馬遜，／ceucy／（cyucy, ceixu；參見瓜拉尼語：eichú）這詞標示昴星團的星座。因此，從巴拉圭直到亞馬遜河兩岸，蜂蜜和昴星團在語言上和哲學上都是相聯結的。

但是，在亞馬遜，問題不在於一種自然產物和一個星座。／Ceucy／作爲一個專名也標示一個著名神話的女英雄。我們應當簡短地補上它：

M₂₇₅　亞馬遜：朱魯帕里祭儀的起源

在遠古時代，女人佔統治地位。太陽對這種事態感到憤怒，想挽回它。他爲此到一支按照他的法律改造過的而服從這法律的人類中尋找一個完美的女人做伴侶。他需要一個使者。這樣，他使一個名叫塞烏茜(Ceucy)的處女懷孕，方法是讓 cucura 或 puruman 樹 (*Pourouma cecropiaefolia*，一種桑科植物)的液汁在她的胸部流淌〔或更下部，按照不怎麼純潔的版本〕。嬰兒名叫朱魯帕里，他從女人們手中奪過權力，把它還給男人。爲了肯定男人的獨立性，他規定他們慶祝把女人排除在外的節日，他傳授給他們一些秘密，他們應當把它們代代相傳。他們處死一切窺破這些秘密的女人。塞烏茜成爲她兒子發佈的這條殘酷法律的第一個犧牲者，他今天仍在尋覓完美而足以成爲太陽妻子的女人，但沒有找到 (Stradelli：1，第 497 頁)。

關於這個神話，已知有許多異本，其中一些得到相當程度展開。我們不準備詳細考察它們，因爲它們似乎提出了另一類神話，不同於格調和構思上相對同源的民間故事。關於後者，這裡加以匯集，作爲我們的研究資

料。某些古代搜集者，其中首推巴博薩·羅得里格斯、阿英里姆、斯特臘德伊似乎仍能在亞馬遜河流域收集到屬於學術傳統的深奧本文，就此而言可同尼明達尤和卡多甘在南方瓜拉尼人那裡最近得到的本文相比。可惜，我們今天對亞馬遜河中下游曾經建立過的古代土著社會一無所知或者不甚了了。奧雷亞納（他於 1514-1542 年沿著這條河流一直到達河口灣）提供的簡明證據，尤其口頭傳統的存在（這些傳統的極端複雜性、它們的創作技巧和神秘格調使得我們把它們歸入賢哲和學者派）證明其政治、社會和宗教組織的水平遠高於那時以來所能觀察到的。這些珍貴文獻是整個亞馬遜河流域的真正共同文明的遺跡。對它們的研究，需要撰著整整一卷書，需要訴諸一些專門方法，其中應當包括語文學(philologie)和考古學（這兩門學科在熱帶美洲仍遭忽視）的貢獻。也許有朝一日這會成為可能。我不想到這片變化無常的領域裡冒險。我局限於從這些各不相同的異本中提取同我們論證直接有關的零星要素。

按照朱魯帕里的命令或者允諾，他的母親被處死，因為她偷看了神笛。他讓她登上了天，她在那裡變成昴宿(Orico: 2, 第 65-66 頁)，在布朗科河和沃佩斯河的各部落（塔里亞納人〔Tariana〕、圖卡諾人：M_{276}）中，名叫博康(Bokan)或伊齊(Izy)的立法者用這個神話中包含的一個神話披露自己的超自然身份，這是在有文字之前的一個真實的「格拉爾(Graal)故事」。他解釋說，他的父親是個偉大立法者，名叫皮儂(Pinon)，生母是個幽居的處女。她逃離囚居的住處外出尋找丈夫，太陽神奇地使她懷孕。迪娜蓮(Dinari)（這女人的名字）帶著幾個孩子回到親人中間。她要求兒子停止囚禁幾個女兒，兒子答應了，但從受益者中排除了姊妹梅恩絲普茵(Meênspuin)，她的頭髮上裝飾有七顆星。這少女因沒有丈夫而消瘦，為了醫治這慾望，使她保持貞潔，皮儂讓她登上天。她在天上變成了塞烏茜即昴星團，而他自己變成形似一條蛇的一個星座(Rodrigues: 1, 第 93-127 頁；完整的本文：2, 第 2 卷，第 13-16、23-35、50-71 頁)。

因此，在圖皮人－瓜拉尼人那裡以及受他們影響的其他種群那裡，詞／ceucy／標示：(1)一種蜂蜜有毒並引起嘔吐的黃蜂；(2)昴星團的星座，讓人看到的形相爲女性的、不生育的、有罪的，否則甚至是情慾受壓抑的；(3)一個被禁止結婚的處女：或者神奇地懷孕，或者被變成星辰，以阻止她嫁夫。

這名詞的三重含義已足以建立食物代碼、天文學代碼和社會學代碼之間的相互關係。因爲，顯而易見，塞烏茜這個人物在三個層面上都與痴迷蜂蜜的少女這個人物相反，就像圭亞那神話所說明的。這少女不顧合適與否地並以獸慾貪吃一種蜂蜜，它引起以淨化爲目的的嘔吐；她引起昴星團出現，其形相爲男性的和豐產的（魚很豐富）；最後她是一個母親（有時甚至有許多孩子），把婚姻誤導到與一個姻親通姦。

但在事實上，塞烏茜這個人物更爲複雜。我們已經看到，這個角色一分爲二：被用神奇方法受孕的，違反禁令的母親，以及被反對其結婚的禁令之全能變成星辰的受管束處女。然而，另一個亞馬遜傳統把塞烏茜描繪成貪吃的老嫗或永遠受飢餓折磨的妖精：

M₂₇₇　阿納姆貝人（Anambé）：食人女魔塞烏茜

一個青年在一條溪流岸邊捕魚。食人女魔塞烏茜突然出現。她發覺這男孩在水中的倒影，遂想用網抓他。這引起男孩發笑，暴露了他的隱藏地。這老嫗用黃蜂和毒蟻把他趕出來，弄進網裡吃他。

食人女魔的女兒出於憐惜而放出了這囚徒。他首先試圖通過編織籃子，讓它立即變成動物，供她吃來安撫她〔參見 M₃₂₆ₐ〕，然後他爲她捕獲大量的魚。最後，他逃離了她。食人女魔變成 cancan 鳥〔*Ibycter americanus?*〕追逐他。這英雄相繼躲藏在採集蜂蜜的猴那裡，它們把他藏在罐裡；想吃他的 surucucú 蛇〔*Lachesis mutus*〕那裡；拯救他的 macauan鳥〔*Herpetotheres cachinans*〕那裡；最後是tuiuiú鶴〔*Tantalus ame-ricanus*〕那裡，它把他安置在村子近處，儘管他常年白髮，但還是被母親認了出來（Couto de Magalhães，第270−280頁）。

這神話有雙重意義。首先，在這裡可以看到本《神話學》第一卷開始時(CC，第147及以後各頁)。已扼述並討論過的一個瓦勞人神話(M_{28})的一個切近的異本。意味深長的是，這個異本不期然地引起我們注意，在本著作後面部分必須再次研討它，以便解決一個目前尚未涉及的問題（參見以下第390頁）。然而，瓦勞人神話 M_{28} 關涉昴星團(M_{277}的食人女魔帶有其圖皮語名字)：它在解釋畢星團和獵戶座起源的同時也解釋了昴星團的起源。這就是說，它履行與圭亞那的卡里布人賦予 M_{264} 的功能一樣的原因論功能。在 M_{264} 中，另一個吃者雌貘靠吃野果成長，不把野果留給英雄。

其次，M_{277}的食人女魔**作為**昴星團的星座構成第一個塞烏茜(M_{275}的塞烏茜)這個隱喻的貪吃者——吃的不是食物而是男人的秘密——和M_{135}的陶利潘女英雄之間的過渡，後者在這神話的第二部分中是本來意義上的貪吃蜂蜜者，但在開始時以隱喻的食人女魔的面目出現，她貪吃年輕姻兄弟的愛撫，同時，她又通過把丈夫弄成殘肢以便殺死他而決定了昴星團以男性和養父的面貌出現。實際上，變成星座的人許諾給英雄豐富的食物：「從此以後你們有的是吃的！」

因此，陶利潘人的女英雄以昴星團的換喻的方式介入；昴星團是結果，她是原因。於是，她給英雄謀得了(不需要他，採取昴星團宣告其來到的那些魚的形式)食物，這種食物在M_{277}中被食人女魔**稱為**「昴星團」(隱喻)，⑤在 M_{28} 中被食人女魔由昴星團**引起**(換喻)，她們把它留給英雄以便她們自

---

⑤這再次證實，在土著思維看來，這專名構成這人物的一種隱喻。參見以上第158頁及以下第330頁。

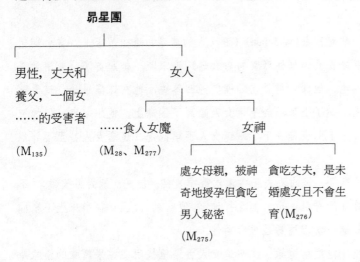

己可以吃它。

這些轉換可以整理成一張圖：

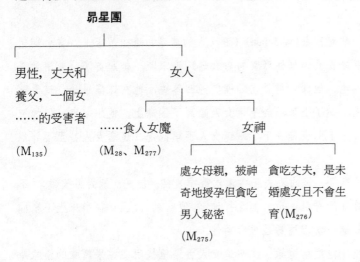

實際上，在這圖中，處於兩端（左上角和右上角）的兩個角色對稱而又相反，而另兩個角色相應於中間狀態，這裡每次過渡都帶來本來意義和比喻意義的替換。

我們現在嘗試使食物代碼和社會學代碼直接相關聯。一開始，我們先來作點說明。在圭亞那神話 M_{134} 到 M_{136} 中，女英雄的地位似乎很不穩定，視況如何而定，以致取得正相反對的涵義。在 M_{134} 中，她是姻兄弟有罪侵害的對象。在 $M_{135}-M_{136}$，她則變成侵害他的罪人。因此，她時而作爲灶神守護祭司出現，時而作爲酒神祭司出現。這神話給她描繪了這幅活生生的肖像。

M₁₃₅　陶利潘人：昴星團的起源（細部）

……韋烏拉萊(Waiúlale)（這女人的名字）睡在吊床上。當小姻兄弟（由留給長兄的那種野蠻的鳥敎導）進來時，她起身了，並用甘薯啤酒招待他。他問，哥哥在哪裡；她回答說，他在採集果子。這男孩沮喪至極，躺了下來，於是這女人睡到了他身上。他想起來，但她把他囚在吊床上。夜幕降下了。這女人不讓他走，這惡女人甚至不許他解小便。

在這期間，她的丈夫正在灌木叢中哀號。但是，她對男孩說：「不要先想著你的哥哥！也許他在打漁。當他回來時，我會從吊床上下來！」這男孩知道一切因爲鳥已告訴過他。

深夜，他謊稱他餓了，叫這女人去給他找用多香果調味的濃味蔬菜燉肉，因爲他想擺脫她，去解小便。這時，一直爬回到茅舍的傷員叫了起來：「喂，我的兄弟！這個女人已用斧砍斷了我的肢體！殺死她！」這男孩問這女人：「你對我哥哥已做了什麼？」她回答說：「什麼也沒有做，我讓他打漁，採果子！」儘管那個人仍在門外哀號，但她仍登上吊床，緊緊纏住這男孩，讓他動彈不得。在這期間，這傷員從地上爬到茅舍門前寫下：「我的弟弟！我的弟弟！幫助我，我的弟弟！」但是，後者出不來。一直到半夜裡，這傷員還在這樣哀求。這時，兄弟對他說：「我無法幫助你！你妻子不讓我離開茅舍！」她甚至把門緊閉，用繩子拴住。這男孩又對長兄說：「我有朝一日要爲你報仇！你在門外受苦了！總有一天，你妻子也要受苦！」他打了她，但未脫身成功(K.-G.: 1，第56-57頁)。

然而，正是同一個女人，在這裡是有罪的和淫蕩的，而在阿卡韋人的

異本(M₁₃₄)中，她拒絕兇手姻兄弟，作爲專心的母親和憂傷的寡婦處世。但是，也是這個版本，它很關心剝奪她採集蜂蜜的責任：如果說女英雄答應進入中空的樹，那麼，這也僅僅是爲了尋覓刺鼠。我們已經知道了蜂蜜的模稜兩可，即一方面它有著有益於健康和有毒的兩重性（同一種蜂蜜可能是有益健康的，也可能是有毒的，視條件和季節而定），另一方面它又具有「完全現成的食物」的本性，這使它成爲自然和文化之間的一種接合。蜂蜜的這種模稜兩可解釋了蜂蜜神話中女英雄的模稜兩可：她也可能是「完全自然」，或者可能是「完全文化」，並且這種矛盾引起了她的角色的不穩定性。爲了讓人信服，應當暫時再回到我們作爲出發點的關於痴迷蜂蜜少女的各個查科神話。

可以回憶起，這些神話同時展開兩條伏線，把兩個主人公推上舞台。我們還已看到，痴迷蜂蜜的女英雄——準備使她丈夫在婚姻功能上中性化——可以還原爲圭亞那女英雄的轉換，後者痴迷姻兄弟，並通過致她丈夫傷殘來使婚姻關係中性化，而這關係是她實現邪念的障礙。然而，查科神話的另一個主人公狐即騙子身兼兩個角色：它既痴迷蜂蜜，又痴迷姻姊妹（當她是它妻子的姊妹時，這是真正的姻姊妹，而當她是一個同伴的妻子時，則是隱喻的姻姊妹）。因此，查科神話可按與第 273 頁上的圖所示的相似的方式加以整理（我們已用這種方式整理過圭亞那的類似神話）：

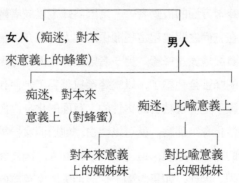

　　也許有人提出異議說，「痴迷」這詞從本來意義上標示心理的瘋癲，因此這圖始終在比喻意義上使用它。所以，我們應當記住，我們已經約定，在我們的全部討論中，把本來意義派給食慾，把比喻意義派給性慾。對立**本來／比喻**並不關涉「痴迷」這詞，而是關涉它用以標示的兩種痴迷形式。正因爲這樣，我們處處都在它的後面跟上一個逗號。

　　對這兩張圖作比較，我們可以生發許多意見。兩張圖是相互補充的，因爲每一張圖都只對兩性對立的兩極中的一極應用對分分析：第一張圖是女性極，第二張圖是男性極。本來意義和比喻意義在一張圖中是交替的，在另一張圖中是相繼的。最後，把第一張圖中的男性極或第二張圖中的女性極同每次都是最接近的一個項連接起的關係在一種情形裡屬於接續（由因及果的關係），在另一種情形裡是相似（女人和男人同樣痴迷本來意義上的蜂蜜）。

　　由以上分析可知，儘管故事中的主人公痴迷蜂蜜的女英雄和騙子（化身爲人或動物）實際上是同系的，但他們本身處於一種轉換關係。正是這個深刻理由解釋了，騙子能呈女英雄的形相，試圖讓人們把他當成她。可以更仔細地來考察這一點。

　　騙子（誘騙蜂蜜和姻姊妹者）和女英雄（誘騙蜂蜜，又被騙子誘騙）之間的差別唯起因於這樣的事實：他是男人——蜂蜜方面的主動者——，她是女人——蜂蜜方面的被動者——，因爲蜂蜜以取者轉變到（女人的）給予者，乃以在它們之間建起這種關係的女人爲媒介。騙子沒有蜂蜜，女英雄有。一者負面地表達蜂蜜，另一者則正面地但只在現象上表達它，因爲她把給他人的蜂蜜全耗盡了，以爲蜂蜜只是爲了她而存在的。

　　如果說騙子是一種結合的男性的、負面的化身，而這結合的正面形象需要一個女性化身，那麼，就可以明白，他扮演女扮男裝的角色，他是不存在的蜂蜜的存在的原因，但可以轉換爲女人，因爲女人是存在的蜂蜜之不存在的原因。因此，如果說騙子佔居消失的女英雄的地位，那麼，後者

骨子裡是個女騙子：雌狐。⑥狐的女扮男裝不是提出問題，而是使神話得以把一個蘊涵的眞相表現出來。查科女英雄是被誘姦的少女，但在另一層面上其角色又同誘姦者的角色相混淆。這種模稜兩可在其圭亞那同系人物的模稜兩可上得到回響。

也可以從熱依人神話出發進行這種論證，而我們已經說過，熱依人神話也同查科神話結成轉換關係，因而還應用圭亞那神話結成這種關係。

這些神話提出了一個難題：爲什麼在阿皮納耶人版本(M_{142})和克拉霍人版本(M_{225})中考察的主要以其似乎帶有的痴迷的美德爲表徵的英雄會殺死並燒烤他的妻子，用這個可憐者的肉供她受騙父母食用？圭亞那的類似情形使我們得以訴諸另一種方式來解決這個問題，它不同於我們當時已利用過的方法，但證實了我們的第一批結論：

M_{278}　瓦勞人：人變成鳥的故事

　　從前有一個印第安人，他和妻子及妻子的兩個兄長共住一個茅舍。一天，天空烏雲密佈，大雨欲來，他高聲叫道，下雨使他終日酣睡，接著，他就倒在吊床上睡了，雨降下來了。妻子完全出於一片好心，叫兩個哥哥幫忙把她丈夫縛住，放到室外。他們讓他整夜淋雨。這人清晨醒來說，他睡得很好，要求給他鬆綁。他心裡氣得發瘋，但掩飾了這種情緒。爲了報復，他帶她出去打獵，叫她採集木頭，搭一個烤肉架，藉口他要去捕殺一條住在近處池塘裡的鱷魚。但是，一當妻子工作完成，他就把她殺了，砍下她的頭，把身體其餘部分剝成碎塊，再

---

⑥一個啼哭的嬰兒在 M_{245} 中被一個雌蛙收養，在 M_{241} 中被一個痴迷蜂蜜的雌蛙收養，在圭亞那的其他神話($M_{144-145}$)中以及在火地島的神話中由一頭雌狐收養（CC，第 355 頁註㉟）。

燒烤這些肉塊。他把肉放在以前編織好的一個籃子裡，再按照獵人的習慣，把籃子放在離村相當遠的地方。在籃子邊上，他豎起一根木椿，掛上受害者的頭，給鼻子裝飾上銀針，把頭轉個向，讓眼睛看上去像注視著村子。他只帶回了燒烤過的肝，兩個姻兄弟大爲讚賞，吃得津津有味。

這印第安人叫他們去找妹妹。他謊稱，她背著沈重的東西。當他們看到頭時，趕緊帶著所有肢體一直跑到村裡。殺人者已乘一條獨木舟逃離，他還細心解掉所有其他獨木舟的繫繩，好讓河水把它們沖跑。兩兄弟成功地追回一條小船，緊追這逃亡者。快要追上時，這印第安人縱身跳上岸，爬上一棵樹叫喊：「你們的妹妹在那兒，我已把她留在那兒!」兩兄弟想打他，但他已變成一種 mutum（鶉雞，種名 *Crax*，它的叫聲像是在說：「妹妹在這兒呢!」(Roth: 1, 第 201-202 頁)。

這個神話已知有許多異本。在科赫——格林貝格據佩納爾(Penard)改寫的卡利納人版本 (M_{279a}, K.-G.: 1, 第 269 頁) 中，這英雄在逃離時受到兩隻鳥 *Ibycter americanus*（參見 M_{277}）和 *Cassidix oryzivora* 的庇護。在姻兄弟追上英雄之後，他們砍下他的肢體，而這受害者決心變成星座：獵戶座，「他求助太陽，央求太陽支持他」。阿爾布林克（辭條「peti」）給出了其他版本，其中之一(M_{279b})證認提供幫助的鳥爲*Crotophaga ani*和*Ibycter americanus*。它們在其中出現的插段將在下一卷裡討論。關於一般的比較，可以參見 K.-G.: 1, 第 270-277 頁。一個瓦勞人版本(M_{279d})以殘殺告終(Osborn: 3, 第 22-23 頁)。

一種鶉雞類鳥作爲一個星座的組合變體出現，對這一點不必感到驚訝，因爲我們已知道，這種鳥具有「夜間活動」的習性 (CC, 第 210 頁)。在 M_{28} 中，獵戶座的帶被稱爲「鴯鶓科鳥的母親(Roth: 1, 第 264-265 頁)。可惜，我們不知道，M_{279a}所提到的具體的鳥種是不是這樣一種：「它夜間定時地鳴

叫整整 2 小時，以致在土著看來，mutum 代表一種樹林時鐘」(Orico：2，第
174 頁)，或者到黎明時仍可聽到 (Teschauer，第 60 頁)，而這些習性全可
解釋爲向太陽哀求。另一方面，M_{279a} 的後一條路線所提示的思想即獵戶座
可能是太陽及其「助手」在夜間的對應者，提出了這樣的問題：分別爲晝
間和夜間的天體現象被土著思維關聯了起來。我們在自己的道路上已遇到
過這個問題，並就一個具體情形在一定程度上解決了它：虹霓和銀河陰暗
區的情形(CC，第 322－324 頁)。但是，目前還沒任何根據可以讓我們把這
種推論推廣到太陽以及獵戶座的全部或部分。同樣，阿爾布林克(前引著作)
提出的富有啓迪的下述意見也需要小心加以證明：M_{279b} 的英雄的名字標
示一個墮落的人。

　　這個地區的另一些神話把 mutum 同化於南十字星座而不是獵戶座，朔
姆布爾克說(載 Teschauer，前引著作；參見 Roth：1，第 261 頁)，這是因爲一
個鳥種(*Crax tomentosa*)在四月初半夜不到一點這星座中天的時分開始鳴
叫。正是由於這個緣故，阿雷庫納印第安人稱這星座爲／paui-podolé／即
「mutum 的父親」(K.-G.：1，第 61-63，277 頁)。羅思還談到一個呈截斷的
女人肢體形狀的星座：當她黎明前在地平線上能見到時，鷸鴕科鳥用叫聲
她致敬(1，第 173 頁)。但是，這已不是涉及同一類鳥。不管怎樣，在南十
字座半夜前中天時分，獵戶座在太陽剛沈後不久時仍可在西方地平線上看
到。因此，可以把這時仍可聽到叫聲的鳥或者同一個星座，或者同另一個
星座聯結起來。

　　我們引入這組神話，還沒有以它們的天文學含義作爲理由，而是爲了
另一個原因。實際上，這些神話明確地考慮到爲了提出一個假說而必須訴
諸的一種語法對立，而現在我們可以說，這個假說有客觀基礎，因爲 M_{278}
和 $M_{279a、b}$ 等等用作者原話敍述了一個女人的故事，她**因爲從本來意義聽取
她丈夫想從比喻意義說的話**而招致他仇恨。阿爾布林克的本文在這個問題
上特別明白：「從前有個印第安人。一天，他宣佈：『今晚，在一場可能的

雨下面，我會睡得很好。』她妻子領會錯了這些話，對她的哥哥說：『我丈夫眞傻，他要睡在雨下。』當天將黃昏時，兩兄弟把丈夫縛在吊床上，再露置在雨淋之下。第二天早上，這丈夫臉孔蒼白得像一張白布，怒不可遏……」（同上著作，第 362 頁）。

　　這樣，我們在修辭學層面上觀察到了一個最早在烹飪層面上向我們顯現的人物的最高化身。痴迷蜂蜜的少女的過錯在於過分貪吃，這導致一種自然產物解社會化(désocialisation)，成爲直接食用的東西，而這種食用本來應當採取另一種方式，以便蜂蜜可以用來當做不同姻親集團之間的讓與品。熱依人神話始終在烹飪層面上把這種境況轉移到肉上，這個種群的各部落也通過施加多種禁令來阻止肉的食用。因此，如 $M_{278}-M_{279}$ 所運作的那種從飲食行爲到語言行爲的轉變意味著：按照土著的哲學，本來意義相應於按自然方式直接「食用消息」，而比喻意義相應於按文化方式的另一種食用。⑦

　　問題還不盡如此。圭亞那神話講述的故事證實了我們已作出的(第 116頁及以後)在與它們同系的熱依人神話和著名神話組之間的認同，在這個神話組中，被一頭貘誘姦的女英雄或女英雄們變成了她們與之交媾（＝她們在比喻意義上食用）的那個動物的陰莖或肉的食者（＝本來意義上的食用者）。與 M_{279} 的比較證明，從一個神話組到另一個神話組的轉換的規則比我們的設想來得簡單：

⑦一個卡維納人(Cavina)小神話(M_{279e})也沿著這個方向，因爲一個女人在燙傷她弟弟之後變成了猴。她把他放在鍋中使他長大，因爲母親命令她用很燙的水洗他 (Nordenskiöld：3，第 289 頁)。

	代碼	女人的過錯	懲罰
M₁₅₆₋₁₆₀ （䝙誘姦者）	飲食的	從比喻意義上聽應當從本來意義上聽的東西	／吃／…… ……／取受者／…… ……／非法的／…… ……／自然的／……
M₂₇₈₋₂₇₉	語言的	從本意義上聽應當從比喻意義上聽的東西	／被吃掉，食者為／…… ……／「給予者」／…… ……／合法的／…… ……／文化的／……

　　如果我們把這種範式（paradigme）加以推廣，以便一方面把 M₁₄₂、M₂₂₅ 中的因貪吃（蜂蜜）而被丈夫殺死作為肉奉獻給他的姻親的熱依人女英雄包括進去，另方面也把 M₁₃₆ 中的姻親（岳母）包括進去，後者也被殺，但其緣由正相反時——因為她是貪吃者的反面：魚的生產者，但通過排泄生產，因此構成反食物——那麼，我們便將得到了一個經過推廣的系統，在那裡，姻親們接受相反的身份，視所考慮的姻親是男性還是女性而定。對於一個女人來說，男姻親可能是一個人（按照文化）或一個動物（按照自然）；對於一個男人來說，女姻親可能是一個妻子（按照自然）或者一個岳母（按照文化，因為這女婿與她沒有肉體關係，只有道德關係）。⑧按照這種男人哲學，兩個女人之一忘掉了兩性間對偶關係的不存在，妻子的隱喻食物成為他的真正食物，女兒成為她母親的食物，甚或母親換喻地「反食」他女婿，因而像她女兒一樣被殺。

---

⑧當然，與一個女人及其前夫留下的女兒的一夫多妻婚姻的情形除外，因為在南美洲（L.-S.：3，第 379 頁），尤其在圭亞那，沒有這種習俗。然而，我們所依據的那些神話源自卡里布人和瓦勞人部落，在那裡，岳母禁忌被嚴格遵守（Roth：2，第 685 頁；Gillin，第 76 頁）。

　　然而，這些神話宣稱，這種眞正聯姻病態的首要原因是過度貪求蜂蜜。從 M_{20}——在那裡，一對性交過度的夫婦以其狂熱腐蝕了蜂蜜，使蜂蜜不適用於姻兄弟間讓與——過渡到 M_{24}，後者同時在飮食層面和社會學層面上反轉了這個格局——因爲一種被以別的方式玷污的蜂蜜引起一對失和的夫婦破裂——始終以一種不相容性爲基礎：夫婦的親暱（即婚姻的自然方面）和他們在聯姻循環環中的居間者角色（相應於婚姻的社會方面，這些神話對之不倦地加以挑剔）不相容。

　　查科狐很能勾引少女；但它未成爲女婿，因爲它未能向女家提供蜂蜜。查科和巴西中部痴迷蜂蜜的少女習慣於尋找一個丈夫，阻止他也成爲一個女婿和一個姻兄弟，爲此要求只吃蜂蜜，而他可以此來接受她的聯姻條件。因此，女英雄處處都是淫蕩的騙婚者；因爲蜂蜜是她不允許其履行社會功能的自然產物，所以從某種意義上說，她使婚姻降到了肉體結合的水平。因此，這些神話在記敍她的悲慘命運時，還對這種**自然的濫用**作了社會學的譴責（但它們用飮食代碼表達這種譴責）。對於這種濫用自然，我們今天是容許的，如果是短暫的，而且我們也訴諸同樣的代碼形容它：因爲我們稱之爲「蜜月」。

　　不過，這裡有一個差別。在我們的比喩語言中，「蜜月」標示一個短暫的時期，我們允許夫婦兩人在此期間排他地相守：「傍晚和夜間的一部分全用於作歡愛；白天，丈夫一再重申山盟海誓，或者，詳細籌劃甜蜜的未來」（《諺語辭典》〔*Dictionnaire des proverbes*〕，辭條「蜜月」〔「lune de miel」〕。另一方面，當夫婦倆重又回到社會關係網之中而開始失和時，我們把這時期稱爲「膽月」（lune de fiel）或「苦艾月」（lune d'absinthe）。因此，在我們看來，蜂蜜完全處於甜的一邊；它處於一根軸的一端，軸的另一極由苦佔居，苦則由膽和苦艾象徵，而從這兩樣東西因此可以看到蜂蜜的對立面。

　　相反，按照南美洲的思維，甜和苦的對立是蜂蜜所固有的。一方面，這是因爲經驗迫使人們區別蜜蜂的蜂蜜和黃蜂的蜂蜜，它們在新鮮時分別是

有益於健康的或有毒的；另一方面，這是因爲當人們使蜜蜂的蜜發酵時，它轉變成苦的，何況這種運作又是非常成功的(參見以上第141頁)。對待蜂蜜的這種矛盾心理在不知道蜂蜜酒的文化中仍可看到。例如，在圭亞那，玉米的、甘薯的或野果的啤酒通常是苦的，人們給它們加上鮮蜂蜜，就使它們變成甜的。而在南方的蜂蜜酒文化中，這種飲料被稱爲「苦的」，但這時是把它同新鮮蜂蜜相對比。因此，「發酵的」極時而對應於苦的蜂蜜啤酒，時而對應於苦的啤酒(除非給它添加蜂蜜)；不管正面還是負面，也不管採取明確的方式還是用省略法，蜂蜜總是被蘊涵著。⑨

因此，因情況而異，蜂蜜可以兩種方式超出其自然狀態。在社會學層面上，未經物理－化學轉化，蜂蜜受到特別的矯飾，這使它成爲適合姻親間饋贈的佳品。在文化層面上，經過了物理－化學轉化，無需講究禮儀而可即時食用的新鮮蜂蜜借助發酵而變成了供延遲食用的宗教飲料。蜂蜜在一種情形裡被**社會化**，在另一種情形裡被**文化化**。這些神話按照這技術－經濟下層建築選擇某種方案，或者，當這種建築給它們自由時，它們便兼取這兩種方案。與此相關聯，最初以痴迷蜂蜜的少女的面目出現的人物現在根據這兩個向度之一加以規定；這人物時而被正規地社會化（她締結了

---

⑨馬德雷德迪奧斯河流域的秘魯部落馬希昆加人(Machiguenga)只用一個詞來標示糖和鹽。他們敍述(M₂₈₀)，一個「像鹽一樣甜的」超自然女人有個丈夫，他不停地舔她。由於舔得過分，她使他變成蜜蜂／siiro／，它今天仍顯得貪吃女人的汗水。

這女人又與一個印第安人再婚，她供給他煮過的魚。見到這些豐沛的食物，這男人驚訝不已，遂監視妻子。他發現，她從子宮排出魚來(參見M₁₃₆)，這令他作嘔。他羞辱她，因此這女人把他變成吃花蜜和蜘蛛的蜂鳥。她自己變成鹽岩，從此之後，印第安人就一直在那裡儲存食品 (Garcia， 第236頁)。

這個神話表明，有一個文化的語言把分別屬於鹽和蜂蜜的味道等同起來，在這

良緣），但在文化上有缺陷（她不給蜂蜜以發酵的時間），並使丈夫去社會
化；時而極端不近人情(愛上姻兄弟，殺害丈夫)，但又雙重地符合其文化：
因為在圭亞那不釀製蜂蜜酒，同時又毫不反對即時食用蜂蜜。

　　我們的計劃的第三點在於把社會學代碼和天文學代碼直接關聯起來。
為此，我們首先簡短考察一下在熱依人那裡的與在圭亞那的查科痴迷蜂蜜
少女故事和亞馬遜塞烏茜神話之間的各個吻合之處。

　　痴迷蜂蜜少女在其眾多化身中一直保留同一特徵，儘管它時而表現在
餐桌禮儀上，時而表現在情愛行為上：這是一個**缺乏敎養的少女**。然而，塞
烏茜神話及其沃佩斯河流域的異本完全作為一種特別嚴格的**少女敎育制度**
的創建者的神話出現，因為它要求處死故意或偶爾窺視為男人儀禮保留的
樂器的不幸少女。沃佩斯河版本(M_{276})在很大程度上訴諸這個方面，因為至
少可以看到前後立法者頒佈的三種法典，那裡列舉了標誌少女青春期的節
慶、青春期必須進行的脫毛、產後必須實施的禁食、對丈夫應當遵從的忠
貞、謹慎和自制，等等 (Rodrigues: 2，第 53、64、69-70 頁)。

　　另一方面，不要忘記，在中部和東部熱依人那裡，痴迷蜂蜜的少女的

種文化中：(1) $M_{233-234}$ 的蜂女變成了鹽女；(2)女英雄被丈夫的貪吃惹怒，而不
是丈夫被妻子的慷慨惹怒；(3)丈夫而不是妻子變成蜜蜂；(4)這蜜蜂吮食汗水
(鹹的)，而不是產生蜂蜜 (甜的)。此外，在同一個感覺範疇之中（它無疑是
味覺範疇）之中兩種相混合的味道之間沒有語言的對立，這同兩個在其他方面
不同的人物的融合相匹配：蜂女和貪吃蜂蜜的女人的母親，前者給她丈夫吃
她分泌的正面物質 (蜂蜜)，後者給她女婿吃她排泄的負面物質 (魚)。對兩個
美洲的鹽神話所作的分析使人很容易表明，在土著思維看來，鹽這種礦物性的
但可食用的物質處於食物和糞便的交點上。

故事屬於關於青年男子入會式的神話循環。這些敘述不僅爲經濟和軍隊的工作，而且也爲婚姻作了準備；它們通過按照新入會者的意願修飾缺乏教養的女少的畫像來履行這種敎化的功能。塞烏茜神話採取同樣的觀點，因爲它賦予使女人無能的作用和屬於男人特權的禮儀以統一的基礎。質言之，這種無能和這種男權實際上是互補的。

　　本《神話學》第三卷結束時將表明，我們的神話有一個絕對根本的方面，這些神話使我們達致人類思維的一個決定性階段，而世界上有無數神話和儀禮證明了它的眞實性。一切彷彿這樣進行：男人從女人在神話中臣服男人王國中第一次但仍是象徵地看出了使他們得以有朝一日解決重要社會生活問題的原則；他們在使女性服從男性中描繪出了眞正的、在他們看來不可思議的或不可行的解決辦法的藍圖，即強制一些人受另一些人統治。痴迷蜂蜜的少女的故事「索菲的不幸」這個方面不應造成錯覺。儘管看起來枯燥乏味(迄此爲止有關神話很少注意說明這一點)，但這個人物獨自操著在這生死關頭平步青雲的人類之半數的命運，而人類終將達到的境地是喪失能力，其後果至今還沒有完全消除，可是，這些神話卻僞善地暗示，這些後果無疑本來是可以避免的，如果一個輕浮的姑娘能克制自己的食慾的話。

　　我們暫且滿足於窺視舞台帷幕升起露出的這一個角，再來進行比較。在一組神話中，女英雄痛快地吃蜂蜜，在另一組神話中，她帶上有毒蜂蜜的名字，這種蜂蜜讓人邊吃邊嘔。圭亞那異本按猛獸的特性描繪她，而這決定了昂星團以男性並作爲養父的面目從外面出現。相反，塞烏茜循環則表明她自己被規定爲昂星團，呈現爲女性，圭亞那印第安人賦予她邪惡的價值。善性被分派給魚，而這些印第安人已知道借助有毒植物來大量捕魚，惡性則分派給大量致人於死命的流行性疾病。由於這種成見，結論顯然脫離了 M_{279d}(以上第 278 頁)，即終結於自相殘殺的爭鬥，在這個過程中，「大量印第安人被殺害」。這結論作爲一個新例子附加於同一類型神話(M_2、M_3)，

而我們在《生食和熟食》（第 363–367 頁）中正是用它們來證明毒物捕魚和時疫同系。與此同時，這結論也就回歸這個神話組。

我們還記得，南美洲土著思維認爲短時間間隔域意義上的色彩具有邪惡性，因此，他們的神話把虹霓或蛇虹霓同漁毒和時疫聯繫起來。由於時期間偏差的效應，這種短時域又引起了另一種時域：長時間間隔域，它表現在三個範圍不等的層面上：生物種的普遍不連續性、導致人口稀少的病災以及用毒物捕魚時漁毒也同時作用於漁民(CC，第 334–367 頁)。然而，星辰組合起來的、但顯然是偶然的分佈導致形成昂宿，這種分佈使這星座和虹霓一起處於連續的方面(CC，第 292–298 頁)：與銀河消失在天空中的一個片斷相似，這星座也同在銀河中間游移的這個晦暗的天空片斷相對稱，而我們已經表明(CC，第 322–323 頁)，它扮演虹霓的夜間對應物的角色。這樣，就形成了下列三元轉換：

$$
\begin{bmatrix} 白晝的 \\ 連續 \end{bmatrix} 1 \left(\frac{彩色的光}{非彩色的光} \right) \Rightarrow \begin{bmatrix} 夜間的 \\ 連續 \end{bmatrix} 2 \left(\frac{明亮的}{晦暗的} \right) \Rightarrow 3 \left(\frac{晦暗的}{明亮的} \right)
$$

此外，我們還已看到（第 71、267 頁），前一項（虹霓）和後一項（昂星團）有著直接的親緣關係，保持著雙重的對立：**白晝的／夜間的**和**周日的／季節的**。兩者都報告雨終止，或者是一日的一段時間裡，或者是一年的一個時期裡。幾乎可以說，虹霓是較短時間尺度上的白晝昂宿。

在結束對兩個神話循環(痴迷蜂蜜少女和塞烏茜)時，我們要指出，在各個圭亞那－亞馬遜版本中，前者是個已婚女人且已爲人母，她淫蕩地勾引丈夫的兄弟，而另一個則是幽居的處女，她自己的兄弟變成星座來保衛她的貞潔。

　　然而，從這種觀點看來，這比較必須加以擴充。我們已知一個神話循環，它的女英雄同另外兩女英雄距離相同：已婚但忠貞，被丈夫的一個或幾個兄弟強姦。這裡她是星辰，一個凡人的妻子(M_{87}-M_{92})，她還在所有其他方面都同時對痴迷蜂蜜少女和塞烏茜兩個角色作了轉換：

　　(1)這是一個**非常高雅的**少女，她滿足於作爲一個養母，而不是妻子。

　　(2)她向丈夫臉上(M_{88})或口中(M_{87a})嘔吐**栽培植物**的原型玉米，而不是她奪取丈夫口中的蜂蜜（痴迷蜂蜜少女）或者她自己是被嘔吐的蜂蜜（塞烏茜）；我們不會忘記：土著思維把蜂蜜認同於**野果**。

　　(3)這星辰自願從天上降落下嫁凡人爲妻，而塞烏茜例示了相反的情形，即一個女英雄**爲了不可能**成爲人妻而變成星辰，而痴迷蜂蜜少女——在查科神話中也許**緣於已錯誤地成爲**一個未來人的妻子而變成星辰（因爲她只許自己當丈夫而不是女婿）——在各個圭亞那版本中自己把丈夫變成星辰，因爲她想以他弟弟來取代他，埋怨他僅僅是個姻親，而不是丈夫。

　　(4)最後，這星辰首先作爲養父出現，就像昴星團呈男相，然後作爲禁慾女子出現，就像這星座呈女相。然而，這星辰在初次出現在人面前時，履行前一種功能，在離開時履行第二種功能，因此，從某種意義上說這時她「升天」去「臥眠」。這樣，她反轉了昴星團對於圭亞那印第安人的意義，因爲預報魚訊來臨的這養父星座似乎在夜晚可以在西方地平線上見到，因此，昴星團在升天時是禁慾的。

　　這一切轉換使我們得以把一個凡人的星辰妻子的循環整合到我們的神話組中。它們導致一個重要結論。我們知道，這星辰首先作爲樹林中的負子袋鼠，具有養父功能，然後在草原上，作爲被汙染和致汙染的動物，在通過向人類昭示栽培植物而賦予其生命之後又成爲死亡使者(CC，第219－250頁)。然而，負子袋鼠這一角色也用天文學代碼和食物代碼編碼，而我

們在閉合我們的論證環時如此便又回到了這樣的編碼。從天文學觀點看來，負子袋鼠同昴星團有親緣關係，因爲按照一個里奧內格羅神話(M_{281}；參見CC，第 288 頁註⑧)，負子袋鼠和變色龍選擇昴星團初升那天用多香果燒灼眼睛，以便接受火的治療作用。但是，負子袋鼠燒著了尾巴，後者此後就一直是光禿的(Rodrigues：1，第 173-177 頁)。另一方面，在圭亞那，負子袋鼠和虹霓同名(CC，第 255 頁及以後)，而這以另一種方式證實了第 286 頁上的方程。

其次，而且特別重要的是，這些神話確立了負子袋鼠和蜂蜜間的聯繫。我們現在以兩種方式來表明這一點。

關於孿生子的著名圖皮人神話至少有一個版本(阿帕波庫瓦人，M_{109})裡，負子袋鼠扮演養母的角色；在母親死後，哥哥不知道該如何餵養弟弟。他懇求負子袋鼠幫助，負子袋鼠在哺乳前先小心弄乾淨乳房的發臭分泌物。爲了答謝它，神賜予它育兒袋，並許諾它無痛苦地生育(Nim.：1，第 326 頁；蒙杜魯庫人異本，載 Kruse：3，第 46 卷，第 920 頁)。然而，南方的瓜拉尼人知道這神話的一個異本，在那裡，蜂蜜取代了負子袋鼠的有疑問的奶汁：

M_{109b}　巴拉的瓜拉尼人：哺乳蜂蜜（細部）

孿生子的哥哥德雷基(Derekey)在母親死後一心扶養弟弟德雷維(Derevuy)，他沒有什麼可吃的，餓得直哭。德雷基首先想重建亡母的肉身，但是剛做成乳房，弟弟便迫不及待地撲上去，把整個作品都給毀了。於是，哥哥在樹杆裡覓得了蜂蜜，用它來哺育弟弟。

這些蜂蜜屬於種／mandassaia／或／caipota／〔*Melipona quadrifasciata*（四肌膜無刺蜂）的一個亞種，其蜂蜜特別精美〕。當印第安人發現了這些蜂的一個巢之後，他們就再也不吃幼蟲了，他們儲存許多蜂蜜，足供食用；這多虧了神養育的蜜蜂 (Borba，第 65 頁；參見巴雷人

〔Baré〕，Stradelli：1，第 759 頁；卡杜韋奧人，Baldus：2，第 37 頁）。

　　從總體上看，尤其根據其結論，這插段同 M$_{109}$酷似，因此，我們可以肯定，養母負子袋鼠和蜜蜂有著轉換關係。這與同一個神話的前一個插段尤其相關，其他版本大都重複這個插段。在可以假定負子袋鼠還沒有育兒袋的時候，孿生子的母親的行爲如同她已有一個育兒袋，因爲儘管兩個孩子還在懷裡，但她已和他們交談。然而，由於一個事件，這交流被打斷了──換句話說，子宮不再起育兒袋的作用。M$_{109b}$這樣講述這個事件：「懷裡的孩子要他母親給他花。她四處採集花朵，但被在那裡採蜜的一隻黃蜂螫了……」（Borba，前引著作，第 64 頁）。雖然有語言和文化的差異，但是一個瓦勞人版本（M$_{259}$）嚴格保留了這個段落：「這母親已經採集了許多紅花和黃花，這時一隻黃蜂螫了一下她的下身。她想打死它，但拍了個空，打在自己身上。懷裡的孩子受到這一擊，以爲被故意傷害；他惱怒了，拒絕繼續給母親引路」（Roth：1，第 132 頁；參見 Zaparo，載 Reinburg，第 12 頁）。

　　因此，如同哺育有方的實際袋鼠等同於蜜蜂的蜂蜜，不會哺育的母親作爲比喻的負子袋鼠乃和黃蜂等同，其蜜不是有毒，也是酸的。這種分析不僅僅讓我們看出負子袋鼠和蜂蜜之間的初步聯繫，它還對下述情況給我們在已給出的一個解釋（第 233 頁）之外又提供了一個解釋：孿生子神話以極爲不同的形式在一個以蜂蜜的起源（或失去）爲出發點的循環中重複出現。

　　對於第二種方式論證來說，最好參照在《生食和熟食》（M$_{100}$－M$_{102}$）中和本書（第 73 頁）中已部分地考察過的所有神話，在這些神話中，龜時而同貘對立，時而同鱷魚或花豹對立，最後時而同負子袋鼠對立。在這些故事中，龜、負子袋鼠或兩者全都被一個敵手埋葬，或者自願被掩埋，以便證明它們對抗飢餓。

　　我們不必研討這些神話的細節，這裡我們所以對它們感興趣，主要是

因為它們利用了季節的標誌點：一年中那些某種野果很豐富的時期。我們已就李(*Spondias lutea*)暗示過這一點，李在1月至2月間成熟，這個時期，大地已被雨水淋得相當軟，貘能夠掘土埋葬龜。龜在雨停時獲得自由，這時土地已變得泥濘不堪(M_{282}；Tastevin：1，第248-249頁)。同一作者還提供了一個異本，我們要較仔細地研討它，因為它例示了一種類型神話，後者從巴西中部直到圭亞那不斷重複出現：

M_{283a}　亞馬遜（泰菲地區）龜和負子袋鼠

一天，負子袋鼠偷取了龜的笛子。龜起先想追趕它，但龜跑不快。於是，龜改變主意去尋覓蜂蜜，把得到的蜂蜜塗抹肛門，把頭藏進一個洞穴裡。

負子袋鼠發覺了蜂蜜，看到它熠熠發光，以為是水。它用手去摸，再舐，發覺弄錯了。但是，蜂蜜味很美，負子袋鼠伸出舌頭。這時，龜夾緊屁股，負子袋鼠被囚住。「放開我的舌頭!」它大叫起來。只是在收回了笛子之後，龜才答應。

又有一天，負子袋鼠向龜挑戰，看看誰能長時間在地下休眠不食。龜先開始，它一直埋在地下，直到李子成熟，跌落在樹脚下。然後輪到負子袋鼠，直到野松果成熟。在一個月結束時，負子袋鼠想出來，但龜對它說，松果剛開始長大。又過去了兩個月，負子袋鼠再也沒有反應。它死了，當龜打開洞穴時，只有蒼蠅逃出來(Tastevin：前引著作，第275-286頁)。

塔斯特萬指出，這裡的龜是 *Testudo tabulata*〔陸龜〕的雌龜／yauti／，比雄龜（稱為／karumben／）大。

在整個亞馬遜地區，每個龜種的雄性和雌性都不同名。例如，對於 *Cinoster-*

on　scorpioides（?）:yurara（雌）／kapitari（雄），對於 *Podocnemis* 種：tarakaya（雌）／anayuri（雄）。

龜笛起源也是另一個神話的主題：

M₂₈₄　亞馬遜（泰菲地區）：龜和花豹

龜咬貘的睪丸，把它殺死（M₂₈₂）。但是，這以後，龜逃不過花豹，後者要求共享美餐。實際上，這猛獸利用出去找木頭的機會，偷去了全部的肉。它在現場只留下了糞便。

於是，龜出發去追尋，遇到了幾隻猴子，它們幫助它爬到樹上，在那裡吃果子。然後，它們丟棄了它。

花豹經過那兒，叫龜下樹來。龜要求它閉上雙眼，跳落在它的頭上，敲碎它的頭顱。

當花豹屍體腐爛時，龜取出了脛骨，用它做成笛子。它吹奏笛子，還唱了起來：「花豹的骨頭是我的笛子。Fri! Fri! Fri!」

突然又出現一頭花豹，它認為是龜在肇事，於是就威脅龜。龜未能說服花豹相信：它的歌聲不同於花豹聽到的聲音。花豹猛撲過來，龜躲進了一個洞穴，使花豹相信，它的尚可看見的爪是樹根。花豹派癩蝦蟆看守，但龜用砂子把它眼睛弄瞎，然後逃離。花豹回來掘洞，結果枉然，遂吃掉癩蝦蟆，聊以自慰（Tastevin：前引著作，第265-268頁；Baldus：4，第186頁）。

只要對這個神話作個轉換，就很容易又回到 M₅₅（參見CC，第170-172頁）。我想讓別人去作這種努力，因為我擔心這會把我引上另一條道路，它判然不同於我現在打算走的路徑，而且沿那條途徑走，我會有面臨一個重大問題：樂器的神話起源問題之虞。如下面將要看到的那樣，我們無法完

全規避這個問題。不過，我倒有興趣沿這樣的道路進行探索，它回到 M_{136}，在後一個神話中，殘廢的英雄登上天空，吹奏笛子，笛聲爲 tin! tin! tin! (K.—G.: 1，第57頁)，然而，龜爲了歡呼戰勝敵手，拍手發出這樣的聲音：weh! weh! weh! (M_{101})。在龜循環的大部分神話中，骨笛(也許同竹笛相對立) 似乎象徵著分離 (參見以下第320頁)。

不過，我們現在回到 M_{283} 來，它利用另外兩個對立：龜和負子袋鼠、李和松果。我們由 M_{282} 知道，李在雨季成熟；因此，龜的掩埋從旱季末持續到雨季，而這神話詳確說明，在一年的這個時期裡，李樹開花，結果，落葉。由此可見，負子袋鼠的掩埋發生在一年的另一部分時間裡，又可知，因爲掩埋應當在松果成熟時停止，所以這應當發生在旱季結束時，塔斯特萬對此沒有提供說明。但是，我還記得1938年8月—9月我在亞馬遜河流域上游幾個山坡上看到野松果豐收的情景 (L.-S.: 3，第344頁)，因此，我認爲這個假說非常可信。在亞馬遜河流域西北部，松果在10月份特別豐富，這相應於最乾旱的時期，這時，人們慶祝所謂的「松果的」節日 (Whiffen, 第193頁)。

然而，李和松果對立所引起的戒食競賽跟在另一個揷段之後，這競賽部分地重述了這個揷段。這揷段是說，當龜未能給敵手塗抹上松脂 (Tastevin, 前引著作，第276、279、283頁)或蜂蠟(Couto de Magalhães, *Curso*, 第20頁：這詞的圖皮語爲／iraiti／，蒙托雅就瓜拉尼語的同音異義詞指出，這詞的詞源意義爲：蜂巢) 以便最後塗抹上蜂蜜的期間，笛子被偷去了。這樣就有下面的表：

1. 蜂蠟　　蜂蜜
2. 李　　　松果

表中，左列匯集兩種成對的東西，負子袋鼠佔有它們時處於強硬地位，而右列也匯集兩種成對的東西，它佔有它們時則處於軟弱地位：無力抵擋蜂蜜或者無力抵擋(直到)松果。這些項本身爲什麼結成對呢？像李一樣，蜂

蠟也能從雨季持續到旱季，它是用於從濕到乾的路線的運載工具：我們從第一條獨木舟發明者哈布里或阿博雷的故事就已知道這一點，這條獨木舟正是**用蜂蠟**製造的，人奉「發明之父」的命令後來用木頭仿製它 (Brett：2, 第 82 頁)。因為，如果獨木舟不是用乾來克服濕的工具，那麼，它又是什麼呢？蜂蜜和松果使人能夠走相反的路線即從乾到濕，因為它們是旱季採集的野生物，正像阿博雷神話一開始改用韻文就蜂蜜所說明的那樣：

Men must hunt for aild bees while the sun says they may.
〔人必須去獵獲野蜜蜂而太陽說他們可以去〕

(Brett, 前引著作, 第 76 頁)

事情還不止於此。M_{283}的一些異本裡鱷魚取代負子袋鼠扮演偷笛賊的角色。它們包含一個細節，同 M_{283} 的結尾正相吻合：為了迫使鱷魚歸還笛子，龜躲進一個洞穴裡，只露出塗抹有蜂蜜的身體後部，「從那裡時而飛出一隻蜜蜂：zum……」(M_{283b}；Ihering, 辭條「jaboti」)。因此，在神話的第二部份中，與其身體「變成蜂蜜」而讓蜜蜂飛走，從而戰勝負子袋鼠的龜相對應的，是因為身體變成腐爛物，從中逃出蒼蠅（「與肉有關的」，而不再是「與蜂蜜有關的」）所以最後戰勝負子袋鼠的龜。換句話說，龜靠蜂蜜而超過負子袋鼠，而負子袋鼠因為腐爛而比龜低下。實際上，負子袋鼠是一種腐爛性動物，而龜這種多眠動物以不會腐爛著稱 (CC, 第 184-185 頁)。

我們從這些神話能出什麼結論呢？前面考察的這組神話把負子袋鼠的奶變成蜂蜜，把其育兒袋變成蜜蜂；但這有一個條件：負子袋鼠應預先清除掉它的身體自然產生的腐爛物。這裡，負子袋鼠服從相反的轉換：它從整體上被認同為腐爛物，但是歸根結底這是因為，它一開始為蜂蜜所誘惑，然而，它抵擋住了蜂蠟，後者代表蜂巢的乾的、不會腐爛的部分，而其蜂

蜜則形成(由於這神話在這兩個項之間引入對立)濕的、會腐爛的部分。因此，蜂蠟的威脅沿著違背負子袋鼠作為腐爛動物本性的方向改變它，而蜂蜜的引誘沿著符合於它的這種本性的方向改變它，甚至使之達於極致而呈獸屍狀。一方面，蜂蜜佔居了介於蜂蠟和腐爛物之間的中間地位，從而證實了我們多次強調的模稜兩可性。另一方面，這種模稜兩可性使蜂蜜趨同於負子袋鼠，負子袋鼠因育兒袋的雙重能力而既是好乳娘又是腐臭動物，因此也具有模稜兩可性。當去除了這個缺陷後，負子袋鼠就趨向於它因相似而與之混同的蜂蜜；因為，這時負子袋鼠只不過是個純真的乳房，像蜂蜜一樣甜美的乳汁從這乳房流出來。當負子袋鼠貪吃蜂蜜，試圖與之混合(但這次是通過親近——以致把舌頭伸進龜的下部)時，它成為乳娘的反面，並且由於這前一個屬性消失，後一個屬性便增長，以至於瀰漫全體。此外，這又充分地表達了孿生子神話的圖皮－瓜拉尼人循環，因為負子袋鼠在那裡出現兩次。首先，如我們剛才看到的那樣，負子袋鼠作為女人出現，起哺乳的功用。後來，它作為一個名叫「負子袋鼠」的男人，其功能純粹是性的(參見 M_{96})。然而，如果雌負子袋鼠留心洗滌自己，那麼同名的雄性便是邪惡的 (參見 M_{103})。

因此，我們已從總體上考察的神話組閉合於查科的狐和圖皮－瓜拉尼人的負子袋鼠之間的同系。在查科，與被丈夫授孕而拋棄的、被「負子袋鼠」誘姦的「太陽」妻子相對應的，是被丈夫拋棄的「太陽」女兒，她自己心中不快，「狐」則妄想誘姦她。「負子袋鼠」是個假丈夫，又想冒充真的，「狐」是個想冒充真的 (女人) 的假妻子，兩者都暴露了真面目，一個是由於發出動物氣味(而它謊稱是個男人或別的動物)，而另一個是由於雄性的粗魯(而它謊稱是個女人)。因此，一些古代作者給予負子袋鼠以狐的葡萄牙語名字：*raposa*，並不完全錯。土著如此提出問題，已經提示我們：一者可能是另一者的組合變體。兩者都同旱季相聯繫，同樣嗜吃蜂蜜，呈雄性面貌時都好色。它的唯一差別表現在把它們看作為**亞雌種**的時候：在

擺脫了一個天賦屬性(它的難聞氣味)的條件下，負子袋鼠能成爲良母，而狐即使裝飾了人爲屬性(假的性器官和假的乳房)，也只能成爲一個畸形的妻子。但是，這難道不是因爲永遠是負子袋鼠和狐的女人⑩無法克服其矛盾的本性，因而無法達到完美無缺嗎（如果後者是可以設想的話，那麼本來會終止朱魯帕里的探尋）？

---

⑩我已經表明(第 276 頁)，被一頭雄狐誘姦的查科女英雄本身是一頭雌狐；而且我們剛才看到(第 288 頁)，圖皮—瓜拉尼人女英雄顯現爲可以說是「未加說明文字的試印畫張」，的雌負子袋鼠，最終被一頭雄負子袋鼠誘姦。

II　樹林裡的噪音

在土著的思維中，蜂蜜的觀念涵蓋多樣歧異。首先，作爲自然「烹飪的」食物；其次由於它的性質，這使它是甜的或酸的、滋補的或有毒的；最後，因爲它可以新鮮地或者經過發酵食用。我們已經看到，這個從其各個側面全都散發出歧異性的物體如何映射到其他也是歧異的物體之中：昴宿，交替地爲男性或女性，作爲女性則是哺乳的和節慾的；負子袋鼠，惡臭的母親；以及女人本身，而人們根本無法肯定她會成爲忠貞的賢妻良母，因爲除非把她降伏到幽居處女的狀態，否則甚至有可能看到她變成好色而又兇殘的食人魔。

我們還已看到，這些神話並不侷限於用語義等價的手段表達蜂蜜的歧異性。它們也訴諸無語言的方法，這時這些方法以專名(nom propre)和通名(nom commun)、換喻和隱喻、鄰接和相似、本來意義和比喻意義等第二元性起作用。M_{278}構成語義層面和修辭層面之間的接合，因爲，本來意義和比喻意義的混淆被明確地加諸神話中的角色，並且提供了伏線的動力。這種混淆不是影響結構，而是被納入故事的材料之中。然而，當一個最終被殺害並被吃掉的女人錯誤地從本來意義聽取按比喻意義說的話時，她的行爲與貘情婦的行爲相對稱，後者的錯誤在於把交媾的比喻意義賦予對動物的食用，而這種食用只能從本來意義上去聽取：這是人對其獵物的食物性食用。因此，爲了懲罰她，她應當真正地食用即吃她以爲可能比喻地食用的貘陰莖。

但是，爲什麼這女人視情形而定應當吃貘或者這女人本身應當被吃呢？我們已經在一定程度上回答了這個問題（第 116 頁）。

　　把語義代碼和修辭代碼兩者區別開來，我們便總是得以更深入地探討這個問題。如果說實際上可以認為，這些神話總是在象徵和想像這兩個層面之間搖擺（以上第 243 頁），那麼我們可以把上述分析總括為一個方程：

[象徵層面]
　　　　　（蜂蜜的攝入）：　**[想像層面]**
[象徵層面]　　　　　　　　（家族相食性）::
　　　　　（貘的攝入）：　**[想像層面]**
　　　　　　　　　　　　　　　　（同貘交媾）::
　　　　　　　　　　　　　　　　（本來意義）：（比喩意義）。

在這個總系統的範圍內，兩個亞神話總體——對於貘誘姦者記為(a)，痴迷蜂蜜少女記為(b)——各經歷一個局部轉換：

(a)〔**比喩地**食用貘〕⇨〔**眞正地**食用貘〕
(b)〔**眞正地**食用蜂蜜〕⇨〔家族相食，作為**比喩性**食用〕

　　現在我們引入一個新的對立：**主動的／被動的**，實際上它相對應於：在貘誘姦者循環中，女人隱喩地被貘「吃」（這出於對稱性的要求，因為業已證明，正是這女人在本來意義上吃貘），以及相應於：在痴迷蜂蜜少女的循環中，女英雄主動地犯經驗上可觀察的貪吃罪錯，但這在此象徵她受敎育差，成為家族相食餐事的被動對象，其概念完全是**想像性的**。這就是說：

　　　　　(a)〔比喩的，被動的〕⇨〔本來的，主動的〕
　　　　　(b)〔本來的，主動的〕⇨〔比喩的，被動的〕

　　如果如我們已假設的那樣，這兩個循環彼此結成互補關係，那麼，因而在第二種情形裡就應當是這女人而不是任何別的主人公被吃掉。

　　只有這樣理解這些神話，才有可能把一切以痴迷蜂蜜少女為女英雄的故事還原到一個公分母，這或者像在查科那樣，她實際上表現為嗜吃這種食物的人，或者這些神話首先說她對一個姻親（M_{135}、M_{136}、M_{298}）或一個養子（M_{245}、M_{273}），有時兼對這兩者（$M_{241、243、244}$；M_{258}）懷有性慾，為此，甚

至把蜜月觀念發揮到極致，正如與我們相近的波特萊爾(Baudelaire)的詩句所說明的那樣，由此也使親屬關係兼作情人：

我的孩子，我的姊妹
渴求濃情蜜意
去到那裡共同生活！

如此統一起來，痴迷蜂蜜少女循環就同貘誘姦者循環連成一體，這使我們可以考慮它們在經驗上的相交。實際上，兩者都包含被肢解和熏烤的人物的題材，這人被奸詐地喬裝成普通獵物供其親屬食用。

然而，在論證的這個階段上，出現了雙重的困難。因為，如果在表明借助轉換規則，某些神話可以回復到另一些神話時，這種工作在神話內部引起了分裂，而對這些神話若採取素樸觀點，便無法洞明這種複雜性，那麼，這絲毫無助於提煉神話的材料。不過，情形似乎全然如此：甚至在我們的坩堝中相融合的過程中，貘誘姦者和痴迷蜂蜜少女這兩個人物也各自獨立地表現出無法直接察知的本質二元性，以致在一個層面上達致的簡單性有在另一個層面上被損害之虞。

我們首先來考察貘這個角色。它在色情活動中體現的誘惑者的本性，與蜂蜜相等同。實際上，由這些神話津津樂道強調其大小的巨大陰莖作證的它的性交能力按食物代碼只能同印第安人真正懷有深情的蜂蜜誘惑力相比擬。

我們所發現的貘誘姦者和痴迷蜂蜜少女之間的互補關係證明，按照土著的理論,蜂蜜所起的這種食物隱喻作用取代另一個循環中貘的性活動。然而，當按照食物代碼（而且不再是性的代碼）來看待以貘作為題材的神話時，貘的本性反轉了過來，它不再是滿足情婦性慾的、有時還給她濫吃野果的情夫，而是一個自私者和貪吃者。因此，它不是像在前一種情形裡那

樣同蜂蜜相等同，而是變成與痴迷蜂蜜少女相等同，後者對於她的親屬表現出同樣的自私和同樣的貪吃。

許多圭亞那神話使貘成爲隱瞞其秘藏地的食物樹的第一個主人（參見M_{114}及CC，第245-250頁）。我們還記得，在M_{264}中，孿生兄弟皮亞和馬庫耐馬相繼躲藏在兩個可以稱之爲「反食物」的動物那裡。蛙是過分者，因爲它提供了太豐富的食物，而它們實際上是其糞便；貘是不足者，它向英雄隱瞞野李的所在地，它靠樹上落下的果子爲生。

貘的情婦正是顯露了與此相同的歧異。在食物層面上，她是一個壞妻子和壞母親，她全然不願給丈夫烹飪，給孩子餵奶(M_{150})。但是，從性來說，她是個貪慾女人。因此，各個循環的主要行爲者所固有的二元性絕不使我們的任務複雜化，反倒支持我們的論點；這種二元性始終屬於同一類型，因而與其說否定還不如說證實了我們所設定的同系性。不過，這種同系通過互補關係最明顯地表現出來：在色情層面上，如果說貘的情婦是貪慾的，那麼貘是放蕩的；在食物層面上，貘是貪吃的，而貘的情婦在一個版本(M_{159})中就其自己來說是揮霍的，但在別處則以其失職表明，對她說來，食物範圍並不明顯。

因此，痴迷蜂蜜少女循環和貘誘姦者循環相互連成一體而構成一個元神話組，其輪廓在更大尺度上重現了我們已在第二篇中描繪過的輪廓，在那裡，我們僅由這兩個循環中的一個引導。上面的討論足以讓我們明白，在元神話組的層面上，存在著修辭學和色情－食物兩個向度。這裡再來強調這一點，實屬多餘。但是，還存在著天文學的向度，貘誘姦者循環以兩種方式涉及它。

第一種方式無疑是隱含的。女人們除了被丈夫逼迫吃情夫的肉之外，還決定離家出走，變成了魚(M_{150}、M_{151}、M_{153}、M_{154})。因此，在全屬於亞馬遜地區的版本中，有一個關於魚起源或豐盛的神話，一些源自圭亞那－亞馬遜地區的神話把這現象歸因於昴星團。因此，從這個意義上說，像昴星

團一樣，貘誘姦者也是造成魚豐盛的責任者。如果考慮到，昴宿即亞馬遜圖皮人的塞烏茜是個幽居的處女，而她的兄弟**爲了使她更好地保持處女的貞操**，把她變成了星辰（M₂₇₅），那麼，動物和星座間的對應就更得到加強。實際上，蒙杜魯庫人（他們屬於亞馬遜圖皮人）使貘誘姦者成爲造物主兒子科魯姆陶的化身，而這轉換是由他的父親強加的，因爲男孩經過幽居便失去了童貞。至少 M₁₆ 的結局是如此，在 CC，第 77-78、116-117 頁上可以看到其開始部分。

上述推論直接得到屬於貘誘姦者循環的圭亞那神話證實，而可以順便說一下，這表明，羅思過分匆忙援引歐洲或非洲的影響來解釋，像在舊大陸一樣，在新大陸，也把畢宿五比做一個大動物：貘或牛的眼睛（Roth：1，第 265 頁）：

M₂₈₅　卡里布人（？）：貘誘姦者

一個新婚的印第安女人一天遇到一頭貘，這貘向她求愛。它説，它爲了在她到野外散步時能較容易地接近她而呈動物形相，但是，如果她答應跟它向西走，直到天地相交之處，它就會恢復人形，娶她爲妻。

爲這動物所迷惑，這少婦謊稱願意幫助丈夫去採集鱷梨（*Persea gratissima*）。當他爬上樹時，她用斧頭砍下他的一條腿，然後逃離（參見 M₁₃₆）。儘管這殘疾者大量出血，但他還是用魔法把自己的一根睫毛變成一隻鳥，它飛去尋求幫助。英雄母親及時趕到現場，照料他，治癒了他的傷。

這個殘疾者找了根枴杖，出發去尋找妻子，但雨水抹去了一切蹤跡。然而，他終於看到了她吃了鱷梨果子後扔下核的地方，鱷梨樹已長了新芽，從而追上了她。這女人正和貘在一起。英雄用箭射死了這動物，砍下了它的頭。然後他央求妻子跟他一起回去，否則，他永遠

追逐她。這女人不同意，繼續趕路，趕到了情人亡魂的前面，而她丈夫尾隨不捨。這女人來到了大地盡頭，隨即升向天空。在明亮的夜晚，我們總是可以看到她（昴星團），靠在貘頭（畢星團，帶有紅眼：畢宿五）近傍，緊隨在後面的是英雄（獵戶座，其中的參宿七相應於英雄的好的腿的上部），正在追獵他們（Roth：1，第265－266頁）。

這裡提到鱷梨樹和鱷梨核。這提出了一個問題，不過我將在下一卷裡討論它。因此，這裡我僅僅強調兩點：(1)這神話和 M_{136} 相似，在後一神話中，一個自甘墮落的妻子也砍斷了丈夫的腿；(2)事實上，這兩個神話都涉及昴星團的起源，或者僅僅關涉其本身，或者連帶關涉鄰近星座。在一個情形裡，丈夫傷殘的身體變成昴星團，他的腿變成獵戶座的帶；在另一個情形裡，這妻子本身變成昴星團，貘頭變成畢星團，獵戶座代表丈夫（至少是他的被截下的腿）（參見 M_{28} 和 M_{131b}）。因此，貘誘姦者神話訴諸天文學代碼是爲了傳達一個消息，它略微不同於邊源自同一地區的昴星團起源神話所傳達的消息。

但是，尤其值得我們注意的是社會學代碼。它比其他代碼都要更好地表明這兩個循環的互補性，同時又把它們置於一個遠爲廣闊的總體之中，而這個總體也正是這幾卷《神話學》所致力於探索的對象。圭亞那神話（M_{136}）的痴迷蜂蜜少女和我們已看到出現在其他神話中的貘情婦兩者都是私通的妻子；不過，她們採取兩種方式，說明了這種罪行可能有的極端形式：或者與一個姻兄弟私通，這代表最親近的誘惑，或者與一頭樹林野獸私通，這代表最疏遠的誘惑。實際上，動物屬於自然，而姻兄弟的親近是聯姻的結果，並非仍屬於生物學的血緣聯繫的結果，所以他專一地屬於社會：

$$（貘：姻兄弟）::（遠：近）::（自然：社會）$$

事情還不止於此。《生食和熟食》的讀者無疑還記得：我們已經介紹過

的第一組神話（M_1到M_{20}）（從某種意義上說，這裡我們只是重做評論）也關涉聯姻問題。但是，在這些神話和我們現在考察的各個神話之間，現在可以看出一個重大差異。在第一組神話中，姻親主要是妻子的兄弟和姊妹的丈夫，也即分別是給予者和取受者。一切聯姻都蘊涵這兩個範疇的相交，就此而言，這裡涉及的是相互不可避免的姻兄弟，他們的介入帶有有機性，因此，他們的衝突是對社會生活的正常表達。

相反，在第二組中，姻親不是必須的伙伴，而是任意的競爭者。無論妻子的姻兄弟被她勾引，還是他自己演誘姦者的角色，這始終是丈夫的一個兄弟：無疑是社會群體的成員，但他的存在並不要締結姻緣，在家庭格局中，他表示偶然項。巴尼瓦人（Baniwa）對新入會者的教導包括這樣一條：「不要追逐兄弟的妻子」（M_{276b}）。實際上，這社會的一個理論觀點意味著，為了確保得到一個妻子，一切男人都必須能支配一個姊妹。但是，根本沒有他應有一個兄弟的要求。如這些神話所解釋的那樣，這甚至可能成為一種麻煩。

無疑，貘是動物，但這些神話使它成為人的一個「兄弟」，因為它搶佔了他的妻子。唯一的差別是：如果說人兄弟因其存在這個事實而自動地介入聯姻格局之中，那麼貘僅僅憑藉自然屬性而粗暴地、意外地進入這格局之中，作為純粹的誘姦者即作為毫無社會性的項（CC，第 361–362 頁）。在聯姻的社會遊戲中，人姻兄弟的闖入是偶然的，[11]而貘的闖入帶有醜聞的成分。但是，這些神話以一種事實狀態的種種後果或者說引起推翻一種權利狀態的種種後果為依托，而如我們已指出的那樣，這始終是這些神話所關

---

[11]對於同系的姻姊妹，也即查科神話（M_{211}）和圭亞那神話（M_{235}）中出現的妻子姊妹來說，情形也是這樣。關於這些神話，我已經表明，有丈夫兄弟出現的神話進行了這種轉換。在貘誘奸者循環中，可能也是通過轉換涉及女誘姦者（M_{144}、$_{145}$、M_{158}）。

涉的聯姻的一種病態。由此可見，這裡有著對於我們在《生食和熟食》中用做出發點的各個神話的明顯偏離。這前面一些神話以烹飪的基本項（而不是蜂蜜和煙草各自構成的眞正烹飪悖論）爲軸，它們實際上探討婚姻的生理學。然而，就像烹飪離開了火和肉就不能存在一樣，完全沒有這些姻兄弟即妻子的兄弟和姊妹的丈夫，婚姻也不可能建立。

也許有人會反對說火和肉同等地是烹飪的必要條件，因爲沒有火就不能烹飪，但完全可以往鍋裡放入獵物以外的東西。然而，值得指出，有一個或數個丈夫兄弟作爲致病因子出現的聯姻格局在我們的探索中隨同凡人的星辰妻子循環一起出現，這個循環探討**栽培植物的起源**($M_{87}-M_{92}$)，即邏輯上後於烹飪起源的起源，其中有一個神話(M_{92})甚至特意說明，這起源在時間上繼烹飪起源之後（CC，第 222－223 頁）。

實際上，烹飪起著肉（自然）和火（文化）間初級中介的作用，而栽培植物——已在主的狀態下產生於自然和文化的中介——僅僅由於燒煮而經受了部分的、次級的中介。古人所以設想這種區別，是因爲他們認爲，農業已經蘊涵著烹飪。在播種之前，應當進行燒煮，「terram excoquere」（「燒乾大地」），田野土塊要翻動，讓它們接受熾熱陽光照射（維吉爾：《農事詩集》〔*Géorgiques*〕，II，第 260 行）。這樣，對穀物的眞正燒煮倒屬於第二等級的烹飪。無疑，野生植物也能用於食用，但是與肉不同，大多可以生食。因此，野生植物是個不精確的範疇，不太適用於說明論證。這個神話論證並行地從肉的**燒煮**和食用植物的**栽培**出發進行下去，在第一種情形裡直到文化出現，在另一種情形裡直到社會出現；這些神話斷定，社會後於文化（CC，第 247－250 頁）。

我們可以得出什麼結論呢？就像從純粹狀態加以考察的烹飪（肉的燒煮）一樣，從純粹狀態加以考察的婚姻——也即只涉及處於給予者和取受者關係之中的姻兄弟⑫——在土著思維看來表達了自然和文化間的本質連貫。反過來，按照這些神話，正是隨著引起民族多樣化以及語言和服裝分

化(M_{90})的新石器時代經濟的產生，社會生活出現了最早的困難，其原因是人口增長，家族群體的構成不再尊崇簡單的楷模，而是更帶冒險性。⑬盧梭(Rousseau)在《論不平等的起源》(*Discours sur l'origine de l'inégalité*)中說出這番道理已有兩個世紀了，我們也常常注意到這些深刻的、但被作了不公正介紹的觀點。當然，南美洲印第安人提供的隱含證據，就像我們已從其神話所發掘出來的那種，不可能成為恢復盧梭真正地位的權威。但是，除了別出心裁地根據表面現象把現代哲學同這些我們做夢也想不到的故事進行對比，以便引出重要教益之外，人們還會錯誤地忘記：當人獨立思考而不得不提出同樣假定，儘管作反思的境遇迥然不同時，很有可能思維和客體（後者也是這思維的主體）的這種一再重複的匯合揭示了人類歷史的某個本質方面，或者至少揭示了與人類歷史相聯繫的人類本質的某個本質方面。從這個意義上說，在對遙遠過去作同樣的推測時，盧梭自覺地和南美洲印第安人不自覺地走過的道路之不同無疑對於這個過去來說什麼也沒有證明，而對於人來說證明了許多東西。然而，如果說人無可逃遁地必然要同樣地想像其起源，而不管時間和地點如何不同，那麼，這起源不可能

⑫一個始終以其雙眼體現文化，而這些神話把另一個摒除到自然；或者用烹飪代碼來說，也就是烹飪用火的主人，它時而是生肉的食用者(M_7-M_{12}的花豹)，時而是可望燒煮的獵物(M_{16}-M_{19}的野豬)。下述等當關係已在 CC, 第 114−145 頁上分析過：**（給予者：取受者）：：（烹飪用火：肉）**

⑬因此，對此可以說，這種提示本質上是舊石器時代的，這並不蘊涵著，但也不排斥：土著的聯姻理論，如在外婚製規則和對於某些類型雙親的偏愛上所表現出來的那種，應當可以追溯到和人類生活一樣古老的時期。我已在一次會議上提出過這個問題：〈親屬關係研究的未來〉(The Future of Kinship Studies)，載《大不列顛和愛爾蘭皇家人類學研究所刊 1965 年號》(*Proceedings of the Royal Anthropological Institute of Great Britain and Ireland for 1965*)，第 15−16 頁。

有悖於為各處人們對過去所抱有的諸多一再出現的思想所證明的人性。

　　我們現在回到神話上來。我們已經看到，在貘誘姦者循環和痴迷蜂蜜少女循環構成的元神話組的層面上，較低層面上已顯現出來的一種歧異仍然存在著。因為，問題在於元神話組的結構特徵，所以應當特別注意它的一種模態(modalité)，後者乍一看來似乎只出現在貘誘姦者循環之中，在那裡，這種模態借助於我們還沒有機會加以考察的聲學代碼。

　　所有女英雄被一個動物誘姦，這動物每每為貘，有時為花豹、蛇、鱷魚——在北美洲為熊——的神話幾乎都仔細描繪這女人為了讓情夫出現所採取的方式。從這個觀點看來，可以把這些神話分成兩組，按照這女人叫出這動物的專名，從而向它發出親身召喚，還是她僅僅發出無名的消息而定，在後一種情形裡，往往是她拍打樹幹或者拍打反過來放在水上的葫蘆瓢。

　　作為第一組的例子，我可以枚舉幾個神話。卡耶波－庫本克蘭肯人神話(M₁₅₃)：貘男人名叫比拉(Bira)；阿皮納耶人神話(M₁₅₆)：鱷魚的情婦們寫道：「明蒂(Minti)！我們在那兒！」蒙杜魯庫人(M₄₉)：蛇誘姦者的名字叫杜帕謝雷博；(M₁₅₀)：在女人叫貘誘姦者的名字阿尼奧凱切(Anyocait-chê)時，它突然出現；(M₂₈₆)：英雄對他所鍾情的三趾獺女人喊道：「阿拉本(Araben)！到我這裡來！」(Murphy：1，第125頁；Kruse：2，第631頁)。圭亞那(M₂₈₇)的未婚妻召喚花豹時叫它名字瓦里亞利姆(Walyarimê)，這後來成了她們的集合口令(Brett：2，第181頁)。M₂₈₅的貘向女人獻媚時說：「它名叫瓦里亞(Walya)」(同一著作，第191頁)。在一個韋韋人神話(M₂₇₁、₂₈₈)中，被女人作為親暱的動物豢養的蛇名叫佩塔利(Pêtali)(Fock，第63頁)。卡拉雅人(M₂₈₉)的鱷魚誘姦者名叫卡布羅羅(Kabroro)，女人們對它進行長時間談話，他回答了，因為從這時起鱷魚會談話(Ehrenreich，第

83－84 頁）。奧帕耶人神話（M_{159}）未提到貘的名字，但它的情婦要它來時叫它「Benzinho, o benzinho」，意為：小鬼。圖帕里人關於同一題材的神話（M_{155}）說，女人們送給貘「一個媚稱」，然後「她們就重複說同樣的話」（Caspar: 1, 第 213－214 頁）。此外，有時這些專名只是這種動物的通名，變成招呼語（M_{156}、M_{289}）或者姓（M_{285}、M_{287}）。

第二組包括有時源自同一些部落的神話。克拉霍人（M_{152}）：女人通過敲打 buriti 棕櫚樹幹召喚貘。特內特哈拉人（M_{151}）：敲打樹幹，或者（M_{80}）涉及大蛇時，敲打葫蘆（烏拉布人）或者通過跺腳（特內特哈拉人）。為了召來情人，蒙杜魯庫人的蛇的情婦（M_{290}）敲打反過來放在水上的葫蘆：pugn……（Kruse: 2, 第 640 頁）。在亞馬遜也採取這種方式（M_{183}）使蛇虹霓從水中出來。在圭亞那（M_{291}），兩姊妹為了召喚貘情夫，把手指放入口中吹口哨（Roth: 1, 第 245 頁；參見 Ahlbrinck: 辭條「irititura」）。塔卡納人神話中也用口哨召喚，但這裡由貘或蛇誘姦者吹口哨，下面我們還將回到（Hissink-Hahn, 第 175、182、217 頁）這種反轉上來（以下第 333 頁）。

再舉些例子來擴充這張表，並不費事。但是，我們已援引的這些例子已足以證明存在兩種類型對動物誘姦者的召喚。這兩種類型恰成對照，因為它們或者回復到語言行為（專名、變換成專名的共名、妖媚的話語），或者回復到也屬於發聲的行為，但不是語言的行為（葫蘆、樹、土地被敲打；吹口哨）。

首先，我們嘗試回過頭來援用在別處得到證實的習俗來解釋這種二元性。在沃佩斯河的庫貝奧人那裡，貘（這些印第安人僅僅在製造了槍之後才知道捕獵它們）只代表一種大獵物：「人們躲在一條溪流近傍，那裡土地富含鹽份。貘在黃昏出沒，總是走同一條路，腳印深深印在泥濘的地上。舊的腳印成為迷宮，但新的腳印可根據撒下的牛糞形狀分辨。當一個印第安人發現新腳印時，就向同伴發出信號。這總是一頭人們在充分觀察之準備捕殺的特定的貘，人們談論它，就像說到一個人」（Goldman, 第 52、57 頁）。

在馬沙杜河的圖皮－卡瓦希布人(Kawahib)伴同下，我親自參加了一次捕獵，這一次拍打的召喚起了作用：爲了使野豬、花豹或貘相信成熟的果子已從樹上掉下來，從而把它們引向埋伏地，人們用棍棒按有規則的間隔敲打地面：poum …… poum …… poum ……巴西內地的農民把這種方法叫做 *batuque* 打獵 (L.-S.: 3，第 352 頁)。

這些習慣做法充其量能對這些神話故事有所提示，但是它們並未使我們得以對這些神話作出令人滿意的解釋。無疑，這些神話都涉及打獵（由人狩獵貘），但它們的出發點並不相同；用葫蘆呼喚（這是最常用的方式）並不重現一種業已得到證明的習慣做法；最後，在這兩種類型召喚之間存在一種對立，而我們應予解釋的正是這種對立，不是每一種具體來看的召喚。

如果這兩種類型是對立的，那麼，它們各自同兩種也是相對立的行爲之一種結成關係，而我們已就圭亞那蜂蜜起源神話($M_{233}-M_{234}$)研討過其作用。爲了召喚動物誘姦者(它也是個歹徒)，應當或者呼叫它的名字，或者敲打某種東西(土地、樹、放在水上的葫蘆)。相反，在我們剛才援引的神話中，爲了留住男恩人(或女恩人)，應當不說出他的名字，或者不敲打某種東西(在這裡是女誘姦者試圖以之濺污他的水)。然而，這些神話詳確說明，男恩人或女恩人不是性的勾引者，而是貞潔的和謹慎的，甚至是膽小的。因此，我們與之打交道的系統包括兩種分別在於說和不說的語言行爲以及兩種從正面或負面加以形容的非語言行爲。根據所考察的情形，兩種行爲的價值在每個對偶之內部反轉：與吸引貘的行爲同系的行爲尋覓蜂蜜，與採集蜂蜜的行爲同系的行爲不吸引貘。然而，我們不要忘記，如果說貘是性的誘惑者，那麼蜂蜜是食物的誘惑者：

爲了同性的誘惑者結合：　　爲了不同食物誘惑者分離：

(1)說出他的名字；　　　　　(1)不說出他的名字。

(2)敲打（某種東西）；　　　(2)不敲打（水）。

然而，我們已經指出，在動物誘姦者循環中，口哨的召喚有時取代敲打的召喚。因此，爲了推進分析，最好也來確定這在系統中的地位。

像沃佩斯的印第安人（Silva，第 255 頁，註⑦）和玻利維亞的西里奧諾人（Holmberg，第 23 頁）一樣，博羅羅人也借助一種口哨語言作超距離的人際交流，這種語言不可還原爲某些約定的符號，但似乎倒是對分解的言語作了徹底的換位，以致它可以用來傳遞極其多樣的消息(Colb.：3，第 145－146 頁；E.B.，第 1 卷，第 824 頁)。這裡援引一個神話：

M$_{292a}$　博羅羅人：星座名字的起源

一個印第安人在他的小兒子陪伴下到樹林裡打獵，他發現河中有一條帶尾刺的可怕的鱝，於是趕緊把它殺了。這孩子肚子餓，央求父親燒煮它。這父親勉強答應，因爲他想繼續打漁。他點燃了小火，只有很小的文火。他用葉子把魚包起來，再放在文火上燒。然後，他回到河邊，把孩子留在火旁。

過了一會兒，這孩子以爲魚已燒熟，就叫他爸爸。這父親從遠處告誡小孩要耐心，但又叫了起來，他怒而返回，從火中取出魚察看，發現魚還沒有熟，於是打了他兒子耳光，就走了。

這孩子被煙熏得瞎了眼，於是哭了起來。奇怪的是，哭聲和怨聲在樹林裡引發回響。這父親害怕了，馬上逃離。這小孩哭得更厲害，抓住╱bokaddi╱（＝bokuadd′i, bokwadi, jatobá 樹：種名 *Hymenea*）的一根新枝，他叫這樹枝「爺爺」，他祈求自己長大，也要樹枝和他一起長大。

這樹立刻就長大了，然而可以聽到脚下發出可怖的嘈雜聲。這是妖精／kogae／，它從未遠離過這樹，可是現在這樹的樹枝裡長出了個小孩。這小孩夜裡在隱匿處觀察到，每當一顆星或一個星座升起，這妖精就用口哨語言叫它名字，打招呼。這小孩留心記住所有這些當時尚屬未知的名字。

趁妖精不注意的時候，這孩子把這樹變小，他便從樹上跳下地面逃跑。正是靠了他，人類才知道了星座的名字（Colb.: 3，第253－254 頁）。

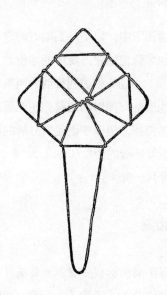

圖 14　有刺貫繩戲圖，
瓦勞印第安人
（據 Roth: 2，第 543 頁，
圖 318）

我們對妖精／kogae／不甚了了；只知道是一種不知名的植物，用作打獵的護身符，也是一種蘆桿樂器，兩者用一個短語標示，短語中出現詞／kogae／。不過，毋庸置疑，在第二種情形裡，這是因為在這個妖精科植物、這種樂器的特殊裝飾物和塞拉偶族的／badegeba cebegiwu／氏族之間存在一種聯繫（參見 E.B.，第 1 卷，第 52、740 頁）。由於這種不確定性，也為了不使敍述冗長，我們這裡不去追蹤通過一套相當簡單的轉換就可以直接從 M_{292a} 回到 M_2 即差不多是我們的出發點的路線⑭（參見下面的表）。

我們現在僅僅指出——因為我們後面有需要——關鍵的轉換似乎是：

$$M_2 \underset{（糞便）}{\Rightarrow} \underset{（喧嘩）}{M_{292}}$$

　　實際上，M₂中變成鳥的孩子讓鳥糞落在父親肩上，從而使他玷污（**從高處**），在 M₂₉₂中則是不合宜的呼叫（**從遠處**）驚擾他。因此，M₂₉₂的少年英雄給哭泣嬰孩提供了一個新的示例，我們已在 M₂₄₁和 M₂₄₅中遇到過哭泣嬰孩，所以認識他，而且他還將在我們的後面道路上出現。另一方面，一隻非常**小**的鳥的**糞**（排泄物）從**高**處落下來後變成**大**樹，它決定了父親出發去**遠**方；相對稱地，一個**小**孩子的**眼淚**（分泌物）變成**大**的喧嘩，它決定了父親出發去**遠**方，而孩子本身去向**高**處。然而，M₂中的糞起著引起水出現的第一位原因的作用，而水在博羅羅人文化中的地位極其模稜兩可：水灌入暫時的墳墓中加速屍肉的分解，因此水是腐敗和汙穢的原因；然而，

──────────

⑭爲了證明這種突然向後折返的合理性，我們指出，博羅羅人認爲有刺鱝包含一個因小同伴庇護其兒子而惱羞成怒的印第安人的變態（Colb.：3 第 254－255頁）。因此，這個神話(M₂₉₂ᵦ)屬於一個「愛復仇父親」神話組，這個神話組還包括 M₂和 M₁₅₋₁₆、M₁₈，在其中，他自己之變成有毒鱝相當於其他人之變成豬，以及貘之變成「他物」（參見 CC，第 274－279、355－358 頁）。然而，可以表明，鱝的尾刺在北美也像在南美洲一樣同樣代表倒置的誘姦者陰莖。關於南美洲，參見 M₂₄₇（其中一個插段說，*與英雄誘姦者敵對的貘死於被魚的尾刺扎刺*，Amorim，第 139 頁）和希帕耶人神話(M₂₉₂ᵧ)，後者說人在與一個魚少女交媾時被她的刺扎死(Nim.：3，第 1031-1032 頁)。委內瑞拉的瓦勞人把有毒鱝比作一個少女(Wilbert：9，第 163 頁)。按照巴尼瓦人的說法，鱝起源於朱魯帕里的胎盤(M₂₇₆ᵦ)。在卡拉雅人那裡，有毒鱝與比拉魚和海豚構成一個系統，而後兩者本身分別同帶齒的陰道和誘姦者的陰莖相聯結（參見 Dietschy：2）。關於北美洲，主要可以提到尤洛克人和其他加利福尼亞部落，他們把鱝比做女性生殖器（身體象徵子宮，尾象徵陰道），他們的一個神話(M₂₉₂ᵨ)使魚情婦成爲一個不可抗拒的勾引者，她在與造主交媾時，把他的陰莖夾在大腿之間而俘獲了他，從而使他最終脫離人間(Erikson，第 272 頁；Reichard，第 161 頁)，這也是 M₂的英雄造物主貝托戈戈的最後命運。

屍骸經沖洗、塗描和裝飾後，最後浸入湖泊與河流，成為最後居所，因為

一個少年，陪伴著 $\begin{cases} M_2：他的母親 \\ M_{292a}：他的父親 \end{cases}$ 預兆 $\begin{cases} M_2：\textbf{性}的食用； \\ M_{292a}：一種攻擊的\textbf{威脅}，它未轉換成\textbf{食物的}食用 \end{cases}$ 一種攻擊，它轉換成

這孩子錯誤地 $\begin{cases} M_2：同他哺育的母親分離； \\ M_{292a}：同不可食用的食物相聚； \end{cases}$ 結果他餓了。 他的父親逃離了去打獵……

M_2：由於來自天上的糞便（由這孩子發出）。
M_{292a}：由於來自地上的喧嘩（從這孩子發出聲音為預兆）。

這父親逃離，載著一棵
這孩子長大，依靠一棵 $\Big\}$ jatobá 樹。

M_2：在他營造的水中居所裡…
M_{292a}：在他發起建立的一個天上隱蔽處所裡…

這父親發明了服飾和裝飾品，
這孩子竊聽到星座的秘密名字
它們就這樣被教授給了人

水是靈魂的居所：靈魂不死的條件和媒體。

在聲學層面上，口哨語言似乎有著同樣的歧異性：它屬於精靈，而後者是一種令人可怖的喧嘩的作者（我們剛才已表明，喧嘩與糞便等同，因為在此之前《生食和熟食》中已證明，喧嘩以逗鬧的形式而等同於道德的「敗壞」）；然而，比分解的言語更接近於噪聲的口哨語言提供了一種為這

種言語所無法傳遞的信息，因爲在神話時代，人還不知道星辰和星座的名字。

因此，從 M$_{292a}$ 的意義上說，口哨語言比一種語言更多也更好。另一個神話也解釋了爲什麼它更好，不過這次似乎是因爲它更少：

M$_{293}$　博羅羅人：爲什麼玉米穗又細又短

從前有個精靈名叫伯雷科依博(Burékoï bo)，他的玉米田美麗無比。這精靈有四個兒子，他委派其中一個名叫博佩－約庫(Bopé-joku)的兒子照料種植園。這兒子克盡職守，每當女人們來採集玉米時，他就吹口哨：「fi, fi, fi」，表達他的得意和滿足之情。實際上，伯雷科依博的玉米是值得羨慕的，由於他的辛苦工作，玉米穗長滿了穀粒……

一天，一個女人來採玉米，而博佩－約庫照例歡快地吹口哨。然而，這女人在採摘時動作粗魯，被一根穗扎傷了手。她疼痛之下，一時胡塗去羞辱博佩－約庫，用口哨聲罵他。

精靈用吹口哨使其生長的玉米立刻開始萎頓，從腳上乾枯。自從這個時期以來，由於博佩－約庫的報復，玉米不再在地裡自然發芽，人必須滿頭大汗地耕耘。

然而，伯雷科依博答應人，他要用豐收來復興玉米，條件是播種時他們要向天空吹氣，哀求。他還命令兒子們在播種時要去拜訪印第安人，詢問他們怎麼工作。不怎麼好地遵照吩咐的兒子都收成很差。

博佩－約庫上路，詢問每一個耕作者如何工作。他們輪番回答說：「你看！我在耕耘土地！」最後一個人用粗話辱罵他。由於這個人，玉米再也不能和從前一樣美了。但是，希望收穫「大如棕櫚果房的」玉米的印第安人始終哀求伯雷科依博提供他田裡長出的第一批玉米 (Cruz: 2，第 164－166 頁；E.B.，第 1 卷，第 528、774 頁)。

屬於北方圖皮人的特姆貝人有一個很相近的神話：

M₂₉₄ 特姆貝人：爲什麼甘薯生長得慢

從前，印第安人不知道甘薯。他們就地種植／camapú／。一天，一個印第安人正在準備種植，造物主梅拉(Maíra)突然出現，問他在做什麼。這人不無粗魯地拒絕回答。梅拉走了，開墾好的地上的樹全都倒下，樹枝覆蓋在地上。這人大怒，去追蹤梅拉，想用刀殺死他。當他找不到梅拉時，便遷怒於他物，他向空中拋去一個葫蘆，試圖讓它在飛行中擊中梅拉。但是，他未擊中目標，刀刺破他的喉嚨，他死了。

梅拉又遇到一個人，他在給／camapú／除草，當造物主問他做什麼時，他和藹地作答。於是，造物主田野周圍的樹全變成甘薯植物，教這人怎麼種它們。然後，他陪伴這人一直到村裡。他們快要到村子的時候，梅拉叫這人去採集甘薯。這人猶豫了一下說，種植剛剛結束。梅拉說：「那好，你要過一年才能得到甘薯。」他走了(Nim.：2，第 281 頁)。

我們現在開始說明／Kamapú／的問題。屬於玻利維亞東部圖皮－瓜拉尼人的瓜拉尤人說(M₂₉₅ₐ)，大阿尤爾的女人專吃／cama á pu／；但是，這種食物收穫並不豐富，因此生產了甘薯、玉米和香蕉－蔬菜、platano(Pierini，第 704 頁)。特姆貝人祖先特內特哈拉人說(M₂₉₆)，在農業發明之前，人靠／kamamô／爲生，它是樹林中的一種茄屬植物 (Wagley-Galvão，第 34、132－133 頁)。現在還不能肯定／kamanô／和／camapú／標示同一種植物，因爲塔斯特萬(2，第 702 頁)後來把／camamuri／和／camapú／作爲不同的植物列舉。但是，／camapú／(*Psidalia edulis*, Stradelli：1，第 391 頁；*Physalis pubescens*) 也是一種茄屬植物，一個圖庫納人神話(M₂₉₇)說明了它的

語義地位，神話中說，／camapú／是人們看到在種植園邊地生長的最早的
天然果子(Nim.：13，第 141 頁)。因此，這是一種處於野生植物和栽培植物
交界處的植物性食物，所以這人可以把它推回野生植物，也能把它納入栽
培植物領域內，視他採取激烈的還是溫和的言語行為而定。同樣，奇曼人
(Chimane)和莫塞特納人(Mosetene)共同的一個神話(M_{295b})解釋說,野生動
物屬於表現無禮的古人 (Nordenskiöld：3，第 139－143 頁)。

　　從這種觀點來看，這個特姆貝人神話包含三個序列：毀壞的序列，它
完成了從庭園到荒地，因而還有從／camapú／到野生植物的轉換；溫文言
語的序列，它把／camapú／轉成奇妙的甘薯；最後，可疑言語的序列，它
把奇妙的甘薯轉換成為普通的甘薯：

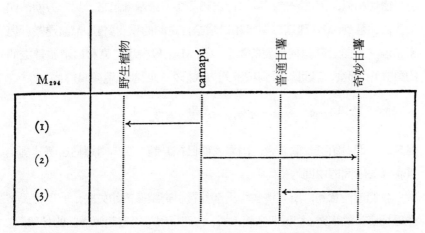

　　博羅羅人神話包含四個序列，它們開拓了更為寬廣的語義場，因為從
語言手段觀點來看，口哨語言處於溫文言語的那一邊，而從農業成果的觀
點來看，玉米的缺失處於／camapú／的收穫的這一邊。在這兩個神話共同
的語義場的內部，還可注意到剪裁上的差別：M_{293}把疾呼的傷害和作出回
答的傷害對立起來，而 M_{294}把兩種類型傷害性反應即明白的反應和掩飾的
反應對立起來：

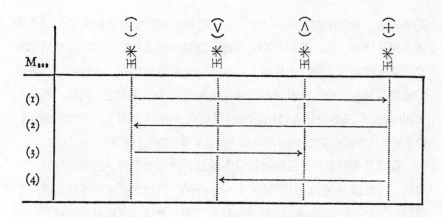

　　不管這些細微差別如何，並且它們値得作進一步的分析，這兩個神話還是密切相似，因爲它們把聲學行爲和農事方式關聯起來。另一方面，如果我們注意到，M_{293}建基於傷害和口哨語言之間的重要對立，M_{294}建基於傷害和溫文言語之間同樣重要的對立（而 M_{292a} 只啓用喧嘩和口哨語言之間的對立），那麼，就可以得到按下列方式排列的四種類型聲學行爲：

1.喧嘩，　2.傷害性言語，　3.謁文言語，　4.口哨語言

但是，它們封閉了一個循環，因爲我們已經看到，吹口哨還佔居著分解語言和噪聲之間的中間地位。

　　我們還注意到，所有這些神話全都援引奇蹟農業的失去，而現實農業是這種農業的痕跡。從這個意義上說，它們復現了蜂蜜起源神話的骨架，它們也記敍這種農業的失去，同樣把這歸因於語言行爲不檢點：說出應當對之保持緘默的一個名字，因而把分解語言移到了噪聲的一邊，而對這種語言的恰當使用則把它放在沉默的一邊。這樣，我們隱約看到了一個更爲廣大的體系的概貌。分析另一個神話，我們就可以對這體系作出詳確的說明：

M₂₉₈　馬希昆加人：彗星和隕石的起源

　　從前有一個印第安人，同妻子和一個兒子一起生活，兒子是他前一次婚姻所生。他擔心當他不在時，這孩子和繼母之間可能會發生麻煩，於是決定讓兒子結婚。他出發去一個遙遠地方爲兒子尋覓妻子。這個地方住著食人肉的印第安人，他們抓住了他，取出他的腸子，以便烤了吃。然而，他成功地逃脫了。

　　妻子這邊正打算毒死丈夫，因爲她愛上晚子，想和他一起生活。因此，她做了一道腐敗的濃味蔬菜燉肉（menjunje de bazofias），把它扔給螞蟻，以便它們含毒。但是，這男人有魔法，他預卜了她的算計。在回來之前，他派遣一個精靈信使，扮成小孩，對這女人説：「你爲我父親準備了什麼？你爲什麼恨他？你爲什麼要殺他？我現在告訴你，他要來了：他的腸已被吃掉，儘管不礙事，但他腹中已空空如也。爲了給他重做腸子，你應當用一塊／mapa／〔栽培的塊菌屬植物，Grain，第241頁〕、棉紗和葫蘆果肉製備一劑藥。」接著這信使便消失。

　　幾天以後，這印第安人抱著疲憊不堪的身體風塵僕僕地回到了家。他要妻子給他喝東西，她給了他一種／istéa／飲料（甘薯啤酒）。他馬上失血，腹部變成敞開的傷口。這女人爲眼前的景象嚇住了，趕緊躲進豎在庭園中央的一棵中空的樹／panáro／（不知名的）裡。這印第安人痛得發狂，想殺死妻子。他對她叫道：「你在哪裡？快出來，我不會打你！」但是，這女人害怕極了，她不敢出來一步。

　　從那時起，可食用的植物會説話了，但它們發音很不清晰。這人問甘薯和／magana／〔「platano」，Grain，前引著作〕「它們的母親藏在那裡」，這些植物沒有應答，他把它們摘下，扔進荆棘叢中。／éa／〔栽培的塊菌屬植物，Grain，前引著作〕盡力用急促不清的話給他指示：但他

聽不懂它的説話。他四面八方亂跑，尋找未離開樹的妻子。

　　最後，這男人又回進小屋，取了一根竹子，在地上用一塊石塊打擊它，使它著火。他用這做了根尾巴，對著天空沉思，喃喃自語：「我去哪兒呢？到高空去，我在那裡將過得很好！」他飛離了，變成了彗星。隕石是從他身體中流淌出來的熾熱的血滴。有時，他獲取屍體，把它們變成和他相似的彗星（Garcia，第233-234頁）。

　　這個重要神話從多方面引起我們注意。第一，這是關於彗星和隕石，因而也就是關於軌道無定的天體的起源的神話。在印第安人看來，與星辰和星座相反，這些天體不可能證認和命名。然而，我們已表明，M_{292} 是 M_2 的一個轉換，並且很顯然，M_{298} 也屬於這個神話組：它像 M_2 一樣從亂倫開始，又像 M_{292} 一樣讓一個有「空腹」的英雄出場，儘管這詞語應視具體場合按本來意義或比喻意義理解：父親被取出內腸（M_{298}）或兒子挨餓（M_2、M_{292}）。

　　M_{298} 的父親要殺死亂倫的妻子，他從遠方回來，失去了構成他個體之不可分割部分的重要器官。M_2 的父親已殺死亂倫的妻子，去到遠方，負著處於身體的一棵樹的重荷。這棵**充實的**樹是亂倫女人被殺的**結果**，而在 M_{298} 中，亂倫女人**借助**於**中空的**樹逃過被殺害。M_{298} 旨在解釋軌道無定行星存在所構成的宇宙恥辱。反過來，M_{292} 和 M_2 使世界秩序臻於完善：M_{292} 在宇宙學層面上，通過計數和命名天體；M_2 在社會學層面上，通過引入服飾和裝飾品，而借助它們得以對氏族和亞氏族計數和命名（參見CC，第68-74頁）。⑮

　　最後，在這兩種情形裡，人的死亡都起了作用，因為這死亡時而表現為引入社會秩序（M_2）或宇宙紊亂（M_{298}）的媒體，時而表現為其材料。

　　以上全都是從男英雄的觀點進行探討。但是，M_{298} 的女英雄對我們來說也是一個老相識，因為她同時再現兩個人物，而我們已證實，她們只是一個。首先是許多查科神話中私通而被殺的妻子，她在特雷諾人版本（M_{24}）中用經血毒害丈夫，就像馬希昆加人的妻子用帶毒的烹飪殘餘物毒害丈夫。然

而，對於這個對立：**內部污物／外部污物**，在這些神話中有另一個對立與之相對應：特雷諾的女英雄被誘而陷入一個坑中(M_{24})或者按照其他版本，陷入一棵中空的樹中(M_{23}、M_{246})。對於馬希昆加人女英雄來說，一根也是中空的樹不是用做陷阱，而是用做隱蔽所。因此，根據這女英雄的身體是抑或不是毒物的容器，另一個容器保護她的受害者或者保護她自己。在後一種情形裡，她向外面逃遁(M_{23})或者在內部逃遁(M_{298})。

中空樹題材的出現已在前面被我們用來連接花豹妻子故事和痴迷蜂蜜妻子故事。花豹妻子在刺人⑯蜂蜜的作用下(蜂蜜導致她發生轉換)產生了烟草；痴迷蜂蜜妻子靠中空的、帶刺的（從外面刺人）樹戰勝花豹，但由於被囚禁在充滿蜂蜜的、中空的（因此裡面甜的）樹裡而變成蛙。

然而，這個痴迷蜂蜜的妻子也是亂倫的，或者與養子(M_{241}、$_{243}$、$_{244}$；M_{258})，像馬希昆加人的女英雄那樣，或者與年少的姻兄弟($M_{135-136}$)。像馬希昆加人的女英雄一樣，她也妄想殺死丈夫；但是，這裡所採取的方法令人矚目地完全顛倒過來，而這便表明，神話創作必要時只有很小的自由。

這妻子在一種情形裡訴諸刀，在另一種情形裡訴諸毒。用刀，圭亞那

---

⑮我們已通過另一種途徑證明，M_2屬於貘誘姦者循環，這循環和痴迷蜂蜜少女循環屬於同一個神話組。

考察一下 M_{298} 在北美洲的某些類似神話，是合宜的，但這不符合我們在這裡的目的。例如，波尼人(Pawnee)的神話，它使隕星來源於一個被敵人殺害並**去除顱骨**的一個男人的身體(Dorsey：2，第 61－62 頁)，迪埃格諾人(Dieguño)和盧伊賽諾人(Luiseño)神話的某些細節也關涉隕星。一般說來，隕星理論以一系列轉換為基礎：

破碎身體⇨分離的頭⇨去除顱骨的頭顱⇨去除內臟的身體，這需要做專門的研究。

⑯M_{24}的蜂蜜雙重地刺人：在本來意義上，因爲丈夫在蜂蜜裡混入了蛇；以及在比喻意義上，因爲它引起了發癢。

女英雄切割她的丈夫，因而把他的身體還原爲包含內臟的部分（關於這種解釋，參見以上第 261 頁）。用毒，或者至少是經過製備而成非藥物的、取代規定藥物給予的毒物這種組合變體，馬希昆加人的女英雄做得使他身體仍保持內臟被去除。

在圭亞那神話（M_{135}、M_{136}）中，有內臟的身體變成極富意義的星座，對於這個地區的印第安人來說也就是昴星團。在馬希昆加人神話中，去除內臟的身體變成彗星或隕石，它們以其軌道無定的特徵而處於對立的範疇之中。昴星團以其男性形象提供給人以食用魚。彗星以其男性形相剝奪人的可食用植物，而她自己食用它們：通過歸入屍體。

最後一個細節使我們的重構達致終結。馬希昆加人英雄爲了完成向彗星的轉變，在自己後部裝上一根竹子，他預先通過石塊打擊而給它點著火。在變成昴星團期間，這個陶利潘人英雄口中含著一根竹笛，並不斷地吹奏：「tin, tin, tin」，一邊升空（K.-G.：1，第 57 頁）。因爲這笛子是竹子做的，所以它不僅同馬希昆加人神話的被打擊的**竹子**（後面我們會明白這一點的重要性），而且也同 M_{283}－M_{284} 的龜引以爲自豪的骨笛[17]和 M_{293} 的土地神的口哨——但無樂器——結成相關而又對立的關係；最後，也同借助口哨語言對星辰作的命名結成這種關係。[18]

此外，人們津津樂道的一種儀式存在於圭亞那的阿拉瓦克人那裡，它把我剛才枚舉的各個複雜因素加以匯總，因爲它同時地引起了農業、昴星團升起和兩種語言行爲，後兩者將可方便地稱爲「口哨的召喚」和「打擊

---

[17]若撇開這第二形相，我們便只要指出，從 M_{276} 的一個插段出發進行解釋是合宜的：轉換成烏埃里（Uairy）——食蟻獸，參見 Stradelli：1，辭「mayua」——的骨做的樂器，它把男性儀式的奧秘傳授給女人（參見以上第270頁）。

[18]我們將指出，在 M_{247} 中，三趾獺在寂靜夜裡吹口哨乃同這動物也能表現出來想用以向星辰致意的歌唱相對立（Amorim，第 145 頁）。

的應答」：「當昴星團在拂曉前升起，旱季即將來臨時，精靈馬薩西基里(Masaskiri)開始去報告印第安人，他們應當準備農田作業了。他發出口哨聲，傳去他的姓：馬薩斯基里〔原文如此〕，當人們在夜裡聽到這聲音時，就用某種東西敲他們的大刀，發出鈴聲。他們以此方式感謝精靈提示他們」(Goeje：第51頁)。⑲這樣，昴星團的回歸伴隨著聲學符號的變換，這種對立從形式上引起了摩擦生火和敲打生火兩種技術的對立，而我們已就同一地區的神話指出過這種對立的相關功能(第242頁)。實際上，「打擊的應答」也是一種發聲的敲打；在 M_{298} 中，它引起被打擊身體著火。因此，圭亞那的昴星團起源（首先從決定其最近一次回歸的一次離去來看待）神話把口哨的召喚和打擊的應答在三根軸上加以反轉，大概不是任意為之：進行打擊的刀而不是被打擊的刀；口哨的應答取代召喚，不過這應答由笛聲象徵，這裡博羅羅人和阿拉瓦克人土地神的口哨開拓了一切資源。如果這假說確切無誤，那麼，就可以把它推廣到特姆貝人神話(M_{294})，在那裡，教養不良的耕耘者試圖用他的作打擊用的刀（而不是像在圭亞那的阿拉瓦克人那裡那樣的被打擊的刀，那裡刀被打擊為了溫文地應答神）鑽透一個新鮮採摘的葫蘆（因此是充實的，沒有發聲能力，這同也是葫蘆但又乾又空的出色發聲物體相對立）。最後，不要忘記，如果說在這些神話中貘每每接受打擊的召喚，那麼，土著思維把貘的叫聲比做口哨(M_{145}, CC，第340–343頁)。有時吹口哨也是為了吸引人 (Ahlbrinck，辭條「wotaro」，§3；Holmberg，第26頁；Armentia，第8頁)。

　　在圭亞那阿拉瓦克人的一個信仰中發現了可以把這個馬希昆加人神話納入到我們正在考察的神話總體之中的一個附加理由之後，現在無疑是一

---

⑲按照 P. 克拉斯特雷(和人通信)的說法，非農業的瓜耶基人相信騙子精靈，他是蜂蜜主人，裝備可笑的用蕨類植物做的弓箭。這精靈用口哨聲發出告示，以喧嘩激勵人們。

個機會，可以來回顧一下，馬希昆加人本身屬於一個操阿拉瓦克語的廣大
的祕魯部落群體。他們同阿穆埃沙人(Amuesha)、康帕人(Campa)、皮羅人
(Piro)等等一起構成古風盎然的人口層，他們之來到蒙大拿，似乎可以上溯
到遠古時代。

現在我們回到神話 M$_{298}$，它規定了植物對人的語言行為而不是人對植
物的語言行為(M$_{293}$，等等)。不過，就這後一關係而言；另一個馬希昆加
人神話可以使之臻於完善。這個神話非常長，因此我們最大限度地加以濃
縮，只保留與我們的闡釋直接有關的部分。

M$_{299}$　馬希昆加人：栽培植物的起源

從前還沒有栽培植物。人們以盛在他們燒製的陶罐中的土為食物，
他們像母雞那樣吞吃，因為他們沒有牙齒。

是月亮給予人栽培植物，並教他們咀嚼。實際上，他把一切技藝
都教給了一個病懨懨的少女，他祕密地拜訪她，最後娶她為妻。

月亮一連多次用魚給人妻授孕，這妻子生了四個兒子：太陽、金
星、冥界太陽和夜晚太陽(看不見，但星辰從他那裡獲取光)。這最後
一個兒子身上燒火，他燒了母親的腸子；她死於分娩。[20]

岳母怒斥女婿，對他說，在殺死妻子之後，他失去了她，等於吃
掉了她。然而，月亮成功地使她復生，但她厭倦地上生活，決定留下
身體在地上，把靈魂移入冥界。月亮深感悲哀，同時因為他岳母向他
挑釁，所以在給屍體用紅色整容，並舉行了例行的葬禮之後，吃了屍
體。他感到人肉美味可口。這樣，由於老嫗的過失，月亮成了食屍者，
於是他決定去遠方。

第三個兒子選擇居住在冥界。這是一個又軟弱又壞的太陽，當印
第安人開墾土地時，為了阻止他們燒火，他就降下雨來。太陽和他的

其他兒子一起上了天。但是，最小的兒子太熱了；地球上連石頭都開裂了。他父親把他安置在高高的蒼穹，我們無法再見到他。唯有行星金星和太陽現在仍生活在他們父親月亮的周圍。

　　月亮在一條河裡構築了一個完美無缺的陷阱，河裡漂游的屍體全都跌入裡面。㉑一隻癩蛤蟆監視著這陷阱，每當逮住一具屍體，它就向月亮發出警報，不斷叫／Tantanaróki-iróki, tantanaróki-iróik／，其字面意義爲：「癩蛤蟆 tantanaróki 和它的眼睛」。月亮於是聞訊起來，猛擊屍體，把它殺死〔原文如此〕。他砍下手脚，烘烤以後吃掉。他把其餘部分變成獏。

　　地球上只存下月亮的女兒，也即印第安人栽培的植物，他們從中獲取物質：甘薯、玉米、香蕉荳[*Musa normalis*]、白薯等等。月亮創造了這些植物，因此，人們尊稱他爲「父親」。他對這些植物仍保持關注的警惕。如果印第安人浪費或亂扔甘薯，亂丟皮或清洗不力，那麼甘薯女兒便向父親哭訴。如果他們吃甘薯，卻不伴以辣茄，或僅僅放上辣茄，這女兒便向父親抱怨：「他們什麼也不給我，他們讓我影單形

㉑關於太陽兒子是個「火燒的嬰孩」，參見卡維納人，載 Nordenskiöld: 3，第 286–287 頁，及烏依托托人(Vitoto)，載 Preuss: 1，第 304–314。那裡，火燒的太陽燒掉了試圖到天上與他相聚的通姦母親。我將在另一卷裡就北美洲的類似神話討論這組神話。現在不問細節，只要知道，被燒壞腸子的母親(被她分娩的孩子即可以設想的最親近親屬燒壞) 使父親失去內臟或使男人失去頭顱骨 (被遠敵去除)；參見第 270 頁註⑮。

月亮作爲文明人物在西里奧諾人思維中起著中心作用 (Holmberg，第 46–47 頁)，他們的神話雖很貧乏，但顯然回到了圭亞那－亞馬遜地區的阿拉瓦克人重要神話，尤其 M_{247}。

㉑馬希昆加人無儀式地把死者拋入河中 (Farabee: 2，第 12 頁)。

隻，或者他們只給我辣茄，讓我受不了這強烈辣味。」反過來，如果印第安人小心不讓甘薯丟失，把所有果皮集中放在一處禁止通行的地方，那麼這女兒就滿意了。當把甘薯和肉或魚這些優質食物一起吃時，她就會去對父親說：「他們待我很好，他們給我所喜歡的一切東西。」但是，她還有更高的愛好，就是讓人給她做富有泡沫、充分發酵的啤酒。

月亮的其他幾個女兒對人給予她們的待遇作出類似反應。人聽不到她們的哭泣，也無法察知她們滿意的表情。但是，他們盡力使她們滿意，因爲他們知道，如果他們惹怒了她們，月亮就會召回她們，而他們就又得像從前一樣吃土了（Garcia，第 230－233 頁）。

自從里弗(Rivet)在 1913 年發現博羅羅語和玻利維亞奧圖克人(otuké)方言之間在詞彙上有某些相似之處以來，人們認識到，博羅羅人文化可能是在南美洲的西方同類。M_{293} 和 M_{299} 的比較大大加強了這個假說，因爲這些神話提供了非常鮮明的類比。在這兩種情形裡，事關栽培植物和儀式的起源，這些儀式或者統轄栽培植物的生產(博羅羅人)，或者統轄其食用(馬希昆加人)。五個土地神係關涉這些儀式的起源：一個父親和他的四個兒子。博羅羅人神話將母親投置於沉默，馬希昆加人急於將她消滅。在馬希昆加人那裡，父親是月亮，他的兒子是「太陽」；《博羅羅人百科全書》在介紹 M_{293} 的一個異本（它將刊於人們翹首以待的第 2 卷）的兩個摘要時說明，父親伯雷科依博無非就是太陽梅里(〈Espirita,denominado tambem Méri〉，前引著作，辭條「Burékoïbo」；亦見前引著作，第 774 頁)。在這兩個神話裡，第三個兒子充任農事專家的角色，不管它喜歡農事（博羅羅人）還是阻止農事(馬希昆加人)。然而，這個細微差異比看起來還要不起眼，因爲在博羅羅人神話中，這個兒子明顯地用壞收成懲罰不敬的耕耘者，而馬希昆加人神話隱含地承認，在燒火時期出現的、造成壞收成的雨可能是對不敬的食者的懲罰。

　　馬希昆加人神話的第三個兒子冥界太陽是個冥府的、邪惡的精靈。博
羅羅人神話的這個兒子稱爲 Bopéjoku，Bopé 的意思爲壞精靈(參見 E.B.，辭
條「maeréboe」：Os primeiros [espíritos malfazejos] são chamados comumente
apenas bópe, assim que esta forma, embora possa indicar qualquer espírito,
entretanto comumente designa apenas espíritos maus，第 773 頁)。／joku／的意
思尚不清楚，但我們將出，至少在作文中出現一個同音異義字，它是一個
蜜蜂種的名字／jokûgoe／，這種蜂在地下或棄置在白蟻巢中築巢(E.B.，第
1 卷，辭條「jokûgoe」)。在這個博羅羅人神話中，似乎實際上他不可能從其
他兒子獲取其部分名字，除非有可能從長子的名字：烏阿魯杜多埃(Uar-
udúdoe)，這意味著一種類似於／waru＞baru／即「熾熱」的派生（參考博
羅羅語詞／barudodu／即「被再加熱的」），而這個長子名字相應於馬希昆加人
頭生子的名字（名叫普里阿奇里〔Puriáchiri〕，即「進行再加熱的人」)。

　　在這個馬希昆加人神話中，並不依賴口哨語言，而按照博羅羅人的說
法，這種語言曾確保了奇妙玉米的自然生長。但是，馬希昆加人在語義上
的另一極端比博羅羅人走得更遠，他們不排除這樣的可能性：當栽培植物
受到惡劣待遇時，它們會完全消失：

收成：	最好	好	壞	無
M₂₉₃：	口哨語言	溫文待遇	傷害性語言	
M₂₉₉：		謁文言語		虐待

　　因此，可以看到，從博羅羅人神話到馬希昆加人神話發生了一個令人
矚目的轉換，即從對植物多少溫文地說的語言轉換成以這同一些植物爲對
象的多少留心照料的烹飪。同樣可以說，如我們已多次指出的那樣 (L.-S.：
5，第 99－100 頁；12，各處)，烹飪是一種語言，每個社會都用它對使社會
得以至少部分地指謂什麼是烹飪的消息進行編碼。我們前面已表明，傷害

性語言作爲語言行爲構成最接近於作爲非語言行爲的喧嘩的一種語言行爲，以致在許多南美洲神話中以及在歐洲傳統中，這兩種行爲看來可以互換，而我們這裡的簡樸明智和無數說話方式也都已證明了這一點。《生食和熟食》已經提供了確立壞烹飪和喧嘩之間的直接同系關係的機會（CC，第381－382頁）：㉒我們現在看到，在斥責的語言和費心的烹飪之間也存在同系關係。因此，要確定前一卷第405頁上提出的方程中的 X 所標示的那個成爲問題的項，是很容易的：如果說在這些神話中噪聲相應於對烹飪食物的濫用，那麼，這主要是因爲它本身是對分解語言的濫用。人們可能對此提出疑問，但是本書接著就要來證明這一點。

然而，這個博羅羅人神話和這個馬希昆加人神話不是以某種方式相互復現：兩者相互完善。實際上，按照博羅羅人的看法，在植物是人類，能夠理解人話傳遞的消息，並自發地增加它們的時代，人能夠對植物說話（借助口哨語言）。現在，這種溝通已打斷，或者更確切地說，這種溝通通過土地神的中介而永存，土地神對人說話，而人對之作出或好或壞的響應。因此，對話建立在神和人之間，植物在此只不過是機緣。

在馬希昆加人那裡，情形反了過來。神的女兒、因而是作爲人類的植物與她們父親對話。人不掌握任何領悟這些消息的手段：「Los machiguengas no perciben esos lloros y regocijos」（Garcia，第232頁）；但是，人們談論的是她們，所以她們還是機緣。然而，在神話的時代，直接對話的可能性在理論上是存在的，在那個時代，彗星還沒有出現在天空中。不過，在那個時代，植物還只是半人，他們有語言，儘管苦於發聲有缺陷，妨礙他

㉒試比較在法語中「gargote」和「boucan」之類單詞的雙重意義。爲了支持業已確定的蝕和反烹飪之間的等當關係(CC，第385－389、390－391頁)，在目前的背景下可以援引博托庫多人的信條：當太陽和月亮爭吵起來而相互毀損時，蝕便出現。於是，蝕變成狂怒和恥辱的黑夜（Nim.：9，第110頁）。

們用以進行交流。

這兩個神話相互完善，因而在多根軸上重構了一個總體系。撒肋爵會神父指出，博羅羅人的口哨語言履行兩大功能：確保相隔很遠的交談者進行交流，以便他們能夠進行正常的會話；或者爲了消除輕率的第三者，他們懂得博羅羅語，但未被傳授過口哨語言的秘密(Colb.: 3, 第 145－146 頁；E.B., 第 1 卷，第 824 頁)。所以，後一功能提供給交流以既更爲豐富也更爲局限的可能性。對於直接的交談者，這是一種超語言(super-langage)，而對於第三者是一種亞語言(infra-langage)。

植物所說的語言帶有恰恰相反的特徵。對這個直接交談者即人說時，這是一種無法理解的口吃(M_{298})；然而，清晰的語言則把人撇在一邊。人不懂這種語言，儘管這無疑是對他說的(M_{299})。因此，口哨語言和模糊不清語言構成一個對立的對偶。

博羅羅人那裡沒有笛子，這是十分令人矚目的，因爲這些印第人製作相當複雜的吹奏樂器，尤其是由一根蘆葦管和一個共鳴器組成的喇叭和單簧管，不過，像笛子一樣，它們也只產生一種音。無疑，應當把這種無知（或者更符合實際地說，這種禁戒）與口哨語言特別發達相聯起來：在別處，多孔笛子主要用來傳遞消息。這方面，我們已佔有許多證據，它們主

博羅羅人，M_{292}：

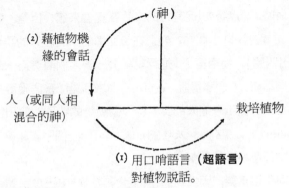

(2) 藉植物機
緣的會話

（神）

人（或同人相
混合的神）

栽培植物

(1) 用口哨語言（**超語言**）
對植物說話。

馬希昆加人，M_{298}-M_{299}：

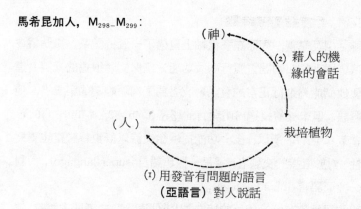

註：**我們將會看到：博羅羅人的口哨語言對交談者來說是一種超語言**，而對第三者來說是一種**亞語言**。相對稱地，M_{298}-M_{299}的植物的語言對交談者來說是一種**亞語言**（M_{298}），但對第三者來說是一種**超語言**（M_{299}）。

要源自亞馬遜河流域，在那裡，獵人和漁夫用眞正的笛子吹奏**主導旋律，** 報告他們歸來、成功或失敗以及獵物袋裡裝著什麼（Amorim, **各處**）。在類似場合，博羅羅人則訴諸口哨語言（參見 M_{26}；CC, 第 140-141 頁）。

在圖卡諾，據說吹奏笛子是在用這種笛子「哭泣」或「抱怨」（Silva, 第 255 頁）。在韋韋人那裡，「有充分理由可以認爲，笛子吹出的旋律是在表演節目……這音樂……主要用來描繪各種各樣情景」（Fock, 第 280 頁）。在走近一個外村時，訪客用短促有力的口哨聲宣告來臨；但是，迎候客人是用笛聲（同上著作，第 51、63、87 頁）。在圭亞那的卡利納人的語言中，人們用喇叭「發出叫聲」，而用笛子「進行說話」：「當人們演奏笛子或別的發出多種聲音的樂器時，人們寧可說／eruto／，即從語言、言語獲得某種東西……同一個詞／eti／標示一個人的專名、一個動物的特殊叫聲和笛子或鼓的召喚聲」（Ahlbrinck, ＜索引＞；及辭條「eti」、「eto」）。一個阿雷庫納人神話（M_{145}）把每個動物種所特有的叫聲叫做「笛子」。

這些同化很重要，因爲我們在《生食和熟食》中正是就 M_{145} 表明了，特

殊的叫聲在聲學層面上與特異的毛皮或羽毛同系，而這些本身就是證據，證明大自然裡通過對原始連續加以再分而引入了大間隔的界。如果說專名的應用起到了這種作用，那麼，這是因爲，它繼還原爲自然屬性的各生物學個體之間的主導的混淆之後，在個人之間建立起了間斷。同樣，音樂的應用被疊加於語言的應用，後者始終有變得不可理解的危險，如果在很遠距離上說話，或者說話者受發音不良之累的話。音樂借助樂音之間截然分明的對比和不可能混淆的旋律形式來修補談話的連續性，因爲人們從總體上來感受它們。

誠然，今天我們知道，語言本質上是不連續的，但是神話思維並不這樣看待。此外還值得指出，南美洲印第安人特別善於擺弄語言的可塑性。各地都有男性和女性特有的方言，這就證明，不僅是納姆比克瓦拉(Nambi-kwara)女人喜歡使語詞變形，使之變得不可理解，她們寧可口吃，而不清晰地發音，可同馬希昆加人神話的植物相比 (L.-S.：3，第 295 頁)。玻利維亞東部的印第安人「喜歡借用外來語，因此……他們的語言連續地變化；女人不發／s／這個音，她們總是把它變成／f／」(Armentia，第 11 頁)。一個多世紀以前，貝茨利用在穆拉人(Mura)那裡逗留的機會寫道（第 169 頁）：「當印第安人男男女女在閒扯時，他們似乎喜歡發明新的發音，改變語詞形式。人人都開這種創造切口的玩笑，新的名詞常常被採納。我用印第安人提供的裝備，從水路作了長途旅遊，沿途看到了同樣的情形。」

可以饒有興味地把這些觀察資料同斯普魯斯從沃佩斯河流域一個村子寫給已回到英國的朋友華萊士的一封信作比較，信中點綴著一些葡萄牙語詞：「不要忘了告訴我你在英語上取得了哪些進步，如果你已能使自己理解國語……」可以指出，華萊士作了這樣的評述：「當我們在聖加布里爾相會時……我們發覺，如果不借助葡萄牙語短詞和單詞，它們幾乎成爲我倆語彙之外的第三種語彙，那麼，我們無法用英語交談。甚至當我們決定只說英語時，我們也要花上幾分鐘，費好大勁才成功，並且，一旦交談活躍起

來，或者必須說一則奇聞時，葡萄牙語就又回來了！」(Spruce，第 1 卷，第 320 頁)。這種爲旅行者和身居異國者所熟知的語言滲透現象必定在美洲語言進化中和南美洲土著的語言觀中起相當大作用。按照佩納爾(Penard)收集到的卡利納人理論（載 Goeje，第 32 頁）：「元音比輔音變化更快，因爲元音比強硬的輔音來得狹、弱、平滑；因此，它們的／yumu／閉合得較快，也就是說，它們較快地回到源頭。㉓這樣，語詞和語言隨著時間的流逝而發生變形，得到改造。」

如果說語言屬於小間隔的領域，那麼就可以明白，音樂像是**僞裝的言語**，音樂用語言的混淆取代它自己的法則，而這種僞裝的言語具備無文字社會賦予面具的那種雙重功能：佩戴它的個人作掩飾，同時又給予它更高的意謂。專名把個體轉換成人，因而起著個體的眞正隱喻的作用(L.-S.：9，第 284－285 頁)。同樣，曲調的樂句也是談話的隱喻。

我不能也不願推廣這種分析，它屬於那個十分廣闊的分解語言和音樂關係的問題。此外，以上所述已足以說明了這些神話使之存在並起明顯作用的聲學代碼的一般組織。這種代碼的性質只是逐漸顯露的，但爲了便於理解，我以爲現在最好以圖表形式勾勒出它們的大致概況，而大家可以根據需要對這圖表作詳確說明，發揮和修正（圖 15）。

這種代碼的各個項分布在三個層面上。在下面的層面上，可以看到一個或幾個私通的女人向貘誘姦者（或者取代貘的組合變體的其他動物）發

㉓／yumu／這詞的意義現在尚不清楚。人們已各異地把它譯成「精靈」或「父親」；參見佩納爾那裡關於這詞用法的討論，載 Ahlbrinck，辭條「sirito」。在這個語境裡，／yumu／似乎使人想起循環的觀念。關於／yumu／的意義及其用法，參見 Goeje，第 17 頁。

出的各種不同類型召喚：喊名字的召喚、口哨的召喚和打擊的召喚，由此把人和另一種生物聯繫起來，後者以其作爲動物和誘姦者的雙重資格而專屬於自然。因此，這三種類型聲學行爲表現出**訊號**(signaux)的特徵。

中間的層面集中了語言行爲：口哨語言、溫文言語、傷害性言語。這些言語產生於一個或多個人與化身爲人的神之間的對話。無疑，這不是像現在通用的那種口哨語言的情形，但是在有它起作用的兩個博羅羅人神話(M_{292}、M_{293})中，它引起了從文化層面(分解語言的層面)向超自然層面的

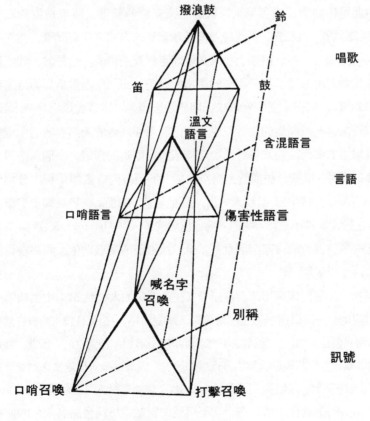

圖 15　聲學代碼的結構

過渡，因為神或精靈利用它來與超自然植物（曾經是唯一生長的植物）或者星辰（它們是超自然存在物）進行交流。

最後，處於最高層面的三種類型樂器屬於唱歌，或者它們本身唱歌，或者它們為唱歌伴奏，它們與說話相對立，就像說話同訊號系統相對立一樣。

儘管這圖表帶暫時的性質（或者說由於這個緣故），它需要作幾點說明。

首先，我們已把撥浪鼓和鼓同笛子關聯並對立起來，儘管前兩種樂器在這些神話中還只是以間斷的方式和可說是偽裝的形式出現。撥浪鼓在 M_{294} 中通過轉換而反轉了過來：新鮮而又充實的葫蘆（而不是乾的和空的），英雄試圖（但枉然）用他的刀按杯球玩具的方式貫穿這葫蘆，然而撥浪鼓由一隻葫蘆穿在一根棒上並永久地固定於其上構成。至於鼓，我們已在對卡利納人用來標示笛子和鼓的召喚的語詞／eti／作語言學評論時遇到過（第328頁），它從本書開卷以來已隱約地出現過。這鼓實際上是個木鼓，用一根空的、一側開裂的樹幹製成：一個與用作蜂蜜的天然容器的中空樹屬同種類型的東西，在許多神話中起掩蔽所或陷阱的作用。一個馬塔科人神話（M_{214}）明確地把一根樹幹上掏空的槽（那裡製備蜂蜜酒）和木鼓相比擬：「印第安人掏空出一個較大的槽，裡面全盛入啤酒。一隻鳥製成了第一個鼓。它徹夜擊鼓不息，天明即飛離，它變成了人」（Métraux：3，第54頁）。這個比擬很快就會取得其全部意義。至於撥浪鼓的語義地位，我將在最後闡釋階段予以說明。

其次，上面已經指出，含混語言（在馬希昆加人神話 M_{298} 中由植物向人英雄說的）是同口哨語言（在博羅羅人神話 M_{293} 中由化身為人的神向植物說的，而我們已表明，這神話與另一個神話相對稱）根本相對立的。因此，我們已將含混語言置於落後於其他語言行為的地位，因為這是一種無法保證交流的亞語言。但在同時，這地位又同溫文語言和傷害性語言保持同等距離，而這完全得力於 M_{298} 的戲劇性手法：在一次不可能的對話中扮演發話者角色的植物意欲溫文；但是，它們發出的消息被受話者收到時卻彷彿是傷害性似的，因

爲受話者向植物報復，爲此把它們摘下扔入庭園。

　　立即就產生了一個問題，即需要知道兩個極端層面能否接納其地位與含混語言在中間層面上所佔地位同系的項。這些神話和儀式似乎提供了滿足所要求條件的項。在獲誘姦者循環中，女英雄召喚動物時有時呼其別稱，而這別稱或者是動物的通名，但被抬高到專名的地位，或者是個修飾性形容詞，僅僅表達說話者的心態。或者，這兩種類型項都帶有混淆的胚芽：在一種情形裡，不清楚這動物是作爲一個人被質詢還是作爲一件東西被唱名；在另一種情形裡，受話者的身份仍不確定。

　　別稱所固有的這種歧異性不管屬於哪種類型，都使別稱同口哨召喚相對立，而口哨召喚的模稜兩可則相反地提供了肖像特徵(在皮爾斯〔Peirce〕賦予這詞的意義上)：在吹口哨召喚獲時，人們實際地復現這種動物的叫喚。我們已經看到（第307頁），塔卡納人神話用口哨的宣告取代口哨的召喚。因此，別稱處於圖表的下面層面上喊名字召喚（當動物具有眞正的專名時）和打擊召喚之間的位置上，並且由於其歧異性而又落在這兩種召喚的後面。

　　現在來考察上面的層面。我們可以指出，南美洲的樂器包括一種其地位也模稜兩可的樂器：鈴，它固定在舞蹈者的腿上，或者一根打擊地面的棒上。鈴用堅果殼或動物蹄製作，用一根繩子串起來，當它們相互碰撞時便颯颯作響。從類型學觀點看來，鈴接近撥浪鼓，後者的響聲產生於葫蘆內含的粒狀物或塊狀物對葫蘆壁的碰撞。但是，從作用的觀點看來，鈴倒是屬於鼓，因爲對它們的搖動——畢竟所受控制不如用手對撥浪鼓所作的控制那樣強——間接地產生於打擊(腿或棒的打擊)。鈴串在原因上是有意向的和間斷的，在結果上是偶然的，因此，像含混的語言一樣，也處於落後地位；不過，由於我們剛才所說的理由，鈴串也同木鼓和撥浪鼓保持等距離。

　　關於鈴，烏依托托人的有些思想間接地證實了上面的分析。這種樂器

在他們的舞蹈中佔居重要地位，與笛子和鼓並列，它被認爲代表著動物，尤其昆蟲：蜻蜓、黃蜂和大黃蜂（Preuss：1，第124－133、633－644頁），它們都發出含混的嗡嗡聲，因爲土著有時用唱出的言語，有時用打擊的召喚標記這種樂器，視地區而定（CC，第384頁註⑤）。

最後，在圖表的三個層面之間，我們可以看到有一個複雜的橫向聯繫網，其中有的相互平行，有的則是斜的。我們首先來看平行的聯繫，它們各相應於稜柱的一條稜。在一條稜上，從低到高依強度遞增的順序爲打擊召喚、傷害性語言和鼓，它們屬於客觀地同噪音範疇有著最純眞親緣關係的聲學行爲類型，儘管不要忘記，乾鼓既是聲音最響的項，又是這個系列中最帶語言性的項：「博羅人（Boro）和奧凱納人（Okaina）的木鼓……用來傳遞關於節慶的日期、地點和對象的消息。擊鼓手不像是在利用一種代碼；他們倒是試圖借助鼓來表示語詞的聲音，印第安人總是對我說，他們用鼓發出語詞」（Whiffen，第216、253頁）。

第二條稜依次組合了口哨訊號、口哨語言和笛子吹奏。這個序列保證了從單調口哨到經過調製的（modulé）口哨，再到口哨的曲調的過渡。因此，這裡是一根音樂軸，訴諸調性（tonalité）概念來規定。

在第三條稜上結合了本質上屬於語言的行爲，因爲，喊名字的召喚是用一個語詞發出的訊號（這同其他兩種相對立），溫文語言則像這些神話所說的相應於對語言的最完全的語言學應用模式（不用說，這同傷害性語言相對立，但也同口哨語言相對立，而我們已看到，口哨語言在一個層面上是超語言，在另一個層面上是亞語言）。至於撥浪鼓，這是所有樂器中語言功能最純粹的。無疑，笛子說話，但是「進行」說話的主要是人的語言（以上第328頁）。如果說鈴和鼓的確向人傳送了神的消息：「鈴大聲向人說話，這裡是在地上」（Preuss，前引著作），那麼，這種功能是同人向他人發出召喚的功能同時履行的：「人們用鼓聲召來他人」（同上）。如果用模仿神的面容化裝過的撥浪鼓來發出神的說話，那麼，這說話該多麼雄辯啊！（Zerries：

3，各處）。按照我們已提到過的卡利納人語言理論，語言的音位（phonème）
在撥浪鼓的表面上被重新安置：「裡面有六根射線的圓圈是五個元音 a，e，
i，o，u，外加 m 的符號……撥浪鼓是一個球，裡面的石塊代表基本意思，
其外表面表達語音的和諧」（Goeje，第 32 頁）。

　　現在我們轉到斜線聯繫上來。在圖表上所畫的稜柱的厚度上，四條對
角線界定了兩個等腰四邊形，它們的頂點相互共用。其頂指向上面的四邊
形在其四個頂點上聚集了全部三種召喚和撥浪鼓，而我們剛才已指出，這
四個項之間存在相關而又對立的雙重關係。現在我們不預言以後的發展，只
要指出一點就夠了：這些召喚導致一種動物即自然存在物出現在人類社會
內部（而且這給它帶來較大的不幸，因為結果要失去女人）。相反，對於社
會來說事屬幸運的是，撥浪鼓導致精靈或神即超自然存在物出現在人類社
會中。

　　另一個頂點朝下的四邊形在底邊上聚集了三種樂器，它的第四個頂點
越過分解語言層面而同喊名字召喚相交，後者實際上構成最帶語言性的召
喚形式。這種構形又回到了前面的說明（第 330 頁）。當時我們說，音樂是
言語的隱喻移位，如同專名是生物學個體的隱喻。因此，如此重新組合起
來的這四個項具有隱喻價值，而其他四個項是換喻價值：撥浪鼓是縮減為
頭的神，它發出的部分性語言缺失元音方面，而相似處全在於輔音方面，因
為它發出的是微小聲音；至於召喚，它們也被縮減，但採取另一種方式，縮
減為談話的一個部分或者一個時刻。這些隱喻的和換喻的方面只是在中間
層面上才得到平衡；實際上，這裡問題在於從本來意義上聽取談話，並且
談話呈三種不同模態，每次都以其整體出現。

III　盜鳥巢者的回歸

我們在一個較爲廣闊的體系的範圍內對蜂蜜神話作了長篇的探討，我們對這個體系還只是勾勒出其輪廓。這種探討把我們引向將我們以爲可以合適地稱之爲「打擊的召喚」和「口哨的召喚（或應答）」的兩者關聯並對立起來。但在事實上，「打擊的召喚」早就引起了我們的注意；正是圍繞第一批蜂蜜神話之一，我們已討論過它。

因此，現在我們回到《生食和熟食》的第 135-136 頁。特雷諾印第安人的一個神話（M_{24}）乃關於一個男人，他發現妻子用經血毒他。（特雷諾人屬於定居於玻利維亞、巴拉圭和巴西接壤處的查科西北部的南方阿拉瓦克人。）他出發去尋找蜂蜜，他把蜂蜜同蛇胎肉混合起來，這些蛇取自一個在樹腳下被殺死的女人的身體，那棵樹上也有蜜蜂。這妻子在吃下了這混合物之後，變成了花豹，追獵她的丈夫，而爲了逃避她，他扮演了 M_1、M_{7-12} 中的盜鳥巢者的角色。在這食人女魔追逐他向她放去的鸚鵡而奔跑時，這男人跳下樹來，朝一個坑的方向逃，他妻子跌入坑中被殺死。從她屍體中生長出了煙草。

我已介紹過這個神話及其馬塔科人異本（M_{22}）和托巴－皮拉加人異本（M_{23}），以便表明存在一個循環，它從（花豹的）破壞性火到煙草，從煙草到肉（通過 M_{15}、M_{16}、M_{25}），再從肉到烹飪用的因而是建設性的、獲自花豹的火（通過 M_7-M_{12}）。於是，這循環規定了一個閉合的神話組，其運作爲花豹、野豬和盜鳥巢者（CC，第 114-145 頁）。當時沒有必要指出 M_{24} 的一個細節，而現在由於上述考慮，應當把它放在突出位置：「爲了較容易地找到蜂蜜」，這英雄把兩只拖鞋相互拍打；㉔換句話說，他向蜂蜜致以「打

擊的召喚」，這給他帶來不僅得到蜂蜜，而且得到蛇的結果。我們將可看到，其他一些神話對這種做法作出反響。現在我們沒有什麼觀察資料似乎可以用來直接證實這種做法的象徵意謂。那麼，這象徵意謂可能是什麼呢？

玻利維亞東部的塔卡納人的許多神話〔我們在本書開始時已部分地利用過($M_{194}-M_{197}$)〕把兩個神兄弟埃杜齊同帶著一個小鼓的 melero（在巴西：irára, *Tayra barbara*）聯繫起來，每當他們（或她們）擊鼓時，鼓就作響。爲了防止其女兒受到虐待（然而，這是罪有應得，因爲這兩個女兒或者作爲妻子或者作爲廚娘都背叛了丈夫），melero 把她們變成金剛鸚鵡。這就是塔卡納人祭師的禮儀鼓的起源，它用 irára 的皮繃緊製成，在作祭儀時擂響，以便向埃杜齊通報(Hissink-Hahn, 第 109－110 頁)。因此，這裡蜂蜜尋覓（如其西班牙語名字所表明的，melero 是蜂蜜的主人㉕）和一種打擊召喚之間也表現出聯繫。

不管包括塔卡納人的巨大文化和語言群體是否屬於阿拉瓦克人族系——因爲這是個有爭議的問題——都有跡象表明，這個群體的西北鄰操阿拉瓦克語，東南鄰是一支也屬於阿拉瓦克人的古老民族的後裔，特雷諾人是其最近的遺族。實際上，一切似乎讓人覺得，剛才回顧的那個特雷諾人神話構成了一條紐帶，它聯結典型的查科煙草起源神話和一個卡塔納人神話組，在這個神話組中，英雄成爲盜鳥巢者，但如我們所能判斷的那樣(這裡涉及三個世紀裡始終同基督教保持聯繫的一組神話)，它更是關涉狩獵和烹飪儀式的起源。就這個關係而言，這些塔卡納人神話又回到了我們在第一篇（Ⅲ，2）中已研討過的熱依人神話，其女英雄是個痴迷蜂蜜少女，而在特雷諾人神話中，這角色給了英雄的妻子。塔卡納人神話和熱依人神話

㉔查科地區各個群體大都知道使用木底或皮底的拖鞋。

㉕即將重又出現的食蟻獸在有些西班牙語地區也稱爲 melero 即「蜂蜜者」或 col-menero 即「養蜂者」(Cabrera e Yepes, 第 238－240 頁)。

之間的類似性也爲一個在各處一再出現的關於食蟻獸起源（代替花豹起源
〔查科〕）或花豹食性起源（熱依人的烹飪用火起源神話，M_7-M_{12}）的挿段
所證實，因爲我們已獨立地證明(CC，第 253-256 頁)，這些動物在一個對
偶內部反轉。

M_{300a}　塔卡納人：盜鳥巢者的故事

一個印第安人是個差勁的獵手，但農業上卻是本家。他和妻子、妻
子的母親和兄弟一起生活。妻子一家待他不好，因爲他從來沒有帶回
來獵物，他只供給他們甘薯、玉米和香蕉。

一天，他的姻兄弟叫他爬上一棵樹，藉口到那裡可盜取金剛鸚鵡
的蛋；然後他們砍斷了他用以爬上樹的藤，事先再拍打樹根，以便把
／ha bacua／即蟒蛇(*Boa constrictor*)引出中空樹幹，想讓它吃掉他們
要迫害的人。

這人蹲在一根樹枝的端末（或是掛在被砍斷的藤上），又餓又累，
抵抗蛇的攻擊，整整一天一夜〔其他版本：3、8 或 30 天〕。他聽到一陣
雜音，**他起先以爲是一個尋覓蜂蜜的人的聲音**〔著重號爲我所加〕，但
這實際上是樹精德亞伏亞韋(Deavoavai)在用他有力的肘（或用棍棒）
猛擊大樹的根，以便趕蟒蛇出來，可以吃它。樹精射出一支箭，變成
藤。這人利用這藤垂下地面，但他爲救命恩人給他安排的命運擔心。這
時德亞伏亞韋殺了蛇，帶著巨大的蛇肉，叫這人跟著他，伴陪他一起
走向他的居所。

這樹精住在大樹根的下面。他的房子裡堆滿了肉，他的妻子〔據這
些版本爲貘或蛙〕出來，答應給這被庇護者去除懶惰，它妨礙他成爲一
個好獵手。樹精實際上從他身體上取出了作爲懶惰化身的臭氣或軟肉
塊〔據這些版本〕。

德亞伏亞韋送給這新生的英雄以用之不竭的給養。他還外加一個
碟子，專門用於盛放用魚〔樹精用漁毒捕獲的，或者通過用手背打擊
腿而漁獲的〕和蛇心脂肪混合而成的劣食。吃進這種壞食物，就會先
變成金剛鸚鵡，然後變成／ha bacua／，過了幾天，德亞伏亞韋就殺了
這蛇金剛鸚鵡吃掉(Hissink-Hahn，第 180－183 頁。第 2 版，第 183－185
頁〔它把姻親屬減少到兩個姻兄弟〕)。

在考察第三個更為複雜的版本之前，我認為先清掃一下地面，也就是
作幾點說明，是有益的。

塔卡納人神話和特雷諾人神話的親緣關係是毋庸置疑的。在這兩種情
形裡，都關涉一個受虐待（肉體上或道義上）的英雄，虐待者是一個姻親
（妻子）或幾個姻親（妻子的母親和兄弟），這英雄在無疑是不同的境遇裡
淪為受食人獸（花豹或蛇）迫害的盜鳥巢者。在一種情形裡，姻親因攝入
蜂蜜和蛇的混合物而變成食人獸；在另一種情形裡，攝入魚和蛇脂的混合
物，引起姻親轉變成食人獸的同類。打擊的召喚到處起作用：為了獲得蜂
蜜，外加小蛇；為了獲得魚，把它同蛇的脂肪相混合以取代蜂蜜；為了獲
得大蛇。塔卡納人神話的本文進一步加強了這種聯繫，因為樹精德亞伏亞
韋的打擊召喚首先是由英雄賦予蜂蜜尋覓者（特雷諾人神話中情形實際上
就是如此）。但是，如果說這是個單純的蜂蜜尋覓者，那麼，後者就不能拯
救英雄，因為這種絕望的情境需要超自然的干預。因此，樹林主人德亞伏
亞韋(Hissink-Hahn，第 163 頁)作為技術和儀式的首創者有如一個超級蜂蜜
尋覓者，所以它搜尋的金剛鸚鵡本身屬於高功效的高級蜂蜜。反過來，印
第安蜂蜜尋覓者由於功效較低而處於樹林主人的地位。

一個托巴人神話(M_{301})說到一條巨蛇，它引起了蜂蜜尋覓者用斧砍樹
開裂的聲響。它要他們把新鮮蜂蜜直接放入它的口中，並把他們吞吃掉。這
蛇大聲宣告：brrrumbrrummbrum! (Métraux：5，第 71 頁)。如同我們的資

料所記錄的，這聲響使人想起菱形體(rhombe)的聲響；我們還將回到這一點上來。同樣，塔卡納人神話的食人蛇也在趨近時叫喊或吹口哨，它們也爲刮風時樹葉的颯颯作響所激發。由這一切描述可知，打擊召喚和口哨應答或召喚間的對立因而在不連續噪音和連續噪音間對比這個更大的花園內也成立。

作爲特雷諾人神話的轉換，這個塔卡納人神話也是盜鳥巢者神話(M_1)的轉換，在這種對前一卷裡已沿另一個方向詳盡考察過的神話總體作的匆匆瀏覽（這一卷迫使我們這樣做）中我們已顯然可以說垂直於M_1地達致那另一個神話。M_1和M_{300a}是同樣的出發點：姻親間的衝突，那兒是父親和兒子（博羅羅人社會是母系制的），這兒是妻子的兄弟和姊妹的丈夫（因此，涉及到M_1的熱依人轉換，但以角色反轉爲代價，因爲現在充任盜鳥巢者的是姊妹的丈夫，而不是妻子的兄弟）：

	盜鳥巢者：	**迫害者：**
博羅羅人(M_1)：	妻子的兒子	母親的丈夫
熱依人($M_7 - M_{12}$)：	妻子的兄弟	姊姊的丈夫
塔卡納人(M_{300a})：	妹妹的丈夫	妻子的兄弟

這種「轉換中的轉換」在故事的展開中又伴隨著另一個轉換，而這一次是把塔卡納人神話同博羅羅人和熱依人神話對立起來，就像我們所能期望的那樣，因爲塔卡納人與博羅羅－熱依人總體不同，是父系制的(謝倫特人除外，在他們那裡，可預見的轉換表現在另一根軸上，參見CC，第255－259頁)。因此，博羅羅人神話和熱依人神話之間僅從這個角度所看到的差異並不表現眞正的對立。

其實，在博羅羅人神話和在熱依人神話中，到達樹梢或懸崖頂上或者

到達石壁半高處的英雄所以不能再下來，是因為留在地面的同伴撤走了用以登上去的豎杆或梯子。塔卡納人神話中的情形遠為複雜：借助一根藤，英雄爬到一棵大樹的頂梢；其時，他的同伴在攀緣另一根藤或者近處一棵小樹，從那裡在相當高處砍斷前一根藤；此後，他又下來，而按一個版本的說法，他甚至想砍斷他用以犯罪的那根藤。第三個版本將這兩個程式結合起來：英雄首先爬上一棵棕櫚樹的高處，從那裡可以抓到一根藤，他再藉此向上爬到一棵更大的棕櫚樹的頂梢。接著，他的姻兄弟通過砍斷這棵棕櫚樹而切斷他的後路。

由此可見，這個塔卡納人神話想混淆博羅羅人和熱依人神話所構想的兩個人間的簡單關係：一個在上面，一在下面；為了達到這個目標，它發明了一種複雜的方法，按照這方法，主人公之一停留在高處，而另一個則應當幾乎與他會合，然後再下來。這不可能事出偶然，各個主要版本在這一點上顯得用心良苦。此外，這題材在緊接著的一個插段中再次出現，並得到開掘，在這個插段中，英雄試圖避開蛇，後者爬上樹去要同他會合。為此，他沿著被砍斷的藤盡可能往下面去，以致這一次英雄處於相對地低的位置，而那新的迫害者處於相對地高的位置。㉖

一個轉換總體立刻就顯現出來，但是，它不同於博羅羅人神話和熱依人神話。

像在博羅羅人神話中一樣，在塔卡納人神話中，英雄也得到一根藤救助，不過他按兩種對立的方式使用它：或者一直上升到岩壁頂端（高中之高），或者懸吊在下端（高中之低）。儘管有這個差異，藤的應用在這兩個神話之間還是建立起了某種親緣關係，人們甚至試圖根據在這兩個神話中實際上相同的一個插段來找到它們的共同起源，但似乎不強加給組合的聯結。

博羅羅人英雄在遭到兀鷹攻擊而失去了後背部以致不能進食之後，記起了外祖母講過的一個故事，那裡利用植物果肉做的一個人造屁股克服了

這個困難。不過，在一個即將扼述的版本(M₃₀₃)中，塔卡納人的英雄記起外祖母給他說過的話，告訴他如何適當地召喚樹精，求助後者來救他。因此，在這種情形裡，由一個外祖母教授的時而是肛門的，時而是口腔的行為通過一個神話作用於另一個神話。為了說明博羅羅人神話和塔卡納人神話之間不僅有邏輯的而且有實際的親緣關係，採取這樣的敍述方法，是相當罕見的。

沿這個方向還可以走得更遠。通過把 M₁ 與其他博羅羅人神話相比較，我們已提出了一個假說：它的英雄是個「幽居者」，即一個將近達到印第安

㉖正是由於這種反轉，這個塔卡納人神話無疑應當能夠把盜鳥巢者題材同訪問地下世界的題材聯繫起來。一個版本(M₃₀₀ᵦ)說，一個印第安人非常好吃懶做，他的姻兄弟（妻子的兄弟）疲於向他供食，決心擺脫他。這姻兄弟叫他**用一根藤**下到一個犰狳的地窟中去，藉口叫他去捉這動物，然後，他堵塞入口，跑掉了。這人受到了犰狳的接待，並結識了∕Idsetti deha∕即侏儒，他們沒有肛門，只吃湯和食物氣味。不管英雄無法向侏儒提供所需要的口孔，還是侏儒討厭看到他排泄，呼吸難聞氣味，他反正被犰狳又送回到親人中間。犰狳在此之前教給他打獵的方法，即浸入一個沸水鍋內，再從鍋底出來，而水同時流過他身體。這獵人於是來到一個獵物豐富的地方，在那裡，他毫無痛苦地殺死了動物，燒烤它們的肉，在他自己從鍋子中出來之後，他妻子把烤肉從裡面取出來。壞心眼的姻兄弟想仿效他，但因為他不具備犰狳給予的魔梳而被燙死（Hissink-Hahn, 第 351－355 頁）。

我們將注意到，博羅羅人神話 M₁ 的英雄是個盜鳥巢者，兀鷹吃掉了他的後背，以致他無法留住攝入的食物：這是一個（過分）開孔的角色，而 M₃₀₀ᵦ 的英雄即犰狳開鑿者是個鑽孔的角色，它相對於(過分)堵塞的角色即侏儒來說是(充分)開孔的。煮肉轉換成烤肉，或者更確切地說，烤肉以煮肉為中介，提出了一些問題，不過，現在還沒有到探討它們的時候。

青年加入成人社會的年齡的男孩，他拒絕脫離母親的和女人的世界。然而，塔卡納人英雄最初的過失何在呢？在一個真正農業似乎屬於女人的社會裡 (Schuller; Farabee: 2, 第 155 頁，這裡是蒂亞蒂納瓜人〔Tiatinagua〕，他們是塔卡納族系的一個亞群)，它表現一個無能的獵人，但卻是田裡農活的專家；因此，他扮演女性的角色。這樣，他使姻親落空，以功能觀點看來，姻親從他那裡除了以往他們從女人那裡得到過的以外再也得不到什麼（尤其是其他什麼東西），而他們是屈從於女人的。這神話通過訴諸與種族態實際 (Farabee: 2, 第 156 頁) 相反的從母居，加強了這種解釋。

另一個塔卡納人神話考察了一個女人扮演男性角色的對稱假說：

M₃₀₂　塔卡納人：痴迷肉的女人

從前有個女人，她想吃肉，但她丈夫是個壞獵手，總是空手而返。因此，她決定獨自去打獵，循著一頭鹿的蹤跡出發，但她一連多日追尋不得，它是一個男人變的。後者試圖說服她相信，像她丈夫為了讓她改變主意而對她說過的那樣，鹿跑得太快，她是趕不上的；他還向她求婚。但是，這女人決定回到她的對話者告誡她永遠也到不了的地方。

事實上，她打獵還不足三天，但自以為已有三年。人鹿又追上了她，用叉角把她刺死，把屍體扔掉，花豹只吃了屍體的一點點皮，屍體變成了一片茂林，長滿了沼澤植物。她頭髮裡的蟲卵變成了野生稻，她的腦產生了白蟻和白蟻巢。

最初為妻子的自信感到快活的丈夫最後出發去尋她。他一路上遇到許多捕食性猛禽，它們告訴他噩耗。它們還說，將來每當有人從一個四周長滿沼澤地雜草的白蟻巢經過時，白蟻就會發出口哨聲。這人不顧猛禽的勸告，仍繼續搜尋。他來到一條大河岸邊，跌進了河水中，

淹死在河底的淤泥裡。從他的屍體中產生了兩頭水豚，一公一母，身上散發出強烈的氣味。這就是這些動物的起源（Hissink-Hahn，第58-59頁）。

這個神話引起我們雙重的興趣。它使我們得以跨過相當大的距離，把查科神話（托巴人，M_{213}；莫科維人，M_{224}）和委內瑞拉神話（瓦勞人，M_{223}）聯結起來，它們關涉一個或多個遭受挫折的和（或）倔強的女人，後者變成水豚。無疑，是丈夫現在經受這種向水生動物的變形，而妻子變成水生植物（由於一些尚待發現的原因，水生植物之外還有沼澤地中吹口哨的白蟻）。[27]博羅羅人盜鳥巢者神話（M_1）起了補救作用，以便解釋轉換系統的這個歧異。

實際上——這也是第二點——這兩個神話部分地相混合，因為兩處都是一個姻親（妻子或父親）因不忠於職守即拋棄丈夫或兒子而遭到類似的懲罰：被鹿角刺死，被食人動物（花豹或比拉魚）吃掉；其餘（周邊的東西：皮膚、蟲卵、腦；或者中間的東西：內臟）則產生沼澤地植物。如果說這個塔卡納人神話把與打獵的妻子分離的男人變成水豚（這男人不管猛禽的勸告而固執地要同她重逢），那麼，這是採取了另一個博羅羅人神話（M_{21}）的方式，在後一個神話中，打漁的女人與丈夫分離（丈夫願意留守），她們使丈夫變形成豬。塔卡納女人不肯聽從人鹿的告誡，而人鹿使她供給了肉。在M_{21}的一個版本中，博羅羅女人由水獺供給魚，它們是男人，因為她們聽從它們的告誡（Rondon，第167頁）。

當我們在《生食和熟食》中比較博羅羅人和熱依人關於野豬起源的神

---

[27]這種變形始終是過分的：這裡一個女人想成為男人，別處（M_{256}）一個男人試圖利用其長陰莖而成為超男人，甚或一個嬰孩表現出駭人的刻毒（Hissink-Hahn，第81-83、192-193頁）。

話時，一個社會學性質的轉換使我們得以對我們的差異加以還原。在熱依人那裡從姻兄弟和姻姊妹之間通過的一條潛在的斷裂線在博羅羅人那裡處於妻子和丈夫之間：

$$〔熱依人〕(\triangle \not= \bigcirc = \triangle) \Rightarrow 〔博羅羅人〕(\bigcirc \# \triangle)$$

如果我們有理由從塔卡納人神話追溯到一種鮮爲人知的社會結構，它在現實中已再也觀察不到，那麼，我們在這些印第安人那裡便面臨第三種類型經驗情境，而在事實上它是在向其他兩種情境炫示自己。在這種情境的起源上，看到的不是緊張狀態，而是自願趨同，它消弭兩性間的技術偏頗：男人想當像妻子那樣的耕作者；女人想當丈夫那樣的獵人。無疑，這種無差別的慾望導致斷裂，但它是派生性的，因爲這次(M_{300a})它處於妻子的丈夫和妻子的兄弟之間，它不願在姊妹的丈夫身上看到妻子兄弟的一種簡單對應者：

$$M_{300a} \left| \begin{matrix} \triangle & \not= & (\bigcirc) = \triangle \end{matrix} \right| \Rightarrow M_{302} \left| 獵物 // (\triangle) \equiv \bigcirc \right|$$

（依據轉換：**姻兄弟**⇨**獵物**，參見 CC，第 114-126 頁）

M_{21} 和 M_{302} 分別利用的動物對偶比較出色地訴諸塔卡納人思維在兩性對立上的歧異性，因爲它所運用的動物是混合的：

博羅羅人(M_{21})：　魚　　　　‖　　　　豬

塔卡納人(M_{302})：　　　　水豚‖鹿

實際上，M_{21} 的博羅羅女人捕獲的魚完全在水的一邊，她們丈夫變成的豬完全在地的一邊，除了同爲冥界動物之外。但是，水豚作爲兩棲的齧齒動物說明了水（地上的）和地的結合；然而，在博羅羅人（Colb.：1，第 23 頁）、吉瓦羅人（Karsten：2，第 374 頁）、蒙杜魯庫人（Murphy：1，第 53 頁），尤帕人（Wilbert：7，第 879 頁）、瓜拉尼人（Cadogan：4，第 57 頁）等等看來是雌性動物的鹿──就此而言也同作爲雄性動物的豬相對立[28]──同大氣

天空相親合，例示了水（天上的）和地的結合。也許可以按照和塔卡納人的食人獸一樣的方式進行解釋，它取代「盜鳥巢者」神話中的熱依人花豹，即也是混合的：蛇鸚鵡，從而實現了地和空的結合，並且像 M_{302} 中的鹿一樣也面對一個反對者，但後者並不意味著放棄另一形象，因爲它時而是男人，時而是女人。

這一切假說有一個特徵，可以稱之爲神話演繹性；它們建基於康德意義上的批判之上，即對神話總體作批判。我們可以問：在哪些條件下，一種被認爲是未知的社會結構適合於產生這些神話；而且，我們也不抱這樣的錯覺：這些神話可能僅僅反映這結構。但是，儘管我們對塔卡納人的古代制度知之不多，但還是可以找到我們假說的某些證據，它們至少使我們能假定這假說具有眞理性。

塔卡納人群體的各個部落實行一種少男少女成對入會式，其儀式爲傷殘身體，似乎認爲這樣可以證實兩性雖有表面上的差異，但卻是等價的。同一把竹刀用來切割少男的一點點陰莖，開裂少女的處女膜(Métraux：13，第446 頁)。犯了該責備的行爲，男女同樣要受懲罰，如果是女人，處以螞蟻刑，如果是男人，則處以黃蜂刑(Hissink-Hahn，第 373 – 374 頁)。儘管卡維納人禁止女人看偶像和祭品，但女人享有吹奏笛子的特權，而男人只許唱歌 (Armentia，第 13 頁)。這種對於儀禮平等主義的關懷促進了男女可交換性的觀念，而塔卡納人神話似乎朦朧地汲取了這個觀念。

此外，如在禮儀和神話中以不同方式表現出來的這種特定的二元性也可以用塔卡納人 (以及他們毗鄰的帕諾〔Pano〕語群體) 的位置來解釋，他們處於熱帶森林文化帶(basses cultures)和安第斯高原文化帶的交界處。如果說我們這次已考察過的神話跟查科神話如巴西中部神話有許多共同之

㉘不過，這種對立的形式並不是恆常的，因爲科吉人認爲豬和犰狳是雌性動物，其理由爲這些動物在地上勞動 (Reichel-Dolmatoff：1，第 270 頁)。

點，那麼，它們也有不同之處，因為在各個塔卡納人版本中有一個主角是神，他是在文化帶各部落那裡無對等者的複雜衆神的成員，其中有些成員甚至取蓋丘亞(quechua)語名字。在十七世紀，尚有塔卡納人在一些孤立地點發掘出來的方形廟宇中的祕魯文物（Métraux，上引著作，第447頁）。

由於把這些神祇召來充任角色，所以神話功能全都等於出格了；不過，這種向上的滑移並未招致應當保持確定的功能遭受擾亂。塔卡納人神話可以說避免了這種事態，爲此它們用兩個半項對應一個功能。例如，我們現在來考察這樣的轉換：被花豹吃的金剛鸚鵡（在熱依人神話：M_7-M_{12}中）轉變成被一條神吃掉的蛇（在塔卡納人神話：M_{300a}、M_{303}中），因此，這轉換例示了塔卡納人對熱依人花豹（作爲虛幻的食人獸和眞實的救助者）作的轉換。這組轉換不是同種性質的，因爲金剛鸚鵡向蛇的轉換構成了塔卡納人神話的一個**內在插段**，而花豹向神的轉換產生於借助熱依人神話對這個神話作的一種**外部運作**。爲了克服這個困難，得出這些神話的實際等當關係，應當認識到，由於一個神的主人公侵入塔卡納人系列之中，因此，三個塔卡納人項和兩個熱依人項之間按照下列公式建立起對應關係：

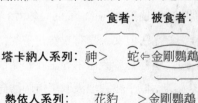

食者：　被食者：

塔卡納人系列：　神 ＞　　蛇 ⇐ 金剛鸚鵡

熱依人系列：　　花豹　　＞金剛鸚鵡

實際上，在塔卡納人系列中，神是食蛇者，蛇是食人者，儘管首先變成金剛鸚鵡然後變成蛇的人本身被神食。在熱依人系列中，花豹取代蛇（作爲虛幻的食人獸），而其行爲如同神（眞實的救助者），金剛鸚鵡被花豹食，其方式則一如在塔卡納人那裡蛇金剛鸚鵡之被神食。

我們也許在此窺破了塔卡納人的蛇所以在邏輯上是混合動物：蛇和鳥的深刻理由。作爲蛇，它反轉了熱依人神話的一個項（因爲它從屬於一個

階次更高的項），作為金剛鸚鵡，它複製了另一個項。但是，更重要的是，我們再次證實，結構分析有助於歷史重構。實際上，研究塔卡納人的專家承認，這些印第安人可能起源於東部：因此，他們來自文化帶的一個區域，很晚才受安第斯影響，後者把其眾神置於更古老的基礎之上。我們的解釋沿著這個方向是很確切的。根據我們已提出的其英雄為盜鳥巢者的博羅羅人神話和塔卡納人神話之間的首要差異，我們還可以補充說，後一個神話為了確保英雄被隔離而採取的複雜方法可以很容易地得到解釋，如果這神話產生於博羅羅人神話和熱依人神話的一個相應插段之被轉換的話。由於要服從一個附加約束，所以這種複雜性就成為不可避免的。既然如此，如果說它是一次反向轉換的結果，那麼，它便顯得是不必要的，也是不可思議的。

現在回到我們的出發點上來。這個出發點就是 M_{300a}，它轉換了三個神話或神話組：$\{M_1\}$、$\{M_7-M_{12}\}$、$\{M_{22}-M_{24}\}$。現在可以再添加上第四組神話 $\{M_{117}, M_{161}\}$，理由是它具有雙重題材：一個囚在樹梢上的可憐英雄轉變成了好獵手，他成功地靠一根藤（在塔卡納人神話中，它也是**一種無花果**，Hissink-Hahn，第 178 頁；參見 CC，第 240 頁註⑲）下得樹來，而後者的出現乃靠魔法的神力。

然而，這後一方面又回到了第五組神話，在本書中已對這組神話作過詳盡分析，它源自圭亞那地區（$M_{237}-M_{239}$）。出發點是一樣的。一個卑賤的獵人按從母居方式生活；他的姻兄弟試圖把他交給一個食人妖怪，由此擺脫他。一個化身為蛙（在塔卡納人版本之一中作為超自然保護者的妻子）的超自然保護者給他去除腐爛（在塔卡納人那裡是臭氣），它是他厄運的根源，並送給他神箭（在圭亞那這種箭無需瞄準就可以射，或者在塔卡納人神話中它們裝有鈍頭）。因此，如果說盜鳥巢者在博羅羅人那裡是水的主人，在

熱依人那裡是烹飪用火的主人，那麼，在塔卡納人那裡，並且仿照圭亞那的英雄，他以狩獵主人的面貌出現，狩獵同水（爲了煮）和火（爲了烤）具有同樣身份，甚至烹飪的存在也取決於它（烹飪需要肉作爲材料，就像需要火和水作爲手段一樣）。

塔卡納人盜鳥巢者神話有一個版本充分說明了這個新功能。我們迅速帶過它的第一部分，後者相當精確地重複 M_{300a}。同時可以指出，保護神在此名叫奇伯特(Chibute)。從我們感興趣的觀點看來，這個差異可以忽略不計，因爲作爲德亞伏亞韋的姊妹和一個人猴的兒子(Hissink-Hahn，第 158－162 頁)，奇伯特同他的母舅構成一個半狄奧斯庫里對偶，它的兩個項可以容易地交換：「儘管在塔卡納人的衆神中作爲不同的身份出現，但奇伯特和德亞伏亞韋在此是互補的，他們起同樣的語義功能，這就允許我們採取這樣的記法：奇伯特／德亞伏亞韋，用以標示這個雙重角色」（同上著作，第178 頁）。在英雄的岳母吃了有魔力的食物，變成了蛇／ha bacua／之後，她的丈夫在兒子陪同下出去尋找：

M_{303}　塔卡納人：少男少女的教育

三個男人迷了路，遇到了野豬，兩個兒子跟隨這些動物走了，變成了它們的同類。英雄的岳父繼續去尋找。他餓了，吃掉了左臂。突然，奇伯特出現了，指斥他的邪惡，對他說，他再也回不到人間，並把他打死。他變成了大食蟻獸，漫無目的地在地上到處遊蕩，沒有妻子地生活，獨自養兒育女。

英雄爲妻子的眼淚打動，現在出發沿著岳父母的蹤跡前進。奇伯特向他指示被罰餓死而已變成蛇的老嫗以及食蟻獸，還教他不用弓箭而用打擊殺死食蟻獸。可是，這英雄表達了渴望成爲獵人的願望，奇伯特教他如何用黃梅笠巴西櫚（種名 *Guilielma*）的樹幹的朝東部分做

弓，㉙以及如何做弦和兩種類型箭。實際上，這人成了最優秀的獵手。

　　人們把後進的學生托付給他，他在奇伯特的幫助下教他們。對於這第二代，神對魔法施加了某些限制（限制一年製造兩支箭），但又增加了其他一些技術。這樣，狩獵技藝就從作爲超自然的贈予物過渡到世俗的實用技藝，並附加了各種各樣注意事項，神話對之一一作了詳細説明，以便可以無論巨細地遵照它們。因此，這裡加以扼述：夜裡用充過灌木／emarepana／（不知名）葉子的香氣的水洗身，這香氣在樹林中散佈，㉚第一個出現的獵物必須射殺，獵物的胃給予老師的妻子，其餘的肉給獵人的老父母。獵人決不把肉奉獻給老師，而是幫助他種植……

㉙加利福尼亞的尤洛克人作過類似的規定，他們只用紫杉木做弓，據有些傳述者説他們採用樹桿朝向斜坡高處的部分，據另一些傳述者説則是朝向河流的部分。克羅伯(Kroeber)就這種規定以揶揄的寬容作過評述：「這裡很有些讓人難以預測的約束，這些印第安人崇敬地以之自律」（載 Elmendorf, 第 87 頁，註⑩）。但是，甚至在法國，而且在當代，利穆贊的製籃匠也知道，栗樹木桿是否容易製作，要視木材來自山脚還是山坡，甚或山坡的朝向而定(Robert, 第 158 頁)。事實上，一種知識的理由會是我們所不了解的，因此，它不會自動淪爲迷信。

㉚圖納博人(Tunebo)用芳香的樹根吸引鹿，庫納人把一種稱爲／bisep／的植物用於同樣目的 (Holmer-Wassen, 第 10 頁)。弗吉尼亞的印第安獵人用當歸根——即 the hunting root〔「獵根」〕——擦身體，而且與習慣相反，他們其時置身於鹿的嗅覺之下，以確保香氣趨近鹿(B. G. Hoffman)。在這種情形裡，問題似乎也在於一種實證的技術，而不是一種巫術的信仰。對於謝倫特人的一種習慣還不敢這樣説，他們習慣給小男孩耳垂鑽孔，以便串上輕的小木棒，旨在使他們成爲好獵人，並能抵禦疾病 (Vianna, 第 43–44 頁)。

　　年輕獵手有兩個姊妹，其中年長的引起英雄兒子喜愛，他想娶她爲妻。奇伯特用手捂成一個傳聲喇叭，用叫聲 huu! huu! 作爲儀式重又把人們召集起來。他解釋説，求婚者應當在未來岳父母門口堆上木柴，如果姑娘答應，她就會把它們儲存起來。婚禮按照奇伯特頒布的儀式進行，神話對此作了詳細描述。

　　當這女人懷孕後，她教公公如何預先識別嬰兒性別，要注意什麼，以便分娩容易，男孩強壯。爲了使男孩夜裡睡覺時始終不哭，不要壓他的頭，等等。神話還列舉了其他規定或禁忌。我們簡單枚舉如下：在添加有藤／rijina／（不知名）的汁液的水中沐浴；禁食紅吼猴的肉（對於母親）、花豹的肉或黑吼猴的尾巴（對於兒童）；禁止觸摸林鳥的藍蛋以及長吻浣熊的腳板（對於兒童）。接下來的訓誡係關涉箭的製造、狩獵技術、可藉以在樹林中認路的指標、獵物的烹飪（烤紅肉、燉豬胃）。[31]

　　奇伯特始終以英雄爲中介，然後教給年輕夫婦紡紗、織造和用／caripé／樹（金藤壺貝；參見 Whiffen，第 96 頁和註[3]）的樹皮灰清除陶器油污等技術。

　　〔考慮到 M_{302} 的吹口哨白蟻，指出下面兩點就很令人感興趣：丈夫通過砍伐用於製造軸杆的木材而**吹起口哨來**；用於支承軸以使軸轉得快的板被妻子用由丈夫預先點火燒的**白蟻巢**的灰遮掩起來。〕

　　在奇伯特召來蜘蛛教這少婦紡紗之後，他又親自負責教她製造帶附件的織機，製備染織物的設施，裁縫男女服裝。他還説，獵人應當

[31]這種對內臟作的不同處理使人記起惠芬對伊薩河和賈普拉河之間地區的各部落所做的觀察：「按照印第安人的說法，只有動物吃獵物的肝、腎和其他內臟，人把它們燒湯或者燉煮」（第 130 頁，亦見第 134 頁）。因此，不能烤或熏的肉塊仍是可以食用的，條件是應當加以燒煮。

佩戴某些羽飾，帶上一個獵物袋，內裝許多大動物的胃或肝中包含的毛髮、石塊和油脂，要小心地把野豬的肝埋在它被捕殺的地方（以便其同類回到那裡），送給野豬頭領一個皮袋，上面織有象徵性的裝飾花邊，以使這頭領不離群，但把它安置在獵人們大量捕殺動物的含鹽地方。㉜

　　狩獵問題這個部分結束於指出各種預示成敗的徵兆。此後，神轉到捕魚上來，他要求使用弓和沒羽箭，這種箭採用上等材料按適當技術製造。攔魚柵、捉魚籠、漁毒製備、魚的運送和烹飪等都作了詳盡討論。最後，這神話結束於優秀獵手的體育戒規：每天洗澡，對準白蟻巢練習射箭（但僅在月亮趨圓時）；食物禁忌（豬腦、魚肝）或規定（*Ateles* 和 *Cebus* 猴的腦、∕pucarara∕和龜的心，生吃）；好習慣（絕不吃放在白蟻中的剩餐）；製備和攜帶物料的正確方法；紋身，等等。神話在結束這一切教導時，奇伯特還補充了許多別的指示，英雄應當把它們傳給子子孫孫（Hissink-Hahn，第 165－176 頁）。

　　如果這表列完全了，那麼，該是怎麼樣啊！因為，哪怕是這種殘篇形式，這神話中包括的種族誌材料也不是一個觀察者在一個部落中待上幾個月所能收集到的，除非他待上幾年。每個儀式、規定和禁戒都證明進行批判的和比較的研究是合理的。我們現在只是給出了一個例子，而所以選擇它，是因為它比諸他例子更直接地與這裡進行的分析相關。

　　為了識別還在懷中的嬰兒的性別，神規定父母核對他們的夢。如果兩人全夢見圓的東西，如格尼帕樹（*Genipa americana*）的果子、motacú（一

㉜這個段落證明了 CC 第 146 頁上的一個推論，在那裡我們已提出了這樣的假說：野豬同時被看做為肉和肉的主人。尤拉卡雷人（Yuracaré）那裡也有同樣的狩獵戒規。

種棕櫚樹：種名 *Attalea*）或者巴西椰樹（另一種棕櫚樹： *Euterpe oler-acea*），那麼，將生兒子；如果夫婦倆夢見長的東西：甘薯根或香蕉，那麼，生女兒。

　　無疑，屬於我們文化的人進行自由聯想，給出的結果正好相反：圓東西預兆女孩，長的預兆男孩。但是，不難證實，按照通例，南美洲印第安人不管採用什麼詞彙，其性象徵都同塔卡納人同系，因而與我們相反。這裡還有些例子也是關於未來嬰兒的性別。圭亞那的韋韋人說，如果聽到啄木鳥吹出口哨聲／swis-sis／，那麼，這嬰兒將是男孩；但是，如果這鳥發生打擊聲／tororororo／，那麼，是個女孩(Fock，第 122 頁；參見 Derbyshire，第 157 頁)。在赤道，卡蒂奧人刺激鳥的翕：雙腳前進作還擊狀，預示女孩，單腳邁前則預示男孩(Rochereau，第 82 頁)。這種象徵近似於亞馬遜木鼓的分類：發低音的大木鼓是雌的；發高音的小木鼓是雄的（Whiffen，第 214－215 頁)。③③於是，我們有下列等當關係系列：

　　　女：男:: 長：圓:: 打擊：吹口哨:: 全：半:: 大：小:: 沉：清

　　在《生食和熟食》中（第 175 頁），我們已表明了女性所固有的長陰道和圓陰道的對立。但是，如果我們注意到，我們已援引過的蒙杜魯庫人神

---

③③卡因岡－科羅亞多人的方法，象徵意味較弱而理性化較強，因此更接近於我們的分類法。他們把一根棍棒給小食蟻獸；如果它受了，嬰孩便將是男孩，如果它拒絕了，則是女孩 (Borba，第 25 頁)。我們並不敢說，上面的方程適用於一切部落的象徵。例如，烏穆蒂納人似乎是個例外，他們把棕櫚樹 bacaba do campo（種名 *Oenocarpus*）的果子區分爲「雄的」和「雌的」，其根據分別爲它們是長的還是短的（Schultz：2，第 227 頁；Oberg，第 108 頁），巴尼瓦人把「弄成扁平的」手臂歸諸男人，「弄成圓形的手臂歸諸女人(M$_{276b}$)。不過，正是這種表示系統間的差異值得我們作比迄此爲止更爲細致的研究。

話（M₅₈）斷言，美的陰道是最圓的陰道（Murphy：1，第78頁），那麼，可以得出一個命題：

（女人的魅力）好：差::**（陰道）**圓：長，

如果忘了下述一點，那麼這個命題似乎同前一個相矛盾：南美洲印第安人那裡潛在地有著對於女性身體的厭惡，而如果這身體在氣味方面和生理功能方面都還在充分表現其一切本質，那麼，它就成為有魅力的，至少是可以容忍的（CC，第243－245、350－354頁）。

　　無疑，如果考慮到吹口哨和打擊之間的對立重複了同樣屬於聲學性質的清音和沈音對立，那麼對第一個等當關係系列就可以作簡化；但是，問題仍在於要知道為什麼女人被認為比男人更「合理」，它要用大眾化語言來總述一切對立。南美洲的思路在此似乎步新幾內亞山地部落的後塵，在這些部落看來，兩性間的對立極其顯著，他們用下述信條來證明這種對立是合理的：女人的肉「垂直於」骨骼長度地安置，而男人「水平地」安置，也即相相對骨骼的軸沿橫向安置。由於這個解剖學的差別，女人應當比男人更快地達致成熟，更早地平均十歲就可以結婚，而且甚至在少年時代就能以經血玷污男孩，而男孩由於得不到成人的社會和道義地位而還特別脆弱（Meggitt，第207和222頁，註⑤⑥）。

　　然而，也是在南美洲，用其他語彙表述的對立**縱／橫**用來表達權威和地位的差異。里奧內格羅地區的古老部落識別首領的標誌是佩戴的硬石圓筒沿整個長度鑽孔，也即平行於圓筒軸地鑽孔；然而，普通人的垂飾雖也是圓筒形但沿橫向鑽孔。我們以後還會遇到這種區別，這與節奏棒的區別不無相似，在南方瓜拉尼人那裡節奏棒按性別而分成中空的和實心的。實際上，可以看到，沿長度方向鑽孔的圓筒比沿寬度鑽孔的同樣圓筒相對地更中空，而後者的質地幾乎完全充實。

　　我們已舉了一個例子說明評論之豐富和複雜，它證明 M₃₀₃ 列舉的每一

種信條、習俗、禮儀、規定和禁忌都是合理的。現在，我們再回到這個神話上來，從更一般的觀點來探討它。我們已經看到，除了神話組｛M_1｝、｛M_7-M_{12}｝、｛$M_{22}-M_{24}$｝、｛M_{117}和M_{161}｝之外，它還轉換了神話組｛$M_{237}-M_{239}$｝。問題還不止於止；因爲，在匆匆提到｛$M_{15}-M_{18}$｝（惡毒的姻兄弟轉變成野豬）之後，現在很適宜來考察塔卡納人神話所例示的最後一個轉換：熱依人神話組｛$M_{225-228}$和M_{232}｝的轉換，我們還記得，它們也關涉食蟻獸的起源和男孩作爲獵人和（或）成爲戰士的教育。

在《生食和熟食》中，我們已借助各自英雄的水平分離（**溯流／順流**）和垂直分離（**天／地**）之間的等當關係，使這個神話組的一個神話（M_{142}）同盜鳥巢者神話結成隱含轉換的關係（以M_5爲中介，M_5本身是M_1的轉換）（CC，第335－339頁）。因此，當現在從熱依人神話過渡到塔卡納人神話（在那裡，如果未加歪曲，則我們還可看到盜鳥巢者的形象）時，我們始終負有義務，即不得不沿相反方向重走已經過的路線。

熱依人和塔卡納人英雄在經過自願或被迫，水平或垂直，水中或天上的分離之後，同食人獸遭遇：在熱依人那裡爲隼，在塔卡納人那裡爲蛇鸚鵡。在南美洲神話中，捕食性猛禽和鸚鵡間的對立恆常採取這樣的形式：**食肉的／食果的**（鳥）。因此，這兩組神話所共同的動物種族誌體系是閉合的。如果如同熱依人花豹和查科花豹都是食鸚鵡的，熱依人的隼也可歸類於把食蛇動物組合起來的爬行動物屬的話。不過，至少在一個版本中，這些鳥之一是夜鷹，而不是隼，在別的版本中，隼科動物的屬是不確定的。

不管怎樣，食人動物在各處全都對打擊的召喚作出響應：發出召喚的或者是塔卡納人神話中英雄的敵人（後來是提供援助的神的敵人），或者是熱依人神話中英雄自己（亦見M_{177}，載Krause，第350頁，在那裡，英雄拍打水：tou, tou, tou……以便引來捕殺性的鷹）。有時是祖父母之一或兩者都變成食蟻獸（M_{277}、$_{228}$、$_{230}$），有時是英雄妻子的父親或者父母親都經歷這樣的轉變（M_{229}、M_{303}）。我們已在第110－113頁上討論過下述對立或轉

換：

⑴水豬 **（長齒）** ／食蟻獸 **（無齒）**；

⑵祖父母⇨食蟻獸 **（食白蟻巢的動物）**；

英雄的頭⇨白蟻巢；

岳父母⇨吃食蟻獸的人；

在塔卡納人那裡又可以看到一個相類似的總體：

岳父⇨食蟻獸(M_{303})；

妻子的腦⇨白蟻巢(M_{302})；

英雄的父母⇨吃食蟻獸的人(M_{303})；

這總體包括兩個神話 M_{302} 和 M_{303}，其中一個關涉水豬的起源，另一個關涉食蟻獸的起源。最後，這個塔卡納人神話組和熱依人神話組一樣，都有一個神話(M_{226}、M_{303})同另一個神話相分離，帶有眞正研討入會式的論著的特徵。但在同時，還出現了一個差異，它給我們提供了對一個方法論的和理論的困難的解決，而我們宜於先來注意這個困難。

我們從上一卷開端起進行的探索採取一種掃視神話場的方式進行，這種掃瞄從一個爲了有條理地進行探究而任意選定的點開始，從長到寬而從高到低，從右到左而從左到右，以便能察知在同一條直線上依次占位的神話之間或者處於不同直線上同時又相互重疊的神話之間的某些類型關係。但是，在這兩種情形裡，在構成一種運作的掃瞄本身和這掃瞄相繼或周期地照亮的、成爲這種運作對象的那些神話之間也存在一種區別。

然而，一切讓人覺得，似乎在 M_{303} 的場合，運作和其對象之間的關係趨於反轉過來，這採取兩種方式。首先，原先是水平的掃瞄突然表現爲垂

直的。然後而且尤其是，M_{303}由在場中占特優地位的各個點的總體及其作為
對象的統一性來定義，而離開了掃瞄這種行為，M_{303}就變得不可捉摸。掃瞄
的不可分解的運動把這些點相互連接起來：因此掃瞄現在代表神話 M_{303}
的本體以及被掃瞄的各個點，而我們對這本體實施的運作系列為：

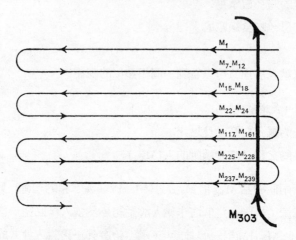

　　為了考慮到既是幾何的又是邏輯的這種雙重反轉，可以想到的第一種
解釋是，一個神話體系，只有從其生長才可達致理解：它不是惰性的和穩
定的，而是處於無窮的轉變之中。因此，在這體系中總是同時存在多種神
話，有的是原始的(相對於作觀察的時刻)，有時是派生的。有些神話一方
面在某些點上仍保持完整，而另一方面在其他點上都只有通過片段才可以
闡明。在進化比較先進的地方，舊神話分解過程所釋出的要素現在已納入
到新的組合之中。

　　從某種意義上說，這種解釋是不言而喩的，因為它援用了無可辯駁的
事實：神話會解體，並且如博厄斯所說，從它們的殘片之中會產生新的神
話。然而，這個解釋還不能完全令人滿意，因為很明顯，我們如此準備歸
諸某個神話的原初或派生特徵並非固有地為它所有，而在很大程度上依從
於表示的程序。我們在《生食和熟食》(第 7-14 頁)中已表明，這種程序

必然是任意的，因爲神話不是預先就決定了的，而是以自然的方式拓展它們相互關係的體系。因此，我們選擇首先考察 M_{303}，其理由純屬偶然，一如把博羅羅人盜鳥巢者神話列爲第一號的理由，即不是另一個神話，而是這個神話，它表現出來的奇特性質是我們目前集中注意的對象。此外，我們也不是在這裡第一次碰到這些性質。我們已就其他神話（例如 M_{139}）而不得不訴諸相交、橫向截切和並列骨架之類概念（CC，第 329 – 333 頁）。

因此，問題的困難在於我們必須同時從兩種觀點進行考察。歷史的觀點是絕對的，獨立於觀察者，因爲我們應當承認，在某個時刻對神話材料作的截切總是帶著一定厚度的歷時，而這是由於事實上，這種材料對於歷史而言在質地上不是同質的，是各種質料的聚合體，這些質料的進化節奏各不相同，因此在前後關係上地位不同。另一種觀點屬於結構分析，它無論從哪裡出發，總會在過了一定時間之後碰到一種不確定的關係，這種關係使得後來考察的全部神話既是對緊接在前面的神話的局部轉換，同時又是對研究領域中所包含的全部或部分神話的總括性總結。

無疑，這種不確定關係是人們試圖認識一個閉合系統而必須付出的代價：起先，對把一個系統的各元素聯結起來的關係的本質知之甚多，而這系統的一般組織仍模糊不清；及至最後，變得豐富起來的關係更多地教人認識系統的組織，而不再揭示元素之間的新型聯繫。由此可見，我們絕不可能同時認識兩者，應當滿足於或者得到關於系統一般結構的訊息，或者得到關於這樣那樣元素之間的特殊關係的訊息，但不要想兩者兼得。然而，這兩種類型認識中，一種必須以另一種爲前提，因爲，如果不預先佔有足夠多的元素間關係，就不可能直接鑽研結構。因此，不管所選取的經驗出發點如何，所得結果總是隨著探索的進步而逐漸改變性質。

但是，另一方面，這些結果不可能完全而又專一地服從結構分析的內在限制。因爲，若事情果眞如此，那麼，屬於完全實在的社會的神話的原初的或派生的性質就只有相對的價值，取決於觀察者所選取的觀點。因此，

應當完全放棄對歷史假設作結構分析的希望。換句話說，每當幻想神話學家可以按別的方式支配材料時，歷史假設就無異行將消失的光學假象，後者至少是顛倒的。然而，我們已多次提出一些解釋，而我們對它們作這樣的論斷：它們是不可逆的，有很大價值，因此使我們得以不是相對地而是絕對地對兩個神話作出斷定，即肯定其中一個代表一個不可能產生於錯覺的轉換前狀態，另一個代表轉換後的狀態。

　　爲了克服這個困難，我們現在來考察 M_{303}。爲此，我們著眼於它同被它實施這種轉換的所有其他神話或神話組的關係。無疑，在我們看來，它既是這些轉換構成的轉換組的具體一員，又是對這轉換組的特優表達：它總括了這轉換組，以致我們靠它才能完成這轉換組，甚至還不止於此。這種悖論的局面產生於神話場的多向度性，而結構分析通過螺旋運動探究這種多向度性(同時構成了它)。一個最初是直線的系列自我展開而成爲平面，以後者又產生出一個立體。因此，所研究的第一批神話幾乎完全還原一條組合的鏈，而對於後者傳達的消息，應當參照這些神話在這個階段上尙未提供的衆合總體加以破讀，並且應當到神話場的外面也即到種族誌中去加以研究。但到後來，隨著這研究通過其催化作用而把場的晶體結構及其立體性顯現出來，便產生了一種雙重現象。一方面，從可資利用的種族誌訊息全都彙總起來加以利用，以致每個神話的背境越來越處於其他神話之中，越來越脫離各該神話淵源所自的特定群體的習俗、信條和禮儀開始，場內部的組合關係就大大增加，其速度遠遠超過甚至達到最大限度的外部關係。另一方面，最初很明顯的內部組合鏈和外部聚合總體之間的區分在理論上和實際上都趨於消失，因爲一旦神話場產生，爲了探究它而選取的任意軸便將同時規定爲了事業需要而將起組合鏈作用的系列和這系列的每個點上的橫向關係，而這些橫向關係作爲聚合總體起作用。因此，任何一個系列都可以成爲組合鏈或者聚合總體，視分析者所採取的觀點而定，並且這個初始選擇將決定所有其他系列的性質(組合的或者聚合的)。M_{303}分析過程

中所表明的現象所以如此，是因為這神話所形成的組合鏈轉變成了聚合總體，以便解釋它加以轉換的任何一個神話，而它們構成的神話組轉而又形成一個適用於闡明 M_{303} 的聚合總體，如果我們已從另一端開始進行探究的話。

這一切都是實情。但是，我們還忽視了 M_{303} 的一個方面，它把這神話同我們已比較過的其他神話絕對地區分開來。我們的討論進行到這個階段，還沒有能賦予這個差異以邏輯的或歷史的起源，我們也沒有輕易為結構和事件的二律背反所嚇倒。實際上，我們已知和 M_{303} 屬於同一組的所有神話都涉及男孩的教育或女孩的教育，但絕不有兼及兩者（或者，如果它們像 M_{142}、M_{225} 那樣兼及兩者，那麼也只是在專門的假說之下，並且，由於這種限定的事實，所以也只是涉及**需要**教育的情形）。從這個觀點看來，M_{303} 是創新的，因為它專論男女混合教育，這種教育允許把熱依族的愛彌兒 (Émile) 和圭亞那－亞馬遜部落的蘇菲亞 (Sophie) 安排在同一所學校的課桌椅上。

首先，M_{303} 的這種獨創性，證實了我們以純演繹方式推論而提出的假說：在塔卡納人思維和制度中，兩性是可逆的。㉞在這些印第安人那裡，男孩和女孩跨入成年，不是用儀式確立對兩性的隔離的結果，例如一方日後地位高於另一方。相反，兩性應當一起培養成長，為此，要實施一種手術，把他們的解剖學差異減到最低限度，並且依靠同時給予兩性的教育，這種教育強調不可或缺的合作（例如，儘管紡紗是女性的工作，但丈夫不斷介入紡錘的製造和應用過程）。

其次，M_{303} 和我們歸入同一組的那些神話之間表現出一種差距：它既和它們一樣，又高於它們。對於一個理論上表現出兩個方面的問題，這些神話只考慮一個方面，而 M_{303} 致力於把它們並列起來，放在同樣的立足點上。因此，比起這些神話中的任何一個本身來，它在邏輯上更為複雜，也更能對神話作轉換。我們還可以再進一步說：就像我們用作引線的蜂蜜神

話以一個受教育很差的少女作為主人公一樣，自從這神話轉變成狩獵神話
起，女英雄就變成了男英雄，他是個教養良好（或不好）的男孩。這樣便
可得到一個元神話組，它的各個項都可以相互轉換，同時又保留主要角色
的男性或女性價值以及所援引的技術－經濟活動類型。但是，這一切神話
幾乎都停留於半神話的狀態。通過這些神話各自的系列在一個單一神話中
疊加起來而對它們加以綜合，這個神話試圖訴諸對教育的第三種解決來修
補疏忽（在這種疏忽之下，專門為一性設想的教育不明白也需要及於另一
性），而這種教育對兩性平等，並且盡可能地共同施教。塔卡納人的解決正
是如此，它也許在古代習俗中，在他們神話中夢想過的一切情形裡實行過，
並由他們自己實施。

　　我們不知道，哪種類型進化可能造成相對立的教育原則在熱帶美洲的
各個不同地方共存（這在經驗上得到證實）。塔卡納人（無疑還有鄰近的帕

㉞對於這種可逆性，M₃₀₃以岳父轉變成食蟻獸的插段為例給出了特別令人矚目的
　說明，這食蟻獸從此之後孤獨生活，失去妻子，獨自生養嬰孩。實際上，在南
　美洲從里奧內格羅（Wallace，第314頁）直到查科（Nino，第37頁）流行的信條
　認為，不存在雄食蟻獸，一切個體皆屬雌性，不需要另一因素介入即能獨自繁
　殖。塔卡納人神話同圭亞那地區的聯繫因岳父兒子變成豬而得到加強，因為卡
　利納人因著大食蟻獸毛皮上有環紋而稱它為「帶環野獵之父」（Ahlbrink，辭條
　「pakira」）。不管這後一個細節究竟如何，塔卡納人的自己設法懷孕的雌食蟻獸
　之轉變成能懷孕和生育的雄性充分表明，這些印第安人給予兩性以等價係數，
　使兩者能同樣便利地雙向轉換。
　我們在托巴人那裡沒有遇到過單性食蟻獸的信條，但它從下述事實得到間接
　證實：這些印第安人今天仍舊在發現了大食蟻獸糞便時把它們弄到別處，還
　勸說人們相信，這些動物孤獨生活，它們的存在和所有其他動物的存在勢不兩
　立(Susnik，第41-42頁)。

諾人，按照格林伯格〔Greenberg〕最近的分類，塔卡納人和帕諾人結成同
一個大帕諾語族)是否代表一種更古老的形式？（它由熱依人的男性入會儀
式和圭亞那－亞馬遜河地區〔以及在較小程度上還有查科〕的儀式〔它們
主要面向女性〕相融合而產生。）或者，是否應當設想相反的假說：塔卡納
人和帕諾人根據他們的相對立的傳統作成了調和或者綜合，而他們是由於
從西向東移民而認識並採納這些傳統的？結構分析解決不了這些問題。這
些問題至少值得提出來；甚至值得指出，一種解決比另一種解決更可靠，因
爲我們已對 M_{303} 的一個挿段和 M_1、M_{7-12} 的相應挿段從形式層面作的比較
引導我們得出這樣的想法：這個塔卡納人神話可能從博羅羅－熱依人神話
派生而來，而相反的假說會遇到巨大困難。在這種情況下，塔卡納人的混
合教育理想可能發端於使東部的男性入會傳統適應於西部的主要強調少女
教育的傳統的努力。這種努力傾向於重組曾經依附於一種或另一種傳統的
各種神話，以便把它們整合成一個總系統，而這些神話的相互轉換性證明，
它們自一個更古老的源頭出發起，就已經分化了。

第四篇

熄燈禮拜樂器

Nunc age, naturas apibus quas Iuppiter ipse
addidit expediam, pro qua mercede canoros
Curetum sonitus crepitantiaque aera secutae
Dictaeo caeli regem pauere sub antro.

今天，朱庇特自己也讓蜜蜂
自由發揮天性，
克里特人仿照它們的歌聲喧鬧不息，
聲震天空，支配穹窿下小小空間。

維吉爾：《農事詩集》第 4 卷，第 149～152 行

I　喧嘩和臭氣

　　我們不能因爲上面的一般考慮而看不到一個問題，它把我們帶回到特雷諾人的盜鳥巢者神話(M_{24})，引導我們把它同塔卡納人關於同一題材的神話($M_{300-303}$)作對比。它在於如何理解「打擊的召喚」在這些神話中反覆出現，這種召喚在別處向誘姦動物貘發出，現在則向同樣帶誘惑性的食物蜂蜜發出，後者在塔卡納人那裡轉變（但沒有不可察覺的聯繫）成貪吃的動物：蛇、金剛鸚鵡。如果我們想作塔卡納人神話以外的比較以便證實神話組的統一性，那麼特雷諾人神話可以給出很多東西。這個神話把三個項：蜂蜜、蛇和金剛鸚鵡結合起來，以便獲致破壞性蜂蜜的概念（通過添加上蛇肉），這種蜂蜜引起食其者——正是金剛鸚鵡或鸚鵡——以及人變成貪吃的花豹，而在塔卡納人神話中，人處於食金剛鸚鵡者（盜其蛋者）的地位。

　　在這個特雷諾人神話中，蜂蜜在加上蛇肉後帶上負面的能力，起著媒介的作用。這神話提出解釋煙草的起源，煙草處於蜂蜜的那一邊，就像經血（妻子的經血用來毒害丈夫）處於蜂蜜的這一邊。關於煙草和蜂蜜構成的兩極系統，我已給出了許多指示，而且後面我還要回到這上面來。至於蜂蜜和經血的對立，我們也已在一些神話中碰到過，它們賦予這兩個項之間關係以變化的價值：當蜂蜜主人是男性角色，而他並不對染微恙的少女感到厭惡時(M_{235})，這些價值會相互趨近；當處於把我們從痴迷蜂蜜少女的角色（或從其身體）引到純潔的、但痴迷經血的轉換系列之中時(M_{273})，這些價值就會反轉過來，同時互相疏遠。

　　在這個特雷諾人神話和我已多次援引過的塔卡納人神話組($M_{194-197}$)之間還出現了另一種聯繫。在 M_{197} 中，irára（「melero」，蜂蜜的動物主人）

的女兒給她們丈夫吃混入她們糞便的啤酒；因此，就像特雷諾人神話的女
英雄一樣，她們也幹著毒害丈夫的勾當。當這個特雷諾印第安人發現了妻
子的罪惡伎倆後，就出去尋找報復工具蜂蜜，爲了更容易找到蜂蜜，他拍
打自己的拖鞋。塔卡納人丈夫們到類似的教導，他們痛毆妻子，因而把他
們掛在妻子背上的小木鼓擂響： pung, pung, pung……（M196）。①她們的父
親由這噪音知情，爲了保護她們，使之免受這種虐待，逐把她們變成了金
剛鸚鵡：

毒物：	打擊的召喚：	報復的後果：
M24：經血	報復(的媒體)的原因	妻子變成食金剛鸚鵡者(花豹)；
M197：糞便	報復(的媒體)的結果	妻子變成金剛鸚鵡；

　　經血、糞便和蜂蜜之間還存在著一種更爲直接的關係。在 M24 中，丈夫
給妻子服用含毒的蜂蜜，可以說以之交換他從她得到的經血；在 M197 中，
廚娘（與她自己）用被她混入啤酒的糞便換掉她正常使用的蜂蜜。

　　因此，即使「打擊的召喚」的插段究竟怎樣還不明朗，這種關係在這
個特雷諾人神話中的存在（已爲其他神話所證實）也似乎不可能因具體原
因或偶然性來解釋。我們更不可以援引技術應用(發出噪音來驅趕蜂群)或
者巫術應用（在蜂蜜搜尋者已確定了群的位置之後，通過模仿他的砍斧聲
來預報他要砍斧）的徵象，因爲這些沒有種族誌基礎的解釋不適用於如同
我們在塔卡納人那裡看到的從轉換神話背境加以描述的那種「打擊的召
喚」。

　　如果說把自己的兩只拖鞋相互拍打的蜂蜜搜尋者的姿勢不能歸因於偶
然性，也不能歸因於與其搜尋直接有關的技術的或巫術的意圖，那麼，噪

_____

①圭亞那的卡利納人也利用／irára／的皮來張小形製的鼓 (Ahlbrinck, 辭條
「aira」)。

音產生者的即興應用在這個神話中又有什麼地位呢？這個問題不僅僅牽涉到一個短小神話的一個顯然微不足道的細節，而且在它背後浮現了整個召喚理論，此外還有整個樂器體系。為了解決這個問題，我現在介紹兩個圖庫納印第安人神話，他們生活在索利莫厄斯河沿岸西經 67 和 70 度之間，現在人們將他們的語言和更北面的圖卡諾人的語言歸為同類：

M₃₀₄　圖庫納人：家屬變成花豹

一個老人和他的妻子與其他人一起出發，去到不知什麼地方，也許是另一個世界。老人教同伴如何向／tururi／樹幹射箭。一當這樹被射中，一條樹皮就從上到下剝落下來。每人選取一塊樹皮，再錘打以便把它弄大，模仿花豹給它塗上黑斑，穿在身上。這樣，獵人們變成花豹，跑進森林，殘害印第安人，再把他們吃掉。但是，其他人驚異於他們的祕密，決心消滅他們。當這老人偽裝花豹攻擊這些人時，他們把他殺了。他的妻子聽到他們叫兇手的名字；她化身為花豹跟蹤他，把他撕成碎片。

老嫗的兒子有兩個小孩。一天，老嫗陪兒子和其他獵人去到一個生長／envieira／的地方，鵑鵄以這種樹的果子為食。每個獵手都選擇一棵樹，爬上去用射苴槍殺死這些鳥。突然，這老嫗化身為花豹出現，大吃從他兒子所在的樹上跌落的死鳥。當她離開後，這男人下來收集餘下的鳥。然後，他再爬到樹上，但一根刺扎傷了他的脚，於是蹲下身來拔刺。這時，老嫗跳到他的頸背上，殺了他。她首先取出肝，用葉子包起來，帶給她的孩子·謊稱這是樹蔴菇。但是，由於父親不在，兩個小孩起了疑心，於是檢查鍋子，認出是人肝。他們跟蹤祖母到樹林裡，看到她變成花豹吃他們父親的屍體。一個小孩把一根長矛刺進這食人獸的肛門，這矛的尖端用一顆野豬牙齒製成。她夾著長矛逃跑

了，兩個小孩把父親的殘骸埋在犰狳的洞穴裡。

當老嫗滿口怨言地出現時，他們已回到了小屋。他們假意問她，她解釋說，她跌在種植園的樹墩上受傷。但是，這兩個孩子檢查了傷口，認出了矛傷。他們在小屋後點燃了大火。他們弄來一根／ambaúva／樹的中空樹幹，縱向地從頂端把它劈開。當他們從地上拍打這樹幹，使它振動時，兩根木片相互撞擊而呼呼作響。這樣，他們引起了令人可怖的喧嘩，直至老嫗對纏著一個病人的這一切噪音惱怒不已，憤憤離開小屋。他們立刻抓住她，把她投入烈焰中活活燒死 (Nim.: 13, 第147－148頁)。

在分析這個神話之前，我們先來作些植物學和種族誌性質的說明。M₃₀₄中關涉三種類型樹：／tururi／、／envieira／、／ambaúva／。第一個名字（無任何完全確定的樹種與之相對應）標示「無花果和面色樹的許多種」(Spruce: 1, 第28頁)；人們用它們的樹皮的內裡部分做服裝和盛器。／Envieira／ (envira, embira 無疑標示纖維樹皮的木瓣樹屬(*Xylopia*)，用於製造船纜、繃帶和皮帶，而且這神話說，它帶有冠鵼所喜歡的芳香籽粒，圭亞那的卡利納人把它們串成項鏈 (Ahlbrinck, 辭條「eneka」, 4, §C)。／ambaúva／或／embaúba／按字面意爲「非樹」(Stradelli: 1, 辭條「embayua」)，或者按今天的林學爲「假木」，它是一種桑科植物。這個圖皮語名字涵蓋許多種，文獻上引用最多的是 *Cecropia peltata*，即鼓樹(Whiffen, 第134頁, 註③；第141頁, 註⑤)，它的得名是因爲它的樹幹天然地中空，適合於製造這種樂器，也適合於製造節奏棒和喇叭 (Roth: 2, 第465頁)。最後，桑科植物的纖維樹皮提供了耐拉繩索 (Stradelli, 同上)。

所以說，這神話介紹了樹木三元組，全用於製造樹皮服裝和器具，其中有一種還提供了天然地可爲多種樂器利用的材料。然而，用 embaúba 木做（皮）鼓鼓體的圖庫納人 (Nim.: 13, 第43頁) 把音樂和捶平樹皮做的面

具緊密結合起來，這在他們的節慶中起重要作用，而且他們把這種藝術推進到很高水平。人們也已在懷疑，M₃₀₄提出了一個與樹皮面具和服裝的製造有關的具體問題（但它目前還不明朗）。如果回想起，在節慶結束時，用／tururi／皮的外套罩身的客人把這種帶有幾乎垂到地下的／tururi／或／envira／(envieira)緣飾的罩衣扔還給主人，而客人再從主人處收到作爲還禮的煙熏肉(Nim.：13，第84頁)，那麼，這一點就會讓人看得更清楚。然而，也是在這個神話中，樹皮服裝的穿戴把獵人變成豹，把他置於肉的獲得者的地位：肯定是人的而不是動物的；但是，樹皮這種首選服裝材料就其類屬而言也屬於特殊範疇，因爲它是通過巫術手段獲得的：「獵獲的」，而不是從樹上取下的，它在頃刻之間以長條形式出現，而不是艱辛地從樹幹上剝離下來（Nim.：13，第81頁）。

鑒於地理上相隔遙遠，使我們得以從圖庫納人神話過渡到查科花豹和煙草起源神話(M₂₂₋₂₄)的轉換的規則性委實給人留下深刻印象：

$$
\left[
\begin{array}{l}
M_{304}: \text{一個母親} \\
M_{22-24}: \text{一個妻子}
\end{array}
\right\}
\text{變成花豹，她的}
\left\{
\begin{array}{l}
\text{兒子} \\
\text{丈夫}
\end{array}
\right\}
\text{爬到樹上，}
$$
//

$$
\left[
\begin{array}{l}
M_{304}: \text{對於臟人} \\
M_{22-24}: \text{對於盜巢者}
\end{array}
\right\}
\text{其對象爲鳥，即}
\left\{
\begin{array}{l}
\text{鵁空鳥} \\
\text{金剛鸚鵡或鸚鵡，}
\end{array}
\right\}
\text{吞吃鳥，跌下的}
\left\{
\begin{array}{l}
\text{死的。} \\
\text{活的。}
\end{array}
\right.
$$
//

$$
\left[
\begin{array}{l}
M_{304}: \\
M_{22-24}: \text{帶}
\end{array}
\right\}
\text{女人殺死男人，}
\left\{
\begin{array}{l}
\textbf{肝} \text{給孫子} \\
\textbf{頭} \text{給兒子}
\end{array}
\right\}
\text{他們認出了其來源。}
$$
//

$$
\left[
\begin{array}{l}
M_{304}: \\
M_{22-24}:
\end{array}
\right\}
\text{花豹女人被火燒死。}
$$

爲了正確解釋 M₃₀₄ 的插段：英雄腳被刺扎傷，當他想去除這病根時，遭到花豹襲擊而死，我們可以回想起：與 M₂₂₋₂₄ 屬於同一組的 M₂₄₆ 使變成

花豹的食人女魔死於帶有如刺的矛的樹幹上（而且矛在 M_{241} 中又重變成刺，如同 M_{24} 的食人女魔服下**刺人的**並引起發癢的蜂蜜而死）。我們還將注意到，如果說 M_{24} 的女英雄用經血毒害丈夫，那麼 M_{304} 的女英雄帶給孫子的是他們父親的肝——即一個器官，南美洲印第安人認爲，這器官由凝固的血構成，而且在女人那裡起儲存經血的作用。

圖 16　朵鳥䳏。瓦萊特(Vaellt)繪
(據克雷沃〔Creraux〕，前引著作，第 82 頁)

　　爲了對其他轉換作出令人滿意的解釋，需要首先弄淸楚鵎鵼的語義地位。這工作相當困難，因爲這些鳥在這些神話中出現很少。因此，我們僅僅概述一個假說，也無意確證它。

　　人們把巨喙鳥屬（*Rhamphastos*）的許多種都叫鵎鵼，其特徵爲有一個巨喙，但它很輕，因爲它是角質皮膜下的帶組織。這些鳥在樹枝間跳跳蹦蹦的時候多，飛翔的時候少。它們的羽毛幾乎全黑，只有肩背部短羽毛色彩鮮豔，極宜做裝飾品。不獨印第安人如此，因爲，巴西皇帝彼得羅（Pedro）二世廷臣的大氅就是用鵎鵼的黃色絲狀羽毛製作的，今天仍可以在里約熱內盧的博物館裡看到。

　　羽毛的這種裝飾應用誘使我們把鵎鵼同鸚鵡和金剛鸚鵡相比擬，前者的食譜部分地同後兩者相對立。鸚鵡科是食果實的，而鵎鵼是雜食動物、果子、穀粒和醫刺動物與鳥之類小動物全一樣吃。M_{304} 說到鵎鵼特別嗜好芳香籽粒，這趨同於它的德語名字：Pfefferfresser 即「胡椒食者」，而更令人驚訝的是，伊海林（辭條「tucano」）也傾向於這樣認爲，塔夫（第 II 卷，第 939a、b 頁）更是把鵎鵼這種「胡椒食者」說成是用其包含籽粒的糞便傳播甜辣椒的鳥。

　　迄此爲止，我們在鳥糞範裡始終遇到鵎鵼科和鷹科（在南美洲並不存在眞正的鷹）之間的重要對立。以上所述說明提示，在這兩個對立項之間，鵎鵼佔居著中間位置：它像捕食性猛禽一樣也是食肉的，同時身體上有一部分長著像鸚鵡一樣亮麗的羽毛。②但是，金剛鸚鵡和鵎鵼之間這個不怎麼重要的對立應當引起我們的注意，因爲只有它介入我們所考察的神話總體。從這個觀點看來，鵎鵼對／envieira／的芳香籽粒的嗜好似乎在 M_{304} 中起著關鍵的作用。

　　實際上，本書開始對考察的蜂蜜起源神話之一中出現的一個印第安人在盜金剛鸚鵡的巢，吃含甜花蜜的花時被花豹圍困（M_{189}）。然而，我們知道有一個神話，在其中鵎鵼因貪吃而被罰長了一個過分大的喙，正是在這之

後，它成了第一位的角色(Métraux: 2, 第 178 頁和註①)。在這個神話(M₃₀₅ᵦ)中，一個蜂蜜尋覓者靠了鵁鶄的指點才成功地殺死了造物主阿納滕帕(Añatunpa)(通過點火燒其頸背)，後者把所有蜂蜜尋覓者都送給食人魔迪奧里(Dyori)當食物(Nordenskiöld: I, 第 286 頁)。因此，如果說 M₁₈₈₋₁₈₉ 把花豹變成蜂蜜尋覓者，那麼，M₃₀₅ᵦ 把蜂蜜尋覓者變成花豹(它也襲擊敵人的頸背)。同時，惹怒的金剛鸚鵡變成提供救助的鵁鶄，而金剛鸚鵡同甜食以及鵁鶄同美食這兩個各別聯結也許爲這種轉變提供了線索。所以說，M₃₀₄的所有項都重現了 M₂₂₋₂₄ 的項，並賦予它們以更顯著的表現。

如果這些反思未有助於弄清楚其他一些方面，那麼，就沒有多大意思。在第371頁上的表中，我僅僅對比了神話的中間部分，撇開了 M₃₀₄ 的開頭部分，它講述轉變成花豹的能力的起源，也撇開 M₂₃₋₂₄ 的結尾(M₂₂沒有這個插段)，它講述煙草的起源。然而，在後一些神話中，煙草產生於花豹，就像在 M₃₀₄中花豹等於產生於樹皮服裝的發明。樹皮服裝的穿著和煙草吸食提供了兩種與超自然世界溝通的手段。這兩種手段之一的濫用引起 M₃₀₄ 中一個女人死於火柴。一個女人之死於火柴在 M₂₃₋₂₄ 中引起另一種手段出現，而按照M₂₄（亦見M₂₇）後者首先以濫用形式出現：煙草的最早發現者想獨自吸煙，即不讓其他人共享，或者不想告訴精靈。

---

②可以引證瓦皮迪亞納人死亡神話(M₃₀₅ₐ)的一個段落。鵁鶄是造物主寵受的鳥，當它主子的兒子死去時，它哭泣過度以至失去色彩：「它多年來一直悲哀不止，淚如泉湧，久而久之，它那橙、黑、紅、綠的亮麗色彩都消褪殆盡。此外，眼睛帶上了灰藍圓環，趾甲變寬」(Ogilvie, 第 69 頁)。因此，就羽毛關係而言，鵁鶄是失色鸚鵡的形象。

在圭亞那，小鵁鶄似乎是禁忌的對象，可同熱依人那裡敲打負子袋鼠肉的禁忌相比擬(CC, 第 225–226 頁)：卡利納人說，誰吃了這種鳥的肉，誰就會死於「盛年」，或者用我們的話來說，死於青春年華(Ahlbrinck, 辭條「kuyakeń」)。

如果說煙草的煙向善良精靈發出溫文邀請，那麼，像我們下面要考察的另一個圖庫納人神話(M_{318})所解釋的，正是靠了甜辣椒的致窒息煙，人滅絕了邪惡的、食人的並在閒暇時監視他們的精靈族。從那時起人製作的樹皮服裝模仿他們的外表，能夠成為他們的化身。事實上，在少女的入會儀式上，客人穿上服裝，攻擊並毀壞主人的小屋，這儀式象徵著人發動鬥爭來保護成年少女，免受精靈在這期間危害她的生命(Nim.: 13, 第74、89頁)。因此，我們可以看出，通過什麼途徑能夠重建圖庫納人神話 M_{304} 和查科煙草起源神話間的完全對應關係。甜辣椒的煙是煙草的煙的反對者，但因為它被用於同超自然精靈交換樹皮服裝（這些服裝因吸入煙草的煙而獲得），所以，它也代表樹皮服裝的相反者。因此，從意識形態上來說，樹皮服裝的神話應用處於煙草應用的同一邊。

劈裂型音響產生者在 M_{24} 和 M_{304} 中重複出現，乍一看來令人驚訝。M_{24} 的音響產生者是用來發現蜂蜜的幸運樂器，它是食人女魔通過在火柴上被害而實現的逐次化身的樂器。M_{304} 的音響產生者直接把食人女魔引到這火柴上。但是，這次是個真正的樂器，儘管它在圖庫納人樂器中無等當物——然而，他們在熱帶美洲屬於樂器較豐富的種族——這時樂器在世界的這個地區極為罕見，以致伊齊科維茨(Izikowitz)的經典著作(第8—9頁)僅在 clappers(**響板**)：「兩塊相互撞擊的木塊」名下引用了兩條參考文獻，其中一條是有疑問的，另一條關涉模仿鳥叫。因此，這個圖庫納人神話似乎設想一種想像的樂器，它對後者的製作做了細緻描繪。③

然而，這樂器是存在的，除了在圖庫納人那裡，但至少在博羅羅人那裡，他們恰恰賦予其同樣的形式，只是他們用竹子而不是 embaúba 的中空樹幹。在博羅羅語中，這樂器稱為╱parabára╱，這名詞也標示一種小野鳥，

③然而，在圖庫納人、阿帕萊人(Aparai)、托巴人和謝倫特人那裡也表明過一種同樣類型的器具，但用做彈弓 (Nim.: 13, 第123頁和註㉓)。

因為 E.B.(第 1 卷，第 857－858 頁)說，這種鳥的叫聲如竹子的劈裂聲相似。這種解釋並不令人信服。因為人們還把樹鴨(*Dendrocygna viaduta*)的本地名／irerê／解釋為一個擬聲詞，這種鳥的叫聲同口哨的比較(Ihering，辭條「irerê」)並不使之同乾劈裂引起的聲音相一致。

　　／parabára／在博羅羅人儀式中的地位和作用也讓人感到捉摸不定。據科爾巴齊尼 (2，第 99－100 頁；3，第 140－141 頁) 說，這樂器用沿縱向在 30－50 厘米長度上裂開的竹桿製成，當人們攪動它們時，它們產生不同音高的聲音，視截痕遠近而定。它們用於新首領的的授職儀式，它總是在葬禮的場合舉行。新首領化身為同名樂器發明者英雄帕拉巴拉(Parabàra)，在墓地，男男女女圍著他跳舞，在眾人簇擁下，他搖動這些竹器，最後，他們把它們放在墳上。／parabára／屬於奉獻給新首領 (總是來自塞拉偶族) 的禮物之列，贈送者為交替的圖加雷偶族的成員。

　　《博羅羅人百科全書》(*Encyclopédie Bororo*)詳確說明，／parabára／的慶典是圖加雷偶族的 apiborê 氏族的特權。作為精靈／parabára／的化身的祭司從西面進入村子，每人雙手握一根開裂的竹管；他們向墓地前進，圍繞墓地轉多圈，當名叫帕拉巴拉‧埃梅吉拉(Parabára Eimejera)的儀式主持人 (如古代文獻資料所指出的，在登位過程中村長不在場) 在竹器開裂聲的伴奏下向兩個偶族的成員宣布到達時，他們被人團團圍住。儀式結束時，祭司把這竹器放在墳上，然後離開(E.B.，第 1 卷，辭條「aroe-etawujedu」，第 159 頁)。

　　《博羅羅人百科全書》沒有就首領的授職儀式提到／parabára／，所以，也許由於這種儀式與葬禮必須相伴共存，因此，這兩個撒肋爵會神父首先認為，應當把在一種儀式上出現的東西同另一種儀式聯結起來，不伴隨有授職儀式的葬禮已在聖洛倫索河的一個村子 (不是我已待了三十年的、在同一地區的那個村子，這個地區遠離傳教士控制的範圍) 裡觀察到，並已拍攝了照片。屍體暫時埋葬在村子中央地方，過了十五天左右之後，作為

神祕器物化身的服飾加身的舞者檢查屍體，看看屍內是否已充分腐敗。他們多次作出否定的結論，因爲對於儀式的進行來說，這是必要條件。其中一人身體上塗著白泥，圍著墳奔跑轉圈，一邊跑一邊叫喚死者，試圖以此把亡靈引出墳墓。在這期間，其他人搖動開裂的竹桿，讓人聽到乾裂聲（Kozak，第45頁）。④

也許這塗抹泥土的舞蹈者／aigé／：面目可憎的水妖的化身，而菱形體模仿它的叫聲。如果說如我們的原始資料所提示的，他的步態旨在引誘亡靈離開墳墓，因此離開村子，以便追尋彼岸世界中的神祕器物，那麼，／parabára／的劈裂聲可能是催促這種分離或者向其致敬，而這分離也是團聚（按照它在此的處境的觀點）。《博羅羅人百科全書》第2卷可能包括尚未發表過的／parabára／起源神話。因此，在這本書出版之前，對博羅羅

④像博羅羅人一樣，加利福尼亞南方的許多部族的葬禮也極其複雜，目的在於阻止死人回到活人中間。他們兩種成對的舞蹈，分別稱爲「回旋的」和「爲了滅火」。在後一種舞蹈中，薩滿用手足熄滅火，在這兩種舞蹈中，他們都用兩根棍棒相互撞擊(Waterman，第309、327－328頁和圖版26、27；Spier：1，第321－322頁)。然而，毫無疑問，加利福尼亞是／porabára／型樂器的首選地，從南方的約庫特人(Yokut)直到生活在俄勒岡州的克拉馬特人(Klamath)，到處可以看到這種樂器(Spier：2，第89頁)。美國人種學家把它稱爲「clap rattle」〔拍響器〕或「Split rattle」「裂響器」。在波莫人(Pomo) (Loeb，第189頁)，尤基人(Yuki)和邁杜人(Maidu) (Kroeber，第149、419頁和圖版67)那裡，也發現有這種樂器存在。諾姆拉基人(Nomlaki) (Goldschmidt，第367－368頁)用老竹製作這種樂器，這種竹產生於溫帶地區。克羅伯（第823、862頁）稱，這是加利福尼亞州中部地區的典型樂器，在那裡，它僅用於跳舞蹈，但決不用於青春期儀式和薩滿儀禮。克拉馬特人是從更南邊的皮特河各部落假借來這種樂器的，在他們那裡，它只用於「Ghost dance」〔鬼舞〕，這種彌賽亞祭禮大約在1870年出現 (Spier：2，同上)。

人儀禮的解釋上，我們不想走得更遠。我們僅僅指出，按照提供給諾登許
爾德的一則訊息，玻利維亞的雅內瓜人 (Yanaigua) 在某些儀禮中利用一種
響板型樂器 (Izikowitz, 第 8 頁)。馬托格羅索南方的特雷諾人也和著拍擊棒
跳舞，這種棒葡萄牙語稱爲 bate pau, 但不知道這名字是什麼意思 (Altenfel-
der Silva, 第 367 - 369 頁)。最近還觀察到卡耶波－戈羅蒂雷人的一種所謂
╱men uêmôro╱的節慶，鄰近的鄉民也稱之爲 bate pau。青年男人排成兩
個一行，把兩根約 50 厘米長的棒相互撞擊。舞蹈徹夜不停，結束於和一個
妙齡少女交媾，她是「節日女主人」，這個職位按父系由女人繼承：因此，
她繼承父親的姊妹，再傳給兄弟的女兒。不言而喻，這女人不能再說自己
是貞潔的了。按照卡耶波人的習慣，她因此只有結成二等姻緣的份。然而，
在這特別的但講究的結婚的場合，卻有 bate pau 介入，這裡尚未到青春期
的新娘正式說來仍是處女 (Diniz, 第 26 - 27 頁)。可能南方的瓜拉尼人也在
儀式中應用過這種類型音響產生器，因爲姆比亞人描寫過一個重要的女神，
她每天手都握著一根棒，搖晃它們，把它們相互撞擊。提供這條訊息的沙
登 (5, 第 191 - 192 頁) 指出，這兩根交叉的棒可能是著名的瓜拉尼十字的
起源，這給古代傳教士的想像留下了十分深刻的印象。

　　烏依托托人相信踩腳印可以同冥府的祖先建立聯繫，祖先們登上地面
瞻望爲他們舉行的節慶，他們自己也用「眞正的」言語進行慶祝，而人這
時用樂器談話 (Preuss: 1, 第 126 頁)。一個馬塔科人神話 (M₃₀₆) 說，在毀滅
大地的一場大火之後，一種小鳥╱tapiatson╱在一棵葫蘆樹（種名 *Cucur-
bita*）的焚燒過的樹椿邊擂鼓，就像這些印第安人在角荳（種名 Prosopis）
成熟時所做的那樣。這樹幹長大了，變成一棵葉冠宏偉的參天大樹，用濃
蔭庇護新生的人類 (Métraux: 3, 第 10 頁; 5, 第 35 頁)。

　　這個神話令我們唯一地聯想起 M₂₄, 在那裡，拖鞋的嘮啪聲也旨在催促
英雄和另一種野「果」：蜂蜜相會。在塔卡納人神話中，另一種鳥即啄木鳥
（我們知道它是蜂蜜的主人）擊鼓：它用喙打擊一個女人的陶罐，以便給

她迷路的丈夫引路（M_{307}；Hissink-Hahn，第 72－74 頁；亦見烏依托托人，載 Preuss：1，第 304－314 頁）。在 $M_{194-195}$ 中，這個促成團聚的角色也由啄木鳥承擔，或者它把一個丈夫帶回到妻子那裡，或者它幫助神性兄弟重返超自然世界。更切近地把 M_{307} 中擊鼓的團聚功能和南方瓜拉尼人起源神話（M_{308}）中籽粒在火中開裂的嗶啪聲所起的作用相比較，是很有意思的。後者的爆破力足以把神性兄弟的弟弟送到水的另一邊，他的哥哥已在那裡（Cadogan：4，第 79 頁；Borba，第 67 頁）。我們滿足於指出這個問題以及在博羅羅人那裡（M_{46}）同一題材的三重反轉：兩兄弟被祖母在火中遺骸發生的喧鬧開裂弄瞎了眼，而祖母又在水中復生（**分離／團聚；動物／植物；在水中／在水上**）；卡拉帕洛人異本 M_{47}：兩兄弟分別是太陽和月亮，弟弟被祖母的一根骨頭擊中，「這些骨頭在火中嗒嗒跳舞」，這根骨頭就是從火中彈出來的，結果弟弟被打下了鼻子，於是決定升上天去；（參見 CC，第 166－167，228－229 頁）。要對這題材作完整的研究，應當訴諸北美洲的版本。例如，佐尼人的多季禮儀神話說，人借助投入水中的一把鹽發出的喧鬧的爆裂聲，重又占有了被烏鴉奪去的獵物（M_{309}；Bunzel，第 928 頁）。⑤

　　因此，一系列不連續的音響，諸如擊鼓、木塊撞擊、火中爆裂或竹管開裂產生的音響以各種判然不同的形式在儀禮中和在神話表示中起著含混的作用。圖庫納人的一個神話把我們引向探究博羅羅人的／parabára／，儘管他們自己也不知道這種樂器。他們至少在一個場合利用撞擊的棒。我們知道，這些印第安人極其重視少女青春期儀式。一旦一個少女察知月經初潮的徵象，她就卸下其全部裝飾品，把它們顯眼地懸掛在茅舍柱子上，然後躲進鄰近的灌木叢。當母親來到時，她看到了這些裝飾品，明白發生了

---

⑤蒂姆比拉人為了驅趕穀物上的寄生蟲，跳舞時還一邊拍手（Nim.：8，第 62 頁）。密蘇里河上游的派威人女子在種植和收穫茝時用腳踩河水，以便發出喧鬧聲（Weltfish，第 248 頁）。

什麼，遂去尋找女兒。女兒把兩塊幹木塊相互撞擊，以此響應母親的召喚。於是，這母親奮力在這少女的隱蔽地圍起隔離牆，一直幹到夜幕降落。從這時起，在二、三個月時間裡，這少女一直保持獨居，對什麼也不看不聽，除了母親和姑媽之外（Nim.：13，第73－75頁）。

這樣回到圖庫納人，又給我們提供一個適當機會，可以來介紹一個神話，而不了解它，就無法進一步討論 M_{304}：

M_{310}　圖庫納人：吃小孩的花豹

長時期以來，花豹佩梯(Peti)一直殺小孩。每當聽到一個小孩因爲父母讓他獨自留在家裡而哭泣時，這野獸便化身爲母親，誘拐這小孩，對他說：「把你的鼻子貼在我的肛門上！」於是，它放一個屁，在他吃下這屁後，就把他殺死。造物主迪埃(Dyai)決定化身爲一個小孩。他帶著投石帶，待在一條小路旁，開始哭泣。佩梯跟蹤而至，把他放在背上，命令他用鼻子貼住肛門，但迪埃小心避開，花豹放起響屁，卻一無用處。每一次，它都跑得更快。當路過的人問它，它把「我主」（造物主）帶往何方。這時佩梯才明白帶的是誰，便央求迪埃下來，但後者不答應。這野獸改道行進，穿過一個洞穴，進入另一個世界，同時一直哀求迪埃離去。

按照造物主的命令，花豹回到了他們相遇的地方。那裡有一棵樹／muirapiranga／，樹幹上穿有一個孔，孔壁平滑。迪埃強迫花豹把手臂穿進去，把它們牢牢縛在孔中。這頭野獸用從另一面伸出來的爪握住舞棒，這是一根中空的竹管，它開始唱起歌來。它叫蝙蝠來給它擦洗後背。也是花豹氏族成員的其他惡魔輪流趕來給它吃的東西。今天有時我們仍可聽到它們在一個古老種植園附近的一樹林地帶中的一個名字／naimèki／的地方發出喧嘩……（Nim.：13，第132頁）。

這個神話給 M_{304} 的植物三元組又添加了第四種樹／muirapiranga／
或／myra-piranga／，字面意義爲「紅木」。這種荳科山扁荳屬（*Caesalpina*）
樹無非就是巴西人所稱的著名的「炭木」（bois de braise）。這種木木質非
常堅硬，紋理精細，適合多種用途。圖庫納人把這種木頭和骨同用來製作
鼓槌（Nim.：13，第 43 頁）。圖庫納人的皮鼓無疑起源於歐洲，在這神話中
還出現了另一種樂器，它懸掛在 M_{304} 中開裂的中空樹幹上：節奏棒
／ba:′／ma／，它是花豹氏族專用的，可能其他一些氏族也用。它是一根長
長的竹（*Gadua superba*）竿，長達 3 米。上端帶有約 30 厘米的槽口，代表鱷
魚的嘴，並有齒或無齒，視這樂器被說成是「雄的」還是「雌的」而定。在
鱷魚嘴的上面，可以看到一小惡魔面具；沿竹桿長度裝飾鈴和隼羽飾品。這
些樂器總是一雄一雌成對使用。演奏者相向而立，把他們竹桿交錯，斜向
地敲擊地面。當內部隔離牆未撤除時，音調保持微弱（Nim.：13，第45頁）。⑥
　　我們上面已把特姆貝－特內特哈人蜂蜜（節）起源神話（$M_{188-180}$）、查
科煙草起源神話（M_{23-24}、M_{246}）和樹皮服裝起源神話（M_{304}，如下面將會看到
的，它反轉了眞正的起源神話）歸併成一組。這個運作產生於一個三重轉換：

　　　　(a)花豹：　　　平和的⇒攻擊性的；

　　　　(b)鳥：　　　　金剛鸚鵡、鸚鵡、長尾鸚鵡⇒鳥鳥；

　　　　(c)鳥的食物：甜的花⇒芳香的籽粒。

---

⑥這與博羅羅人用捲起的席子拍打地面產生的「微弱喧噪」相比也應是非常微弱
　的。博羅羅人用這種喧噪報告水妖／aigé／離去，以便女人和孩子能從容地從
　躲藏的茅屋中出來。我們將會注意到，裝扮「aigé」的演員力圖撞倒在入會過
　程中的男孩，而後者希望教父和男性親屬來防止他們跌倒，因爲那將是嚴重的
　兇兆（E.B.，第 1 卷，第 661－662 頁）。這個插段似乎是對圖庫納人那裡的少女
　入會式的某些細節的幾乎一字不改的換位（Nim.：13，第 88－89 頁）。

我們馬上可看到，M_{304}和M_{310}之間在轉換關係。不過我們不再等待了，現在就可利用這種轉換關係來加強聯結查科神話和圖庫納人神話的紐帶。因為，如果說如已經表明的那樣M_{310}的樂器轉換了M_{304}的樂器，那麼，它們又一樣回復到中空的樹幹（在M_{24}中轉換成中空的坑），後者在M_{23}、M_{246}用做食人花豹的受害者的隱藏所，並使這花豹喪失。這相當於下列轉換：

$$M_{23}、M_{246} \text{（中空的樹）} \Rightarrow M_{304} \text{（開裂的樹幹）} \Rightarrow M_{310} \text{（中空的竹）}$$

這組轉換就樂器關係而言是同質：開裂的樹幹和中空的竹都是音響產生器，並且我們已獨立地證實，在查科神話中，掏空的樹幹、蜂蜜酒槽和鼓之間存在同系關係（以上第90頁）。我還將回到這個方面上來。

現在我們把M_{304}和M_{310}疊加起來。乍一看來，似乎出現了一個複雜關係網；因為，如果說這兩個神話的組合鏈以慣常方式借助某些轉換重現，那麼，它們在一個重合點上產生一個聚合總體，它等當於一個博羅羅人神話（M_5）的組合鏈的一部分，而我們在上一卷的一開始就已表明，這個博羅羅人神話是參照神話（M_1）的一種轉換。因此，經過的全部情形似乎是：我們的研究在向其出發點倒退而又折返之後，按螺旋形展開，一下子重又走上漸進的步伐，同時使一條早先軌道的長直段變得彎曲（見下頁的表）。

因此，按照我們所採取的觀點，M_{304}被同M_{310}相接合，或者它們各都獨立地被同M_5相接合；甚或這三個神話被接合在一起。如果我們大膽地把查科的花豹和（或）煙草起源神話全部連成一體而成為一個「元型神話」（archimythe）（就像語言學家所說的「元型音素」〔archi-phonèmes〕），那麼就可以得到另一個系列，它與前面的系列相似：

| 妻子和母親變成花豹， | 是吃丈夫和小孩的， | 用經血毒害丈夫 | 在城中或死在帶刺的中空樹幹上（或因爪子被卡葛而遭囚禁）。 |

M_5

敵對的祖母試圖殺死孫子，

強將其手臂按入穿孔的樹中。

小孩把亡父埋入扒穴中

她死後被埋入扒穴中。

被矛刺肛門。

藉口給小孩吃反食物（屎）；

藉口給小孩吃反食物（木菌）；

吃小孩的，

M_{310}：花豹變成母親

M_{304}：祖母變成花豹

因此，這裡我們又遇到一個已經討論過的問題即由唯一神話構成的組合鏈和通過垂直截切由多個神話迭加而成的組合鏈所獲得的聚合總體之間的互易可逆關係，兩者由轉換關係聯結。不過，在目前的情形裡，我們至少可一瞥我們還僅僅考察了形式方面的一種現象的語義基礎。

我們還記得，M_5（其組合鏈在此讓人覺得重新截切了其他神話的組合鏈）考慮到了疾病的起源，疾病以邪惡和隱蔽的形式確保從生到死的過渡，把現世和來世結合起來。其他神話的意義也是如此，因爲煙草以良善的、明確的形式起著類似的作用，就像 M_{310} 中節奏棒的使用（也許甚至還關涉其起源），這可以圖庫納人儀式得到證實，因爲這次關涉實際的樂器。M_{304} 的虛幻的樂器（不過，它在美洲樂器中實際上是有地位的）起著相反的作用，即不是結合，而是分離。然而，這種作用也是良善的和明確的。這作用不施加於已制伏的惡魔（通過用樹皮服裝模仿其外形，就像儀式所做的那樣，也不——按 M_{310}——施加於被樹幹有效地囚禁住的惡魔（樹幹像枷一樣鎖住其腕），而施加於因濫用帶皮的樹而逃避一切控制的惡魔：不是由人用法術變出的惡魔幻影，而是變成眞正魔鬼的人。

因此，我們現在已擁有相當堅實的基礎，可以把這比較推廣到 M_5、M_{304} 和 M_{310} 這三個神話的中心區域以外，也可以嘗試整合某些方面，這些方面爲某個神話所固有，但乍一看來它們處於邊際地位。我們首先來看 M_{310} 中關係哭泣嬰兒的初始挿段，因爲這個小角色在我們已是老相識，還因爲，我們旣然已就其他例子大大推進了對他的解釋，所以更心安理得地可以採取一種怪異想法，即到一個遙遠神話體系中去作迅速的周遊，在這個體系中，哭泣者的相貌很容易辨認，因爲他扮演著第一線上的角色。我們不想證明這種做法的合理性；我們知道，這同結構方法的穩當應用不相調和。在這種非常特異的場合，我們甚至不想援引我們的一個堅定信念作爲佐證：日

本神話和美洲神話各自都利用過非常古老舊石器時代題材資源，而後者曾構成各個亞細亞群體的共同遺產，它後來在遠東民族和新大陸民族起著作用。神話學的現狀還不容許我們支配這個假說。我們現在不探討它，僅僅滿足於指出，這種情形情有可原：我們很少容忍這種脫離常規，而如果我們這樣做了，則這主要是作爲一謀略，因爲，這種脫離常規實際上起到走捷徑的作用，以便比沿其他途徑更快而又更省力地到達目的地，同時也無需讀者多花額外的功夫。

M₃₁₁　日本：哭泣的「嬰兒」

神伊澤奈宜(Izanagi)在妻子與姊妹伊澤並(Izanami)死後給他的三個孩子瓜分世界。他把太陽分給從他左眼中產生的女兒天照(Amaterasu)，放置於天空，把月亮給予從右眼出生的兒子月由三(Tsuki-yomi)放置於海洋。他把大地給予另一個從鼻涕中產生的兒子宗佐野川(Sosa-no-wo)。

在這個時期，宗佐野川已處於盛年，鬍鬚已長到長達 8 撮。然而，他忽視了作爲大地主人的職責，只是嘆息，哭泣和發怒。父親詢問時，他解釋説，他所以哭泣，是因爲他想到冥界去同母親團聚。於是，伊澤奈宜恨兒子，驅逐他。

他自己也想重見亡婦，但他知道，她不過是一具膨脹化膿的屍體，棲止著八個雷神：頭、胸、腹、背、臀、手、足和陰户……

宗佐野川在被放逐到另一個世界之前，得到父親恩准，先到天上與姊妹天照話別。但在那裡，他匆忙之中玷污了稻田，震怒的天照決定躲進洞穴，使世界失去光明。爲了懲罰兄弟的過失，他最後被趕入另一個世界受苦受難 (Aston，第 1 卷，第 14－59 頁)。

這個片段簡括地扼述了一個相當有份量的神話，把它同某些南美洲傳說⑦做比較，是很有意思的：

M₈₆ₐ 亞馬遜：哭泣的嬰兒

　　黑花豹尤瓦魯納(Yuwaruna)娶了一個女人爲妻，她妄想勾引丈夫的兄弟。他們一怒之下殺死了她，因爲她已有身孕，他們便打開屍身腹部，從中出來一個小男孩，他跳入水中。

　　這嬰孩不無痛苦地被抓獲，因而「像新生兒似地啼哭」。人們召集了所有動物來哄他，但只有小貓頭鷹通過向他披露其身世才使他安靜下來。從此之後，他只知道爲母親報仇。他把花豹一頭接一頭地全部殺死，然後他升上天空，變成虹霓。正是因爲睡著的人聽不到他的召喚，所以，他們的壽命從此之後便縮短了(Tastevin：3，第188－190；參見CC，第215－218頁)。

奇曼人和莫塞特納人有一個幾乎一樣的神話(M₃₁₂)：一個被母親丟棄的小孩不停地哭；他的眼淚變成雨，而他自己變成了虹霓後又使雨消失(Nordeskiöld：3，第146頁)。然而，在日本人那裡，宗佐野川最終被放逐到另一個世界去時也伴隨著雷雨。神需要一棵樹，人們不給他，而爲了得到保護，他發明了用禾桿做的大沿帽和防雨斗蓬。從那時起，人們就不得闖入這樣穿戴的一個人的住房裡。宗佐野川在到達最後歸宿之前，先殺死了一條殺人蛇 (Aston，同上)。在南美洲，虹霓是一條殺人蛇。

---

⑦北美洲的傳說也可比較，例如，一個關於野兔皮德尼(Dené)的神話(在下一卷裡還要碰到它)就有這樣一個段落：「(造物主)同他姊妹庫尼安(Kuñyan)交媾而生出一個兒子，這個兒子不開心而不停地啼哭」(Petitot，第145頁)。

M₃₁₃　卡希納瓦人：哭泣的嬰兒

一天，一個孕婦去打漁。在這期間，暴風雨大作，她腹中的胎兒不見了。幾個月之後，這嬰孩出現了，已經長大了一點：這是一個桀驁不馴的哭泣者，不讓人安寧生息。人們將他拋入河裡。兩相一接觸，河立時乾涸。至於他，已杳無蹤影，登上了天　(Tastevin：4，第22頁)。

塔斯特萬根據一個類似的佩巴人(Peba)神話提出，這裡可能事關太陽的起源。我們還記得，一個馬希昆加人神話(M₂₉₉)區分了三種太陽：我們的太陽、冥界太陽和夜晚天空的太陽。在起源上，這後者是個燒火的嬰兒，使母親生他時死去，他的父親把月亮弄出地球，以免她被火燒。至於第二個太陽，他像宗佐野川一樣也去冥界同亡母相會，他在那裡成為有害的雨的主人。宗佐野川的母親的屍體令人生厭，而冥界太陽母親的屍體相反則美味可口，以致它提供了最早人肉餐的菜肴。

這一切神話，無論日本人的還是美洲的，都驚人地忠實於同一圖式：哭泣的孩子是個被母親拋棄或者遺留的嬰兒，而遺留只是把拋棄的日子提前；甚或，儘管他已到達相當年齡，一個在這個年齡的正常孩子已不需要父親繼續照料。這種對於家庭聚合的過分慾求（這些神話故事將它置於水平層面上，它產生於母親的遠離）到處都引起宇宙型的、垂直的分離：哭泣的小孩登上了天，在那裡引起一個**腐爛的**世界(雨水、骯髒、虹霓引起疾病、短壽)；或者在對稱的異本中，**不讓**世界被**燒毀**。至少美洲神話的圖式是這樣的，而在日本神話中，這圖式被一分為二，並反轉過來，在那裡哭泣的神畢竟遠走高飛，因為他的第二次分離採取遊歷的方式。儘管有這個差異，我們還是可以認識到，在哭泣小孩這個角色背後，有一個反社會英雄（從

他拒絕被社會化這個意義上說）的角色，他緊緊地依附於自然界和女性世界：在參照神話中，他爲了返回母方而犯亂倫罪，在 M_5 中則不管已到了加入男人房舍的年齡，卻還賴著住在女性茅舍裡。按一種判然不同的方式進行推論，我們得出這樣的結論：疾病起源神話 M_5 隱含地關涉疾病起因虹霓的起源（CC，第 322－327 頁）。從這個推論，我們借助剛才發現的幽居男孩和哭泣嬰兒間的等當關係（這些神話把他們安排爲同一個氣象現象的起源），現在可以得到一個附加的證明。

在從這個對比中找出一些結論之前，應當先來考察一下 M_{310} 的一個挿段，在這個挿段中，蝙蝠擦洗花豹的後背，而我們記得，花豹嗜食小孩，用屁把他們悶死。現在要來說明蝙蝠在這些神話中的地位，是困難的，因爲幾乎從來就沒有過關於這個動物種的提示。然而，在熱帶美洲，翼手目有九個科和一百個種，它們在尾巴、外貌和食譜等方面都不同：有些是食蟲的，另一些是食果的，最後還有一些（種名 *Desmodus*）是吸血的。

因此，我們可以來揣測一下「melero」的兩個女兒（她們是 M_{197} 中多色的女人金剛鸚鵡）之一轉換成蝙蝠（一個塔卡納人神話〔M_{195}〕對之作了例示）的理由：或者是，所關涉的蝙蝠種以花蜜爲食，就像常見的情形那樣，或者是，它如同蜜蜂那樣棲息在中空的樹裡，或者出於截然不同的理由。爲了支持這種聯繫，人們指出：一個烏依托托人神話（M_{314}）（痴迷蜂蜜的少女的題材在其中短時間出現）用食人蝙蝠取代蜂蜜（Preuss：1，第 230－270 頁）。然而，一般說來，這些神話主要把這些動物同血和身體的開孔聯結起來。蝙蝠使一個印第安人發出第一陣笑，因爲它們不知道分解的語言，只能用搔癢來同人溝通（卡耶波－戈羅蒂雷人，M_{40}）。蝙蝠從一個吞吃年輕人的食人魔的腹腔中出來（謝倫特人，M_{315a}；Nim.：7，第 186－187 頁）。吸血蝠 *Desmodus rotundus* 產生於被印第安人殺戮的魔鬼艾特薩薩（Aét-sasa）的家屬的血，艾特薩薩砍下印第安人的頭，以便改變他們的頭顱（阿瓜拉納人，M_{315b}；Guallart，第 71－73 頁）。一個蝙蝠惡魔與一個女人結婚，因

她拒絕提供食料而惱怒，遂砍下印第安人的頭，把頭顱堆積在他棲息的中空的樹裡（馬塔科人，M_{316}；Métraux；3，第48頁）。

　　哥倫比亞聖瑪爾塔山脈的科吉人設想了蝙蝠和經血之間的更確切聯繫：「是不是蝙蝠叮咬了你？——當女人們想知道她們中的一個人是否不舒服時，就這樣問道。年輕男人談到適婚少女時說，因爲蝙蝠已叮過她，所以她已是一個女人了。祭司在每所茅舍上方放置一個線十字，它旣代表蝙蝠，又代表女人性器官」（Reichel-Dolmatoff，第1卷，第270頁）。饒有興味的是，這種性象徵還存在於阿茲特克人那裡，他們認爲，蝙蝠起源於他們信奉的主神克扎爾科亞特耳(Quetzalcoatl)的精子。⑧

　　這一切爲什麼會令我們感興趣呢？**一般認爲，蝙蝠造成身體開孔，流出經血，而在 M_{310} 中，蝙蝠轉換成爲造成身體閉合，重新吸入糞便。**我們應當注意到，這種三元轉換也適用於花豹，尤其攫奪哭泣嬰兒的花豹，這樣，它就取得了完全的意義。因爲，我們認識這種食人獸：我們初次見到它，是在一個瓦勞人神話(M_{273})中，在那裡，花豹化身爲祖母（在 M_{310} 中爲母親，但她是對 M_{304} 的祖母花豹的再轉換）而攫取哭泣嬰孩，在這小姑娘長大後便吃她的經血（而不是它自己放屁來殺死小孩，再吃他）。因此，與一個女人相對，M_{273} 的花豹的行爲如同蝙蝠，而在 M_{310} 中，蝙蝠與花豹相對，採取與花豹相關但相反的行爲，如果花豹已成爲人類的話。

　　然而，M_{273} 屬於與蜂蜜起源神話相同的轉換組。M_{310} 則居於與煙草起源神話相同的轉換組。因此，可以證明，在從蜂蜜過渡到煙草時，有下列方程成立：

(1)（經血）　　　　　　　　（糞便）
〔花豹：不舒服的少女〕∷〔蝙蝠：花豹〕

由此可見，我們可以獨立地理解 M_{273} 和 M_{24}（煙草起源神話，其中一頭女

---

⑧澳大利亞那裡有一種信條認爲，蝙蝠產生於入會式期間割下的包皮，這種動物意味著死亡（Elkin，第173、305頁）。

人花豹用經血毒害丈夫）：

(2)（蜂蜜的起源）　　　　　（煙草的起源）
　　　〔經血：食物〕::　　　　　〔經血：糞便〕

換言之，如果說蜂蜜是兩個端項的連接者，那麼，煙草通過合併鄰項而使中間項分離。

在穿播了這個蝙蝠插曲之後，我們現在可以回到哭泣的嬰兒。

兩個圖庫納人神話 M_{304} 和 M_{310} 共有食人題材和排泄物題材；或者，在 M_{304} 中，祖母花豹傾向於把已故兒子的肝——與血、更具體地與經血等同的內臟——當做一種也是反食物的樹蘑菇(CC，第 222–223、233–234、235–236 頁)；或者，在 M_{310} 中，一頭花豹盜用母親的角色，強迫嬰孩吸入他屁股放出的氣體。但是，無論瓦勞人的和圖庫納人的花豹以人肉或經血為食，還是反過來提供腐爛物作為食物，它們都屬於一大族其中也包括狐和蛙的迷戀小孩哭聲的動物；蛙也嗜吃新鮮肉，但取隱喻的意義，因為它貪求的不是哭泣的嬰兒，而是青春少年，它將以之作為情人。

憑著這個成見，我們又看到了已以另一種方式加以證實的(第 310 頁)、哭泣——喧嘩——和排泄物之間的等當關係：兩個項可以互換，視神話選取聲的、食物的還是性的代碼去加以表達而定。因此，哭泣嬰兒的題材所提出的問題又是在問，為什麼一個給定神話選擇用聲的代碼來給在其他神話中借助實際的亂倫(M_1)或象徵的亂倫(M_5)加以編碼的一個神話題材(mythème)——幽居男孩的角色——進行編碼。

這個問題對於諸如 M_{243}、M_{345}、M_{273} 等神話依然存在。不過，在我們所考察的場合裡，可以看出一種可能的回答。實際上，兩個關於食人花豹的圖庫納人神話對樂器作了類似的處理，一個是假想的，另一個是實際的，而從語義功能來說，以及就樂器類型而言，兩者構成對立的對偶。M_{304} 的樂器（我們已將之與博羅羅人的／parabára／相比）僅僅是一根自然地中空的

樹幹，它沿長度部分地開裂，通過把它斜向地打擊土地或擲向地面來使它振動。所產生的音響把人類本身(但已變成魔鬼)同人類社會分離開來。M₃₁₀的樂器即由囚禁的花豹演奏的節奏棒是竹桿（禾木科植物，南美洲印第人像植物學家一樣未把它歸類於樹），它也是天然地中空的，通過把它垂直地敲擊地面但不脫手來使它發音。這種樂器的應用給花豹帶來的結果乃同剛才賦予響板的結果相對稱。節奏棒把魔鬼（已轉變成人）同其他魔鬼相結合：它把其他魔鬼引向接近人而不是遠離人。

　　事情還不止於此。節奏棒本身還顯現了同一種樂器結成相關而又對立的雙重關係。這後一種樂器我們從本書一開始起就斷斷續續遇到，我們還看到它出現在蜂蜜起源神話的第二線上。我想說的這種樂器是鼓，它也是用中空樹幹做的。這些神話把中空樹幹用於各不相同的功能：蜜蜂築巢，蜂蜜酒的槽，木鼓（按照 M₂₁₄由槽轉換而成），食人花豹的受害者的躲匿處，對於這同一花豹以及對於痴迷蜂蜜少女來說的陷阱……木鼓和節奏棒都是中空的圓筒：短而粗，或者長而細。一者被動地接受棒或槌的打擊，另一者由一個演奏者的手操縱，放大並延長手勢，把引起它發音的打擊一直引到惰性的地面。因此，如果說響板既同節奏棒也同鼓相對立——因為後兩者在內部並在整個長度上中空，而它在外部、橫向地並僅在部分長度上開裂——那麼，鼓和節奏棒也相互對立，因為它們分別為較粗或較細的、較短或較長的、被動或主動的。

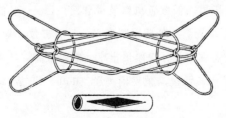

圖 17　蜂蜜，或中空的樹。瓦勞印第安人的線繩遊戲圖
（據羅思：2，第 525 頁，圖 288）

這個三角體系中的主要對立即鼓和響板的對立間接地產生於一個瓦勞人的神話。這裡只要從它摘出一個插段就夠了。

M₃₁₇　瓦勞人：科羅羅曼納冒險記

一個名叫科羅羅曼納(Kororomanna)的印第安人一天殺了一頭吼猴。在回村途中，他迷了路，於是在一棵臨時選定的樹下過夜。很快，他發覺，他選錯了野營地，它正在魔鬼經常出沒的路的中央。這種路根據音響辨認。音響是這些魔鬼發出的，他們居住在樹林中間，夜間不停地打擊圍住他們的樹的枝叉和樹幹，由此產生各種各樣乾裂聲。

科羅羅曼納十分煩惱；何況吼猴屍體在體內積聚的氣體的作用下開始腫脹。科羅羅曼納害怕魔鬼來吃他的獵物，遂用一根棒做武器守衛在獵物近傍，儘管氣味難聞。最後，他安靜下來睡了，但又被魔鬼打擊樹發出的音響驚醒。這時，他想戲弄他們，對每一次打擊都以棒打猴腹作爲響應。這樣便發出一連串 boum, boum 聲，如同鼓聲〔瓦勞人用吼猴皮張皮鼓〕。

魔鬼起先對響過自己引起的聲音的這些音響感到好奇，最後發現了科羅羅曼納，他對一頭死獸發出這麼大聲響感到很好笑，遂發出響亮的笑聲。魔鬼的首領爲不能發出同樣動聽的音響而難過。但是，與凡人不同，魔鬼用一個紅色斑點裝做肛門；因此，它們在下面被堵塞。這不礙事，科羅羅曼納答應鑽刺魔鬼的後腿部位。他猛力用弧形木鑽刺，一直穿過整個身體，從頭頂出來。魔鬼痛恨科羅羅曼納殺死了它，發誓讓同伴報仇。此後，他便消失了 (Roth：1，第 126－127 頁)。

這個很長的神話插段證實了存在著人的樂器鼓（這裡甚至被賦予了有機的性質）和棒撞擊或打擊發出的「魔鬼」音響之間的對立。⑨由此可知，

節奏棒處於兩者之間：禮儀樂器和魔鬼召喚器，後者仿照樹皮服裝，而 M_{304} 使之同／parabára／型響板相對立。

這裡我要就節奏棒插上一段議論。

南方瓜拉尼人把指揮棒和節奏棒嚴重對立起來，指揮棒用 *Holocalyx balansae* 樹的心切成，象徵男性的能力，竹製的節奏棒則象徵女性的能力 (Cadogan：3，第 95－96 頁)。當時男性的樂器是喇叭。這種對立常常從文獻得到證實，一個特別令人信服的例證是沙登著作(4)《瓜拉尼人文化面面觀》(*Aspectos fundamentais da cultura guarani*)中的一幅圖版 (第 1 版的圖版 14)。在這幅圖中，可以看到五個凱奧瓦(Kaiova)印第安人排成一行，(其中一個小男孩) 一隻手拿著十字形物，另一隻手拿著一個喇叭，接著的四個女人各用一節竹桿打擊地面。⑩看來，就像更北面的瓜拉尤人一樣，在阿帕波庫瓦人看來，節奏棒的應用自有其特殊的功能：便於文明英雄或整個部落升天(Métraux：9，第 216 頁)。因此，人們懷疑在南方瓜拉尼人那裡存在過一三元樂器制，其中只有兩種是樂器，被賦予互補的功能：指揮棒用來召集人(這也是亞馬遜北方木鼓所履的社會功能)，喇叭用來使神下凡接近人，節奏棒用來使人升高而接近神。我已經強調了沙登的假說，按照它，瓜拉尼人的木十字架可能代表兩根曾經各不相同、相互橫擊的棒。最後，瓜拉尼人關於充實的棒——即男性指揮權象徵——和中空的管——即女性禮

---

⑨像這個瓦勞人神話所描繪的那樣，魔鬼引起的音響也引發了細心觀察者歸諸花豹的音響：「這種乾裂聲極富特徵，花豹因重複發出這種聲音而暴露其存在，它神經質地晃動耳朵，由此以較爲抑制的方式產生響板的音響」(Ihering，辭條「onça」)。按照里奧朗庫地區的一個傳說，花豹夜裡發出音響，因爲它穿著鞋走路，而貘赤腳走路，因此悄無聲息 (Rodrigues：1，第 155－156 頁)

⑩玻利維亞的塔-卡納人稱竹子的 (中空的) 箭爲「雌的」，稱棕櫚木的 (充實的) 箭爲「雄的」(Hissink-Hahn，第 338 頁)。

拜儀式用樂器——之間的對立引起了某些亞馬遜部落用於社會學目的的對立（第 354 頁），這是用作垂飾的硬石圓體之間的對立，視其縱向地鑽孔（中空的）還是橫向地鑽孔（充實的）而定。

　　這樣，我們看到了中空和充實間顯現了一種辯證關係，這裡每個項都有多種模態作爲例示。我們現在局限於指出某些題材和一些可以進行研究的方向，主要是爲了更好地把握這種辯證法在神話內部運作的方式。不過，這些神話遠不止是在各自的結論中把可以還原爲中空的管或開裂的棒的樂器對立起來。每個神話又引入的樂器最終都同這神話在另一個記敍階段上規定的「樹的模式」保持一種獨特關係。

　　實際上，M_{304}和M_{310}使一棵或多棵樹接受迥然不同的手術。在M_{304}中，幾棵樹（但起先只有一棵）被剝去皮。在M_{310}中，一棵樹被鑽孔。因此，一根縱向地剝皮的樹幹同一根橫向地鑽孔的樹幹相對立。如果我們用已經指出過的這兩個神話出現的、也「用樹幹做的」樂器間的對立來完善這個對立，那麼，我們便得到一個四項體系：

M_{304}：　　　M_{310}：

樹：　剝皮的樹幹　鑽孔的樹幹

響器：　迸裂的樹幹　中空的樹幹

　　顯然，這些關係構成一種交錯配列。鑽孔的樹幹和開裂的樹幹從下述意義上說相互響應：每一者都代表垂直於樹幹軸的開口，但時而在中間，時而在端末，以及或者是內部的，或者是外部的。聯結剝皮樹幹和中空樹幹的對稱關係更爲簡單，因爲它回復到內部和外部的反轉：被剝去樹皮的樹仍處於內部充實的圓柱體的狀態，而其外部再也沒有什麼，而竹管是外部充實的包封，其內部唯有中空即一無所有：

剝皮的樹幹 　　　　竹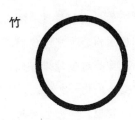

　　雙重對立：**外部空虛／內部充實**和**內部空虛／外部充實**是這組神話的一個不變性質，它產生於 M_{310} 爲了反轉樹皮面具的「眞正」起源所採取的方式，如同圖庫納人在第三個神話中所敍述的那樣：

M_{318}　圖庫納人：樹皮面具的起源

　　魔鬼從前生活在一個洞穴裡。爲了舉行節宴，它們夜襲一個村子，奪取儲存的熏肉，殺死所有居民，把屍體拖回洞穴裡吃。

　　這時，村裡來了一群訪客。他們見狀大吃一驚，於是跟蹤運送屍體的蹤跡，一直來到了洞穴門口。魔鬼們想攻擊這些好事者。這些印第安人於是裹足不前，退回家裡。

　　另一群旅行者在樹林裡宿營。他們中有一個孕婦分娩了。同伴們決定就此野營，直到她能重登旅途。但是没有獵物吃。大家全都空肚睡覺。夜裡，他們聽到刺鼠的啃咬聲。這是一隻大天竺鼠（*Coelogenys paca*），他們包圍它，把它殺了。

　　大家都吃這肉，只有產婦和丈夫没有吃。翌日，男人都出去打獵，留下母親和嬰兒守營。這時，她看到一個魔鬼在趨近。它對她說，昨夜被殺的天竺鼠是它的兒子，魔鬼們將要來爲其報仇。没有吃過它的人爲了得救應當爬上一棵規定樹種的樹，剝下身後的樹皮。

　　獵人們回來，没有人相信她的訴述；他們甚至嘲笑她。當她聽到

喇叭的召喚和魔鬼的嚎叫時，她想給同伴報警，但同伴睡得太深，她即使用樹脂火把燒他們，也弄不醒他們。她咬了丈夫一口，他最後醒了，像夢遊似地跟著她走了。兩人帶了小孩爬上這女人已仔細按標記辨認出的樹，他們剝下了身後的樹皮。天明後，他們從躲藏處下來，回到野營地：那裡已空無一人，魔鬼殺死了所有熟睡者。這對夫婦回到村裡向人訴述自己的遭遇。

聽從一個老巫師的教導，印第安人種植了大量多香果。當它們成熟後，他們收成它們，並把它們運送到魔鬼洞穴附近，他們用 pax-iubabarriguda（一種樹幹粗大的棕櫚樹：*Iriartea ventricosa*）的樹幹堵塞洞穴入口，只留下一個地方燃起大火。他們向火中拋入大量多香果，讓濃煙進入洞穴。

立刻可以聽到令人可怖的喧嘩。這些印第安人允許來參加食人宴的魔鬼出來。但是，所有吃過人肉的魔鬼都死在洞穴裡；人們根據它們面具上的紋路還能認出它們。當噪音停止後，在一個作爲響導派出的奴隸耶瓜(Yagua)死於殘存的幾個魔鬼之手之後，圖庫納人進入洞穴中，仔細觀察各種魔鬼的特徵面目：樹皮服裝今天還在復現這些面容（Nim.: 13，第 80－81 頁）。

這裡我不打算詳細分析這個神話，這會離題太遠。我僅限於讓讀者注意剝下的樹皮這個插段。一個年輕母親（≠M_{304}的年老祖母）像他的丈夫一樣遵從嬰兒出生後就同樣地強加於他們（≠M_{304}中嗜食人肉的老年夫婦）的飲食禁忌，成功地逃過食人魔鬼（≠M_{304}中變成食人魔鬼），其方法是剝下一棵樹的樹皮，同時剝皮隨著攀升逐漸地，因此是**從低到高地**進行：而M_{304}中的變成魔鬼的人通過**從高到低**剝樹皮而達到這個結果。第 334 頁的主要對立仍保持不變，而M_{304}和M_{318}的反對稱（通過穿上樹皮服裝而被釋放或歸化的魔鬼）依從於爲了事情的需要而明顯地引入的一個附加對立：

剝樹皮方向的對立，剝樹皮從高到低或者從低到高地進行。

　　因爲事關實際的技術，所以這裡可以來研究一下，印第安人如何進行剝樹幹皮的工作。尼明達尤觀察並記敍了圖庫納人那裡的情形，他提供的證據表明，剝皮既不沿一個方向，也不沿另一個方向進行。他們砍下樹木，截切一段長度適當的樹幹，在樹皮上做上從樹木剝離的標記。然後，他們扯住樹皮轉動，有如一個套筒；或是更常見的是，他們沿襲整個長度裂開樹皮，以便得到比管筒更易加工的長方形樹皮（Nim.：13，第 81 頁）。⑪圭亞那的阿拉瓦克人那裡採用的技術似乎與此相同（Roth：2，第 437－438 頁），他們也許是首創者（Goldmam，第 223 頁）。因此，可以說，相對於技術－經濟下層建築，這兩個神話皆無長處可言。一個並不比另一個更「眞實」。不過，在考察了一個儀式的兩個互補結論之後（認眞看起來，這儀式使旁觀者以及祭司本身處於一定的危險之中，因爲帶面具的舞蹈者所人格化的魔鬼不是突然又重現其刻毒嗎?）就應當設想，他們假想了一種技術，而這種技術不同於實際的技術，能允許相對立的進行方式。

　　在我們看來，這些神話經過適當整理後似乎通過利用實際的或假想的器具而顯示一大批使一根樹幹或一根棒**成爲中空的**轉換，它們匯總了各種不同方式：自然的或人工的空腔、縱向的或橫向的開口、蜂巢、槽、鼓、節奏棒、樹皮筒、響板、枷……在這個系列中，樂器占居中間位置，介於兩個極端形式之間，兩個極端或者屬於庇護所，如蜂巢，或者屬於陷阱，如枷。那麼，面具、樂器本身難道各自不是庇護所或陷阱，有時甚至兼而是

---

⑪然而，尼明達尤指出了一種從高到低的剝樹皮技術，限制用於／matamatá／樹
　　（種名 *Eschweilera*），而 M₃₀₄把它推廣到／tururi／樹（種名 *Couratari*?）。參見
　　Nim.：13，第 127 頁和第 147 頁註⑤。

兩者嗎？ M_{304} 的響板起著爲魔鬼花豹設下的陷阱的作用； M_{310} 的魔鬼花豹在被枷囚住後借助節奏棒而得到同類保護。 M_{318} 追溯其起源的樹皮服裝——面具對穿戴它們跳舞的人來說是庇護所，同時又使他們能降伏魔鬼的伎倆。

然而，自從本書開始以來，我們一直在同用作爲庇護所或陷阱的中空樹打交道。在煙草起源神話中，第一個功能占主導地位，因爲遭到食人花豹迫害的角色躲藏在樹的空心中。在蜂蜜起源神話中，第二個功能起支配作用，在那裡，時而狐，時而痴迷蜂蜜少女，最後時而蛙被囚在這種空腔裡。但是，對於後者來說，中空的樹只是因爲起先是蜜蜂的庇護所才後來成爲陷阱。反過來，如果說在煙草起源神話中中空的樹對花豹的受害者提供了臨時庇護所，那麼，它又轉變成了陷阱，成爲迫害他的這頭野獸的葬身之地。

因此，可以更確切地說，中空的樹這個題材綜合了兩個互補的方面。如果注意到，這些神話總是利用同一類樹或者利用不同類的但彼此有重要相似之處的樹，那麼，這個不變特徵就讓人看得更清楚。

我們已考察過的所有查科神話都提到了／yuchan／樹（它的中空樹幹庇護了孩童或變成花豹的女人的同伴），這種樹用來製作第一個蜂蜜酒糟，成爲第一個鼓；在這樹幹裡，魔鬼蝙蝠堆放被砍下的受害者的頭，痴迷蜂蜜的狐被囚禁在那裡，或者被搜出，等等。／yuchan／樹在西班牙語中爲 palo borracho，巴西的葡萄牙語中爲 la barriguda，即「鼓脹樹」。這是一種木棉科植物（*Chorisia insignis* 和相近的種），它樹幹粗大而有三個特徵：看上去呈瓶狀，長著又長又硬的刺，最後是在其花裡可以採集到白色絲狀的絨毛。

對於痴迷蜂蜜少女起陷阱作用的樹較難證認。我們僅僅在一種極端情形裡才能確切地知曉它：樹蛙(cunauaru)化身爲女英雄，實際上這種兩棲類動物居住在 *Bodelschwingia macrophylla Klotzsch* 的中空樹幹裡（Roth：

1，第 125 頁），它不是像 *Ceiba* 和 *Chorisia* 那樣的木棉科植物，而是一種椴木科植物。在南美洲，這個科包括像木棉科那樣木質輕的、中空的樹幹的樹，博羅羅人利用其中一種(*Apeiba cymbalaria*)的剝下的樹皮製作女人的褻衣(Colb.：3，第 60 頁)。由此可見，土著的種族植物學把木質輕的、常常轉換成中空圓筒的樹構成一個大科,這種空隙或者是天然的和在內部的,或者是人工的和在外面的：借助人的工作，人可以說把樹幹掏空成樹皮筒。⑫

在這個大科中，木棉科植物尤其值得注意，因而它們在一些圭亞那神話中處於第一線，而這些神話與我們這次考察到的所有圭亞那神話屬於同一組。

M₃₁₉　卡里布人：不順從的女兒

　　兩個少女拒絕跟隨父母應邀赴飲料節宴。她們單獨留在家裡，接待了一個住在一棵鄰近樹的中空樹幹裡的魔鬼。這樹是一棵／ceiba／。這魔鬼用箭射死了一隻鸚鵡，要求兩個少女讓它留宿；她們很樂意。

　　晚飯後，魔鬼懸起吊床，邀妹妹伴它一起睡。因爲她不吭聲，所以被姊姊取代了。夜裡，她聽到異樣的噪音和哼聲，她起先以爲是作愛的表示。但是，喧嘩更厲害了；這妹妹點起了火，想看個究竟。血從吊床上流淌下來，躺在那裡的姊姊已被情人穿刺而死。於是，她識破了它的眞相。爲了躲避這種死亡，她隱藏到一堆正在一個角落裡腐爛的玉米穗下，上面有蘚苔覆蓋著。她小心躲著，同時恫嚇腐爛精靈：如果它告發她，那麼就再也不給它玉米。事實上，這精靈嗜吃玉米，因

---

⑫種族植物學專家克洛迪娜・貝爾特(Claudine Berthe)惠告我，許多現代植物學家都把木棉科植物與椴木科植物歸爲同類，或者認爲它們非常相近。

此當魔鬼問它時，不加理睬。魔鬼尋不到妹妹藏在那裡，又害怕白天，遂回家去了。

只是到了中午，這少女才敢從隱藏地出來；她急急匆匆趕在赴節宴回來的家人之前到達家裡。父母知悉了事情，就裝滿了二十籃多香果，圍住那棵樹散布，再點起火堆。魔鬼被煙窒息，便一批接著一批化身的吼猴出來。最後，那個殺人魔鬼出現，印第安人把它殺了。從那時起，那個倖存的少女就乖乖地聽從父母了（Roth：1，第 231 頁）。

在這個神話的骨架中，很容易又看出那些關於在家人出去打獵或訪問鄰居期間獨個留在當地的一個少女的圭亞那神話(M_{235}、$_{237}$)的骨架。但是，這裡的訪客不是純潔的、提供食物的和尊重經血的精靈，而是好色的、嗜血的和殺人的魔鬼。在這組英雄為男性的神話中，蘚苔起著不利的作用，使獵人與其獵物分離。在這個主人公為女人（她自己對魔鬼來說處於獵物的地位)的神話中，蘚苔變成保護性的，覆蓋受害者而不是迫害者的身體。M_{235}的女英雄所以選擇獨處，是因為她不舒服，因此是腐爛的根源。因此，她顯得尊重禮儀，而這不同於 M_{319} 的兩個女英雄，她們無理拒絕陪伴父母，只是因不服從這種品質而引起的。因此，M_{319} 不是敍述一個有良好教養的、得到蜂蜜報償的少女的故事，而是訴述一個缺乏教養的少女，多香果的引起痛癢的煙為她報仇的故事。[13]然而，我們剛才只是援引了這組神話中兩個極端成員，它們以根本反轉所有題材為表徵。還有一個神話也處在這個神話組中，但這次佔據中間地位：

---

[13]按照圖庫納人的說法，／ceiba／樹的精靈用箭傷害不舒服的女人；用浸過多香果的水洗浴，是對付經血引起的感染的最好解毒劑(Nim.：13, 第 92、101 頁)。

M₃₂₀　卡里布人：煙草的起源

.　一個男人看到一個長著刺鼠足的印第安人消失在一棵／ceiba／樹中。這是一個樹林精靈。人們在這棵樹周圍堆起木頭、多香果和鹽，再點燃火。這精靈托夢給這男人，叫他三個月後去到它死去的地方。在灰爐中生長出了一種植物。人們把它的大葉子浸漬，製成一種引起恐懼的液體。正是在這最早的恐懼過程中，這男人獲知了醫治術的全部奧秘 (Goeje，第 114 頁)。

一個同樣來源的神話 (M₃₂₁；Goeje，第 114 頁) 教人相信，受到精靈造訪的男人不參與樹立火刑柱，他得到煙草作爲其同情心的報償。不過，無論是否應該給這個濟人的精靈以介於 M₂₃₅ 的提供救助的精靈和 M₂₃₅ 敵對精靈之間的地位，很顯然的，這個卡里布人煙草起源神話閉合了一個循環，因爲，這個帶刺鼠足(齧齒類動物是素食的，作爲獵物毫無進攻性)的，在自身陷入／ceiba／的中空樹幹之後從其灰爐中生出用於飲用的煙草的男性角色逕自回到了 M₂₄ 的女性角色，她的頭先於身體化代花豹：食肉性的、攻擊性的動物，在妄想殺死躲藏在木棉科植物的中空樹幹中的受害者而未果之後，從其灰爐中產生用於吸食的煙草。如果這個回環已閉合，那麼，這是需要某些轉換作爲代價的。考察這些轉換，具有重要意義。

這種樹到處都扮演一個不變項的角色。木棉科的樹對於從圭亞那直到查科的神話思維所以產生魅力，並不僅僅緣於某些客觀的、值得注意的特徵：樹幹粗大，木質輕，常有內部空腔。如果說卡里布人不砍伐／ceiba／(Goeje，第 55 頁)，那麼，這是因爲不僅在他們那裡，而且從墨西哥直到查科，這種樹有著超自然的對應物：其中空樹幹中包含原始水和魚的世界樹，或者天堂之樹……我一本自己採取的方法，不去探討這種神話詞源問題，而

且在這個特定場合我還必須擴充探究中美洲的神話。因爲／ceiba／或相近種的樹構成我們神話組的不變項，所以，爲了確定其意義，只要比較它們被召出場的全部背景，就夠了。

在查科煙草起源神話中，木棉科植物的中空樹幹用作庇護所；在圭亞那煙草起源神話中，它用作陷阱。但是，在以痴迷蜂蜜少女爲女英雄的圭亞那神話中，賦予中空樹的作用是混合的（無論以直接的還是經過轉換的方式）：時而是庇護所，時而是陷阱，有時在同一個神話內兼作兩者（例如參見 M_{241}）。另一方面，在處於這樹內部的蜂蜜和到處瀰漫的多香果煙之間還出現了一個次級對立。

根據這第一系列，我們建構一個第二系列。在 M_{24} 中，因加入小蛇而變得刺人的蜂蜜同生煙的煙草所結成的關係如同 M_{320} 中多香果的刺人的煙和煙草「蜂蜜」所結成的關係。⑭

	M_{24}	M_{320}
弄濕的	有毒的蜂蜜	煙草
燒過的	煙草	多香果

在一個回環閉合的同時，煙草從火燒的範疇到弄濕的範疇的轉移也建立了一種交錯配列。這產生兩個結果。首先，我要提出，煙草神話有兩重性：按照涉及吸食的這是飲用的煙草，以及按照煙草的食用呈世俗的還是神聖的形象，一如我們在蜂蜜神話方面已觀察到的同區別新鮮蜂蜜和發酵蜂蜜相聯繫的二重性。其次，我再次重申，當骨架保持不變時，被轉換的是消息：M_{320} 復現了 M_{24}，但說的是另一種煙草。神話演繹總是呈現辯證特徵：它並非沿圓環行進，而是沿螺旋行進。當著人們以爲重又回到了出發點時，其實絕不會絕對地和完全地回到那裡，而只是處於某種關係之下。更確切地說，人們垂直地通過所由出發的地點。不過，這種通過在位置上或

⑭在製備它時，鹽起副作用，M_{321} 提到了這一點。

高或低，而這意味著一種差異，它是初始神話和終端神話（這兩個名詞取其關於軌道的意義）間意味深長的偏差所在。最後，按照所採取的視角不同，這種偏差可以處於骨架、代碼或者詞匯的層面。

現在我們來考察動物的系列。我們不回到蛙和花豹這兩個端項間的相關而又對立的關係上，這已經說明過（第 246 頁）。那麼，是否可以說 M_{319} 的吼猴和 M_{320} 的刺鼠構成一個中間對偶呢？這後一種動物屬於齧齒動物（*Dasyprocta aguti*），圭亞那神話使之成為原始樹的果子的自私主人（以上第 226 頁）。至於吼猴（種名 *Alouatta*），這是糞便產生者：隱喻地憑藉喧嘩和我們已通過其他途徑表明的腐爛（第 310 頁）間的同化；在實際上，因為吼猴是一種大小便失禁的動物，任憑排泄物從樹的高處跌下去。這與三趾獺不同，後者能多天忍住不解，並且小心落到地面，以便始終排放在同一地方（塔卡納人，$M_{322-323}$；Hissink-Hahn，第39－40頁；參見CC，第409－410頁）。[15] 韋韋人（他們是生活在英屬圭亞那和巴西接壤處的卡里布人）在肖德維卡（Shodewika）節跳舞時把各動物擬人化。用服飾化裝成吼猴的舞蹈爬上集體茅舍的屋頂上，蹲下來模擬解大便，把香蕉皮扔到觀眾頭上（Fock，第 181 頁）。因此，可以認為，刺鼠和吼猴作為食物囤積者和糞便分配者而相對立。

然而，圭亞那神話把吼猴作為惡魔似的獵物這種做法在一個重要的卡拉雅人神話（M_{177}）中幾乎原封不動，而對這個神話，迄此為止我們只是一提而過。現在是回到這個神話的時機，尤其因為這個神話的英雄屬於 M_{234}－M_{240} 的「可惡獵人」族，因此這神話屬於痴迷蜂蜜少女神話組，將以始料所不及的方式把我們帶回到響板問題上。

---

[15]吼猴和三趾獺的對立給我在法蘭西學院開設的一門 1964—1965 年度課程提供了一個論據，參見《年鑑》(1965 年) (*Annuaire, 65ᵉ année*)，1965－1966 年，第 269－270 頁。

M₁₇₇ₐ　卡拉雅人：魔箭

　　森林裡生活著兩頭大吼猴，它們殺獵人吃。兩兄弟想消滅它們。他們在路上遇到了一個雌癩蛤蟆，它答應教他們如何戰勝這兩頭怪物，但條件是他們要娶它爲妻。兩兄弟嘲笑它，繼續趕路。一會兒，他們發現了這兩頭猴，它們像他們一樣也用標槍作武器。戰鬥進行了，但兩兄弟都被刺中眼睛身亡。

　　第三個兄弟住在家族的茅舍裡。他的身體佈滿傷口和潰瘍。只有祖母答應照料他。一天，他去獵鳥，丟失了一支箭，想把它找回來。這箭落進蛇的穴中。這地方的主人出來，詢問了這男孩，了解了他的痛苦。爲了醫治他，這地主送給他黑色藥膏，叫他必須嚴守祕密。

　　這英雄馬上就恢復健康。他決心爲兩個哥哥的死報仇。這蛇給了他一支魔箭，建議他不要拒絕雌癩蛤蟆的求愛。爲了滿足它的性慾，他只要模仿這種可憐動物的腳趾和手指間的交媾就可以了。

　　這英雄就照著做了。作爲交換，他被教會他首先讓猴子射，當輪到他時，瞄準它們的眼睛。猴子死去後，尾巴仍吊在樹枝上，他只得派一個蜥蜴去把它們放下來。

　　然後，這英雄去感謝蛇，蛇給了他一些魔箭，它們能殺死並帶回一切獵物，甚至能採集樹林中的果子、蜂蜜和其他許多東西。他得到箭、各種動物和產物，以及裝在一個葫蘆中的物質，他應當用這種物質塗在箭上，以免箭回到獵人身上的力量太大。

　　現在，這英雄靠了蛇的箭能得到一切他想要的獵物和魚。他結了婚，造了一個茅舍，開墾了一個種植園。但是，儘管他叮囑妻子不要洩露箭的奧祕，她還是讓她自己兄弟騙了。後者首先成功地射殺了野豬和魚，但他忘了給箭塗上蜂蜜；這箭回到他身上時變成一個妖怪頭，

有許多嘴，都長滿牙齒。這頭投向印第安人，把他們殺死。

　　英雄被喊聲驚動，快速衝出種植園，成功地遠離這怪物。村民已死去了一半。蛇得知這場悲劇，覺得已經事不可爲。它叫被庇護者去捕巨舌骨魚(*Arapaima gigas*)，並對他説，如果魚的一個女兒向他求愛，那麼不要忘了發出警報。事情果然如此，但英雄忘了蛇的告誡。於是，蛇變成了巨骨舌魚，也使這人如此。當印第安人來捕這兩條魚時，蛇成功地從網孔中逃脱，但人魚被拖上了海灘，一個漁夫準備殺他。蛇來營救了，幫助他脱離漁網，恢復人形。它向他解釋説，他已受到了懲罰，因爲當少女同他接觸時，他什麼也没有説 (Ehrenreich，第84－86頁)。

克勞澤（第347－350頁）收集到了這個神話的兩個異本(M_{177b}、c)。捕巨舌骨魚的插段在那裡没有出現，或者，即使出現，也採取難於辨識的形態。因此，我們滿足於給想詳盡研究這神話的讀者指出與 M_{78} 相似的結論，爲此請他們參閱迪奇(Dietschy)(2)的饒有興味的討論。還有一些差異乃關涉英雄家屬的組成。他被父母丢棄，托付祖父照看，祖父給他吃廢物和魚骨。M_{177a} 讓他娶姑媽爲妻。這兩個異本還給戰勝猴再添加一個勝利，這是戰勝兩隻鳥，英雄通過打木：tou, tou……把鳥引來捕獲（參見 $M_{226-227}$）。各個東部熱依人神話共有的這個因素意味著，我們在各處與之打交道的是個以男孩入會式爲基礎的神話，而在卡拉雅人那裡，入會式也分許多階段進行 (Lipkind：2，第187頁)。

　　這個神話所以令人感興趣，是因爲它提到的許多東西都回到了熱依人和圭亞那各部落($M_{237-239}$、$M_{241-258}$)，尤其是卡丘耶納人，因爲如我們已强調的那樣，M_{177} 反轉了卡丘耶納人這個群體的箭毒起源神話(M_{161})，其方式爲引入（而且也是在與充滿敵意的吼猴決鬥的時機）**反毒**的概念：用於削減神箭力量的藥膏，以免箭返回時力量過大而傷害獵人。我們可以饒有興

味地指出：這些超箭把野生物和蜂蜜的採集歸入打獵這一邊，而這神話因此把它們等同於獵物。關於卡拉雅人的現有知識還不允許我們敢於提出一種解釋，它憑藉事物的力量只能是猜測性的。M_{177}把手指和腳趾間的空隙當做彷彿真正的開孔似的，於是最後又回到了查科神話，其女英雄也是個兩棲類動物(M_{175})，也回到了一個塔卡納人神話(M_{324})，它也包含這個題材。

克勞澤的兩個版本在最重要一點上改動了埃倫賴希的版本。蛇（或者是 M_{177b}、$_c$中的人形庇護者），給予英雄的不是魔箭(實際上是標槍)，而是兩件也有魔力的器物：一個是木拋射物，稱爲／obiru／，另一個是用兩根美人蕉（一種番荔枝科植物）梗做成的東西：一根淺色，一根深色，沿兩者的整個長度用蜂蠟粘在一起，其一端裝上黑羽飾。這器具稱爲／hetsiwa／。

英雄打擊(*schlägt*)這兩件東西或者用它們打擊空氣而刮起一陣狂風。蛇／uohu／，這詞也意謂「風」、「箭」出現了，鑽進／hetsiwa／之中。於是，風帶來了魚、野豬和蜂蜜，英雄把它們分配給周圍的人，他陪伴母親吃剩下的部分。一天，他去打漁，一個小孩得到了／obiru／，以之召來蛇，但他沒有讓蛇回到／hetsiwa／之中。蛇（或風）撒野了，殺死了所有村民，包括英雄，他失去／obiru／的幫助而制伏不了這些妖怪。這次屠殺滅絕了人類 (Krause，同上)。

與圖庫納人的 M_{304}中的響板不同，／obiru／的／hetsiwa／在卡拉雅人那裡是實際的存在，其應用有證據爲憑。前者是一種借助推進器投射的標槍。M_{177}提示，這種武器可能曾經用來獵猴，但在二十世紀初，這只是一種運動器械，其刑制如所觀察到的似乎假借自辛古人(Xingu)(Krause，第273頁和圖 127)。／hetsiwa／是純粹的魔具，用來驅雨。它提出了非常複雜的解釋問題，因爲兩根蕉梗大小不等，顏色不同，同時這些問題也是語言層面上的。較粗大的、塗黑色的梗稱爲／kuoluni／、／(k)woru-ni／，據克勞澤和馬恰多(Machado)說這詞標示電魚，但就這個特定情形而言，迪奇(同上)傾向於把它同一般名詞／(k)o-woru／即「魔法」聯繫起來。較細小的、白

色的梗的名字／nohõdẽmuda／尚存有疑問，除了名詞／nohõ／標示陰莖而外。

據克勞澤說，人也把一種蠟製魔具稱爲／hetsiwa／，它用來發出魔咒，象形爲一種水中生物，這個作者認爲這是電魚。迪奇已令人信服地證實，這是海豚。不過，是不是應當徹底拒斥認爲第一種類型／hetsiwa／即構成它的黑梗與電魚之間有著象徵上的親緣關係的假說，我還猶豫不決。電魚在卡拉雅人那裡和虹霓同名，後者作爲一種氣象現象像這種魔具一樣使雨終止。／hetsiwa／的操縱奇妙地讓人想起納姆比克瓦拉人的棍棒的操縱，他們用它制止和驅散暴風雨。這還使我們回到更北面的阿拉瓦克人的一個神話，在其中電魚起著同樣的作用：

M₃₂₅　阿拉瓦克人：電魚的婚姻

一個老巫士有個美貌女兒，他急於給他找個丈夫。他相繼拒絕了花豹和許多其他動物。最後來到的是卡蘇姆(Kasum)，這電魚(*Electrophorus electricus*，一種電鰻)自誇力大無比。這老人嘲笑它，但當他接觸了這個求婚者，試了它的衝擊力之後，便改變了主意，招它爲婿，交給它的使命爲支配雷暴、閃電和雨。當暴風雨來臨時，卡蘇姆把烏雲分成左右兩半，分別把它們驅趕到南方和北方 (Farabee: 5, 第 77-78 頁)。

這種對比的意義可以從卡拉雅人神話賦予魚的角色得到說明，他們以捕魚作爲幾乎全部生計。我們已經看到在 M₁₇₇ₐ 結束處出現了骨巨舌魚。卡拉雅人用網捕的魚只有這種巨大的魚(Baldus: 5, 第 26 頁)，因爲這個事實，這種魚同所有其他用漁毒捕的魚相對立，也和蛇相對立，而按照 M₁₇₇ₐ，蛇玩著穿越 (漁) 網孔的遊戲。與蛇和巨骨舌魚的這種第一個兩分法相對應，

還有第二個兩分法。一個卡拉雅人神話（M_{177d}）把巨舌骨魚的起源歸因於被妻子厭棄的兩兄弟，他們變成了魚 *Arapaima gigas*。一個兄弟被鸛吃掉，因爲他很軟（因此是腐爛的；參見 M_{331}），另一個堅硬如石頭，變成了令婦孺害怕的面具（Baldus：6，第 213-215；Machado，第 43-45 頁）。這兩個男人對與女人相愛感到失望，變成了巨舌骨魚。他們反轉了貘誘姦者循環中的女人或女人們，她們同一個動物熱戀，變成了魚，她們作爲總體與巨舌骨魚構成的特殊範疇相對立。

不過，我們現在回到／hetsiwa／上來。如果對 M_{177} 的埃倫賴希版本和克勞澤版本加以比較，則可證明，幾乎到處都有兩種類型魔具的問題。在 M_{177a}、$_b$ 中，／obiru／（一個或數個）用於「召喚」獵物和蜂蜜，而使這種召喚所固有的危險得到消彌的作用按照 M_{177a} 屬於有魔力的藥膏，按 M_{177b} 屬於／hetsiwa／。如果忽略 M_{177c}（在這個十分簡短的版本中，／hetsiwa／兼具這兩種功能），則可下這樣的結論：M_{177b} 的／hetsiwa／所起的作用與 M_{177a} 中作爲反轉的毒物的藥膏相同。

然而，／hetsiwa／本身是相對於 M_{304} 的響板或相對於／parabára／被反轉的器物：它所由構成的兩根棒沿其全長粘合在一起，因此不可能相互撞擊。這種情形並非絕無僅有。第三種相近形式在謝倫特人那裡有例爲證。謝倫特人文化在某些方面同卡拉雅人文化奇特地相似。尼明達尤（6，第 68-69 頁和圖版Ⅲ）描繪並複製了一種稱爲／wabu／的禮儀用具，印第安人製成四個樣品，兩個大的／wabu-zauré／和兩個小的／wabu-rié／，用於大食蟻獸節宴（以上第 126 頁）。每一個皆由兩根綏貝屬（*Mauritia*）棕櫚樹主軸構成，塗上紅色，用伸出的鎖兩相固定起來。在上面一根銷的兩端，垂下用樹皮纖維做的很大的絨飾。四個持著／wabu／的人伴陪戴面具的舞蹈者到節宴地點，然後，成兩對分開，一對占居舞場的東邊位置，另一對占居西邊位置。

可惜，今天我們無從得知／wabu／的意義及其在儀式中的功能。但是，

它們與／hetsiwa／實質上的相似，給我們留下深刻印象，尤其因爲它們有一大一小兩種類型。克勞澤還複製了（圖182a、b）卡拉雅人用兩根緊貼在一起的棒製成的禮儀用具。

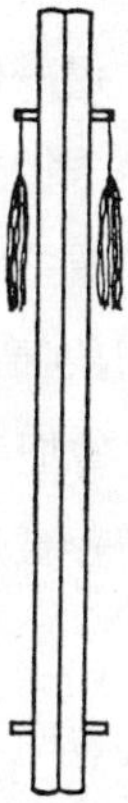

按我們知識的現狀，要提出下述假說，應當極端謹愼：／hetsiwa／和／wabu／表示幾乎無效的響板。但是，古埃及人那裡存在過類似概念，這又使這假說有一定可信性。我們不是不知道，普魯塔克的證言常常是可疑的。我們也不想重建權威的信條，因爲對於我們來說，我們提到的表示究竟來源於可以信賴的埃及賢哲還是普魯塔克的某些傳述者抑或這個作者本人，這並不重要。

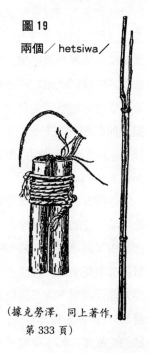

圖 19
兩個／hetsiwa／

圖 18
／wabu／的示意圖
（據尼明達尤：6，圖版Ⅲ）

（據克勞澤，同上著作，
第 333 頁）

在我們看來，唯一值得注意的一點是，在此已多次指出，普魯塔克著作中得到證明的理智方針同我們自己從南美洲神話出發加以重建的方針驚人地相似，以及由此之故，儘管時間和地點有跨度，但我們還得承認，人類心靈在各處都以同樣方式工作之後，圍繞一個我們僅以比較爲憑時無疑還不敢提出的假說又出現了新的意見一致。

因此，這裡是普魯塔克著作的本文：「馬尼圖斯(Manethus)還說，埃及人喬裝朱庇特，把兩脚聯在一起，以致無法再走路，結果獨自蒙受羞辱，但愛西絲(Isis)替他砍下雙腿，並把它們分開，使他舒坦地行走。這個寓言暗中讓人明白，神的判斷和推論無形地進行，隱蔽地通過運動傳代：這向人

昭示並讓人默默諦聽『叉鈴』發出的聲音，它是青銅的茶隼，人們用它獻
祭愛西絲；還讓人明白事物必定動盪，不停地運動，可以說奮起而又復倒，
彷彿它們睡著了或者疲憊不堪：因爲它們說，它們改變方向，用這些青銅
茶隼抵擋百頭巨怪(Typhon)，從而明白，腐爛禁錮自然界，這一代用運動
重新使自然界掙脫出來，得到自由，恢復過來」(§ XXXII)。卡拉雅人的魔
法及其向我們提出的問題把我們一直引向普魯塔克，而他們編造的故事同
普魯塔克的故事完全對稱。難道這一點未給我們留下深刻印象嗎？他們在
講到他們的造物主卡納希烏厄(Kanaschiwuê)時說，他一定曾把手脚捆綁
起來，以免他因手脚自由運動而招致洪水和其他災難，從而毀滅地球(Bal-
dus: 5, 第29頁)。⑯

　　這段古代本文儘管晦澀，但引入了一個截然的對立，一方面是由兩個
正常時分立的但現在接合在一起的肢體所象徵的沉默和不活動性，另一方
面是由叉鈴象徵的活動和噪音。與第一項不同，並且像在南美洲那裡，只
有第二項是樂器。也像在南美洲那樣，這種樂器（或者反面）用來使自然
界力量「改變方向或抵擋」之（它不用來引入這種力量，除非爲了罪惡的
目的）：這裡是百頭巨怪，即塞思(Seth)；那裡是貘或蛇誘姦者、與兩相聯
結的蛇虹霓、雨本身或冥界魔鬼。

---

⑯從這個視角來看，重新考察一下關於阿里斯泰俄斯(Aristée)的插段（維吉爾：
　　《農事詩集》L. IV），是合宜的。在那裡，普羅秋斯(Protée)（相當於普魯塔克的
　　百頭巨怪）應當捆綁起來，而這時正當旱季：「其時河水滾滴奔向天狼星英多斯
　　(Indos)」，以便他答應向牧人披露重獲因歐律狄刻(Eurydice)死去而失去的蜂蜜
　　的方法，歐律狄刻像 M$_{233-234}$的女英雄一樣，本來是蜂蜜的女主人，並且無疑也是
　　蜜月的女主人！歐律狄刻被一條水蛇妖吃掉(同上書，第457行)，因而反轉了 M$_{326a}$
　　的女英雄，後者由一條蛇產生，拒絕蜜月，其時被賦予言語的灰動物得不到奧菲士

**

眞正的叉鈴在南美洲流傳不廣。我在卡杜韋奧人那裡收集到了一些叉鈴，它們符合於其他觀察者所已提供的描寫：一根棒有兩根分叉枝，它們用繩子縛在一起，上面串有用骨頭或貝殼製成的圓片，這些圓片現在用金屬製。在墨西哥北部的雅基人(Yaqui)那裡有一種類似的樂器。今天，我們不知道美洲還有沒有這種樂器的其他樣品 (Izikowitz, 150－151 頁)。

但是，沒有叉鈴，我們還可以占有另一個基礎來比較新大陸和舊大陸的神話表現。因爲，讀者無疑會注意到，南美洲神話中由敲擊召喚操縱的手段：打擊的葫蘆或樹幹共鳴器、接擊的棒和舊大陸的一種禮拜儀式複合樂器之間有著奇妙的類似關係。這些樂器名爲熄燈禮拜樂器(instruments des ténèbres)。它們以及它們之應用於復活節 (從復活節前的星期四到星期六) 的起源提出了許多問題。我不想介入艱難的論爭，這非我所能。我只想列述幾個公認的觀點。

在教堂裡，固定的鈴似乎很晚才出現：約在七世紀。從復活節前的星期四到星期六必須沉默這種禁忌的出現僅在約八世紀時才有證據 (而且限於羅馬一帶)。其他歐洲國家在七世紀末和八世紀初實施這種禁忌。但是，爲什麼鈴要沉默，暫時用其他音響源取代，其理由現在尚不清楚。所謂因鈴聲的暫時無有而有的羅馬之旅只是一種**事後**解釋，況且這建基於各種各樣以鈴爲對象的信條和象徵：被賦予話語的、能感受影響的、適合接受洗禮的活物。鈴除了起到召集信徒的作用之外，還起到了氣象學的、甚至宇宙學的功能。鈴通過振動消除暴風雨，驅散烏雲和冰雹，滅除害人巫術。

據我們迄此爲止一直參照的范熱內說 (第 1 卷，第 3 篇，第 1209－1214 頁)，爲鈴所取代的熄燈禮拜樂器包括小槌、木鈴、響板或手握鎚、一種被稱爲「書」的拍板、木製機械響鼓 (一塊板，當作用於它時，它打擊兩塊各放在一邊的活動的板)、串在線帶或環上的木叉鈴。其他一些樂器，如小

艦和大木鈴則是眞正的機械器具。這一切樂器擔負著理論上各別的、但實際上往往相混合的功能：在敎堂內或外面發出音響；在無鈴聲時召集信徒；爲兒童進行的搜索旅行伴奏。某些證據表明，熄燈禮拜樂器也用來呼喚奇跡以及引起標誌著耶穌受難的恐怖音響。

科西嘉島人（馬西尼翁〔Massignon〕）把風樂器（海上用號、木哨或更簡單的從指間吹口哨）同各種打擊的樂器或技術並列：用一根棒打擊祭台和橈，打擊已成碎片的木板、手握鎚、響板、各種類型木鈴，後者有一種稱爲／raganetta／即「樹蛙」，另一種用蘆桿製作，有如改良的／parabá-ra／，即用開裂的竹片取代帶齒的輪。「樹蛙」的名稱也見於其他地區。

在法國，熄燈禮拜樂器包括一些常見的東西：被打擊的小釜或金屬罐、鎚擊地面的木鞋、打擊地面和物品的木槌；打擊地面和物品的、端部開裂的棒或樹枝束；拍手；最後是各種型樂器：振動的實心體，有木製的(鎚、鈴、響板，用一個用具鎚擊的板、叉鈴)，有金屬製的(鐘、鈴、喇叭)，或者帶膜的（旋轉摩擦的鼓），或者空氣振動樂器（口哨和水哨、角、海螺、螺旋喇叭、號、笛）。

在上比利牛斯，這種樂器分類法的著作者研究了稱爲／toulouhou／的旋轉摩擦鼓的製造和應用(Marcel-Dubois，第 55－89 頁)。一個無底的舊的盛物匣或一個樹皮筒構成共鳴器：匣體一邊開孔，另一邊張上羊皮或膀胱膜，匣體本身用繃帶縛住。膜的中央鑽兩個孔，可以通過一個線環，後者的兩個空頭打成滑結，繫於一根棒上，棒上有個喉狀部分，用來操縱樂器。演奏者給這喉狀部分抹上唾液後就握住手柄，使樂器作旋轉運動。繩索振動，發出一種可以說是「蜂鳴聲」或「嘎嘎聲」，視繩索爲線繩還是動物毛髮而定。／toulouhou／這詞本義標示大黃蜂和土蜂。不過，這樂器另外還有其他動物的名字：昆蟲（蟬、蝗蟲）或兩棲類動物（蛙、蜥蜴）。其德文名字 Wal-dteufel 即「林妖」甚至使人想起瓦勞人神話 M_{317}，在那裡，林妖爲自己在樂器方面這麼差勁而哀嘆。

　　儘管儀式規定，從復活節前的星期四的彌撒短禱直到下星期六的彌撒的榮耀讚美樂(Gloria)之前，鈴一直要保持沉默 (Van Gennep，同上書，第1217－1237頁；Marcel-Dubois，第55頁)，但是敎會似乎始終對熄燈禮拜樂器採取敵對態度，試圖限制其應用。由於這個理由，范熱內認爲它們起源於民俗。我們不問熄燈禮拜的喧嘩是否作爲新石器時代甚或舊石器時代習俗的遺跡留存下來，或者它在僻遠地區的重現是否只是表明，人類在各處面臨同樣的處境時借助於到處支配其思維的深刻機制向他提示甚或強加於他的象徵表現來作出反應，我們只是接受范熱內鄭重提出的論點，並援引一個對比作爲佐證：「在中國……約在四月初的時候，一些稱爲祝融的官員拿著木響板行於鄕間……召集鄕民，命令他們熄滅所有火爐。這個儀禮標誌著稱爲 Han-shih-tsieh 即『寒食』的節令開始。在三天期內，火爐保持熄滅，以等待重新點燃新火，這正式的儀式在四月的第五或第六天，更確切地說在冬至後的第105天舉行。這些官員用盛大儀式慶祝這個典禮，其間他們從天空得到新火，其方法爲用一面金屬鏡或一塊水晶把太陽光線會聚於乾蘚苔。中國人稱這種火爲『天火』，他們正是必須用這種火來進行祭祀；然而，爲了進行烹飪和其他家庭用途，則應當用通過摩擦兩塊木頭得到的火即所謂『地火』……這個更新火的儀式可以追溯遠古時代……(至少)在耶穌基督前2000年」(Frazer：4，援引各種不同資料：第10卷，第137頁)。格拉內(Granet)（第283、514頁）兩次引證《周禮》和《禮記》，簡短重述這種儀禮。

　　如果說我們重視一種中國古老習俗（已知在東方和遠東有著類似於它的習俗），那麼，這是因爲它從許多方面引起我們的興趣。首先，它似乎萌發了一種相當簡單的、易於看淸的圖式：爲了能夠**在下界**獲致**從高處**來的火，必須每年造成一次天和地的結合，而這種結合是可怕的，幾乎是竊取聖物，因爲天上的火和地上的火受一種不相容關係支配。因此，由響板宣告或指使的地火熄滅行動起到了必要條件的作用。它造成了爲使天火和地

的結合能無危險地進行所必須的空隙。

在進行一項比較上走得這麼遠，難免要感到不安。但是，再作一個對比，我們就有理由讓這種心情平復下來。這就是古代中國的禮儀和謝倫特印第安人晚近的一種典禮的對比。關於後者，我們已作過分析，並表明了它對於我們問題所具有的重要意義（CC，第 376－379、407－409 頁）。那裡也是事關新火的儀式，它以熄滅家庭火爐和禁食期為前導。這種新火應當從太陽獲得而不管人在趨近太陽時或太陽趨近人時人可能有的危險。這種對比也存在於天上的、神聖的和破壞性的火同地上的、世俗的和建設性的火之間的對比，因為這是家庭火爐的火。為了使這比較完整起見，我們無疑需要回到謝倫特人那裡的響板上來。這些響板的存在尚未得到證實；但是，至少我們可以指出，這些印第安人有一種禮儀用具／wabu／，那裡的一些考慮判然不同於我們此刻的考慮，它們促使我們認識到一種反轉的響板（第 409 頁）。尤其是，謝倫特人的大齋戒儀式給另一種類型音響器：超自然黃蜂提供了選擇餘地，這些黃蜂以其特徵性的鳴叫聲出現在祭司面前：ken! -ken! -ken-ken-ken-ken!（CC，第 410 頁註⑰）。然而，如果說中國傳統僅僅提到響板，謝倫特人傳統僅僅提到黃蜂，那麼，我們已經看到，旋轉摩擦鼓——比利牛斯人用一個標示「土蜂」或「大黃蜂」的名字稱呼它——與響板並列地出現在熄燈禮拜樂器之中，甚至能取代它。

我們繼續致力於闡明一種神話和儀禮的圖式，而我們已開始懷疑，它究竟能否成為彼此相隔遙遠的文化和截然不同的傳統所共有的。像古代中國和某些美洲印第安人社會一樣，歐洲直到晚近也慶祝一種先熄滅家庭火爐後又重新點燃之的儀式，它亦以禁食和使用熄燈禮拜樂器為前導。這一切都在復活節前進行，以便人們在同名禮拜式期間在教堂進行的「熄燈禮拜」能既象徵在耶穌受難時刻降到地面的夜幕，也象徵家庭火爐熄滅。

在所有天主教國家裡，習慣上都希望復活節前夕星期六熄滅教堂裡的燈，用打火器或者借助放大鏡點燃新火。弗雷澤收集了許多例子，它們表

明，這種火用來更新家庭火爐的火。他援引了十六世紀時的一首已譯成當時英文的拉丁文詩，我們在此摘採幾行意味深長的詩句：

On Easter Eve the fire all is quencht in every place,
And fresh againe from out the flint is fecht with solemne grace
....
Then Clappers ceasse, and belles are set againe at libertée,
And herewithall the hungrie times of fasting ended bée.

復活節前夕所有火爐從每個地方熄滅，
火石重又發出的新火莊嚴地迎入
....
於是響板停止，鈴重又自由鳴響，
齋戒的飢餓時光同時結束。

在英國，從聖星期四（Maundy Thursday）一直到復活節星期天中午，鈴始終保持沉默，一些木音響器取而代之（Frazer，同上書，第125頁）。在歐洲許多地區，豐富美餐的恢復也用爲復活節臨近而準備的「阿多尼斯花園」（jardins d'Adonis）作爲象徵（Frazer：4，第5卷，第253頁及以後各頁）。

然而，這種恢復的豐富美餐不僅始自它已避開的聖星期四：它的停止可上溯到更早的日子，確切說是懺悔星期二那天。因此，從聲學象徵及其飲食參照的觀點來看，應當區分三個環節。熄燈禮拜樂器爲最後的齋戒期也即在堅持了長時間之後其莊嚴性又高漲了一陣的時期伴奏。從這種齋戒開始，復活節那天，重又響起的鈴聲標誌著其終止。但是，甚至在它尚未開始之前，鈴聲就有一種特別的濫用，即要求大眾好好利用這最後的美餐日子：懺悔星期二早晨響起的鈴聲在英國以 *pancake bell*——即「薄烤餅鈴聲」——聞名。這鈴聲發出了暴飲暴食的信號，而且幾乎是強迫人這樣

做。1684 年的一首民間詩對此作了生動的但也無法迻譯的描繪：

But hark, I hear the pancake bell,
And fritters make a gallant smell;
The cooks are baking, fryling boyling,
Carving, gormandising, roasting,
Carbonading, cracking, slashing, toasting.

聽！我聽到了薄烤餅鈴聲，油餡餅發出誘人的香味；
廚子正在烘烤，油煎，燒煮，
分切，狼吞虎嚥，烘焙，
烤炙，開酒瓶，哄鬧，乾杯。

（賴特和洛納斯〔Wright and Lones〕，第9頁；參見第8-20頁）

　　就法國而言，范熱內有理由強調「歡宴－齋戒」循環典禮的烹飪方面，這個方面爲理論家所忽視。但是，大衆的思想認爲這個方面非常重要，因此必須對懺悔星期二和齋戒的第一個星期天按其特徵性食物分別取名，一個稱爲**薄烤餅日**，另一個稱爲**油炸餡麵團**或**油炸豌頭苗星期天**。例如，在蒙彼利亞爾（*Montbéliard*），懺悔星期二的餐早上包括 *pelai*（小米）或 *paipai*（加牛奶的米），晚上包括豬肉、火腿、豬頭顎頰或 *bon-jésus*（肉類和腸片製成的香腸）外加一碟醃菜。此外，懺悔星期二的餐通常還以各種各樣豐盛肉食而區別於其他的餐，有些肉塊是專門爲這一天準備的，還採用了比其他餐更複雜的方法烹飪。肉粥（也用於儀式上的灑水）、牛奶麥粉羹、放在油爐上烤的薄餅、油炸餡餅是懺悔星期二的典型食品。在法國，必須做薄烤餅事僅在最北部的三分之一領土得到證明（Van Gennep，第1卷，第3篇，第1125-1130頁和圖12）。

　　如果我們認識到教會敵視習俗，總是斥之爲異端，因爲它們失去了歐洲妄圖賦予它們的基督教色彩，如果試圖得出美洲、中國和歐洲樣本（其中包括也完全適合於我們的，弗雷澤已一一列舉出來）所共有的形式，那麼，我們最終達致這樣的結論：

　　關於蜂蜜神話在熱帶美洲的地位和作用的廣泛研究迫使我們注意一種起先無法解釋的聲學習俗：M_{24}的蜂蜜採集者拍打拖鞋發出聲響。[17]因此，在研究各比較項時，我們首先遇到M_{304}的響板，這無疑是假想的樂器，但它使我們辨出同類型實際樂器的跡象，而其在南美洲的存在幾乎不經意地被忽略過去。從樂器學和象徵的雙重觀點看來，這些樂器，不管是實際的還是假想的都提供了歐洲傳統的熄燈禮拜樂器的等當物，而它們在中國的存在由一種古老儀禮得到證實。

　　在作進一步研討之前，我們先就樂器學問題插入一段議論。歐洲的熄燈禮拜樂器包括實體振動樂器和空氣振動樂器。這就提出了一個假說，它令我們著重解釋許多南美洲神話的女英雄向動物誘姦者發出的召喚的二重性：時而是敲擊置於水面的半葫蘆的凸表皮、樹幹或地面而發出的召喚，時而是模仿動物叫聲的口哨召喚。歐洲種族誌獨立地有時僅在一個地方和確定場合承認這種模稜兩可。在科西嘉，「小孩用棒猛擊教堂桌面，或者用兩

---

[17]無疑，可以設想阻止蜜蜂離開的逗鬧，許多著作者證明在古代存在這種習俗，比亞爾(Billiard)(2, 第382－383頁)還列出了表，而且，這在某些地區也許至今還在實行。但是，比亞爾指出，「有的人認爲，這噪音使蜜蜂愉悅，有的人相反認爲，它驚嚇它們。」因爲，他同意拉揚(Layens)和博尼埃(Bonnier)的意見，也估計，「這逗鬧毫無實利可言，」或者僅僅帶來公然肯定控訴權這種實利而已：「這也許是對這種每每是世俗的習俗的唯一可能解釋」(Billard：1, 1899年，第3期，第115頁)。這種對蜜蜂的逗鬧只能解釋爲熄燈禮拜樂器之應用於一個特定場合。因此，這一點就更明白了。

個手指組成圓圈爭先恐後地吹口哨。他們代表追逐耶穌的猶太人」(Mas-signon, 第 276 頁)。我們還會回到這一點上來（第 420 頁）。

事情還不止於此。我在自己的著作中一直證明，土著思維把蜂蜜起源神話同旱季或者——在無旱季時——同一年中也包含飢荒的時期結合起來。這種季節代碼之上還可以添加上另一種聲學性質的代碼。我們現在可以來詳確說明這種代碼的某些模態。

蜂蜜尋覓者與其尋覓對象——完全處於自然方面的物質，因爲爲了使之可食用，無需加以烹飪——的結合或者女人同其語義地位與蜂蜜即食物誘惑者相同的動物誘姦者的結合，兩者都有與文化的、因而也是社會的人類角色相分離的危險。我順便強調指出，分離性結合的概念不是矛盾的，因爲它訴諸三個項，其中第二項通過等同於與第三項分離的運動而與第一項相結合。這種一個項以犧牲第三個項爲代價而被另一個項誘惑的情形（參見 CC, 第 372－377 頁），在 M_{24} 中以拖鞋作響的形式得到聲學表現，一如另一個查科神話(M_{301})指出相反的運作，即結合性分離，它以正相反對的聲響爲媒介：在蜂蜜尋覓者從蛇那裡搶奪了蜂蜜之後，準備吞吃蜂蜜尋覓者的蛇發出的 brrrumbrrrummbrum！

我在援引這個神話（第 341 頁）時已指出，蛇的叫聲使人想起菱形體的叫聲。當然，並非只有在南美洲神話中才可看到蛇和陰莖間的全等關係，但它們從方法上窮盡了這種關係的資源，例如，它們說明了「同時是陰莖」的蛇和蛇的「同時是子宮」的人情婦間的相關而又對立的關係：這女人能以其子宮保護情夫或已長大的孩子，她的所有其他身體開孔都是張口的，讓經血、尿液直至笑聲流出(CC, 第 166 及以後各頁)。這個基本對偶中的「大陰莖」貘和「大子宮」負子袋鼠（採取好乳娘的直接形式或淫婦的比喻形式）僅僅例示了一種組合變型，而後者的各個項不怎麼明顯（參見 CC, 第 325－327 頁）。

美拉尼西亞和澳大利亞的事實獨立地提出對菱形體象徵作陰莖解釋

(Van Baal)。這進一步加強了我的信念：特雷諾人的蜂蜜尋覓者的打擊召喚、托巴人蛇的咆哮構成一個包括兩個對比項的對偶。實際上，我從這樣的假說出發：一者等同於貘的情婦的打擊的或口哨的召喚，另一者等同於貘的菱形體掩飾。現在，這假說得到兩個同化的佐證：前者同化爲一個「大陰道」（隱喩意義上）女人向一個實際上擁有「大陰莖」的動物發出的召喚，後者同化爲由菱形體即比喻的陰莖給予女人（但她們這時只是爲了更好地被獵獲而進行狩獵）的忠告。因此，在一種情形裡，自然的能力把兩性同文化的損失聯結起來：貘的情婦對於她的丈夫是無用的，有時甚至整個女性部族對於社會是無用的。在另一種情形裡，文化的能力把兩性同規定它們結合的自然的損失分離開來；至少暫時說來，爲了使人類社會得以形成，家庭的紐帶應當割斷。

我們再回過頭來看一下比利牛斯人的事實。／toulouhou／像菱形體一樣也圍繞一根軸轉，這兩種樂器聲音相似，儘管從樂器學觀點看來它們有很大不同。然而，在儀禮實踐上，／toulouhou／起的作用類似於我們剛才通過純粹演繹所認識到的菱形體的作用，不過，這種作用在種族誌觀察方面也得到無數實例證明，包括南美洲 (Zerries：2)、美拉尼西亞和澳大利亞 (Van Baal)以及非洲(Schaeffner)的實例。／toulouhou／專供在聖星期五彌撒之前和期間當助祭的男孩使用，以便嚇唬婦孺。不過，比利牛斯人社會裡菱形體的存在不是作爲熄燈禮拜用具，而是在拉希德和貝亞恩用作爲狂歡樂器，或用來驅散牧羊場中的雌羊(Marcel-Dubois，第 70－77 頁)。因此，在樂器學的層面上，菱形體和熄燈禮拜樂器之間存在著對立，儘管在象徵層面上，無文字社會給菱形體的功能在歐洲社會中又同菱形體脫離，而賦予酷似其的熄燈禮拜樂器。儘管有這種細微差異（在這方面，我們樂意聽到專家的意見），但是，這種根本性的對比依然存在，並且可以用同樣語彙表達。在教堂之外的彌撒之前使用時，／toulouhou／的功能唯如菱形體而排斥其他熄燈禮拜樂器：它旨在把女人同男人社會（文化）分離開來（從

而同自然相聯結），這社會不會僅僅聚合在聖孕之中。但是，在教堂裡面和彌撒期間使用時，它與其他熄燈禮拜樂器並用，其作用與它們的作用相混合，也即（如果可以推廣馬西尼翁夫人對科西嘉事實所作的解釋）象徵基督的敵人（自然）同救世主（這時他同文化分離）的結合。

我們現在暫且撇下菱形體，重新來考察我們正在討論的這一切的雙重代碼即季節的和聲學的代碼。首先是季節代碼。到處都可以辨別出這種代碼。它或者是南美洲的實際形式，即一年的兩個時期的客觀對立：一個以食物匱乏爲標誌，另一個以食物豐盛爲標誌；或者是歐洲的常規的形式（但它無疑對實際經驗作了禮儀化），在那裡，人們把齋戒同化爲設定的饑荒；最後或者是古代中國的幾乎是事實上的形式，在那裡，「寒食」季節不超過數天。但是，正因爲是事實上的，所以，中國的對立在概念上是最強的，因爲它建立在沒有火和有火之間，這與謝倫特人那裡的情形相同。此外，在南美洲，這對立處於食物豐盛時期和在相當長時間裡無需加以模仿而始終實在的食物匱乏時期之間。這對立和在歐洲所看到的對立相同，在歐洲，這對立形式有了調換，即成爲吃葷的日子和齋戒期之間的對比。因此，在從中國到歐洲過渡時，這主要對立削弱了：

$$〔存在的火／不存在的火〕 \Rightarrow 〔葷／素〕$$

而在從新大陸（有些樣本，例如謝倫特人的樣本另當別論）到舊大陸過渡時，這對立減至微乎其微，因爲中國「寒食」的五或六天或者基督敎三日祈禱的更少日子簡要地復現了歐洲整個齋戒期的較長時期即從懺悔星期二的結束一直到復活節星期日。如果忽略這些差異和可能的倍增，那麼，這個下層體系可歸結爲三個幅度遞減的對立偶，它們被邏輯地整理，而又不撇開各自項之間的對應關係：

```
        ┌ 沒有火
        └ 有火 ┌ 食物匱乏
              食物豈富 ┌ 素食
                     └ 葷食
```

　　無論關涉古代中國人和謝倫特人那裡的火的不存在，還是南美洲別處食物匱乏時期，抑或歐洲傳統中與陣發性齋戒相吻合的火之不存在，顯而易見的是，這一切結合提供了共同的特徵：烹飪以實際或象徵的方式取消；在一個從數天到整個季節的長短不等的時期裡，人類和自然之間重又建立起直接的接觸，就像神話時代裡那樣，那時，還沒有火，人吃生食，或者過早露曬於當時較接近地面的太陽的光線之下。但是，這種人和自然的直接結合本身可以呈兩種形相；或者，自然界遭劫掠，基本生活必需品匱乏加劇，直至饑饉；或者，這種結合以自然而非文化（只認可烹飪）的形式濫用替代食物：野果和蜂蜜。這兩種可能性都依從於按負面或正面模式構想的直接性，它們相應於我們在《生食和熟食》中所稱的腐爛世界和燒焦世界。燒焦的世界實際上是象徵性的，或者是理論上嘗試成為實在的，這對人試圖借助反光鏡或鏡面（舊大陸）或通過給太陽的引火使者贈送纖維來把天上的火召回地面，去點燃熄滅的火爐。同樣，這種將成為栽培的蜂蜜的最高級蜂蜜在其生長的地方造成了令人不堪忍受的炎熱(M_{192})。相反，我們已經看到，野生的因而是自然的蜂蜜及其隱喻對應物動物誘姦者則帶有腐爛的危險。

　　論證進行到這個階段，應當證明了，以打擊的（或吹口哨的）召喚和菱形體的聲音為一方，燒焦的世界和腐爛的世界為另一方，兩者之間存在一種無歧異的相關關係。實際上，以上所述的一切似乎不僅證實了這些對立對偶的每一個就其本身來看的相關性，而且證實了它們的相互和諧。然而，我們將可明白，這裡事情變得大大複雜起來。

** **

我們現在來看博羅羅人的情形。他們知道一種熄燈禮拜樂器：/par-abára/，他們也擁有菱形體。無疑，後者蘊涵著腐爛世界。博羅羅人稱之為/aigé/的菱形體模仿同名妖怪的叫聲，據說生活在河裡和沼澤地。這種動物在某些禮儀中以從頭到腳塗抹上泥的舞蹈者面目出現。未來的祭司在夢中認識到其使命，夢中/aigé/緊緊抱住他，又不讓他感到恐懼或者討厭妖怪的氣味或腐解屍體的氣味 (Colb.: 3, 第 130、163 頁；E.B., 第 1 卷, 辭條「ai-je」, aroe et-awaraare」)。要對/parabara/的象徵意義說出些什麼，就更要困難得多，對此我們幾乎一無所知。屬於同族的 M_{304} 的假想樂器用來魔鬼引出茅舍，從而使它同居留的村子分離，以便使它同火柴堆匯合而喪生。根據我們已予說明的觀察資料（第 376 頁），可以嘗試把這同樣的意義賦予博羅羅人的/parabára/儀式，因為它參與旨在確保亡魂最終離開村子中央挖掘的臨時墳墓的儀式。不過，只是在神話中，博羅羅人才從火柴堆為歸宿。事實上，屍體在沖洗掉肉之後，遺骨沉入水中。

因此，菱形體和/parabára/的對立反映腐爛世界和燒焦世界的對立上不如對待腐爛世界的兩種可能舉動。菱形體叫聲宣告的/aigé/來自水中，/parabára/的響聲所了結的靈魂走向水中。但是，每種情形裡關涉的水是不同的。可以看到，/aigé/的水是夾帶泥土的，受到腐解屍體污染，而浸入水中的骨殖塗上了羽飾，不會攪渾所浸入的湖水或河水。

謝倫特人的神話和博羅羅人的神話非常對稱(CC, 第 255 - 259 頁)，它們用火提出博羅羅人用水表達的問題。對於謝倫特人來說，菱形體不是一個精靈出現時的聲音，而是招引它的召喚。這精靈是天上的，不是水中的。它是火星的化身，這行星與月亮相伴，就像金星和木星與太陽相伴 (Nim.: 6, 第 85 頁)。由此可見，謝倫特人的菱形體同天空的最不「熾熱的」模式相聯結，博羅羅人的菱形體同水的最「純淨的」模式相聯結。事實上，謝

倫特人也相對於水來規定天空的兩種模式，一種是白天的，另一種是黑夜的。在大齋戒儀禮期間，金星和木星的祭司向主祭獻上盛在兩個葫蘆瓢(分別為*Lagenaria*和*Crescentia*)中的明淨的水，而火星的祭司獻上盛在一個帶羽飾的葫蘆瓢裡的污濁的水(Nim.：6，第97頁)。這就是說，有下述等當關係：

| **博羅羅人** | **謝倫特人** |
| (玷污的水：純眞的水) | (黑夜：白天)∷(玷污的水：純眞的水) |

這個公式富於啓迪，因爲正像關於世界大火的復歸於燒焦的世界一樣，這許多南美洲神話援引的「漫長黑夜」無疑復歸於腐爛世界。不過，這樣，我們不是不得不接受這樣的結論：菱形體而不是響板在美洲起著「熄燈禮拜」樂器的作用，而這另一種樂器屬於我們還無法證認出來的一個對立範疇嗎？在從舊大陸向新大陸過渡時，唯有對立的形式保持不變，而內容反轉了過來。

然而，我們不滿於這種解決，因爲一個亞馬遜神話把熄燈禮拜同一種無疑是假想的樂器聯繫起來，但從樂器學觀點看來，它比菱形體更接近於響板：

M_{326a}　亞馬遜圖皮人：黑夜的起源

從前還沒有黑夜，總是白天。黑夜居住在水底。也沒有動物，因爲東西自己會説話。大蛇的女兒嫁給了一個印第安人，他有三個忠實的僕人。一天，他對他們説：「你們走吧，因爲我妻子不肯和我睡覺。」但是，困擾這少婦的，不是他們的存在。她只想在黑夜裡作愛。她向丈夫解釋説，她父親霸占著黑夜，他應當派僕人去要。

他們乘獨木舟到了大蛇那裡，大蛇給他們一顆密封良好的星實櫚(*Astrocaryum tucuman*)堅果帶回，叫他們不要以任何藉口打開它。三個僕人重新登上獨木舟，突然驚訝地聽到堅果內有聲響：ten, ten, ten……xi……，就像現在蟋蟀和小癩蛤蟆在夜裡發出的鳴叫聲。一個僕人想打開堅果，但另外兩個人反對。經過了好一陣爭論，他們已經遠離

大蛇的住地。他們終於聚集在獨木舟的中央，點燃了火，融化了包封堅果的樹脂。刹那間，黑暗降臨，森林裡的一切都變成了四足動物和鳥，河裡的一切都變成了鴨和魚。籃子變成花豹，漁夫和他的獨木舟變成鴨：人的頭上長出了喙，獨木舟成爲身體，槳成爲蹼……

晦暗籠罩一切，大蛇的女兒於是明白了一切。當晨星出現時，她決定把黑夜同白天隔開。爲此，她把兩個線球分別變成鳥 cujubim 和 inhambu〔鳳冠鳥科和鷸鴕科，它們在夜裡或爲了報曉而按照規則的間隔時間鳴叫；關於這些「時鐘鳥」，參見 CC，第 269－270 頁和註③〕。爲了懲罰這些不順從的僕人，她把他們變成了猴子（Couto de Magalhães，第 231－233 頁。參見 Derbyshire，第 16－22 頁）。

這個神話提出了一些複雜的問題。關於僕人三人組的問題放在下一卷裡討論。目前我主要考察賦予這神話骨架的三重對立。白天和黑夜的對立是明擺著的。它蘊涵著另外兩個對立。首先是兩性結合和分離的對立，因爲白天強加分離，而黑暗是結合的條件；其次是語言行爲和非語言行爲間的對立：當白天連綿不斷時，一切都會說話，甚至野獸和東西也會說話，而正是在黑暗出現之後，東西都變成緘默的，動物也僅僅用叫聲來作表達。

然而，在這個神話中，黑夜的初次出現起因於僕人玩弄一種樂器時的不慎，他因而犯了錯誤。這樂器就是一種熄燈禮拜樂器，因爲它包含熄燈禮拜，後者又從打開的孔口中逃出來，以夜間活動和鳴叫的動物——昆蟲和兩棲類動物——的形式傳播開來，而在舊大陸正是用這些動物的名字命名熄燈禮拜樂器：蛙、癩蛤蟆、蟬、蝗蟲、蟋蟀，等等。認爲在新大陸神話表現中存在著一個與我們的熄燈禮拜樂器範疇相當的範疇的假說現在在稱做這種表現的這種樂器的存在中得到判決性證實，在那裡這種樂器還是本來意義上的，而在我們這裡，類似的樂器只以比喩的方式獲取這種意義。

但是，如果說 M_{236a} 的熄燈禮拜樂器依從於黑夜，並且如果說黑暗在這

神話中作爲兩性交合的必要條件出現，⑱那麼，由此可見，支配兩性分離的樂器菱形體必定隱含地同履行同樣功能的白天相聯結。因此，我們有了黑夜、兩性交合、非語言行爲和熄燈禮拜樂器之間的四元相關關係，它同白天、兩性分離、廣義語言行爲和菱形體之間的四元相互關係逐項對立。除了我們對菱形體如何能蘊涵語言行爲還不甚了了之外，這種提問題方式只是把我們已在博羅羅人和謝倫特人那裡遇到的困難反轉了過來。在我們看來，在這些印第安人那裡，菱形體依從於黑夜，而從一般解釋的觀點看來，這又把熄燈禮拜樂器（我們已證明，這種樂器同菱形體相對立）放回到白天的方面。現在，熄燈禮拜樂器又更正常地同黑夜相聯結，而這有著同我們已承認的一切相矛盾，因而不得不把菱形體置於白天一邊的危險。因此，應當更仔細地進行考察。

　　M_{326a}沒有提到菱形體。但是，它援引了一個時代，那時，黑夜由一條大蛇監管著（在托巴人那裡，它的叫聲與菱形體的叫聲相似，黑夜「住在水底」（就像博羅羅人名之爲／aigê／即「菱形體」的水妖一樣，菱形體用來模仿其叫聲）。我們還知道，幾乎凡在菱形體存在的地方，它全都用於把女人族分離開來，把它逐出神聖的、社會化的世界，驅趕到自然的一邊。然而，M_{326a}源自北方的圖皮人，在這種文化和這個地區裡，神話把大蛇描寫成陰莖，它集中著男子氣的一切屬性，在那個時代，男人自己沒有能力，轉向求助於蛇的效力。這種狀況一直繼續到造物主把蛇身切成碎段，用來給每個男人一個他所缺乏的性器官（M_{80}）。因此，圖皮人神話使蛇成爲（社會

---

⑱但是，這裡不問採取何種方式。如果說黑夜是兩性溝通的必要條件，那麼，通過用於重建平衡的復歸運動，黑暗似乎又禁止這兩伙伴間進行語言的溝通。至少圖卡諾人那裡情形就是如此，在那裡，兩性對話者在白天能進行會話，但在黑夜裡只準同性對話者交談（Silva，第 166－167、417 頁）。因此，異性個體之間交換言語或者愛撫，但不同時交換這兩者，這將是濫用溝通。

性)分離的陰莖,而這正是我們已提出的菱形體的功能和象徵的觀念。M_{326a} 中的大蛇作為苛刻的父親而不是淫蕩的誘姦者也正是履行著這種功能:它奉獻出了女兒,但監管著黑夜,而沒有黑夜,婚姻就不可能是完善的。由於這種偏向,M_{326a} 歸屬於上面已考察過的神話組($M_{259-269}$),那裡,另一個水妖給予被招為女婿的男人——在有些版本中他正是太陽,即白日光——以一個不完善的妻子,她因此是無法鑽刺的:沒有陰道的少女,與 M_{80} 的無陰莖男人相對稱,又與貘誘姦者循環中的極大陰道(象徵善於說話)的女英雄相反,貘則是大陰莖動物,而我們已表明 (第 418 頁),它「同時為陰莖的」大蛇的組合變型,而這就又回到了我們的出發點。

我讓別人去費心探究這個回環,因為自從我們專注於這些神話聯繫以來,就已發現,這個網絡勾勒了一幅包含極其強「聯繫性」的圖,以致誰試圖弄清楚其全部細節,他就會絕望地一籌莫展。就現狀而言,對神話作結構分析還很不熟練,因此,超前的,甚至目標不確定的和匆促的方針是不可取的(因為還需要進行選擇),而寧可採取緩慢而又穩妥的步驟,這樣,我們有朝一日可以從容地通過弄清楚全部豐富性來修改我們僅僅加以標定的路線。

如果上面的比較是合法的,那麼,我們也許隱約看到了我們困難的結局。實際上,我們把菱形體放在黑夜那一邊,它以蛇的形象而成為黑夜的主人;我們還認識到,熄燈禮拜樂器也處於那一邊。但是,在每種情形裡,所涉及的不是完全一樣的黑夜,因為兩者都只是處於偏激狀況,菱形體的黑夜隱藏在白天後面,而熄燈禮拜樂器的黑夜侵入白天。因此,真正說來,兩者都不同白天對立,而是處於這樣一種經驗上得到證實的交替關係,這裡還不是排斥,而是白天和黑夜由一種相互的中介關係聯結:白天成為從黑夜到黑夜的過渡的中介,黑夜成為從白天到白天的過渡的中介。如果從這個被賦予客觀實在性的周期性環鏈中去除「黑暗」的項,那麼,就只有了白天,它可以說以把語言行為過分地推廣到動物和東西的形式而使自然

文化化(culturaliser)。反之，如果「白天」的項被排除出這環鏈，那麼，就只有了黑夜，它通過把人類勞動的產品變成動物而使文化自然化。自從我們認識到一個三項體系：單純白天、單純黑夜以及兩者的規則交替的運作價值之後，我們所考察的問題就得到了解決。這個體系包括兩個簡單項加一個複雜項，後者構成前兩者之間的一種和諧關係。它提供了一個構架，無論白天還是黑夜起源神話都在它的內部又劃分成兩個不同的種類，視它們把白天還是黑夜置於現實交替的開始而定。因此，可以區分開黑夜在先神話和白晝在先神話。M$_{326a}$屬於第二種範疇。然而，初始選擇會帶來重要的後果，因為它必須賦予兩個項之一以在先性。在我們於此所只關心的白晝在先神話的情形裡，首先就只有白晝，而如果有黑夜存在的話，那麼，它同白晝相分離，因而可以說等於處於隱蔽之中。從這時起，另一種可能性不能再以嚴格對稱的形式實現。白晝以前處於沒有黑夜的地方；當黑夜取代它（在尚未建立起規則的交替之前）時，黑夜只能籠罩白晝**在黑夜之前**的地方。於是，我們明白了，為什麼按照這個假說，「漫長白晝」產生於分離的**初始狀態**，而「漫長黑夜」產生於結合的**附加行動**。

　　在形式的層面上，這兩種情境因而完全對應於我先前以腐爛世界和燒焦世界區分的那兩種情境。但是，自從我提出了這種區分以來，這些神話中發生了某種事情。在我們未察知或者幾乎未察知的情況下，它們從空間領域漸進到時間疇，尤其是，從絕對空間概念漸進到相對時間概念。我的第3卷將幾乎完全致力於研討關於這種根本轉換的理論。這裡我僅滿足於闡明一個局限的方面。

　　在關於烹飪起源的各個神話所參照的絕對空間中，高的位置由天空或太陽佔居，低的位置由地佔居。在烹飪用火作為這兩個極端之間的中介項（把它們聯結起來，同時又使它們保持合理的距離）出現之前，它們的關係只能是不平衡的：兩者太接近或者太遠離。第一種可能性復歸於蘊涵火和光的燒焦世界。第二種可能性復歸於蘊涵晦暗和黑夜的腐爛世界。

但是，M_{326a}承認相對時間，這裡中介項不是處於兩個端項之間的一個單獨存在或客體。這中介倒是在於兩個項的平衡，而極端特徵並非爲這兩個項所固有，卻只能產生於聯結它們的關係的變動。如果所考察的神話是白晝在先的，則黑夜的遠離也即與白天的分離保證了光明的主宰，而黑夜的趨近（或與白天的結合）保證了晦暗的主宰。因此，根據這神話處於絕對空間還是相對時間的假說之中，同樣的所指（結合和分離）要求相對立的能指。不過，同調的變化引起音階的音符名字反轉相比，這種反轉並不見得更爲得當。在類似情形裡，首先要考慮的不是音符在譜線之上或之間的絕對位置，而是記寫在譜表標題的調的音型(figure)。

菱形體和熄燈禮拜樂器是未經中介的分離和結合的儀式能指，而當轉移到另一個音域(tessiture)時，分離和結合便以腐爛世界和燒焦世界作爲概念能指。由於所指在於客體間的關係，所以當這些客體不是相同的時，同樣的所指可能容許相對立的能指。但是，不能由此得到結論說，這些對立的能指彼此處於能指和所指的關係。

在提出這條規則時，我無非是把索緒爾(Saussure)的語言符號任意性原理推廣到神話思維領域，只是由於我已在別處（L.-S.：9，第31頁）提請讀者注意的下述事實，這原理的應用域獲得了一個附加向度：在神話和禮儀領域裡，同樣的元素可能以不同方式起所指和能指的作用，並且在每種功能中都相互取代。

儘管有這種複雜性，或者說由於這種複雜性神話思維顯得非常尊重原理，因此它小心地賦予菱形體和熄燈禮拜樂器（從形式上說，它們構成對偶）以判然不同的語義場。爲什麼菱形體在世界上幾乎到處都有驅趕女人的專門功能呢？其理由難道不是：與把白晝和黑夜結合起來的熄燈禮拜樂器不同，菱形體實際上不可能意指黑夜和白晝的分離——白晝主宰整個黑夜？蝕至少給這種結合提供了一個經驗例示，當從這個觀點來考察時，「熄燈禮拜」作爲一種特殊的蝕出現，而這蘊涵著一種特殊的逗鬧(CC，第372－

377 頁）。菱形體的應用並不局限於反轉這種關係；它還轉移這種關係，爲此把一切女性項都從聯姻的周期環鏈中排除出去。但是，這難道不是因爲這種環鏈從社會等層面提供了由白晝和黑夜規則交替所構成的宇宙學環鏈的等當物嗎？

$$\left(\begin{array}{c} \lceil \quad \lceil \quad \rceil \quad \lceil \quad \rceil \quad \lceil \quad \rceil \quad \lceil \\ \triangle = \bigcirc \quad \triangle = \bigcirc \quad \triangle = \bigcirc \quad \triangle = \bigcirc \ \textbf{等等} \end{array} \right)$$
$$\equiv （白晝－黑夜，白晝－黑夜，白晝－黑夜，白晝－黑夜，等等）$$

　　因此，可以說，在其女性元素被隔離而排除掉之後，被菱形體暫時還原其男性元素的社會乃作爲還原爲白晝的時間過程。反過來，似乎不知道菱形體 (Dreyfus, 第 129 頁) 的卡維波人利用兩根相互撞擊的棒來意指與按別的方式同菱形體相聯結的結合相稱的一種結合：因爲在他們那裡問題在於建立起男人和女人間的婚姻聯繫以及亂交儀式(以上第 378 頁)。最後，如果說熄燈禮拜樂器可能蘊涵白晝和黑夜的結合以及兩性的結合，那麼，我們也已知道，它們也蘊涵天和地的結合。就這後一關係而言，我們的興趣在於研究向昴星團回歸致敬的節慶賦予音響器的作用。我們下面還要回到查科的典禮上來，現在我們局限於指出，在太平洋的西北海岸，在春季的節慶／meitla／期間，響板被代之以撥浪鼓（專用於冬季儀式），其時，夸扣特爾人(Kwakiutl)佩戴象形昴星團的飾物 (Boas: 3, 第 502 頁；Drucker, 第 205、211、218 頁；亦見 Olson, 第 175 頁和 Boas: 2, 第 552－553 頁)。

II　各領域的諧和

　　由以上所述可知，菱形體和熄燈禮拜樂器不是純粹的和簡單的結合或分離的運作者。倒是應當說，這兩種樂器**借助**結合或分離本身來運作一種結合：它們把群體或人類同這兩種關係中的一種的可能性結合起來，而這以排除中介作爲共同特徵。如果說聲學代碼構成一個體系，那麼，因此就應當有第三種類型樂器存在，而它蘊涵著中介行動。

　　我們已經知道在歐洲傳統中這是何種樂器。實際上，歐洲傳統建立起了熄燈禮拜樂器和鈴之間的關係的複雜網絡，這個網絡依從於鈴的存在與否，以及在有鈴時，鈴是顯著的還是不顯著的：

熄燈禮拜樂器／　　　　　　　　　　（鈴：

顯著的／不顯著的·················不存在　　　／存在）

懺悔星期二‥‥齋戒　　（三日祈禱）　　　　／復活節星期日

　　首先可以表明，在南美洲，一個或數個葫蘆撥浪鼓（因爲它們習慣上是成對的)代表中介樂器；然後可以表明，可同熄燈禮拜樂器相比擬地，這些撥浪鼓同煙草結成對稱關係。(熄燈禮拜樂器看來同蜂蜜相聯繫，蜂蜜是這種象徵旱季的熱帶齋戒的美食。)

M₃₂₇　瓦勞人：煙草和薩滿巫術的起源(I)

　　一個印第安人已娶一個善於製造吊床的女人爲妻，但她未生育。因此，他續娶了第二個妻子，她使他有了一個孩子，名叫庫魯西瓦里(Kurusiwari)。後者不斷騷擾做吊床的女人，干擾她的工作。一天，她

粗暴地將他推開。這小孩倒在地上哭了起來，然後離開茅舍。沒有人注意他，甚至他的父母也沒有注意，他們一起在吊床上睡覺，無疑在轉別的念頭。

天色晚了，大家替他著急。他的父母出去找他，發覺他在鄰居茅舍裡和別的小孩玩耍。新來者作了解釋，和主人熱烈交談。當這印第安人和妻子要告辭時，他們的孩子又失蹤了，如同這家的名叫馬圖拉瓦里(Matura-wari)小孩一樣。這挿段又在另一個茅舍裡重現，結果也一樣。這兩個孩子出走了，這次由第三個名叫卡韋瓦里(Kawai-wari)的小孩相伴。

因此，這裡現在有六個父母尋找三個孩子。一天過去了，第三對夫婦放棄追尋。翌日，第二對夫婦也放棄了。這些孩子已走得很遠，與黃蜂結下友誼，從那時起，黃蜂會說話了，也不刺人。正是這些小孩命令黑色黃蜂螫人，命令紅色黃蜂另外再引起發燒。

最後，第一對夫婦在海邊趕上了這些孩子。他們已成為大男孩。當要求他們回家時，已成為頭領的第一個孩子拒絕了，他解釋說，他受繼母虐待，也被父母冷落。父母哭泣著央求，但他們只得到兒子的這樣承諾：當他們建起一座廟宇並用煙草「命名」時，他會出現。接著，這三個孩子越洋過海。父母回到了村裡，父親建造起了囑託的廟宇。但是，他燒了番木瓜樹、棉花和咖啡樹的葉子，但這毫無用處：這些葉子還不夠「濃烈」。這時候，男人還沒有煙草，煙草生長在海洋中的一個島上。大家叫它「無男人的島」，因為那裡只有女人居住。悲傷的父親派一隻涉禽（「gaulding bird」〔蒼鷺〕：*Pilerodius*）去取種籽；它一去不復返，他後來派去的其他海鳥也同遭厄運。煙草田的看守女把它們全殺了。

這印第安人向兄弟討教，後者為他謀得鶴的幫助。鶴去夜宿海濱，以便大清早出發。一隻蜂鳥要求負起這個使命，並提出獨自完成這任

務。儘管鶴苦苦相勸，但它還是黎明即飛。當鶴趕到時，它看到，蜂
鳥掉在水裡，奄奄一息。鶴把它救起，夾在兩腿之間。現在蜂鳥一切
都好，舒服地旅行，但當鶴解手時，把蜂鳥全弄髒了〔參見 M$_{310}$〕。於
是，蜂鳥決定獨自去偷，率先到達那裡。鶴答應在它奪取種籽期間等
待它。這蜂鳥小巧而敏捷，煙草的看守女没法殺死它。

　　這兩隻鳥現在躲在後面，偷到種籽後一直保留到村裡。蜂鳥把種
籽交給鶴的主人，後者把它們給了兄弟，向他學習如何種植煙草，加
工煙葉，選擇樹皮來製卷煙。他還叫兄弟採集葫蘆，只摘取長在樹幹
東側的（參見第 297 頁）。這男人隨身帶著撥浪鼓就出去唱歌了。他的兒
子和另外兩個男孩出現了。他們已變成三個煙草精靈，總是響應撥浪
鼓的召喚。這父親自己成了第一個薩滿，爲失去孩子而悲慟不已，因
而變得衰弱不堪（Roth: 1，第 334－336 頁）。

我們可以把另一個關於同一題材的瓦勞人神話看做爲一個異本：

M$_{328}$　瓦勞人：煙草和薩滿巫術的起源(2)

　　一個名叫科馬塔里(Komatari)的印第安人想得到煙草，當時煙草
長在海洋中的一個島上。他首先向一個住在海濱的男人發話，誤以爲
這人是煙草的主人。一隻蜂鳥參與了他們的討論，提出去尋找煙葉。但
是，它搞錯了，帶回的是花。於是，這海濱人出發去到那座島，成功
地躲過了看守人的監視，用獨木舟滿載葉子和種籽而歸，科馬塔里把
它們裝在籃子裡。這個不知名的人離開了科馬塔里，但没有同意説出
他的名字。這人倒是預告了，他何時將成爲一個巫士。

　　科馬塔里拒絕與同伴共享煙草。他把煙葉懸掛在茅舍的屋頂下，託
付黄蜂看守。黄蜂接受一個訪客的賄賂，他給了它們魚，偷走了一部

分煙葉。科馬塔里識破了，把黃蜂都打發走，只留下一個種，作為看守。然後，他到樹林裡開墾了一角土地，以便播種。

這時來了四個精靈，相繼與他相遇，但它們都不肯說出名字。他從它們那裡得到了葫蘆藤、裝飾第一個撥浪鼓的羽毛和絲帶以及使撥浪鼓發聲的石頭。精靈得知英雄用完工的撥浪鼓傷害它們，遂送來疾病進行報復。但是麻煩都消失了：科馬塔里靠撥浪鼓戰勝了所有疾病，只是受到嚴重感染。他將永遠如此：這巫醫知道成敗得失。自然，科馬塔里現在知道了所有精靈的名字。第一個遇到的，給他煙草的精靈名叫沃烏諾(Wau-uno)（阿拉瓦克語為阿努拉〔Anura〕），即「白鶴」(Roth：1，第 336-338 頁)。

這兩個關於薩滿巫術起源的神話顯然從兩個互補的方面看待這些巫術：提供庇護的精靈的到來或邪惡精靈的驅逐。M_{327} 中未能取來煙草的鳥 *Pilerodius* 是引起疾病的精靈的化身(Roth：1，第 349 頁)。在這兩種情形裡，結合或分離靠撥浪鼓和煙草的中介作用實施。我們已經知道，如我們已表明的，這兩個項是相聯結的。

在這兩個神話中，鶴和蜂鳥構成一個對偶，每個鳥各自的價值反轉過來，視神話從一個還是另一個方面看待薩滿教而定。在 M_{327} 中蜂鳥優越於鶴；在 M_{328} 中，它則不如鶴。這種低劣性體現在它出於本性而對於花的天然偏愛，同時厭棄煙葉和種籽。另一方面，它在 M_{327} 中加以證明的優越性則只是以違背其本性為代價而得到的。蜂鳥正常情況下是同乾旱（CC，第 270-273 頁）和好聞氣味 (Roth：1，第 371 頁) 相聯結的，因此在 M_{327} 中有淹死的危險，並且外表被糞便弄髒。「煙草之路」經過糞便。M_{327} 通過回顧這一點而證明了從蜂蜜（它本身處於糞便和毒物的極限處）出發而把我們引向煙草的進展的客觀實在性。總之，蜂鳥的路徑也就是我們的路徑，蜂蜜起源神話向煙草起源神話的漸次轉變（我們在本書的全部篇幅中描述了其

各個階段)雙重地、縮微地反映在圭亞那神話中，它們使最小的鳥從**蜂蜜的食用者**變成**煙草的生產者**。

在這兩個瓦勞人神話中，M_{327}無疑較為複雜；比較起來我們也更偏愛它。在這個神話中，兩個女人起了重要作用：一個女人善於做工但不會生育，另一個會生育。在塔卡納人神話(*我們已多次把它們同南美洲北部地區的神話作比較*)中，嫁給人的雌三趾獺是優秀的織娘(M_{329}；Hissink-Hahn，第287頁)。關於肖德維卡節慶的起源的韋韋人神話(M_{288})也有這種跡象：從前只有印第安人和三趾獺(*Choloepus*)知道製作纖維服裝 (Fock，*第57頁和註③，第70頁*)。

這動物的習性不像使它傾向於有這種才能。那麼，怎麼解釋這一點呢？無疑，這是因為三趾獺的習慣姿勢，即頭朝下地用脚倒掛在樹枝上，使人想起吊床的形象。一些關於三趾獺起源的神話證實，這種相似性被覺察到了：它們說，三趾獺是轉化而成的吊床或者睡在吊床上的人(M_{330}，*蒙杜魯庫人，Murphy：1，第121頁；*M_{247}，*巴雷人，Amorim，第145頁*)。但是，M_{327}的兩個重要特徵允許我們把解釋推進得更遠：一方面，三趾獺沒有明確地說出來；另一方面，取代它而充任優秀織娘的女人與另一個能生育的但無任何別的規定的女人結成對偶。

我們在上面指出 (第341頁)，三趾獺食量很小，一星期只排泄一、二次，並且總是排泄在地面上的同一地點。這種習性不可能不引起印第安人的注意，他們極其重視排泄功能的控制。印第安人習慣在早上醒來嘔吐，以便把夜裡留在胃裡的食物全部排除光 (參見CC，第316頁)。斯普魯斯 (第2卷，第454頁)在評述這習慣時指出：「印第安人在清早並不像急於排空胃那樣急於解大便。恰恰相反，在南美洲我到處注意到，印第安人雖然一天工作很辛勞，也沒有多少可吃的，但寧可把解大便推遲到夜幕降下之後。實際上，他們很了解，白人控制自然需要，並且看來遵從聖卡洛斯一個印第安人用近似的西班牙語對我說的一條格言，這個人說：Quien caga de mañana es guloso，清晨解大便的人是饕餮。」圖卡諾人賦予這種關係以更廣的和隱喻的意義，他們禁止製造獨木舟和網的人在未完成工作之前解大便，擔心造出的東西有漏洞（Silva，第368頁和各處）。

　　像在其他領域裡一樣，在這個領域中，向自然屈服，也被認爲是社會的不良一員。但是，這時至少在神話層面上，可能帶來這樣的結果：最能抵制自然的人根據事實也將是文化適應性方面最有才能的人。M_{327}中能幹女人那裡由不育表現出來的閉止把三趾獺在排泄功能方面特有的閉止轉移到了另一個領域——生殖功能領域。第一個女人在生殖上便秘但善於織造，她與第二個女人相對立，後者的生殖力似乎以懶惰作爲對應物，因爲可以看到，她整日價與丈夫一起玩樂。⑲

　　這些議論又引出了兩點。第一，我們已指出過，就排泄而言，三趾獺與吼猴相對立，後者無時無刻不從樹的高處排泄。顧名思義，這種猴子是吼叫的，但主要是在時令變化時叫的：

Guariba na serra

Chuva na terra,

這條民諺肯定：「當聽到吼猴在山上叫時，地上快要下雨了」（Ihering，辭條「guariba」）。這同博羅羅人的信條相一致：這種猴是雨精（E.B.，第1卷，第371頁）。然而，也是受冷致使三趾獺下到地面上小便：阿拉瓦克人說（Roth：1，第369頁），「當起風時，三趾獺就行走」；一個博物學家給一頭抓獲的水

⑲古人也認爲，織娘身分和情愛傾向之間有一種關係；但他們認爲這是正比關係不是反比關係：「……希臘人說，織娘比其他女人更熱情：因爲她們從事固定職業，又不太活動身體……這裡我據此還可以說，她們工作給她們帶來的這種振奮因此造成了覺醒和誘惑……」（蒙田〔Montaigne〕，《散文集》〔Essais〕，第3冊，第11章）。

獺的臀部滴冷水，一連五天得到它的規則小便(Enders，第 7 頁)。因此，吼猴和三趾獺都是「氣壓測量」動物，不過，一個是靠糞便，另一個是靠吼叫。作爲喧嘩的模式，吼叫是排泄物的隱喻換位(以上第 177 頁註①，第 264 頁)。

　　事情還不止於此。吼猴成群結隊大聲地從日出叫到日落。三趾獺獨個地在夜間發出低微的叫聲，這是樂音，「類似於發尖刺音階第二音的口哨聲，持續數秒」(Beebe，第 35－37 頁)。據一個古代作者說三趾獺在夜間叫「ha, ha, ha, ha, ha, ha」(Oviedo y Valdes，載 Britton：第 14 頁)。然而，這描寫讓人認爲，這裡也許是指 *Choloepus*，而不是 *Bradypus*，也即是大三趾獺而非另一個觀察所關涉的小三趾獺。

　　如果考慮到，按照塔卡納人神($M_{322-323}$)，對三趾獺排泄功能的正常履行的任何破壞，都將引起全世界大火——我們在圭亞那看到了這個信條的回響（參見 CC，第 410 頁註⑱），不過那時是人類面臨因天火和地火結合而引起的危險——那麼，就可以嘗試到吼猴和三趾獺對立的聲學方面〔前者按阿卡韋人的說法 (Brett：2，第 130－132 頁) 有著「令人可怖的」叫聲；後者按照一個巴雷人神話 (Amorim，第 145 頁) 據稱發出間斷的哨音〕的後面去發現「吼」器菱形體和熄燈禮拜樂器間的對立。

　　現在我們來討論第二點，這把我們帶回到圭亞那煙草起源神話本文本身。如我們剛才說明的那樣，M_{327}有兩個女人間對立的本質使第一個女人即不育的，從文化觀點來看有獨特秉賦的女人同查科和圭亞那神話的痴迷蜂蜜少女適成對比。另一個女人顯得與後者同系，因爲她也表現出淫蕩和生育（參見 M_{135}）。另一方面，作爲從蜂蜜起源神話到煙草起源神話過渡的正常情形，這兩個神話組的公共項哭泣孩子發生根本反轉。在一處，這孩子因爲哭泣而被驅趕，在另一處，他因被驅趕而哭泣。在第一種情形裡，可認同爲痴迷蜂蜜少女的那個女人因他的哭聲糾纏而驅趕它；在另一種情形裡，負責的是其角色與痴迷蜂蜜少女相對立的那個女人，但她扮演這角色

而對孩子的哭聲無動於衷。最後，「正常的」哭泣嬰孩待在茅舍傍，哭叫他的母親，直到等同於痴迷蜂蜜少女的一個動物——狐或蛙——搶奪他，然而，M_{327}中的對稱者則故意遠離，並去同黃蜂／marabunta／結下友誼。

這個屬名太含糊，我們無法據之肯定，所提及的種是蜂蜜的生產者，它們因而同掠奪性動物相對立，這些神話說後者是嗜吃蜂蜜者。但是，論證可以用另一種方式作出。我們首先指出，黃蜂在其中所起作用略有不同的M_{327}和M_{328}都訴述薩滿教的起源。然而，圭亞那的巫士有一種對於黃蜂的特殊巫術，他用手指頭拍打蜂巢，把黃蜂驅趕掉，它們卻不刺他(Roth：1，第341頁)。[20]在更南面的卡耶波人那裡，我們已表明存在一種黃蜂間的禮儀戰鬥。

按照M_{327}和M_{328}，黃蜂變成有毒的，是由於同薩滿或者提供庇護的精靈結成極其密切關係的緣故。由M_{327}的哭泣小孩和M_{328}的英雄運作的這種轉換重現了一個博托庫多人神話(M_{204})歸諸依戀蜂蜜的動物 irára 的轉換。因此，從這種見解出發，我們又發現了黃蜂——由取代博托庫多人神話的 irára 的一個角色轉變而成——和掠奪性的又嗜吃蜂蜜的即在我們已提到的（第246頁）某些條件方面與 irára 等同的動物之間的一種對立。

這種比較把我們往後拖得很遠。然而，這遠不過我們指出了下述一點

---

[20]但手指需事先在腋下摩擦。圖卡諾人在發現了一個黃蜂巢時也這樣做：「這氣味把黃蜂趕飛，印第安人獲取充滿幼蟲的巢；這巢用做碟子，裡面放入麵粉，和著幼蟲一起吃」(Silva，第222頁註㊳)。庫貝奧人 (Goldman，第182頁註①)。在他們的語言中把毛髮和煙草聯結在一起：「毛髮」叫做／pwa ／，腋毛叫做／pwa butci／即「煙草毛」。這些印第安人對割下的毛髮舉行焚化儀式；因此，他們燒它們，就像人們燒煙草吸煙一樣。

之後所處的境地：M_{327}把男人缺乏煙草歸因於在一個島上看守煙草的單身女人：因此是「痴迷煙草的」女鬥士。然而，許多圭亞那神話和一些熱依人神話把女鬥士的起源歸因於女人當做情人的花豹或鱷魚（貘誘姦者的組合變體）進行殺戮引起的兩性隔離（M_{156}、M_{287}）。我們已經確定，這些女人本身代表痴迷蜂蜜少女經過用性代碼作移位後而成的變體。現在這些神話確證了這個證明：阿皮納耶人的女鬥士離開丈夫，帶走了禮儀用斧；瓦勞人神話的女鬥士壟斷了煙草，而煙草像斧一樣也是文化的象徵。為了同貘、鱷魚或花豹——也即自然——相結合，淫婦訴諸**被打擊的**葫蘆或者她們不由心**洩露**的動物本**名**。相對稱地，瓦勞人的薩滿的超自然巫術乃用作為撥浪鼓的**被搖晃的**葫蘆和他們**窺破**其祕密的精靈**名字**來表達。

　　瓦勞人關於煙草起源的神話包含的一個插段把我們帶到更遠，直至我們研究的開端。實際上，蜂鳥越過廣闊水域去佔有一個超自然島嶼上的煙草，以便煙草能同撥浪鼓相聯結而進行的探尋又回到了 M_1，在那裡，我們初次遇到這個題材，探尋任務也歸屬於蜂鳥，也把它引導到一個超自然島嶼上進行搜尋，但對象不是煙草而是撥浪鼓本身：為了成功地與精靈分離，英雄應當小心不讓它發出聲音；然而，這裡人要能遂意招來好精靈並驅除壞精靈，而以弄響撥浪鼓為條件。

　　浮面的考察讓人以為，蜂鳥的探尋構成 M_1 和 M_{327} 的唯一共同要素。實際上，這兩個神話的相似遠為深刻。

　　實際上，從我們已提出的對哭泣嬰孩這個角色的解釋可以推知，哭泣嬰孩以聲學代碼復現 M_1 的英雄。兩者都拒絕同母親分離，儘管他們用不同的手段表達對母親的依附：發音的行為或性愛的行為，一個是被動的，另一個是主動的。然而，M_{327} 的小孩是個哭泣的孩子，不過是反轉的，因此，我們可以期待他作出與 M_1 英雄的行為相反的行為。後者拒絕加入男人房舍，因此拒絕成為社會的成年成員。另一個則表明過早對文化工作發生興趣，更確切地說是對歸屬於女人的工作發生興趣，因為他不慎介入其中的

吊床製造是女人的工作。

兩個英雄都是男孩，一個已長大，但其亂倫行爲表明他在道德上的幼稚性，另一個還小，但他的獨立精神加速身體的成熟。每次，他們的父親都有兩個妻子：孩子的母親和繼母。在 M_1 中，孩子同母親結合，在 M_{327} 中，他被繼母拆散。與 M_1 的亂倫對偶相對應的是 M_{327} 的婚配對偶；與婚姻被兒子侵害的父親的悲哀相對應的，是子女權被父親侵害的兒子的悲哀。實際上我們將可注意到，如果說在博羅羅人神話中，父親抱怨，他的孩子排擠他而在情愛上親近他妻子，那麼，在瓦勞人神話中，兒子抱怨，父母沈溺於彼此的情愛而不注意他的哭叫。

M_1 中被侵害的父親首先試圖讓兒子在水邊迷失；三個相助的動物幫助了這男孩，它們對 M_{327} 中三個自願渡海的孩子也這樣做。人們可能提出異議說，M_{327} 的英雄是這三個孩子中的一個，而 M_1 中的英雄得到三個動物幫助，未同其中任何一個相混合。因此，這裡有四個角色，那裡則是三個角色。但是，由於它們是反對稱的，所以，爲了使這兩個神話採取同樣步驟，就產生了一個雙重困難。一方面，M_1 的英雄從身體上回到了親人中間，M_{327} 的英雄則只是「在精神上」回到親人中間。另一方面，前者**帶回**了雨和風暴，因此它們是他回歸的**結果**，然而，在遠方**找到的**煙草是後者回歸的**原因**。因此，爲了補救對稱性，就必定是在 M_{327} 中同一個角色旣不在（因爲問題在於使他回歸）而同時又在（因爲他有一個使命要執行）。

M_{327} 通過把角色一分爲二來克服這個困難。在第一部分裡，英雄的角色由一個小孩充任，在第二部分裡，它由一隻小鳥充任。但是，如果如我們提出的那樣，蜂鳥是一對英雄中的一個，那麼，我們就可以明白，旣然第一部分裡一個人物實際上有兩個角色，那麼，與 M_{327} 的三個孩子（其中一個要轉變成蜂鳥）相對應的，就應當是 M_1 中的四個人物，即一個小孩和三個動物（其中一個是蜂鳥），因爲，就 M_{327} 而言，小孩和蜂鳥只是一者：

$$M_1: （男孩）\quad 蜂鳥 \quad\quad 鴿子 \quad\quad 蚱蜢$$

$$M_{327}: 男孩^1 \quad （蜂鳥） \quad 男孩^2 \quad 男孩^3$$

在故事的結局，M_1 的英雄經受了垂直分離，他致力於盜金剛鸚鵡的巢，而後者用糞便蓋他。M_{327} 的英雄在水平分離過程中同黃蜂聯合，後者因他而成爲有毒的。這樣就有下面的四重對立：

（金剛鸚鵡／黃蜂），（敵對／友善），（英雄＝糞便的受體／毒的施主）

有毒昆蟲和致人骯髒的鳥之間的對立已使我們得以(CC，第 408 頁和註 ⑰) 把一個帕林丁丁人神話(M_{179})轉換成盜鳥巢者神話的熱依人異本(M_7－M_{12})，它們乃關於烹飪用（地）火的起源，而其本身是這些神話的轉換的 M_1 乃關於 (天上的) 水的起源。現在，我們剛把另一個神話轉換成 M_1，所以我們可以證明，M_1 相對於 M_7－M_{12} 的原始扭曲被保留在下列方式的新轉換之中：

	M_7－M_{12}		M_1
(1)	（火的起源）	$\Rightarrow$	（水的起源）
	M_{179}		M_7－$_{12}$
(2)	（毒的受體）	$\Rightarrow$	（糞便的受體）
	M_1		M_{327}
(3)	（金剛鸚鵡的敵人）	$\Rightarrow$	（黃蜂的朋友）
	M_{327}		M_7－$_{12}$
(4)	（毒的施主）	$\Rightarrow$	（糞便的受體）

考慮到我們以上指出的、作爲結果在 M_{327} 中引起 M_1 的兩個相繼揷段的部分交錯重疊，我們現在來考察 M_{327} 關於蜂鳥旅行的序列。

這個序列又再分成三個部分：(1)蜂鳥獨自出發，跌入水中，差點淹死；(2)鶴把它救出困境，夾在雙腿間，它在那裡飛行是絕對安全了，但外表被糞便弄髒；(3)蜂鳥又獨自出發，最後獲得了煙草。這裡先就鶴說一點。儘管這些圭亞那神話如此指名的鶴究竟屬何種，還不能確定，但是我們在上

面已肯定（第241頁），這關涉一種叫聲吵鬧的水生涉禽，它發出喧嘩，又隱喩地發出糞便，就像它在 M_{327} 中扮演的角色所證實的那樣。但是，如果說水生涉禽是噪聲之源，因而也是糞便的隱喩生產者，那麼在實際上，作爲酷嗜死魚的食腐肉鳥，它們同糞便結成相關而又相反的關係（參見第208頁）。它們負責用口重新吸入糞便，這樣便同我們已知由那些給這種無齒動物留有地位的神話賦予其用肛門閉止糞便職司的三趾獺密切相聯繫。認三趾獺爲祖先的伊普里納人(Ipurina)訴述，在時間之初，鸛用太陽鍋發酵東西，吃它們忙於從世界上收集來的所有糞便和腐爛物。鍋中的沸水溢出來四處漫浸，毀滅了一切生物，除了三趾獺成功地爬上一棵樹㉑的高處，使人類重新在地球上生活(M_{331}；Ehrenreich，第129頁；參見Schultz：2，第230－231頁）。這個故事說明了吉瓦羅人起源神話的一個揷段，在那裡，三趾獺也扮演人類祖先的角色。因爲，如果說白鷺偸取了兩個蛋，其中一個生出了米卡(Mika)，她是三趾獺烏努希(Uñushi)的未婚妻（M_{332}；Stirling，第125－126頁），那末，難道事情不是如此嗎：像圭亞那和亞馬遜西北部的各部落一樣，在吉瓦羅人看來，鳥蛋因「其胎兒的性質，從而是不潔的」，所以成爲一種禁忌的食物（Whiffen，第130頁；參見Im Thurn，第18頁），而這會使他們等同於糞便？阿瓜拉納人的異本(M_{333a})似乎證實了這一點：這種食物使太陽從一個蛋中出生，由食人魔阿傑姆皮(Agempi)從一個女人屍體中取出，這女人被阿傑姆皮殺死，後來被鴨偸走（Guallart，第61頁）。從英雄的姊妹月亮腹中取出的四個蛋中，按照一個馬基里塔雷人(Maquiritarê)神話（M_{333b}；Thomson，第5頁）有兩個已腐爛。

作爲食腐肉動物，水生鳥就水而言扮演的角色與這些神話就地而言分

㉑這樹屬錦葵科，按現代植物學（參見第338頁註①）。，它同樹科和木棉科有很近的親緣關係，由於它，有益的、內部的水轉變爲有害的、外部的水，這裡對此就不加討論了，以免論證冗長。

派給兀鷹的角色嚴格同系。因此，我們可以承認，M_{327}中關於蜂鳥飛行的三個插段和M_1中英雄冒險的三個關頭之間存在對應關係。這就是說：

$$\left[\begin{array}{l} M_1: \\ M_{327} \end{array}\right\} 英雄重直地分離 \left\{\begin{array}{l} 在高處， \\ 在低處， \end{array}\right. 在這樣的軸上：天空 \left\{\begin{array}{l} 地； \\ 水； \end{array}\right.$$

$$\left[\begin{array}{l} M_1:兀鷹 \\ M_{327}:鶴 \end{array}\right\} 助人的 \left\{\begin{array}{l} \mathbf{在}／它們\mathbf{吃了}／\mathbf{放屁}英雄的／\mathbf{臀部}／\mathbf{之後}② \\ \mathbf{在}／它來向／\mathbf{散發香味的}「英雄」的 \\ ／\mathbf{顏面}／\mathbf{排泄}／之前 \end{array}\right.$$

因此，本研究一開始列述的 M_1 到 M_{12} 這些神話所構成的聚合總體中，存在兩個煙草神話系列。其例子源自查科的那個系列是我們主要可以加以說明的，它探索煙草在地上的、破壞性火的概念中的媒介作用，這火與也是地上的但建設性的烹飪用火相關而又相對立，而熱依人神話(M_{7-12})追溯了後者的起源。我們已在瓦勞人那裡遇到的另一個煙草神話系列則探索煙草在被支配的地上的水（海洋，鳥成功地渡越過去）的概念中的媒介作用，這水本身與天上的、支配的水（雨和風暴）相關而又相對立，而博羅羅人神話(M_1)提到了後者的起源。

因此，相對於初始的組合總體，這兩個煙草神話系列佔居對稱的地位（圖20），不過這裡有個差異：瓦勞人神話對於 M_1 的關係假設了一種雙扭曲的——**地上的**／**天上的、被支配的**／**支配的**水——轉換，而查科神話對 M_{7-12} 總體的關係則比較簡單——**被支配的**／**支配的**地上的火——只要一

---

②因爲蜂鳥嗅覺天生良好，而在 M_1 中，兀鷹爲英雄所荷載的死蜥蜴發出的腐爛氣味所吸引。M_1 中的一分爲二：蜥蜴、兀鷹，它們分別爲腐爛之被動的和主動的模式。這在 M_{327} 中有等當的一分爲二：「蒼鷺」、鶴，即兩種同腐爛相聯繫的涉禽，兩者都在履行使命上遭失敗，一個是被動的，另一個則是主動的。

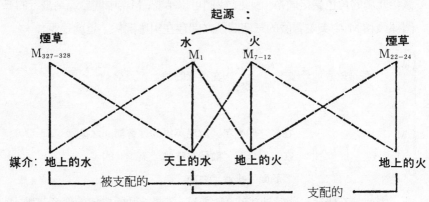

圖 20 吸食的煙草的神話（右）和飲用的煙草的神話（左）間關係的體系

次扭曲。我對這一點作些說明。

　　本書開始時我已分析和討論過地理上鄰近博羅羅人的伊朗赫人的一個神話，它用很簡單的方式把一個水起源神話(M_1)轉換成煙草起源神話(M_{191})。因此，在這些瓦勞人神話中，我們面對一個次級轉換。如果考慮到文化因素，則這種不相稱便可得到解釋。亞馬遜以南的整個熱帶美洲，因此包括伊朗赫人、博羅羅人和查科各部落的領土，都不知道以煎泡形式食用煙草。如果忽略不計不時個別發生的咀嚼煙草的情形，那麼就可以說，在這個地區裡，煙草僅僅被吸食：這使它同火而不是同水相等同。然而，在吸食煙草這個亞範疇之下，又可以提出一種一分爲二：它在神話層面上表現爲「好」煙草和「壞」煙草的區分(M_{191})，或者煙草的好用法和壞用法的區分(M_{26}、M_{27})。M_{191}實質上作爲一個關於壞煙草起源的神話出現。

　　至於 M_{27}，這是一個關於煙草壞用法的起源的神話，在這種情形裡（且與 M_{26} 相對立），它來源於水。因此，同煙草的自然和煙草的應用（它屬文化的分野）間的對比相對應的，是煙草可能同水結成的兩種類型關係間的對比，一種關係是隱喩型的（作用於神話的轉換），另一種是換喩型的（按照該神話，煙草產生於水）。對於水的關係構成了不變的方面，源自不飲用

煙草的地區的一些神話似乎證實了這種缺乏的食用方式的實在性，它們區分了兩種吸食煙草，或者兩種吸食煙草的方式，而其中有一種通過不同途徑始終等同於水。

這些議論的意義並不純粹是形式上的。無疑，它們不容忽視地有助於我們承擔縮簡任務，因為它們使人得以把一些神話復歸為另一些神話，從而通過適用一小批到處相同的規則簡化一張其複雜性和紊亂似乎令人沮喪的表。但是，除了對讀者也許斷定我徒勞地致力於拓展其領域的一種方法作附加說明之外，我們還更清楚地認識到了美洲種群的歷史以及把這些種群聯結起來的各種具體關係。因為，如果說各個迥異的部落的神話提供了關於僅在他們的傳統居住地以外得到證實的習俗的含混知識，那麼，這就證明了，這些部落的最近分布和狀況未就他們的過去告訴我們什麼，或者幾乎什麼也沒有告訴。對南美洲神話所作的分析表明，這些種群無疑不自覺地彼此「知道」很多事情，因此我們不得不承認，他們現今的分離是各種不同分離的結果。隨著時間流逝而相繼發生的無數混合的產物。我們在地理上相距遙遠的居民之間觀察到的文化差異並不是具有內在重要意義的事實，它們更不有助於證明發生過歷史重建。這些淺表的差異僅僅反映了關於非常古老而又非常複雜的變遷的蒼白映象，而新大陸的發現突然把它凍結了起來。

上述考慮有助於克服瓦勞人神話的分析所提出的困難。按照其地理來源，我把這些神話定位於飲用煙草神話領域。這種食用模式的分布區域局限於亞馬遜以南，呈現不連續的形相，有著截然分明的界限：「沃佩斯河流域的印第安人製造巨大的煙捲，但在熱普拉河流域的南面，人們不吸食而舐食煙草」（Whiffen：第 143 頁）。這裡是把煙草浸軟，研成粉末，加甘薯澱粉而變得稠厚，成為糖漿似的東西。真正經浸漬或煎泡後飲用的煙草可在下述各處見到：從吉瓦羅人直到卡加巴（Preuss：3，第 107、119 期）、蒙大拿以及圭亞那的三個地區：下奧雷諾克、布朗庫河上游和馬羅尼地區。

然而，事實上，正是吸食的煙草似乎同這些瓦勞人神話相關。M₃₂₇在兩處強調了這一點：首先在英雄的父親妄想把各種不同植物的葉子代替缺乏的煙草加以燒焦時；其次在英雄的兄弟教他用蜂鳥帶回的煙草製造捲煙時。我們知道，瓦勞人的文化地位構成一種難解之謎。他們那裡有廟宇和真正宗教的祭禮，還有分等級的祭司和巫士－巫醫，這似乎反映了安第斯山人的影響。另一方面，奧雷諾克河三角洲中部的各群體只有很初步的文化，這使他們同所謂的「邊際」部落有親緣關係，他們不吸食煙草（Wilbert：4，第 246－247 頁）。不管我們認為這裡是倒退，還是一些證明古老狀況的證據，我們總是為這些不調和感到困惑，它們引致我們去從外面尋找一個可同這些瓦勞人神話進行比較的項：

M₃₃₄　阿雷庫納人：煙草和其他魔藥的起源

　　一個小男孩領著四個小弟弟到樹林裡去。他們遇到／djiadjia／鳥（不知名），它的叫聲是說：「更遠！更遠！」儘管這些孩子帶著口糧，但他們還是缺東西吃，他們想殺死很容易接近的鳥。然而，他們抓不住它們。他們追逐獵物，越跑越遠，最後來到煙草主人皮埃曼（Piai'man）的僕人勞動的種植園。這些僕人被箭驚動，叫這些小孩當心弄壞他們眼睛。這些鳥變成了人，想讓這些小孩把他們當做親屬接受，答應一起生活。

　　但是，皮埃曼向這些小孩索討，因為把他們一直帶到那裡的／djiadjia／鳥是他的寵物。他想使這些孩子成為巫士－巫醫，他一天又一天地給他們服催吐飲料。他們被隔離在女人看不到的茅舍裡，向瀑布的水中嘔吐，「以便吸收其音響」，也向一條大獨木舟裡嘔吐。在攝入了所有種類以各種樹的樹皮或「靈魂」為基質的製劑之後，這些孩子變得很瘦弱，還失去了意識，最後接受向鼻中滴入煙草汁，以及一

種痛苦的試驗：毛髮編成的繩索從鼻孔串入，伸入口中，即穿過鼻子和後喉嚨。

　　入會式將要結束時，兩個孩子違反了一個禁條，失去了眼睛，變成了夜精靈。另外三個孩子成爲完全的巫士，他們在主人身邊變老。當主人派他們回村時，他們變得全禿了。他們不無痛苦地認出了親屬。他們喜歡的一個年青女人發現他們很老，他們因此感到很痛苦。他們把她變成石頭，把自己家庭的成員變成精靈。正是這些精靈現在使煙草在十天之內從巫士－巫醫那裡長出來，而沒有必要種植它。㉓人們把這種煙草區分成三類。這煙草非常濃烈（K.-G.：1，第 63－68 頁）。

　　這個神話讓水的題材以相當間斷的形式出現——由新手吸收瀑布的聲音，而這聲音像是由三個歌手發出的，因爲音高不同——但在圭亞那的別處，煙草和撥浪鼓到處總是同水相聯結，在阿拉瓦克人和卡里布人那裡也都是這樣。阿拉瓦克人訴說了（M₃₃₅）頭領阿拉瓦尼利（Arawânili）如何從水女神奧雷烏（Orehu）得到葫蘆藤、海底燧石（用於裝備撥浪鼓）和煙草，他靠了這些東西戰勝了司死亡的邪惡精靈尤哈烏（Yauhahu）（Brett：2，第18-21 頁）。按照卡里布人（M₃₃₆）的說法，第一個巫士－巫醫科馬納科托（Komanakoto）有一天聽到了來自河流的聲音；他沈到水下，看到了一些美女，她們敎他唱歌，還送給他煙草和現成的葫蘆撥浪鼓，連同燧石和手柄（Gillin：第 170 頁）。卡利納人用水中的白色和黑色小燧石裝備撥浪鼓（Ahlbrinck，辭條「püyei」，§ 38）。

　　其餘部分無疑和 M₃₂₇ 相似。三個孩子或減至三個的五個孩子自願離開父母，去到煙草之鄉，由一些鳥引領或輪流引領。這煙草之鄉是海洋中央

㉓M₃₂₇ 中作爲煙草主人的女鬥士也出現在這些精靈／mauari／之列（參見 K.-G.：1，第 124 頁）。

的一個島，由一些看守監管；林中空地有一些奴僕在耕耘。他受到歡迎或遭到敵視，視煙草主人是男人還是女人（一批女人）而定。還應強調，在第一種情形裡，這男人有個妻子，她拚命反對新入會者：「她不願意照料小孩。」如果說只是爲了她，那麼，煙草主人從未爲她獲得過煙草。實際上，每當他想到山裡採集煙草時，她總是設法強迫他在達到目的之前就回來。故事在後面說到另一個女人，她也對上了年紀的英雄懷有敵意，這次拒絕給他們的是水而不是煙草（他們已經有了）。

然而很明顯，阿雷庫納人神話係關涉飲用的煙草和其他通過口的途徑吸收的麻醉品。儘管它們爲數相當多（神話枚舉了十五種），但可以嘗試把它們整理成基本的三元組，與孩子的數目相應，因爲許多圭亞那專家一致同意區分三種類型巫士－巫醫，分別同煙草、多香果和╱takina╱或╱takini╱樹相聯結(Ahlbrinck, 辭條「püyei」, § 2; Penard, 載 Goeje, 第 44－45 頁)。這種樹可能是 *Virola*，一種肉荳蔻科植物，從中可以提取出許多種麻醉物質(參見 Schultes: 1、2)。據一個卡利納人傳述者說，╱takini╱的活性素處於乳樣樹液之中，給新入會者服用，使他進入可怖的譫妄狀態(Ahlbrinck, 同上著作, § 32)。因此，儘管僅僅涉及吸食的煙草（這可以解釋爲瓦勞人在圭亞那文化總體中所處的特殊地位引起的畸變的結果），M_{327} 中三個小孩的存在以及 M_{328} 中多個魔鬼的存在似乎還是使我們得以把這兩個神話聯結成一個關於麻醉飲料（其中包括在水中浸軟的煙草）起源的圭亞那神話組。

我們也應從這個意義上來作最後一點考察。圭亞那煙草起源神話的英雄都是孩子。他們同作爲薩滿教創始者的父母分離，這或者是仿效父母的榜樣(M_{328}、M_{334})，或者是應他們提出的要求(M_{327})。他們最後成爲精靈，而人爲了讓他們顯靈，必須向他們獻祭煙草。我們在此看到了一種圖式，它在上一卷開始部分在一個著名的卡里里人煙草起源神話(M_{25})中已遇到過。在那裡，小孩在垂直地離開(到天上，而不再是水平地在地上或水上)

後在一個煙草精靈那裡生活，這精靈那時和人同伴共享樂，而人要召喚這精靈，唯有向它獻祭煙草。如果說瓦勞人的煙草精靈是小孩，那麼，卡里里人的同類是老人。在這兩者之間，阿雷庫納人的精靈佔居中間位置：已長大，上了年紀並已禿頂的孩子。

　　這個卡里里人神話既關涉煙草的起源，也關涉煙草精靈把小孩轉變而成的野豬的起源。我們已考慮過這種聯繫，當時為此表明：這種聯繫插在關於野豬起源的聚合總體之中，在那裡煙草的煙扮演工具的角色(以上第 11 頁)。這樣，我們可以在熱帶美洲神話中單獨取出一個有序系列，它形成一個相對閉合的神話組：焚屍木的灰產生煙草(M_{22-24}、M_{26})；焚化的煙草決定了肉的出現(M_{15-18})；為了使這肉可以食用，人應當從雄花豹那裡獲取火(M_{7-12})，而這雄花豹的雌性對應物是死於火柴的雌花豹(M_{22-24})。

　　這裡僅僅關涉吸食的煙草，就像一方面由種族誌所明的——這些神話所源自的種群以這種方式食用煙草——另一方面由形式分析所表明的那樣，因為為了這樣來整理這些神話，可以說應當「按火的要領」來看待它們。在《生食和熟食》中（第 144－146 頁），我已說明了一些法則，它們使我們得以「按水的要領」來把這神話組移位，但我這樣做只是給出了轉述這神話的手段，並沒有證實真正存在第二個封閉神話組，在那裡水相對於火佔據著與煙草相對稱的位置。

　　若假定存在著這樣一個神話組，那麼，就應當給出另一個神話組在 M_{7-12} 的「水」的方面也即在 M_1 的方向上由於聯結這些神話的轉換而得到的反映：

$$（烹飪的起源）\begin{bmatrix} M_{7-12} : 火 \end{bmatrix} \Rightarrow \begin{bmatrix} M_1 : 水 \end{bmatrix}$$

M_1 追溯了其起源的這種水是天上的水，更確切地說，它來自於暴風雨，

撲滅烹飪用火：「反烹飪」或「反火」。然而，我們知道，這些神話設想在暴風雨和野豬之間有著密切的關係。雷電監管這些動物；這人濫獵，捕殺超過需要的獵物時，雷電就轟鳴。對於這種聯繫，我已給出許多例子(CC，第 274－278 頁)；我們還可以費心找到大量散見於文獻的其他例子。

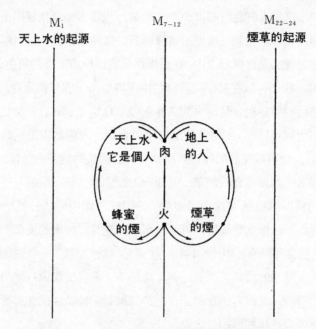

圖 21　水、火和煙草起源神話間關係的體系

　　如果說提供作爲出色的烹飪材料的最佳肉料的野豬得到作爲「反烹飪」介入這體系的暴風雨的保護，防止濫用這種烹飪，那麼，爲了使我們尋找的對稱神話組存在，我們就必須發現一個同煙草的煙相匹配的項，它同暴風雨結成的關係則與煙草的煙同野豬結成的關係相反，而且，作出這發現也就足夠了。這煙是野豬出現的原因，因此，它的對應物應當是暴風雨消失的原因。

　　種族誌公正對待這種演繹要求。我們知道，在北方卡耶波人那裡，一

個名叫貝普科羅羅蒂的神祇是暴風雨的人格化(CC, 第 273－278 頁)。一些名叫／Bebkororoti mari／的人以部落名義向他說情。他們為此利用了燒融的蜂蠟，後者平息了暴風雨(Diniz, 第 9 頁)。這個例子不是獨一無二，因為我們知道瓜耶基人(Guayaki)也有這種祈求：「蜂蠟／choá／產生的煙用來捕獵上天的花豹。他們用弓敲打樹，用斧劈裂地面，讓蜂蠟／choá／的氣味升上天」(Cadogan：6)。烏穆蒂納人說，當天上雷鳴時，正是一個精靈下凡到地上來尋覓蜂蜜，供天上的人應用；但是，這精靈自己並不食用 (Schultz：2, 第 224 頁)。無疑，在一種情形裡，事關日蝕，而不是暴風雨。但是，後者是前者的一種弱形式，瓜耶基人的本文引起額外的興趣，因為它把蜂蠟的煙同聲學行為相聯結，而這些行為上還應添加上投入火中的乾竹的爆裂聲(Métraux－Baldus, 第 444 頁)，後者作為／parabára／型樂器的強的實現形式而把「蜂蜜的煙」同熄燈禮拜樂器相結合，一如煙草的煙被同撥浪鼓相結合。

　　為了不使敘述冗長，我們不討論一個烏依托托人神話，它的重要性和複雜性證明對其作專門的研究是合理的(M₃₃₇)。我僅僅指出，這神話花了一種雙重扭曲的代價而回到煙草：煙草的水而不是煙草的煙引起人向野豬的轉變；這轉換肯定了對於閃電的敵對行為，而閃電從這時起成為可愛的馴服的小動物 (Preuss：1, 第 369－403 頁)。我也將此撇在一邊，但這次是因為塔斯特萬 (4, 第 27 頁；5, 第 170 頁) 對卡希納瓦人關於男人轉變成野豬的神話的提示過於零碎：男人擔心一個少女不願嫁給他們中的任何人，於是服下了煙草汁，在這之後，他們變成了野豬。只是在這以後，這少女才接收煙草精靈，教養他，後來嫁給他，繁衍了卡希納瓦人(M₃₃₈ₐ；參見 M₁₉, CC,第139頁)。相對稱地，一個希帕耶人神話(M₃₃₈ᵦ)把一對滯留於蜜蜂／irapuã／的一個巢的夫婦轉變成了野豬，他們未能攝食其蜂蜜 (Nim.：3, 第 1011－1012 頁)。

　　另一方面，我還應當停下來考察一個瓦勞人神話，它用撥浪鼓取代煙

草的煙，由此同時反轉了野豬的起源和它們的失蹤。這個神話已引起過我們注意（CC，第 117 頁註②）。

M₁₇ 瓦勞人：野豬爲什麼稀少 (CC, 神話索引：野豬的起源)

一個男人、妻子和兩個兒子一起去參加縱酒作樂聚會，讓兩個女兒單獨留在家裡，她們願意留下來製作甘薯啤酒和白薯(cassiri)啤酒。她們接待一個精靈來訪，她們供給他吃，讓他在家裡過夜而又不讓他爲難她們。

父母回來後，兩個女兒未守住冒險的秘密。父親還未從前一天的爛醉中醒過來，便要訪客回來，甚至還沒有肯定其身份，就把大女兒許配給他。這精靈居住在岳父母家，表現爲一個好女婿、好姻兄弟。每天，他都帶回獵物，他甚至還教岳父母如何獵野豬，而他們還不知道野豬的模樣。直到那時爲止，他們一直只捕殺鳥，還以爲它們就是野豬。至於這精靈，他只要擺弄撥浪鼓，野豬就會跑來。

時間一天一天過去。年輕夫婦生下了一個小孩，丈夫建成了新居。他存放在灌木叢中的東西裡，有四隻帶羽飾的撥浪鼓，他用它們打獵。每一對用於一種野豬，一對用於兇殘野豬，另一對用於溫良野豬；在每一對裡，一個撥浪鼓用於引來獵物，另一個用於驅趕它。只有這精靈有權碰它們，他說否則會有災禍降臨。

一天，這精靈在田裡，有一個姻兄弟忍不住來借用撥浪鼓。但是，他搖動的那個是用於引來兇殘野豬的。這些動物來了，把嬰孩撕成碎片吃了。躲在樹上的其他家庭成員大聲呼救。這精靈趕緊跑來，弄響專用於驅趕野獸的撥浪鼓。姻兄弟不聽話，嬰孩又死去，精靈極爲氣

憤，遂決定離開。從此之後，這些印第安人就捕獵不到好東西了(Roth：
1，第 186－187 頁)。

　　這個關於野豬失蹤的神話遵從關於野豬起源的特內特哈拉人神話
(M₁₅)、蒙杜魯庫人神話(M₁₆)、卡耶波人神話(M₁₈)的骨架，但把所有的項
都反轉了過來。姊妹的丈夫向妻子的兄弟提供食物，而不是妻子的兄弟拒
絕給姊妹的丈夫食物。在所有這些情形裡，都有一個或數個窮困的姻兄弟
是獵鳥者，他們無力獨自獵獲當時存在的兩種類型野豬(M₁₇)或當時僅存
在的其中一種類型—這裡是溫良的那種類型。兇殘野豬的出現，無論是絕
對的還是相對的，都是一種濫用的結果：撥浪鼓的聲學的（文化的）濫用
或者夫婦的性的（自然的）濫用，這種濫用在這裡是妻子兄弟的過失，在
那裡是姊妹丈夫的過失。因此，小孩被野豬殺害，被帶走或者被轉化；兇
殘的野豬出現或消失，狩獵變得有利可圖或者困難。

　　然而，瓦勞人神話比同組其他神話更加講究方法地利用二分原理，它
把兩種野豬在起源上對立起來。一種是對獵人的報償，另一種是對他的懲
罰，這時他濫用媒介，而他本應表現得節約從事才是。因爲這個方面未出
現在特內特哈拉人和蒙杜魯庫人的神話之中，所以，可以說，在瓦勞人那
裡，兇殘野豬懲罰不節制的獵人，而其他兩個部落把這角色賦予作爲野豬
的復仇者的暴風雨。這種二分法擴展應用於撥浪鼓，它有兩對，每一對中
的兩個項履行相反的功能。但是，這兩種野豬本身有著相反的屬性，四個
撥浪鼓於是形成功能的交錯配列：用於引來溫良種或驅趕兇殘種的撥浪鼓
具有正面的內涵，這與另兩個撥浪鼓的負面內涵相對立，後者用於驅趕溫
良種（人們毫不懼怕它）或者引來兇殘種（人們知道其後果如何）。這些正
相反對的價值以撥浪鼓重現了其他部落分別賦予煙草的煙和蜂蜜的煙的價
值，一個使野豬出現（野豬引起暴風雨），另一個驅趕暴風雨（因此得以誘
惑野豬）。

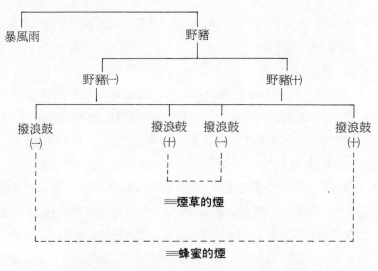

㈠：壞的野豬種，壞的撥浪鼓（用於吸引壞種，驅趕良種）。
㈩：反過來

　　最後，這也是我的第三點意見，瓦勞人神話的主要情節依附於我們已討論過的一個聚合總體，而關於蜂蜜失去的那些神話(M₂₃₃₋₂₃₉)已給我們提供了它的初始項。M₁₇在從關於野豬起源的神話轉變成關於野豬失蹤的神話時，實施了兩個運作。一個是用撥浪鼓的模式（兩個模式相對立）取代煙的同樣相對立的模式，也就是說，它完成了從烹飪代碼到聲學代碼的轉移。另一方面，在烹飪代碼內部，瓦勞人神話也把蜂蜜失去神話轉換成肉起源神話(它因此而變成肉失去的神話)。被第一個運作釋出的吸食煙草由於第二個運作（烹飪代碼內部的轉換）而變得適合於在瓦勞人神話中佔據別處留給飲用煙草的位置，如 M₃₂₇所表明的那樣。實際上，吸食煙草和飲用煙草的對立在煙草範疇內部重現了存在於煙草和蜂蜜之間的對立，因為或者飲用煙草或者有毒蜂蜜被用於淨化作用，視北部亞馬遜的地域而定。

因此，這個瓦勞人神話以其自己的方式也即用暗示忽略法(prétéri-tion)證實了煙草的煙和撥浪鼓的結合。我們已考察了其中一者。剩下來要表明另一者如何同熄燈禮拜樂器相關聯地履行著一種作用，它類似於歐洲傳統中鈴的作用，而鈴乃作爲調解用具。

這裡並無新意可言，因爲傳教士早就看出了這種相似性。卡迪(Cardus)（第 79 頁）描述了葫蘆鈴：「他們（土著）把它作爲鈴使用。」二個多世紀以前，新教徒勒里(Léry)（第 2 卷，第 79 頁）嘲諷牧師像是搖著撥浪鼓的蜥蜴：「如果你不了解他們，最好把蜥蜴的狀況和這些僞善者作爲搖鈴人做比較，他們在窮人世界裡到處招搖撞騙，帶著聖安東尼、聖貝爾納的獵具以及其他這類偶像崇拜器具四方奔走。」如果讀了我在第 347 頁上作的考察，那麼就會同意，當拉菲托(Lafitau)自己通過更有意義的非宗教類比而把撥浪鼓與叉鈴相提並論時，他沒有錯。

撥浪鼓不僅負有引起追隨者注意和召喚他們的使命。精靈還用撥浪鼓的聲音表現自己，讓人知道自己的聖言和意志。有些樣品經過製作和裝飾，可以代表面容，有的甚至帶有清晰的下巴。人們可能要問，在南美洲，究竟是撥浪鼓導源於偶像，還是相反（參見 Métraux：1，第 72－78 頁，Zerries：3）。我們只要記住一點就夠了：從語言觀點來說，撥浪鼓因人格化而同鈴結爲一體，而圖爾的格列高利(Grégoire de Tours)認爲，鈴具**神跡**的資格可作爲新生兒贈予教會，由敎父和敎母施予，還接受一個名字，以致通常可以把祈求賜福儀式等同於洗禮。

爲了證明葫蘆撥浪鼓和人頭之間聯繫的普遍性和古老性，這裡不必一直追尋到波波爾胡。許多南美洲語言從同一詞根構成兩個詞：阿拉瓦克－梅普雷語的／iwida／，奧阿耶納語的／-kalapi-／（Goeje：第 35 頁）。在庫貝奧人的面具中，一個半葫蘆象徵頭顱(Goldman：第 222 頁)；惠芬作了這

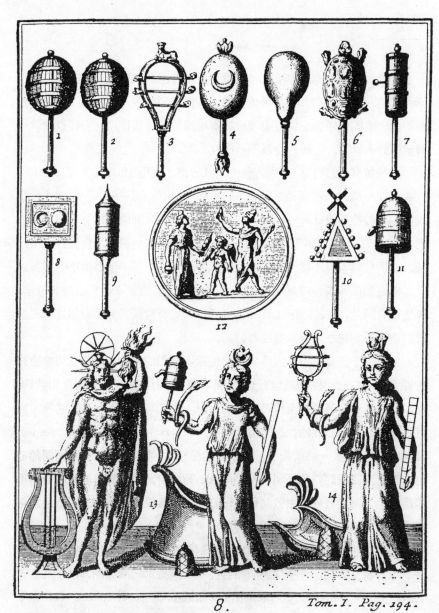

圖 22 古代的叉鈴和美洲的撥浪鼓
（據拉菲托〔Lafitau〕，第 1 卷，第 194 頁）

樣的比較（第 122 頁）：「在太陽下閃閃發光的頭顱有如串在一根繩子上的葫蘆。」卡希納瓦人的雷精靈是禿頂(Tastevin: 4, 第 21 頁)，與古代圖皮人的托潘(Toupan)屬同系，托潘自願用撥浪鼓的聲音表現自己：「人們認爲，撥浪鼓發出聲音時，正是托潘在對他們說話，」換句話說，「他在打雷，降雨」(Thevet, 第 2 卷, 第 953a, 910a)。這裡還可以回憶起鈴的作用是「馴服」大氣災害。

攜帶消息的神聖撥浪鼓似乎遠不是放在水上打擊的半葫蘆，即神話女英雄用來招引動物誘姦者的熄燈禮拜樂器的原型。無疑，它所以遠不是如此，是因爲一種樂器確保同超自然世界發生經由中介的、有益的結合，而另一種樂器確保同自然界發生不經過中介的、有害的結合甚或（因爲中介的不存在始終提供這兩個互補的方面，參見 CC，第 382－383 頁）同文化和社會粗暴分離。然而，隔開這兩種類型樂器的距離並不排除它們的對稱性；這距離甚至還蘊涵對稱性。實際上，土著的系統掩藏著一種撥浪鼓的反轉形象，而這使之適應於履行這另一種功能。

據最早的傳敎士說，秘魯人(Péruvien)認爲(M_{339})，爲了引誘，俘獲人，魔鬼利用葫蘆，讓它在水上跳舞，或者沈入水下。魔鬼想抓獲的，對之強烈貪求的那個不幸者被引入河水深處，最後溺死(Augustinos: 第 15 頁)。值得指出，這種似乎反映一種幻覺或幻想的怪異觀念在古代墨西哥也可看到。薩阿根(Sahagun)在其《通史》(*Histoire générale*)第 11 冊（它研討「地球事物」也即動物學、植物學和礦物學）中描繪了(M_{340})一條名叫／xical-coatl／的水蛇，它在背上生有一個附器，是盛飾的葫蘆狀，用於吸引人。這蛇只讓裝飾的葫蘆露出水面，「令人嚮往，因爲它像是獵物。」但是，要小心貪慾引起的魯莽，它使人以爲，面對這優美的葫蘆，是命運讓他去佔有它！因爲，他剛進入水中，他所渴求的東西就逃脫了。他追逐它而進入無底深淵，死在那裡，而水又重新閉合，在上面翻滾。蛇身是黑色的，除了背部覆蓋著一種複雜的裝飾物，就像是裝飾了的葫蘆容器 (Sahagun, 第 12

篇，85-86 頁）。

在墨西哥和秘魯之間，這題材不時零星出現。一個圖穆帕薩人 (Tumupasa)神話(M₃₄₁)說，一個聾啞男孩被父親無理打了一頓，於是離家去到河邊，背負一個葫蘆去汲水。但是，他想潛入水深處，葫蘆卻把他浮上水面。當他擺脫了葫蘆後，就在水底流動，變成了一條蛇(Nordenskiöld：3，第 291 頁)。一個烏依托托人神話(M₃₄₂)記敍葫蘆藤精靈和最早人類的衝突。人類死於一場大洪水，人沒有逃過這場洪水，甚至兩個漁夫也未逃過，他們在想得到一隻漂浮在水面上的、他們未抓取到的小陶罐而被水流捲走。按照另一個神話(M₃₄₃)，這場源於洪水的衝突發生在一個水精靈和一個野姑娘結婚的時候，這野姑娘是「葫蘆人」的女兒，她自己名叫「水下葫蘆」(Preuss：1，第 1 卷，第 207-218 頁)。㉔

不管是古代的還是當代的神話，它們都證實了葫蘆和水的不相容關係。像撥浪鼓一樣，葫蘆就本性而言也是「在空中的」，因此是「在水之外的」。由水蛇的附器或由葫蘆姑娘與水精靈的結合象徵的葫蘆和水的結合乃同關於**充滿空氣的**和**在水中**的容器的矛盾概念——因為葫蘆通常是漂浮的(M₃₄₁)——相對抗。當然，這關涉的是乾葫蘆，人們用它製作撥浪鼓。就水的關係而言，新鮮葫蘆和乾葫蘆間的對立由一個熱依人神話得到證明，它像這個烏依托托人神話一樣，也指派造物主太陽保護葫蘆或葫蘆人：或者它試圖讓它們逃過洪水（通過供給它們毒死水精靈的毒品）(M₃₄₃)，或者

㉔一種古代哥倫比亞儀式無疑屬於這同一組，但可惜我們不知道其神話背景可能怎樣：「他們利用下述迷信來預卜孩子一生過得幸福與否。在斷奶時，準備一個小的茅草捲，中間放一小塊蘸母親乳汁的棉花。六個擅長游泳的年輕男子把它投入河中。然後，他們潛入水中。如果在他們碰到它之前，它已消失在水中，那麼，他們說，發生這種情形，對一個孩子來說，他將是不幸的。但是，如果他們輕而易舉地又得到了它，那麼，他們就估量說，這孩子將交好運」(Fr. P. Simon，戴 Barradas，第 2 卷，第 210 頁)。

（M₃₄₄ₐ）它阻止其兄弟月亮在種植在由蝸牛開墾的田地裡的葫蘆成熟之前就收割它們。㉕按照這個神話（它源自阿皮納耶人），造物主太陽和月亮把**葫蘆（新鮮的）**投入水中，它們在水中立刻變成人。當大洪水來時，一部分葫蘆成功地保留在一個筏上面，這筏裝備有**乾**葫蘆作為救生器：這成為阿皮納耶人的祖先。其他葫蘆被洪水捲走而產生了各個不同種群。躲藏在樹裡的那些變成蜜蜂和白蟻（Oliveira，第69–71頁；見 Nim.：5，第164–165頁）。我們已在另一個神話（M₂₉₄）中遇到過新鮮葫蘆和撥浪鼓間的對立。㉖

因此，這些神話給予其二律背反價值的蛇和葫蘆容器對立首先是潮濕、長、充實、軟和乾、圓、中空、堅硬之間的對立。但是，還不止於此。因此，乾葫蘆提供了一種樂器即撥浪鼓的材料，而蛇（我已在第425頁上表明）是復現其叫聲的菱形體的「材料」。從這個意義上說，蛇葫蘆例示了菱形體和撥浪鼓的矛盾結合，或者更確切地說，它是呈撥浪鼓外表的菱形體。然而，當與特雷諾人神話 M₂₄——在那裡，英雄使熄燈禮拜樂器響板發出聲音，以便更容易發現蜂蜜——做比較時，另一個查科神話似乎表明，撥浪鼓和熄燈禮拜樂器之間存在同樣的不相容關係。在我們已利用過的這個托巴人神話（M₂₁₉ᵦ）中，狐利用村民外出尋覓蜂蜜而不在之機焚燒茅舍。暴怒的印第安人殺死了狐，並把屍體剁成碎塊。造物主卡朗佐佔有了心臟，以便「可望從那裡找到蜂蜜。」心臟抗議說，它要變成一個禮儀用撥浪鼓：它

㉕「當印第女人種植葫蘆藤時，她們拍打自己的乳房，以便果子也長得那麼大。當這樹長大時，卡納洛斯（Canelos）印第安女人在其樹枝上懸掛樹蝸牛的殼，以便它結的果子又大又多」（Karsten：2，第142頁）。

㉖人們可能會問，此阿皮納耶人神話是否又反轉了南美洲流傳更廣的版本。奧雷諾克的梅普雷人（Maipuré）提供了此版本一個範例（M₃₄₄ᵦ），它讓由大洪水的倖存者從樹的高處拋下的綏貝屬棕櫚果子重新產生人類。這樣，可以得到一個對立對偶**葫蘆**／（棕櫚的）**果子**，它在聲學層面上與樂器偶**撥浪鼓**／**鈴**相等同。

像球一樣回跳，於是這些印第安人停止尋找蜂蜜(Métraux：5，第 138 頁)。因此，如同 M₂₄ 的熄燈禮拜樂器有助於尋找蜂蜜，心臟之轉變成撥浪鼓帶來相反的結果。

有一組圭亞那神話，我們不去詳細考察它們，以免我們得把「轉動的頭」的卷宗打開，而這樣的研究需要整整一卷。這些神話(M₃₄₅₋₃₄₆)屬於我們已研討過的倒運的姻兄弟神話組。一個獵人因未帶回獵物而受妻子的兄弟虐待，他獲得了魔器，它們使他成爲狩獵和打漁的主人，只要他適當運用即可。他的姻兄弟發現了，偷去了這些魔器，過分地或笨拙地使用它們，結果招致一場洪水，英雄的兒子死於這場洪水；魚和獵物也都消失。按照這些版本，英雄變成了「轉動的頭」，它固裝在兀鷹的頸脖上，兀鷹因而變成雙頭鳥，或者，他變成野豬的父親 (K.-G.：1，第 92-104 頁)。

這英雄佔有的前兩個魔器對於我們的探索具有特殊的意義。一個是只應充一半水的小葫蘆。當河乾涸時，可以把所有的魚都收集起來。爲了使河重新達到正常水位，只要向河床倒空葫蘆的內容就夠了。姻兄弟偷取了這個葫蘆，犯下了把它充滿的過失。河流泛濫了，捲走了葫蘆和英雄的小孩，後者死於溺水。由於這本文的影射，它無疑回到了我已引用過的圖穆帕薩人和烏依托托人神話，從而再回到秘魯人和墨西哥人的信條，何況按照我們已佔有的另一個版本，這葫蘆首先屬於作爲水精靈的水獺。在這個版本中，捲走的葫蘆被一條魚吞下，變成了魚的浮胞，或者對稱的——內部的而不是外部的——器官，即墨西哥人的蛇的背部附器。

第二個魔器是一支槳，它後來變成蟹的一隻螯。英雄用它來攪拌岸邊的水，河流被從所擾動的地方的下游弄乾。姻兄弟認爲，他們擾動深水，就可以得好的結果。像上次一樣，河流泛濫，捲走了這魔器。從樂器學的觀點來看，這兩個魔器，一個與一個葫蘆容器即撥浪鼓相匹配；另一個與攪拌器或響板即一個熄燈禮拜樂器相匹配。但是，在這個範疇內，每個魔器都只允許有限的應用：葫蘆應當不充滿，換言之，**它包含的**水應當很淺，就

像槳伸入的水即**包容槳的**水也應當這樣。否則，好的樂器也會變成邪惡的。分界線不是從撥浪鼓和熄燈禮拜樂器之間通過，而是從每種類型樂器的可能應用模式之間通過：

	撥浪鼓 （有中介存在）	熄燈禮拜樂器 （無中介存在）
一種或另一種類型的有 節制應用（**有中介存在**）		
一種或另一種類型的無 節制應用（**無中介存在**）		

　　與撥浪鼓不同，半充水的葫蘆僅僅半充空氣；與響板不同，槳這根打擊棒不是打擊另一根棒，而是打擊水。因此，相對於水，$M_{345-346}$的兩個魔器代表一種妥協，它一如支配對它們的利用的那種類型妥協。這段議論引導我們去考慮另一點。

　　按照葫蘆充水的多寡，它包含的水以或高或低的吵鬧程度在河中傳播。同樣，槳將發出或大或小的聲響，視擾動的水域離岸遠近而定。這些神話在對於水的行為的這個方面未明白說明。不過，它們實現了一直到圭亞那也能遇到的亞馬遜信條。「你們要小心……不要讓葫蘆在船上翻身：水重新進入葫蘆時從葫蘆下面出來的空氣所發出的聲音會招來博尤蘇（Bóyusú）（大水蛇），它會立即出現：通常人們對這種遭遇避之尤恐不及」(Tastevin：3，第 173 頁)。讀過我在《生食和熟食》（第 381－382 頁）裡就／gargote／這詞及其在成為烹飪的詞彙之前的聲樂內涵所作的議論，就不會對不恰當烹飪也會導致同樣結果這一點感到驚奇：「切不可……把多香果扔進水裡，也不可把加入多香果的 tucupi（甘薯汁）以及其他用多香果調味的食物扔入水中。㉗博尤蘇成功地掀起波浪，招來暴風雨，吞沒船隻。當漁夫靠岸在船

上過夜時，他在這一夜也不洗碗碟：這太危險了」(Tastevin，同上)。

　　在圭亞那，情形也一樣，害怕引起暴風雨，所以不准在獨木舟中倒淡水，在河裡洗杓子，把鍋子直接放入河裡汲水或者洗鍋子，等等(Roth：1，第 267 頁)。

　　這些烹飪禁忌(它們也是聲學禁忌㉘)有其在聲學層面上的等當物，而這證實了本來意義和比喩意義間的元語言對立是和屬於其他代碼的對立同系的。按照圭亞那印第安人的說法，要惹水精靈，要引發暴風雨、海難和溺死，其手段沒有比說出某些詞，每每是外來語更可靠的了。例如，阿拉瓦克漁夫不說／arcabuza／即「槍」，而應當說／kataroro／即「足」，也不說／perro／即「狗」，而應當說／kariro／即「牙齒」。也避免 (這回到同樣情境)運用專門詞，必須代之以迂說(périphrase)：「堅硬」取代岩石，「長尾獸」取代蜥蜴。小島和小河的名字也禁止用 (Roth：1，第 252－253 頁)。如果說如我試圖在本書中表明的那樣，本來意義蘊涵自然，隱喩蘊涵文化，那麼，一個體系把精緻烹飪、適度聲響或沈默排列在隱喩或迂說這邊，而把「生的」這詞、不淸潔和喧嘩排列在另一邊，它就可以說是連貫一致的。何況包容這一切方面的葫蘆同時取代說話者 (作爲撥浪鼓)、烹飪用具 (如杓、碗、大碗或瓶) 和故意的或無意的噪音源；它用作發出打擊召喚的發音器，或者倒空它包含的水時空氣進入其中而作響。

㉗「活水 (182 頁)。……燒焦的龜甲」(第 183 頁)，因此一切具有強烈氣味或滋
　　味的食物。另外方式的行動是「把多香果扔入 (博尤蘇的) 眼中。這惹他發怒，
　　引起這些可怕的暴風，伴有造成大洪水的大雨，它們是對一種也該譴責的行爲
　　的直接懲罰」(同上著作，第 182－183 頁)。
㉘就後者而言，這通過遠比我已選擇考查的要短的回路直接回到哭泣的嬰兒：
　　「孕婦竭力防止勞動時發出噪音；例如，她避免用葫蘆瓢舀水時在缸裡面弄
　　出聲音來。否則，她生出的兒子將終日啼哭」(Silva，第 368 頁)。

因此，我們又回到了葫蘆，在《生食和熟食》中我們初次看到它起著十分特殊的作用。一個瓦勞人神話(M_{28})中出現一個頭上戴著一隻半葫蘆的食人女魔，她常把它從頭上取下扔到水上，使它作旋轉運動。她陷入了對這個稜角的沉思。

在分析這神話時 (CC, 第 147 – 150 頁和各處)，我忽略了這個細節，而它現在比較重要。我首先指出，至少在某些部落中，它在一定程度上反映了實際的習俗。阿皮納耶婦女「到草原上去時總是佩戴一個葫蘆瓢。這盛器空的時候常作爲帽子戴在頭上，它用於採集所有要費心儲存的東西。男人決不遵從這種習俗……如果一個小男孩的父母吃了刺鼠肉，或者母親佩戴的葫蘆不是沒有危險的 *Lagenaria* 屬，而是 *Crescentia* 屬，那麼，他就會掉頭髮」(Nim.: 5, 第 94、99 頁)。

我們已在謝倫特人那裡遇到過 *Crescentia* 和 *Lagenaria* 間的對立，它從屬於葫蘆容器和材料不確定的——如我已偶然寫到的 (CC, 第 377 – 378 頁)，也不是陶土的——但可能是木頭的(因爲 *Spondias* 木的杯子出現在斯達克蘭偶族 (Nim.: 6, 第 22 頁) 的示差標誌之中) 容器之間的對立。(行星火星依從於這種杯子，火星擬人化爲一個祭司，他把混濁的水放在杯裡。)包含明淨的水的兩個葫蘆屬也同行星相聯結，*Lagenaria* 同金星相聯結，*Crescentia* 同木星相聯結。這兩顆行星相對立，分別作爲「大的」(後綴／-zauré／)和雄的(M_{138})、「小的」(後綴／-rié／)和雌的(M_{93})。木星神話把這行星描繪成一微型女人，她的丈夫正是把她藏在一個葫蘆裡。火星爲一方、金星和木星爲另一方之間的對立在謝倫特人那裡對應於月亮和太陽間的對立(Nim.: 6, 第 85 頁)。然而，阿皮納耶人區分兩種造物主，他們按照他們對葫蘆(M_{344})，這裡是 *Lagenaria* 作的好的或壞的應用命名 (Oliveira, 第 69 頁)。因此，把阿皮納耶人的和謝倫特人的信條加以結合，可以得到一個概略系統：

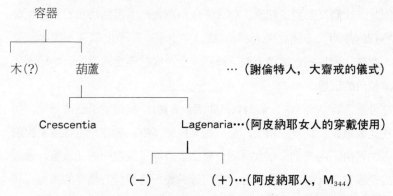

實際上，謝倫特人大齋戒儀式用的容器分別盛放壞的水（人們拒絕之）和好的水（人們接受之）；阿皮納耶女人的葫蘆如果是 *Lagenaria*，可以用作盛器和頭飾，如果是 *Crescentia*，則只可用作盛器；因此，就像混濁的水不能作爲飲料讓人接受一樣，*Crescentia* 也不能作爲帽子讓人接受。此外，在太陽的手和月亮的手之間，被拋入水中的葫蘆 *Lagenaria* 轉變成爲成功的人或失敗的人。在邏輯上，所有位於左邊斜線的項都應有月亮的和黑夜的內涵，位於右邊斜線的項都應有太陽的和白晝的內涵，而對於這種關係尚未獨立地加以確定的唯一情形，這意味著：

Crescentia：Lagenaria：：（月亮，黑夜）：（太陽，白晝）

爲了進一步發展這種重構，需要更多地了解 *Crescentia* 和 *Lagenaria* 各自在技術上和儀禮上的地位，還應能超過我們設想地更好地解釋阿皮納耶人的詞項，它們從一個詞根／gô-／（蒂姆比拉人的／kô-／出發來標示 *Crescentia*／gôcráti／、*Lagenaria*／gôrôni／和禮儀撥浪鼓／gôtôti／。也許除了查科，在南美洲的幾乎所有地方，禮儀撥浪鼓都用 *Crescentia* 製造，但這問題還未弄清楚，因爲 *Lagenaria* 的美洲起源仍有爭議。

因此，我們現在從更一般的觀點來考察葫蘆作爲頭飾的禁忌，如同在亞馬遜民間傳說中還能看到的那樣：「兒童習慣於在屋裡洗澡，用一個葫蘆

從桶裡舀水澆在身上。但是，如果發覺他們把這杓子放在頭上，母親就立刻加以阻止，因爲據說把葫蘆頂在頭上的小孩會教養不好，不善於學習，也長不大。這種想像也涉及空的盛粉籃子……」(Orico：2，第 71 頁)。這種巧合極其令人感興趣，尤其因爲 M_{28} 所描述的第二種葫蘆用法現在還存在於亞馬遜農民那裡：「當某人吞下魚骨，鯁住喉嚨時，他就必須轉動碗碟〔通常用葫蘆製作〕；這足以解除不適」(同上著作，第 95 頁)。然而，M_{28} 的女英雄是個吞食生魚的貪吃者。正是在這一點上，民間傳說的習俗和神話的暗示相交會。在另一種情形裡，更可以看到一種對稱關係：頭頂葫蘆的亞馬遜少年沒有長大；其母親犯同樣過錯的阿皮納耶少年變成禿頂，也即他們早熟地變成老人。禿頂在印第安人那裡是很罕見的疾病，因此，無疑人們看來更尊重土著的分類，即據說第一個孩子仍是「生的」，而再一個孩子「已腐爛」。實際上，以這種方式解釋毛髮失去的神話有許多。㉙

　　因此，爲了整理所有葫蘆轉換，我們動用烹飪的和聲學的雙重代碼，它常常呈兩種形象。我們從考察禮儀撥浪鼓及其反轉形式開始，後者我已命名其爲「妖魔葫蘆」。一種是發聲的，另一種是緘默的。前者使人能夠俘獲精靈，精靈進入撥浪鼓中，通過它說話；後者使精靈能夠俘獲人。事情還不止於此。撥浪鼓是空氣的容器，又被包含在空氣之中，妖魔葫蘆是空氣的容器，但被包含在水中。因此，這兩種器具就容器而言是對立的，即或者是空氣，或者是水。一個把超自然物引入文化世界；另一個——總是被形容爲盛飾的——似乎使文化從自然產生，這時自然由水象徵：

㉙人被大蛇吞下，滯留在其腹內會變禿頂(Nordenskiöld：1，第 110 頁：喬羅蒂人[Choroti]；3，第 145 頁；奇曼人)，或者同妖怪內臟中的腐爛屍體接觸後也會這樣(Preuss：1，第 210－230 頁：烏依托托人)。冥府的侏儒由於頭上淋著人的排泄物而變禿頂 (Wilbert：7，第 864－866 頁：尤帕人)。人被吞吃而變成禿頂的題材一直到北美洲西北邊陲還有 (Bosa：2，第 688 頁)。

（撥浪鼓）

（妖魔葫蘆）

　　接踵而來的是四種模態，它們始終用葫蘆的職司來說明這許多同時作用於空氣和水的邏輯運作。打擊被反轉後置於水面上的碗，從而實現由水包容空氣而發出的召喚同充滿水的葫蘆滴水器相對立，後者排空時引起水被空氣排除：

（打擊的召喚）

（汩汩滴水的葫蘆）

　　這兩種運作儘管相反，但都是發出音響的，由空氣或水產生。其他兩種運作也是相反的，不過是緘默的，採取相對的方式（在岸邊輕輕倒些許水）或者絕對的方式（轉動葫蘆）。前者使葫蘆裡裝一半水，一半空氣（$M_{345-346}$），後者把水排除光，也不在水中包容一點空氣，這可以圖示如下：

（捕漁用的魔力葫蘆）

（旋轉的葫蘆）

　　這些運作的形式方面幾乎允許用布爾－凡恩(Boole-Venn)代數去加以斷定。但是，它們還是同烹飪神話體系結成精確關係，並且，任何情形下皆無歧異性。我們現在來考察剛才列舉的四種運作。第一種運作委諸貘的情婦或蛇誘姦者，她急於去會情人，忽略了乳娘和廚娘的責任，因而把烹飪藝術化爲烏有。第二種運作也同蛇──但變成貪吃的妖怪而不是誘姦的野獸──相連結，產生於一種烹飪，而後者通過不經意也不小心地排放糞便來以過濫的形式體現其存在。這就有下面的對立：

⑴不存在的烹飪／過分的烹任。

　　第三種運作允許執行者提供一個鍋子，它因執行者的過失而保持空的。因此，這運作使魚和肉實際存在，而它們本身是烹飪實際存在的條件。第四種運作也是有益的，它消除了烹飪的不幸事故：貪吃者骨鯁造成的事故。因此，兩種發出聲響的運作屬於反烹飪，因而由缺乏或過分來標示；兩種緘默的運作屬於烹飪，其中一種獲得所渴求的手段，另一種緩解一種預見的、可怕的後果：

⑵烹飪的正面手段，被獲得／烹飪的負面結果，被抑除。

　　剩下來要解釋葫蘆的最後一種應用。阿皮納耶人當這葫蘆是 *Lagenaria* 時允許女人作這種應用，當這是 *Crescentia* 時則禁止，亞馬遜農民在這兩種情形裡都禁止小孩作這種應用，M_{28}則把這種應用歸諸超自然的生物。

　　乍一看來，這種作爲頭飾的應用在一個我們尚未找出其別的服飾象徵體系中沒有地位。在本《神話學》的第四卷裡，我將證明這種新代碼和烹飪代碼同系，還將提出它們互相轉換的法則。但是，這太晚了。因此，這裡只要強調一個器物作爲服飾應用所提供的**反烹飪**內涵，就夠了。服飾暗指食人女魔的形象，而如果人模仿這形象，則便將從熟的、經過製備的食物的食用者的範疇過渡到被放在葫蘆裏以備將來食用的生的東西的範疇。

因此，這些信條和神話從熟這個中心範疇的兩個方面和在兩根軸上借助葫蘆表達了許多對立，它們或者關於**存在的**烹飪，這時把烹飪的正面條件（肉和魚）和其負面後果（被攝入的食物更佳）加以對比；或者關於被過失（負面的）或被過分（正面的）所**忽略的**烹飪；最後或者在烹飪**不存在**的情況下或作爲象徵性地拒棄烹飪的結果，關於兩種反烹飪模式即生和腐爛。

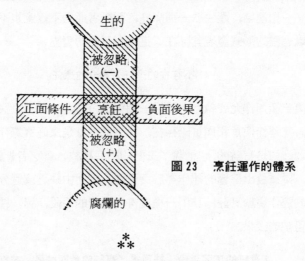

圖 23　烹飪運作的體系

＊＊

　　因此，隨著探索的拓展，隨著新的神話讓我們注意，一些已作過長時間考察的神話露出了表面，從而凸顯了一些細節，它們被忽視或未得到解釋，但爲人們所察知：它們有如一個謎團的碎片，它們會被撤在一邊，直到本著作幾乎完全空泛地勾勒出尙付闕如的各個部分的輪廓，從而確定了它們的應有地位，由此便產生了──但以意外的贈予和額外的恩惠的方式──一種意義，而它始終是無法理解的，直到最後採取呈含混形式的或帶消褪色彩的挿入行動，而這種形式和色彩與相近形式和色彩的關係阻止我們以盡情想像出來的方式理解它們。

　　一個神話（M_{24}）的一個細節，其情形也許正是如此。在本書中，我常常應當提到它：這是一個微末的細節，但它甚至在我已給出的扼述（CC，第

135－136 頁)中也未出現。這英雄是個特雷諾印第安人、蜂蜜搜尋者, 他是妻子的陰謀的受害者, 妻子用其經血混入她爲丈夫製備的食物, 毒害他:「他吃下去後, 走路就一瘸一拐地, 也不想幹活」(Baldus: 3, 第 220 頁)。這人從兒子那裡得知自己不幸的原因, 遂去尋覓蜂蜜; 正是在這個時候, 他脫下自己的貘皮拖鞋, 把它們相互拍打,「以便較容易地發現蜂蜜。」

　　因此, M_{24} 的英雄是瘸子。如果跛行在這些特雷諾人那裡在儀禮中沒有很顯要的地位, 那麼, 這個細節也許無足輕重。特雷諾人典禮中最重要者在臨近四月初時舉行。這是爲了慶祝昂星團的出現, 祈求驅除這時候開始的旱季的危害。在把會衆聚集起事之後, 一個老者首先面朝東, 然後朝北, 朝西和朝南, 向四方頭領的祖先禱告。他然後抬頭望著天空, 祈求昂星團降下雨來, 救助他的人民擺脫戰爭、疾病和蛇害。在他禱告結束後, 助手們大肆喧鬧, 一直進行到黎明。第二天傍晚日落之後, 樂師們住進按他們旨意造在跳舞場上的四間或六間茅舍裡, 以便進行通宵的節慶活動。屬於對立偶族的對手之間在翌日白天進行激烈的摔角。當摔角結束, 所有的人都重聚在頭領房間裡後, 一個盛飾的樂師右手拿著一根鹿角, 跛行率領大家走向一個預先指定的房間。他用鹿角敲打門扉, 然後仍始終跛行回到出發地點。房間的主人出來, 問他們對他有何要求。他們向他要牛肉, 母牛的或者公牛的, 這是大家已經過共同努力而獲得的東西。於是, 他交出這動物, 立刻殺了, 烘烤了吃掉(Rhode, 第 409 頁; Colini 載 Boggiani, 第 295－296 頁; 參見 Altenfelder Silva, 第 356、364－365 頁; Métraux: 12, 第 357－358 頁)。

　　在溫哥華島, 一個老嫗正是模仿著跛行把小孩在儀式上食用的最早鮭魚的骨頭扔進海裡(Boas, 載 Frazer: 4, 第 8 卷, 第 254 頁)。我們知道, 在太平洋西北海岸, 土著賴以爲生的主食鮭魚每年春天爲汛期 (L.-S.: 6, 第 5 頁)。然而, 北美洲這個地區的所有神話都把跛行同季節現象聯結起來。唯有跛行的姑娘擊敗了多天, 使春天來歸〔M_{347}: 舒斯瓦普人(Shuswap); Teit,

第 701－702 頁〕。一個腿有傷的孩子使雨停止〔M₃₄₈：科利茨人(Cowlitz)；
Jacobs，第 168－169 頁〕或使太陽得勢〔M₃₄₉：科利茨人和這海岸的其他薩利
什(Salishan)部落；Adamson，第 230－233、390－391 頁〕。一個病殘者恢復了
春天(M₃₅₀：桑波伊爾－納斯佩勒姆人〔Sanpoil-Nespelem〕；Ray，第 199 頁)。月
亮的跛足女兒嫁給了新月；從此之後，天再也不炎熱，因爲太陽在移動
(M₃₅₁：維希拉姆人〔Wishram〕；Sapir，第 311 頁)。爲了結束這簡短的枚舉，
可以提到另一個瓦斯科人(Wasco)神話，它幾乎又回到我們的出發點(參見
M₃)，因爲它說，只有一個病殘者能從死人中復活過來，仍和活人共同生活；
自從這個時代以來，死人就再也不能像春天的樹一樣復活了 (M₃₅₂：Spier-
Sapir，第 277 頁)。

　　懷特洛克地區 (猶他州) 的北方猶他人跳一種「跛足舞」/sanku′-ni′-
tkap/，而當注意這種舞的特徵性舞步形式、伴奏和歌聲時，其象徵意義也
就失落了。這種專由女人跳的舞蹈模仿一個右腿跛的人的步態和踴行，以
便每當踴行者顯得領先一步時，跛子都在左邊沿直線行進。爲數百人的舞
蹈者排成平行兩行，相隔十米，面朝西，西邊是擊鼓者，他們後面是歌唱
者。每一行都朝向樂師行進，然後劃一個圓弧，再從後面回來。擊鼓按專
屬這種舞蹈的特有節奏進行，鼓的調子對於唱歌的調子略有異步。可以觀
察到「按機械規則性進行的擊鼓和音調與節奏變化不定的唱歌」形成對比
(Densmore，第 20、105、210 頁)。

　　禮儀的跛行也見諸舊大陸，同樣與季節變化相聯繫。在英國，成束的
收穫物被叫做「跛足山羊」，種植者一收下來就趕緊把它們放置在鄰近不太
成熟的田裡(Frazer：4，第 7 卷，第 284 頁)。在奧地利的某些地區，習慣上
把最後一束收穫物給一個老嫗，而她必須跛行著帶走 (同上著作，第 231－
232 頁)。

　　舊約描述過一種戰勝乾旱的儀式。這就是由跛行的舞蹈者進行繞祭壇
的巡行。猶太教經文表明，十一世紀在以色列，跛行舞蹈還在用於祈求降

雨（Caquot，第 129－130 頁）。因此像在特雷諾人那裡一樣，這裡問題也在於規定乾旱時期，——維吉爾所說的「tardis mensibus」〔「拖延幾個月」〕（《農事詩集》第 1 卷，第 32 行）如同歐洲農村在收穫期裡所希望的那樣。

　　圍繞著跛行舞蹈，古代中國彙集了我在本書中已逐一敍述的所有題材。首先是格拉內所出色地加以說明的季節特徵。閒季也就是亡者的季節，開始於霜降。霜降讓農活終止，預報了冬旱，在這乾旱時期裡，人足不出村地生活：因恐怕瘟疫而關閉一切，就必然如此。大儺是冬季的節慶，主要或專門屬於男人，以鼓為樂器。這也是鬼節，為「不再獻祭而已成為邪物」的亡魂慶祝（Granet，第 333－334 頁）。在特雷諾人那裡也可看到這兩個方面，他們的葬禮主要是切斷活人和死人間的橋樑，擔心死人會回來騷擾活人或者把他們帶走（Altefelder Silva，第 347－348、353 頁）。不過，旱季之初的節慶也是對死者的邀請，人們叫死者的名字，激勵他們，要他回來省親（同上著作，第 356 頁）。

　　古代中國人認為，隨著旱季來臨，地和天停止溝通（Granet，第 315 頁，註①）。乾旱精靈呈禿頂小女人③⓪的形象，眼睛長在頭頂。當她出現時，天不再哭泣以便不傷害她（同上，註③）。第一個王朝的創造者大禹檢查方位基點，召引雷電和雨來歸。鈴宣告秋天和霜降（同上著作，第 334 頁），同樣，我已說過的（第 414 頁）熄燈禮拜樂器預告第一次雷鳴和春天來臨（同上著作，第 517 頁）。商朝可能是伊尹創立的，他出生於東方之樹中空桑樹和旭日。這種中空的樹也許首先是一種容器，用於製造最珍貴的樂器即用一根棒打一個槽那樣形式的鼓。中空的桑樹和泡桐（即一種桑科植物——就像

---

③⓪山和河最早受乾旱侵害。乾旱使山失去樹木即它們的頭髮，使河失去魚即它們的居民（Granet，第 455 頁）。這是對南美洲神話的禿頂概念（參見以上第 465 頁註㉙）的對稱反轉。同一個詞／wang／包含瘋、欺詐、狂、弱、傴僂、禿、乾旱精靈等意義（Schafer）。

美洲的無花果——和一種玄參科植物）是基本的樹種，分別同東方和北方相聯繫（同上著作，第 435－444 和 443 頁，註①）。殷朝的創造者湯戰勝了乾旱。夏朝的創造者大禹則戰勝他父親鯀未能制伏的洪水。但是，這兩個英雄都得過麻痺症，因此半身不遂，他們是跛子。「（每個脚的）的步伐不相互超前」的步態被稱爲「禹步」（同上著作，第 467 頁，註①和第 549－554 頁；Kaltenmark，第 438、444 頁）。

　　中國的傳說使我們想起一個博羅羅人神話，我已在前一卷開頭已扼述過它，剛才還回顧了它(M₃)。它的英雄是瘸子，逃過了洪水，通過打擊一個魚形鼓／kaia okogeréu／即用火燒空的、帶卵形底的木容器而使被太陽的刻毒毀損的地球重新有人居住(E.B.，第 1 卷，辭條「kaia」、「okogeréu」)。㉛按照一個卡拉雅人神話(M₃₅₃)〔它顯然與前面幾個神話(M₃₄₇₋₃₅₂)有親緣關係，儘管它與它們地理上相距遙遠〕，應當弄壞太陽、月亮和星辰的腿，使它們跛行，步履蹣跚。否則，時間不待人，工作也非常艱辛。(Baldus：5，第31－32 頁)。

　　據我所知，美洲的事實尙未同舊大陸的那些我剛才已簡短敍述的事實作過比較。然而，可以明白，無論那裡，問題都不僅僅是跛行的簡單重現。跛行到處都同季節變化相聯繫。中國的事實似乎非常接近於我們在本書中已研究過的那些事實，因此，它們的簡單枚舉就已使我們可以重提許多題材：中空的樹、槽和鼓，它們時而作爲掩蔽所，時而成爲陷阱；天和地分

㉛也許還應把出生於石頭的大禹同塔卡納人神話(M₁₀₆)的神埃杜齊久一相比較這個埃杜齊最初被囚禁在一個岩洞裡，「那時大地還是軟的」，後來一個松鼠啃穿洞壁，把他放了出來。他娶了一個女人爲妻，生了一個兒子，形如石頭。這個兒子化身爲人後結了婚。他在妻子背上掛了小鼓，每當他打她時，這小鼓就作響(Hissink-Hahn，第 109 頁)。這個題材似乎起源於阿拉瓦克人（參見 Ogilvie，第 68－69 頁）。

離以及結合，通過或者不通過中介；禿頂作爲乾旱因素和溫潤因素不平衡的象徵；季節的周期性；最後，鈴和熄燈禮拜樂器的對立，它們分別象徵豐盛的陳發和匱乏的陳發。

因此，每當這些事實一起或者單個顯現時，似乎總是不能用特定的原因來解釋它們。例如，把古代猶太人的跛足舞蹈追溯到雅各(Jacob)的步履蹣跚（Caquot，第140頁）或者用古代中國鼓由單腿支承來解釋鼓的主人大禹的跛行(Granet，第505頁)。至少應當承認，跛足舞蹈的儀式可上溯到舊石器時代，舊大陸和新大陸曾共同有這種舞蹈（這能解決了它的起源問題，但把它的殘存問題完全撇在一邊)，結構分析只能考慮到它在這麼多各不相同的地區和時代但又總是在同一語義背境下重現，而它那應用上的怪誕就是思辨的課題了。

正是因爲它們相隔遙遠，不可能假設與其他習俗隱約共謀，所以，這些美洲事實有助於復興這種論爭。在我們研討的情形中，這些事實可惜只是鳳毛麟角而又支離破碎，因此不可能從中引出一種解決。我現在滿足於只弄明白一個大概，但不想掩飾即便這個概要也仍是含糊的、捉摸不定的，因爲我們尚未佔有其他資料。但是，如果問題時時處處都在於爲了一年的一個時期而**縮短**另一個時期——這是旱季，以便加速雨的來臨，或者相反——那麼，難道不能在跛足舞中看到這種所希望的不平衡的形象或者更確切地說是圖像嗎？正常的步態是左脚和右脚規則交替地運動，它提供了對於季節周期性的象徵性表示。然而，若假定想要取消這種周期性，以便延長一個季節（例如鮭魚的月份）或者縮短另一個季節（冬季的冷酷、夏季的「慢慢的月份」、大旱或引起洪澇的雨)，那麼，因兩腿長度不等而引起的跛行步態則用解剖學代碼爲季節提供了適當的能指。此外，蒙台涅關於跛子的議論難道不是關於曆法改革嗎？「在法國把一年縮短十天，已經有二、三年了。這種改革該帶來多少變化啊！這眞正同時影響到天和地……」。㉜

我援引了蒙台涅來支持對散布於世界四個地區的、他所不知道的習俗

的解釋。這樣做，我也許有些出格，而在有些人看來，這種出格使我的方法變得不可信。討論一下這一點，是合宜的，何況，范熱內正是新作爲爭論中心的「宴飲—齋戒」循環以罕見的敏銳提出了比較及其合法界限的問題。

范熱內強調了必須確定這些儀禮和習俗的位置，以便更好地抵制想把它們還原到一些假設的共同點的嘗試——他無疑指責我這樣做——之後，又繼續說：「這些據稱是共同的習俗往往並非如此。」然而，又產生了差異的問題：「旣然承認宴飲的習俗大部分僅僅上溯到中世紀早期，極少是希臘－羅馬和威爾士－凱爾特或日耳曼的遺存，那麼，我們要問，爲什麼敎會到處禁止這些放縱，命令奉行這些克制，可是我們的鄉村居民卻並非到處採取同樣的態度。」應否承認：這些態度已經消失？不過，在這些態度十九世紀初就已不存在的地方,古代原始資料罕有證明它們曾在那裡存在過。遺存的論據遇到同樣類型的困難：「爲什麼古典異教的或者野蠻異教的古代習俗在有些地區得到傳播和保存，在另一些地區則沒有，然而高盧人卻全部承受同樣的治理，接受同樣的宗教，遭受同樣的入侵呢?」

人的不再狂熱信奉曼哈特(Mannhardt)和弗雷澤(Frazer)的土地理論：「在法國每個地方，在隨高度和氣溫而變的時機，多天結束，春回大地：因此，諾曼地人、布列塔尼人、普瓦圖人、阿基坦人、加斯科尼人和圭宴的各民族對這種更新不感興趣，而按照這個理論，這種更新是『循環』儀式的決定性原因。」

「最後，韋斯特馬克(Westermack)的強調某些日子具有神聖性、因而

㉜《散文集》第 3 冊，第 11 章。被哀悼的布雷盧瓦于(Brailoiu)專門研究過一種流傳很廣的民間音樂節奏，它建基於從 1 到 $\frac{2}{3}$ 或 $\frac{3}{4}$ 的不規則關係，後者有不同名稱：「跛行的」、「束縛的」、「抖顫的」。這些稱謂和蒙因的評述回到了我在第 346−347 頁上作的考查。

也具有預防性和增殖性的一般理論也不再使我們前進一步：只要把上述問題換一種提法，即問為什麼法國人到處都不關心作為好壞交替期的春分前後那些日子，也就夠了。」於是，范熱內下結論說：「無疑存在一種解決。通常令人滿意的這個解決是：這個一年一度的日子並不重要，人們隨便地或者選擇二分點或者選擇至點舉行儀式。這只是擱置了困難，但沒有解決它」（Van Grennep, 第 1 冊，第 3 卷，第 1147－1149 頁）。

　　可以認為，我據之把舊大陸和新大陸的日常習俗加以對比的方法完全把我排除在范熱內的各個前驅之外。當他們探尋法國習俗的共同起源，甚至試圖把它們上溯到一個古代楷模，而這楷模在時間和空間上離它們的距離遠比離我敢於加以比較的那些習俗近的時候，他們不是也犯錯誤了嗎？然而，我並不認為我有什麼錯，因為把我同受到這個法國大師公正批評的理論家歸為一類，是不知道，我不是在同一個層面上理解這些事實。我對其間關係尚未察知的各個現象作始終在時間和空間上有局限的分析，由此把這些現象整合起來的時候，賦予它們以一些補助向度。這種豐富化主要表現在增加它們的語義參照軸，從而使它們不再是平面的。隨著各個現象的內容漸趨豐富而又複雜，隨著它們的轉向度增多，它們最真實的實在性被投射到這些方面的某一個以外，而我們原先試圖把這實在性同這個方面相混合。這實在性從內容轉向形式，或者更確切地說移向一種新的理解內容的方式，這種方式並不忽視內容也不使之貧乏化，而是用結構來轉述它。這種處理為實際所確證：如我剛才所論述的，「這種比較所要確立的不是概括，而是相反」（L.-S.: 5，第 28 頁）。

　　范熱內所指責的誤用全都導源於無視或者不知道這原理的方法。然而，當系統地應用這原理，並認真地對於每個具體情形都弄清楚其結論時，就可以發現，這些情形的任何一個都不可以還原為其某一個經驗方面。如果所考察的各情形之間的歷史的或地理的距離非常大，那麼，想把同一類型的一個方面同其他方面聯繫起來，企圖用假借或殘存來解釋各個方面間表

面上的類似，因此就皆屬枉然，而內省的批判每次都未獨立地加深這種類似的意義。因爲，即使對單一情形的分析，只要進行得好也會敎人懷疑如弗雷澤提出的並得到范熱內承認的原理（同上著作，第 993 頁，註①）：「時間周期的觀念太抽象，因此，它的擬人化不可能是原始的。」如果我們不停留於這些著作者已考察過的各個具體事實，而是佔有一般的命題，那麼，我們要說，對於成爲原始的來說，這毫無過分抽象可言，我們可以更往上追溯所有思維起作用的基本的和共同的條件，而這些條件又採取抽象關係的形式。

現在提出這個問題，也就夠了，因爲我不想在這裡就研究周期性的神話表示，那是下一卷硏討的對象。因此，爲了最終得出關於這個問題的結論，我們倒可以利用這樣一點：中國的中空桑樹的題材把我們引向注意同樣中空的這種樹，其在查科的煙草起源和蜂蜜起源神話中的地位非常重要，故而我在開始已對之作了詳盡硏討。我們最初遇到的中空樹是作爲南美洲蜜蜂的天然蜂巢出現的，而這種「中空東西」（古代墨西哥人語）也是一種獨特的撥浪鼓。但是，中空的樹也構成了容納世界上所有的水和所有的魚的原初容器以及可轉換成鼓的蜂蜜酒槽。作爲充滿空氣、充滿水或者充滿純粹的或摻水的蜂蜜的容器，中空的樹以其這一切模態用作爲容器和內容（帶有等當的模態）的辯證關係的中介項，兩個端項分別採用烹飪代碼和聲學代碼；而我們知道，這兩種代碼是相聯繫的。

沒有比狐這個角色更重視這些多樣內涵的了。狐像蜂蜜一樣被關閉在一棵中空的樹裡(M_{219}）；它被填飽了蜂蜜，因而蜂蜜被包容在它身內，這就又如同樹（M_{210}）；它渴了而喝水，胃立刻變成西瓜，因而身體裡有一個包含水的內臟（M_{209}）。在這些神話所例示的食物系列中，魚和西瓜僅僅因爲分別屬於動物界和植物界而不是對稱的：魚作爲旱季的食物是包含在水中的食

物，西瓜（主要在旱季）是包含在植物中的水。這兩者都同水生植物相對立，水生植物處在水的上面，並通過保持乾旱因素和濕潤因素之間的鄰接關係而用相互排斥取代包含關係來規定這兩種因素。

然而，與中空的樹相聯繫，又發現了一個同系的、也是主角的體系。與自然地中空的樹對立的是剝去樹皮的樹。但是，因爲一者是縱向地包容在充實中的空虛，另一者是被充實縱向地排斥的虛空，所以，它們兩者都同被橫向地鑽孔和開口的樹相對立，而後者如同／parabára／型棒響板被橫向地開裂。因此，我們不應感到奇怪，兩種樂器像中空樹和剝皮樹一樣地相關而又對立：鼓和節奏棒，前者本身是中空的樹，又短又粗，具厚壁，後者也中空，但不是樹，較長又較細，壁薄；前者負責社會學的和水平的結合（召集鄰近村子的訪客），後者負責宇宙學的和垂直的結合（喚起忠信者共同體升向精靈），而棒響板則用於通過使精靈遠離人而把精靈水平地分離。

我已加以列舉的葫蘆的六種主要模式圍繞一個東西把所有這些對立彙總起來，這個東西是如同中空的樹那樣的容器，也可轉換爲樂器，並且像中空樹一樣適合於代替蜂巢。下面的表可省卻冗長的評說：

烹飪三元組		中空樹三元組	聲學三元組	
葫蘆：	食物：		音響器：	葫蘆：
捕漁的魔器 (M₃₄₅)	魚	挖空的樹	鼓	撥浪鼓
魔葫蘆 (M₃₃₉₋₃₄₀)	西瓜	剝皮的樹	節奏棒	發出聲響的葫蘆
旋轉的葫蘆 (M₂₈)	水生植物	鑽孔的樹	棒響板	打擊的葫蘆

對這個具六個項的葫蘆體系，我已部分地臨時性地在第 465-466 頁上

用圖表示過。如果完整地用圖來表示，效果也許更令人滿意（參見圖24）。

左邊的三個項意味著緘默，右邊的三個項意味著聲響。處於中間位置的兩個項顯然是對稱的。處於兩端的四個項構成交錯配列，同時又水平地

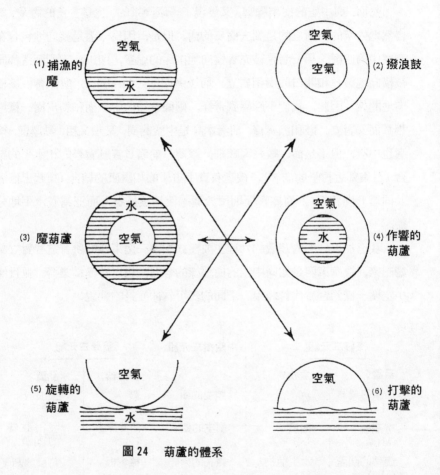

圖24　葫蘆的體系

結成對偶。(1)和(2)兩個項賦予葫蘆以恰當的功能，或者用於在其所圍的處所裡建立空氣和水的結合，或者把裡面的空氣和外面的空氣分離開來。在(5)中，這壁不禁止空氣（內部的）和空氣（外部的）的結合。在(6)（這裡

壁對於空氣起著和在(2)中相同的作用）中，壁不參與確保空氣和水發生壁在(1)中促成的那種結合。因此，在(2)和(5)中，空氣對於空氣是分離的或結合的；在(1)和(6)中，空氣靠壁或者無需壁而同水相結合。

在本書結束的時候，這張圖引起了幾點評述。在《生食和熟食》中，我已把南美洲的烹飪起源神話作為題材，並在較為一般的範圍裡考察了作為喧嘩模式的逗鬧以及作為聯姻關係這種社會關係的瓦解在宇宙學層面上的等當物的蝕。本書專門研討蜂蜜和煙草神話，把烹飪撇開，以便審視其周邊：因為，蜂蜜和煙草一者處於烹飪的這一邊，這是由於彷彿自然界把蜂蜜弄成現成盤餐的狀態，作為只要予以稀釋的濃縮食物提供給人，而另一者處於烹飪的那一邊，這是由於點燃的煙草為了能被食用而必須不止是燒熟：燒焦。然而，一如烹飪的研究把我們引向逗鬧的研究，烹飪周邊的研究也服從所謂的神話空間彎曲，必定把其路徑彎向另一種在我看來也帶普遍性的習俗的方向：熄燈禮拜樂器的方向，這些樂器是喧嘩的一種聲學模式，也具有宇宙學內涵，因為凡在它們存在的地方，它們都介入季節變化的時機。

在這種情形裡，同經濟和社會的生活的聯繫也是明顯的。首先因為，烹飪神話關涉火、肉和栽培植物的絕對的存在或不存在，而烹飪周邊的神話探討它們的相對的存在或不存在，換言之探討表徵一年的某個時期的豐富和匱乏。然後，也是更重要的是，如我已表明的那樣（第303頁），烹飪起源神話涉及聯姻的生理學，而烹飪藝術的實行從功能上象徵婚姻的和諧，然而，逗鬧和蝕則在聲學和宇宙學的層面上回到社會和宇宙的病理學，後者在另一個領域裡反轉烹飪的確立所帶來的消息的意謂。相對稱地，關於烹飪周邊的神話展現了聯姻的病理學，而烹飪的和氣象學的生理學象徵性地隱含著這種病理學的胚芽：因為，一如聯姻始終受到「邊際上的」威脅——來自自然方面的誘姦者的肉體吸引，來自文化方面的共居姻親的算計的危險——烹飪也因遭遇蜂蜜或煙草的誘惑而在自然和文化兩方面一刻不

停地搖擺不定，儘管根據假說烹飪應當代表兩者的結合。

　　然而，烹飪的這種病理狀態並不僅僅同某些類型食物的客觀存在相聯繫。它也依從於季節的交替，而這交替以季節帶來豐富或匱乏而使文化得到肯定，或者迫使人類暫時趨近自然狀態。因此，如果說在一種情形裏烹飪的生理學反轉成爲宇宙的病理學，那麼，在另一種情形裡，正是烹飪的病理學主張宇宙的生理學有客觀的起源和基礎，因爲就與作爲非周期性的（至少按照土著的思維）事故的蝕不同而言，季節的周期性（以規則性的徵兆爲標誌）屬於事物的秩序。

　　如果我們不同時從這一切層面來理解這個問題，那麼，就不可能解決它。換言之，如果我們如同根據用多種語言寫成的碑文來破譯一段本文的人，卻不明白，這些神話借助多種代碼傳送同樣的消息，而這些代碼中主要的是烹飪的──也即技術—經濟的──聲學的、社會學的和宇宙學的，那麼，就無法解決這個問題。然而，這些代碼並不是嚴格等當的，並且這些神話也不是把它們置於同一個立足點上。有一種代碼的運作價值大於其他幾種代碼，因爲聲學代碼提供了一種共同語言，而技術－經濟代碼、社會學代碼和宇宙學代碼的消息都可以用這種語言來表述。我已在《生食和熟食》中表明，烹飪蘊涵著緘默，反烹飪蘊涵著喧嘩，而且對於經中介的關係和不經中介的關係之間的對立可能採取的一切形式都一樣，也不管後一種關係是結合的還是分離的。本書的分析證實了這個論斷。如果說烹飪起源神話確立了緘默和噪音之間的簡單對立，那麼，關於烹飪周邊的神話深化了這個對立，並通過區分多種模態來分析它。因此，問題不再是純粹和簡單的喧嘩，而是噪音範圍內部的各個對比，諸如連續噪音和不連續噪音、調製過的(modulé)噪音和未調製過的噪音、語言行爲和非語言行爲之間的對比。隨著這些神話擴充和詳細規定最初用存在或不存在意義的烹飪範疇，它們也擴充和詳細規定最初用存在或不存在定義的烹飪範疇，它們也擴充和詳細規定了緘默和噪音間的這個基本對比，並在這兩極之間布下了一系

列中間概念，它們標定了一道邊界，而我們只是在禁止自己從一邊或另一邊越過這邊界，以免冒險闖入兩個陌生領域：語言哲學領域和樂器學領域的時候才認識到它。

最後，也是更重要的是，強調一下屬於形式等級上的轉換，是恰當的。閱讀了本《神話學》的前兩卷而感到困倦的人把神話看來產生的魅力歸因於某種激情，而這些神話歸根結蒂全是說同一件事，對它們作細緻的分析並未開闢新的道路，只是迫使作者改變策略。可是，他們不知道，由於拓展了研究領域，神話思維的一個嶄新方面開始令人矚目。

爲了建構烹飪神話體系，我已理所當然地訴諸一些兩項間對立，而這些項全部或者幾乎全部屬於可感覺性質的範疇：生和熟、新鮮和腐爛、乾和溫，等等。然而，這裡是我的分析的第二階段，所出現的項雖仍始終是成對地對立的，但其本質已不同，它們不屬於性質的邏輯，而屬於形式的邏輯：虛空和充實、容器和內容、內和外、包含和排除，等等。然而，在這種新的情形裡，神話仍以同樣方式行事，也即運用多種代碼的同時對應。如果說諸如葫蘆和中空樹幹等可感覺表示起著我們已認識到的主要作用，那麼說到底這是因爲這些東西在實際上履行著多種功能，還因爲這些功能彼此同系：作爲禮儀撥浪鼓，葫蘆是同煙草連帶一起被利用的聖樂器，而神話構想這種樂器則採取把文化包含在自然中的形式；但是，作爲盛水和食物的容器，葫蘆是世俗的烹飪用具，即一種用於盛放自然產物的容器，因此適於用來例示自然之被包含在文化中。中空樹的情形也一樣。作爲鼓，中空樹是一種樂器，其召集作用屬於最高程度的社會性；作爲蜂蜜的容器，當事關封閉在樹腔中的新鮮蜂蜜時，它屬於自然，但當事關放在並非自然地中空的、而是人工挖空以便使之變成槽的樹幹中發酵的蜂蜜時，它屬於文化。

我的一切分析表明——而且這也是對這些分析的單調和其數量之多的辯護——，這些神話所探索的各種不同的偏向與其說在於事物本身，還不

如說在於一些可用幾何表達的、並可借助已構成一種代數的那些運作進行相互轉換的共同性質之總體。如果說這種向抽象的行進可以算在神話思維帳上，而不是像人們可能反對我而提出的那樣，這應歸諸神話學家的反思，那麼，可以承認，我們已達致這樣的地步，神話思維於此超越其自身，並越過仍依附於具體經驗的形象而思考擺脫這種束縛的概念世界，而這些概念的關係可自由地加以規定：我們不再參照外部實在進行理解，而是按照在心智構造中概念相互間體現出來的親合性或不相容性進行理解。不過，我知道，這種混亂發生在那裡：在希臘思維的邊緣，在那裡，神話學讓位於哲學，而這種哲學作為科學反思的先決條件出現。

但是，在我們探討的情形裡，問題並不在於進步。首先，這是因為在西方文明實際產生的這種過渡不言而喻並未發生在南美洲印第安人那裡。其次，也更重要地是因為，我已從理論觀點加以區分的性質邏輯和形式邏輯事實上屬於同一些神話。無疑，我在這第二卷裡已引入了大量新文獻。然而，它們並不屬於與我以前分析過的神話不同的種類：它們是屬於相同類型的神話，也源自同一些種群。因此，它們使我們取得從一種邏輯到另一種邏輯的進步不是產生於必須視為新的和不同的材料。這些材料毋寧說以揭示潛在的但隱蔽的性質的方式作用於我們已研究過的神話。這些新引入的神話迫使我們拓展視角以便把越來越多的神話納入一個整體，由此用另一個聯繫的體系取代一個聯繫的體系，但並不取消這個體系，因為為了重現它，只要實施相反的運作就夠了。作為操縱其顯微鏡的轉塔以便得到更大放大倍數的觀察者，我在縮小視野的同時也使舊的網絡重現。

因此，南美洲神話的教導為解決有關思維的本性和發展的問題提供了論題價值。因為，如果說這些源自新大陸最落後文化的神話使我們達到人類意識的這個決定性國限，這國限在我們這裡標誌著意識進到哲學而進到科學，但在野蠻人那裡似未產生過任何這種東西，那麼，就必須從這種差異得出結論：這種過渡在這裡和那裡都不是必要的，思維的各種相互體現

的狀態並不是自發的、作爲不可避免的因果性的結果產生的，無疑，支配這棵植物的各個不同部分的形成和各自生長率的各個因素處於種籽之中。但是，種籽的「睡眠」也即在機制開始作用之前所經過的那個無法預見的時期不是取決於其結構，而是依從於引起每顆種籽個體史的那些條件的無限複雜的總體以及各種各樣外部影響。

　　文明的情形也一樣。我們所稱的原始文明就心靈裝備而言同其他文明並無差別，這差別僅僅在於：這種文明所具有的任何心靈裝備中絲毫沒有規定它應在確定時機顯現其各個手段，應當朝某個方向利用這些手段。人類史上只有過一次，也只是在一個地方強加了一種發展模式，而我們還也許任意地給這個發展聯結上後來的發展——比較項所需要並將始終需要的確實性反而更差——這一點並不使人有權美化一個歷史事件，除非這事件在此地此時產生出來而證明了從此之後的演進是一切地方和一切時代所要求的，不然，它就沒有什麼意義可言。因爲，這樣，在一切未產生這種演進的情形裡，將很容易結束社會或個人的無能或赤貧（L.-S.：11）

　　因此，在和本書中所做的一樣堅決地肯定其主張的同時，結構分析並不否認歷史。恰恰相反，結構分析賦予歷史以第一線的地位：把權利還給不可還原的偶然性，而沒有偶然性，甚至無法設想必然性。因爲，就在人類社會的表面差異性這一邊，結構分析主張追溯基本的、共同的性質而言，它肯定不放棄解釋各個具體差別，在規定每個種族誌背景下支配產生這些差別的不變規律時考慮到了它們，不過，這些作爲並存的東西實際給出的差別並非全都得到經驗證實，只是其中的某一些變成現實的。一種專注於結構的研究，爲了可行，就應當一開始先轉向考察事件的強弱。

　　　　　1964 年 5 月於巴黎 – 1965 年 7 月於利涅羅爾（Lignerolles）

附錄

參考文獻

為了不改變上一卷參考文獻目錄中已出現過的著作的序號，這裡把每個著作者的新引用的著作接著排列下去，而不考慮發表的日期。

縮寫表

ARBAE	*Annual Report of the Bureau of American Ethnology.*
BBAE	*Bulletin of the Bureau of American Ethnology.*
CC	Lévi-Strauss, C.: *Le Cru et le Cuit,* Paris, 1964.
Colb.	Colbacchini, A.
E.B.	Albisetti, C., e Venturelli, A. J.: *Enciclopédia Boróro* (cité sous E. B.).
H.-H.	Hissink, K. und Hahn, A.
HSAI	*Handbook of South American Indians.*
JAFL	*Journal of American Folklore.*
JSA	Journal de la Société des Américanistes.
K.-G.	Koch-Grünberg, Th.
L.-N.	Lehmann-Nitsche, R.
L.-S.	Lévi-Strauss, C.
Nim.	Nimuendaju, C.

RIHGB	Revista do Instituto Historico e Geographico Brasileiro.
RMDLP	Revista del Museo de la Plata.
RMP	Revista do Museu Paulista.
SWJA	Southwestern Journal of Anthropology.
UCPAAE	University of California Publications in American Archaeology and Ethnology.

ABREU, J. Capistrano de :

Rã-txa hu-ni-ku-i. A Lingua dos Caxinauas, Rio de Janeiro, 1914.

ADAMSON, T. :

"Folk-Tales of the Coast Salish", Memoirs of the American Folk-Lore Society, vol. XXVII, 1934.

AHLBRINCK, W. :

"Encyclopaedie der Karaiben", Verhandelingen der Koninklijke Akademie van Wetenschappen te Amsterdam, afdeeling Letterkunde Nieuwe Reeks Deel 27, 1, 1931 (trad. française par Doude van Herwijnen, miméogr. Institut Géographique National, Paris, 1956).

ALTENFELDER SILVA, F. :

"Mudança cultural dos Terena", RMP, n.s., vol. 3, 1949.

ALVAREZ, J. :

"Mitologia... de los salvajes huarayos", 27ᵉ Congrès International des Américanistes, Lima, 1939.

AMORIM, A. B. de :

"Lendas em Nheêngatu e em Portuguez", *RIHGB*, t. 100, vol. 154 (2e de 1926), Rio de Janeiro, 1928.

ARMENTIA, N. :

"Arte y vocabulario de la Lengua Cavineña", ed. S. A. Lafone Quevedo. *RMDLP*, t. 13, 1906.

ASTON, W. G. ed. :

"Nihongi. Chronicles of Japan from the Earliest Times to A. D. 697", *Transactions and Proceedings of the Japan Society*, London, 2 vol., 1896.

AUFENANGER, H. :

"How Children's Faeces are Preserved in the Central Highlands of New Guinea", *Anthropos*, t. 54, 1-2, 1959.

AUGUSTINOS :

"Relación dè idolatria en Huamachuco por los primeiros—", *Informaciones acerca de la Religión y Gobierno de los Incas* (Colección de libros y documentos referentes a la Historia del Peru, t. II), Lima, 1918.

AZA, J. P. :

"Vocabulario español-machiguenga", *Bol. Soc. Geogr. de Lima*, t. XLI, 1924.

BALDUS, H. :

(2) *Lendas dos Indios do Brasil,* São Paulo, 1946.

(3)"Lendas dos Indios Tereno", *RMP*, n.s., vol. 4, 1950.

(4) ed. : *Die Jaguarzwillinge. Mythen und Heilbringersgeschichten*

Ursprungssagen und Märchen brasilianischer Indianer, Kassel, 1958.

(5)"Kanaschiwuä und der Erwerb des Lichtes. Beiträge zur Mythologie der Karaja Indianer", *Sonderdruck aus Beiträge zur Gesellungs-und Völkerwissenschaft, Festschrift zum achtzigsten Geburtstag von Prof. Richard Thurnwald,*Berlin, 1950.

(6)"Karaja-Mythen", *Tribus, Jahrbuch des Linden-Museums,* Stuttgart, 1952-1953.

BANNER, H. :

(1)"Mitos dos indios Kayapo", *Revista de Antropologia,*vol. 5, n° 1, São Paulo, 1957.

(2)"O Indio Kayapo em seu acampamento", *Boletim do Museu Paraense Emilio Goeldi,* n.s., n° 13, Belém, 1961.

BARRADAS, J. Perez de :

Los Muiscas antes de la Conquista, 2 vol., Madrid, 1951.

BARRAL B. M. de :

Guarao Guarata, lo que cuentan los Indios Guaraos, Caracas, 1961.

BATES, H. W. :

The Naturalist on the River Amazons, London, 1892.

BECHER, H. :

(1)"Algumas notas sôbre a religião e a mitologia dos Surára", *RMP,* n.s., vol. II, São Paulo, 1959.

(2)"Die Surára und Pakidái. Zwei Yanonámi-Stämme in Nordwestbrasilien", *Mitteilungen aus dem Museum für Völker-*

kunde in Hamburg, XXVI, 1960.

BECKWITH, M. W. :

"Mandan-Hidatsa Myths and Ceremonies", *Memoirs of the American Folk-Lore Society,* vol. 32, New York, 1938.

BEEBE, W. :

"The Three‐toed Sloth", *Zoologia,* vol. VII, n_0 1, New York, 1926.

BILLIARD, R. :

(1)"Notes sur l'abeille et l'apiculture dans l'antiquité", *L' Apiculteur,* 42e-43e années, Paris, 1898-1899.

(2) *L'Agriculture dans l'Antiquité d'après les Géorgiques de Virgile,* Paris, 1928.

BOAS, F.:

(2) "Tsimshian Mythology" , *31th ARBAE,* Washington, D.C., 1916.

(3) "The Social Organization and the Secret Societies of the Kwakiutl Indians" , *Reports of the United States National Museum,* Washington, D.C., 1895.

BOGGIANI, G.:

Os Caduveo. Trad. par Amadeu Amaral Jr., São Paulo, 1945 (Biblioteca Histórica Brasileira, XIV).

BORBA. T.M.:

Actualidade Indigena, Coritiba, 1908.

BRAILOIU, C.:

Le Rythme aksak, Abbeville, 1952.

BRETT, W. H.:

　(1) *The Indian Tribes of Guiana,* London, 1868.

　(2) *Legends and Myths of the Aboriginal Indians of British Guiana,* London, s.d. [1880].

BRITTON. S. W.:

　"Form and Function in the Sloth", *Quarterly Review of Biology,* 16, 1941.

BUNZEL, R. L.:

　"Zuni Katcinas", *47th ARBAE* (1929-1930), Washington, D. C., 1932.

BUTT, A.:

　"Réalité et idéal dans la pratique chamanique", *L'Homme, revue française d'anthropologie,* II, 3, 1962.

CABRERA, A.:

　"Catalogo de los mamiferos de America del Sur", *Revista del Museo Argentino de Ciencias Naturales, Zoologia 4,* 1957 -1961.

CABRERA, A. L. et YEPES, J.:

　Mamiferos Sud-Americanos, Buenos Aires, 1940.

CADOGAN, L.:

　(1)"El Culto al árbol y a los animales sagrados en la mitologia y las tradiciones guaranies", *America Indigena,* Mexico, D. F., 1950.

　(2)*Breve contribución al estudio de la nomenclatura guaraní en botánica.* Asunción, 1955.

(3)"The Eternal Pindó Palm, and other Plants in Mbyá-Guarani Myths and Legends", *Miscellanea P. Rivet, Octogenario Dicata,* vol. II, Mexico, D.F., 1958.

(4) *Ayvu Rapyta. Textos míticos de los Mbyá-Guarani del Guairá,* São Paulo. 1959.

(5)"Aporte a la etnografia de los Guaraní del Amambás Alto Ypané", *Revista de Antropologia,* vol. 10, n₀ 1-2, São Paulo, 1962.

(6)"Some Animals and Plants in Guarani and Guayaki Mythology", *ms.*

CAMPANA, D. del:

"Contributo all'Etnografia dei Matacco", *Archivio per l' Antropologia e l' Etnologia,* vol. 43, fasc. 1-2, Firenze, 1913.

CAQUOT, A.:

"Les Danses sacrées en Israel et à l'entour", *Sources orientales VI: Les Danses sacrées,* Paris, 1963.

CARDUS, J.:

Las Misiones Franciscanas entre los infieles de Bolivia, Barcelona, 1886.

CASCUDO, L. da Camara:

Geografia dos Mitos Brasileiros, Coleção Documentos Brasileiros 52, Rio de Janeiro, 1947.

CHERMONT DE MIRANDA, V. de:

"Estudos sobre o Nheêngatú", *Anais da Biblioteca Nacional,* vol. 54 (1942), Rio de Janeiro, 1944.

CHIARA, V.:

"Folclore Krahô", *RMP*, n.s., vol. 13, São Paulo, 1961-1962.

CHOPARD, L.:

"Des Chauves-souris qui butinent les fleurs en volant", *Science-Progrès La Nature,* n° 3335, mars 1963.

CIVRIEUX de, M.:

Leyendas Maquiritares, Caracas 1960, 2 parts (Mem. Soc. Cienc. Nat. La Salle 20).

CLASTRES, P.:

La Vie sociale d'une tribu nomade: les Indiens Guayaki du Paraguay, Paris, 1965 (dactylogrphié).

COLBACCHINI, A.:

(1) *A Tribu dos Boróros,* Rio de Janeiro, 1919.

(2) *I Boróros Orientali "Orarimugudoge" del Matto Grosso, Brasile.* Contributi Scientifici delle Missioni Salesiane del Venerabile Don Bosco (1), Torino, s.d. [1925]

(3) Cf. titre suivant:

COLBACCHINI, A. e ALBISETTI, C.:

Os Boróros Orientais, São Paulo-Rio de Janeiro, 1942.

CORRÊA, M. Pio:

Diccionario das Plantas uteis do Brasil, 3 vol., Rio de Janeiro, 1926-1931.

COUMET, E.:

"Les Diagrammes de Venn", *Mathématiques et Sciences humaines* (Centre de Mathématique sociale et de statistique

E.P.H.E.), nº 10, Printemps 1965.

COUTO DE MAGALHÃES, J. V.:

O Selvagem, 4ᵉ ed. completa com Curso etc., São Paulo-Rio de Janeiro, 1940.

CRÉQUI-MONTFORT, G. de et RIVET, P.:

"Linguistique bolivienne. Les affinités des dialectes Otukĕ", JSA, n. s., vol. 10 1913.

CREVAUX, J.:

Voyages dans l'Amérique du Sud, Paris, 1883.

DANCE, C. D.:

Chapters from a Guianese Log Book, Georgetown, 1881.

DEBRIE, R.:

"Les Noms de la crécelle et leurs dérivés en Amiénois", Nos Patois du Nord, nº 8, Lille, 1963.

DELVAU, A.:

Dictionnaire de la langue verte, Paris, nouvelle édition, 1883.

DENSMORE, F.:

"Northern Ute Music", BBAE 75, Washington, D.C., 1922.

DERBYSHIRE, D.:

Textos Hixkaryána, Belém-Para, 1965.

Dictionnaire des proverbes, Paris, 1821.

DIETSCHY, H.:

(2) "Der bezaubernde Delphin von Mythos und Ritus bei den Karaja-India nern", Festschrift Alfred Bühler, Basler Beiträge zur Geographie und Ethnologie. Ethnologische Reihe, Band 2,

Basel, 1965.

DINIZ, E. Soares:

"Os Kayapó-Gorotíre, aspectos sóció-culturais do momento atual", *Boletim do Museu Paraense Emilio Goeldi,* Antropologia, nº 18, Belém, 1962.

DIXON, R. B.:

"Words for Tobacco in American Indian Languages", *American Anthropologist,* vol. 23, 1921, p.19-49.

DOBRIZHOFFER, M.:

An Account of the Abipones, an Equestrian People, transl. from the Latin, 3 vol., London, 1822.

DORNSTAUDER, J.:

"Befriedigung eines wilden Indianerstammes am Juruena, Mato Grosso", *Anthropos,* t. 55, 1960.

DORSEY, G. A.:

(2) *The Pawnee; Mythology* (Part 1), Washington, D.C., 1906.

DREYFUS, S.:

Les Kayapo du Nord. Contribution à l'étude des Indiens Gê, Paris-La Haye, 1963.

DRUCKER, Ph.:

"Kwakiutl Dancing Societies", *Anthropological Records,* II, Berkeley, 1940.

E.B.:

ALBISETTI, C. e VENTURELLI, A. J., *Enciclopédia Boróro,* vol. I, Campo Grande, 1962.

EHRENREICH, P.:

　　"Beiträge zur Völkerkunde Brasiliens", *Veröffentlichungen aus dem Kgl.* Museum für Völkerkunde, t. II, Berlin, 1891. Trad. portugaise par E. Schaden *in: RMP,* n.s., vol. 2, 1948.

ELKIN, A. P.:

　　The Australian Aborigines, 3rd ed., Sydney, 1961.

ELMENDORF, W. W.:

　　"The Structure of Twana Culture", *Research Studies, Monographic Supplement,* n⁰ 2, Washington State University, Pullman, 1960.

ENDERS, R. K.:

　　"Observations on Sloths in Captivity at higher Altitudes in the Tropics and in Pennsylvania", *Journal of Mammalogy,* vol. 21, 1940.

ERIKSON, E. H.:

　　"Observations on the Yurok: Childhood and World Image", *UCPAAE,* vol. 35, Berkeley, 1943.

EVANS, I. H. N.:

　　The Religion of the Tempasuk Dusuns of North Borneo, Cambridge, 1953.

FARABEE, W. C.:

　　(1) "The Central Arawak", *Anthropological Publications of the University Museum,* 9, Philadelphia, 1918.

　　(2) "Indian Tribes of Eastern Peru", *Papers of the Peabody Museum, Harvard University,* vol. X, Cambridge, 1922.

(4) "The Amazon Expedition of the University Museum", *Museum Journal, University of Pennsylvania*, vol. 7, 1916, p. 210-244; vol. 8, 1917, p. 61-82; vol. 8, 1917, p. 126-144.

(5) "The Marriage of the Electric Eel", *Museum Journal, University of Pennsylvania*, Philadelphia, March 1918.

FOCK, N.:

Waiwai, Religion and Society of an Amazonian Tribe, Copenhagen, 1963.

FOSTER, G. M.:

"Indigenous Apiculture among the Popoluca of Veracruz", *American Anthropologist*, vol. 44, 3, 1942.

FRAZER, J. G.:

(3) *Folk-Lore in the Old Testament*, 3 vol., London, 1918.

(4) *The Golden Bough. A Study in Magic and Religion*, 13 vol., 3rd ed., London, 1926-1936.

GALTIER-BOISSIÈRE, J. et DEVAUX, P.:

Dictionnaire d'argot. Le Crapouillot, 1952.

GARCIA, S.:

"Mitologia... machiguenga", *Congrès International des Américanistes*, 27e session, Lima, 1939.

GATSCHET, A. S.:

"The Klamath Indians of Southwestern Oregon", *Contributions to North American Ethnology*, II, 2 vol., Washington, D. C., 1890.

GILLIN, J.:

"The Barama River Caribs of British Guiana", *Papers of the Peabody Museum...*, vol. 14, n⁰ 2, Cambridge, Mass., 1936.

GILMORE, R. M. :

"Fauna and Ethnozoology of South America", *in : HSAI,* vol. 6, *BBAE* 143, Washington, D.C., 1950.

GIRAUD, R.:

"Le Tabac et son argot", *Revue des Tabacs,* n⁰ 224, 1958.

GOEJE, C. H. de:

"Philosophy, Initiation and Myths of the Indian of Guiana and Adlacent Countries", *Internationales Archiv für Ethnographie,* vol. 44, Leider, 1943.

GOLDMAN, I.:

"The Cubeo. Indians of the Northwest Amazon", *Illinois Studirs in Anthropology,* n⁰ 2, Urbana, 1963.

GOLDSCHMIDT, W.:

"Nomlaki Ethnography", *UCPAAE*, vol. 42, n⁰ 4, Berkeley, 1951.

GOUGENHEIM, G.:

La Langue populaire dans le premier quart du XLXᵉ siècle, Paris, 1929.

GOW SMITH, F.:

The Arawana or Fish-Dance or the Caraja Indians, *Indian Notes and Monographs, Mus. of the American Indian, Heye Foundation,* vol. II, 2, 1925.

GRAIN, J. M.:

"Pueblos primitivos - Los Machiguengas", *Congrès interna-tional des Américanistes,* 27e session, Lima, 1939.

GRANET, M.:

Danses et iégendes de la Chine ancienne, 2 vol., Paris, 1926.

GREENHALL, A. M.:

"Trinidad and Bat Research", *Natural History,* vol. 74, n^0 6, 1965.

GRUBB, W. Barbrooke:

An Unknown People in an Unknown Land, London, 1911.

GUALLART, J. M.:

"Mitos y leyendas de los Aguarunas del alto Marañon", *Peru Indigena,* vol. 7, n^0 16-17, Lima, 1958.

GUEVARA, J.:

"Historia del Paraguay, Rio de la Plata y Tucuman", *Anales de la Biblioteca,* etc., t. V, Buenos Aires, 1908.

GUMILLA, J.:

Historia natural... del Rio Orinoco, 2 vol., Barcelona, 1791.

HENRY, J.:

(1) *Jungle People. A Kaingáng Tribe of the Highlands of Brazil,* New York, 1941.

(2) "The Economics of Pilagá Food Distribution", *American Anthropologist,* n.s., vol. 53, n^0 2, 1951.

HÉROUVILLE, P. d':

A la Campagne avec Virgile, Paris, 1930.

HEWITT, J. N. B.:

Art. "Tawiskaron", *in*: "Handbook of American Indians North of Mexico", *BBAE* 30, 2 vol., Washington, D.C., 1910.

HISSINK, K. und HAHN, A.:

Die Tacana, I. Erzählungsgut, Stuttgart, 1961.

HOFFMAN, B. G.:

"John Clayton's 1687 Account of the Medicinal Practices of the Virginia Indians", *Ethnohistory,* vol. II, n⁰ 1, 1964.

HOFFMAN, W. J.:

"The Menomini Indians", *14th ARBAE,* Washington, 1893.

HOFFMANN-KRAYER, E.:

Handwörterbuch des Deutschen Aberglaubens, 10 vol., Berlin und Leipzig, 1927-1942.

HOHENTHAL Jr., W. D.:

(2) "As tribos indígenas do médio e baixo São Francisco", *RMP,* n.s., vol. 12, São Paulo, 1960.

HOLMBERG, A. R.:

"Nomads of the Long Bow. The Siriono of Eastern Bolivia", *Smithsonian Institution, Institute of Social Anthropology, Publication n⁰* 10, Washington, D.C., 1950.

HUDSON, W. H.:

The Naturalist in La Plata, London, 1892.

HOLMER, N. M. and WASSEN, S. H.:

(2) "Nia-Ikala. Canto mágico para curar la locura", *Etnologiska Studier,* 23, Göteborg, 1958.

IHERING, H. von:

(1) "As abelhas sociaes indigenas do Brasil", *Lavoura, Bol. Sociedade Nacional Agricultura Brasileira,* vol. 6, 1902.

(2) "As abelhas sociaes do Brasil e suas denominações tupis", *Revista do Instituto Historico e Geografico de São Paulo,* vol. 8 (1903), 1904.

IHERING, R. von:

    Dicionário dos animais do Brasil, São Paulo, 1940.

IM THURN, E. F.:

    Among the Indians of Guiana, London, 1883.

IZIKOWITZ, K. G.:

    "Musical and Other Sound Instruments of the South American Indians. A Comparative Ethnographical Study", *Göteborgs Kungl-Vetenskaps-och Vitterhets-Samhälles Handligar Femte Följden,* Ser. A, Band 5, nº 1, Göteborg, 1935.

JACOBS, M.:

    "Northwest Sahaptin Texts", *Columbia University Contributions to Anthropology,* vol. XIX, Part 1, 1934.

KALTENMARK, M.:

    "Les Danses sacrées en Chine", *Sources orientales VI: les Danses sacrées,* Paris, 1963.

KARSTEN, R.:

    (2) "The Head-Hunters of Western Amazonas", *Societas Scientiarum Fennica. Commentationes Humanarum Litterarum,* t. 7, nº 1, Helsingfors, 1935.

KENYON, K. W. :

"Recovery of a Fur Bearer", *Natural History,* vol. 72, n⁰ 9, Nov. 1963.

KESES M., P. A.:

"El Clima de la región de Rio Negro Venezolano (Territorio Federal Amazonas)", *Memoria, Sociedad de Ciencias Naturales La Salle,* t. XVI, n⁰ 45, 1956.

KNOCH, K.:

"Klimakunde von Südamerika", *in: Handbuch der Klimatologie,* 5 vol., Berlin, 1930.

KOCH-GRÜNBERG, Th.:

(1) *Von Roroima zum Orinoco. Zweites Band. Mythen und Legenden der Taulipang und Arekuna Indianer,* Berlin, 1916.

KOZÁK, V.:

"Ritual of a Bororo Funeral", *Natural History,* vol. 72, n⁰ 1, Jan. 1963.

KRAUSE, F.:

In den Wildnissen Brasiliens, Leipzig, 1911.

KROEBER, A. L.:

"Handbook of the Indians of California", *BBAE, 78,* Washington, D.C., 1925.

KRUSE, A.:

(2) "Erzählungen der Tapajoz-Mundurukú", *Anthropos,* t. 41-44, 1946-1949.

(3) "Karusakaybë, der Vater der Mundurukú", *Anthropos,* t. 46, 1951; 47, 1952.

LABRE, A. R. P.:

"Exploration in the Region between the Beni and Madre de Dios Rivers and the Purus", *Proceedings of the Royal Geographical Society,* London, vol. XI, n° 8, 1889.

LAFITAU, J. F.:

Mœurs des sauvages américains comparées aux mœurs des premiers temps, 4 vol., Paris, 1724.

LAFONT, P. B.:

Tôlô i Djvat, Coutumier de la tribu Jarai (Publication de l' École française d'Extrême-Orient), Paris, 1961.

LAGUNA, F. de:

"Tlingit Ideas about the Individual", *SWJA,* vol. 10, n° 2, Albuquerque, 1954.

LAUFER, B.:

"Introduction of Tobacco in Europe", *Leaflet 19, Anthropology, Field Museum of Natural History,* Chicago, 1924.

LAYENS, G. de et BONNIER, G.:

Cours complet d'apiculture, Paris, Libr. gén. de l'enseignement (sans date).

LEACH, E. R.:

"Telstar et les aborigènes ou "la Pensée sauvage" de Claude Lévi-Strauss", *Annales,* nov.-déc., 1964.

LE COINTE, P.:

A Amazonia Brasileira: Arvores e Plantas uteis, Belem-Pará, 1934.

LEEDS, A.:

> *Yaruro Incipient Tropical Forest Horticulture. Possibilities and Limits.* Voir: Wilbert, J. ed., *The Evolution of Horticultural Systems.*

LEHMANN-NITSCHE, R.:

> (3) "La Constelación de la Osa Mayor", *RMDLP*, t. 28 (3e sér., t. 4), Buenos Aires, 1924-1925.

> (5) "La Astronomia de los Tobas (segunda parte)", *RMDLP*, t. 28 (3e sér., t. 4), Buenos Aires, 1924-1925.

> (6) "La Astronomia de los Mocovi", *RMDLP*, t. 30 (3e sér., t. 6), Buenos Aires, 1927.

> (7) "Coricancha. El Templo del Sol en el Cuzco y las imagenes de su altar mayor", *RMDLP*, t. 31 (3e sér., t. 7), Buenos Aires, 1928.

> (8) "El Caprimúlgido y los dos grandes astros", *RMDLP*, t. 32, Buenos Aires, 1930.

LÉRY, J. de:

> *Histoire d'un voyage faict en la terre du Brésil,* éd. Gaffarel, 2 vol., Paris, 1880.

LÉVI-STRAUSS, C.:

> (0) "Contribution à l'étude de l'organisation sociale des Indiens Boróro", JSA, n.s., t. 18, fasc. 2, Paris, 1936.

> (2) *Les Structures élémentaires de la parenté,* Paris, 1949.

> (3) *Tristes Tropiques,* Paris, 1955.

> (5) *Anthropologie structurale,* Paris, 1958.

(6) "La Geste d'Asdiwal", *École pratique des hautes études, Section des Sciences religieuses,* Annuaire (1958-1959), Paris, 1958.

(8) *Le Totémisme aujourd'hui,* Paris, 1962.

(9) *La Pensée sauvage,* Paris, 1962.

(10) *Mythologiques*. Le Cru et le Cuit,* Paris, 1964 (cité:CC).

(11)*Race et histoire,* Paris, 1952.

(12) "Le triangle culinaire", *L'Arc,* n° 26, Aix-en-Provence, 1965.

LIPKIND, W.:

(2) "The Caraja", *in: HSAI, BBAE* 143, 7 vol., Washington, D. C., 1946-1959.

LOEB, E.:

"Pomo Folkways", *UCPAAE,* vol. 19, n° 2, Berkeley, 1926.

LORÉDAN-LARCHEY:

Nouveau Supplément au dictionnaire d'argot, Paris, 1889.

MACHADO, O. X. de Brito:

"Os Carajás", *Conselho Nacional de Proteção aos Indios. Publ. n° 104, annexo 7,* Rio de Janeiro, 1947.

McCLELLAN, C.:

"Wealth Woman and Frogs among the Tagish Indians", *Anthropos,* t. 58, 1-2, 1963.

MARCEL-DUBOIS, C.:

"Le toulouhou des Pyrénées centrales", *Congrès et colloques universitaires de Liège, vol. 19, Ethno-musicologie,* II, 1960.

MASSIGNON, G.:

"La Crécelle et les instruments des ténèbres en Cores", *Arts et Traditions Populaires,* vol. 7, n⁰ 3-4, 1959.

MEDINA, J. T.:

"The Discovery of the Amazon", transl. by B.T. Lee, *American Geographical Society Special Publication n⁰ 17,* New York, 1934.

MEGGITT, M. J.:

"Male-Female Relationships in the Highlands of Australian New Guinea", *in:* J. B. Watson, ed., *New Guinea, the central highlands, American Anthropologist,* n.s., vol. 66, n⁰ 4, part 2, 1964.

MÉTRAUX, A.:

(1) *La Religion des Tupinamba,* Paris, 1928.

(3) "Myths and Tales of the Matako Indians", *Ethnological Studies 9,* Göteborg, 1939.

(5) "Myths of the Toba and Pilagá Indians of the Gran Chaco", *Memoirs of the American Folk-Lore Society,* vol. 40, Philadelphia, 1946.

(8) "Mythes et contes des Indiens Cayapo (groupe Kuben-Kran -Kegn)", *RMP,* n.s., vol. 12, São Paulo, 1960.

(9) *La Civilisation matérielle des tribus Tupi-Guarani,* Paris, 1928.

(10) "Suicide Among the Matako of the Argentine Gran Chaco", *America Indigena,* vol. 3, n⁰ 3, Mexico, 1943.

(11) "Les Indiens Uro-Čipaya de Carangas: La Religion", *JSA*, vol. XVII, 2, Paris, 1935.

(12) "Ethnography of the Chaco", *HSAI, BBAE 143*, vol. 1, Washington, D.C., 1946.

(13) "Tribes of Eastern Bolivia and Madeira", *HSAI, BBAE 143*, vol. 3.

(14) "Estudios de Etnografia Chaquense", *Anales del Instituto de Etnografia Americana. Universidad Nacional de Cuyo*, t. V, Mendoza, 1944.

MÉTRAUX, A. and BALDUS, H.:

"The Guayakî", *HSAI, BBAE 143*, vol. 1, Washington, D.C., 1946.

MONTOYA,A. Ruiz de:

Arte, vocabulario, tesoro y catacismo de la lengua Guarani (1640), Leipzig, 1876.

MOONEY, J.:

"Myths of the Cherokee", *19th ARBAE*, Washington, D.C., 1898.

MOURA, José de, S. J.:

"Os Münkü, 2a Contribuição ao estudo da tribo Iranche", *Pesquisas, Antropologia* n⁰ 10, Instituto Anchietano de Pesquisas, Porto Alegre, 1960.

MURPHY, R. F.:

(1) "Mundurucú Religion", *UCPAAE*, vol. 49, n⁰ 1, Berkeley -Los Angeles, 1958.

MURPHY, R. F. and QUAIN, B.:

"The Trumaí Indian of Central Brazil", *Monographs of the American Ethnological Society*, 24, New York, 1955.

NIMUENDAJU, C.:

(1) "Die Sagen von der Erschaffung und Vernichtung der Welt als Grundlagen der Religion der Apapocúva-Guarani", *Zeitschrift für Ethnologie*, vol. 46, 1914.

(2) "Sagen der Tembé-Indianer", *Zeitschrift für Ethnologie*, vol. 47, 1915.

(3) "Bruchstücke aus Religion und Überlieferung der Š-ipaia -Indianer", *Anthropos*, t. 14-15, 1919-1920; 16-17, 1921-1922.

(5) "The Apinayé", *The Catholic University of America, Anthropological Series, nº8*, Washington, D.C., 1939.

(6) "The Šerente", *Publ. of the Frederick Webb Hodge Anniversary Publication Fund*, vol. 4, Los Angles, 1942.

(7) "Šçerente Tales", *JAFL*, vol. 57, 1944.

(8) "The Eastern Timbira", UCPAAE, vol. 41, Berkeley-Los Angeles, 1946.

(9) "Social Organization and Beliefs of the Botocudo of Eastern Brazil", *SWJA*, vol. 2, nº 1, 1946.

(12) "The Tukuna", *UCPAAE*, vol. 45, Berkeley-Los Angeles, 1952.

NINO, B. de:

Etnografia chiriguana, La Paz, 1912.

NORDENSKIÖLD, E.:

(1) *Indianerleben, El Gran Chaco,* Leipzig, 1912.

(3) *Forschungen und Abenteuer in Südamerika,* Stuttgart, 1924.

(4) "La Vie des Indiens dans le Chaco", trad. Beuchat, *Revue de Géographie,* vol. 6, 3ᵉ partie, 1912.

(5) "L'Apiculture indienne", *JSA,* t. XXI, 1929, p. 169-182.

(6) "Modifications in Indian Culture through Inventions and Loans", *Comparative Ethnographical Studies,* vol. 8, Göteborg, 1930.

Normais Climatológicas (Ministerio da Agricultura, Serviço de Meteorologia), Rio de Janeiro, 1941.

Normais Climatológicas da área da Sudene (Presidência da República, Superintendência do Desenvolvimento do Nordeste), Rio de Janeiro, 1963.

OBERG, K.:

"Indian Tribes of Northern Mato Grosso, Brazil", *Smithsonian Institution, Institute of Social Anthropology,* Publ. nᵒ 15, Washington, D.C., 1953.

OGILVIE, J.:

"Creation Myths of the Wapisiana and Taruma, British Guiana", *Folk-Lore,* vol. 51, London, 1940.

OLIVEIRA, C. E. de:

"Os Apinayé do Alto Tocantins", *Boletim do Museu Nacional,* vol. 6, nᵒ 2, Rio de Janeiro, 1930.

OLSON, R. L.:

"The Social Organization of the Haisla of British Columbia",

Anthropological Records II, Berkeley, 1940.

ORBIGNY, A. d':

Voyage dans l'Amérique méridionale, Paris et Strasbourg, vol. 2, 1839-1843.

ORELLANA, F. de:

Cf. Medina, J. T.

ORICO, O.:

(1) *Mitos amerindios,* 2a ed., São Paulo, 1930.

(2) *Vocabulario de Crendices Amazonicas,* São Paulo-Rio de Janeiro, 1937.

OSBORN, H.:

(1) "Textos Folkloricos en Guarao", *Boletin Indigenista Venezolano,* Años III-IV-V, n°s 1-4, Caracas, 1956-1957 (1958).

(2) "Textos Folkloricos en Guarao II", *ibid.,* Año VI, n°s 1-4, 1958.

(3) "Textos Folklóricos Guarao", *Anthropologica, 9, Caracas, 1960.*

PALAVECINO, E.:

"Takjuaj. Un personaje mitológico de los Mataco", *RMDLP,* n.s., n° 7, *Antropologia,* t. 1, Buenos Aires, 1936 -1941.

PARSONS, E. C.:

(3) "Kiowa Tales", *Memoirs of the American Folk-Lore Society,* vol.XXVII, New York, 1929.

PAUCKE, F.:

Hacia allá y para acá (*una estada entre los Indios Mocobies*), *1749-1767,* trad. esp. Tucumán-Buenos Aires, 4 vol., 1942 -1944.

Pelo rio Mar—Missões Salesianas do Amazonas, Rio de Janeiro, 1933.

PETITOT, E.:

　　Traditions indiennes du Canada nord-ouest, Paris, 1886.

PETRULLO, V.:

　　"The Yaruros of the Capanaparo River, Venezuela", *Anthropological Papers nº II, Bureau of American Ethnology,* Washington, D.C., 1939.

PIERINI, F.:

　　"Mitologia de los Guarayos de Bolivia", *Anthropos,* t. 5, 1910.

PLUTARQUE:

　　"De Isis et d'Osiris", *Les C Euvres morales de*——, trad. Amyot, 2 vol., Paris, 1584.

POMPEU SOBRINHO, Th.:

　　"Lendas Mehim", *Revista do Instituto do Ceará,* vol. 49, Fortaleza, 1935.

PREUSS, K. Th.:

　　(1) *Religion und Mythologie der Uitoto,* 2 vol., Göttingen, 1921 -1923.

　　(3) "Forschungsreise zu den Kagaba", *Anthropos,* t. 14-21, 1919 -1926.

RAY, V. F.:

"The Sanpoil and Nespelem", *Reprinted by Human Relations Area Files,* New Haven, 1954.

REICHARD, G. A.:

"Wiyot Grammar and Texts", *UCPAAE,* vol. 22, n⁰ 1, Berkeley, 1925.

REICHEL-DOLMATOFF, G.:

Los Kogi, 2 vol. Bogotá, 1949-1950 et 1951.

REINBURG, P.:

"Folklore amazonien. Légendes des Zaparo du Curaray et de Canelos", *JAS,* vol. 13, 1921.

RHODE, E.:

"Einige Notizen über dem Indianerstamm der Terenos", *Zeitschrift der Gesell. für Erdkunde zu Berlin,* vol. 20, 1885.

RIBEIRO, D.:

(1) "Religião e Mitologia Kadiuéu", Serviço de Proteção aos Indios, Publ. 106, Rio de Janeiro, 1950.

(2) "Noticia dos Ofaié-Chavante", *RMP,* n.s., vol. 5, São Paulo, 1951.

RIGAUD, L.:

Dictionnaire d'argot moderne, Paris, 1881.

RIVET, P.:

Cf. CRÉQUI-MONTFORT, G. de et RIVET, P.

ROBERT, M.:

"Les Vanniers du Mas-Gauthier (Feytiat, près de Limoges) depuis un siècle", *Ethnographie et Folklore du Limousin,* n⁰ 8,

Limoges, déc. 1964.

ROCHEREAU, H. J.: (RIVET, P. et—):

"Nociones sobre creencias, usos y costumbres de los Catios del Occidente de Antioquia", *JSA,* vol. 21, Paris, 1929.

RODRIGUES, J. Barbosa:

(1) "Poranduba Amazonense", *Anais da Biblioteca Nacional de Rio de Janeiro,* vol. 14, fasc. 2, 1886-1887, Rio de Janeiro, 1890.

(2) *O Muyrakytã e os idolos symbolicos. Estudo da origem asiatica da civilizacão do Amazonas nos tempos prehistoricos,* 2 vol. Rio de Janeiro, 1899.

(3) "Lendas, crenças e superstições", *Revista Brasileira,* t. X, 1881.

(4) "Tribu dos Tembés. Festa da Tucanayra", *Revista da Exposicão Anthropologica,* Rio de Janeiro, 1882.

RONDON, C. M. da Silva:

"Esbõço Grammatical e vocabulário da lingua dos Indios Boróro", *Publ. nº 77 da Comissão... Rondon. Anexo 5, etnografia,* Rio de Janeiro, 1948.

ROSSIGNOL:

Dictionnaire d'argot, Paris, 1901.

ROTH, W. E.:

(1) "An Inquiry into the Animism and Folklore of the Guiana Indians", *30th ARBAE* (1908-1909), Washington, D.C., 1915.

(2) "An Introductory Study of the Arts, Crafts and Customs of

the Guiana Indians", *38th ARBAE* (1916-1917), Washington, D.C., 1924.

ROYDS, Th. F.:

The Beasts, Birds and Bees of Virgil, Oxford, 1914.

ROYS, R. L.:

(1) "The Ethno-botany of the Maya", *Middle Amer. Research Ser. Tulane University*, Publ. 2, 1931.

(2) "The Indian Background of Colonial Yucatan". *Carnegie Institution of Washington*, Publ. 548, 1943.

RUSSELL, F.:

"The Pima Indians", *26th ARBAE* (1904-1905), Washington, D.C., 1908.

SAAKE, W.:

(1) "Die Juruparilegende bei den Baniwa des Rio Issana", *Proceedings of the 32nd Congress of Americanists* (1956), Copenhague, 1958.

(2) "Dringende Forschungsaufgaben im Nordwestern Mato Grosso", *34ᵉ Congrès International des Américanistes*, São Paulo, 1960.

SAHAGUN, B. de:

Florentine Codex. General History of the Things of New Spain. In 13 Parts; transl, by A. J. O. Anderson and Ch. E. Dibble, Santa Fé, N. M., 1950-1963.

SAINEAN, L.:

Les Sources de l'argot ancien, Paris, 1912.

SAINT-HILAIRE, A. F. de:

Voyages dans l'intérieur du Brésil, Paris, 1830-1851.

SALT, G.:

"A Contribution to the Ethology of the Meliponinae", *The Transactions of the Entomological Society of London,* vol. LXXVII, London, 1929.

SAPIR, E.:

"Wishram Texts", *Publications of the American Ethnological Society,* vol. II, 1909.

SCHADEN, E.:

(1) "Fragmentos de mitologia Kavuá", *RMP,* n.s., vol. 1, São Paulo, 1947.

(4) *Aspectos Fundamentais da cultura guarani* (1re éd. in: Boletim n° 188, Antropologia, n° 4, Universidade de São Paulo, 1954; 2e éd., São Paulo, 1962).

(5) "Caracteres especificos da cultura Mbüá-Guarani", n°s 1 et 2, *Revista de Antropologia,* vol. II, São Paulo, 1963.

SCHAEFFNER, A.:

"Les Kissi. Une société noire et ses instruments de musique", *L'Homme, cahiers d'ethnologie, de géographie et de linguistique,* Paris, 1951.

SCHAFER, E. H.:

"Ritual Exposure in Ancient China", *Harvard Journal of Asiatic Studies,* vol. 14, n°s 1-2, 1951.

SCHOMBURGK, R.:

Travels in British Guiana 1840-1844, transl. and edit. by W. E. Roth, 2 vol., Georgetown, 1922.

SCHULLER, R.:

"The Ethnological and Linguistic position of the Tacana Indians of Bolivia", *American Anthropologist,* n.s., vol. 24, 1922.

SCHULTES, R. E.:

(1) "Botanical Sources of the New World Narcotics", *Psychedelic Review,* 1, 1963.

(2) "Hallucinogenic Plants in the New World", *Harvard Review,* 1, 1963.

SCHULTZ, H.:

(1) "Lendas dos indios Krahô", *RMP,* n.s., vol. 4, São Paulo, 1950.

(2) "Informações etnográficas sôbre os Umutina (1943, 1944 e 1945)", *RMP,* n.s., vol. 13, São Paulo, 1961-1962.

(3) "Informações etnográficas sôbre os Suyá (1960)", *RMP,* n. s., vol. 13, São Paulo, 1961-1962.

SCHWARTZ, H. B.:

(1) "The Genus Melipona", *Bull. Amer. Mus. Nat. Hist.,* vol. LXIII, 1931-1932, New York, 1931-1932.

(2) "Stingless Bees (Meliponidae)" of the Western Hemisphere, *Bull. of the Amer. Mus. Nat. Hist.,* vol. 90, New York, 1948.

SÉBILLOT, P.:

"Le Tabac dans les traditions, superstitions et coutumes",

Revue des Traditions Populaires, t. 8, 1893.

SETCHELL, W. A.:

"Aboriginal Tobaccos", *American Anthropologist,* n.s., vol. 23, 1921.

SILVA, P.A. Brüzzi Alves da:

A Civilização Indigena do Uaupês, São Paulo, 1962.

SIMONOT, D.:

"Autour d'un livre: "Le Chaos sensible", de Theodore Schwenk", *Cahiers des Ingénieurs agronomes,* n° 195, avril 1965.

SPEGAZZINI, C.:

"Al través de Misiones", *Rev. Faculdad Agr. Veterinaria, Univ. Nac. de La Plata,* ser. 2, vol. 5, 1905.

SPIER, L.:

(1) "Southern Diegueño Customs", *UCPAAE,* vol. 20, n° 16, Berkeley, 1923.

(2) "Klamath Ethnography", *UCPAAE,* vol. 30, Berkeley, 1930.

SPIER, L. and SAPIR, E.:

"Wishram Ethnography", *University of Washington Publications in Anthropology,* vol. III, 1930.

SPRUCE, R.:

Notes of a Botanist on the Amazon and Andes..., 2 vol., London, 1908.

STAHL, G.:

(1) "Der Tabak im Leben Südamerikanischer Völker", *Zeit. für*

Ethnol., vol.57, 1924.

(2) "Zigarre; Wort und Sach", *id.,* vol. 62, 1930.

STEWARD, J. H. and FARON, L. C.:

 Native Peoples of South America, New York-London, 1959.

STIRLING, M. W.:

 "Historical and Ethnographical Material on the Jivaro Indians", *BBAE 117,* Washington, D. C., 1938.

STRADELLI, E.:

 (1) "Vocabulario da lingua geral portuguez-nheêngatu e nheêngatu-portuguez, *etc.",* *RIHGB,* t. 104, vol. 158, Rio de Janeiro, 1929.

 (2) "L'Uaupés e gli Uaupés. Leggenda dell' Jurupary", *Bolletino della Società geografica Italiana,* vol. III, Roma, 1890.

SUSNIK, B.J.:

 "Estudios Emok-Toba. Parte I^{ra}: Fraseario", *Boletin de la Sociedad cientifica del Paraguay,* vol. VII-1962, Etno-linguistica 7, Asunción, 1962.

SWANTON, J. R.:

 (2) "Tlingit Myths and Texts", *BBAE 39,* Washington, D.C., 1909.

TASTEVIN, C.:

 (1) *La Langue Tapïhïya dite Tupï ou N'eêngatu,* etc. (Schriften der Sprachen-kommission, Kaiserliche Akademie der Wissenschaften, Band II), Vienne, 1910.

 (2) "Nomes de plantas e animaes em lingua tupy", *RMP,* t. 13,

São Paulo, 1922.

(3) "La Légende de Bóyusú en Amazonie", *Revue d'Ethnographie et des Traditions Populaires,* 6e année, n° 22, Paris, 1925.

(4) "Le fleuve Murú. Ses habitants. ‐ Croyances et mœurs kachinaua", *La Géographie,* vol. 43, n° 4-5, 1925.

(5) "Le Haut Tarauacá" *La Géographie,* vol. 45, 1926.

TEBBOTH, T.:

Diccionario Toba, *Revista del Instituto de Antropologia de la Univ. Nac. de Tucumán,* vol. 3, n° 2, Tucumán, 1943.

TEIT, J. A.:

"The Shuswap", *Memoirs of the American Museum of Natural History,* vol. IV, 1909.

TESCHAUER, S. J., Carlos:

Avifauna e flora nos costumes, supersticões e lendas brasileiras e americanas, 3e édição, Porto Alegre, 1925.

THEVET, A.:

Cosmographie universelle illustrée, etc., 2 vol., Paris, 1575.

THOMPSON, d'Arcy Wentworth:

On Growth and Form, 2 vol. new ed., Cambridge, Mass., 1952.

THOMPSON, J. E.:

"Ethnology of the Mayas of Southern and Central British Honduras", *Field Mus. Nat. Hist. Anthropol. Ser.,* vol. 17, Chicago, 1930.

THOMSON, M.:

"La Semilla del Mundo", *Leyendas de los Indios Maquiritares en el Amazonas Venezolano, Recopiladas por James Bou, Presentadas por*—. Mimeogr.

THOMSON, Sir A. Landsborough, ed.:

A New Dictionary of Birds, London, 1964.

THORPE, W. H.:

Learning and Instinct in Animals, new ed., London, 1963.

VAN BAAL, J.:

"The Cult of the Bull-roarer in Australia and Southern New-Guinea", *Bijdragen tot de taal-, land- en Volkenkunde,* Deel 119, 2^e Afl., 'S-Gravenhage, 1963.

VAN GENNEP, A.:

Manuel de Folklore français contemporain, 9 vol. Paris, 1946 -1958.

VELLARD, J.:

Histoire du curare, Paris, 1965.

VIANNA, U.:

"Akuen ou Xerente", *RIHGB,* t. 101, vol. 155 (1 de 1927), Rio de Janeiro, 1928.

VIMAITRE, Ch.:

Dictionnaire d'argot fin-de-siècle, Paris, 1894.

VIRGILE:

Géorgiques, texte établi et traduit par E. de Saint-Denis, 3e tirage, Paris, 1963.

WAGLEY, Ch. and GALVÃO, E.:

"The Tenetehara Indians of Brazil", *Columbia Univ. Contributions to Anthropology*, 35, New York, 1949.

WALLACE, A. R.:

A Narrative of Travels on the Amazon and Rio Negro, London, 1889.

WATERMAN, T. T.:

"The Religious Practices of the Diegueno Indians", *UCPAAE*, vol. 8, n⁰ 6, Berkeley, 1910.

WEISER, F. X.:

Fêtes et coutumes chrétiennes. De la liturgie au folklore (Trad. française de: *Christian Feasts and Customs*, New York, 1954), Paris, 1961.

WELTFISH, G.:

The Lost Universe, New York, 1965.

WHIFFEN, Th.:

The North-West Amazons, London, 1915.

WILBERT, J.:

(2) "Problematica de algunos métodos de pesca, *etc.*", *Memorias, Sociedad de Ciencias Naturales La Salle*, vol. XV, n⁰ 41, Caracas, 1956.

(3) "Los instrumentos musicales de los Warrau", *Antropológica*, n⁰ 1, p. 2-22, Caracas, 1956.

(4) "Rasgos culturales circun-caribes entre los Warrau y sus inferencias", *Memorias, Sociedad de Ciencias Naturales La Salle*, t. XVI, n⁰ 45, 1956.

(5) "Mitos de los Indios Yabarana", *Antropológica,* n⁰ 5, Caracas, 1958.

(6) "Puertas del Averno", *Memorias, Sociedad de Ciencias Naturales La Salle,* t. XIX, n⁰ 54, 1959.

(7) "Erzählgut der Yupa-Indianer", *Anthropos,* t. 57, 3-6, 1962.

(8) *Indios de la región Orinoco-Ventuari,* Caracas, 1953.

(9) "Warao Oral Literature", *Instituto Caribe de Antropologia y Sociologia, Fundación La Salle de Ciencias Naturales,* Monography n⁰ 9, Caracas, 1964.

WILBERT, J., ed.:

The Evolution of Horticultural Systems in Native South America. Causes and Consequences, A Symposium, Caracas, 1961.

WILLIAMSON, R. W.:

The Mafulu. Mountain People of British New Guinea, London, 1912.

WIRTH, D. M.:

(1) "A mitologia dos Vapidiana do Brasil", *Sociologia,* vol. 5, n⁰ 3, São Paulo, 1943.

(2) "Lendas dos Indios Vapidiana", *RMP,* n.s., vol. 4, São Paulo, 1950.

WRIGHT, A. R. and LONES, T. E.:

British Calendar Customs. England, vol. II. *Fixed Festivals, Jan.-May Inclusive* (Publ. of the Folklore Society, CII), London, 1938.

ZERRIES, O.:

(2) "The Bull-roarer among South American Indians", *RMP*, n. s., vol. 7, São Paulo, 1953.

(3) "Kürbisrassel und Kopfgeister in Südamerika", *Paideuma*, Band 5, Heft 6, Bamberg, 1953.

神話索引

Ⅰ. 按序號和主題

1. 新的神話

M$_{188}$ Tenetehara／特內特哈拉人：蜂蜜節的起源／第 **22-23**，28，29，36，37，65，101，246，374 頁。

M$_{189}$ Tembé／特姆貝人：蜂蜜節的起源／第 **24**，28，29，36，37，65，101，246，373，374 頁。

M$_{189b}$ etc.   Tacana 等等／塔卡納人：猴和蜂巢／第 **24** 頁。

M$_{190}$ Mundurucu／蒙杜魯庫人：不服從的侍童／第 **49** 頁。

M$_{191}$ Iranxé（Münkü）／伊朗赫人（蒙庫人）：煙草的起源／第 **50-51**，52-56，129，444 頁。

M$_{192}$ Ofaié／奧帕耶人：蜂蜜的起源／第 **62-64**，66，72，147，210，421 頁。

M$_{192b}$ Caduveo／卡杜韋奧人：蜂蜜的起源／第 **65** 頁。

M$_{193}$ Tacana／塔卡納人：iára 毛皮上的黃斑／第 **77** 頁。

M$_{194}$ Tacana／塔卡納人：狄俄斯庫里兄弟的婚姻(1)／第 **77**，78，338，367，379 頁。

M$_{195}$ Tacana／塔卡納人：狄俄斯庫里兄弟的婚姻(2)／第 **77**，78，338，367，379，388 頁。

M_{196}　　Tacana ／塔卡納人：狄俄斯庫里兄弟的婚姻(3)／第 **77**，78，338，367，368 頁。

M_{197}　　Tacana ／塔卡納人：狄俄斯庫里兄弟的婚姻(4)／第 **77**，78，338，367，368，388 頁。

$M_{198-201}$　Tacana ／塔卡納人：動物的戰鬥／第 **78** 頁。

M_{202}　　Amazonie ／亞馬遜：食人妖和 irára ／第 **78**，83，93，152 頁。

M_{203}　　Botocudo ／博托庫多人：水的起源／第 **79**，81 頁。

M_{204}　　Botocudo ／博托庫多人：動物的起源／第 **79-80**，81，101，438 頁。

M_{205}　　Matako ／馬塔科人：毒蛇的起源／第 **81** 頁。

M_{206}　　Toba ／托巴人：毒蛇的起源／第 **81** 頁。

M_{207}　　Toba ／托巴人：狐娶妻／第 **85**，88，93，99，141 頁。

M_{208}　　Toba ／托巴人：狐採集蜂蜜／第 **85-86**，89，90，92，93，105，111，191，262 頁。

M_{209a}　Matako ／馬塔科人：野生植物的起源(1)／第 **86**，90-93，191，262，476 頁。

M_{209b}　Matako ／馬塔科：野生植物的起源(2)／第 **87**，90-93，191，262，476 頁。

M_{210}　　Toba ／托巴人：狐大吃蜂蜜／第 **90-91**，92，152，262，476 頁。

M_{211}　　Toba ／托巴人：生病的狐／第 **97**，303 頁。

M_{212}　　Toba ／托巴人：痴迷蜂蜜的少女(1)／第 **98-99**，109，111，141 頁。

M_{212b}　Toba ／托巴人：狐和臭鼬／第 **100** 頁。

M_{213}　　Toba ／托巴人：痴迷蜂蜜的少女(2)／第 **100**，106，111，130，131，132，136，141，153，345 頁。

M$_{214}$　　　Matako／馬塔科人：蜂蜜酒的起源／第 **100-101**，332，391
　　　　　頁。

M$_{215}$　　　Matako／馬塔科人：蜂蜜和水／第 **101** 頁。

M$_{216}$　　　Matako／馬塔科人：痴迷蜂蜜的少女(1)／第 **101-102**，106，
　　　　　109，111，141，222，224，227 頁。

M$_{217}$　　　Matako／馬塔科人：痴迷蜂蜜的少女(2)／第 **102**，109，222，
　　　　　224 頁。

M$_{218}$　　　Matako／馬塔科人：痴迷蜂蜜的少女(3)／第 **103-104**，106，
　　　　　109，112 頁。

M$_{218b}$　　Pima／皮馬人：科約特同姻姊妹做愛／第 **106** 頁。

M$_{219}$　　　Matako／馬塔科人：被堵塞和被囚禁的騙子／第 **104**，105，
　　　　　111，262，476 頁。

M$_{219b}$　　Toba／托巴人：縱火的騙子和撥浪鼓的起源／第 262，**459**
　　　　　頁。

M$_{220}$　　　Mundurucu／蒙杜魯庫人：狐和花豹／第 **105** 頁。

M$_{221}$　　　Mundurucu／蒙杜魯庫人：狐和食腐肉的兀鷹／第 **105** 頁。

M$_{222}$　　　Matako／馬塔科人：痴迷蜂蜜的少女(4)／第 **106**，108 頁。

M$_{223}$　　　Warrau／瓦勞人：水豬的起源／第 107，345 頁。

M$_{224}$　　　Mocovi／莫科維人：水豬的起源／第 **107**，127，141，345 頁。

M$_{225}$　　　Kraho／克拉霍人：痴迷蜂蜜的少女／第 **115-116**，118，120，
　　　　　122，123，124，125，129-132，277，281，356，361 頁。

M$_{226}$　　　Kraho／克拉霍人：殺人的鳥／第 **117-119**，122-125，131，
　　　　　132，136，138，356，357，405 頁。

M$_{227}$　　　Timbira／蒂姆比拉人：殺人的鳥／第 115，**119-120**，123，
　　　　　124，125，126，129，131，132，138，356，405 頁。

M$_{228}$　　　Kraho／克拉霍人：變成食蟻獸的老嫗／第 **126**，127，356 頁。

M_{229} Sherenté／謝倫特人：食蟻獸的起源／第 126, 127, 356 頁。

M_{230} Toba／托巴人：星辰和食蟻獸的起源／第 127, 356 頁。

M_{231} Tukuna／圖庫納人：食蟻獸和花豹／第 **128** 頁。

M_{232a} Kayapo／卡耶波人：食蟻獸和花豹／第 **128**, 356 頁。

M_{232b} Bororo／博羅羅人：食蟻獸和花豹／第 **128**, 356 頁。

M_{233} Arawak／阿拉瓦克人：為什麼現在蜂蜜這麼稀少／第 **147-148**, 150, 151, 152, 154, 157, 160, 168, 169, 171, 174, 189, 255, 256, 284, 308, 410, 454 頁。

$M_{233b、c}$ Warrau／瓦勞人：為什麼現在蜂蜜這麼稀少／第 **149**, 284, 308, 410, 454 頁。

M_{234} Warrau／瓦勞人：蜂蜜和甜飲料／第 **149-150**, 151, 152, 153, 154, 157, 160, 168, 169, 171, 255, 256, 284, 308, 403, 410, 454 頁。

M_{235} Warrau／瓦勞人：蜂蜜變成女婿／第 **154-156**, 157, 158, 159, 164, 165, 168, 169, 171, 179, 183, 186, 189, 193, 234, 247, 251, 252, 256, 303, 400, 401, 403, 454 頁。

M_{236} Amazonie／亞馬遜：重新粘合的獵人／第 **156**, 164, 165, 168, 169, 170, 171, 186, 403, 454 頁。

M_{237} Arawak／阿拉瓦克人：Adaba 的故事／第 **160-161**, 163, 164, 167-170, 172, 183, 185, 186, 210, 256, 349, 356, 400, 403, 405, 454 頁。

M_{237b} Carib／卡里布人：Konowaru 的故事（參見 M_{239}）／162, 163, 210, 256, 349, 400, 454 頁。

M_{238} Warrau／瓦勞人：斷裂的箭／第 **165-167**, 168, 169, 170, 171, 172, 179, 186, 189, 206, 211, 256, 349, 356, 403, 405, 454 頁。

M_{239} Kalina ／卡利納人: Kunawaru 的故事（參見 M_{237b}）／第 **167**, 168, 169, 170, 172, 184, 186, 256, 349, 356, 403, 405, 454 頁。

M_{240} Tukuna ／圖庫納人: 發瘋的獵人／第 **173**, 403 頁。

M_{241} Warrau ／瓦勞人: 哈布里的故事(1)／第 **175-178**, 180, 184-188, 191-195, 197, 199, 201, 203, 205-208, 214, 217-222, 226, 229, 231, 234, 241, 247, 252, 256, 277, 298, 311, 319, 372, 402 頁。

M_{242} Arawak ／阿拉瓦克人: 一夫兩妻婚的起源／第 **179** 頁。

M_{243} Warrau ／瓦勞人: 哈布里的故事(2)／第 **182**, 193, 196, 217, 229, 230, 234, 298, 319, 390 頁。

M_{244} Warrau ／瓦勞人: 哈布里的故事(3)／第 **182**, 193, 196, 209, 230, 298, 319 頁。

M_{244b} Warrau ／瓦勞人: 食人族／第 **183** 頁。

M_{245} Tukuna ／圖庫納人: 薩滿巫術的起源／第 **190**, 194, 209, 251, 277, 298, 311 頁。

M_{246} Matako ／馬塔科人: 食人花豹／第 **191**, 192, 251, 319, 371, 381, 382 頁。

M_{247} Baré ／巴雷人: 波羅諾米納雷的英雄故事／第 **195**, 311, 320, 323, 435 頁。

M_{247b} Shipaia ／希帕耶人: 海豚的起源／第 **195** 頁。

M_{248} Mundurucu ／蒙杜魯庫人: 水獺治病／第 **195**, 199, 201 頁。

M_{249} Tacana ／塔卡納人: 魚的主人／第 **197** 頁。

M_{250} Tacana ／塔卡納人: 無肛門的矮人／第 **197** 頁。

M_{251} Trumaí ／特魯梅人: 無肛門的人／第 **197** 頁。

M_{252} Waiwai ／韋韋人: 第一次交媾／第 **198**, 208 頁。

M$_{253}$ Yabarana ／耶巴拉納人：月經的起源／第 **198**，199 頁。

M$_{254a}$ Yupa ／尤帕人：受傷的雌水獺／第 **198**，208 頁。

M$_{254b}$ Catio ／卡蒂奧人：被河狸鼠弄得受孕的男人／第 **198** 頁。

M$_{255}$ Mundurucu ／蒙杜魯庫人：夏天和冬天太陽的起源／第 **199-200**，201，202 頁。

M$_{256}$ Tacana ／塔卡納人：月亮的情人／第 **202**，345 頁。

M$_{257}$ Matako ／馬塔科人：月亮黑點的起源／第 **203** 頁。

M$_{258}$ Warrau ／瓦勞人：發明之父阿博雷／第 **209**，217，234，256，298，303，319 頁。

M$_{259}$ Warrau ／瓦勞人：樹木未婚妻(1)／第 **211-213**，214，217，223，224，229，233，234，236，239，240，242，247，261，262，289 頁。

M$_{260}$ Warrau ／瓦勞人：樹木未婚妻(2)／第 **213**，214，223，226，229，251 頁。

M$_{261}$ Tlingit ／特林吉特人：樹木未婚妻／第 **213** 頁。

M$_{262}$ Tacana ／塔卡納人：樹木未婚妻／第 **213** 頁。

M$_{263a、b}$ Warrau ／瓦勞人：樹木未婚妻(3)／第 **213**，229，231，256 頁。

M$_{264}$ Carib／卡里布人：花豹的母親蛙／第 **215-216**，217，218，229，230，231，233，235，237，238，239，240，241，256，261，272，300 頁。

M$_{264b}$ Amazonie ／亞馬遜人：花豹的母親／第 **238** 頁。

M$_{265}$ Vapidiana ／瓦皮迪亞納人：痴迷蜂蜜的的少女／第 **216**，217，262，263 頁。

M$_{266}$ Macushi ／馬庫希人：樹木未婚妻／第 **217-218**，219，220，221，222，224，226，229，231，233，235，238-242，247，256，261 頁。

M_{267}　　Arawak ／阿拉瓦克人: 樹木未婚妻／第 **220-222 頁**。

M_{268}　　Cubeo ／庫貝奧人: 樹木未婚妻／第 **220**, 221, 222, 226 頁。

M_{269}　　Cubeo ／庫貝奧人: 被閹割的鱷魚／第 116, 220-222, 226, 227 頁。

M_{270}　　Mundurucu ／蒙杜魯庫人: 失去舌頭的鱷魚／第 **225 頁**。

M_{271}　　Waiwai ／韋韋人: 水獺和蛇 (參見 M_{288})／第 **226**, 306 頁。

M_{272}　　Taulipang ／陶利潘人: 火的起源／第 **242**, 243 頁。

M_{273}　　Warrau ／瓦勞人: 被竊去的小孩／第 **247-248**, 249, 251, 252, 253, 256, 298, 367, 389, 390 頁。

M_{274}　　Arawak ／阿拉瓦克人: 花豹變成女人／第 **254**, 255, 256 頁。

M_{275}　　Amazonie (Tupi)／亞馬遜 (圖皮人): 朱魯帕里祭儀的起源／第 **269**, 273, 301 頁。

M_{276a}　　Amazonie (Tariana, Tukano) 亞馬遜／ (塔里亞納人、圖卡諾人): 博康或伊齊祭儀的起源／第 **270**, 273, 284, 320 頁。

M_{276b}　　Baniwa ／巴尼瓦人: 朱魯帕里祭儀的起源／第 303, 311, 354 頁。

M_{277}　　Anambé ／阿納姆貝人: 食人女魔塞烏茜／第 **271-272**, 273, 278, 356 頁。

M_{278}　　Warrau ／瓦勞人: 人變成鳥的故事／第 **277-278**, 280, 281, 297 頁。

$M_{279a、b、c}$Kalina ／卡利納人: 獵戶座的起源／第 **278**, 279 頁。

M_{279d}　　Warrau ／瓦勞人: 自相殘殺／第 **278**, 286 頁。

M_{279e}　　Cavina ／卡維納人: 燙熟的孩子／第 **280 頁**。

M_{280}　　Machiguenga ／馬希昆加人: 鹽女／第 **283 頁**。

M_{281}　　Rio Negro ／里奧內格羅: 負子袋鼠和昴星團／第 **288 頁**。

M_{282}　　Amazonie ／亞馬遜: 龜和貘／第 **290**, 292 頁。

M_{283a}　　Amazonie (région de Teffé)／亞馬遜 (泰菲地區)：龜和負子袋鼠／第 299, 292, 293 頁。

M_{283b}　　Amazonie／亞馬遜：龜和鱷魚／第 293, 320 頁。

M_{284}　　Amazonie (région de Teffé)／亞馬遜 (泰菲地區)：龜和花豹／第 291, 320 頁。

M_{285}　　Carib (?)／卡里布人 (?)：貘誘姦者／第 301-302, 307 頁。

M_{286}　　Mundurucu／蒙杜魯庫人：三趾獺女人誘姦者／第 306 頁。

M_{287}　　Carib／卡里布人：花豹誘姦者／第 188, 306, 307, 439 頁。

M_{288}　　Waiwai／韋韋人：馴順的蛇／第 226, 306, 435 頁。

M_{289}　　Karaja／卡拉雅人：鱷魚誘姦者／第 306, 307 頁。

M_{290}　　Mundurucu／蒙杜魯庫人：蛇誘姦者／第 307 頁。

M_{291}　　Guyane (arawak-carib)／圭亞那 (阿拉瓦克-卡里布人)：貘誘姦者／第 307 頁。

M_{292a}　　Bororo／博羅羅人：星座名字的起源／第 309-310, 312, 313, 316 頁。

M_{292b}　　Bororo／博羅羅人：有刺鰩的起源／第 311 頁。

M_{292c}　　Shipaia／希帕耶人：鱝妻／第 311 頁。

M_{292d}　　Yurok／尤洛克人：鱝女／第 311 頁。

M_{293}　　Broro／博羅羅人：為什麼玉米穗又細又短／第 313-314, 315, 316, 320, 322, 324, 325, 331, 332 頁。

M_{294}　　Tembé／特姆貝人：為什麼甘薯生長得慢／第 314, 315, 316, 321, 322, 459 頁。

M_{295a}　　Guarayu／瓜拉尤人：栽培植物的起源／第 314 頁。

M_{295b}　　Chimane et Mosetene／奇曼人和莫塞特納人：野生動物的起源／第 315 頁。

M_{296}　　Tenetehara／特內特哈拉人：栽培植物的起源／第 314 頁。

M_{297} Tukuna ／圖庫納人: 水災／第 **315** 頁。

M_{298} Machiguenga ／馬希昆加人: 彗星和隕石的起源／第 298,
317-318, 319, 321, 322, 327, 328, 332 頁。

M_{299} Machiguenga ／馬希昆加人: 栽培植物的起源／第 **322-324**,
325, 327, 328, 387 頁。

M_{300a} Tacana ／塔卡納人: 盜鳥巢者的故事／第 **339-340**, 341,
346, 348, 349, 350 頁。

M_{300b} Tacana ／塔卡納人: 犯狳的地窟／第 **343** 頁。

M_{301} Toba ／托巴人: 吃蜂蜜的蛇／第 **340**, 418 頁。

M_{302} Tacana ／塔卡納人: 痴迷肉的女人／第 107, **344-345**, 346,
347, 352, 357, 367 頁。

M_{303} Tacana ／ 塔 卡 納 人: 少 男 少 女 的 教 育 ／ 第 343, 348,
350-353, 355, 356, 357, 358, 359, 360, 361, 362, 363, 367
頁。

M_{304} Tukuna ／圖庫納人: 家屬變成花豹／第 **369-370**, 371, 372,
373, 374, 395, 380, 381, 382, 384, 389, 390, 393, 394,
396, 397, 398, 406, 408, 417 頁。

M_{305a} Vapidiana ／瓦皮迪亞納人: 鵄鵄的失色／第 **374** 頁。

M_{305b} Chiriguano ／希里瓜諾人: 蜂蜜尋覓者被鵄鵄救助／第 **374**
頁。

M_{306} Matako ／馬塔科人: 最早的樹／第 **378** 頁。

M_{307} Tacana ／塔卡納人: 擊鼓的啄木鳥／第 **379** 頁。

M_{308} Guarani ／瓜拉尼人: 燒著的籽粒／第 **379** 頁。

M_{309} Zuni ／佐尼人: 燒著的鹽／第 **379** 頁。

M_{310} Tukuna ／圖庫納人: 吃小孩的花豹／第 **380**, 382, 384, 388,
389, 390, 391, 394, 395, 398, 433 頁。

M_{311}　　Japon ／日本：哭泣的「嬰兒」／第 **385** 頁。

M_{312}　　Chimane－Mosetene ／奇曼－莫塞特納人：哭泣的嬰兒／第 **386** 頁。

M_{313}　　Cashinawa ／卡希納瓦人：哭泣的嬰兒／第 **387** 頁。

M_{314}　　Uitoto ／烏依托托人：痴迷蝙蝠的女人／第 **388** 頁。

M_{315a}　　Sherenté ／謝倫特人：蝙蝠的起源／第 **388** 頁。

M_{315b}　　Aguaruna ／阿瓜拉納人：蝙蝠的起源／第 **388** 頁。

M_{316}　　Matako ／馬塔科人：食人蝙蝠／第 **389** 頁。

M_{317}　　Warrau ／瓦勞人：科羅羅曼納冒險記／第 **392**，412 頁。

M_{318}　　Tukuna ／圖庫納人：樹皮面具的起源／第 375，**395-396**，397，398 頁。

M_{319}　　Carib ／卡里布人：不順從的女兒／第 **399-400**，403 頁。

M_{320}　　Carib ／卡里布人：煙草的起源／第 **401**，402，403 頁。

M_{321}　　Carib ／卡里布人：感恩的精靈／第 **401** 頁。

M_{322}　　Tacana ／塔卡納人：三趾獺的糞便／第 403，437 頁。

M_{323}　　Tacana ／塔卡納人：吼猴和三趾獺／第 403，437 頁。

M_{324}　　Tacana ／塔卡納人：精靈和女人／第 406 頁。

M_{325}　　Arawak ／阿拉瓦克人：電魚的婚姻／第 **407** 頁。

M_{326a}　　Tupi amazonien ／亞馬遜圖皮人：黑夜的起源／第 410，**423-424**，425，426，427，428 頁。

M_{326b}　　Karaja ／卡拉雅人：鴨的起源／第 **206** 頁。

M_{326c}　　Taulipang ／陶利潘人：鴨的起源／第 **207** 頁。

M_{327}　　Warrau ／瓦勞人：煙草和薩滿巫術的起源(1)／第 240，**431-433**，434，435，436，437，438，439，440，441，442，443，446，447，448，454 頁。

M₃₂₈　　Warrau／瓦勞人：煙草和薩滿巫術的起源(2)／第 240，
　　　　433-434，438，448 頁。

M₃₂₉　　Tacana／塔卡納人：女人三趾獺／第 435 頁。

M₃₃₀　　Mundurucu／蒙杜魯庫人：三趾獺的起源／第 **435** 頁。

M₃₃₁　　Ipurina／伊普里納人：鸛和腐爛／第 241，408，**442** 頁。

M₃₃₂　　Jivaro／吉瓦羅人：偷竊的白鷺／第 **442** 頁。

M_{333a}　　Aguaruna／阿瓜拉納人：偷竊的鴨／第 **442** 頁。

M_{333b}　　Maquiritaré／馬基里塔雷人：腐爛的蛋／第 **442** 頁。

M₃₃₄　　Arekuna／阿雷庫納人：煙草和其他魔藥的起源／第
　　　　446-447，448 頁。

M₃₃₅　　Arawak／阿拉瓦克人：煙草和撥浪鼓的起源／第 **447** 頁。

M₃₃₆　　Carib (Barama)／卡里布人 (巴拉馬)：煙草和撥浪鼓的起源
　　　　／第 **447** 頁。

M₃₃₇　　Uitoto／烏依托托人：野豬的起源／第 12，**451** 頁。

M_{338a}　　Cashinawa／卡希納瓦人：野豬的起源／第 12，**451** 頁。

M_{338b}　　Shipaia／希帕耶人：野豬的起源／第 **451** 頁。

M₃₃₉　　Pérou (Huamachuco)／秘魯人 (胡阿馬丘科人)：魔鬼的葫
　　　　蘆／第 **457**，477 頁。

M₃₄₀　　Nahuatl／納胡阿特爾人：蛇葫蘆／第 **457**，477 頁。

M₃₄₁　　Tumupasa／圖穆帕薩人：蛇葫蘆／第 **457** 頁。

M₃₄₂　　Uitoto／烏依托托人：魔鬼的陶罐／第 **457** 頁。

M₃₄₃　　Uitoto／烏依托托人：名叫「水下葫蘆」的姑娘／第 **457** 頁。

M_{344a}　　Apinayé／阿皮納耶人：葫蘆和人類的起源／第 **459**，464 頁。

M_{344b}　　Maipuré／梅普雷人：棕櫚果子和人類的起源／第 **459** 頁。

M₃₄₅　　Taulipang／陶利潘人：魔器／第 **460**，461，466 頁。

M₃₄₆　　Arekuna／阿雷庫納人：魔器／第 196，**460-461**，466 頁。

M$_{347}$　　Shuswap／舒斯瓦普人：跛行姑娘／第 **469**, 472 頁。

M$_{348}$　　Cowlitz／科利茨人：腿傷殘的孩子／第 **470**, 472 頁。

M$_{349}$　　Salish／薩利什人：腿傷殘的孩子／第 **470**, 472 頁。

M$_{350}$　　Sanpoil−Nespelem／桑波伊爾−納斯佩勒姆人：春天的病
　　　　　殘主人／第 **470**, 472 頁。

M$_{351}$　　Wishram／維希拉姆人：月亮的跛足女兒／第 **470**, 472 頁。

M$_{352}$　　Wacso／瓦斯科人：復活的病殘者／第 **470**, 472 頁。

M$_{353}$　　Karaja／卡拉雅人：跛足天體／第 **472** 頁。

2. 第一卷中已部分地扼述的神話的補餘

M$_{17}$　　Warrau／瓦勞人：為什麼野豬這麼少／第 305, 356, 449,
　　　　　452-453, 454 頁。

M$_{47}$　　Kalapalo／卡拉帕洛人：花豹的妻子／第 233, **379** 頁。

M$_{62}$　　Kayua／卡尤亞人：火的主人（細部）／第 **80-81** 頁。

M$_{86a}$　　Amazonie／亞馬遜：哭泣的嬰孩／第 **386** 頁。

M$_{97}$　　Mundurucu／蒙杜魯庫人：負子袋鼠及其女婿（細部）／第
　　　　　74, 75, 105 頁。

M$_{98}$　　Tenetehara／特內特哈拉人：負子袋鼠及其女婿（細部）／第
　　　　　76 頁。

M$_{99}$　　Vapidiana／瓦皮迪亞納人：負子袋鼠及其女婿（細部）／第
　　　　　76 頁。

M$_{109b}$　　Guarani du Parana／巴拉拿的瓜拉尼人：哺乳蜂蜜（細部）
　　　　　／第 288, **289** 頁。

M$_{135-136}$　　Taulipang−Arekuna／陶利潘−阿雷庫納人：昴星團的起
　　　　　源／第 78, 261-264, 272, **273-274**, 281, 283, 292, 298, 301-302,
　　　　　319-320, 437 頁。

M$_{142}$ Apinayé ／阿皮納耶人：殺人的馬（續）／第 **113-114**, 115-116, 118-119, 121, 123-125, 129-131, 136, 277, 281, 356, 361 頁。

M$_{157b}$ Mundurucu ／蒙杜魯庫人：農業的起源／第 **45-46**, 47 頁。

M$_{177a、b、c}$Karaja ／卡拉雅人：魔箭／第 **404-405**, 406-408 頁。

M$_{177d}$ Karaja ／卡拉雅人：巨舌骨魚的起源／第 408 頁。

II.按部落

Aguaruna ／阿瓜拉納人　M$_{315b, 333a}$.

Amazonie et Rio Negro ／亞馬遜和里奧內格羅　M$_{202, 236, 264, 275, 276, 281, 282, 283a, 283b, 284, 326a}$.

Anambé ／阿納姆貝人　M$_{277}$.

Apinayé ／阿皮納耶人　(M$_{142}$), M$_{344a}$.

Aramak ／阿拉瓦克人　M$_{233, 237, 242, 267, 274, 291, 325, 335}$.

Arekuna ／阿雷庫納人　M$_{334, 346}$.

Baniwa ／巴尼瓦人　M$_{276b}$.

Baré ／巴雷人　M$_{247}$.

Bororo ／博羅羅人　M$_{232b, 292a, 292b, 293}$.

Botocudo ／博托庫多人　M$_{203, 204}$.

Caduveo ／卡杜韋奧人　M$_{192b}$.

Carib ／卡里布人　M$_{237b, 264, 285, 287, 291, 319, 320, 321, 336}$.

Cashinawa ／卡希納瓦人　M$_{313, 338a}$.

Catio ／卡蒂奧人　M$_{254b}$.

Cavina ／卡維納人　M$_{279e}$.

Chimane et Mosetene ／奇曼人和莫塞特納人　M$_{295b, 312}$.

Chiriguano ╱希里瓜諾人　M_{305b}.

Cowlitz ╱科利茨人　$M_{348, 349}$.

Cubet ╱庫貝奧人　$M_{268, 269}$.

Guarani ╱瓜拉尼人　（M_{109b}），M_{308}.

Guarayu ╱瓜拉尤人　M_{295a}.

Ipurina ╱伊普里納人　M_{331}.

Iranxé（Mükü）╱伊朗赫人（蒙庫人）　M_{191}.

Japon ╱日本　M_{311}.

Jivaro ╱吉瓦羅人　M_{332}.

Kalapalo ╱卡拉帕洛人　（M_{47}）.

Kalina ╱卡利納人　$M_{239, 279a, 279b, 279c}$.

Karaja ╱卡拉雅人　（M_{177a-b}），$M_{289, 326b, 353}$.

Kayapo ╱卡耶波人　M_{232a}.

Kayua ╱卡尤亞人　（M_{62}）.

Kraho ╱克拉霍人　$M_{225, 226, 228}$.

Machiguenga ╱馬希昆加人　$M_{280, 298, 299}$.

Macushi ╱馬庫希人　M_{266}.

Maipuré ╱梅普雷人　M_{344b}.

Mquiritaré ╱馬基里塔雷人　M_{333b}.

Matako ╱馬塔科人　$M_{205, 209a, 209b, 214, 215, 216, 217, 218, 219, 222, 246, 257, 306, 316}$

Mocovi ╱莫科維人　M_{224}

Mundurucu ╱蒙杜魯庫人　（$M_{97, 157b}$），$M_{190, 220, 221, 248, 255, 270, 286, 290, 330}$.

Nahuatl ╱納胡阿特爾人　M_{340}.

Ofaié ╱奧帕耶人　M_{192}.

Pérou（Huamachuco）／秘魯人（胡阿馬丘科人）　M_{339}.

Pima／皮馬人　M_{218b}.

Sanpoil Nespelem／桑波伊爾－納斯佩勒姆人　M_{350}.

Sherenté／謝倫特人　$M_{229, 315a}$.

Shipaia／希帕耶人　$M_{247b, 292c, 338b}$.

Shuswap／舒斯瓦普人　M_{347}.

Tacana／塔卡納人　M_{189b}, *etc.*, $_{193, 194, 195, 196, 197, 198, 199, 200, 201, 249,}$ $_{250, 256, 262, 300a, 300b, 302, 303, 307, 322, 323, 324, 329}$.

Taulipang／陶利潘人　（$M_{135, 136}$），$M_{272, 326c, 345}$.

Tembé／特姆貝人　$M_{189, 294}$.

Tenetehara／特內特哈拉人　（M_{98}），$M_{188, 296}$.

Timgbira／蒂姆比拉人　M_{227}.

Tlingit／特林吉特人　M_{261}.

Toba／托巴人　$M_{206, 207, 208, 210, 211, 212, 212b, 213, 219b, 230, 301}$.

Trumaï／特魯梅人　M_{251}.

Tukuna／圖庫納人　$M_{231, 240, 245, 297, 304, 310, 318}$.

Tumupasa／圖穆帕薩人　M_{341}.

Tupi Amazonien. Voir／亞馬遜圖皮人（見亞馬遜）　Amazonie.

Uitoto／烏依托托人　$M_{314, 337, 342, 343}$.

Vapidiana／瓦皮迪亞納人　（M_{99}），$M_{265, 305a}$.

Waiwai／韋韋人　$M_{252, 271, 288}$.

Warrau／瓦勞人　（M_{17}），$M_{223, 233b, 233c, 234, 235, 238, 241, 243, 244, 244b,}$ $_{258, 259, 260, 263a, 263b, 273, 278, 279d, 317, 327, 328}$.

Wishram Wasco／維希拉姆－瓦斯科人　$M_{351, 352}$.

Yabarana／耶巴拉納人　M_{253}.

Yupa／尤帕人　M_{254a}.

Yurok ／尤格克人　M_{292d}.

Zuni ／佐尼人　M_{309}.

BD. 近代思想圖書館系列叢書

① 資本論(第一卷)
② 資本論(第二卷)
③ 資本論(第三卷)不分售

馬克思⊙著(全套三卷)　2000 元
恩格斯

④ 1844 年經濟學哲學手稿　　馬克思⊙著　　200 元
⑤ 寫作的零度　　　　羅蘭・巴爾特⊙著　　200 元
　　　　　　　　　　　　　　李幼蒸⊙譯
⑥ 政治：論權勢人物的成長、時機和方法　　200 元
　　　　　　　　　　拉斯威爾⊙著
　　　　　　　　鯨鯤・和敏⊙譯
⑦ 不斷革命論　　　　　　托洛斯基⊙著　　150 元
　　　　　　　　　　　林驤華等⊙譯
⑧ 社會科學方法論　　　　　　　　　　　　200 元
　　　　韋伯⊙著　黃振華／張與健⊙譯
⑨ 就業、利息和貨幣的一般理論　　　　　　330 元
　　　　約翰・梅納遜・凱恩斯⊙著
　　陳林堅／王星／朱浩／范斌⊙譯
⑩ 權力的剖析　　　　　　　　　　　　　　170 元
　　　加爾布雷斯⊙著　　劉北成⊙譯
⑪ 神話學：生食和熟食　　　　　　　　　　500 元
　　　　李維斯陀⊙著　　周昌忠⊙譯
⑫ 神話學：從蜂蜜到煙灰　　　　　　　　　550 元
　　　　李維斯陀⊙著　　周昌忠⊙譯
⑮ 後現代的轉向　　　伊哈布・哈山⊙著　　400 元
　　── 後現代理論與文化論文集
　　　　　　　　　　　劉象愚⊙譯

⑯走向語言之途　　　　馬丁・海德格⊙著　300元
　　　　　　　　　　　孫周興⊙譯

⑰眞理與方法　　　　　　　　　　　　600元
　　　　漢斯-格奧爾格・加達默爾⊙著
　──哲學詮釋學的基本特徵　洪漢鼎⊙譯

⑲複合思想導論　　　　艾迦・莫翰⊙著　160元
　　　　　　　　　　　施植明⊙譯

⑳革命：理論與實踐　　　　　　　　　220元
　　　　　　　查默斯・詹隼⊙著　郭基⊙譯

㉑合法性危機　　　尤爾根・哈伯瑪斯⊙著　250元
　　　　　　　　　　　陳學明⊙譯

㉒邏輯研究（第一卷）　　　　　　　　380元
　　──純粹邏輯學導引
　　　　　　埃德蒙特・胡塞爾⊙著
　　　　　　　　　　　倪梁康⊙譯

㉕變動社會的政治秩序　　　　　　　　450元
　　　　　　塞繆爾・杭廷頓⊙著
　　　　　　　　　　張岱云等⊙譯

㉖不確定的年代　　約翰・加爾布雷斯⊙著　350元
　　　　　　　　　　　杜念中⊙譯

㉗林中路　　　　　　馬丁・海德格⊙著　350元
　　　　　　　　　　　孫周興⊙譯

㉘臨床臨學的誕生　　米歇爾・傅柯⊙著　排印中
　　　　　　　　　　　劉絜愷⊙譯

近代思想圖書館系列 ⑫

神話學：：從蜂蜜到煙灰

Mythologiques・Du miel aux cendres

原　著──李維斯陀（Claude Lévi-Strauss）

譯　者──周昌忠

發行人──孫思照

出版者──時報文化出版企業有限公司
　　　　台北市108和平西路三段二四○號四樓
　　　　發行專線──（○二）三○六八四二一
　　　　讀者服務專線──（○二）三○二四○九四
　　　　（如果您對本書品質與服務有任何不滿意的地方，請打這支電話。）
　　　　郵撥──○一○三八五四─○時報出版公司
　　　　信箱──台北郵政七九～九九信箱

主　編──吳昌杰

校　對──徐冽／蕭鳳嫻／侯佳雄／許慧如

排版──正豐電腦排版有限公司

製版──源耕印刷有限公司

印刷──華展彩色印刷有限公司

初版一刷──一九九四年九月二十一日

定價──五五○元

◎行政院新聞局局版台業字第○二二四號
版權所有　翻印必究
（缺頁或破損的書，請寄回更換）

ISBN 957-13-1419-6

Printed in Taiwan

國立中央圖書館出版品預行編目資料

神話學：從蜂蜜到煙灰 / 李維斯陀（Claude
  Lévi-Strauss）原著；周昌忠譯. --初版. --
  臺北市：時報文化， 1994 ［民 83 ］
    面；　 公分，--(近代思想圖書館系列；
  12)
  譯自：Mythologiques ： du miel aux
cendres
  參考書目：面
  含索引
  ISBM 957-13-1419-6 (平裝)

  1.南美-文化

  756.3   83008824

時報出版
CHINA TIMES PUBLISHING COMPANY
尊重智慧與創意的文化事業

地址：台北市108和平西路三段240號4 F
電話：(02)3024094‧(02)3086222轉8412～13(企劃部)
郵撥：0103854-0時報出版公司

請寄回這張服務卡(免貼郵票)，您可以——
●隨時收到最新的出版訊息。
●參加專為您設計的各項回饋優惠活動。

郵遞區號：————
姓名————(縣市)———— 鄉鎮 ———— 街路 ———— 段 ———— 巷 ————
地址：———— 市 ————縣 ———— 區 ————里 ———— 村 ———— 鄰 ————

職業：①學生 ②公務(含軍警) ③家管 ④服務
⑤金融 ⑥製造 ⑦資訊 ⑧大眾傳播
⑨自由業 ⑩農漁牧 ⑪退休
⑫其他————

學歷：①小學 ②國中 ③高中 ④大專 ⑤研究所(含以上)

出生日期：   年   月   日   身分證字號：————

姓名：————   性別：①男 ②女

書名：從掌握到創造未來   編號：BD12

近代思想
圖書館

以圖書舘的幅度與深度，
重新呈現十九世紀以來最具關鍵性
影響的思想鉅著

寄回本卡，您將掌握本系列的最新訊息

（下列資料請以數字填在每題前之空格處）

_____ **您從哪裏得知本書／**
　　　　①書店 ②報紙廣告 ③報紙專欄 ④雜誌廣告
　　　　⑤親友介紹 ⑥DM廣告傳單 ⑦其它／_____

_____ **您希望我們爲您出版哪一類的思想鉅著／**
　　　　①經濟學 ②政治 ③社會 ④哲學 ⑤藝文 ⑥史學
　　　　⑦心理 ⑧人類學 ⑨其它／_____

您對本書的意見／
_____ 內容／①滿意 ②尚可 ③應改進
_____ 編輯／①滿意 ②尚可 ③應改進
_____ 封面設計／①滿意 ②尚可 ③應改進
_____ 校對／①滿意 ②尚可 ③應改進
_____ 翻譯／①滿意 ②尚可 ③應改進
_____ 定價／①偏低 ②適中 ③偏高

您希望我們爲您出版哪些思想鉅著(書名或作者)／

①_____　②_____　③_____

您的建議／

．．．．．．．．．．．．．．．．．．．．．．．

．．．．．．．．．．．．．．．．．．．．．．．

．．．．．．．．．．．．．．．．．．．．．．．